通往奇境的列车

海底之城

通往奇境的列车

[英] P. G. 贝尔 **著** [意] 弗拉维娅 · 索伦蒂诺 **绘**

王良秀 **译**

天津出版传媒集团

新蕾出版社

新经典文化股份有限公司
www.readinglife.com
出　品

献给安娜，

感谢你所做的一切。

目 录

第1章

放学后

那是星期五的下午，苏西已经放学了，但她对即将到来的周末丝毫不感到兴奋。她和十几个孩子挤在校门外破旧的公交候车棚下，忧心忡忡地看着大雨倾盆而下。

公交车晚点了。

这通常不会让她心烦。但今天不一样，今天很重要，她必须确保自己能够准时到家。

不过，当看到爸爸妈妈的车从街角出现时，她并没有松一口气，而是发出一声叹息。

“哦，不，”她咕哝道，“怎么又来了。”

车子朝着候车棚加速，在苏西跟前刺的一声猛然停下，将排水沟周围的污水溅了起来。苏西刚用书包挡住脸，水花就噼里啪啦地落下来，将棚下的人浇了个透，孩子们纷纷慌乱地叫了起来。

副驾驶一侧的窗户摇了下来，透过滴水的头发，苏西看到来接她的是妈妈。苏西的妈妈身材娇小，肤色较深，圆脸，红色的头发编成发辫。她身上还穿着外科手术服，大概是刚从医院下班。

“抱歉，我迟到了，”妈妈对苏西说，“赶紧上车吧。”

其他孩子不约而同地转过身，怒视着苏西。他们的目光让苏西觉得身上火辣辣的，哪怕她的衣服被水泡得冰凉。

“妈妈！”她压低音量说，“看看你干的好事！”

妈妈看上去一头雾水：“我跟你说过会来接你。”

“可我也跟你说过不要来。”苏西话音刚落就被人从后面使劲儿推了一把，冲进雨中。她转身想看看是谁干的，但人群已经重新聚拢，她只看到一张张不露声色的脸。苏西叹了口气，转向妈妈，没好气地说：“算了，走吧。”

她坐上副驾驶座，摇上车窗，试图不去理会被那么多双眼睛盯着的火辣辣的感觉。

“今天早上我告诉过你带雨伞，”学校渐渐淡出视线后，妈妈说，“看看你，都湿透了。”

苏西快速想了想是否要回应这番话，最终决定不予理睬，这样能让自己舒服点儿，尽管冷冰冰的校服贴在身上，很难让人觉得舒服。“你们不用天天来接送我，我可以和其他人一样坐公交车。”

她看到妈妈脸上露出怀疑和担忧的神情，过了好一会儿，妈妈的脸色才恢复如常。

“我知道，”妈妈说，“但我们是你的父母，我们很乐意为你做这些小事，照顾你是我们的职责。”

“每天往学校打电话打听我的情况也是？”苏西问。

妈妈的神色微微一变，这证实苏西猜得没错，妈妈不想让她知道电话的事情。

“说‘每天’有点儿夸张。”

“过去三个星期的每一天你都打了，今天早上还打了两次。”苏西说，“校长秘书把我叫到办公室说，如果你继续这样，他就屏蔽你的号码。”

妈妈开着车穿梭在车流中，恼火地用手指敲着方向盘：“我就知道应该直接找校长。”

“你不用再为我操心了，”苏西说，“我很好！”

“可我们没办法不为你操心，你把我和你爸爸吓得不轻。”

苏西翻了个白眼：“我知道，对不起。但那是三个星期以前的事了，我以为你们已经缓过来了。”

“缓过来了？”妈妈干笑一声，“我们发现你三更半夜和一群怪物偷偷溜出家门——”

“是矮人。”苏西纠正她说。

“送邮件到其他星球——”

“是其他世界，妈妈，那儿叫奇境。”

“——里面有女巫、龙，还有天知道的其他什么——”

“他们大多都很友善。”

“你还有过生命危险！”妈妈说，“你经历过火车事故，还有地震！那些不是我和你爸爸能够轻易‘缓过来’的事。”

苏西交叉双臂抱在胸前，陷进座位里：“我真希望我从来没有跟你们说过这些。”

“谢天谢地你说了，否则我们完全不能保护你。”

“你们不用保护我，”苏西小声抱怨道，“你们应该理解我。”虽然她的语气有些埋怨，但她心里感到很愧疚。她的第一次奇境冒险也许是出于意外，但第二次绝对是有意为之。

她选择将父母抛在身后，让他们在催眠咒的影响下沉睡，她则独自前往奇境面对危险和刺激。这对他们不公平，而这也正是她决定向他们坦白的原因。她原以为他们只会吃惊一阵子，很快就会没事，但没料到他们会这么惊慌，而且持续了整整三个星期。

他们没收了她的邮政制服、派送挎包，还有《知识：奇境邮递员指导手册》。上周，请她重新加入派送旅程的邀请函通过远程魔法出现时，爸爸妈妈不允许她回复。除了上学，他们几乎不让她离开他们的视线范围。苏西生平第一次被禁足了，她讨厌这样。

他们怎么就是不明白呢？奇境的确不同寻常，危机四伏，但也很精彩。

几个月前，连苏西自己也无法想象，她会跟幽灵做朋友，遇到一位国王，跟巨型机器人对决，并挽救了整座城市。当然，这不是苏西一个人做到的，是她和同伴们共同努力的结果。她是现存最快的矮人火车——奇境邮政特快专列车组的一员。

她救过同伴们的命，同伴们也救过她的命，而且是很多次。

苏西想念他们，一想到自己也许永远都不能再加入他们的队伍了，她就感到十分难过。

前天，苏西提出一个计划，希望能解决所有问题：在征得爸爸妈妈的同意后，她给列车组写了一封邀请函，邀请他们来她家里共进晚餐。

她知道爸爸妈妈并不是很情愿，但她据理力争，说还没见过她的朋友们就禁止他们见面很不合理。这是让他们认识车组成员、加深对奇境邮递员了解的完美机会。

她确信，一旦爸爸妈妈真正理解了她一直想要给他们解释清楚的东西，就不会再反对她回到列车组了。至少他们会明白矮人和怪物之间的区别。

但那意味着今晚的一切必须完美。这是苏西改变爸爸妈妈想法的最好机会，也可能是最后一次机会。如果失败，她可能从此与奇境无缘再见了。

苏西和妈妈回到家时，爸爸正站在门口等着。他个子很高，肤色苍白，长着一头姜黄色鬈发。他换上了自己最好的衬衫，正在用洗碗布擦手。

“怎么花了这么长时间？”苏西和妈妈匆匆忙忙下车时，他有些不高兴地说，“他们就快到了！”

“我知道，”妈妈从他身边进门时顺带在他脸颊上轻轻一吻，“我冲个澡、换身衣服就来。”说完她将包丢在过道上，砰砰砰地上楼去了。

“你好，亲爱的，”苏西匆匆进门时，爸爸对她说，“今天在学校过得怎么样？”

“很好，谢谢。”苏西说着将自己的包丢在妈妈的包旁边，“都准备好了吗？”她没有等爸爸回答就跑过过道，冲向厨房。

整间厨房闪闪发光。苏西从未见它如此干净过，平时那些堆积在操作台上的杂物全都不见了，取而代之的是几个插着鲜花的小花瓶和星星点点的、放在玻璃罐里的圆蜡烛。餐桌上铺着白色桌布——她都不知道家里还有这样的桌布，上面的食物堆得像小山一样：有一碗烤土豆、三种奶酪、切片火腿、烤牛肉、鸡翅、蒸豌豆、胡萝卜条、面包卷、蔬菜比萨、意面沙拉、恺撒沙拉、汉堡、香肠卷，还有一大锅妈妈做的咖喱章鱼。

“哇，爸爸，这看上去棒极了。”

“希望如此，”爸爸说，“我下午没上班，就是为了准备这次的晚餐。”

“是吗？”

他面露笑意：“我把这次晚餐当作一场外交峰会，这是两地人民的首次接触。”

“还有一头熊。”苏西说。

爸爸点点头：“所以我按照你的要求准备了三文鱼。”他指向餐桌中间的一个大烤盘，里面有一整条烤三文鱼。那条鱼带着惊讶的表情，从铺着锡箔纸的窝里望向外面。

“棒极了。”苏西说。她在网上查到熊喜欢吃三文鱼。

爸爸揉了揉她的头发。“不是只有你一个人重视这顿晚餐，”他说，“说实在的，我觉得你这点子不错。”

“谢谢，”苏西靠向他，“我敢肯定他们会喜欢的。你和妈妈也会喜欢他们，我保证。”她抱了抱爸爸，尽管自己浑身湿漉漉的。

“嘿，当心我的衬衫，”爸爸说，“你最好去把自己擦干，然后换身衣服。你的朋友们很快就到了。”

“没错。”苏西说着放开爸爸。但她只朝门口走了一步，整座房子就开始颤动起来。

“什么情况？”爸爸说着冲向餐桌，在一堆黄油面包卷掉到地上之前将它们稳稳接住。

苏西听到妈妈的尖叫声，过了一会儿，苏西看到她踉踉跄跄地冲进厨房。她刚洗完澡，浑身湿漉漉的，正在系毛茸茸的粉红色睡袍的衣带。

“是地震了吗？”她问。

苏西抓住台面保持平衡。“不，”她露出微笑，“是火车！”

刹车的尖啸声传来，冰箱门被一股巨大的力冲开，一盒牛奶和半打鸡蛋直直地飞到了对面的墙上，墙面瞬间被装点得五颜六色。一团黄色的蒸汽从冰箱里翻涌而出，弥散在整个厨房，让苏西一家剧烈地咳嗽起来。

“那是什么？”爸爸的声音从蒸汽迷雾中传来，“为什么我闻到了香蕉味？”

“是特快专列！”苏西一边说一边挥走蒸汽，“他们到了！”

第2章

晚餐的客人

厨房里弥漫的黄色蒸汽开始消散，苏西终于能一步步穿过雾气走向冰箱。冰箱前面洒了一摊橙汁，她小心地踩在那摊橙汁上，往冰箱里面看去。

她稍稍有些吃惊：冰箱隔板和上面放置的大部分食物都消失了，冰箱内部扩展到停机库大小，白得闪闪发亮；冰箱后壁变成了昏暗的传送隧道口，一组铁轨从那里探出来，在冰箱门处断掉。立在铁轨上的是一列大型老式蒸汽火车，但它不是普通的蒸汽火车：它的火车头贝儿号体积巨大，造型有点儿古怪，是用零件拼凑出来的，好像拼凑的人只对火车的形状有个大概的印象、从未真正见过火车一样；它的车轮尺寸不一；它的管道和阀门从锅炉奇奇怪怪的地方冒出来；它的驾驶室像一座不对称的都铎式豪宅，上面有直棂窗和变形的木梁；驾驶室后面是它的煤水车，上面高高地堆着核聚变香蕉，也就是贝儿号的燃料。

煤水车后面连着一节简简单单的红色木质车厢，也就是分拣车厢，或者说是个移动邮局，来自上百个魔法世界的邮件都存储在这里，等待分拣。再往后，火车的最末端是一辆小拖车，看上去稍微有些简陋，门上印着“H. E. C.”三个字母，这是危险地带车厢。虽然它看上去不起眼，但苏西知道它能够承受住邮递员可能面对的最极端的环境考验，无论是外太空冰封的深处，还是活火山炙热的正中心。

看到这辆火车，苏西回想起差不多三个月前第一次见到它的那个夜晚，这让她感到心跳开始加速。看到它总是意味着她即将踏上一场冒险之旅。

“究竟怎么回事？”

听到爸爸的声音，苏西转过身，发现爸爸妈妈已经来到了身边。他们恐惧又疑惑地盯着冰箱里面。

“妈妈，爸爸，”苏西自豪地说，“这就是奇境邮政特快专列，是不是很了不起？”

爸爸打量着突然变成隧道的冰箱说：“今天早上我在里面放了一些酸奶，它们去哪儿了？”

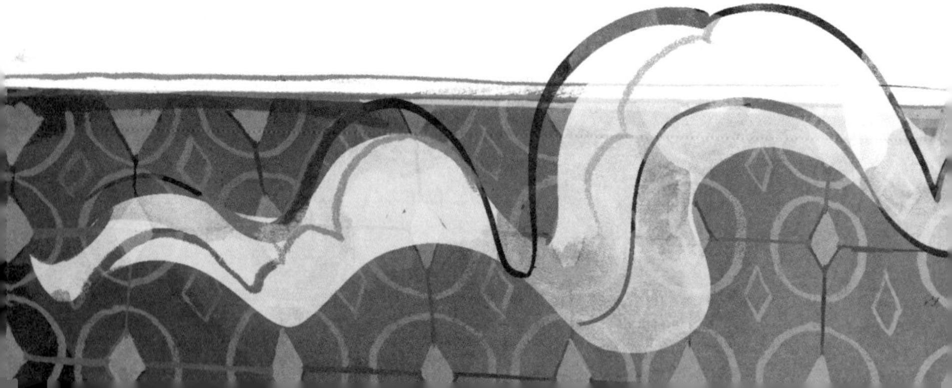

苏西看了他一眼："爸爸，酸奶不重要。"

"但它们含有益生菌。"爸爸遗憾地说。

幸好这时驾驶室的一扇窗户打开，驾驶员 J. F. 斯通克伸出头来，转移了爸爸的注意力。

看到斯通克，苏西的父母震惊得倒吸了一口凉气。斯通克是个矮人，矮小敦实，皮肤皱皱巴巴，整个人看起来像一个灰土豆，唯一的区别是他有个硕大的鼻子，至少三十厘米长，鼻子下面留着浓密的翘八字胡。他戴着铁路工人样式的帽子，帽檐下露出一双锐利的蓝眼睛，此刻正望向他们。

"晚上好！"他说，"我们可以停在这里吗？"

苏西的父母只顾着张大嘴巴盯着他，于是苏西代为回答："可以，斯通克，真高兴见到你。"

"我也一样！"斯通克高声回答道，"站在那里别动，我们马上出来。"说完他回到驾驶室里面，关上了窗户。

苏西激动地咯咯笑起来。"真是棒极了！"她对爸爸妈妈喊道，"我都等不及让你们见到每个车组成员了。"

爸爸妈妈有些茫然地点点头。

"请尽量不要盯着他们看，我知道他们有点儿不一样，不过你们很快就会习惯的……哦，不！"苏西低头看了看自己湿漉漉的校服说，"我不能穿成这样见他们！我需要换身衣服。你也是，妈妈。"她跑向过道，又猛然一停，匆忙返回："现在没有时间了，我先介绍你们认识。"

爸爸妈妈没有回答，他们仍然目瞪口呆地盯着冰箱。斯通克下车进入厨房时，他们拖着脚步站到了一边。

“苏西·史密斯！”斯通克敏捷地跳过那摊橙汁，张开双臂说，“你最近过得怎么样啊？”

“我还好，”苏西迎上那个拥抱说，“谢谢你能来！”她朝爸爸妈妈做了个手势：“这是我的爸爸妈妈。”

斯通克双脚一转，面朝苏西的爸爸妈妈，伸手摘下帽子：“史密斯先生和夫人，我是J. F. 斯通克，能与您二位见面是我的荣幸。”他向他们伸出手，苏西的爸爸犹豫了一下，然后走上前握住了那只手。

“嗯，是的……”苏西的爸爸说，“抱歉，你好。”

“好极了，好极了！”斯通克说着先是使劲儿上下摇晃苏西爸爸的手，然后是苏西妈妈的手，把他们俩晃得都有点儿迷糊了，“你们一定非常为你们的女儿感到骄傲吧。”

“啊，哦，是的。”苏西的妈妈条件反射式地说。

“你们还记得弗莱彻吧？”他朝冰箱点了点头，此时又有一位矮人从里面走了出来。弗莱彻比斯通克年长，满是褶皱的棕色皮肤像老树干一样，一撮撮硬硬的毛发从耳朵和鼻孔里冒出来。他穿着常年不换的不太整洁的工作服和磨损了的工作靴，朝苏西的爸爸妈妈微微点头致意，然后径直踏过那摊果汁走到餐桌旁，自顾自地坐下了。

“最近怎么样？”他说着从手边的盘子里取了一块鸡翅，同时看了一眼被鸡蛋和牛奶搞得一片狼藉的墙面，“你们重新装修了？”

“是的，我们记得弗莱彻。”苏西的妈妈只应了这么一句。

苏西的嘴角抽动了一下。虽然跟弗莱彻熟络后，你会觉得他很可爱，但他给人的第一印象总是不怎么好。三个星期以前，就在这张餐桌旁，苏西给爸爸妈妈解开催眠咒，介绍他们认识弗莱彻，并告诉了他们有关奇境的事——也许那并不是个好主意。

这时，苏西的妈妈发出一声尖叫，躲到了爸爸身后。

“怎么了？”苏西问。

妈妈从爸爸身后往外瞄，手颤抖着指向正从冰箱门里往外挤的黄色大熊。只见那头熊用后肢站立，头上戴着系成蝴蝶结的粉红色丝带。当她挺直身子时，丝带就会蹭到天花板。她的毛精心梳理过，闪闪发亮，身上穿着干净整洁的蓝色工装裤。

“乌瑟尔！”苏西说着跑过去用双手抱住大熊，“你真好看！”

“嗷嗷嗷嗷呜。”乌瑟尔笑着回答，露出两排大尖牙。

“爸爸妈妈，这是乌瑟尔，她是特快专列的司炉员。”

乌瑟尔伸出一只熊掌，吓得爸爸妈妈往后一缩。苏西禁不住大笑起来，她差点儿忘了自己第一次见到乌瑟尔时吓成什么样了。

“很高兴认识你，”爸爸边说边犹犹豫豫地用双手包住熊掌跟她握手，紧张地笑了笑，“你比我想象的大多了！”

“咕嗯嗯嗯呜，”乌瑟尔说，“嗯嗯嗯嗯啊呜。”

“抱歉，你的意思是……”

“乌瑟尔说她会把这当成一种夸赞，”斯通克带着浅浅的微笑说，“但下次夸赞她时请先想想措辞。”

苏西的爸爸使劲儿点点头，力度大得连牙齿都咯咯作响了。

“她还想知道这是不是人类的传统服装样式，”斯通克指着妈妈的睡衣说，“我们第一次见到苏西时，她也穿着一套这样的衣服。”

妈妈涨红了脸。“我正准备换衣服，”她说，“抱歉，我可能要失陪一下……”

“等一等，妈妈，”苏西连忙说，“人还没到齐，我还没看到……”

“你们好！”冰箱里传来一个声音，“我错过什么了吗？”

一个年轻矮人踏入厨房，看到他，苏西露出一个大大的笑容。他有着浅绿色的皮肤和一双大眼睛，穿着红色和金色相间的、大了好几码的邮递员制服。他拿着一个包装得像礼物一样的小包裹，好奇地打量着苏西家的厨房。

“你好，苏西！这就是你住的地方！哇！”他三步并作两步上前，给了苏西一个拥抱，然后径直走向她的父母。“你们好，我真的十分期待与两位见面，我是威尔莫特·格伦特，邮政局长，叫我威尔莫特就行。”他笑着说，“苏西是跟我一起工作过的最棒的邮递员。”

“她是跟你一起工作过的唯一一个邮递员。”弗莱彻说。

威尔莫特气恼地把嘴唇抿成一条线：“没错，但这并不影响我的评价，能有她这样的员工，我感到三生有幸。”

苏西笑容满面，十分自豪。这些话对她的父母产生了预料之中的影响，他们明显放松下来，这正是她所期待的。

“很高兴听到你这么说，”爸爸挤出一个微笑，“谢谢。”

妈妈迈步从他身后走出来，对着威尔莫特手里的包裹点了点头。“那是要派送的包裹吗？”她问。

“哦，这个！”威尔莫特看着包裹，仿佛忘了手里拿着它，“不，这是送给你们的礼物。”他走上前，姿势夸张地将礼物递了上去。

“实话说，我们列车组并不经常收到晚宴的邀请，”斯通克说，“所以为表谢意，我们准备了一个小礼物。”

“哦！”妈妈用双手接过包裹，“谢谢你们。”

“没什么，”斯通克客气地摆了摆手，“只是一个可以在家里帮忙的小东西而已。”

“如果你想的话，现在就可以打开。”威尔莫特热切地补充说。

妈妈只稍稍犹豫了一下，好奇心就占了上风。她打开包装纸，里面是一个盖子上有搭扣的、简简单单的木盒。她打开盒盖往里看，苏西和爸爸也围了过来。

一股气体从盒子里冒出来，从三人身边飘过，苏西闻到一股木头燃烧的烟味。

“是空的。”妈妈说。

“哦，现在是空的了，”弗莱彻说，仿佛这是世界上再明显不过的事情，“你刚刚把它放出去了。”

苏西心里咯噔了一下。“把什么放出去了？”她问。

“博格特。”斯通克说。

“什么东西？”爸爸问。

“博格特，”弗莱彻一边说，一边从桌上拿了一个热狗，“一种初级家政精灵。它会在家里四处游走，把物品归置得整整齐齐，把家里打扫得一尘不染，还能把你们弄丢的小零碎找出来，钥匙、钢镚儿之类的，真的非常实用。”

妈妈倒吸一口凉气：“你是说我们家里来了个到处乱窜的幽灵？”

斯通克轻声笑起来。“天哪，不，我们不会在你们家放幽灵的。这是精灵，而且是没什么存在感的那种。只要给它食物，让它暖和，你们就几乎感觉不到它的存在。”

爸爸警惕地环顾厨房：“它在哪里？我看不到它。”

“你当然看不到，”弗莱彻说，“它是隐形的。”

苏西也扫视了一下房间，余光捕捉到一阵若有若无的移动，好像有什么东西从桌子底下飞驰而过，快得无法看清。当她转过身再盯着那里时，已经什么都没有了。

“它吃什么？”苏西问。

“只要晚上留下一小碟牛奶，它就会非常开心。”斯通克说。

“我还以为它是只刺猬。”弗莱彻说。

“是吗？”斯通克捻着胡子尖思考着，“我非常确定它是博格特。无所谓了，就让它在壁炉里给自己弄个家，它会照顾好自己的。”

“可是我们没有壁炉。”妈妈说。

“什么？”斯通克吃了一惊，“那你们家怎么取暖呢？”

“我们有中央供暖。”苏西回答。说完她跪下来扫视地板，寻找空气中的移动迹象。她漫无目的地看着，几秒之后觉察到房间另一头有一小股疾风在沿着踢脚线上蹿下跳，最后钻进了水池下面半掩着的橱柜里：“如果我们没有食物给它吃、没有地方给它住，会发生什么？”

半天没有人说话，苏西抬起头来。

“啊，”斯通克尴尬地晃了一下身子，“如果觉得自己被冷落了，它可能会有点儿闹腾。”

“有点儿什么？”妈妈说。

这时，橱柜里传出碰撞声，柜门猛地打开，里面的物品一件件飞出来，苏西连忙跳起来闪躲。几盒鞋油、一卷垃圾袋、一个水池活塞、一只簸箕、一把刷子接连飞过来，逼得所有人都躲到了餐桌后面。

“有点儿闹腾，”一瓶衣物柔顺剂从脑袋旁边呼啸而过时，斯通克说，“哦，天哪。”

“它以为它是谁！”妈妈说。

“它不能现在就开始闹腾啊，”爸爸说，“它才刚来！”

“嗯嗯嗯嗯哼。”乌瑟尔说。她体形太大，没法儿藏到什么后面，只能将飞向她的东西拍到一边。

“我？”斯通克说，“没有，它在匣子里的时候我当然没有喂它，我以为你们喂了。”

“哼呜。”乌瑟尔摇头说。

“我也没有。”弗莱彻喊道。

“我也没有，”半蹲在苏西身边的威尔莫特说，“抱歉。应该是我喂它，对吗？”

“天哪，快让它停下来！”妈妈叫道。此时，又一扇柜门弹开，博格特将一大摞盘盘罐罐撞到地上。

“我们需要牛奶，”苏西说，“掩护我！”她半蹲着穿过房间，乌瑟尔跟她保持着相同的步调，用身体护住她。苏西找到从冰箱里掉出来的一盒牛奶，虽然漏了不少，但剩下的刚好能够装满她从地板上捡起来的一个小量杯。然后，苏西小心翼翼地端着装满牛奶的量杯，慢慢靠近橱柜。就在一个炖锅锅盖马上要打中苏西的额头时，乌瑟尔一把抓住它，当作盾牌举着，同时用另一只强壮的前臂围住苏西，形成一个保护圈。

苏西将量杯放到开着的橱柜前，餐具炊具的攻击骤然停止。她和乌瑟尔匆忙撤回到房间另一头进行观察。

虽然什么也没看到，但苏西觉得自己听到了微弱的哧哧声，似乎有什么东西伸进了牛奶里，在牛奶表面激起一层层涟漪。那声音越来越响。

“妈妈，你看到没有？”苏西悄声说，“没有什么可担心的，一切尽在掌握之中。”

刚说完，量杯从空中飞来，倒扣在她头上。博格特发出像猪一样的哼哼声。苏西眨眨眼睛，睫毛上面的牛奶滴落下来。她仿佛看到什么东西从地板上跳进了水池里，先是扑通一声，然后是咕咚一声，随后水管的嘎吱声迅速传遍墙壁和天花板，整座房子听上去像是要塌了一样。

不不不不不！看到爸爸妈妈惊恐地抱在一起时，苏西心想，不应该是这样的！

嘎吱声来得突然，消失得也快。最后，他们只听到暖气里发出滴答一声，然后房间里彻底安静下来。

“你们知道吗，”斯通克说，“我现在觉得它也许就是刺猬。”

“现在我们管不了它了，”弗莱彻说，“它钻进管道里了。”

“它究竟想干什么？”苏西的爸爸害怕地环顾着房间。

苏西擦掉脸上的最后一滴牛奶，起身说：“也许它是在取暖，我们没有壁炉，但有热水器。”

“你是说我们的中央供暖系统被幽灵缠上了？”爸爸问。

“先生，”斯通克说，“你还没明白。幽灵叫‘纠缠’，家政精灵叫‘安家’。你们的博格特只是在为自己弄个新家，仅此而已。你发现没，现在它已经平静下来了。”

苏西觉得斯通克看上去并不像他说得那么自信，但也意识到她的父母需要一些安慰，而且是迫切需要——妈妈因为紧张和不满把嘴唇紧紧地抿成了一条线，而爸爸看样子仍然觉得随时可能有怪物从墙里冒出来。到目前为止，这顿晚餐并不像她所希望的那样成功。

“我们马上就会把这片狼藉收拾干净，”她轻快地说，“然后我们就可以开饭了，我相信爸爸妈妈有很多问题要问大家。”

“哦，是的，”妈妈沉着脸说，“很多很多问题。”

第3章

紧急事件

不到十分钟，大家就把乱糟糟的房间收拾得差不多了，然后在餐桌旁就座。苏西坐在威尔莫特旁边,爸爸坐在她正对面，已经开始发问了。

“……是的，”威尔莫特说，“矮人确实更喜欢住在桥底下，但我们对公山羊没有那么大意见。”

“我明白了。”苏西的爸爸说。他把胳膊肘撑在桌子上，虚拢着双手指尖，苏西调侃地将这姿势称为“我在听”。“苏西跟我说你们目前没有固定住所，是吗？”

“算是吧，”威尔莫特说，“矮人城，也就是我们的家乡，在最近的地震中受损严重，所以在重建工作完成之前，我们无家可归。”

“天哪，”爸爸说，“那对你们来说一定很可怕。”

“哦，我们还算幸运的，”斯通克边说边在一片面包上涂了厚厚一层黄油，“矮人城的大部分人已经分散寄居到奇境各处，但特快专列对我们几个来说像家一样，和矮人城没什么不同，我们日日夜夜都生活在列车上。我觉得这样的生活很适合我们。”

“嗯嗯哼。”乌瑟尔点点头，伸出一只熊掌扎进烤三文鱼的鱼鳃，然后仰起头将整条鱼丢进了张大的嘴里。接下来的几秒钟，房间里只有嘎嘣嘎嘣嚼鱼骨头的声音和乌瑟尔心满意足的低吼声。爸爸妈妈微不可察地往后靠了靠。

“嗯……鱼的味道……还好吗？”妈妈问。

乌瑟尔举起熊掌，尽一头熊之所能做了个夸赞的动作。

“你们又在派件了吗？”苏西问威尔莫特。仅是问出这个问题，她就有一种空落落的感觉，仿佛自己的一部分突然消失了，但她知道自己需要将谈话尽快引向特快专列。

“几乎一刻不停！”威尔莫特说，“这是几个星期以来我们第一次能在晚上休息休息。不过，我们终于搞定了所有积压的邮件，应该很快就能恢复正常的工作时间了。说到这里，如果你能回来帮忙就太棒了。你准备什么时候来？”

苏西意味深长地看了爸爸妈妈一眼：“我不确定。”

“哦，”爸爸缓缓地说，“我和你妈妈还需要再商量商量。”

“现在就商量怎么样？”苏西说。

“不，”妈妈说，“我们准备好了再商量。”

“我们不希望匆匆忙忙做任何重大决定。”爸爸说。

一阵刺耳的铃声打断了这场对话，把苏西吓了一跳。

“那是什么声音？”妈妈捂着耳朵大喊道，怒气冲冲地瞪着在座的人，寻找嫌疑人，目光最终停在威尔莫特身上。威尔莫特在座位上不安地扭动了两下。

“抱歉！”他边说边匆忙在身上摸索，“是在哪个口袋……”

看着他手忙脚乱的模样，苏西不禁一笑。威尔莫特将大衣下摆翻到头上，整个人被衣服包住，就像一块扭动的红面料。苏西用询问的眼神看向其他成员，他们全都耸了耸肩。

威尔莫特终于举着什么东西从大衣里重新冒出来，铃声也变得更响了。他手里拿着的是一个古董电话听筒，上面用螺栓连接着一个旋转式拨号盘和一对小铜铃，铜铃看起来像是从旧闹钟上卸下来的。“你喜欢吗？”他对苏西大喊道，“这是我刚拿到的移动电话！我妈妈给我在紧急情况时用的。”

“那你最好赶紧接电话！”苏西用手指堵住耳朵大声说。她看到餐桌上的玻璃杯都开始颤动了。

威尔莫特从电话一头拉出一根长长的天线，铃声戛然而止，每个人都如释重负地舒了一口气。

“喂？”威尔莫特将听筒杵进耳朵里说，“妈妈？”

“新玩意儿，”弗莱彻嘀咕道，“我就不明白了，信使精灵哪里不好用了？”

妈妈不再捂着耳朵，但看上去也不怎么高兴。“我们通常不在用餐时接打电话。”她没有具体点名，但明显意有所指。

“妈妈，拜托。”苏西伸出一只手放在她的胳膊上，试图安抚她。

“喂？”威尔莫特从座位上跳下，对着电话说，“妈妈，是你吗？我听不清你说话。”他在原地踏起了步。

“他这又是在做什么？”妈妈不解地看着威尔莫特问。但苏西对此没有答案。

“嗷嗷嗷呜，嗯呜，嗯哼。”乌瑟尔一边说一边用熊掌从牙缝里抠出一根鱼刺。

“她说什么？”爸爸问。

“她说，移动电话不这么用还能怎么用，”斯通克说，“你得一直移动，不然它就会停止工作。”

“但是、但是为什么？”爸爸问，“这说不通啊。”

“我猜这是因为它叫‘移动电话’。”斯通克说。

“啊呜。”乌瑟尔说，并点头予以强调。

苏西没留意他们，她全部注意力都在威尔莫特身上。随着他的眉头越锁越紧，苏西的脑海里出现四个字：紧急情况。

“我还是听不清，妈妈，”威尔莫特对着话筒大声说，“等一下。”他开始绕着餐桌小步慢跑：“这样好一点儿吗？现在可以听到吗？”

当他从苏西旁边跑过时，苏西将椅子往里挪了挪，给他腾出更多空间。妈妈看威尔莫特的眼神仿佛是觉得他发了疯。这时，威尔莫特突然停了下来。

“哦！”他惊呼道，“是您啊！您是怎么知道这个号码的？”几秒钟后他的眉头锁得更紧了，然后又开始慢跑：“我知道了，请再说详细一点儿！”

现在所有人都安静了下来，就连苏西的爸爸妈妈也急切地看着威尔莫特，想知道发生了什么。

“真的吗？那听起来很严重。”威尔莫特一边慢跑一边说，经过餐边柜时，一只耳朵尖差点儿把上面的花瓶撞倒。

其他人都有点儿坐立不安，看着他又绕着餐桌跑了一圈。

“我们是您永远的依靠，”威尔莫特呼吸急促地说，“风吹雨打太阳大，流星雨来也不怕，奇境邮政特快专列——是、是，当然，我会闭上嘴巴，行动起来。抱歉。”他忽然停下脚步，收起电话天线，再将电话装进大衣里面。“唉！”他用衣袖擦了擦额头，看了看周围关切的脸庞，说，“真是出乎意料，我们有东西需要派送。”

“可我们下班了，”斯通克说，“不能等到明天吗？”

“恐怕不行，”威尔莫特说，“这次派件十分紧急，是最高优先级！”

“什么？”苏西说，“是谁打来的？听上去不像是你妈妈。”

“哦，不是，”威尔莫特说，“是象牙塔的诺玛队长，或者应该称呼她的头衔——启明大人。”

苏西猛地坐直身子。“什么？”

“等一下！”妈妈站起来，举起双手示意大家安静，“我记得启明大人，苏西跟我说到过她，她是位可怕的老妇人，有支雕像大军，是吧？”

“不是的，”苏西说，“你说的是暗影夫人，她住在黑岩塔。”

“那这位启明大人是谁？”爸爸问。

“启明大人是住在象牙塔的那位，”苏西说，“月亮中心的那座塔，里面有图书馆，记得吗？”她看出妈妈想要争论什么，她正要解释，却被爸爸打断了。

“所以有两座塔？”他问。

“是的。”苏西回答。

“还有两个图书馆？”

苏西看了看爸爸，又看了看妈妈，感觉想解释的劲头正一点点溜走。她叹了口气：“瞧，爸爸，真的很简单。暗影夫人掌管黑岩塔，那是一座巨大漆黑的监狱，里面关着奇境里最危险的罪犯，那些活动的雕像有点儿像狱卒。”

“目前为止我都听懂了，”爸爸回答，“继续。”

“启明大人掌管象牙塔，”苏西说，“那是一个又大又洁白的地方，在月亮中心，也是奇境现存最大的图书馆，储存着奇境里所有的知识。我的朋友弗雷德里克在那里工作，他是现任图书馆馆长。”

“但你不是说一位老先生掌管着那个地方吗？”爸爸说，“难道那是我想象出来的？”

苏西紧闭双眼，她的爸爸妈妈有谁听进去她跟他们说的哪怕一件事了吗？

“那是艾贝克，上一任启明大人，”她说，“他以前管理象牙塔，但他为人邪恶，我们齐心协力把他赶下了台。新任启明大人以前是他的护卫队长，名叫诺玛。”

“她希望我们赶紧过去，”威尔莫特边说边朝冰箱移动，“我不知道究竟发生了什么，但她说象牙塔危在旦夕。显然只有我们能够帮到她。”

斯通克迅速站起身。“天哪，你怎么不早说？”他转向苏西的父母，深深鞠了一躬，胡子尖都碰到了地板，“史密斯先生、史密斯太太，很高兴认识你们。”

乌瑟尔也往后推开椅子站起身，结果将餐桌往前推了不少。她摇摇晃晃地穿过厨房，四肢踩在地板上，地板吱呀作响，苏西的爸爸妈妈连忙给她让路。

“嗯嗯嗯啊哼。”乌瑟尔低吼道。

“乌瑟尔感谢你们的盛情款待，”斯通克说，“她还说你们家很漂亮。”

“啊……她太客气了。”妈妈微笑着说，尽管有些发抖。

“我拿一些路上吃，”弗莱彻边说边将香肠卷和一块比萨装进口袋，“顺便说一下，食物非常丰盛，非常美味。”

苏西跳起来，说：“等等我。”

“哦，不行，小姑娘，”妈妈说，“你哪儿也不能去。”

苏西猛地刹住脚步：“可你听到威尔莫特说的了，象牙塔需要我们！”

妈妈交抱双臂，挺直了腰杆，即使这样她也只比苏西高出一点点。不过她有个窍门，能让人感觉她有苏西的十倍高——“你被禁足了，记得吗？”

苏西脸色一沉：“但是，妈妈——”

“你妈妈说得没错，苏西，”爸爸说，“我们俩还没对这些魔法什么的做出最终决定，在那之前，我们不希望你离开我们去任何地方。”

“但是，爸爸！”苏西吃惊地说道。

“别再说但是，”妈妈说，“你得听爸爸妈妈的话。”

斯通克清了清嗓子：“也许我们应该离开了。”他一边说一边小心翼翼挪着步子朝冰箱走去。

“等等，”苏西脑子里冒出一个新主意，“把我们都带上。”

“你说什么？”斯通克说。

苏西转身面对爸爸妈妈：“怎么样？跟我一起参加一次派送吧。”

她的爸爸妈妈你看看我我看看你。“我们不能那么做。”最后妈妈说。

“为什么不能？”苏西问，“这个晚餐就是为了帮助你们认识车组人员，了解特快专列上的生活。但跟我一起去象牙塔更好，你们可以亲自体验！”

爸爸有点儿动心了。“去月亮……”他目光迷离地说，“就像尼尔·阿姆斯特朗一样。”

“比阿姆斯特朗厉害，他可没去过月亮里面。”苏西挑了挑眉毛，鼓励道。

“不，不行，你不能去。”妈妈说着站到两人之间，打断了苏西的话，“我知道你打的什么算盘，苏西·史密斯。就因为你爸爸容易妥协，你就觉得可以利用他来说服我吗？想都别想。”

“嘿！”爸爸说，“我不是容易妥协，我只是在考虑苏西的提议，因为它确实值得考虑一下，而不是一口否决。”

“你觉得我就是那么做的，一口否决？”妈妈生气地反驳。

“不是吗？”

“我是在尽力保证我们女儿的安全。”

其他人都悄悄地朝冰箱移动着，苏西真希望有个地缝能让她钻进去，或者是让她的父母钻进去。“妈妈，”她说，“象牙塔并不危险，它只是一座图书馆。而且你们俩会在我身边监督我，不会有事的。”她满怀希望地对妈妈一笑：“你一直跟我说实践是最好的老师，记得吗？”

妈妈看了看一脸期待的众人，撇了撇嘴。“我不能穿成这样去。”她说。

“为什么不可以？”斯通克说，“苏西就这样穿过。”看到苏西皱眉，他顽皮地笑了笑：“但我可以给你几分钟时间换衣服，如果你需要的话。”

妈妈瞪了他一眼。“我需要两分钟，”她说，“你们不带上我不能离开。”

“我以名誉保证。”斯通克说。

“还有你，”她转向弗莱彻说，“你得把那个博格特从我家水管里弄出来才能走。”

“为什么？”弗莱彻说，“它不会添乱的，你只需要在上厕所之前往马桶上踢一脚，仅此而已。”

“从，我家，水管里，弄出来。”妈妈说，“我马上回来。”

妈妈匆匆离开厨房后，苏西默默松了口气。有那么一会儿，她还以为去往奇境的事要化为泡影了。“抱歉，弗莱彻，”她说，“你有什么办法能把博格特弄出来，同时又不伤害到它吗？”

“嗯，应该没问题，”弗莱彻说，“我认识一个可以在排水管里像蛇一样爬行的家伙。”

苏西点点头，随后眉头一紧。“你不会真的叫蛇过来吧？”

“不，当然不会，”弗莱彻说，“准确来说，它们是一种多头蠕虫。”

“不行，”苏西果断地说，“水管里不能再进这种东西了，还有什么办法能把它弄出来吗？”

弗莱彻鼓起腮帮子说：“灵气马桶搋子也许可以，但我得现做一个。可能会花些时间，没关系吧？”

“没关系，”苏西说，“你需要多长时间都可以。”

苏西的妈妈穿着运动服和运动鞋重新进入厨房，所有人都转身去看，只见她手上拿着一个衣架，上面挂着一件带有精致金色织锦的红色长外套，配着一件马甲和一条黑裤子。

“我的邮递员制服！”苏西说。

“我还是觉得这不是个好主意，”妈妈说，“但是如果我们要去派件的话，我想你最好穿上它。”她将制服递给苏西：“都准备好了吗？”

“准备好了，”苏西抱着制服，把脸贴在上面，感受它厚实的面料，“出发吧。”

“是时候了，”斯通克说，“出发去象牙塔！”

第4章

金邮票特快件

每当穿上邮递员制服，苏西总会感觉自己变得高大了一些。她兴冲冲地走进分拣车厢，报告道：“助理邮递员史密斯，归队。”

火车快速驶向象牙塔，车身摇摇晃晃的，苏西尽量保持着平衡。

分拣车厢是一个温暖舒适的地方，四周全是架子和信件格，里面放满了一堆堆整齐有序的信件。威尔莫特从车厢正中的办公桌旁抬起头，手里举着一张用闪闪发光的金纸印刷的派送单，兴奋得两眼放光。

“太棒了！”他说，“对我们来说，今天可是个重要的日子，苏西。诺玛说她要派送的东西是我们有史以来处理过的最紧急的一件，绝对的最高优先级！”

“你是说我们要送一个特快件？”苏西问，在父母将她的邮递员手册没收前，她已经将有关信件分类的内容牢记于心，“五小时内送达？”

“我们以前送过特快件，”威尔莫特回答，“还有比那更高的级别，也就是金邮票特快件！邮政系统中最罕见、最独特的一种！”他挥舞着手上的派送单。

“我怎么从没听说过这个级别呢？”苏西问，“手册里没有提到过它。”

“因为在整个奇境邮政服务的历史上，它出现过的次数都极少，”威尔莫特说，“我父亲从未遇到过，甚至连我爷爷洪克斯也没遇到过。”他说着睁大了眼睛，用敬畏的语气说：“我将会是我们家族中第一个派送金邮票特快件的，妈妈会多么骄傲啊。”

“哇，”苏西说，“诺玛到底要寄什么贵重物品？”

威尔莫特回过神来。“哦，她没告诉我，”他嗫嚅着说，“我只知道它正在吃象牙塔里的书，需要立即处理。”

“吃书？”苏西立刻警惕起来，“是某种生灵吗？”

“我真的不知道，”威尔莫特说，“但诺玛坚持说只有特快专列可以帮上忙。还有，如果我们不停下手中的事立即赶往那里，她就会追捕我们，把我们蹍成精灵饲料。”

苏西脸色一沉：“听起来她还是老样子。”

“哦，这可说不准，”威尔莫特说，“精灵饲料的事可能是开玩笑的。”他挎上包，将派送单塞了进去：“如果可以成功派送金邮票特快件，我们每个人都能得到邮政大臣颁发的奖牌，而且我们的名字将被刻在中心邮局的荣誉墙上供后世瞻仰！”

苏西的思绪立即转向她的父母，一枚奖牌真的足以说服他们允许她继续做邮递员吗？她已经在脑子里盘算了好几天：她可以继续上学，只在周末加入列车组，暑假也可以加入几周，前提是不会影响成绩。这趟派送任务可能正是她所需要的。“你看见我爸爸妈妈了吗？”她问。

“我想他们正和其他人一起待在驾驶室里，”威尔莫特说，“我们去看看吧。”

特快专列的空间设计又经过了改造升级，在威尔莫特办公桌后面的墙上，有一扇门直接通向又热又潮、充满噪声的驾驶室。这里既是厨房又是机房，一大堆弯弯曲曲的管道和阀门盘踞在前面的墙壁上，像树根一样绕着一个看上去颇为古老的壁炉，壁炉里熊熊燃烧着蓝色的火焰。苏西和威尔莫特进来时，乌瑟尔正把几串香蕉扔进火焰里，火焰噼噼啪啪烧得更旺了，整列火车带着新增的能量往前疾驰。

“女士们先生们，请做好准备，即将转入地面行驶，”斯通克说，“我们就要到了。”他兴奋地在各种仪表盘和操纵杆之间忙活着，调控锅炉的温度、压力和机车的速度。

苏西在驾驶室内环视了一圈：“我还以为我爸爸妈妈在这儿呢。”

斯通克指向半开着的前门：“到外面找找看。”

苏西把头伸出去，惊讶地看到爸爸妈妈站在车轮正上方、位于锅炉侧面的舷梯上。

“你好，亲爱的，”爸爸提高嗓门，盖过火车飞驰的呼啸声，“你看上去真精神。”

“爸爸妈妈，”苏西回喊道，“你们俩在这里干什么？”

“你爸爸担心我们会错过什么令人激动的东西。”妈妈双眼紧闭，双手牢牢抓着舷梯护栏说。

“我原以为连接不同世界的传送隧道会更像旋涡，”爸爸说，“或者更变幻莫测一点儿。”

“抱歉，爸爸，”苏西说，“但实际上虫洞没那么有趣，就是把你送到目的地而已。”

恰在此时，特快专列冲出传送隧道，进入了令人目眩的白色的月亮中心。这是一个超级大的球形空间，半空中悬浮着纵横交错的铁路线网，一辆辆列车在铁路线上来回穿梭，从球壁上排列着的传送隧道口里呼啸来去。在这一切的正中央，是一根发光的巨型白色石柱，从球底贯穿至顶部，柱身上嵌着色彩斑斓的玻璃窗。这就是象牙塔。

“看到我说的了吗？”苏西说。

自从第一次的奇境之旅后，她再也没见过象牙塔。那时候，邮政特快专列失控，她以为自己命在旦夕，没能好好欣赏这座壮丽的塔。而现在，她又要分神去担心爸妈的反应。

“阿芒丁！看这里！”爸爸说着捅了捅妈妈。她先是睁开一只眼睛，然后两只眼睛都瞪圆了。

“哦，我的天哪！”妈妈的恐惧似乎一扫而光，她俯身探过栏杆惊呼道，“有这么多！”

苏西来到栏杆处和他们站在一起。“你们喜欢吗？”她满怀希望地问。

“不可思议！”爸爸带着灿烂的笑容说。

“真美啊，”妈妈说，“月亮里面就是这幅景象？”

苏西点点头，感到既放松又激动。“快看，那是中心站。”她指着浮在象牙塔前面光亮的曲面建筑说。车站由白色石头和玻璃建成，十几条铁路线汇聚其中。“我们到站了。”

特快专列在朝中心站俯冲的过程中开始减速。不到一分钟，它就缓缓驶入车站的弧形玻璃屋顶下，停在一个站台上。

“你们都在这里，”威尔莫特跳出驾驶室前门说，“好极了，我们去看看前面为什么会这么热闹。”

中心站广场上熙熙攘攘，聚集着来自奇境联邦各地的生灵。苏西和爸妈跟在威尔莫特后面穿过人群，看到了几个矮人、一些钟表机器人、一些看上去像是行走的玫瑰丛一样的东西，还有一群背着荧光粉壳的巨型寄居蟹。就连苏西都觉得这些奇奇怪怪的生命形式令人费解，所以看到爸爸妈妈由惊讶变成惊恐，她也不感到意外。尤其是他们还不得不给一个长得像食人魔的生灵让路，那个生灵前额上还长着一只发光的角。

“你们俩还好吗？”苏西问。

爸爸妈妈紧张地点头回应。

苏西一心想着爸妈，差点儿一头撞到支撑屋顶的柱子上。她及时停住脚步，眼前却突然出现了一张脸，吓得她往后一缩。那张脸跟猫头鹰的脸很像，覆有羽毛，嘴巴部位是钩形的喙，还有大如灯泡的黄眼睛，正愤怒地瞪着她。她本能地举起双手护在身前。

“怎么了，亲爱的？”爸爸问。

苏西紧张得上气不接下气，随后反应过来是怎么回事，原来那只是贴在柱子上的一张海报，脸周围全是愤怒的红色文字：

通缉令

伊格里斯·泰尼布里

犯抢劫罪、间谍罪、袭击罪、试图摧毁矮人城罪

携带武器，十分危险

如若发现，请立即联系当地警方或黑岩塔

提供抓捕线索者有重赏

“这就是你跟我们说过的那个坏人吗？”妈妈伸出胳膊揽住苏西，好像要保护她，同时对海报投去厌恶的目光。

“是的。”苏西说。她仍然有些回不过神来。当然，她知道泰尼布里仍然逍遥法外，但没料到这么快就见到了他，即使只是在一张海报上。她环顾四周，发现车站的每根柱子上都贴有通缉海报，每个售票窗口上也是。有的海报上是泰尼

布里，有的则是前任启明大人艾贝克的画像。艾贝克曾通过象牙塔控制整个奇境，直到苏西和车组成员揭穿了他的诡计并把他赶下台。苏西挣脱妈妈的手臂，走近其中一张艾贝克的通缉海报。

通缉令

艾贝克·阿兰霍德（前任启明大人）

犯同谋罪、间谍罪、叛国罪及其他诸多罪行

父母跟在苏西身后，神情越来越担忧。苏西知道自己需要让他们远离这些海报，将注意力转移到危险罪犯以外的事物上。

她挤出一丝微笑，说："没什么可担心的，无论艾贝克和泰尼布里在哪里，都离这里很远。我们快跟上威尔莫特。"她挽住爸爸妈妈的胳膊，领着他们穿过人群。

威尔莫特正在广场后方连接车站和象牙塔的吊桥入口处。一群生灵聚在那里，大部分看上去怒气冲冲的。

"你们来了！"威尔莫特急切地说，"肯定出了什么问题，你们看。"

他指向四个留着齐肩内扣发型的女人，她们的发色都很明亮，分别是绿色、橙色、红色和蓝色。她们在银色连体衣外面穿着防弹衣，每人都举着一支看起来颇重的等离子步枪，站在吊桥入口的一排闸机前。闸机上方的一块巨型霓虹灯牌上写着：欢迎来到象牙塔，现在免费向公众开放。

不知怎的，有人在灯牌下面挂了一块手写着“闭馆”字样的卡纸板，明显与霓虹灯牌相矛盾。

“苏西！”爸爸悄悄地说，“那些女人手上有枪。”

“别担心，爸爸，”苏西一边说一边试图控制住自己的焦虑情绪，“她们是月亮护卫，保护象牙塔是她们的职责。”

“我们有权使用图书馆！”前排一个鼻涕虫似的橙色凝胶状生灵大喊道，“我还以为这里现在对所有人开放呢！”

很多生灵低声附和着，发出一阵嘲讽和抱怨。

“我再跟你们说一遍，”绿发护卫说，“我们有随时闭馆的权力。”

“什么时候重新开馆？”一个穿着长舞裙的人身牛头的生灵喊道，“我要进行非常重要的医学研究。”

“准备好的时候自然会开放。”护卫回答。

一个呈锯齿状、由蓝色发光水晶组成的生灵将手拢成杯状，放在嘴边喊道：“你们一定在隐瞒什么！”这话在人群中又激起一阵嘲讽和嘘声，护卫们第一次感觉有些不自在。

“没有人隐瞒什么，”橙发护卫说，“我们正在处理一个安保问题，在问题解决之前任何人不得入内。”

人群开始起劲地议论起来。

“我敢打赌一定是前任启明大人，”苏西听到有人说，“他又控制了象牙塔。”

“这就是谁都找不到他的原因，”一朵冒着红火花的云说，

“他一直藏在这里。”

“他们很可能敞开怀抱欢迎他回来呢。”一个小地精小声嘀咕道。

一直观察着人群的威尔莫特越来越担心。他举起一只手喊道：“抱歉！我们来自奇境邮政特快专列，是启明大人请我们过来的。”

众目睽睽之下，绿发护卫挤过人群向他走去，问道：“你们是邮递员？”

“邮政局长格伦特和助理邮递员史密斯，乐意为您效劳。”威尔莫特边说边抓着衣领展示自己的徽章，苏西也做了同样的动作。

绿发护卫眯起眼睛仔细瞧了瞧他们俩，然后将苏西的父母上下打量一番。“那么这两位呢？”她问。

“他们是来了解我们的派送的，”苏西说，“因为——”

“因为我们担心她的健康和安全，”妈妈眯起眼睛看向绿发护卫，“你们这座塔最好是安全的，否则我会向你们的上级投诉。”

绿发护卫盯着她，妈妈盯了回去。

苏西感到有些不安，但又不敢干涉。

“那就赶快进去，”绿发护卫说，“启明大人需要你们。”说完，她带领他们一行人穿过人群来到闸机处。从人群中经过时，苏西感觉到一双双怀有敌意的眼睛死死地盯着她的后脑勺，让她很不自在，这已经是今天第二次了。

“为什么放他们进去？”橙色鼻涕虫大喊道，“这不公平！”

“有阴谋！”另一个生灵高呼，其他生灵则嘀嘀咕咕地大发牢骚。

月亮护卫们打开闸机，挥手示意威尔莫特、苏西和她的父母上吊桥。

“抱歉，请问一下，”威尔莫特走过闸机时问，“究竟发生了什么事？”

“大麻烦，”红发护卫说，“启明大人会告诉你们所有情况。”

四人匆匆穿过吊桥走向象牙塔。“啊，真令人激动，是不是？”苏西的爸爸说。无论在什么情形下，他总是强调积极的一面，这点苏西早已习惯。但现在，就连爸爸的声音听上去也透着不确定，这让苏西也动摇起来。

象牙塔的入口是两扇玻璃大门，此时大门大开，迎接他们的到来。四人踏进一个高大的圆形中庭，一束束亮光透过象牙塔的彩色玻璃窗照进来，呈现出绚丽的色彩。窗户与窗户之间的墙壁上排列着一个个书架，但令苏西惊讶的是，书架上几乎全是空的。一小队穿着白袍子的助理馆员正在梯子上爬上爬下，搬运着书架上剩下的书。更多的助理馆员，甚至月亮护卫，都在匆匆忙忙地来回穿梭，每个人都抱着满怀的书，看上去十分紧张不安。

更令人吃惊的是，地上散落着一堆堆废弃的书。它们形状各异，尺寸不一，少说也有几千本，这些书混乱地堆在一起，差不多堆到苏西腰部那么高。还有，这些书的书脊都裂开了，书页皱巴巴的。

苏西忽然发现这些书的书页都是空白的。他们一行人穿过这一地狼藉时，苏西随手捡起一本翻看，确实是空白的，就连封面上都没有任何内容。她小心翼翼地将它放到最近的一堆书上，又拿起另一本，也是空白的。所有被丢弃在这里的书都一样，上面没有一个字。这场面让她打了个寒战。

“象牙塔里一直是这样的吗？”妈妈一边低声说一边困惑不解地看着四周。

“不是，”苏西说，“肯定不是。”

“快点！”一个声音在中庭回荡，“这些沃贡诗十分钟前就应该在档案室了。还有你！你要把那些四维立体书带去哪里？应该把它们送到下面的书库，而不是上面的阅览室。快点快点，我们已经损失太多书了，必须把剩下的都转移到安全的地方。”

威尔莫特在书堆中绕来绕去，终于来到中庭中央的圆形接待台前，一个蜜糖色皮肤的高个子女矮人正在那里通过扩音器指挥所有人，一个看上去年纪非常大的老矮人坐在接待台后，用手指堵着耳朵。

“嗨，妈妈，”威尔莫特朝拿扩音器的矮人挥动手臂，“一切都好吗？”

“哦，嗨，亲爱的威尔莫特，”他的妈妈把扩音器放下之后说，“谢天谢地，你们终于来了。”

“是的，”接待台后面那个老矮人咕哝道，“谢天谢地！”他将手指从耳朵里抽出来，感觉耳朵里嗡地一响。“还有小苏西，见到你们俩真高兴。”他抬起手，心不在焉地用衣袖擦了擦覆盖了半个头皮的钢板。

“特雷里斯先生！”苏西说，“还有格伦特夫人！没想到你们俩也在这儿。”

“我已经找到了我的第二职业，”特雷里斯先生说，“助理馆员伯特勒姆·特雷里斯，乐意为您效劳。”

“老邮递员们都来象牙塔工作了，直到矮人城重建完成。而且现在象牙塔也确实比较缺人。”格伦特夫人说，然后向苏西的父母投去问询的目光，“你们是来这里做志愿者的吗？”

苏西的爸爸有些迷糊：“哦，不，抱歉，我们是和苏西一起来的。”

“这两位是我的爸爸妈妈，”苏西说，“爸爸妈妈，这位是葛楚德·格伦特，威尔莫特的妈妈，她在矮人城为退休的邮递员们开了一家疗养院。”

葛楚德匆匆打量了一眼苏西的父母，然后露出一个微笑。“很高兴认识你们，”她快速说道，“但现在恐怕没时间寒暄，我们得尽快把幸存的书送到安全的地方，一会儿启明大人会把包裹给你们。特雷里斯先生，你可以打电话告诉启明大人特快专列的车组人员到了吗？”

“这就打。”特雷里斯先生说着伸手去拿电话。

趁他打电话的空当，威尔莫特惊讶地环顾中庭：“这一切都是那个包裹造成的？”

“这只是一小部分，”葛楚德说，“它几乎吸走了象牙塔里所有的文字，几百万本书都变成了白纸。我们在竭尽全力挽救剩下的书，但是……”她难过地摇摇头：“现在已经不剩多少本了，我们行动得太迟了。”

苏西试着想象这个画面：整座图书馆的文字被吸干，奇境所有的知识、历史和文化被抹掉。那真是一场灾难。

“别忘了纪念品！”一个声音在中庭里回响。苏西转身看到一个小个子矮人，她有着和葛楚德一样的眼睛，皮肤也是蜜糖色，身材敦实，此刻正匆匆朝他们走来。她穿着写满了黑字的白色宽松T恤，推着一个带轮子的衣架，衣架上挂满了和她身上一模一样的T恤。

“你好，多萝西姨妈，”威尔莫特说，“你在干什么？”

“他们让我负责新开的礼品商店，”多萝西自豪地说，“这些T恤或许不是伟大的文学作品，但也需要有人搭把手转移一下，免得它们也遭到毒手。”

葛楚德“啧”了一声：“多萝西，现在可不是管T恤的时候。”

“如果纪念品突然变成纯白T恤，需要向启明大人解释的人可不是我。”多萝西说。

苏西瞟了一眼多萝西T恤上的字，问：“上面写的是什么？”

多萝西把T恤拉直了给苏西看，只见上面龙飞凤舞地写着：

我的朋友们去了象牙塔，
给我带回来的只有这句烦人的保证：
它已经不再是隐秘的独裁统治的工具。

“你想来一件吗？”多萝西问。

苏西对她抱歉地笑了笑。“不用了，谢谢，我可能有点儿欣赏不来。”

“没人欣赏得来，”特雷里斯先生说，“这些T恤糟糕透顶，但在有人能够说服启明大人别再管贸易事务之前，我们只能接受。”

“我的贸易管理有什么问题吗？”一个声音响起，特雷里斯先生听到后一下子跳了起来。一个留着飘逸的荧光粉齐肩短发的女人走近接待台，她手里拿着一个帽盒大小的玻璃圆筒，圆筒固定在一个扁扁的金属底座上。

“我知道轮不到我说话，启明大人，”特雷里斯先生说，“请不要炒我鱿鱼。”

“如果你继续叫我‘启明大人’，我就把你放进锅里当鱿鱼炒了，”那女人将圆筒放到接待台上，然后说，“叫我诺玛。”

诺玛身体结实，肩膀宽阔，穿着和月亮护卫同款的发光连体衣，只不过衣服的颜色是白色。她在连体衣外面披着及地的白斗篷，系带是条金链子。苏西无意间注意到，她仍然将她以前做护卫队长时的等离子手枪别在大腿上。

苏西还没来得及跟她打招呼，苏西的爸爸就伸出手走上前。“诺玛女士，”他说，“我是苏西的父亲，这是她的母亲，我们为能够进入月亮内部感到荣幸。”

诺玛看着他的手，仿佛上面沾了什么脏东西，这让苏西感到有些不自在。

“不用客气。”诺玛说着从他旁边绕过去。“还有你，”她看到苏西时说，“我听说上个月是你阻止了机器巨人摧毁矮人城，把它从中间劈成了两半。”

苏西察觉到父母一下子紧张起来。“大概是吧。”她含糊地回答说。

诺玛的面色温和了一些，微微露出笑意：“干得漂亮！我跟你说，你永远不会忘记你杀死的第一个机器人。”

最后，她转向威尔莫特：“你好啊，局长，准备好执行这次派送任务了吗？你需要立即将它送出去，立刻就出发，这是第一要务，其他事都要往后推。”

“我们来时就已经做好准备了，”威尔莫特说，“我们要派送的是什么？”

“这里是图书馆，”诺玛说，“猜猜看。”

威尔莫特微微红了脸。“那就是书吧，”他说，“好的，不过要把它送去哪里？”

“这有点儿难说，”诺玛说，“我不知道。”

“那我们该如何派送呢？”苏西问。

诺玛举起一根手指示意他们安静，她环顾中庭，看着最后一批月亮护卫和助理馆员走下通往档案室的旋转楼梯，离开她的视线范围。“格伦特夫人，”诺玛说，“把扩音器给我。”

葛楚德将扩音器递过去，诺玛将它放到嘴边，大声道：“现在可以把它带下楼了，这边准备好了。”

几秒钟之后，三个人出现在通向上层阅览室的旋转楼梯上。其中两人是月亮护卫，她们的等离子步枪亮着光，随时准备开火。两名月亮护卫之间是一个又小又瘦的男孩。男孩面容苍白，留着蓬乱的灰褐色头发，穿着一件米白色束腰短袍，手里捧着一本厚厚的、皮面装订的书，胳膊伸得老长，像是觉得那本书会随时爆炸。

“弗雷德里克！”男孩和两名月亮护卫走来时苏西说，“爸爸妈妈，这就是我跟你们说过的那个朋友，也是现任图书馆馆长。”

弗雷德里克冲他们笑了一下，不过说不好到底是微笑还是苦笑。他的眼睛始终盯着手里那本书，书很厚，封面上用凸出来的银色花字体写着书名“力量之书”，整个封皮因年代久远有些泛黑，而且坑坑洼洼的，十分像苏西有一次在博物馆里看到的一本中世纪古书。这本书被一个金属搭扣锁着，搭扣是蜗牛壳形状的，已经失去了光泽。

“接下来怎么办？”弗雷德里克说，额头上冒出几颗汗珠。

“轻轻地把它放下来。”诺玛说。

弗雷德里克轻手轻脚地将书放下，然后赶快往后退了一大步。

“上面情况如何？”诺玛说着将一只手放到手枪上。

“很糟，”弗雷德里克用衣袖擦了擦额头说，“我们行动得太晚了，没能挽救哥特小说。一队助理馆员将一些扎多尼恩笑话书搬到了安全地带，但从高级实操魔法区一直到非自然历史区的所有藏书的文字都被抹掉了。”

“听起来很严重，”苏西的妈妈说，“苏西，你说过图书馆不危险的。”

“妈妈，拜托！”苏西生气地说。但看到月亮护卫们的等离子步枪都瞄准那本书后，她转而问弗雷德里克：“这到底是什么情况？”

因为不再拿着那本书，弗雷德里克看上去稍微平静了些。“你好，苏西，很高兴再次见到你，”他浅浅一笑，看上去疲惫不堪，苏西第一次看到他有了眼袋，“这是象牙塔里最古老的书，实际上，从象牙塔诞生的那一天起，它就在这里，尽管它并不真的属于我们。”

“那是什么意思？”威尔莫特问。

“根据记录，它是我们在联邦刚成立时借来的。”

“但那是几千年以前的事了！”威尔莫特说。

“是几十万年前。”葛楚德说，多萝西使劲儿点头表示赞同。

“借用期非常长，”弗雷德里克说，“但在今天早上到期了，所以现在这本书逾期了。”

“所以你们需要特快专列把它归还原主？”苏西说。

“没错，”弗雷德里克说，“只不过我们不知道原主在什么地方。”

苏西耸了耸肩：“你们的记录上没有吗？”

“你不了解这里面的事，”弗雷德里克说，“没有人知道那地方在哪儿，这本书来到我们这里的时候，那个地方就已经消失了。”

苏西不解地看着他：“既然原主已经不在了，那为什么还要归还呢？”

“因为我们真不想留着它。”诺玛说。

“抱歉！”一个声音紧张地说。大家转过身去，看到一个长着爱尔兰长毛猎犬般的脸和黄褐色毛发的男孩，他怀里抱着一摞书，踉踉跄跄地从中庭另一边的拱门里走来。“我想把这些传记拿到下面的东侧存储区去，但那里已经满了，所以我在想——”

“把它们拿走，吉姆－吉姆！”葛楚德说，“快点！”

吉姆－吉姆惊得跳了起来，手一松，书掉到了地上。“哦不！”他尖叫道，“对不起！”

诺玛打了个响指，刚才护送弗雷德里克的两名月亮护卫啪的一声立正。“去帮他，”她说，“趁——”

“来不及了，”特雷里斯先生惊叫道，“看！”

一股黑色液体从掉落的书里渗出来，淌到地板上。苏西以为是墨汁，可接着液体开始蒸发，化作卷须状的烟雾，在空气中缭绕盘旋，朝接待台飘来。

“发生了什么？那是什么东西？”苏西的爸爸一边说一边将苏西和妈妈拽离烟雾经过的地方。那些烟雾像蛇一样蜿蜒着飘进那本黑色古书里，在书页之间蠕动。

“是文字，”弗雷德里克疲惫又无奈地说，“是吉姆－吉姆刚才拿着的传记里面的文字。”

吉姆–吉姆难过地叫了一声，耳朵耷拉下来。“对不起！”他悲伤地说，“我不知道你们已经把它拿下来了！”

苏西挣开爸爸的手，小跑着来到散落在地的传记书旁，她捡起一本翻看，发现里面的每一页都是空白的。她又捡起一本，也是同样的情况。

“那本书把它们吸尽了，”威尔莫特来到她身后，说，“它能把文字从书页上直接吸走。”

弗雷德里克严肃地点了点头：“借阅期一到，这种情况就开始了。我们找不到阻止它的办法。”

苏西看着中庭四周高高堆起的一摞摞书：“你的意思是这些书都……”

弗雷德里克又点点头：“我们还没意识到怎么回事的时候，就已经损失了将近一百万册书。”

苏西想了想象牙塔里长达几千米的书架，以及书中的无数文字。《力量之书》几乎吸尽了这里的文字，如果她和车组成员不出手相助，它可能会让剩下的书也变成空白，整个奇境联邦的文字记录将在几小时内被全部抹掉。

“为什么会发生这样的事呢？”她丢下空白的传记书回到接待台旁。

“我们猜测这本书的主人在它上面施了咒语，以防我们借书不还，”诺玛说，“他也许乐意把它借给象牙塔几十万年，但也对把它拿回去这件事特别在意。”

“但没有人知道怎么才能找到他。”苏西直截了当地说。

邮政

“你们的记录里肯定有什么有用的信息吧？”威尔莫特说，“也许书里有字条之类的。”他试图翻开封面，但金属搭扣将书封得紧紧的。

“你是在浪费时间，”弗雷德里克说，“它是用魔法封住的，连钥匙都没有。”

苏西的爸爸举起一只手：“抱歉，如果没法儿打开它，那人们怎么读它呢？”

“没有人读过它，”弗雷德里克说，“据我所知，这是象牙塔里唯一一本从来没有人读过的书。我们对它几乎一无所知，真的，除了书名和来源地。”

苏西蹙起眉头：“但知道这些就够了，不是吗？”

“知道要找什么跟真的找到它是两码事。”诺玛说。

“我相信，只要我们集思广益，没有解决不了的问题。”威尔莫特说。

弗雷德里克还没来得及回答，一个低沉微弱的声音响起，就像吹过古老洞穴的风的叹息。

“送我回水城。”

所有人都僵住了，苏西感到胳膊上的汗毛竖了起来。

"那本书刚刚说话了？"她的妈妈悄声说。

"是的，"诺玛严肃地说，"是的，它说话了。"她站起来拔出手枪，对着书问道，"你是谁？"

"我已逾期，"那本书缓缓地说，"送我回水城。"

"水城？"威尔莫特敬畏地低声道，"但那是不可能的。"

"只要能阻止你吃光我们图书馆的书，我们会带你去任何地方，"诺玛回答，"你只要告诉我们怎样去那里。"书没有回应，诺玛用枪口戳了戳它。"喂，你在听吗？"然后她愤怒地瞪着弗雷德里克，"你没有告诉我它会说话。"

"因为我也不知道！"弗雷德里克匆匆回答，"它之前没有说过话。"

特雷里斯先生一掌拍在接待台上，打断了他们的对话。"威尔莫特！看看你的挎包！"

威尔莫特低头看到几缕墨烟从挎包的翻盖下冒出来，惊慌地发出一声尖叫。他扯开挎包，掏出一把空白纸张："哦不，我的派送单！"

一秒钟后，苏西的妈妈像是被什么东西叮了似的跳起脚。黑色的烟气从她的裤子口袋里盘绕而出，她伸手进口袋拿出手机，黑烟正从屏幕上飘散而去。

"它对我的手机软件做了什么？我的短信！我的邮件！"她绝望地用手擦拭着屏幕，但苏西看到图标正在她的指尖下一点点消失，在手机壁纸上留下一处处空白，接着就连壁纸也不见了，只剩一个空屏。

“我的 T 恤！”多萝西说，一架子 T 恤上的字也被吸走了。

伴随着如同从牙缝间吸气的呲呲声，一缕缕黑烟像箭头一样飞向那本书。诺玛将它拿起，举到眼前。

“够了！”她高喊道，“住手！”

“我做不到，”那本书说，“我已经沉睡了这么长时间，肚子很饿，这是对逾期不还的惩罚。”

“那就别怪我不客气了。”诺玛说。她转向之前放在接待台上的玻璃圆筒，掀开盖子，将书丢了进去。“所有人后退，”她命令道，“捂住眼睛。”

“等等！”弗雷德里克说，“不如——”

但为时已晚。诺玛啪地合上盖子，按下了顶部大大的红色按钮。

苏西刚遮住眼睛，圆筒就像小太阳一样燃烧起来。令人恐惧的爆炸声传来，妈妈紧紧抓住苏西，弄得她生疼。

“卧倒！”爸爸喊道。当一切都淹没在炫目的火光中时，苏西感觉到他冲向自己和妈妈，将她们扑倒在地。

第5章

远古传说

有几秒钟，苏西只能感受到父母压在自己身上的重量和耳朵里隐隐的嗡嗡声。然后，嗡嗡声消失在人们惊慌失措的呼喊和尖叫声中。

她挣扎着从父母身下挤出来，眨了眨眼睛，模糊的视线变得清晰起来，然后她发现一切都和刚才一模一样，不一样的只有放在接待台上的玻璃圆筒，里面现在充满了翻滚的如同闪电一般的亮光。

“妈妈，爸爸，你们还好吗？”她说着帮父母站起来。他们看上去余惊未了，面色苍白，但都点了点头。

“这叫什么图书馆！”妈妈说，“太疯狂了！”

“我同意你妈妈的话。”爸爸说。

“两位无须反应过度。”诺玛靠在接待台上，仿佛什么也没发生过，“一切尽在我的掌控中。”

弗雷德里克顶着乱糟糟的头发从两名月亮护卫身后走出来："说句公道话，诺玛，你至少应该先让我们做好准备。而且你不应该没穿全套防护装备就操作量子碎纸机。"

这时，威尔莫特、特雷里斯先生、葛楚德和多萝西从一堆空白书后面探出头。"这就是那个东西？"威尔莫特小心翼翼地朝玻璃圆筒走了几步。

"是的，它能将任何物品粉碎到亚原子状态，"诺玛说，"我用它来解决所有我不想处理的无聊的笔头工作。"她拍了下碎纸机顶部的按钮，亮光开始变暗。

"真可惜，"威尔莫特说，"这本来是我们迄今为止最重要的派送任务。"

苏西不确定自己是否和他一样感到惋惜，这本书发出的声音不知何故让她感到不安，它古老而强大，相比之下，她感觉自己十分渺小。随着心跳的和缓，一个问题摆在了她的面前——自己刚刚失去了继续做邮递员的最有力的论据，她的父母还被吓得半死。她郁闷地想：说服他们的计划到此为止了，他们永远不会同意让我做邮递员了。

这时，一个低沉空洞的声音从玻璃圆筒内部传来："我不无聊。"

苏西吓得一缩。所有人都转过身来，看着圆筒里面最后一丝亮光慢慢消失。那本古书依然在里面，完好无损。

"这不可能！"诺玛说着掀开盖子，把书拿出来使劲儿摇了摇，"你现在应该是亚原子才对。"

“你说我是无聊的笔头工作，”那书说，“但我不是。”

诺玛紧紧握着书，握得书的皮质封面咯吱作响。“那告诉我你究竟是什么。”她命令道。

“我已逾期，”那书回答，“送我回水城。”

威尔莫特惊奇地盯着那书：“你真的来自那里吗？”

“是的。”书说。

“天哪，”威尔莫特说，“不可思议。”

“为什么？”苏西说，“水城在哪里？”

“哦，得啦，”弗雷德里克说，“这可是常识，别告诉我你又没听说过。”

苏西生气地看着他，说：“那不如你帮我解解惑吧，专家先生？”

“水城，或者说失落之城，你真的不知道吗？”

苏西交抱双臂说：“洗耳恭听。”

弗雷德里克叹了口气：“在各个奇境组成联邦伊始，人们建造了两座塔，一座是知识中心，另一座是正义中心。”

“你是指象牙塔和黑岩塔，”苏西翻了个白眼，“我又不是一无所知，弗雷德里克。”

“我知道，但有些故事说还有第三座塔，建造时间远远早于联邦成立。那座塔叫鎏金塔，是魔法中心。”

苏西突然好奇起来，但又不想让弗雷德里克得意，于是尽量掩饰住这股情绪，只淡淡地问：“然后呢？”

“据说鎏金塔是一座古城的一部分，那座城叫水城，住在那里的人在创世之初最先发现了魔法。他们拥有最强大的魔法，开辟了一个和平繁荣的黄金时代。他们帮助成立联邦，跟其他奇境的人分享他们的魔法。”

“我的母亲在睡前故事里讲到过水城。”特雷里斯先生微笑着回忆道。

“我们的母亲也是，对不对，葛楚德？”多萝西说，“那些故事里说，水城的所有房子都是纯金打造的，空气中充溢着魔法，人们只需要通过意念就可以变出东西来。”

“是的，魔法还让天空发出一千种不同颜色的光，”葛楚德说，“还让人们淋不到一滴雨。”

“听上去简直不可思议，”苏西说，“它后来怎么样了？”

弗雷德里克两手一摊，耸了耸肩。“那取决于你愿意相信哪个故事，”他说，“有些故事说水城发生了天灾，有些说魔法脱离了水城人的控制，让他们遭到了反噬。但无论发生了什么，这座城市都在某一天消失了，没留下一丝痕迹。在此后差不多五十万年里，没有人看到过水城，也没有人收到过来自那里的任何消息。”

“那你怎么知道它还存在呢？”苏西说。

“我不知道，”弗雷德里克说，“没有人知道。”

这时，苏西的妈妈开口了：“你不能让苏西去一个不存在的城市派件。你们连地图都没有吗？”

“我们本来有很多地图，”弗雷德里克说，“但都被那本书给吃了。”

“它们非常有趣，”那书说，“在我沉睡时，世界发生了那么多变化，有那么多新的地方和道路可以探索。然而水城不在其中。”

诺玛气愤地看着它：“你的意思是你也不知道它在哪里？”

“我不知道，”书说，“我在城市消失之前就被送走了，现在你们必须找到它，然后把我送回去。”

“当然，”诺玛冷冷地说，“但我为什么不让列车组直接把你丢进最深最黑的洞里呢？那样问题就立刻解决了。”

“因为只有把我送回水城，逾期不还的惩罚才会解除。”那本书说。

这话让弗雷德里克打起了精神：“你是说你可以将吸走的文字全还回来？”

“只要解开束缚住我的魔法，文字就能回来，”书说，“你们只有一天的时间来做这件事。”

“为什么？”苏西说，“超过一天会怎么样？”

“惩罚将变成永久性的，”书回答，“你们的文字永远回不来了。”

弗雷德里克的脸色变得比往常更加苍白了。

“那就这么定了，”诺玛转向威尔莫特说，“我需要你们派送这本书，不惜一切代价也要把它送到。你们能做到吗？”

威尔莫特站直身子，挺起胸膛，但仍然不及诺玛高。“我们将按绝对的最高优先级派送，提供邮政特快专列最有保障的服务，”他庄严地说，“我们会使用金邮票特快件。”

葛楚德、多萝西和特雷里斯先生全都倒吸一口凉气。

“威尔莫特，不要！”葛楚德说。

“想一想风险，小伙子！”特雷里斯先生说，“这不值得！”

苏西疑惑地看了看他们，又看了看威尔莫特。“他们在说什么？”她对威尔莫特低语，“有什么风险？”

“那不重要，”诺玛说，“金邮票特快件有什么特殊之处？”

威尔莫特舔了舔嘴唇。“它意味着邮政特快专列会倾尽全力，专门派送这一个包裹，且没有限期。换句话说，我们保证在成功派送你的包裹之前，不再接受其他派送任务。”

“等等，”苏西说，“如果我们找不到水城……”

“那我们就得一直找下去，直到找到它为止。”他努力控制着自己的表情，“是的，我知道这很困难。”

“但是万一水城确实已不复存在了呢？”葛楚德说，“你们得在这上面花一辈子的时间！”

“孩子，你还记得黑夜飞侠号吗？”特雷里斯先生对威尔莫特晃了晃手指说，“那会儿我还是个小伙子，黑夜飞侠号是整个联邦最快的邮政特快专列，当时的车组成员是我们的英雄。他们接受委托去派送一个金邮票特快件，结果余下的职业生涯全耗在给迪斯科城的首席打碟师派送杂货账单上了，只因为那人对房子施了魔法，一有人按门铃，房子就会瞬移。”

苏西好像看到威尔莫特的眼中闪过一丝犹疑。“我知道，”他说，“但这是紧急情况。而且我相信，如果水城还在的话，我们一定能找到它。”

“你能保证无论发生什么，这本书永远不会再回到这里吗？”诺玛说。

“可以。”他回答。

诺玛皱着眉头考虑着，手指敲了敲等离子手枪的枪把：“好，去吧。你们有一天的时间找到水城并将书还回去，就算找不到，也永远别让它回来。”

苏西看向葛楚德和特雷里斯先生，想寻求他们的支持，但二人似乎和她一样，震惊得呆住了。

此时的威尔莫特看上去既害怕又兴奋。“好的，”他紧张地挤出一个微笑，“呃……但是那本书把我派送单上的字都吃掉了。”他从挎包里拿出空白的金色表单。

“别管这些笔头的事了，”诺玛说，“把它送到，你们回来后让我签什么都行。”

听到这话，威尔莫特眼前一亮。“口头约定应该也行。哦，还有最重要的事情。”他又在挎包里摸索一阵，掏出一张长方形的金箔纸，大约有十厘米长。“没有特制金邮票的话就不算是金邮票特快件，”他咯咯笑道，“上面原来应该有阿米兰国王的头像的，但我猜也被吸走了。”

“是的，”那书说，“他的头像有着不同寻常的味道，但我喜欢。你还有吗？”

“抱歉，这种邮票十分稀少，”威尔莫特说，“但愿这一张仍然有效。”诺玛把书放到接待台上，威尔莫特撕掉邮票的黏合纸，非常小心地，甚至是虔诚地，将邮票贴到封面的右上角。

苏西走到威尔莫特身旁，看到邮票的金箔纸在光线照射下闪闪发光。然后，一道光如闪电一般从邮票边缘射出，掠过封面，最后消失了。

“那是什么？”她问。

“魔法，”书说，“但不是我的，是一道新的魔法咒语。”

“邮政魔法咒语，”威尔莫特骄傲地说，“它跟派送单绑定在一起，可以防止运送信息被窜改，还有保护作用。现在你已由奇境邮政服务官方承接，在收件人签收之前，我们会保证你完好无缺。”

“无论收件人是谁，”弗雷德里克说，“不过，保护咒语会不会有点儿多余？这本书已经坚不可摧了，而且在过去的几十万年里，没有人能够打开它。”

威尔莫特吸了吸鼻子。“这是服务的一部分，”他辩解说，“另外，邮票上有追踪咒语，无论我们走到哪里，诺玛都可以借此了解我们的进度！”说完他又在挎包里翻找，掏出一个有着粗金属手柄的放大镜。他按下手柄侧面的按钮，镜面里现出一个发着光的月亮图景。“像这样调节它。”他说着转动手柄底端的刻度盘，图像逐渐变大，象牙塔出现在画面中，塔中心有一个发光的金色斑点。“这儿就是我们所在的位置，”他将放大镜递给诺玛，“无论我们走到哪里，你都能用这个找到我们。”

“好极了，”诺玛说，“如果你们已经准备好了，就把书带出我的象牙塔，永远别把它带回来。”

苏西看到葛楚德、多萝西、特雷里斯先生和爸爸妈妈脸上都露出焦虑的表情。她清楚地知道这些人在想什么：万一他们再也回不来了呢？

几分钟后，苏西和爸妈、威尔莫特匆匆穿过中心站广场，弗雷德里克紧随其后。书严严实实地藏在威尔莫特的挎包里，但这也不足以阻止他们所经之处文字的蒸发：发车时刻表上的目的地、附近的站台号、通缉海报，甚至售票窗口上方时钟上的数字，都化作烟雾盘旋着飞过广场，进入挎包。人群发出惊愕的喊叫声。

“哦，天哪，”威尔莫特在人群的指指点点和注视下涨红了脸，“是不是无论我们走到哪里，它都会这么干？而我们都不知道该从哪儿找起。”

“远古传说里没有什么线索吗？”苏西问。

“丝毫没有，”弗雷德里克说，“你以为它为什么叫失落之城？关于它的线索都消失了。”

苏西生气地看着他：“如果你的本事就是奚落别人，也许你还是留在这里比较好。”

“但恐怕他说得对，”威尔莫特说，“无论水城发生了什么，它都没有留下一丝线索。它就是凭空消失了。”

“好极了，”他们走上特快专列停靠的站台时，苏西说，“那么它消失之前在哪儿？这你总该知道吧？”

“也不太知道，”弗雷德里克说，“多年来人们提出了很多种猜想，我们唯一能确定的是它在虚境的某个地方。”

“抱歉，”苏西的妈妈说，“我在努力听懂你们说的这一切，真的，但要消化的内容太多了，比如虚境是什么？苏西之前跟我们说过它吗？”她戳了戳苏西的爸爸，后者摇了摇头。

弗雷德里克气愤地嘟囔了一声。“说实话，在你们的世界里有谁学过什么有用的东西吗？”他没理会苏西父母向他投来的犀利目光，继续说，“虚境是负空间，巨大的空洞，将一个个奇境分隔开来。”

“正因如此，我们矮人才建造了奇境轨道系统，”威尔莫特说，“我们的传送隧道可以不经过虚境，直接把奇境连接起来。在古时候，想要从一个奇境到达另一个奇境，唯一的方法就是乘船穿越虚境，但那样耗费的时间极长。”

苏西的大脑开始轻轻发痒，她很熟悉这种感觉，这意味着她正在奋力与问题作战，但还没找到关键之处。威尔莫特提到的船留在了她的脑海里，她的思绪开始围绕船打转。

她正在思考时，爸爸说：“我这建议也许有点儿可笑，但为什么不问问那本书呢？”

“我怎么没想到呢？”弗雷德里克说。他俯下身，向威尔莫特的挎包问道：“你能告诉我们水城以前在哪里吗？”

书发出一声叹息，这声音如清风穿过树林：“在解除束缚我的魔法之后我才能说。在那之前，我能做的只是吸收信息，而不能传播。”

“你的意思是你知道，但不会告诉我们？”弗雷德里克说，“这可真是太好了。”

这时他们来到了贝儿号面前，斯通克站在舷梯上朝他们挥手。

“你们好！”大家爬上舷梯时他说，“我们准备好出发了。你又要加入我们吗，弗雷德里克？”

威尔莫特刚在斯通克身边站定，贝儿号锅炉铭牌上的文字就开始消融。斯通克惊恐地看着火车头的名字飘进了挎包。

“搞什么……”

“对不起，斯通克，”威尔莫特说，“我会跟你解释清楚的，但我们必须立即发车。我们接到了一个金邮票特快件，时间紧迫，我们只有二十四小时的时间来派送它。”

弗雷德里克从牙缝里吸了口气。“实际上是十小时……”他说，“大约十四小时之前，借用期就到了，而在最开始的八个小时里，我们都没发觉出了问题。”

“金邮票特快件！”斯通克喊道，惊得胡子尖都翘了起来，“你们应该跟我提前打个招呼的，我们要把它送到哪里？”他环顾一圈，只看到一张张茫然的脸：“嗯？”

就在这时，苏西的大脑锁定了解决方案，或者说至少是部分解决方案。“我们必须进入虚境。”她宣布说。

“你再说一遍？”斯通克说。

“我们必须进入虚境，”苏西说，“找到水城消失之前的所在地。”

“这有点儿难，”威尔莫特说，“虚境有很多很多。”

“我知道这计划不是很好，但这是现在唯一可行的办法，”苏西说，“如果我们知道水城以前在哪儿，也许就能够找到有关它去向的线索。”

弗雷德里克揉了揉后脖颈，一脸愁云：“好吧，我们也没有其他的选择了，但是我们要怎么到那儿去呢？虚境里没有铁路线。”

“我们可以借助危险地带车厢，”威尔莫特说，“它可以去任何地方，而且我也一直期待着好好来个试运行。”

“等一下，”斯通克说，“你不能就这么一头冲进虚境里，穿越虚境就像穿越沙漠，里面到处是一去不返的人的遗骸。”

苏西妈妈的表情变得警惕起来：“这听起来很危险，苏西。”

“没事的，妈妈，”苏西回答，“我们只要找到对那边熟悉的人就好。”

“比如谁？”弗雷德里克说，“最后一批虚境水手几百年前就去世了。”

“是的，他们去世了，”苏西说，“而我刚好认识几个可以聊聊的人。”

第6章

海景火车

离开象牙塔一个小时后，特快专列冲出传送隧道，进入黄晶峡炫目的阳光里。举目四望，到处是青绿色的海水，海面上点缀着珊瑚礁的尖顶和铺着亮闪闪白沙的小岛。

“卡卢姆！看这里！”苏西的妈妈踮脚站在驾驶室的窗前喊道。

这是一段紧张又静默的旅程，《力量之书》把贝儿号控制台上的标签和数字也全吸走了，所幸斯通克是个老手，几乎没受到什么影响，但他和乌瑟尔还是全程保持着紧张状态。更严重的是，《力量之书》还吸走了分拣车厢里的每一个字，墨汁卷须从门缝下钻进驾驶室，无论威尔莫特怎样恳求或挥舞胳膊都无法阻止。现在，架子上的邮件和象牙塔的书一样，都变成了一片空白。如果九个小时后没把书送到，邮件上的字也会永远消失。

《力量之书》显然对自己之前的指示没有任何要补充的，

在威尔莫特的挎包里仁慈地保持着安静。威尔莫特将包挂在驾驶室前门的挂钩上，烦躁地踱来踱去。

直到阳光从窗户洒进来，空气中充满咸咸的味道，大家才松了一口气。

“看起来像巴哈马群岛！”苏西的爸爸站到妻子身旁说。

“或者毛里求斯！”苏西的妈妈回答，“苏西，你的朋友们真的生活在这里吗？”

“是的，”苏西说，“虽然用‘生活’来形容不太恰当。”她打开前门，将头伸出去，享受温暖的空气吹拂在皮肤上的感觉。铁轨毫无支撑地浮在水面上，贝儿号的车轮激起高高的水浪，形成闪亮的彩虹。回到这里真好。

“我们马上就到了，”她听到斯通克的喊声，“做好准备。”

苏西、威尔莫特和弗雷德里克踏进分拣车厢，苏西的父母跟在他们身后，热切讨论着海边度假的可能性。苏西心中燃起一丝希望，也许换个环境能够让他们放松下来。分拣车厢的后面也有一扇门，直接通向车尾的危险地带车厢。

“为什么这个车厢看起来像是一节拖车？”他们全部挤进危险地带车厢内部狭小的空间时苏西的爸爸问。

“我也不知道，”苏西说，“它跟之前相比很不一样，这也是我第一次进到里面。”

她原以为矮人们会施展魔法，将车厢内部建造得比外面看起来更宽敞，所以看到里面和从外面看上去一样狭小拥挤时，她吃了一惊。这节危险地带车厢看上去跟普通拖车十分相似，但它其实是由某个古怪的发明家设计的：小小的厨房台面被改造成了控制台，上面布满了一闪一闪的灯和按钮；墙上爬满了管道和电线，侧窗和天窗被铆在窗框里；狭小的空间里还有一间更小的小隔间，隔间的塑料折叠门上印着“危险！气闸舱”几个红色的大字。苏西猜测这里原来应该是厕所。

“能把后面的门关一下吗？”威尔莫特问，“门开着的话我们恐怕没法儿下潜。”

大家调整站位，好让苏西的爸爸有足够的空间关门，车厢里响起一片挪动和道歉的声音。窗外，高高的水浪渐息为轻轻翻滚的浪花，伴随着蒸汽的叹息，特快专列停了下来。

“下潜。”威尔莫特说。他啪啪扳动了控制台上的几个开关，危险地带车厢微晃了一下。“请让一让。”他边说边从弗雷德里克和苏西身边挤到气闸舱门口，将门打开。

苏西扭过头，吃惊地看到里面真的有个马桶。马桶上方的墙上有颗钉子，上面挂着一件潜水服。苏西立即认出了它，就是上次她去黄晶峡送包裹时穿着的那件。这件潜水服又旧又破，打着好几个补丁，还搭配一顶引人注目的球形铜头盔。头盔前部有一个类似拉开的六角手风琴的帆布筒，以便搁放矮人的鼻子。

“嘿，弗雷德里克，”苏西戳了一下他的肋骨说，“还记得吗？当你还在雪花水晶球里的时候，我把你放在了这里。”她说着调皮地拉了拉那个帆布筒。

“别说了，”弗雷德里克难为情地说，“虽说不知道今后会遇到什么事，但我至少不会再遭那种罪了。”

苏西的爸爸在苏西旁边探出身子，往气闸舱里扫了一眼。“只有一套潜水服。”他在威尔莫特的肩膀上拍了拍，“你不会让苏西一个人去的，是吧？”

“呃，恐怕她得一个人去，”威尔莫特说，“根据规定，必须有至少一名合格的危险地带车厢操作员留在车厢内，以防紧急情况发生。而我是列车组中唯一合格的操作员，所以——”

“以防什么紧急情况？”苏西的妈妈说，“你们不能让苏西一个人去，她连初级游泳证都没拿到呢！”

“妈妈，好啦，”苏西说，“我以前也这么潜过水，记得吗？而且外面没有什么危险。”

“你也是这么说图书馆的。”妈妈回答。

“有鲨鱼怎么办？”爸爸说，“或者海怪？真有海怪吗？”

“当然，”弗雷德里克说，“但只有运气特别差才会在这里遇到一个，它们几乎不到礁石这儿来。”

苏西爸爸的脸沉下来：“几乎？”

苏西捅了一下弗雷德里克的腰，他终于闭上了嘴巴。

“十分钟后我就回来，”她对爸爸妈妈说，“不会出什么事的，而且你们可以一直看着我。看！”她指向他们身后的窗户，他们转过身，看到海浪和天空已经消失，取而代之的是一丛丛霓虹色的珊瑚和一队队色彩鲜亮的鱼群。在他们交谈时，危险地带车厢已经在向海床下潜了。它落在海底的沙子上，微乎其微地颠簸了一下。

“我们要沉没了！”爸爸喊道。

“是下潜，”苏西说，“它和沉没有点儿像，但在我们的掌控之中。”她跟威尔莫特会心一笑。

妈妈看上去仍然很担心，苏西捏了捏她的手臂。

“求你了，妈妈，我们快没有时间了，我必须去。”

妈妈点点头：“我只是不想让你一个人待在海底而已。”

“不会的，”苏西说，“我是去探望朋友，记得吗？”

几分钟后，苏西穿好了潜水服，坐到了马桶上。

“你确定是这样做的？”她问威尔莫特。爸爸妈妈和弗雷德里克就站在气闸舱外面盯着她，她感到有些难为情。“这跟以前的气闸舱一点儿也不一样。”

“百分百确定，”威尔莫特的声音从她看不到的地方传来，“你只要关上门，冲水就行了。”

苏西怀疑自己是不是听错了。“你说什么就是什么吧。”她朝其他人挥了挥手，拉上了折叠门。爸爸妈妈看起来比之前更担心了。

折叠门咔嗒一声关上，苏西听到隐蔽的气封将气闸舱锁紧时发出微弱的嗞嗞声。她把手伸到身后，握住了冲水把手。

真荒唐，她想，然后拉下了把手。

马桶冲水过后，舱内开始进水，哗哗响的海水先是淹没苏西的脚，然后越升越高，几秒钟就没过了她的头顶。她感受到水流轻轻冲刷头盔发出的微微震颤。又过了几秒钟，舱里灌满了海水。

现在怎么办？苏西刚一这么想，马桶就从她屁股下面升起，将她向上推，推着她穿过一个出口——那里刚刚还是天花板。

她低头看向危险地带车厢的顶部，感到一阵眩晕，透过塑料天窗她可以看到父母的头顶。她轻轻地在海水里漂移，落到了沙子上。她喘了一口气，头脑还算清醒，在最近的舷窗处对他们竖起大拇指，她的父母在另一边热烈地挥手回应。

矮人们至少对潜水服做了一处人性化的改动：她不再需要将笨重的空气管连接到危险地带车厢上，而只要在身上背一个小氧气瓶。

目的地就在前方。那是一艘沉没的大帆船的黑色残骸，船的一部分陷在珊瑚礁中，船里面有她所需要的答案，至少她希望有。

苏西再次对着车厢挥了挥手，然后转身朝帆船游去。

第7章

沉船

苏西来到沉船侧面一个边缘参差不齐的洞口旁，往黑漆漆的船里面看去。船头的铭牌上裹满了藤壶，牌子上的几个字依稀可辨：葡萄美酒号。

“喂？”她朝黑暗中喊道，“有人吗？我是奇境邮政特快专列的苏西，我可以进来吗？”

沉船残骸深处亮起一束淡淡的光，形状很模糊。光逐渐朝洞口靠近，变得越来越明亮清晰。随后，又有几束光亮起，并向第一束光靠拢，纷纷来到苏西面前。那是五个人形幽灵。五个幽灵都是男性模样，头发斑白，留着大胡子，穿着老式的长礼服，戴着三角帽。他们腰部以下只有几道光，一直拖到残骸深处。他们像五个发光的气球一样上下浮动，脸上都挂着真诚而愉快的笑容。

“苏西·史密斯！”最高的一位说，“很高兴又见到你了，小姑娘！什么风把你吹到了探索发现协会的安息之地？我们漂流瓶里的信这么快就冲回岸上了吗？”

“你好，船长，”苏西说，“不是的，我来这里是因为我需要你们的帮助。”

这话让幽灵们兴奋地交头接耳起来。

“我们听从你的差遣，亲爱的，”船长夸张地脱下帽子，“别待在外面啦，请进来感受我们的热情吧。加文，奏水手曲！”

苏西举起一只手打断了他：“谢谢你们，但我真的很着急。水手曲可以下次再听吗？”

加文已经不知道从哪里变出来一把幽灵手风琴，听到这话，他看起来颇为沮丧。“我准备演奏一支有关斗鸡眼大龙虾的曲子的，”他说，“那是我最喜欢的曲子。”

“抱歉，”苏西说，“但我和威尔莫特正在执行一项紧急派送任务，需要你们的专业知识。”

船长听了大吃一惊：“什么样的专业知识？你知道的，我们已经落伍了几百年了。”

“那正是我来这里的原因，”苏西说，“你们在探险过程中穿越过奇境间的虚境吧？”

“啊，是的，确实如此，”船长说，“葡萄美酒号是西沼泽地最好的虚境船只，我们带她漫游过整个联邦，还去过联邦之外的地方。”他拍了拍一根倒下的桅杆，或者更确切地说是试图拍它，因为他的手直接穿过了杆子。

“那就是我所需要的专业知识，”苏西说，“我们这次的派送必须穿越虚境。”

听到这番话，所有的幽灵都变得更加明亮了一些。

“她踏上的是发现之旅！”其中一位说，“就像昔日岁月！”

“像昔日的谁呢？”另一位说。

“你妈妈！”

一伙人哈哈大笑起来。

“伙计们，好啦，”船长说，“还有年轻人在这里，我们应该表现得专业一点儿。”他清了清嗓子，转向苏西：“原谅他们吧，苏西。我们一起度过了这么多个漫长的世纪，很容易把礼貌抛在脑后。你们准备去哪个虚境？”

苏西定了定神，说：“水城。”

幽灵们集体倒吸了一口凉气。

“失落之城！”加文说，“啊啊啊，有许许多多探险家曾去寻找它，希望能找到那些失落的知识。”

“据说找到它的人能得到那里所有的魔法。”另一个说。

“我听说能长生不老，还能保持薄荷味的清新口气。”第三个幽灵说。

“那些我都不需要，”苏西说，“我只需要往那里送一本书，我想如果我能够找到水城之前在哪儿，也许就能够追踪到它现在的位置。”

船长捋着胡子思索了一会儿：“不得不说，这是个远大又勇敢的追求，但是我探险这么多年，从未听说有人成功过。”

苏西感到燃起的希望开始消退：“一个也没有？”

“没有。”船长回答，“那些活着回来的人一无所获。”

“你能告诉我可以从哪里开始寻找吗？”

船长又思考了一会儿。“这个也许可以。因为我们除了是探索发现协会，还是无用的航海知识协会，”他对苏西眨了眨眼，“名称的由来有十几种解释。内维尔？拿地图来。”

“是，船长！”内维尔说。内维尔是一位戴着一只眼罩的驼背老人，苏西看着他漂移到一个半埋在沙子里的盒子前，伸手打开盒盖，盒子仍然关着，但盒子上方出现了盒盖蓝色的轮廓。内维尔将手伸进盒子里，拿出一卷由光聚成的羊皮纸。他漂移回来，恭敬地将羊皮纸递给船长。

“你是怎么做到的？”苏西问。

“这里并不只有我们是幽灵，”船长说，“葡萄美酒号最后的旅程也许已经结束，但她仍然记得自己的光荣岁月，是不是？”他对布满藤壶的木质船架说，仿佛它能听到他的话。“是她维系着我们的存在，”他一边摊开地图一边继续说，“在那个致命的夜晚，和她一同沉没的一切都以幽灵的形式留在这里，包括这个。”他将羊皮卷展示给苏西看：“这是一张以前的探险者地图，我们从桑德梅萨的闪电矿井里的一架骷髅上得来的，它帮助我们在虚境中走通了很多奇怪的航线。准备好大饱眼福吧。”

苏西尽可能地俯身凑近地图，泛着蓝光的地图穿过她的面罩，进入了潜水头盔。

地图薄如蝉翼，布满孔洞，但她依然可以辨认出画在中间的圆形月亮，以及从中延伸出的许多奇形怪状的丝带。这些丝带蜿蜒交错，一直延伸到地图边缘。她更仔细地看去，看到上面标记着各个地名和各种地貌特征。

“这些是奇境吗？”苏西问，“奇境真是这个样子吗？”

“并非如此，”船长说，“即使以我们那时的标准来看，这地图也有些粗糙，不太靠得住。但虚境的部分画得十分精准。你留意到这里了吗？”他指着一个深色的点说，那个点位于几条陆地带之间的空白处，上面画了个十字，用潦草的笔迹写了一行标注，苏西得眯起眼睛才能看清：

水城曾在此处。

“就是那里！”苏西说，“那就是我们要去的地方！”

“别高兴得太早，”船长说，“在地图上找到它是一回事，安全抵达是另一回事。”他又将十字周围的深色印迹指给苏西看：“这是虚境风暴，空无一物的大旋涡，你都来不及说‘糟糕，我们完蛋了！’，它就已经把最坚固的船只吞没，然后把残骸吐出来了。即使是经验丰富的水手，去那附近之前都会三思。”

苏西顿生一股不祥的预感。尽管她相信威尔莫特能够熟练驾驶危险地带车厢，但她不认为他称得上经验丰富的水手。“恐怕我们别无选择，”她说，“我们必须去，你们有什么建议吗？”

“风暴面前，建议毫无用处，姑娘，”一个幽灵说，“只有掌舵者敏锐的眼睛和勇敢的双手才有用。”

“弗兰克说得对，”船长说，“也许你英勇又真诚，但那风暴吞没了很多优秀的船只和船员。”他露出一个忧伤的微笑：“如果你够聪明，就听取我的建议——去别处探险。”

船长卷起地图时，苏西握紧了拳头。“你认为我们不会成功。”她说。

“不是因为你缺乏信心，”船长说，“只是因为缺少经验。”

“如果让你白白去送死，我们无法心安理得地活下去。”加文说。

“你们不需要心安理得地活下去，”苏西说，“你们已经死了。”所有幽灵都变了脸，苏西意识到自己可能太无礼了，但她现在气愤得控制不住自己。“我已经受够了被人说我可以做什么不可以做什么了。”她说。

“谁这么跟你说话？”船长说。

“我父母，他们不会直接说出口，而是会暗示我。他们经常这么干。”

“我父母说跑到海里会让我送命，”加文说，“在我遇难之前，我每天都在证明他们说错了。所以从次数上来看，应该是我赢了。”

苏西将潜水靴的鞋尖踩进沙子里：“那还是不公平。”

“生活本来就不公平，亲爱的，”船长和善地说，“死亡也不公平。父母亲也是，他们在你了解自己之前就已经了解你了。如果你聪明的话，你就会听他们的话。这就是经验的力量。”

说完他拿着地图漂回盒子旁。

“没错，”苏西说，“经验。”

“抱歉，你刚刚说什么？”船长问。

“你知道怎样在风暴中航行，”苏西说，“你可以跟我们一起去！”

船长脸上露出痛苦和忧伤的神情：“我真的很想重新去探险，我们都很想。可惜的是，我们跟我们的遗骨和这艘船的残骸绑定在一起了，如果离其中任何一样东西太远，我们就会消失。”

苏西的眉头皱在了一起：“最远可以有多远？”

“几米吧，”船长说，“加文最远到达过第一丛珊瑚那里，然后他就开始消散了。”

“那只花了几周时间来训练，”加文自夸说，“我的五年计划是到达第二丛珊瑚那儿。”

“你疯了，我跟你说，”内维尔说，“你就是痴人说梦。”

“那就是说你们被困住了，”苏西说，“你们是这里的囚徒。”

“我们更喜欢把自己看作是这里的永久居民。”船长说。

苏西环顾船的残骸，脑子里又开始发痒：“你说你们和残骸绑定在一起了，但是是跟多大的残骸绑定的呢？”

幽灵们不解地你看看我、我看看你。

苏西伸手去够头顶上一块断了一半的木板，使劲儿一掰就掰了下来。“这么多够吗？”她匆匆问。随着时间一分一秒地流逝，她越发焦虑起来。

“够干什么？”船长问。

“够带你走，”苏西回答说，“我们需要马上到达风暴中心，而你是唯一可以带我们到达那里的人。”

“我？”船长吃惊地说，“但我从没离开过葡萄美酒号。”

“所以我们要带着葡萄美酒号的一部分跟我们一起走。”苏西说。她没有等船长再回复，转身迈着沉重的步子从沙子中走过，来到第一丛珊瑚旁。“这里是加文最远能到达的地方，对不对？”她喊道。

幽灵们挤在船体上的洞口处向外探。

“是的，就是那里！”加文说，“其他人都没靠近过。”

“我想让船长试一试，”苏西说，“请到我这儿来。”

船长紧张地上下浮动着。“我不知道这行不行，”他说，“距离太远了。”

“连十米都不到呢，”苏西说，“如果你开始消散，马上回去也来得及。”她坚定地站在珊瑚丛旁，举着那块木板等着他。

船长渴望地看着珊瑚丛，两手紧紧地交握着。

“加油，船长，”内维尔说，“反正又没什么损失。”

“我们都会为你加油的，”加文说，“万一她说得对呢？”

船长舔了舔嘴唇，鉴于他们就在水中，这动作看上去没有什么必要。

“好吧，”他说，“如果你们坚持要我这么做的话。”他从葡萄美酒号里漂出来，进入一片折射到水中的阳光里。阳光直直地从他身上穿过，他看起来几乎是透明的，只剩一个在深蓝色海水中移动的轮廓。但苏西看到有一束光一直拖在那个轮廓后面，没入船体残骸里。船长离船越远，光束就拉伸得越厉害，像被抻开的橡皮筋一样变得越来越细，而船长身上的光则变得越来越暗。

“我不确定能不能行，”他的声音有些发紧，“我的灵魂是希望能成功的，但我的肉体早在几个世纪前就已经腐烂了。”他漂得越来越慢，最终停了下来：“对不起，苏西，这个主意很好，但看起来没什么希望。”

苏西上前一步想说些安慰的话，就在这时，不可思议的事情发生了：船长身后的一缕光剥离开来，漫无目的地漂浮了一会儿，然后一头漂向苏西手中的那块木板。两者接触的瞬间，苏西看到木板微微现出幽灵般的轮廓，与此同时，船长的光又开始变亮。他看上去站得——更准确地说是漂得更高了一点儿。船长恢复了信心，漂过和苏西之间最后的几米距离，来到她身边。

“你成功了！”苏西说，“这办法管用！”

船长笑着转向他的船员，亮得像只发光的灯泡：“伙计们！这将改变一切！”

“是的，没错，”苏西带着满意的笑容说，“对了，你的头骨在哪儿？”

苏西回到气闸舱，拉下马桶的冲水把手，关闭头顶的舱口。伴着跟之前一样的流水声，水排干了。当最后一滴水流走后，苏西摘下笨重的头盔，打开门，她的父母扑了过来。

“你回来了！”妈妈说。

“你还好吗？”爸爸问。

“我好得不得了，”苏西说，“我跟你们说过不会有事的。”

爸爸妈妈怀疑地看着她。

“没有海怪？”

“或者鲨鱼？”

“都没有，”苏西说，“只有我、鱼和几位幽灵。”

“船长怎么样？”威尔莫特说，“我一直想下去探望他，但总是太忙了。”

苏西露出了微笑：“你怎么不自己问问他？”她从挎包里掏出一个头骨举了起来。头骨里有一块木板在哗哗作响，头骨的眼窝处冒着蓝光。

“你们好！”头骨里传来船长洪亮的声音，“能否搭乘，请指示！”

第8章

世界的尽头

所有人都聚集到贝儿号导航室的桌子周围，看着这与众不同的头骨，船长发光的身形从头骨的眼窝里飘出来，在大家面前展开了幽灵地图。

“正如我对小苏西解释的，早有传言说水城最初的所在地就在虚境风暴的正中心。有些水手宣称是水城被下了咒，招来了风暴。”

斯通克伸出手，想描画一条连接风暴和奇境大陆的路线，但他的手指直接穿过地图，碰到了下面的桌子。

“这里离黄晶峡的边界不远。”他说。

“黄晶峡有边界？”苏西问。

“你不知道吗？”弗雷德里克说，“它有边界，而且轮廓是扁平的，就像餐盘一样。”

“我可真是长见识了。”苏西的妈妈说。

威尔莫特仍在仔细研究地图："船长，你确定可以指导我们驶过风暴吧？风暴区看起来挺大的。"

"是非常大，小伙子，"船长说，"它是一个变化无常的魔鬼。如果我还活着，我是不敢尝试的。"

威尔莫特吞了口唾沫，极小声地应了一声，但随后他挺直了腰杆，戴正了帽子。"但派送任务就是派送任务，"他说，"风吹雨打太阳大，虚境风暴也不怕，奇境邮政特快专列为您服务。"

"要的就是这种精神。"船长说。

"我也会来帮助你们，"苏西说，"我们会找到通航路线的。"她隐约察觉到她的父母从桌子旁缓缓离开，但她现在没有太多精力关注他们。

"谢谢你，苏西，"威尔莫特说，"咱们去做准备吧。"

"是的，没错，"斯通克说，"局长，请做好危险地带车厢滚动发射的准备。我们不需要降速就能实施发射。"他又转身对乌瑟尔说："加大马力，我们马上就到边界了。"

"嗷嗷嗷呜。"乌瑟尔点头，笨重地跟在他后面走出导航室。

"啊，又开始探险啦！"船长说，"我从没想过还能等到这一天。"他微笑着从导航室前面的大玻璃窗往外看："马上就能看到阳光、听到海鸥的叫声了，真希望我的伙伴们也在这里。"

"等这次派送任务完成后，我们可以经常把你们带上来，"弗雷德里克说，"而且我们也有了足够的经验，到时候你们想去哪儿都可以。”

“好主意，”船长说，“也许我们探险的日子尚未结束。”他卷起地图，塞进夹克，返回头骨中。苏西将头骨收进挎包，转身去看她的父母，发现他们俩正挤在角落里窃窃私语。

“妈妈，爸爸？你们留下来是要给我们送行吗？”

爸爸妈妈眼神躲闪，仿佛被抓包做了不该做的事。

“我们马上就来，亲爱的，”爸爸说，“你先去，我们会追上你。”他拉住苏西妈妈的胳膊肘，将她拽到窗户边。两人转身背对房间里的其他人，继续窃窃私语。

苏西又等了一会儿。她以前看过爸爸妈妈拌嘴，但这回看上去不太一样，他们看起来不仅生气，还有些害怕。他们俩依然没有往她这边看，于是她转身跟着其他人下楼了。

特快专列再次启动。在乌瑟尔和斯通克拼命工作时，威尔莫特取回挂在前门衣钩上装着书的挎包，朝危险地带车厢走去，苏西和弗雷德里克跟在后面。

苏西将船长的头骨放在控制台上方的架子上。“把你放在这里可以吗？”她问。

“这样很好，谢谢你。”船长回答。他说话时头骨上闪着蓝色的光。

威尔莫特正在调整控制台上的装置，就在这时，开关和控制杆上的标签文字开始在他的手指下蒸发。“哦，不！”他叫道，试图在文字盘绕着进入挎包时抓住它们，“回来！我需要你们！”

这当然徒劳无功，短短几秒之内，控制台上的标签全部变成了空白。

“糟糕，这下更麻烦了，”弗雷德里克说，“你还记得哪个管哪个吗？”

威尔莫特的手犹豫不决地悬停在控制台上方。“我觉得，”他说，“我大概记得。”

他闭上眼睛，有些迟疑地伸出手按了几个开关，地板下面发出嗡嗡的动力声。“好了，”他说，“只要不弄混生命支持系统和自我毁灭系统，我们大概率没事。”

“你最好别跟我爸爸妈妈提这个，”苏西说，“他们已经够紧张的了。”

“很高兴你注意到了。”苏西吃惊地转过身，发现她的父母正站在门口。爸爸似乎很不舒服，妈妈看上去态度坚定。

“妈妈！”苏西叫道，“你们在那里站了多长时间？”

“不长不短，刚好听到了你们的对话，”妈妈说着和爸爸踏进危险地带车厢，关上后面的门，“你准备好了吗？”

“准备好了，”苏西说，“威尔莫特正在给车厢预热。”

妈妈摇摇头：“我是指你准备好回家了吗？我们要回家。”

苏西震惊地盯着她：“什么？不行！”

“苏西，”妈妈说，“我和你爸爸讨论过了，我们俩都不希望你参加这次派送，太危险了。”

“但我必须去！”苏西说，“你们知道这次任务的重要性。如果我们不能完成派送，特快专列就完了，象牙塔也是。会世界大乱的！”妈妈似乎不为所动，苏西看向爸爸：“爸爸，求求你了！”

爸爸为难地揉了揉后脑勺：“我很抱歉，亲爱的，我们都为你和你在这里所做的一切感到骄傲，奇境很精彩也很奇妙，但是……”

“但是什么？”苏西说。她忽然生出一种很奇怪的感觉，仿佛这一切都不是真实发生的。

“但是你妈妈说得对，”爸爸接着说，“这里太危险了，我们眼下更倾向于让你待在家里。”

刚刚那种不真实的感觉渐渐退去，苏西变得怒火中烧：“你之所以同意这么做，只是因为你不想让妈妈觉得你容易妥协。”听到这话，爸爸看起来很伤心。

“姑娘，别这么跟你爸爸说话，”妈妈说，“这是我们两个人的意见。”

“什么时候？”苏西说，“刚刚在导航室吗？你们就是在讨论这个？”

“你想要向我们展示你在这列火车上是安全的，”妈妈说，“但到目前为止，我们只见识到了愤怒的生灵、诡异的书，你差点儿被炸成原子，还和幽灵一起潜水。现在你又自告奋勇，要把自己扔进风暴，好像那是世界上再平常不过的事情。所以我们要阻止你。”

“不！”苏西知道自己的声音很大，威尔莫特满脸写着尴尬，但她气得停不下来，“这不公平！”

“拜托了，苏西，把衣服换掉，把制服还给威尔莫特。”妈妈说，“我们仍然欢迎他时不时来家里看你。”

“等等，你是说要把我带回家，永远不再回来？”

“并不一定。”爸爸慌忙说。

“是的，就是这样，”妈妈说，“这样最好。”

爸爸惊讶地张大了嘴。

“威尔莫特！”苏西对她的朋友说，“告诉他们，告诉他们我必须留下来帮你！”

威尔莫特的脸涨得通红：“我不知道，苏西，我真的希望你能来，我真是这么想的。但他们是你的父母。”

苏西瞪着他，感到希望越来越小：“你怎么也这样！”

威尔莫特期待地抬头看向苏西的妈妈：“您能再考虑考虑这件事吗？”

“不能。”苏西的妈妈回答。

威尔莫特的耳朵耷拉下来：“真的很抱歉，苏西，但这是不对的，没有他们的允许，我不能带你参加这次派送任务。”

苏西既震惊又伤心，一时说不出话来。

“你看吧，”妈妈说，“威尔莫特没把这件事当儿戏，你也应该这样。我们只是在为你着想。”这话让威尔莫特看上去更加难受了，他转过身去，拨弄起控制台。

“哦，我觉得这个主意糟透了，”弗雷德里克说，“如果没有苏西，我可能还在雪花水晶球里，整个奇境联邦可能会被一架巨大的机器杀手统治。你们俩根本不知道这样做的后果是什么。”

“这件事没的商量，”妈妈向苏西伸出手，“过来，苏西。”

苏西看着妈妈的手，一阵泪水突然涌上来，模糊了她的视线。她试图快速眨眼把眼泪止住，但泪水还是不住地顺着她的脸颊往下流。她又气愤又难堪，把妈妈的手打到一边，推开爸爸妈妈冲了出去。

“苏西，等等！”威尔莫特在后面喊她，但她没有停下。她猛地推开门，穿过分拣车厢飞奔进驾驶室，差点儿撞到乌瑟尔。

“嗷嗷嗷啊哼？”大熊问。

苏西说不出话，两手捂着脸从乌瑟尔身边跑过，冲上了楼梯。

“苏西？”斯通克说，“我的小姑娘，出了什么事？”

她没有回头，而是一步两个台阶，咚咚咚跑上了楼。

“她还好吗？”苏西听到斯通克说，“我应该去追她吗？”

“不用，”爸爸的声音传来，“让她去吧，她只是需要一些时间。”

我只是需要做一名邮递员！苏西差点儿转身冲楼下大喊。她冲入导航室，砰的一声关上门，愤怒和委屈让眼泪如洪流冲破大坝一般往下流。

她有点儿为哭鼻子感到难为情，但她现在太受伤、太生气了，管不了那么多。她做了那么多，经历了那么多，一切却都要结束了。

她不知道自己那样待了多久，但等到眼泪渐止，呼吸也恢复平稳的时候，太阳已经西沉，导航室里的影子也随之变长了。

她不知道自己还能做些什么，便走到窗边往外看。贝儿号锅炉的庞大身躯就在眼前，它剧烈震动着，冒着蒸汽。火车头劈波斩浪时，两边的车轮激起的水花形成了两幅帘幕。从这个绝佳位置，苏西刚好可以看到前方水域炫目的景色。她突然觉得要在还有机会的时候尽可能记住这个地方，于是她开始仔细观察周围的每一个小细节，比如在火车旁滑行的海鸥的黑翅膀尖，长着棕榈树的群岛，还有弧形的地平线。

苏西眨了眨眼，流下最后一滴眼泪，又仔细看了看。弧形？不对，地平线应该是直的。

但它确实不是直的，而是一条弧线。苏西从导航室一侧跑到另一侧，看着这条线向左右两边延伸。

因为黄晶峡的边缘像餐盘一样是圆的，她想，我们马上就到边界了！

意识到这一点后，她像是挨了一拳，立马忘了自己的悲伤，恢复了冷静，暗下决心：不能让自己作为邮递员的日子就这样结束，不能将朋友们抛在身后，她必须做点儿什么。

但她已经快没有时间了。

她迅速行动起来，伸手打开一个侧窗的锁，用全身的力量去对抗火车飞速前进时形成的气流，把窗推开。她探出头往下看，窗框下是很窄的窗台，一直通到驾驶室后方。窗台湿漉漉地闪着光，因老旧而有些变形，看样子宽度刚好够她踮脚站在上面。

苏西最后愧疚地看了一眼门口和台阶，然后爬上窗台，闪身出了导航室。

风从侧面拍打着她，若不是牢牢地抓着窗框，她早就被摔进海里了。她鼓足勇气，紧绷每一块肌肉，让自己站稳。然后，她极其小心地向上伸手，牢牢抓住了头顶上方向外突出的排水槽。导航室再上面一层还要大一些，全景车窗约有半米是突出来的。苏西身体后倾，紧贴着车厢，一边抓着排水槽，一边在湿滑的窗台上朝驾驶室后方挪动。

咸咸的水花打在苏西的脸上和衣服上，她的手指关节因用力而发白。大风将她的帽子从头上掀起，帽子打着旋儿飞出了视线。苏西没忍住往下看了一眼，贝儿号的驱动轮在她脚下嗖嗖飞转着。

我在干什么？她想，我肯定是疯了。

但是随后她开始想象自己爬回安全的导航室，和父母一起回家以后的景象。她周一得回去上学，晚上要做家庭作业、吃晚餐和看电视。在漫长又空虚的周末里，她会想着特快专列开到了哪里，车组人员在干什么，他们找到水城了吗？还是要无止境地搜寻，毕生再也不能派送其他包裹？如果她现在转身回去，她永远都不会知道这些……

苏西更加用力地抓紧排水槽，不顾手上和肩上的酸痛，一寸一寸往后面的车厢挪动。她在车厢拐角处转身，终于躲开了猛烈的风。她往下爬到驾驶室的大窗台上，同时小心地避开窗台花箱里的秋海棠。她透过玻璃往里看，看到乌瑟尔正往炉膛里扔香蕉，斯通克正忙着操作各种控制键。她的父母正在前门旁热切地进行着交流，不过也可能是在争吵。弗雷德里克则站在房间中央，一眨不眨地看着她。

她愣了一下，然后颤抖着举起一根手指按在嘴唇上，示意他不要出声。

弗雷德里克眨了眨眼，四下看了看，确保没有其他人看到他们俩的举动。然后他面带微笑，会心地对她使了个眼色。

她对他回以微笑。“谢谢你！”她用口型表达。弗雷德里克悄悄地对她竖起大拇指，然后转过了身。

苏西一秒钟也不敢耽搁，转身跳过贝儿号驾驶室和煤水车之间的空隙，落在核聚变香蕉堆上。她踏过香蕉，匆匆走向分拣车厢。香蕉冒出能量火花，打着小小的黄色闪电。当闪电打在她的脚跟上时，她忍着没发出尖叫声。现在，边界清晰可见，苏西听到海水下落时的低沉咆哮，这声音盖过了特快专列的嘶吼。在煤水车的尾部，她助跑起跳，抓住了分拣车厢车顶的边缘，然后尽力爬了上去。车顶被浪花打湿，她向前跑时运动鞋滑了一下，不过危险地带车厢就在前面，她就快到了。

在她即将到达危险地带车厢时，铁路线大幅度地弯曲，特快专列开始沿着边界行进。苏西低头一看，差点儿因震惊而尖叫起来。此时火车的一侧是黄晶峡，这里生机勃勃，五彩缤纷，美丽动人；另一侧是无边无际的白色水域，水面上浮着泡沫，直直地向下坠落至深不见底的地方。那里是黄晶峡的尽头，也是虚境的起点。特快专列正在位于两者之间的闪光的铁路线上飞驰。

苏西感觉胃里一紧，一阵眩晕袭来，她想象着自己掉下

车顶，一直往下坠落的情景……

危险地带车厢的助推器执行电源开启程序，发出尖锐的轰鸣声。这声音打断了苏西的思绪，她突然记起在导航室里斯通克给威尔莫特的操作建议。斯通克是怎么称呼它的？“滚动发射”。苏西还没在脑海里完全捋清楚，就意识到危险地带车厢正逐渐脱离火车的其他部分，落在了后面。他们将要全速发射危险地带车厢，已经将车厢跟火车的其他部分断开了！两者之间的空隙已将近一米，还在逐步扩大，再不行动就来不及了。

苏西开始奔跑，风吹着她的后背，感觉就像是一只大手将她捞起，往前扔了出去，没用几秒她就来到了分拣车厢尾部。她挥舞着胳膊和腿，让风灌进她风帆一样鼓起的大衣里。一瞬间，她有了一点儿失重的感觉，下一秒就重重地砸在了危险地带车厢的车顶上。再下一秒，助推器燃烧起来，车厢一飞冲天。

苏西屏住呼吸。那只无形的手现在已经不在她身后，而是像巨石一样将她往下压，把她钉在车顶上。她扭过头，看见特快专列已经因为距离遥远而变得像玩具一样小，沿着黄晶峡边界发光的银线飞驰而去。危险地带车厢则喷着火柱继续向上爬升，进入了一个奇怪的过渡区域，上面是炽热的天空，下面则是深不见底的黑暗。这片区域美得令人窒息，如果不是车厢开始向虚境一侧倾斜，苏西也许会花几秒钟时间来欣赏这一美景。

由于车身倾斜，苏西朝车顶边缘滑去，幸好她及时抓住天窗凸起的边缘，才救了自己一命。她用空出来的手使劲儿捶打天窗。

“救命！”她大喊道，“威尔莫特！让我进去！”

令苏西吃惊的是，船长的半透明脑袋穿过屋顶升了上来，看到她的时候吓了一跳。

“哦，天哪！”他说，“你在外面干什么？”

“想办法进去！”她大喊着回答，“快点！”

船长回到车厢里。又过了令人痛苦的几秒,什么也没发生。苏西的手指因为抓得太过用力而有些抽痛。危险地带车厢继续朝虚境飞行，将黄晶峡这个盘子形状的奇境甩在身后。现在他们已经离开边界地带，周遭除了黑暗空无一物，空气开始变凉。

然后，天窗突然一下弹开了。不幸的是，它是朝着苏西这边弹开的，让她一下松开了手指。

“救——命！”苏西从车顶滑向黑暗中时喊道。

一条挎包背带甩在苏西面前，她连忙伸手抓住，整个人挂在了车顶边缘。威尔莫特从天窗里冒出头来，双手紧紧抓着挎包。

“抓紧了！”他大喊。

“我抓紧了！”苏西叫道。

威尔莫特用尽全力往回拉挎包，背带被扯得隐隐作响。苏西不再对着空气疯狂踢腿，而是将脚抵在车厢的侧面借力。

她吃力地一步一步爬回车顶，威尔莫特则尽全力将她拽进了天窗。两人筋疲力尽，气喘吁吁地倒在地板上。

“成功了！”苏西大喊道，“谢谢你。”

“不用客气，”威尔莫特小声哼哼着，“你能关一下窗户吗？”

苏西爬上镶在墙上、可以拉下来的桌板，伸手关上了天窗。“我居然真的做到了。”她说。

“我负责提供精神支持，”船长在她旁边飘浮着说，“现在我能做的只有这些了。”

“你做了很多，”苏西说，“谢谢你。”

威尔莫特依然很不安，他想要踱步，但车厢内空间太小，他只能原地转圈。“我不知道，苏西，”他抠着指甲说，“并不是我不希望你参加这次派送，但是你的父母怎么办？他们一定急疯了。”

“让我来操心我的父母吧，”苏西说，“等我回到家，他们想怎么生气就怎么生气，但我会证明是他们错了。这个计划是我的主意，我希望能参与进来。”

“也许我们应该掉头，”威尔莫特说，“作为局长，我应该对你的安全负责。”

“作为邮递员，我们应该对这次的任务负责。”苏西说。

“这姑娘说得对，”书的声音从威尔莫特的挎包里传来，“送我回水城，我属于那里。”

“如果我们想恢复它在象牙塔吃掉的所有文字，那我们还有不到九个小时的时间，”苏西说，“此时此刻，这次派送比任何事情都重要，包括我的父母。而且，如果你们现在非要我回去，他们将永远不会再让我做邮递员，他们认为我无法照顾好自己。”

“我刚才看到你扒在车顶上。”船长说。

“但是我没出事，”苏西试图摆出若无其事的样子，“你们的发射时间比我预料的早了一点儿，仅此而已。你们必须带上我，我们无法回头了。”

威尔莫特把重心在两只脚之间倒来倒去，试图让自己下定决心。“我想应该可以，”他的声音听上去不是很肯定，“但如果我们此次能平安回来，我会立即送你回家，并向你父母好好地道个歉。”

苏西交抱起双臂说：“行吧，虽然我并不觉得他们应该得到道歉。而且，话说回来，如果我们行动成功，也许他们会改变主意。”

虽然嘴上这么说，但她知道这种可能性很小。如果她安全回家，她的父母绝对不会为她感到骄傲。刚刚的出逃行为沉甸甸地压在她心上，就像虚境的黑暗压迫着车窗一样。她回家后面对的惩罚可不会是禁足几周那么简单了，他们会把她禁足一辈子。

万一这是我的最后一次派送呢？当车厢咆哮着冲进虚境时，她这样想着。

第9章

失踪的邮递员

危险地带车厢与分拣车厢分离时，驾驶室里的人都感觉到了轻微的震动，也都听到了助推器的隆隆声渐渐远去。弗雷德里克来到车头外面的舷梯上，远远地看着火柱升入天空。

“祝你们三个好运。”他自言自语道。然后他尽力表现得很平静，走回驾驶室里。“好了，升空了。”

斯通克满意地点点头，尽管他看起来并未放松。“一次完美的滚动发射，希望其他的一切也都顺顺利利的吧。就这样踏入未知世界，局长可是冒了很大的风险。”

“我知道，”弗雷德里克说，“但这是他自己的决定，而且他有很好的同伴。”

“嗯嗯嗯嗯呜。”乌瑟尔边说边又向炉膛里扔了一串香蕉。

“没错，”斯通克说，“船长是个好人，只不过他让自己的船和船员都沉到海底了。”

弗雷德里克心里一紧。“他们在虚境里肯定会没事的，里面可以撞到的东西要少很多。”他从附近的架子上拿起一本书，当然，里面是空白的。他啪地合上书放下。“现在我们要做什么？就在这儿干坐着等他们的消息吗？”

“差不多，”斯通克说，“如果他们成功穿越风暴并返回，局长就可以用他的电话呼叫我们，让我们去接他们。当然，说不准他们要多久，所以我们正好趁这段时间送苏西和史密斯夫妇回家，然后把弗莱彻接回来。”

“谢谢，你们人真好。”苏西的妈妈说。

弗雷德里克注意到她和苏西的爸爸退到了驾驶室另一侧的角落里，轮流向对方投去责难的眼神。

“是的，我们真的十分感激，”苏西的爸爸生气地看着妻子，“很抱歉这样突然要求离开，这并不是我们原来的计划。”

“我们压根儿就没有计划过要来，”苏西的妈妈说，“但是我们两个人里有一个不知道什么时候该说‘不’。”

“你明明也同意过来的。”

“那只是因为我知道无论苏西想要什么，你肯定会答应她，”苏西的妈妈回击道，“你总是这样。”

苏西的爸爸看起来很受伤：“不是这样的。我同意我们把她带回家，但你之前从没说过再也不让她回来。”

“你想让她下周再经历一遍同样的事情吗？”苏西的妈妈说，“卡卢姆，那不安全，永远不会安全。在可怕的事情发生之前，我们要阻止它。”

看到他们俩争吵不休，弗雷德里克越来越满意，他非常期待他们发现苏西跑了之后的反应。

“我会一直想着苏西在哪里，或者她是否有危险，我不想再为这些事担心了。”苏西的妈妈继续说道，“还是说你愿意看着她坐在一节旧拖车里飞走，却不知道她能否再回来？”

“这就是矮人邮递员的生活，夫人，”斯通克说，“勇敢，尽职尽责，偶尔吃一点儿果酱三明治，局长过得挺开心的。”

“嗯，不过，”苏西的妈妈说，“那不是我们想要苏西过的生活，很抱歉。”

“那是苏西的人生，也许你们应该让她自己决定如何度过。”弗雷德里克说。苏西的父母瞪向他，他回了一个天真的浅笑。

“嗯啊呜！”乌瑟尔叫道，苏西的父母似乎并没被吓到。

“乌瑟尔说得有理，”斯通克说，“也许明智的做法是上楼看看苏西，我相信她希望得到一些来自父母的安慰。”

苏西的妈妈叹了一大口气，好像整个人都瘪了下来：“你说得对，当然应该上去看看。卡卢姆？”

“是的，我们去吧，”苏西的爸爸说，“也许把事情说开会有帮助。”

他们穿过驾驶室一起上楼。弗雷德里克看着他们离开的背影，终于笑出了声。

铁路线弯曲的幅度变得更大了，在特快专列离开边界地带驶回黄晶峡的中心时，从临海的窗户斜射进来的光束开始变换角度。

“再过一小会儿就到传送隧道口了，弗雷德里克，”斯通克说，“如果你想帮点忙，可以把水烧好，并且请你不要再惹苏西的父母生气了。”

乌瑟尔从墙上的挂钩上取下一个大铜壶，递给弗雷德里克。壶很重，差点儿将弗雷德里克带倒。

“行，但我不明白，他们为什么要阻止苏西做她擅长的事情。”他嘀咕着把水壶朝水槽那里拖去。

“我们不一定要喜欢他们的决定，但必须给予尊重，”斯通克说，“毕竟他们是苏西的父母。”

“父母又知道什么？”弗雷德里克说。

“我不知道，”斯通克直截了当地说，“但过不了多久你就得跟苏西永远说再见了，所以好好珍惜吧。”

哼，再见还早着呢，弗雷德里克心想。他将水壶装满，又把它拖拽到壁炉旁，这时，通向楼梯的门被猛然推开，苏西的父母几乎跌进了驾驶室。

“她不见了！”苏西的妈妈说。

“什么？”斯通克说。

“苏西，她不在那里，我们到处都找遍了。”苏西的爸爸说，“而且有一扇窗户是开着的！”

斯通克皱起眉毛，翘起胡子：“你们不会觉得……”

“她从车上掉下去了！”苏西的妈妈说，“我们必须回去找她，她可能快淹死了！”

“要是她从边界地带掉下去了呢？”苏西的爸爸问。

斯通克猛拉制动阀，贝儿号的驱动轮发出尖厉的摩擦声，突如其来的降速几乎让所有人都摔倒在地。

“嗷嗷嗷呜！”乌瑟尔说。

“是的，我们要回去，”斯通克说，“如果苏西确实掉下了车，我们会找到她的，乌瑟尔是游泳健将。”

“嗯呜。”乌瑟尔点头。

弗雷德里克看着斯通克和乌瑟尔忙着操作控制键，苏西的父母无助地紧紧抱在一起。他本已准备好任由他们恐慌，不去管他们，但当这样的事情真的发生时，他却感到了愧疚。苏西的父母看上去惊慌不定，面色苍白，眼睛里闪着泪光，斯通克和乌瑟尔则板着面孔，表情严肃而坚定。这还不及他想象中的一半有趣。所以尽管不情愿，他还是觉得自己必须做点儿什么。

“别去找了，”他说，“苏西没有掉进海里，也没有从边界地带掉下去。”

所有人都向他投去锐利的目光。

“你说什么？”斯通克问。

“可她不在火车上。”苏西的爸爸说。

“对。”弗雷德里克说。大家目不转睛地盯着他，让他有些动摇，他下意识地开始后退：“我从没说过她还在火车上。”

“那她在哪里？”苏西的妈妈尖声责问道。

弗雷德里克退到了墙角。“我会告诉你们，”他说，“但是答案不会让你们高兴。”

第10章

虚境的颜色

苏西透过窗户盯着外面的虚境，被深深吸引了。虚境的黑跟外太空还有传送隧道里的黑都不一样，它更加深邃，更加无穷尽，而且能看到某种轮廓。

苏西不知道怎么会这样，但她就是可以看到。锯齿状的网横贯在黑暗中，仿佛虚境是由彼此紧扣的瓦片组成的巨型三维拼图。也许是危险地带车厢从中驶过时让她的视角发生了变化，她看到瓦片们似乎在倾斜、滑动，又组成新的形状。苏西从瓦片变幻的缝隙间瞥见一帧帧奇异的景致：白雪皑皑的群山，由长了脚会移动的树组成的森林，云工厂上空决斗的雷龙……每一道缝隙都是通向不同奇境的窗口，但瓦片一拼合在一起，那些景致就消失了。

看了一会儿，苏西觉得眼睛有些发酸，于是转过身来，看向船长铺在小折叠桌上的幽灵地图。威尔莫特正试图用指南针在上面做些测量，但指南针总是穿透地图。

“即使你能在上面做标记，”苏西说，“那本书也会立即将标记吸走。”

威尔莫特叹了口气，将指南针收起来。“说得对，”他说，“船长，你有什么建议吗？”

船长大笑起来。“在虚境中航行最好的办法是通过视觉来导航。”

“怎么可能？”苏西说，“外面的一切一直都在变。”

“确实，但并不是杂乱无章的，而是有规律的。请稍等我一会儿，我去车厢尾部看一下。”他慢慢飘上去，脑袋和肩膀穿过天花板。苏西急忙透过后窗往外看去，只见此时“瓦片万花筒”中现出一幅带着裂缝的画面，画面上能看到蓝色水域和金色沙滩。

“如我所料，我们没走太远，还能看到黄晶峡，”船长说，“我们可以用那里做参考，来确定我们的航向。”

威尔莫特俯身看向地图。“我们是从这里发射的，”他的指尖戳穿了幽灵地图，“需要前往这里。”他用另一根手指戳着代表虚境风暴的深色印迹。船长越过他的肩膀看了看地图，然后又把头探出天花板。这样上上下下一分钟后，他做出了判断。

“局长，右舵三度，把角度稍微降低一点儿。”

威尔莫特咧嘴笑着转向控制台，开始改变航向：“我会加大马力全速行驶，我们没有时间可以浪费了。”

引擎在地板下轰鸣，船长飘到威尔莫特身边。“按台风过境的速度开？”他看着速度表盘上的指针，叫道，“天哪，这比葡萄美酒号的最大速度还快二十倍。”

“危险地带车厢有着超一流的设计，”威尔莫特骄傲地说，“只需一小时，我们就可以到达虚境风暴。那时，我们还有差不多七小时的时间去寻找水城。”

“真是个技术奇迹，看来我要补的功课还不少。但我得说，能够再次起航，我真是太高兴了。”当笑容带来的暖意传遍全身时，船长身上的光变得更亮了些，“现在这里只有我们，但在我那个年代，你从船舵的位置可以看到虚境里闪烁着几百个亮点，每一个都像小星星一样，所有船只和舰队都在贸易路线上航行。我真想念那个时候啊。”说这些话时他身上的光一直闪烁着。

苏西再次看向虚境，试着想象那样的场景。至少在她的想象中，那场景很美。“你觉得我们真的能成功吗？”她问。

威尔莫特抬起眉毛。“成功到达虚境风暴的中心？”他想了一会儿，说，“可以，我们必须成功，特快专列和象牙塔的未来都在此一举了。”

“你觉得我们真能找到水城吗？”

“这……真是个好问题。”

时间一分一秒地过去。七个小时根本不够去寻找一座已经消失了几千年的城市，苏西越来越不安，她等待着，担心着，希望自己随身带了本书，然后想起即使带了书，书页现在也会是空白一片，到头来，她还是没有可以转移注意力的东西，还会毁掉一本好书。

与此同时，威尔莫特将《力量之书》从挎包里取了出来，和船长一起不停地问它问题。但它并不是很配合。

“你是谁写的？”威尔莫特问。

“我的作者很多。”书回答。

“你是一本小说还是非虚构作品？”船长问。

“都是，而且不止如此。”

威尔莫特一手托着下巴。“你拿你吸走的那些字干什么？是作为食物吗？”

“它们能增强我的力量，我是由力量构成的。”

“肯定是魔法力量，”船长说，“那是古时候的伟大魔法师在鎏金塔里创造出来的。”书没有回答，他就问：“告诉我们，在水城刚建成的时候，也就是联邦成立之前，你就在那里了吗？”

“我在。”书说。

威尔莫特倒吸了一口凉气，身体往前探了探：“所有的传说都是真的？”

“有些是。”书说。

“那里的建筑真的是用金子打造的？”威尔莫特问，“天空有上千种颜色？从来不下雨？”他连珠炮似的提问勾起了苏西的好奇心，她不知什么时候坐到了威尔莫特旁边，不想错过一个字。可车厢里出现了片刻的安静。

“喂，别吊我们的胃口，”船长说，“好书应该让人愉快。”

“我是本好书，”书有点儿不耐烦地回答，“但是在解除束缚我的魔法之前，我不能把内容透露出去。”

船长气得腮帮子鼓鼓的。“好吧，”他说，“我期待着发现你的美丽城市和它的居民。”

“等一等，”苏西说，“如果一座城市已经有人住在里面，怎么还用得着人去‘发现’呢？”

“天哪，当然是因为它不被外人知道，没有在地图上标记出来。”

“但是对于生活在那里的人来说并非如此，”苏西指出，“他们知道它的准确位置。”

“他们当然知道，”船长说，“但是他们需要寻找它吗？”

苏西思考了一会儿：“不需要。”

“这也就意味着他们不能发现它，对不对？”船长说。

苏西摇摇头：“你确定‘发现’是这个意思？”

“亲爱的年轻人，如果不允许我们探险者发现已经有人知道的事物，我们就永远不会有任何发现。这样一来，谁能让你了解那些遥远的奇境角落呢？”

苏西皱了皱眉：“住在那里的人？”

船长哈哈大笑：“真是古怪的想法。”

苏西仍然没被说服，还想说些什么，但发现控制台上的灯在闪烁，于是用胳膊肘推了推威尔莫特，问："那个灯闪起来是好事还是坏事？"

威尔莫特让苏西帮忙拿着《力量之书》，自己慌忙来到控制台前，皱起了眉头。"我不太确定，"他说，"它要么是在警告我们正在靠近虚境风暴，要么是在提醒我们更换挡风玻璃水。"

就在这时，危险地带车厢猛烈震动起来，苏西和威尔莫特都有些踉跄。

"应该是我们正在靠近虚境风暴。"威尔莫特说。

他们都跑向前窗，苏西倒吸了一口气。这是一场由黑色瓦片组成的大风暴，剃刀般锋利的瓦片在猛烈的风暴中盘旋着，快到她无法看清。瓦片和瓦片碰撞的地方现出黑色的闪电，上百个不同奇境的碎片式图景映入苏西的眼帘。

又一阵风暴击中危险地带车厢，苏西感到一阵兴奋，随即又害怕起来。到目前为止他们都很顺利，但风暴看起来和船长预料的一样猛烈。突然之间，她感觉危险地带车厢又小又脆弱。

威尔莫特的双手在控制键上飞快跳动："我会尽全力保持车厢的稳定。船长，我们现在该怎么做？"

危险地带车厢猛然倒向一侧，将苏西和威尔莫特摔倒在地，只有自由飘浮在空气中的船长还保持着直立。苏西的胃里翻江倒海，她意识到他们已经任由风暴摆弄，车厢无能为力地旋转着。

船长兴奋地搓着双手："全体船员做好准备，掌好舵柄，降下上桅帆。"

"我们没有上桅帆！"整个车厢猛烈地晃动着，威尔莫特挣扎着重新站起来说。

"哦，"船长捋了捋胡子，"好吧，径直往风暴里开，速度随意。如果一直让它从侧舷攻击我们，我们就无法前进。"

威尔莫特调整控制键，将车厢掉了个头。车厢可怕的翻滚停止了，取而代之的是一阵剧烈抖动，苏西连眼前的东西都看不太清了。

"这样是更好还是更糟？"她在嘈杂声中喊道。

"都有吧，"船长回答，"风暴在猛击我们，但我们也终于做了点儿什么，我们只能把希望寄托在这艘船上，希望它能撑到我们通过这里。"

确实如此。苏西听到危险地带车厢在嘎吱作响，天花板上的灯忽明忽暗。

就在这时，有什么庞然大物贴着车窗飞过，差点儿撞上他们。那东西速度极快，苏西只来得及匆匆一瞥，感觉像是一些碎木头和破帆布。

"那是什么？"她叫道。

"什么是什么？"威尔莫特的注意力仍然集中在控制键上。

苏西还没想好怎么跟他解释，又一个东西从外面翻滚过去，像玩具风车一样打着转儿。这一次她看清楚了，那是一艘老式帆船，它的桅杆已经折断，船体的木头骨架暴露在外面。苏西把脸贴在窗子上，看着风暴将它卷走。“是以前在虚境航行的船，”她说，“像葡萄美酒号一样。”

“像葡萄美酒号一样的旧船残骸？”船长也来到窗前。更多的船体残骸出现在风暴中，像坏掉的玩具一样被摔来摔去。“很多勇敢的探险者先于我们来到这里，这儿是他们最后的安息地。我们要再加把劲儿，否则我们也会变成他们那样。”

“我已经开足马力了！”威尔莫特说，“我不想让发动机超负荷运转。”

就算这样，墙上的电线还是迸出了火花，抽拉式沙发的垫子间喷出一团团蒸汽。

幸亏我没坐在那里，苏西想。她双手拢在嘴边，朝威尔莫特大喊：“我觉得我们撑不了多久了！听船长的吧！”

威尔莫特决定放手一搏，他将一根指针调到仪表盘的红色区域里，危险地带车厢像头驴子一样猛地一跃，咯吱声越来越响，听起来像是有一柄大锤正对着车体一阵猛打。船长往上蹿了蹿，把头伸出天花板。

“就是这样，威尔莫特，”他返回时说，“继续左转，做好准备，情况马上会更糟。”

威尔莫特张大了嘴巴：“你是说这还不算糟吗？”

“哦，我亲爱的孩子，你还没见识过大风大浪呢！”船长回答，“我们现在被魔鬼咬住了，要么打败它，要么被它吞掉，无路可退。”

威尔莫特的脸上现出一丝害怕的表情，但转瞬即逝。“是的，”他说，“抓牢了，各位。”他咬紧牙关，又对控制键做了一点儿调整。一秒钟之后，危险地带车厢遭受猛烈一击，被风暴掀得滚了起来。苏西还没回过神来就撞到了天花板上，然后她沿着后墙滚到地板上、前窗上。她和威尔莫特撞在一起，还有什么坚硬的东西打中了她的肩膀。是船长的头骨，她在半空中将它一把抓住。

“威尔莫特，什么情况？”她大喊道。

即使威尔莫特回答了，她也听不到，因为危险地带车厢又翻了个个儿，她从车厢这一头又滚到另一头，最终面朝上躺在后车窗上，还撞到了脑袋。周围变得黢黑一片，某一瞬间她惊恐地以为这就是她生命的终点，随后她意识到是灯碎了。现在车厢里只有火花的亮光、控制台上疯狂闪烁的灯光和船长身上的微光。

“我们就快到了，”船长喊道，“只需要再前进一点点！”

“我们的所有系统都处于临界状态！”威尔莫特回喊道，“马上就撑不住了！”

像是要证实他的话一样，控制台下面的柜子开始冒烟，塑料烧焦的味道在车厢里弥漫开来，飘进苏西的喉咙，让她作呕，威尔莫特流着眼泪弯下了腰。

苏西踉踉跄跄地走到他旁边想要帮他，这时，一道白光刺穿了烟雾。光来自车厢外，船长得意扬扬地抬高了声音。

“我们做到了！”他叫道，“我们来到了风暴眼。干得好，伙计们！”

苏西揉了揉眼睛，发现确实如船长所说，他们已经进入风暴正中心的一处稳定的空洞地带。就像大理石中央有道杂糅的异色，空洞中间是一道锯齿状的闪电，它跳动、闪烁着，像有生命一样。

车厢稳定下来后，威尔莫特松开紧握控制台的手。“那是什么？”他问。

“我不知道，但是很漂亮。”苏西说。

“那是空间裂缝，”船长说，“它是在空间中撕开的一道口子，这极为罕见，只可能在虚境中出现。我从未见过大小与这个接近的。”他双手叉腰欣赏眼前的景象：“天哪，它大得足够吞下一支大规模舰队！或是……”

“一座城市？”苏西说。她用双手捡起《力量之书》，将它放在眼前：“我们千辛万苦到了这里，所以你最好告诉我们，这是水城曾经所在的地方吗？”

书沉默不语。

“快点！”她沮丧地摇晃它，“我们冒着生命危险帮你，你为什么不帮我们一次？我们来对地方了吗？”

《力量之书》疲惫地发出一声长叹，书页似乎在翻动。“是的，”它说，“这就是我的城市曾经所在的地方。”

尽管身处烟雾和臭味之中，苏西却微笑起来：“谢谢你，我们知道接下来要去哪里了。”

“我们知道？”威尔莫特说。

“是的，穿过那里。”她指向前窗外的那道裂缝，“无论水城发生了什么，我敢打赌，我们都能在那道裂缝通向的地方找到答案。”

威尔莫特不安地检查了一下控制台上的报警灯：“我想我们做不到，车厢承受不了更多打击了。”

“它能挺到我们穿过风暴返回黄晶峡吗？”船长问。

威尔莫特耷拉下耳朵，摇了摇头。

“那么我们别无选择，”苏西说，“我们去裂缝里赌一把。”

威尔莫特花了点时间整了整衣领，拂去帽尖上的灰尘：“好吧，大家都抓牢了，希望能交点好运，我们这就进去了。”他按下几个开关，控制台下面又喷出一股烟，车厢往前一蹿，朝裂缝冲去。

苏西把自己塞进桌子旁的一把椅子里，在耀眼的光芒射进车厢时紧紧抱着书和船长的头骨。光线亮得像是把车厢壁都穿透了，仿佛车厢是用玻璃做成的。苏西紧闭双眼，光线仍然穿过了她的眼皮，她感觉自己整个人都融进了光里。

有什么东西随着光线浮现出来：一座金塔耸立在青灰色的海面上，散发着像灯塔光束一样的魔法之光。闪亮的彩虹色天空下是忙碌的街道，空气中弥漫着海水咸咸的味道。

苏西意识到，这并不是她的凭空想象，而是厚重的记忆，但不是她自己的记忆，是水城的。

什么东西搅动起来，发出旧纸张般窸窸窣窣的声音。她吃了一惊，意识到她不是独自一人。在这记忆中有其他什么和她一起，她看不清楚，但恍惚中觉得那东西庞大、古老，并且非常非常强大，正低头用漆黑的眼睛看着她。

“这是我曾经所在的城市。”那东西用那本书的声音说。

好奇和害怕的情绪同时在苏西体内翻腾。“你是什么？”她低声问道。

“我逾期了，”那东西回答，“送我回水城，你们还有六小时四十五分钟。”

随后，危险地带车厢冲进裂缝，记忆消退，剩下的只有光。

第11章

海上迷航

苏西不清楚他们在裂缝里航行了多长时间，甚至不确定是否还有时间存在，那里只有无处不在的光。而当光突然消失时，她发现自己正躺在危险地带车厢的地毯上。她试着动了动，身体上的痛感像锯齿状的闪电一样从头传到四肢。她呻吟了一声。

危险地带车厢已经停止行驶，四周黑洞洞的，清冷的月光透过窗户照进来，颜色和紧张地飘在她上方的船长一样。

“欢迎回到活人的世界，”他说，“你受伤了吗？”

苏西坐起来，疼得龇牙咧嘴：“不严重。威尔莫特，你还好吗？”

“我想还好，”月光里现出威尔莫特漆黑的轮廓，他从上往下拍了拍自己，“我感觉像是被狂揍了一顿，但手脚好像还连在身上。”

他帮苏西站起来，苏西刚站起来就又失去了平衡。一开始她以为是自己头晕，随后意识到是车厢在乱晃，让她感觉有些恶心。

“据说只要能活着走出去，就算是成功着陆了。”威尔莫特拍了拍浑身上下的灰尘说。

苏西摇摇晃晃地走到后窗那里往外看。“如果是能活着游出去呢？”她问。威尔莫特和船长来到她身边，他们一起看向外面一望无际的海洋。水面上星星点点散布着形状不一的小岛，在月色中闪着可怕的白光。“这是冰山，”苏西说，“我们在哪里？”

“你们找到水城了。”《力量之书》的声音从折叠桌下面的地板上传来。苏西将它捡起来。

“是吗？它在哪里？是这附近吗？”苏西继续盯着窗外，但外面除了海洋还是海洋，别无他物。

“我不知道，”书说，“这里是那座城市曾经所在的地方，它应该是在这里。”

“你是说我们千辛万苦来到这里，但还是找不到水城？”苏西说。

“对，”书说，“送我回水城。”

苏西真想把它关进气闸舱里，那样就不必再听它说话，但她控制住了这股冲动。邮递员指导手册的第二章不是说“邮递员应始终尊重派送物品”吗？即使它们真的很惹人烦。

“好吧，”她说，“我们会继续找下去，至少我们知道这里和水城有点儿关系，水城一定就在附近了。”

威尔莫特轻轻地清了清嗓子。他在苏西向书询问情况时回到了控制台，现在正不安地看着她：“恐怕我们哪里也去不了了，冲过裂缝时发动机的分子分流器过载，彻底烧坏了，我们一点儿动力也没有了。”

苏西胃里不舒服的感觉愈加强烈，但不是晕船造成的。“我们千辛万苦来到这里，不能一无所获。”她无力地说。

威尔莫特给了她一个同情的微笑：“抱歉。苏西，你的计划很好，但看样子传说是真的——这座城市一定是彻底毁灭了，没有留下一丝痕迹。”

苏西沮丧地坐进抽拉式沙发，沙发垫已经撕裂了，里面的填充物漏了出来，但她几乎没有注意到。愧疚和焦急混杂在一起，在她的血管里流动。“那我们现在还能做什么？”她声音嘶哑地说。

“恐怕什么也做不了，”威尔莫特说，“我们漂在海上，看不到陆地，车厢也没有动力，我们会一直待在这里直到饿死。”

他的话像一块冰冷的秤砣击中了苏西。“我们可以修理发动机吗？”

威尔莫特摇摇头：“分子分流器没办法修理，而且我们也没有备件。即使有，我也不知道怎么替换，我是邮政局长，不是工程师。”虽然光线昏暗，苏西依然看得到他脸上的忧虑神情。“对不起，”他说，“我真希望自己还能做点什么。”

苏西伸出手放在他的胳膊上。“这不是你的错。”因为她知道全都是她的错。她的计划迎来了灾难性的结局，她对此无能为力。他们将一直漂在这里，孤孤单单，一筹莫展，直到危险地带车厢变成另一具空荡荡的残骸。她想知道她和威尔莫特是否会变成船长和他的船员那样的幽灵，不知道那是不是比直接死去更好。

“想象一下永远只能在这个地方游荡，”一个不怀好意的声音在她的脑海里小声说，“被困在一个破烂车厢里，没有地方可去，没有事情可做。你应该听你爸爸妈妈的话。”

爸爸妈妈!

她甚至没有跟他们道别。这个念头像摇摆的大铁球一样呼啸着闯进她的思绪。如果她永远不再回家，他们会怎么想？这个新的想法不仅令她痛苦，更让她害怕，泪水突如其来地涌出来，让她感到眼睛刺痛。

“苏西？”威尔莫特说，“你还好吗？”

苏西用力地眨了眨眼睛，不让泪水流下来，她点点头说：“别为我担心，我们集中精力寻找离开这里的办法吧。”

“但是怎么离开？一切都毁了。”威尔莫特说。

“至少我们还都活着，”她回答，然后转向船长，“除了这位陪同人。”

船长向她脱帽致意：“非常感谢。你瞧，在海上迷失航向多少有点儿像是我的专长，但我不得不提醒你们，我们的方位都还没有确认。”

“呃，对，”威尔莫特说，“我们要怎么确认？”

“当然是通过晴朗的天空和敏锐的眼睛，”船长说，“跟上我，我们去观察星星。”他穿过天花板，而威尔莫特跳上桌子打开天窗，苏西推了他一把，让他从窗口爬了出去。

“天、天哪，好冷！”他惊呼道，伸手拉苏西上去，冷空气像上千万把小刀子似的扎在苏西身上。

“不仅仅是冷，是冷、冷到刺骨！”苏西说话时吐出一股白汽，她拉了拉大衣将自己裹紧，但没什么用。她的脸颊和双手已经感到刺痛，睫毛上也挂着微小的冰晶。

天空中看不见星星，但因为有跃动的光而异彩纷呈：粉色、绿色和蓝色的光幕移动翻滚，仿佛被一股看不见的风吹拂着。

“极光！”苏西惊叹道，“我、我们地球上也有，是来自太、太阳的带电粒子进入两、两级附近的高空引起的。我一直都很想、想看极光。”

“这景色可真不错。”船长说。苏西意识到他是不怕冷的。

“但是仍、仍然没有水、水城的影子。”威尔莫特已经冷得浑身发抖了。

苏西将目光从极光上移开，摇晃着站起来，环视了一圈。他说得对，海洋似乎无边无际，海面上除了碎冰别无他物。“我们快没有时、时间派送书了。”她把双手放在嘴上，向手里哈气，试图让麻木的手指恢复一些知觉。

“虽然希望不大，”船长指向她背后说，“但也许那边那个小动物能给我们指引方向。”

苏西转过身，看到一只保龄球大小的发光的绿眼睛。那眼睛长在一条强壮的黑色触手上，触手从水下伸出来高高地立在海面上。威尔莫特惊得大叫一声，差点儿掉下车顶，幸好苏西抓住了他的衣领。

又有一条触手冲破水面，用没有眼睑的眼睛直直地盯着

他们。苏西看到这触手从上到下都长着圆形的嘴，每张嘴里都有一排排像针一样尖利的牙齿。第三条触手升出水面进入他们的视线，第四条、第五条……危险地带车厢被触手团团包围了。

“别动！”船长惊叫道，“不要做什么动作，它在观察我们。”

“然、然后呢？”威尔莫特结结巴巴地说。

“它要么相安无事地离开，”船长说，“要么……”

触手们突然抽动起来，苏西刚来得及做出反应，一条触手就朝她打过来。她抓住威尔莫特滚到一边，触手直接从船长身上挥过，打中了车顶，使危险地带车厢发生了侧翻。

“抓紧！”苏西大喊道，一只手抓住天窗开口的边缘，另一只手拽着威尔莫特的衣领。

更多的触手突然一下子从海里冒出来，将车厢周围的海水搅得泡沫翻涌。

“我、我想，我们有麻、麻烦了。”苏西说。

“别怕，拿上鱼叉！”船长说。

“我们没、没有鱼叉！”威尔莫特哀号道。

又一条触手朝他们砸过来，但苏西早有防备。她用尽全身力气从天窗跳进车厢，把威尔莫特也拽了进去。一条触手打中车顶，扒在上面，发出一阵阵嗞嗞声。车厢又晃动起来，让正挣扎着爬上桌子去关天窗的苏西失去了平衡，摔倒在地。

她站稳之后伸手去够窗户把手，却正好对上了怪物的一只眼睛。触手从窗口爬进来，从头到脚打量着苏西，把她吓得僵住了。触手上数不清的嘴里流出口水，发出嗞嗞声，黏稠的液体滴落在地毯上。

一股白雾从苏西肩后猛喷出来，直接喷进那只眼睛里。

“放开她！”威尔莫特挥着一只小型铜制灭火器喊道。灭火器又喷出一大股气体，弥漫在整个车厢中。一秒钟后，白雾散去，那条触手已经不见了。

苏西一秒也不耽搁，跳起来将天窗关上。随后又一条触手打在了天窗上。

“谢谢！”她喘着粗气说。

“先别急着谢。”威尔莫特说。

更多触手打过来，让车厢再次摇晃起来。苏西和威尔莫特挤在一起，蜷缩在车厢中间，此时窗户已经被肉乎乎的厚吸盘全部遮挡住了，还有两只绿色的大眼睛贴在玻璃上盯着他们。

“船长！”苏西喊道，“外面是什么情况？”

船长穿过天花板，回到车厢内。

“真有意思！海怪用触手把我们裹住了。”他说。

“这叫有意思？”威尔莫特问，“这叫可怕吧。”

“抱歉，”船长说，“但是距离我上次被海怪袭击已经过了好几百年，而且这一次并不像以前那样要命。”

“那是对你而言。”车厢在海怪的袭击下疯狂倾斜时，威尔莫特说道。

苏西牢牢抓住桌子才没有摔倒在地：“你的电话呢？我们可以打电话求救！”

威尔莫特睁大了眼睛：“我怎么没想到这一点？但是我们离联邦这么远，电话能打通吗？万一没有信号呢？”

“只有一个办法可以弄清楚，”苏西喊道，“快！呼叫特快专列。”

“好！”威尔莫特努力保持平衡，从外套口袋里掏出电话拨号。接着，他面色一沉："拨不出去。"

苏西泄了气。

"等一下！"她说，"这个电话是要移动才能启动的，你现在站着没动。快点！动起来！"

威尔莫特立即开始慢跑。"还是没用。"他说。

苏西的脑子高速运转，她抓起船长的头骨，收起墙上的桌板，打开气闸舱的门，挤了进去。"行了，"她说，"我们最多只能给你这么多空间，你看看够不够。"

"哦，好主意。"船长说，他仍旧飘在车厢中，没有待在头骨里，"不用管我，我没血没肉，你们知道的。"

威尔莫特快速点点头，从车厢的一头跑到另一头，每趟只能摇摇晃晃地跑几步就得折返，还不得不来来回回从船长的幽灵身体里穿过。就在他转身准备跑第五圈时，他的耳朵尖竖了起来。"拨通了！"他说。

弗雷德里克倚靠在贝儿号舷梯的栏杆上，看着太阳落下黄晶峡的地平线，棕榈树的影子越拖越长。特快专列已经离开了主干线，现在停在一条被珊瑚礁环绕的支线上，久经风雨的旧渔船零零散散地停泊在旁边，随着海面起伏上下浮动着。贝儿号的锅炉在冷却下来时发出嘀嘀嗒嗒的声音。每一道浪花都闪着金色的光芒，一片平静安宁的景象，如果不考虑苏西妈妈的声音的话——那声音从开着的驾驶室门口传来。

“你还让我等！我要求跟你的上级通话，跟你上级的上级通话！跟——”片刻的沉默后，舱内传来一声失望的号叫，惊得几只栖息的海鸥从附近的树丛里飞了出来。

弗雷德里克叹了口气。他跑到舷梯上就是为了躲开这一切，现在他已经在外面待了一个多小时，情况显然没有好转。

他想不明白，在这件事上苏西的父母为什么一直这么钻牛角尖？他踮脚走向驾驶室，将头探进去时，心里还在思考这个问题。

苏西的妈妈怒容满面地站在壁炉旁，双手握着老式转盘拨号电话的听筒，把它贴在耳边。苏西的爸爸则不安地踱来踱去，搓着手，小声地自言自语着。

“也许我们应该回家报警，”他说，“或者呼叫空中救援，或者国家航天局！对，也许他们能够发射火箭或者——”

弗雷德里克清了清嗓子，说道：“你不会还在给中心邮局打电话吧？”

苏西的妈妈气得张大了鼻孔。“谁来告诉那个男孩，我是不会跟他说话的。”她大声说道。

“是的，她还在打。”瘫坐在远处角落扶手椅里的斯通克说。乌瑟尔躺在他旁边的地板上，他们俩看起来都无聊透顶。“我们告诉过她那样做没有用，即使接通了邮政大臣的电话，他也做不了什么。”

“必须有人做点什么，”苏西的妈妈说，“只要苏西还没回来，我就会一直打下去，直到捅到最高层那里。不能只有我和她爸爸关心她的安危。”她说这话时扭头狠狠瞪了弗雷德里克一眼，让他气不打一处来。

“苏西不归我管，”他反击说，“她自己想去的，我只是没有阻止她。”

“你应该阻止她的，”苏西的爸爸说，“你让她把自己置于危险之中。”

“苏西总是把自己置于危险之中，”弗雷德里克说，“但她也总有办法让自己脱险，这是她最擅长的。”

“她坐着一节飞起来的车厢，驶向致命的风暴，领航的是一个在最后一次航行中没能活下来的幽灵。”苏西的爸爸说。

弗雷德里克想要回应点儿什么，但还没想好怎么说，半张着嘴。恰在此时，苏西的妈妈将电话听筒猛地从耳边拿开，使劲儿摇晃起来。

“喂？你还听得见吗？喂？”她气得涨红了脸，把电话啪地一挂，“他们挂了我的电话！”

“嗯嗯呜。”乌瑟尔从地板上抬起头说。

“是的，很可能只是线路故障，”斯通克说，“也许他们会给你回电话的。”

“不用了，我先给他们打过去。”苏西的妈妈说着又伸手去拿听筒。斯通克和乌瑟尔翻了个白眼。不过，她还没碰到听筒，电话就先响了起来。

“天哪，”斯通克说，“他们还真的打回来了。”

苏西的妈妈一把抓起听筒："如果你以为能那么轻易地打发我，那你……"她渐渐没了声音，而且震惊地张大了嘴。"威尔莫特？"她小声地说，"是你吗？"

"嗯呜呜！"乌瑟尔立即站起身，只跃了一步就来到苏西妈妈身边，斯通克紧跟其后。弗雷德里克溜进来，站在终于不再踱步的苏西爸爸旁边。乌瑟尔伸出一只熊掌按下电话机座上的免提键。

一开始只有静电的噪声，然后传来微弱的、断断续续的声音。

"喂？"电话那头说，"斯通克？乌瑟尔？是你们吗？你们听得到我说话吗？"

"是局长！"斯通克惊呼道，"局长，苏西和你在一起吗？你们俩都还好吗？"

又一阵静电噪声后威尔莫特的声音传来，他听上去上气不接下气："喂？有人听见我说话吗？信号不好，我不知道是不是真的有人在接听，我这边什么也听不到。"他的声音被一阵吵闹的砰砰声盖住了一些。

"我们可以听到你说话，威尔莫特！"苏西的妈妈说，"苏西怎么样？你们俩安全吗？"

威尔莫特的声音时不时被噪声盖过，断断续续的。"苏西，"他们听到他说，"我觉得这个没用。"

"再试试！"电话里传来极其微弱的苏西的声音。苏西的父母紧紧地抱在了一起。

"苏西！"妈妈呼喊道，"我们在这里，亲爱的！"

接下来是一阵停顿，然后威尔莫特又说话了。

"斯通克、乌瑟尔，就当你们俩有人可以听到我说话吧。我们到达了水城的所在地，但是遭到了某种海怪的袭击，我们的分子分流器烧毁了，车厢失去了动力。我们急需救援，请派人来！"

"老兄，我们听得到你说话！"斯通克说，"别灰心，我们会尽快把你们从那里救出来的。"

然后，在电话线路的刺刺声中，他们又听到了苏西的声音："它在把我们往下拉！"

然后是一声尖厉的噪声，连接中断了。

斯通克回拨时，所有人都急不可耐地挤在他旁边。电话没接通，他又拨了第二次、第三次，但只听到了等待接通的铃声。最后他挂断电话，摇了摇头："他们没有接听。"

"他们那边发生了什么？"苏西的妈妈问，"我们要怎么做？"她慌乱地环顾四周，与弗雷德里克四目相对："你！你一定知道谁可以帮忙。"

弗雷德里克感到脸颊滚烫。"我不知道。诺玛和图书馆的其他人在忙着处理危机，暗影夫人正在追踪艾贝克和泰尼布里。"他越说越没底，脸红得更厉害了，"我不知道会变成现在这样。"

"现在不是追究责任的时候，"斯通克说，"我们需要想出一个行动方案。"

“但是我们能做什么？”苏西的爸爸问。

乌瑟尔站了起来。“嗯嗯嗯嗯呜，嗷嗷嗷嗷哼。”她咕哝着说。

“非常正确，”斯通克说，“我们不能浪费时间到别的地方寻求帮助了，我们必须自己去救他们。”

“穿过虚境风暴？”弗雷德里克说。

“正是，”斯通克说，“那段旅程不会轻松，所以我们要做好周密的计划。现在我们都知道哪些情况？”

“危险地带车厢瘫痪了，”苏西的妈妈说，“他们需要一个新的……那东西叫什么来着？”

“嗷嗷嗷呜。”乌瑟尔说。

“是的，一个分子分流器，”斯通克说，“负责处理危险地带车厢的燃料，是很关键的零部件，而且不容易更换。”

“不管容不容易，我们都得做，”弗雷德里克说，“否则车厢会永远被困在虚境风暴里。”

“但是如果我们没法儿给他们送去的话，新的分子什么零部件就不会有任何用处。”苏西的爸爸说，“我们要怎么送过去呢？”

弗雷德里克咬了咬下嘴唇：“我们显然需要一艘船把我们送过去。”

“可如果我们能做到这些，我们还要新的分子分流器干什么？我们为什么不把苏西、威尔莫特和船长直接带回来呢？”苏西的妈妈说。

“因为分子分流器可以多给我们一次机会，”弗雷德里克说，“万一我们的船也像危险地带车厢一样受损了怎么办？那样我们全都会被困在那里，那本书永远都派送不掉，奇境联邦会被卷入一个黑暗时代。但如果我们带上一个新的分子分流器，即使出现什么差池，我们至少能够让车厢重新启动。”

“这孩子说得有理，”斯通克说，“我们的第一要务是找到一个新的分子分流器，而且要尽快。乌瑟尔，你知道在哪里可以找到吗？”

“啊嗯哼，”乌瑟尔摇着头说，“嗯嗯嗯哼。”

“啊，好主意，”斯通克说，“我们去问问弗莱彻，他可以搞到任何你想要的零部件。我们先回你们家。”

“我们直接给他打电话不行吗？”苏西的妈妈问。

“弗莱彻没有移动电话，他不碰那些东西。”斯通克说。

“他不需要有电话，他仍然在我们家，我们可以打家里的电话。”苏西的妈妈回应道。

“好主意！”苏西的爸爸说。他取下壁炉架上的电话，匆匆拨号。电话响了好长时间才有人接听。

“喂？”是弗莱彻的声音，“哪位？”

“弗莱彻！我是卡卢姆·史密斯，苏西的爸爸。”

电话那头没有说话，所有人都听到了清晰的流水声，而且声音很大。在弗雷德里克听来，弗莱彻像是站在瀑布前面接的电话。

苏西的爸爸显然也有同样的感受。“呃，那边……那边一切都好吗？”

“还好吧，”弗莱彻有点儿生硬地说，然后他那边又传来砰的一声，“怎么了？”

很明显，苏西的爸爸在努力克制着询问的冲动：“说来话长，你看，一切要从象牙塔说起——”

弗雷德里克意识到这个人要从头开始叙述整个不幸的事件了，于是大步走过去，从他手中夺过电话。

“弗莱彻，我是弗雷德里克。我们需要你的帮助，苏西和威尔莫特乘坐危险地带车厢去了某个未知的地方，然后被困在那里了。我们需要一个分子分流器来帮助他们返航，我们去哪儿可以找到？”

“有点儿棘手，”弗莱彻说，“以前在矮人城，有六个废品处理商不费吹灰之力就能给你弄到一个，但地震之后没人有那些零部件了。”他从牙缝里吸了一口气：“不过仔细一想，也许还有个地方能找到。”

“哪里？”弗雷德里克问。

“你去过一座叫普罗兰多夫的城市吗？”

“没有，从未去过。”弗雷德里克说。

“我去过！”斯通克说，“好主意，弗莱彻。”

“我不敢打包票，”弗莱彻说，“但是找对人的话，你在普罗兰多夫几乎可以找到任何东西。”

“我们要做的就是找到它，”斯通克说，“我会立即联系铁路交通控制人员，看看他们能否给我这座城市当前的坐标。”

“当前的坐标？”苏西的爸爸说，“我不明白。”

“普罗兰多夫会四处移动。”弗雷德里克说。

“当然了，”苏西的妈妈讥讽道，“它干吗不呢？”

“弗莱彻，你说我们需要找对人，可以直接给我们一些名字吗？我们时间挺赶的。”弗雷德里克说。

“哦，让我想想……”这时，电话里又传来像是砖石掉落的声音，“可以找独眼塔里辛，不过去年夏天他跑到了涡轮机里，之后就和以前不太一样了。他现在缺乏深度知觉，对三维物体的感知力很差，这真是太可怕了。或者你可以找找安娜·潘，前提是她在普罗兰多夫，她可能还在自动城勘探呢。”

“我们没有时间听这些，”苏西的妈妈说，“我们不能直接带上你吗？”

“你们不是让我处理精灵吗？”弗莱彻说。

“精灵可以等，”苏西的爸爸说，“苏西和威尔莫特等不了。”

斯通克捋着胡子尖：“他们说得对，弗莱彻。时间至关重要，而且你可以让我们的搜寻少走很多弯路。”

“好吧，”弗莱彻说，“你们现在在哪里？”

“啊嗯嗯嗯呜。”乌瑟尔说。

“哎呀，”弗莱彻回答说，“从那里过来得花好长时间。你们直接去普罗兰多夫就行，把坐标发给我，我自己过去。”

“怎么过去？”斯通克问，“我们没有给你留交通工具。”

“办法多的是，我可以找人帮忙。”

“你没问题就行，”斯通克说，“那我们在普罗兰多夫碰头，但是请你抓紧时间。奇境的未来靠局长和苏西，而此时此刻，他们得靠我们。”

危险地带车厢倾斜严重，将苏西从气闸舱里甩出来，落在抽拉式沙发上。一秒钟后，威尔莫特头朝下落在她旁边。

车体在海怪的挤压下发出嘎吱声。透过覆盖着车厢的触手之间的缝隙，苏西发现他们已经处于水下了。

“毫无疑问，它要把我们带到深海里，以便随时吃掉我们，”船长说，“这是属于真正的探险者的死亡方式。”

苏西希望他能回到头骨里，但因为周围的水域变暗，他身上的光是现在车厢里唯一的光源。

“都别慌，”威尔莫特重新站起来说，“我知道情况不太理想，但我觉得海怪没法儿打破车厢。”他紧张地摆弄着他的帽子：“至少我是这么希望的。”

“虚境风暴，空间裂缝，现在又是海怪，至少情况不会变得更糟了。”苏西说。话音刚落，一个可怕的念头就出现在她的脑海。“威尔莫特，”她缓缓地说，“我们的氧气可以维持多久？”

威尔莫特脸上现出的惊恐表情给了她答案。“哦，天哪。”他的眼睛在车厢里扫来扫去，快速计算着，“制氧机没有动力，剩下的氧气顶多能撑一个小时。”

“我不需要氧气——如果这能给你们带来一点儿安慰的

话，”船长说，“一点儿幽灵小幽默，缓解一下紧张，希望你们不会介意。”

苏西介意，但她太害怕了，一时间说不出话来。她的命运已经缩小为三种可能：要么淹死，要么窒息而死，要么被活活吃掉。海怪继续将危险地带车厢拽向冰冷的黑暗中，她和威尔莫特紧紧抱在了一起。

第12章

下沉的感觉

海洋深处漆黑如墨。车厢里，船长的幽灵身体发出暗淡的光；车厢外，海怪没有眼睑的眼睛发出幽幽的绿光，还在透过窗户盯着车厢里面看。

苏西努力控制自己不去看那些眼睛，但还是不安地打了个寒战。她感觉自己和威尔莫特好像显微镜下的标本一样，正在被人研究。但在恐惧中，她的脑子又感到一阵令人恼火的发痒。“现在我们下沉多深了？”她问。海怪已经把他们往下拖了有几分钟，车体因为越来越大的水压发出一阵阵令人担忧的爆破和开裂声。

“我不知道，”威尔莫特说，“仪表盘已经失灵了。船长，你在外面可以看到什么吗？”

船长勤快地再次穿过天花板。过了一会儿，他回来了，摇了摇头。“我们沉得太深，已经看不到海面了，我敢打赌至少有九百米深。”他身体发出的光变亮了一些，“我知道了！我去看看能不能看到海底。”他换了个方向，将头伸出地板。只花了几秒钟，他就像软木塞弹出玻璃瓶口一样跳了上来，脸上带着一副震惊的表情。

“看到海底了吗？”威尔莫特问。

“我看到了一样东西，”船长说，“但我不确定那是什么。”

“我想我也看到了什么！”威尔莫特指着车厢前窗说。窗户仍然向下倾斜着，透过触手和眼睛之间的小缝隙，苏西也看到了：在下面深处的黑暗中，有一束微弱的光。

她忍着因为离蠕动的海怪太近而产生的厌恶，紧紧贴在玻璃上往外看。毫无疑问，确实有一束光照在像被脏雪覆盖的海床上，海床上还有一个像山一样高大宽阔的庞然大物。

“看起来像是个超级大的蜗牛壳！”苏西说。

“我的天！”威尔莫特吸了口气说，“我觉得你说得对。”

那壳也许曾经是金色的，但因为年代久远，现在已经斑驳褪色。壳上有一道又一道向上盘旋的斜坡，斜坡顶部矗立着一座高高的尖塔，塔顶如点亮的蜡烛一般发着光。

苏西屏住呼吸。她知道那座尖塔，在他们进入空间裂缝时她在幻象中看到过它。这真的是它吗？“水城。”她低声道。

海怪将他们一直拖到那庞然大物的底部，在那里，苏西看到一个被沉积物埋住了一半的圆形洞口，洞口很宽，足以容纳几架大型喷气式飞机并排通过。海怪将他们往洞口拖去。

“这里一定是海怪的老巢，”船长说，“它要在这里进食。我向你们俩表示最诚挚的哀悼。如果你们足够幸运，以幽灵的形态归来，我很乐意帮助你们适应新生活。”

苏西瑟缩了一下。如果她在这里死去，她的父母将永远不会知道发生了什么，这个想法太可怕了，让她几乎无法承受。海怪将他们拽向洞口时，她从窗户旁退了几步。

洞里既空旷又深邃，海怪一直没有放慢速度，差不多又拖了他们一分钟。然后它突然猛拽了一下车厢，苏西和威尔莫特摔倒在地板上。触手在车体上滑动，剐蹭着车厢外壁。

“完了！”周围再一次被黑暗包裹时威尔莫特呼喊道，“我会带着没送到的邮件死去！”

苏西紧闭双眼，等待来自海怪的致命一击。

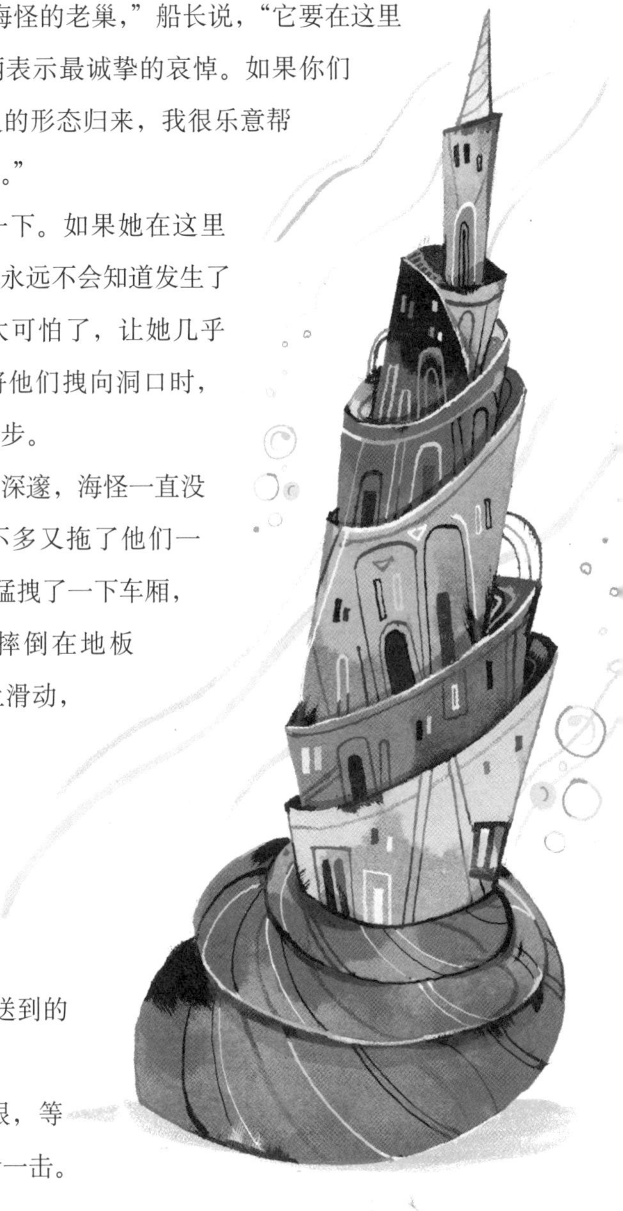

然而这一击并未到来。

苏西重新睁开眼睛时，发现触手已经从窗外消失了。而且他们现在也已经不在水里了，水滴沿着玻璃往下淌着，地板再一次在脚下轻轻晃动。

“发生了什么？”她悄声说，“海怪去哪儿了？”

“不知道，”威尔莫特说，“船长，你能替我们去外面看一看吗？”

“好主意，威尔莫特老弟，”船长说，“我去看看那家伙是不是在外面埋伏。”他升起来，穿过天花板，但只出去了一小会儿就笑着返回了，嘴巴咧到了耳朵根：“外面很安全，我想你们最好也上来看看，别忘记带上我的头骨，好吗？”说完他又冲到外面去了。

威尔莫特打开天窗，苏西将头骨装进挎包里，然后他们俩一起站在折叠桌上，爬上车顶，环顾四周。

外面黑漆漆的，还下着雨，但船长身上的光足以让他们看到眼前的景象。他们在大山般巨壳的深处，危险地带车厢停在一条遭受洪水侵袭的街道中央，四周全是被毁坏的建筑。这些建筑有一半都淹没在水里，墙壁上布满藤壶。街道向上倾斜，蜿蜒曲折，看不到尽头。街道最底端浸在水里，路面被倾盆大雨冲刷着。水从屋顶淌下来形成帘幕，落在路面上，溅起泡沫。到处都没有亮光，整条街道看上去荒无人烟。

“我们在哪里？”苏西心里这样想着，不由得说出了声。

他们看向附近建筑上的标志牌，上面的字化成烟，被吸进了书里。

“腔棘鱼大道，”《力量之书》宣布说，“低弯街区第七区。我们在水城。”

威尔莫特吓得打开挎包，对着书说道：“你确定吗？”他一边问一边小心地为它挡住雨水：“它怎么会在海底？”

“我不知道，”书说，“不过，这里确实是水城，我们到了。”

苏西将湿漉漉的头发从脸上拨开，带着燃起的好奇心四处打量这些废墟：“我们成功了，我们真的成功了，我们找到了失落之城！”

“是发现了失落之城，亲爱的，”船长说，“或者可以这么说，作为我们当中第一个看到这个地方的人，是我发现了它。”他捋了捋胡子，继续道：“太好了，过了这么多年，我还是宝刀未老。”

“但是我们发现了又能怎样呢？”威尔莫特说，“这里本应该是从古至今最有魔力的城市。”他从外套口袋里掏出奇境邮政服务的发条手电筒，转动手电筒底部凸出来的开关，打开手电筒。手电筒的强光穿透了黑暗，威尔莫特用它将周围照了个遍。

那些损毁的建筑曾经是宫殿，可以看出它们在损毁前应该高大华丽，墙上弯弯绕绕地点缀着精雕细琢的石块，像结婚蛋糕上的装饰一样。有些外墙上仍然挂着一块块颜色鲜亮的油漆，但窗户都碎了，屋里空洞洞的，没有一丝生气。

“这里发生了什么？”苏西问。就在她说话时，几滴雨水落进她的嘴里，雨水冰冷而且非常咸，她瑟缩了一下。

“这不是雨水，”她一边说一边将咸水吐出来，“是海水！”

威尔莫特擦掉脸上的水，将手电筒往上照去。在手电筒的光几乎照不到的地方，他们能看到巨壳的内部曲线。它很光滑，带着珠光，闪着淡淡的彩虹色，同时也布满了裂纹，细小的水柱从中喷涌而出。

“失落之城在漏水。”威尔莫特说。

“是在沉没！”苏西看了眼怀表，“我们还有不到六个小时的时间，然后这本书就会消化掉它吸来的所有文字。我们要找到能签收派送单的人。”

这时，他们身后传来水花声，威尔莫特把手电筒转过去，发现海怪的一条触手从一处环礁湖里伸出来，它发光的眼睛像潜望镜一样观察着他们。苏西绷紧身体，但海怪没有对他们做什么，它的好奇心似乎多过攻击性。

“那家伙为什么突然没胃口了呢？”船长问，“到现在为止，它本可以将我们吃掉两回了。”

“也许它还是友好的。”苏西说，她不希望挑战命运，不想深究这个问题。

“它是北海巨妖，”书说，“是水城的仆从之一，可以遵从简单的指令。”

“你知道它来自水城？你为什么不告诉我们？”苏西问。

“因为我知道在它把我们带到这里之后，你们自会发现。”书回答说。

那只眼睛继续从环礁湖中间看着他们。

“它好像是在等我们，你们觉得是不是有人知道我们要来，所以命令它把我们带到这里？”苏西说。

“有可能，”威尔莫特说，“但如果是那样的话，那人为什么还不现身？”他把手电筒照向街道各处，依然没有发现其他生命迹象。

“无论是什么原因，我们待在这里肯定永远发现不了，”船长说，“发现的第一要义：有疑问时多打听。”

“说得对，”威尔莫特说，“但首先我们需要到地面上去。”他将手电筒照向露出水面的那部分街道：“我刚好有样用得上的东西。”说完，他钻回危险地带车厢。一分钟后，他带着一个东西重新出现，那玩意儿看上去有点儿像钓鱼竿，又有点儿像手持吹叶机，主体是用一截管道改成的，顶端是一个超大号鱼钩，卷盘上连着一台小小的活塞引擎。

“我爸爸教过我怎么用这个，”威尔莫特欢快地说，“但我从来没有自己试过，你们最好往后站站。”他趔趄着站起身，拉动活塞引擎的拉绳，引擎突突地运转起来，整个装置也开始震动，威尔莫特将它斜着放到肩膀上，努力让它保持稳定。“关键在于要甩过肩膀，而且得干净利落。”他甩动手腕，砰的一声，鱼钩从鱼竿顶端飞出，后面带着一根闪着银光的线。鱼钩钩住了与水位线齐平的一座大宅的钢制阳台。威尔莫特拉了下银线，挂得很紧。

“抛得好极了！”船长说。

“谢谢！”威尔莫特咧嘴笑着说，“我真希望爸爸能看到。”他开始转动鱼线卷盘，绳索绷紧，危险地带车厢被缓缓地拉向那座大宅。当听到车厢底擦到路面的声音时，威尔莫特停止转动，按下了鱼竿侧面的一个按钮，银色鱼线立即像活了一样抖动起来，鱼钩从阳台上脱开，鱼线收回到卷盘中。

“你真是天生的好手，”从车顶爬到地面上时苏西对威尔莫特说，“巨壳外面的尖塔一定就是鎏金塔。如果那些故事是真的，它确实是魔法中心，那么那里一定就是我们要把书送去的地方。如果上面还有人，他们可能知道应该如何处置这本书。”

“那要走好长一段路呢。”威尔莫特说。

“想一想我们一路上可能会有的发现。”船长在他们俩之间来回跳动着说。

“我只希望我们把这件事了结之后能找到出去的路，”苏西说，“因为到目前为止，我们还没分清东西南北。”

“出去的路之后再说，”威尔莫特给手电筒上着发条说，“现在派送任务最要紧，奇境的每个人都指望着我们呢。”

“是的，”苏西一边说一边再次将湿透了的头发从眼前拨开，“要是我们带了雨伞就更好了。”

第13章

层染沙漠

特快专列嗖的一声离开传送隧道，阳光再一次洒进驾驶室。原本一直坐在厨房台面上努力控制情绪的弗雷德里克跳了起来，慌忙来到前门。令他烦躁的是，苏西的爸爸妈妈也跟了过来。

“我们究竟在哪里？”三人来到贝儿号的舷梯上时，苏西的妈妈问。

特快专列正从一片绵延起伏的彩虹色沙丘间飞驰而过，仿佛有人将大瓶大瓶的颜料倒在了上面。沙丘上有高大的水晶，水晶尖直指天空，各种色彩在水晶底部呈环状晕染开。

“我想我听说过这个地方，”弗雷德里克说，“这里是层染沙漠。”

苏西的爸爸把手搭在额头上，眯起眼睛往沙丘看去。“是因为它有各种颜色吗？”他问。

"是的，"弗雷德里克说，"你看到那些巨大的水晶了吗？它们吸收太阳光，把它分解成各种颜色，颜色又渗入沙子中。"

"不可思议。"苏西的妈妈说。自从特快专列从黄晶峡重新启程之后，她逐渐恢复了镇静，弗雷德里克猜这是因为他们是在采取行动解救苏西。"但我们为什么来这里？我还以为我们是在寻找一座城市。"

斯通克从前门伸出头来说："普罗兰多夫就快到了。现在你们都进来，抓牢了。我们马上会进行一个高难度动作。"

"在哪里？"苏西的爸爸说，"除了沙子我什么也没看到。"

"因为你看错了地方。"斯通克朝天空指了指，一个棱角分明的庞然大物出现在视野里，正从沙丘高处飘过。它离地面很远，但能隐约看到它顶上有几座高高的尖塔，塔顶上有正在旋转的叶片。

"那就是普罗兰多夫？"苏西的妈妈问。

"最伟大的飞行城市。"斯通克说，"它在我们上方停留的时间很短，所以必须精准把握时机。快点进来。"他将大家全部赶进驾驶室，砰地关上门。

"把握时机干什么？"斯通克快速检查控制装置时，弗雷德里克问。

"当然是升空了，"斯通克说，"普罗兰多夫又不会降落下来接我们，我们必须在它飞过时上去。"

"你是说特快专列也可以飞？"苏西的爸爸问。

乌瑟尔看着斯通克的眼睛，斯通克咬着嘴唇。"那么说并不准确，但是我们可以试试说服它朝上降落。”

弗雷德里克惊掉了下巴：“不会吧！你不会要用可协商重力吧?！”

“虽然不符合规定，但这是紧急情况。”斯通克说。

“什么？弗雷德里克，他在说什么？”苏西的妈妈问。

“他要逆转重力对特快专列的影响，”弗雷德里克摇晃着走到水槽旁，两手握着水龙头说，“这样一来，重力不会把列车往下拉，而是会将它往上拉向普罗兰多夫。”

这个主意让弗雷德里克紧张不安。苏西曾尝试过类似的操作，让特快专列横向降落，以穿过中心站和象牙塔之间的缝隙，她勉强成功了，但结局不是很美好。

“做好准备，各位，”斯通克一边说一边握住一个大旋钮，“乌瑟尔，解开安全锁。”

乌瑟尔用扳手砸向一个控制键，一个大红灯开始闪烁。

“这主意好吗？”苏西的爸爸问，“听上去很危险。”

“当然危险，”弗雷德里克说，“所以抓牢了！”

苏西的爸爸妈妈扑向最近的门，两个人一起抓紧门把手。

“各就各位……”斯通克利落地说，“预备……”

特快专列继续在沙丘间飞驰，弗雷德里克看到普罗兰多夫的巨大阴影从他们前方的铁轨上掠过。

“升空！”斯通克一边喊一边将旋钮转了一百八十度。

弗雷德里克双脚离开地面时，胃里翻腾了一下。重力改变方向，将他拉向天花板，他死死抓着水龙头不放。苏西的父母也被翻转成头朝下脚朝上的姿势，不由得尖叫起来。斯通克和乌瑟尔牢握控制台，努力保持头朝上的姿势。

“起作用了！”斯通克说。他的两撇大胡子已经往上翘了起来，看上去像是一个毛茸茸的笑容。

窗外，层染沙漠离他们越来越远，特快专列已经完全脱离轨道向上直升到了天空中。

如果我们错过普罗兰多夫，就会一直往上飞，弗雷德里克想，然后立即后悔自己冒出了这个念头。他们会无助地往上飞，直到脱离整个世界。更糟糕的是，一旦可协商重力失效，特快专列会直直坠入坚实的土地。想到这些，他被吓坏了。

在他忍不住要闭上眼睛和苏西的父母一起尖叫时，他透过窗户瞄到了普罗兰多夫，恐惧感暂时让位给了好奇心。那是一个闪光的机械之城。它的四个角上有四座巨大的尖塔，每座尖塔顶端都有三层长达几百米的旋转叶片，叶片飞速转动，快得几乎辨认不出形状。飞行器跑道像舌头般从城市四周突出来，一群群小飞行器像苍蝇一样嗡嗡地绕着它飞。

他们离普罗兰多夫越来越近，已经进入它的阴影之中。它的底部盘踞着众多排气阀和管道，还用网兜悬挂着一捆捆货物。

“我们就要成功了！”斯通克喊道。

“我们就要坠毁了！”弗雷德里克回答。

特快专列撞上普罗兰多夫底部时他闭上了眼睛。然而，他原以为会有的那种令人恐惧的撞击声并没有出现，他只听到啪嗒一响。但撞击产生的震动感仍旧十分强烈，让弗雷德里克松开了抓着的水龙头。他翻滚着倒在天花板上，掉进一堆坛坛罐罐中间。下一秒，斯通克、乌瑟尔和苏西的爸爸妈妈都摔在了他旁边。

他们头晕目眩地静静躺了一会儿，随后苏西的爸爸开口问道：“发生了什么？”

“我们到了，”弗雷德里克上气不接下气地说，“可协商重力把我们压到了城市底部。”

“呃……那个橙色的东西是什么？”苏西的爸爸问。

弗雷德里克看过去，只见像橘子酱一样的东西沿着窗玻璃往下淌。与此同时，一股甜辣味侵入驾驶室。

“嗯啊呜。”乌瑟尔嗅了嗅，打了个喷嚏。

“一看就是压碎了的熔岩浆果，”斯通克说，“多亏了它们，我们才能软着陆。”

弗雷德里克颤巍巍地笑着说：“你管这叫软着陆？”

“我们经历过更糟的。”斯通克说。

“别管那些果酱了，”妈妈说，“我们快去找弗莱彻和分子分流器吧，这关乎苏西和威尔莫特的性命。”

第14章

欢迎来到水城

苏西和威尔莫特步履艰难地沿着水城的螺旋街道往上爬，将洪水甩在下面。往上爬并不容易，咸咸的海水接连不断地落在他们身上，苏西和威尔莫特很快就全身都湿透了。脚下的地很滑，他们经过的所有建筑里面都是黑洞洞的，空无一人。人行道上有些看起来像是路灯的东西，由珊瑚雕成的柱子上装着玻璃碗。然而珊瑚已经褪色死去，玻璃碗也已破碎。威尔莫特将手电筒的光投向前方的一片黑暗中。

随着他们咯吱咯吱向前行进，苏西的情绪越来越低落。完了，她想，魔法的诞生地连个人影都没有。也就是说，没有人可以将书收回去，他们无法完成派送任务，列车组永远不能再派送其他东西了。不过派不派件都无所谓了，因为没有象牙塔将联邦维系在一起的话，整个联邦都会瓦解。而几个小时前她还在操心邀请朋友前来共进晚餐这种事。

“你们俩开心点儿，”船长说，“我刚刚又发现了一样东西，你们看。”他指向路对面的一间店铺，铺面上装饰着像珠宝一样的镶嵌式瓷砖，还挂着一个条纹遮阳篷，但它们现在都已严重破损。上面写着“新鲜珊瑚按单培育”几个字，不过字马上就被书吸走了。苏西凑近了向店里望去，发现窗后花盆里的珊瑚已经死去，变成了灰色。

“这对我们有什么用吗？”她问。

“我说的是海报。”船长指着其中一扇窗户说。没错，那扇窗户里面贴着一张红色边框的海报，上面用黑色粗体字写着：

服从青蛙大王！

（否则后果自负）

“你觉得那是什么意思？”威尔莫特疑惑地问道。

“我不确定，”苏西说，“但我不喜欢这个语气。”

海报上的字蒸发，被吸进威尔莫特的挎包，他叹了口气。“你不打算给我们解释解释？”他问书。

“服从青蛙大王，”书回答，“否则后果自负。”

“很有帮助，”苏西说，“但青蛙大王是谁？”

“我不知道，”由于挎包的遮挡，书的声音听上去有些发闷，“水城已经不是从前的水城了。”

这话一点儿不假，苏西心想。她的脑海里浮现出在电视上和书里看到过的古代废墟的景象：古罗马城市广场、雅典帕特农神庙、墨西哥阿兹特克金字塔……这些代表的都是恢宏一时，如今却没落消失的文明。水城发生了同样的事情吗？她裹紧湿漉漉的外套，打了个寒战。

威尔莫特的手电筒闪了闪，然后灭了，好像是在对此表示同情。他又开始上发条，这时，苏西意识到周围并不是彻底的黑暗，远处的房屋后面有一道微弱的光。

“你们看！”她指着那道光说，“那是什么？”

“不知道，”威尔莫特说，“去看看。”

他们重新燃起希望，迅速行动起来。他们越往上爬光线越清晰，而且淅淅沥沥的水声中也有其他微弱的声音传来。苏西听到了脚步声、说话声，还感觉到一座城市正常运转时的烟火气。

“这里真的还有其他人！”一时之间，她忘记了湿透的衣服和失去了知觉的手指。

“我想是这边。”船长指着两座空无一人的大楼之间的一条小巷子说。苏西拉住威尔莫特的手，两人一起冲了进去。巷子里很黑，但巷子尽头的光几乎令人目眩。当他们来到尽头时，苏西高兴得轻轻发出一声惊叹。

巷子通向一个四周亮着街灯的小广场，广场上有熙熙攘攘的人群，他们有着和人类差不多的身高和体形，走起路来摇摇摆摆的，身体被雨衣和靴子包裹得严严实实，所以看不清容貌，只有露出来的一小块皮肤白得发亮。

苏西的目光又被街灯吸引过去，那些珊瑚灯柱色彩缤纷，上面的玻璃碗里盛满了水，水里有一群群霓虹色小鱼游来游去。小鱼的身体发出如火的光芒，像是太阳在水碗里洒下了光斑。这光照在苏西脸上，让她立即感觉暖和了一些。

尽管这个广场上的房屋外墙已经开裂褪色，看起来却干干净净，像是被人悉心照料着。

这座城市并非完全废弃，苏西想，距离派送截止时间还有五个小时，我们还有机会！

“号外，号外！”广场对面有人颤声叫道，“水城没有问题，青蛙大王已经确认过了。魔法的黄金时代会延续下去。具体内容请看今天的《基层速报》！”

声音是从巷子对面街角的一处报摊发出的，水城人都停下正在做的事情，动作出奇一致地朝报摊走去，就在他们在报摊前排队时，苏西有了一次好好观察他们的机会。

他们的面部很光滑，五官比人类的简单一些：大眼睛，眼圈是蓝色的，鼻子是两个小孔，嘴巴大得几乎咧到耳朵根，如果他们脑袋两边像蕨类叶子似的器官也算耳朵的话。看到那个器官，苏西联想到了生物教材上的两栖动物。

“他们是蝾螈！”苏西悄声说，“或者是有点儿像蝾螈的生灵，我觉得是这样。”

“真有意思！”船长惊叹道，“我以前从未见过这样的生灵，局长你呢？”

“从未见过，”威尔莫特说，“在他们眼里，我们肯定同样

很奇怪，这就意味着我们必须比平常更加灵活变通。还记得指导手册第五章是怎么说的吗？派送时，要给对方留下良好的第一印象。”

“请让我来做介绍吧，”船长说，“我以前经常做这种事。”他正了正帽子，清了清嗓子。

“我们一起去打招呼，”威尔莫特将手电筒放回口袋，“但你最好先待在你的头骨里面，可别吓到他们。”

“采取低调策略？好主意。”船长说。苏西其实不确定，一个会说话且眼窝发光的头骨和真正的幽灵比哪个更吓人，但她选择不发表评论。她把头骨从挎包里取出来,船长回到里面。

“把我放在可以看到外面情况的地方就行。”他说。苏西将头骨夹在胳肢窝里。

“现在记住，”威尔莫特说，“最要紧的是进入鎏金塔，我们一定要在里面找到能帮助我们的人。”

他们穿过广场时，卖报人又开始叫卖他的报纸。

“看一看今天的逮捕和处决名单！今天的必读新闻，女士们，先生们！人手一份！违者罚款！”

苏西有些动摇：“等等，威尔莫特，也许我们需要再仔细考虑一下。”

但为时已晚，卖报人看到他们靠近，一掌拍在额头上，他用一根颤抖的手指指着他们，惊得说不出话来。排成一队的水城人转身看过来，人群中响起一阵喧哗。

“大家好，”威尔莫特脱帽致敬说，“非常抱歉打扰到了大家，我们刚从奇境过来——”

“外来者！”卖报人尖叫道，“他们来这里偷我们的魔法！”

威尔莫特紧张得干笑起来：“我向你们保证，我们不是来偷东西的，我们来这里只是……”他渐渐没了声音，因为他看到一缕缕墨水从报摊上的报纸里升起，盘旋着进入他的挎包。“哦，不是吧！”他掀开挎包盖责备《力量之书》，“非得现在吃？”

“我必须吃文字，”书说，“而且这些文字……出人意料。”它的声音使一些水城人害怕地往后退去，但苏西却第一次觉得它听上去有些迟疑，“他们嘴上说着黄金时代，内心却充满恐惧和愤怒。”

“看到了吗？”卖报人挥舞着变成空白的报纸尖叫着说，“他们直接从我们的报纸上偷走了文字！”

“小偷！”有人叫道。

“他们不想让我们读到事实真相！”另一个人喊道。

水城人离开队伍，向威尔莫特和苏西逼近。

“我们不希望你们来这里，”其中一人说道，“水城不欢迎外来者。”

“是的，你们为什么不从哪里来回哪里去呢？”

“对不起，请听我说……”威尔莫特说，但他和苏西已经被包围了。

“我们被警告过，要警惕你们这种人，”一位上了年纪的女士说，她戴着软趴趴的大雨帽，面露不悦之色，“你们没有自己的魔法，所以溜进这里偷我们的。哼，我们不会让你们得逞的！”

其他人都表示赞同。

“不是这样的！”苏西气得脸都疼了，“我们有很多魔法，我们来这里是想把一些魔法还给你们。”

“所以你们已经偷了一些！”一个打着条纹雨伞的男人说。

“不！”苏西反击道，“你们为什么不信我们说的话呢？”

“别害怕，亲爱的，”头骨里的船长这时开口了，“我以前遇到过这种情况。这叫文化冲击，你只需要让这些可怜又讨厌的家伙把神经放松下来。”

苏西和威尔莫特还没来得及阻止，船长就像发光的丝带一样舒展开来，浮在人群上方。“你好，水城！”他慢慢地大声说，“我们是为和平而来，我们在寻找你们的魔法之塔！”他将手搭在眼睛上方，夸张地做出搜寻的姿势。

船长的突然出现让人群惊得说不出话，所有人都倒吸一口凉气，大家你推我挤地散开，消失在广场周边的街道里。

“快呼叫警戒蛙！”卖报人颤抖着喊道。然后他拉下报摊的百叶窗，将自己关在里面。

“等一等！”威尔莫特喊道。但这是徒劳，广场已经空无一人。

“我在玛伊乔皮亚的地下雨林里遇到过类似的事，”船长说，“如果跟上次的情况差不多的话，他们很快就会带着献祭的海象回来，加冕我们为王。”

然而，当水城人的脚步声再次传来时，街灯的光开始摇曳不定。它暗淡下来，颜色从金色变为猩红色，让整个广场陷入幽幽的昏暗中。然后，一个声音从雨中传入他们耳中。这是一声让苏西起鸡皮疙瘩的低沉哀鸣。声音起伏不定，像是一曲哀歌，而且变得越来越响亮。第二声哀鸣加入进来，然后是第三声。它们像是某种警笛声，而且离他们越来越近。

“我觉得他们没想给我们带海象。”苏西说。

“如果是管事的来了，也许能够帮到我们。”威尔莫特说，表情和语气一样不确定。

“或者他们也会以为我们是来偷魔法的，”苏西说，“无论掌管这里的人是谁，听上去都不太友好。要是我们被抓起来，就无法派送魔法书了，甚至会遇到更糟的情况。”

威尔莫特的嘴抿成一条线：“你说得对，我们得自己去鎏金塔，派送任务要紧。”

“那我们赶快离开这里。”苏西说。

警笛声一秒比一秒响，苏西和威尔莫特开始奔跑，冲进了旁边的一条窄街道，街道两边耸立着高大的联排房屋，门廊由石头雕凿而成，高耸的大门紧闭着。他们目力所及的街灯全部变成了猩红色，把街道变成暗影幢幢的噩梦般的景象，船长在其中像灯塔一样显眼。

“注意隐蔽！”苏西小声对他说。

船长点点头，像流水入渠一样盘旋着回到头骨里。一秒钟后，他们听到有什么东西伴随着尖厉的刹车声到达广场，警笛声戛然而止，靴子敲打在地面上的嗒嗒声传了过来。

苏西和威尔莫特紧紧贴在一处门廊上，勉强隐蔽起来。几道手电筒的光在广场上扫动。

“分头找！”一个蛮横的声音说，“他们不可能走远！”

声音来自一个青蛙一样的生灵。他穿着锁子甲背心，外面又套着黑色皮甲，手里拿着三叉戟，长得又矮又胖，皮肤光滑发亮，圆形的头顶上是网球大小的黄眼睛。他不是独自一人，至少有六个这样的生灵大步弹跳着在广场上四处搜寻。

“他们看起来行动速度很快，”威尔莫特低语道，“我觉得我们跑不过他们。”

警戒蛙将手电筒照向威尔莫特他们所在的街道，威尔莫特和苏西急忙躲回阴影之中。

“但他们没见过我们，”苏西悄声回答，“如果我们小心一点儿，是可以脱身的。”手电光扫过建筑物，掠过他们的头顶，然后移走了。“走！”苏西小声说。

他们溜出藏身的门廊，弯下腰，继续蹑手蹑脚地往上爬。

他们差一点儿就成功了。

当他们距离下一个门廊不到一米时，一道强光划破前方街道上的雨幕，随之而来的是一声尖厉的警笛声。苏西伸出手捂住眼睛，威尔莫特抓住她的胳膊，将她拽向一旁有两扇厚重木门的门廊。

“我看见他们了！”一个声音叫道，“两个嫌疑人往上跑向了浮游生物广场。封锁道路！”

“现在怎么办？”威尔莫特说，“我们被包围了！”

警戒蛙的影子被灯光拉长、扭曲，噩梦般朝他们这边逼近，苏西把后背紧紧贴在门上。

从广场的方向传来更多喊叫声，苏西的心跳到了嗓子眼儿，他们没有选择了。

突然，苏西身后的门猛地打开，她一下子倒进门里。

“快！”一个女孩的声音说，“进来，别说话！”一只有蹼的手伸了过来，苏西抓住它站了起来。在昏暗中，苏西看到一双水城人的大眼睛一闪而过。那人伸出一只手把威尔莫特也拉了进去，在追兵到来的前一秒轻轻关上了门。

“队长，我肯定没看错！”一个声音喊道，“他们在这里。”

有人在推门，门上的铁把手被推得哐当哐当直响。苏西屏住呼吸，他们的救命恩人拼尽全力用两只手死死握住把手。

“他们不可能在这儿，除非他们可以穿过锁着的门。”有人回答说，“继续搜，一扇门都别放过，陛下希望尽快捉住这些外来者。”

“是，队长！”传来几双靴子啪地立正的声音，然后他们似乎朝浮游生物广场的方向跳去了。

一直等到外面的吵闹声完全消失，神秘的救命恩人才松开门把手，然后带着灿烂的笑容转向苏西和威尔莫特。

“啊！好险啊。”她说。

这是一个年轻的水城女孩，身高和苏西差不多。她有一张圆圆的脸，此刻正从雨衣的帽子下面对着他们微笑。她在雨衣里面穿着一件罩衫，脚上穿着一双长筒雨靴。

“非常险，”苏西说，她仍然在努力平复自己快速跳动的脉搏，“谢谢你。”

“太感谢了，”威尔莫特说，“真不知道没有你的话我们该怎么办。”

女孩的眼睛在他们俩之间来回转动，闪烁着兴奋的光芒：“哇，看看你们俩，真正的外来者！我就知道红色警报灯突然亮起来肯定有大事发生。但是，天哪！这肯定能写成一篇轰动全城的头版头条新闻。”

苏西不太明白女孩在说什么。她把湿透了的头发从眼前拨开，四处打量。他们在一个小院子的入口处，四周是三层敞开式平台。庭院中央有一个石砌的古旧池子，里面种着银莲花。墙上的鱼缸灯笼像外面的街灯一样亮着幽幽的红光。

“我直说吧。”女孩说着从口袋里掏出一个记事本和一支笔，俯身不让雨落在上面。“我想知道你们是谁，做什么的，还有，是什么让你们不顾危险来到水城，”她的笔停在记事本上方，“如果你们不介意告诉我的话。”

“抱歉，”威尔莫特说，“但你能先告诉我们你是谁吗？”

女孩大笑起来：“不好意思，我完全忘记了。我叫伊娜，水城《每日速报》的创办者、编辑、首席记者兼无薪实习生。”

“就是在广场上售卖的那些报纸吗？”苏西问。

“唉，那是《基层速报》，是上层的传声筒。《每日速报》则是完全独立的，旨在揭露青蛙大王和他的亲信们不希望人们知道的事实真相。”她讪讪一笑，继续道，“实际上，直到几个月前，它还只是我的校报，我披露了学校食堂里的海藻蛋糕实际上是用碾碎的水滴鱼做成的，对素食主义者完全不友好！从那之后,校长就把我的校报关停了。也就是那个时候，我决定独立办报，做真正重要的报道，比如官方未报道的洪水，比如貌似没有人知道但其实所有人都知道的魔法匮乏问题。现在还有你们的事！”她又对他们笑起来，但随后睁大了眼睛：“哦，不！我得叫停今晚的头版，这条新闻必须直接上头条！”她跑向院子对面，那里有一个写着“欢迎来到比目鱼高地”的门廊，下面有一扇门，但伊娜没有走门，而是选择了底部的一扇窗户。“跟上！”她轻声说,“我需要你们！”她拉开窗户，跳了进去。

“你觉得我们应该跟着她进去吗？”威尔莫特说。

“她听上去像是一位很有上进心的年轻女士。”头骨里的船长说。

“我觉得我们没有太多选择，”苏西说，“街上不安全，而如果我们在这里停留太长时间，肯定也会有人发现我们。”

他们伏低身子，匆匆来到窗户旁，跟着伊娜跳了进去，发现自己来到一个既是卧室又是厨房的临时住所。这里跟水城其他地方一样，曾经一定很辉煌：高高的天花板上悬挂着一盏章鱼形状的、褪了色的金色水晶吊灯，大部分章鱼触手已经不见了，余下的部分发出微弱昏黄的光。

但这灯光足以让苏西看清房间里面的样子：靠墙处并排摆

着两张床，还有一个衣服满得溢出来的破旧衣橱和一张小小的写字台。有人用粉笔在地板中间画了一条线，将房间一分为二。房间的一半干净整洁，而他们所处的这一半则到处都是衣服、纸张、没有清洗的盘子和马克杯。

“抱歉，这里有点儿拥挤，”伊娜一边说一边将乱七八糟的东西踢到床底下，“父母去世之后，我一个人在这里住了一段时间。但青蛙大王关闭了低弯街区，住房有限，现在所有人都得和别人一起住。”

横跨分界线的是一台看起来像珍宝箱的机器，机器前面连接着一台老式轧布机。机器嗡嗡晃动着，发出湿漉漉、咕噜噜的声音，轧布机的滚筒转动着，每过几秒就吐出两张报纸，报纸叠成整齐的一堆，放在干净的那一半房间里。苏西看到最上面印着“每日速报”，下面是大标题“洪水持续”，再下面是小标题“青蛙大王控制不了魔法了吗？”。

伊娜关上窗户，拉上窗帘，走到机器跟前，在侧面用力拍了几下。滚筒停止了转动，她打开盖子，只见里面有一个带有几百个小金属块的印刷版盘，每个金属块上都有一个阳刻的字母或标点符号。一个标有“超值鱿鱼墨！”的瓶子嵌在字块旁边的一个凹槽中。

“你们喜欢我的印刷机吗？”她问，“我自己造的。”

“非常震撼，”威尔莫特一边绕着机器走，一边仔细观察它，“我们矮人很多都是伟大的工程师，但我自己没有这种天分，我一直羡慕那些有天分的人。”

伊娜摘下雨衣帽子，只见她从脸颊到珊瑚粉的叶状耳朵旁都长着粉红色的雀斑。“这些之后再分发出去，”她看着印刷机上剩余的报纸说，“现在我得尽快开始印刷新的一期。之前从来没有过确凿的外来者的信息，至少官方没有。”她又拿出记事本和笔：“你们叫什么名字？”

“苏西·史密斯。”

“我是威尔莫特·格伦特，很高兴认识你。”

伊娜匆匆记下来，然后震惊地看着她的笔记从纸上飞离，盘旋着进入了威尔莫特的挎包。

“哦，不！”威尔莫特说，“我应该想到的。”他看向那摞报纸，上面的油墨已经像墨水一样晕开了。

“我的新刊！”文字变成烟气在空中盘旋时伊娜叫道，紧接着她又惊恐地用双手捂住了脸，“我的活字字盘！”除了已经印刷在纸上的字，小金属块上刻着的字母也正在消融，只剩下光滑平整的金属块。飞旋的墨迹被书吸进去时，伊娜想伸手去抓，但它们直接穿过了她带蹼的指间。“不！”她喊道，“你的包正在吃掉我的心血！”

苏西下意识地摸向她空白的奇境邮政服务徽章：“对不起，伊娜，我们不是有意的。”

“有意思，”书在威尔莫特的挎包里说，“所有信息都跟我上一餐的内容矛盾，可两者都宣称是事实。”

伊娜呆呆地看着威尔莫特：“你的包毁掉了我的心血，现在它在说话！”

“我们再一次向你道歉，真的真的很抱歉，”威尔莫特说，“但不是我的包干的，是我们要派送的东西。”他从包里掏出书给她看：“它一直在吞食信息，我们没办法阻止。”

伊娜伸出双手靠近那本书，但她有些犹豫，没有真的碰到它：“《力量之书》，它有魔法？”

“强大的魔法，”威尔莫特说，“我们认为它是由这座城市的创立者编写的。”

“他们的墨迹仍然在我的书页上。”书说。

“打扰一下，”船长的声音插了进来，“有人可以帮忙给介绍一下吗？”

伊娜指着苏西的挎包：“那个包也说话了，你们是有两本魔法书吗？”

“这里面的是我们的一位朋友，”苏西说着拍了拍自己的挎包，“抱歉，船长，现在你可以出来了。”

船长像不断扩张的流云一样从苏西的挎包里飘出来，伊娜既害怕又兴奋，忍不住尖叫了一声。看到她之后，船长向她脱帽致意。

“小姐，很高兴认识你，他们称我为船长。我非常荣幸地宣布，你现在被正式发现了。”

“我什么？”伊娜歪了歪脑袋问。

“说来话长。”苏西说。“你想知道什么我们都会告诉你，但现在最重要的事情是派送这本书。它几乎吸干了我们那里最大的图书馆里的所有重要信息，只有把它还给它真正的主

人，它才会归还信息，而我们只剩下几个小时的时间来寻找它的主人了。求求你，”她双手合十说，“你可以帮帮我们吗？”

伊娜看了看她坏掉的印刷机，又看了看船长和书，然后看向苏西和威尔莫特。“我会帮忙，”她坚定地说，“但你们先要回答我的问题。”

苏西如释重负：“问吧，问什么都行。”

“什么是图书馆？”

苏西和威尔莫特交换了一个惊讶的眼神。

“图书馆就是集中存放书籍和信息的地方，”威尔莫特说，“书里记载着故事、历史、诗歌、传记之类的东西。”

“图书馆由馆员管理，他们对

那里了如指掌，能帮你找到你需要的书。”苏西说，“你们这里没有类似的地方吗？”

伊娜震惊地睁大了双眼，摇了摇头：“没有，青蛙大王掌控这座城市里的所有信息，我们只能阅读他允许我们阅读的信息。”

“那《每日速报》呢？”威尔莫特问。

伊娜的笑容又回到脸上，她比之前更加难为情了。“《每日速报》有点儿不合法，如果有人顺着它查到我身上，我会有大麻烦。”

“你不害怕被抓住吗？”苏西问。

“当然害怕，”伊娜说，“但是总得有人告诉大家真相，而且我的行踪很隐蔽。相信我，这个地方是完全没有问题的。”

就在这时，门砰的一声打开了。

第15章

派送任务至上

房门猛地一开，砸在墙上，苏西、威尔莫特、船长和伊娜惊恐地转过身去。

苏西以为是警戒蛙发现了他们，但站在门口的是一位身材修长的年轻人。他长着橘黄色的叶状耳朵，穿着一套不合身的粗布工作服，身上的水滴在了地板上。屋里的几个人吃惊地你看看我、我看看你，年轻人颤抖地举起一只手指着他们。

“伊娜！”他说，“是他们！他们就是警戒蛙正在搜查的外来者！”

“阿姆罗德，你在这里干什么？”伊娜生气地说，“你应该在工作。”

阿姆罗德眨了眨眼，似乎一时间把震惊忘在了一边。“红色警报响了，他们让我们回家，说有危险的犯罪分子在潜逃，结果是潜逃到了这里！”他冲上前抓住伊娜的手，试图将她拉出门口，并大喊道，“离我妹妹远点儿！”

苏西抓住伊娜的另一只手，把脚跟牢牢地钉在地上，朝阿姆罗德的反方向拉。“我们不是犯罪分子！”她抗议道。

“而且我们绝对不危险。”威尔莫特抓住苏西，加入了这场拔河比赛。

“我恐怕帮不上什么忙，”船长飘在他们头顶上说，“但我希望你们知道我在精神上支持你们。”他哈哈大笑着说：“这又是一个送给你们的幽灵小笑话。”

伊娜脸色一沉。“放开我，都放开我！”她喊道。阿姆罗德先松开了手，伊娜一下倒向苏西和威尔莫特这边，三个人一起摔倒在地上。

“我真谢谢你们，”伊娜站起身来，“现在，如果你们不想把我撕成两半，也许我们可以坐下来好好聊聊这件事。”

“对不起，”苏西咕哝说，“我以为他会去叫警戒蛙。”

“我刚才就是要去的，”阿姆罗德说，“我现在也要去！你们是通缉要犯，来这里偷我们的魔法。”

苏西举起双手：“为什么所有人都认为我们来这里是为了偷魔法？这没有道理啊。”

“有道理，”阿姆罗德说，“所有人都知道，除了水城，其他地方的魔法都已经消失了。”

苏西朝他皱起眉头，心想他一定是在开玩笑，但他的表情又极为真诚。“你不会真的相信那些吧？”她说。

伊娜的眉毛皱了起来：“你是说那不是真的？”

“完全是胡说八道，”苏西说，“水城外的很多地方都拥有魔法。”

“没错，”威尔莫特说，“我本人就来自其中一个魔法世界，而且还有数百个别的魔法世界。”

阿姆罗德拼命摇头：“不可能。鎏金塔是所有魔法的源泉，其他世界心生嫉妒，一直试图将它据为己有，所以水城的先辈们把这座城市藏到永远不会被发现的地方。没有了我们的魔法，其他世界全部陷入了混乱，只有水城幸免于难。”

“谁说的？”苏西问。

“所有人都这么说，”伊娜耸耸肩回答，“所有的老师、历史学家都这么说，就连我们的国歌里都唱着‘水城，魔法的最后家园’。”但她刚一说完就现出疑虑的表情。

“如果不相信我们，那就看看船长，”苏西说，“他是幽灵，这对你们来说还不像是魔法吗？”

“要是你们还觉得无法信服，”船长说，“我很乐于为你们表演一下我用过去几年开发的单人音乐秀，相当有趣，尽管在高潮部分我需要用到大比目鱼。”

阿姆罗德似乎被镇住了，他抓着自己的叶状耳朵，使劲儿摇晃脑袋。伊娜则陷入沉思，一言不发。

“阿姆罗德，万一他们说的是真的呢？”她问。

“别犯傻，伊娜，怎么可能是真的？”

伊娜摆弄着耳朵尖，犹豫着说：“我不知道，但当一位好记者听到两个相互矛盾的故事时，她应该继续追查，直到找出哪一个是真的。”

“这个时候图书馆真的非常有用，”苏西说，“它能让你查到相关信息。”

威尔莫特清了清嗓子：“如果我们解释一下来这里的原因会不会有帮助？”

“我不知道，”阿姆罗德说，“也许有？”

伊娜走过去关上门，用后背抵住：“是的，阿姆罗德，会有帮助的，坐下来好好听。”

不多一会儿，苏西和威尔莫特就将事情的来龙去脉解释完了，阿姆罗德一脸震惊地坐在床上，伊娜则久久无法平静。

“太不可思议了！”她在房间里跳来跳去，“所有地方都是用这些铁路线和列车连接的！你们还有象牙塔！你刚才说塔里有多少书？”

“弗雷德里克可以告诉你准确的数字，”苏西说，“我认为至少有上亿本。”

伊娜大笑起来。“所有人都可以随时进去读书？”她双手抱住头继续道，“我试着想象，但是想象不出来。”

“我也想象不出，”阿姆罗德喃喃低语道，“你们说这本书把其他书都吃掉了？”他朝躺在威尔莫特大腿上的《力量之书》努了努嘴。

“几乎都吃了，”威尔莫特说，“它几乎将所有文字都吸走了。现在我们快没有时间了，如果不能成功将它送到可以解除封印的人手上，它就不会把那些文字还回来。”

“所以收件人是谁？”伊娜问。

“问得好，”苏西说，“从来没有人能够打开它，它身上的咒语一定非常强大。谁是水城最强大的魔法师？”

伊娜和阿姆罗德警惕地对视了一眼。“青蛙大王。”伊娜说。

“服从青蛙大王，”书缓缓地说，“否则后果自负。”

“是他。”伊娜抱紧双臂阴郁地说。

“这个名字已经出现了好几次，”威尔莫特说，“这个人究竟是谁？”

“你们不知道青蛙大王吗？”阿姆罗德说，“他可是青蛙大王！伟大又可怕的水城统治者，魔法之主。”

“他是你们最强大的魔法师？”船长问。

“他是我们唯一的魔法师，”伊娜说，“水城里的其他人都不能使用魔法，违者处死。”

“只有青蛙大王有资格，”阿姆罗德说，“他是魔法专家。”

“如果他真的是专家，那他为什么不用他的魔法修复水城？”苏西说，“这里到处都在漏水。”

伊娜为这句话轻轻鼓了一阵掌：“谢谢你！那正是我一直在问的。”

“是的，趁还没人告发你，别再问了，”阿姆罗德说，“那样的言论会给你带来牢狱之灾。”

伊娜把双臂抱在胸前，一脸不屑地说：“要我说，青蛙大王就是想把所有的魔法据为己有。他高高在上地在他的宫殿里过着奢侈的生活，但用来维持这座城市正常运行的魔法一年比一年少。你们已经看到外面的情况了吧，水城正在一点点被水淹没。”

阿姆罗德不自在地来回挪动着脚步。“我想洪水是越来越严重了。”他一边说一边警惕地朝大门方向看了一眼，仿佛觉得门随时会被警戒蛙踢开。

“无论青蛙大王是不是一位好的统治者，听上去他都是唯一可以打开这本书的人，”苏西说，“我们需要立即找到他，否则这本书会消化掉它偷来的所有文字，我们就会彻底失去它们。怎样才能找到青蛙大王？”

“很简单，”伊娜回答，“就是被逮捕，警戒蛙会把所有犯人都带到鎏金塔的大殿上，青蛙大王就在那里。”

“亏我们费了那么大力气避开他们，”船长说，“威尔莫特老弟，你说得对。我们刚才就应该在广场里等着，向他们寻求帮助。”

“至少现在我们知道可以这么做了，”威尔莫特说，“很简单，去自首就行了。”

“不要！”伊娜和阿姆罗德齐声说。

“这主意很糟，”伊娜说，“被带进塔里的犯人没有一个能出来。”

苏西感到一阵寒意：“他们怎么了？”

“谁也不知道，”伊娜说，“但不会是什么好结果。”

“真是不祥之兆。”船长说。

苏西想到了象牙塔地板上散落的一堆堆空白书籍，想到了特快专列上的弗雷德里克和她的朋友们，想到了她的父母。她不知道他们此刻身在何处，她比任何时候都更深切地感受到他们不在身边的孤独。“我想我们应该试一试。”她说。

“那是自投罗网！”伊娜说。

苏西感觉自己的决心开始瓦解，威尔莫特在她旁边挺直腰杆，深吸了一口气。“无论有何危险，邮递员永远尽职尽责。如果可以拯救我们的朋友和奇境，无论发生什么都值得。”

苏西点点头说：“我赞同威尔莫特，派送任务至上。”

威尔莫特自豪地挺起了胸膛：“你们看，我拥有行业里最优秀的员工。”

“要的就是这种精神，”船长说，他身上的光更亮了一些，“面带微笑迎接死亡，我就是这样做的。”

苏西尽力做出微笑的表情。她的话听上去英勇无畏，但她心里其实没有那么勇敢。

五分钟后，苏西和威尔莫特、伊娜、阿姆罗德一起来到浮游生物广场，蹲在广场边缘一排小石柱门廊的阴影里。直到那时,苏西还是没有鼓足勇气。广场上现在只有三只警戒蛙，苏西猜测其他的一定是去周围的街道和建筑里面搜寻了。眼前的两只正在询问卖报人，那人似乎是在通过一系列夸张的肢体动作重演着刚才发生的事。一辆奇怪的车停在广场中央，第三只警戒蛙在车子旁边来回走动着。

那是一辆造型怪异的独轮车，轮子比苏西还高，外面罩着几乎垂到地面的螺旋形保护壳。引擎在车子前方凸出来，引擎上方是驾驶座和高高的把手。

“那东西看上去像个大蜗牛。”苏西说。

“那是一辆押送车，”伊娜回答，“是警戒蛙运送犯人的车，他们会用它把你们带去鎏金塔，你们看。”她指向独轮车后面连接着的两节拖车。第一节拖车上面有两排背靠背的座椅，想必是为警戒蛙队伍准备的。第二节上面则是长着眼珠的、挥舞着的触手——车里面有一只迷你北海巨妖。“一旦这些触手抓住你，就不会把你放跑。”

“那么我们该如何行动？”船长问。他已经回到了头骨中，以免引人注意。

威尔莫特思考了一会儿。“我们将要像优秀诚实的邮递员一样行动，你们俩准备好了吗？”

“当然，”船长说，“事情还能坏到哪儿去呢？”

苏西用力吞回不自觉冒出来的各种答案，尽量做出和威尔莫特一样的坚毅表情。“准备好了，”她说，“趁着还有时间，我们行动吧。”

威尔莫特戴正了帽子，转向伊娜和阿姆罗德。“感谢两位的帮助，你们回家去吧，我们不希望他们把你们也给抓了。”

“我就是这么想的，”阿姆罗德说，“我还是觉得你们都疯了，但无论怎样，祝你们好运。”他抓起伊娜的手想把她拽走。

伊娜试图挤出一个微笑，但只露出了不安的表情：“你们确定这是个好主意？”

“不太确定，”苏西说着走上前和威尔莫特站在一起，“但这是我们唯一的办法。现在请你们快走吧！”阿姆罗德把伊娜拉向回家的街道时，苏西努力把最勇敢的一面展示给伊娜。

“好啦，”她对威尔莫特说，“我们行动吧。”

苏西和威尔莫特理好制服，表情坚定地一起踏进街灯的红光中。与此同时，船长从苏西的挎包里飘出来。

“打扰了，”威尔莫特喊道，“我相信你们是在寻找我们。”

警戒蛙们环顾四周，卖报人一蹦三尺高。

“就是他们！”他用手指着他们喊道，“外来者！”

苏西、威尔莫特和船长走向广场中央，三只警戒蛙高高跳起，举着三叉戟落到了他们周围。

“站住别动，”其中一只呱呱叫道，“你们被捕了。”

“好吧，”苏西说，“我们有一个寄给青蛙大王的急件，需要你们尽可能快地带我们去见他，有劳了。”

警戒蛙们显然没有预料到这样的反应。他们面面相觑，最后，其中一位转向押送车驾驶员：“呼叫其他警戒队员。”

驾驶员把头往后一仰，张大嘴巴，发出低沉的咆哮，震得苏西和威尔莫特不得不捂住耳朵。苏西意识到，那是他们之前听到过的警笛声，没想到这声音竟然是这些青蛙自己发出来的。

叫声消失，几秒钟后，其他警戒蛙从各个方向冲向广场，苏西听到许多双靴子踏步发出的砰砰声。那些警戒蛙一跳十米远，从周围的街道跳进广场，很快将苏西他们团团围了两圈。

“我说，这不是很刺激吗？”船长说，“多么新奇的经历。”

“让开，让我看看他们。”包围圈分开一个开口，一只头盔上有一簇海草的警戒蛙摇摇摆摆地来到押送车前。“哦，你们长这样，”他大嘴巴的嘴角向下撇了撇，“如此丑陋的生灵。”苏西辨认出他的声音，这就是在伊娜家外面差点儿抓住他们的那位队长。

“我们想见青蛙大王，请带我们去见他。”威尔莫特说。他的声音听起来极为镇定，不过苏西注意到他正在紧张地擦拭他的空白徽章。她将嘴巴紧紧闭上，才忍住没说出她对于队长相貌和言论的真实想法。

“这么说你们想面见陛下，是吗？”队长假笑道，“哦，你们会见到他的，而且是近距离面对面，然后你们将非常非常后悔。”

周围的警戒蛙哄然大笑，低沉悠长的呱呱声让苏西重新害怕起来。

“把他们关进押送车。”队长说。两对警戒蛙敏捷地走上前，架住苏西和威尔莫特的胳膊，将他们押向关着北海巨妖的车厢，直接将他俩扔了进去。触手卷住他们的身体，将他们牢牢固定住，苏西试着扭动，但毫无用处。她提醒自己这都是他们计划的一部分，好让自己保持镇静。

“这个东西怎么办？”队长说。他指的是浮在押送车上方一米处的船长。他试图去抓，手却直接穿过了船长的身体。

“哦，不用管我，”船长回答，“我会安安静静地跟着的。”

队长怒气冲冲地又试了一次，还是没有成功。当意识到没有希望后，他转过身去，双手叉腰宣布：“犯人已被抓捕，取消红色警报。”

苏西不知道外面发生了什么，只看到几秒钟后街灯发出的光从猩红色变回了金色。尽管被困在车里，温暖光斑的重新出现还是让苏西感到放松。绚丽的色彩让这座城市更加真实了一些。

“押送车，加速行动，”队长呱呱叫道，“我要亲自将犯人带到陛下面前。”

警戒蛙们纵身一跳，整整齐齐地落在押送车后第一节车厢的座椅里。驾驶员利落地跳进独轮车，离开了苏西的视线范围，不一会儿，她听到押送车引擎发动的声音。同时，警戒蛙队长也跳上了押送车，站在苏西和威尔莫特之间。北海巨妖对他的出现丝毫没有反应，这让苏西有点儿气恼。

不过，当押送车猛然往前冲时，她很庆幸自己被触手牢牢地锁住了。押送车以胜利的姿态绕了浮游生物广场一圈，两节车厢在它后面甩来甩去。苏西和威尔莫特面朝后方，看不到将要去的地方，这令苏西很心烦。她听到卖报人和警戒蛙的欢呼喝彩声，然后押送车轰隆隆地往上疾驰，警戒蛙们一只接一只地发出相同的警报声。

建筑物向后飞驰而过,每扇窗户后都露出好奇的脸。然后，在一瞬间，苏西看到伊娜在一条窄巷的隐蔽处看着他们。伊娜的眼睛睁得大大的，眼里满是忧伤。她可能举起了一只手向他们告别，但押送车开得很快，一转过街角就看不到她了。

从瓢泼大雨中穿过时，苏西脑袋中的想法在打架。她希望伊娜关于青蛙大王的言论是错的，但在内心深处，她知道伊娜说得没错，她、威尔莫特和船长正走向致命的险境，而她对此无能为力。

威尔莫特显然也在思考同样的事情，他转过脸对苏西说："勇敢起来，苏西，你这么想：很快我们就能完成职业生涯中最困难的一次派送任务了。"

也可能是职业生涯中最后一次派送任务，苏西不禁这样想着。

第16章

飞行城市

特快专列安全地驶入建在普罗兰多夫中部的停机库。为了让它到达这里，两组机库人员集体出动，还很有创造性地利用了可协商重力。现在火车的重力已经恢复正常，它被安全地停放在一架飞艇和一群大天鹅之间。飞艇呈流线型，两侧绘有火焰图案；大天鹅则配有镶钻坐垫。这些天鹅在被迫挪位置之前一直在睡觉，显然对这一安排不太高兴，冲靠近它们的人生气地尖叫。弗雷德里克与普罗兰多夫负责停泊事务的主管站在贝儿号的舷梯上，一边与它们保持安全距离，一边观察它们。

“你们这伙人可真行。”主管说。他身材矮胖，留着灰白的爆炸头，穿着亮红色的连身工作服，手持写字板，背着方形的金属包，“你们的脚还没落地，就毁掉了整整两大兜的熔岩浆果，还在城市外壳上砸出了一个坑，而且因为违法停泊被罚了款，真是令人印象深刻。”

“我们对此很抱歉，”弗雷德里克说，“我们有点儿着急。”

斯通克和乌瑟尔在列车里来回走着，检查受损情况。列车多处遭到破坏：贝儿号的驾驶室顶部严重变形，很多瓷砖掉了下来，烟囱开裂了，分拣车厢的窗户也全碎了。除此之外，列车外面还包裹着一层黏糊糊的熔岩浆果酱。

“特快专列还好吗？”弗雷德里克喊道。

“嗯啊呜。”乌瑟尔回答。

“乌瑟尔说得对，”斯通克说，“当然不太好，但所有关键部位似乎都还好。你们去找分子分流器吧，我们俩做些修复工作。”

“你确定这里有吗？”苏西的妈妈问。她正和苏西的爸爸一起欣赏天鹅。他们站在天鹅够不到的地方，天鹅们只能盛气凌人地瞪着他们。

“夫人，普罗兰多夫是联邦里最伟大的自由港，”主管说，“在这里找不到的东西，一定不值得你寻找。”

“我希望你是对的，”弗雷德里克说，“这关系重大。”

一阵奇怪的嘎吱声从停机库另一边传来，吸引了他们的注意。不一会儿，弗莱彻从飞艇后面出现。他浑身湿漉漉的，身后留下一串湿答答的脚印。

“看来你们成功了。”他说，然后他看到了受损的特快专列，从牙缝里倒吸一口凉气，“天哪，这次你们对它做了什么？”

“它没有看起来那么糟。”斯通克说。

“咕嗷嗷呜？”乌瑟尔说。

“是的，问得好，”斯通克说，“你是怎么来的？”

“我先到了层染沙漠，然后搭了一个家伙的狮鹫便车，”弗莱彻说，“小事一桩。”

“等一等，”苏西的妈妈不满地从头到脚打量着弗莱彻，“你为什么湿成这样？”

弗莱彻不以为意地吸了吸鼻子，眼神却开始闪躲：“我踩到了一个水坑。”

“沙漠里有水坑？”她质问道，然后瞪大了眼睛，“等等！那个水坑是在我家里吗？你对我家的水管做了什么？”

“没做什么！”弗莱彻争辩道，“我只是为了抓到精灵做了一些调整，仅此而已，家里的一切差不多完好无损。”

“什么调整？”苏西的爸爸问，“‘差不多’是什么意思？”

弗莱彻面露不悦之色：“有的部分很完好，有的部分不那么完好，但等你们到家的时候全都会恢复正常。我留了说明给孩子们，让他们接替我，他们不可能搞砸的。”

“孩子们？”苏西的爸爸吃了一惊，“什么孩子们？你在说什么？”

“就是年轻的工程师学徒，”弗莱彻说，“还在实习的矮人。有时候我义务教教他们。他们想暂时从重建矮人城的工作里喘口气，所以同意过来帮忙。说实话，你们太大惊小怪了。”

苏西的父母面露尴尬之色，弗雷德里克觉得有些好笑。

“哦，原来是这样，”苏西的妈妈说，“但你还是不该把一群完全没有人监管的矮人小孩留在我们家。”

“别担心，”弗莱彻说，“他们的监督员也在。”

“他们的什么？”苏西的妈妈问。

多亏这时主管清了清嗓子插话，弗莱彻才幸免于回答这个问题。“尽管我很希望留下来看你们团聚，但我还有一位狂暴战士的龙骑士在三号机库等待处理。”他在写字板的表格上潦草地签了名，撕下底部的一块递给弗雷德里克，“这是你们的停泊许可，别再惹麻烦了，好吗？”他对弗雷德里克眨了眨眼，然后按下腰带上的红色大按钮，他背上的背包里立即弹出两对机械蜻蜓翅膀，飞速扇动起来，快得只剩下虚影。他飞上半空，停机库的大门打开，露出下方如晕染的水彩画一般的沙漠，他飞出去离开了众人的视线。

“那个东西速度真快，”弗莱彻看着主管的背影说，“我也给自己弄个类似的飞行器吧。”

弗雷德里克努力不去想象弗莱彻飞来飞去的画面。“联邦要处理的问题已经够多的了，我们快行动吧。”

一个空中浮台将几人从停机库带到普罗兰多夫的大街上，尽管弗雷德里克认为用“大街”称呼这里并不准确。这座城市的街道由一条条高度不一、纵横交错的空中走廊和天桥组成，其间矗立着又高又细的流线型建筑物，许多都带有观景台和楼顶花园。城市的四个角上各有一座尖塔，尖塔上巨大的叶片水平旋转着，为城市提供了并不扰人的背景音，以及穿过炎热沙漠时所需的凉爽气流。

“跟紧我，沟通的事让我来，”弗莱彻说，“我们很快就能拿到分子分流器。”

一行人跟着弗莱彻来到一排机械工作室。工作室围着一个发射台，台上有一个飞镖形状的火箭。火箭处于已接通状态，正冒着热气，嗡嗡作响。工作室里堆满了助推器、燃料泵、能量水晶和许多弗雷德里克根本叫不出名字的零件。但找了近半小时后，他发现恰恰没有分子分流器。

他们离开发射台，在一个交叉路口停下。路口很繁忙，可以俯瞰这座城市的主要起落跑道。“我原以为即使我们找不到分子分流器，也可以找到能做出它的零件。”弗莱彻气鼓鼓地说，“我能说什么呢？有时候零件到处都是，有时候又无处可寻。”

“你可不能放弃！”苏西的妈妈说，“我们好不容易才来到这儿，要是我们放弃了，那苏西怎么办？威尔莫特和船长怎么办？”

“我们都知道，这还关乎奇境文明的存亡。”弗雷德里克补充说，“我也很希望能做点儿什么。”

“给我一分钟思考时间，好吗？”弗莱彻生气地说。他咬着大拇指的指甲，最终摇了摇头：“想在普罗兰多夫找到是没希望了。要我说，我们还是回到特快专列上，去其他什么地方试试看。”

“那需要多长时间？”苏西的爸爸说，“苏西急需我们的帮助，而我们却一直在浪费时间。”

“是啊，弗莱彻，”弗雷德里克说，“肯定还有其他办法的。”

弗莱彻抱起双臂。“那你想一个出来。”

“我不知道，”弗雷德里克闭上眼睛思索着，“如果我们找不到分子分流器，那么也许……”

“也许什么？”苏西的妈妈问。

弗雷德里克揉着太阳穴，努力忽略从跑道上起飞的旋翼飞机发出的噪声，然后突然有了一个主意。“也许我们可以造一台新的发动机，”他兴奋地说，“一台完全不同的，甚至根本不需要分子分流器的发动机，可以做到吗？”

“你脑瓜很灵，但你不是工程师，”弗莱彻说，“我们可以造一台发动机出来，但它无法适配危险地带车厢。整辆车都是围绕分子分流器设计的。”

弗雷德里克感觉新的希望在一点点破灭：“为什么？为什么分子分流器这么重要？”

“它能把危险地带车厢的燃料分子分门别类地整理好，这样发动机可以更加高效地利用它们。”弗莱彻说。

“没有分子分流器，危险地带车厢就无法运转吗？”苏西的爸爸问。

“绝无可能。”弗莱彻回答，“我们越早去其他地方找越好。好啦，我们回停机库吧。”

弗雷德里克闷闷不乐地跟在后面，不愿意就此罢手，肯定还有他们没有想到的东西。他沮丧地感觉到答案就在咫尺之遥，只要他能将它抓住。弗莱彻说得没错，他不是工程师，但他是图书管理员，只要有他不知道的东西，他就会把它弄清楚。他确定自己最近读到过有关魔法分子的内容，他在找其他信息时偶然见到过，要是他能够记起有关它的具体内容是什么……

他希望能够呼叫象牙塔，让吉姆－吉姆或者其他助理馆员在糊理学和工程区查阅几本书。不幸的是，《力量之书》已经将魔法科学那一层的书吸得干干净净。不过话说回来，他已经很久没有看过那个片区的书了，所以他不是在那里读到那个信息的。如果不是从一本糊理学的书上看的，那他是在哪儿看到的呢？

他一边努力回忆在过去数周里读过的书，一边扭过头确保苏西的父母跟在后面。他看到他们俩紧紧握着彼此的手。

至少他们不再争吵了，弗雷德里克想，然后意识到这可能是因为他们俩都还在生他的气。但是当他再次看向他们时，发现他们脸上没有任何生气的迹象，只有担忧。他尝试着回忆自己的父母有没有为别人或者为他如此忧心过，但一次也回想不起来。

他想得太投入，差点儿撞到突然停下的弗莱彻背上。

“出了什么事？”弗雷德里克问。

弗莱彻没说话，指着前面一个比其他行人都高出许多的灰色身影。那是一个两米多高的雕像，雕刻成身穿盔甲的骑士模样，正在笨拙地摆弄一卷海报、一桶糨糊和一把刷子。

“哦，不，”弗雷德里克说，“那东西在这里做什么？”

苏西的父母来到他身边，跟随他紧张的目光看向雕像。

“哇，”苏西的爸爸说，“那就是苏西跟我们提到过的移动雕像吗？”

弗雷德里克点点头：“那是黑岩塔暗影夫人的护卫，但是它们很少这样单独行动。”

“它危险吗？”苏西的妈妈问。她挪到丈夫面前，将他挡在身后。

“那取决于你问的是谁，”弗莱彻说，“我能保证的是它一点儿都不友好，我们最好离它远一点儿。”

“我想它是在张贴通缉海报，”苏西的爸爸边说边越过妻子的肩膀向前看，“那些海报跟我们在车站看到的一样。”

他说得没错，雕像在路边的一块公告牌前停下，往上面贴了几张印有艾贝克和泰尼布里画像的海报。

“这是不是代表暗影夫人也在附近？”苏西的妈妈问。

“不，她可能只是派雕像来这里给她干脏活儿累活儿，”弗雷德里克说，“这并不是她喜欢来的地方。”

“那么请告诉我，我喜欢去什么地方？”他们身后响起一个像划玻璃声一样尖锐的声音。

弗雷德里克的心往下一沉，他慢慢转过身，撞上暗影夫人锐利的目光。她是一位小个子的老妇人，穿着厚重的黑色蕾丝边裙子。她倚在一根银顶拐杖上，露出一个微不可察的笑容，等着弗雷德里克回答。

“哦，”弗雷德里克面色通红地说，“你好。你在普罗兰多夫做什么？”

“我在履行职责，多谢关心，”暗影夫人说，“你可能忘了，我那无可救药的弟弟和他长着羽毛的同伙还逍遥法外，必须有人在他们惹出更多麻烦之前找到他们。”

弗雷德里克看着正在贴海报的雕像问道：“你认为他们在这里？”

“不，”暗影夫人不耐烦地回答，“只是因为我还没搜查过这儿。我几乎找遍了奇境联邦，还是没有发现他们。就目前的情况来看，他们很可能已经消失了。如果是这样，那就太好了。”她瞪着眼睛将弗雷德里克一行人挨个儿看了一遍：“你们在这里干什么？”

“说来话长。”弗莱彻说。

“那就别说了，”她说，“我没时间听。从你们以往的所作所为来看，我猜是发生了什么意外，而你们拼命想要做点什么，以挽回损失。”她将他们尴尬的表情尽收眼底，点了点头：“是的，看来我猜得没错。我只希望你们不要期待我会在最后一刻过来救你们，我可有其他事情要做。各位再见。”

她猛地点了下头，转身蹒跚地走向雕像，边走边用拐杖将路人拨到一旁。

弗雷德里克如释重负地叹了口气。“这次会面比我想象的好一点儿。”

“本可以更好的，”苏西的爸爸说，“她一点儿都不愿意帮我们。”

“相信我，没有她更好，”弗莱彻说，“我从来不相信那些大傻石头。”他趁雕像背对着他的时候轻蔑地看了它一眼：“她为什么不收养一些小猫听她差遣呢？”

弗雷德里克想象了一下暗影夫人被活蹦乱跳的小猫围着的场景，但这画面太诡异了，他马上甩掉了这个想法。在他们走去停机库的路上，他又控制不住开始想什么样的宠物和暗影夫人比较般配。也许是满腹毒液的恐怖乌龟、狼吞虎咽的巨人，或者是令人作呕的魔兽？

他突然停下，苏西的爸爸妈妈差点儿撞上他。

“小心。”苏西的爸爸说。弗雷德里克没有听到他的话，他终于找到了苦苦思考的答案。

“弗莱彻，等等！”他说，“我想我们不用分子分流器也能修好危险地带车厢的发动机。”

苏西的父母把手紧紧握在了一起。

“真的吗？”苏西的妈妈问。

“不可能，”弗莱彻说，“怎么修？”

“这是一个大胆的想法，”弗雷德里克说，“普罗兰多夫有宠物店吗？”

第17章

魔法之主

押送车沿着水城宽阔的螺旋街道往上开，水顺着街道不断往下冲刷，车在水中滑出一个之字形。苏西被迷你北海巨妖紧紧地固定在车厢里，动弹不得，只好将头扭向一边，以免水流进眼睛里。她觉得自己身上是干不了了，她的邮递员制服里里外外已经湿透，贴在身上，头发也湿漉漉地乱成一团，每一次咽口水都能尝到咸味。

如果这次我能活下来，她暗自想，我后半辈子都要待在室内，裹着毛毯喝热巧克力。

威尔莫特看上去同样很糟糕。他没说话，努力保持着体面，但水不停地流进他的鼻子，让他每几分钟就打个喷嚏，这多少给他的努力打了点折扣。

最终，苏西再也无法忍受。她抬起头来，看着仍然站在押送车上的警戒蛙队长。

“为什么要花这么久？”她责问道，“我们怎么还没到？”

“欲速则不达，”队长瞥了她一眼说，“而且，如果我是你的话，就不会那么着急。这可是条有去无回的路。”

这话比海水带来的寒意更加刺骨，她希望自己刚才没有开口。他们正奔向青蛙大王的鎏金塔，还有塔内等待着他们的未知的命运。

“不会有事的，苏西，”威尔莫特低声说，“我们会完成派送任务，我们会拯救象牙塔和特快专列。”

“要的就是这种精神，”仍然飘在他们头顶的船长说，“永远别说死，当然，要是已经死了就另当别论。”

他们爬得越高，罩在水城外的壳上的螺纹就越窄。苏西察觉到行至此处，所有路都变窄了，在最高点汇聚成唯一一条宽阔的路。这条路上的建筑比下面的更加气派，门上的标志牌上写着“水城银行”“新闻部”之类的字样。路上熙熙攘攘的、长相似青蛙的市民们穿着精美的袍子，撑着彩色的大雨伞，在押送车经过时盯着他们，还对他们指指点点的。在这里，苏西没有看到那些类似蝾螈的市民，她明白这座城市是由这两个物种中的哪一种掌控了。

她刚这样想了一小会儿，押送车就突然停了下来。她看不见是什么让他们停下的，但听到前方有一个声音在喊：“来者何人？”

“我是青蛙四队的队长凯克尔，我们抓住了三个外来者，陛下希望亲自审讯他们。”

苏西和威尔莫特紧张地交换了一个眼神。

“陛下在等你，”对方回答，“放行。”

队长从腰带上扯下一个银色小海螺吹起来，声音非常大，北海巨妖仿佛被刺了一下似的收起触手，放开了苏西他们。

“下车。”凯克尔队长说。他先跳到路上，苏西和威尔莫特揉着酸痛的四肢，费力地跟在他后面下车时，他一直用三叉戟指着他们。其他警戒蛙也从座位里跳出来，落在他们四周，把他们围了起来。“眼睛看前面，别东张西望的。”

苏西转过身，第一次近距离看见了鎏金塔。鎏金塔的大门框是一个巨大的石质青蛙头，有五层楼高，青蛙嘴大张着，仿佛要将前面的道路吞下。粉色的石头呈螺旋状沿塔基向上铺去，被雕刻成了章鱼触手的样子，吸盘的位置装着圆形窗户。塔顶是整个城市的最顶端，苏西在危险地带车厢下坠时曾瞥见过它。她意识到塔尖还伸出去很长，一直延伸到大海里。

伴着噼啪的声音，两扇朱漆大门打开，从里面冲出一股蒸汽。温暖的蒸汽在所有人的头顶上翻滚，蒸汽中的玫瑰花香填满了苏西的鼻腔。然而，这股欢迎的热气没能让她放松下来。

“你还好吗？”她问威尔莫特。

“我想还好，”威尔莫特一边说一边擦了擦他的徽章，“我们就是为此而来的，还记得指导手册第五章说了什么吧。”

“要给对方留下良好的第一印象。”苏西回答。威尔莫特紧张地对她挤出一个微笑，但笑容转瞬即逝，因为凯克尔用三叉戟的手柄戳了戳他的后背。

“安静，你们都安静，”凯克尔命令说，“只有在陛下问话时，你们才可以说话，现在快走。”凯克尔又戳了他一下，押着他和苏西一起走进了鎏金塔。

一迈过门槛，像厚厚的云层一样的蒸汽就包围了他们，每个方向的能见度都只有一两米远。脚下的粉色大理石地面中有金色脉络穿过。从脚步声的遥远回响可以判断出，他们正在通过一个非常大的空间。

水在头顶上的某个地方哗啦啦响。

警戒蛙们显然知道自己要去哪里，即使威尔莫特踩到什么东西绊了一下，他们也没有放慢脚步。凯克尔在威尔莫特跌倒之前一把抓住了他的衣领，把他往前一推。与此同时，将威尔莫特绊倒的东西在地板上滚动着，在苏西面前停了下来。苏西猛地收住了脚。

那是一个头骨。从大小和形状来看，那是一个蝾螈的头骨。但苏西没有时间仔细观察它，因为有人从后面推了她一把。

“继续走。”凯克尔呱呱叫道。

他们继续向前走，但没走两步，苏西又看到一个蝾螈头骨。然后，她看到一个胸腔骨架，然后是一个青蛙头骨。到处都是骨头。苏西惊恐地意识到，这里骨头的数量比得上一整个墓地的，它们全都干干净净、闪闪发光。她和威尔莫特尽量跨过骨头不踩到它们。随后，凯克尔命令他们停下。

水的拍打声和汩汩流淌的声音再次传来，现在离他们更近了。

“陛下,”凯克尔大声说道,“扰乱浮游生物广场的外来者已带到。”

苏西看到在他们前面的雾气里有一个模糊的形状,那东西看上去像是一堵发光的白墙,一直延伸到他们上方很高的地方。水声就来自墙顶附近。

“几个人?”一个低沉的声音说,地板随着问出的每一个字微微颤动。

“三个,陛下。”

一阵轰隆隆的咆哮声传来,众人前面几米的地方出现一道水帘,温暖的水花溅到了他们身上。

“带进来。”

警戒蛙将苏西和威尔莫特往前推,他们俩握住彼此的手。水雾向两边散开,苏西看清了之前那个影影绰绰的东西,那不是墙,而是一个比双层巴士还要高的旧式浴缸,底部有四条爪子形状的支撑腿。蒸汽像云朵一样从中升起,有什么东西在里面动着,断断续续发出湿答答的声响。一双大手握在浴缸边上,落下又一道水帘。这双手上有蹼,颜色苍白,手指又长又扁,一根手指上戴着一枚闪闪发光的银戒指,戒指上镶嵌着一颗蜗牛壳形状的青金石。这个庞然大物有一个半球形的大脑袋,跟其他警戒蛙长得一样,只不过至少是他们的十倍大。

凯克尔单膝跪地。“在魔法之主青蛙大王的面前跪下。”

他命令道。苏西和威尔莫特照做了，却不敢将目光从前面的巨兽身上移开。

“天哪，他真是个大家伙，不是吗？”船长一边说，一边两手叉腰抬头看着青蛙大王，“你好！很高兴发现你。”

青蛙大王的两只大眼睛各自朝不同的方向转动，然后停留在他们三人身上。他从没有嘴唇的嘴里伸出一条像蠕虫一样的肥大舌头。“多么丑陋的生灵，”他说，“水城的门不为你们这样的劣等物种敞开。你们为什么要侵犯我们的领地？”

这番话令苏西气不打一处来，她本想回击，但又记起在大门外对威尔莫特的承诺：要给对方留下良好的第一印象。这次会面关乎朋友们和联邦的未来，而且他们快没有时间了。所以当威尔莫特向前走去并脱帽致敬时，她没有说话。

“请原谅我们的冒犯，陛下，”威尔莫特说，“我们无意侵犯水城，我们来这里是为了公事。实际上，我们是来见您的。”

“那是当然的，”青蛙大王说，“我猜你们会向我乞求一些魔法。”他发出低沉的大笑声，整座大殿都震动起来，苏西感到双腿发软。警戒蛙们也跟着大笑，尽管他们的笑声听起来多了一些无奈和不安。

威尔莫特咽了咽唾沫。“其实并不是这样，”他说，“我们是从奇境联邦来这里给您派送包裹的。”

青蛙大王的笑声戛然而止。“一派胡言！在我们不许外人来此榨取魔法之后，奇境联邦就变成了废墟。”他从浴缸里探出身子，愤怒地瞪着威尔莫特。威尔莫特不由得全身僵硬、动弹不得。苏西站到他身边，警戒蛙们则往后退了几步。

“水城独存，”青蛙大王说，“给我喊这个口号。”

“喂，你不可以——”苏西张嘴想说点儿什么，威尔莫特用胳膊肘捅了捅她的肋骨，她只好闭上了嘴。

“给我喊出来！”青蛙大王的眼里冒着怒火，但威尔莫特挺直了腰杆。苏西跟着他挺胸抬头，她不能让他失望。

“很抱歉，陛下，”威尔莫特说，声音只有一点点颤抖，“作为一名邮政局长和自尊自爱的矮人，我不会睁着眼睛说瞎话。”

所有人都震惊了，大殿静悄悄的。青蛙大王眯起了眼睛。

“什么是真话由我决定，”他冷冷地说，“在这个充满敌意的宇宙里，这座城市是最后一个魔法据点，我是唯一一位魔法师。”他皱起眉，鼓起的额头上现出深深的皱纹：“所以你们带来什么我想要的东西了？”

威尔莫特小心翼翼地将《力量之书》从挎包里取出，高举起来给青蛙大王看：“这是由水城的创立者们写成的。”

魔法之主的反应有些微妙，但苏西看得一清二楚——他兴奋得身体一阵颤抖，但马上坐回浴缸里恢复了常态。“一本书？”他轻蔑地挥了挥手，“我们这里不需要书，我会告诉所有人他们需要知道什么。”

威尔莫特和苏西还没回应，书就先开口了：“这就解释了为什么他们知道的那么少。”它的声音在大殿里回响，警戒蛙们震惊得倒吸一口凉气，苏西和威尔莫特稍稍往后退了几步。

“安静！他是唯一可以为你解封的人。”苏西从嘴角小声挤出这句话。

“你们不觉得这本书说得有道理吗？”船长说。苏西看了他一眼，如果不是他已经死了，这一眼足以了结他的性命。

但青蛙大王似乎更多的是好奇而不是生气。他朝威尔莫特伸出一只大手，威尔莫特犹豫片刻，将书放到他的手掌里。

“小破书，你这么跟我说话，不是勇敢就是愚蠢。”青蛙大王将它举到眼前说。

“我既不勇敢也不愚蠢，”书回答，“但我诚实。到目前为止，你所说的有关水城和奇境的一切都不对。”

青蛙大王的眉头锁得更紧了：“你觉得自己懂的更多？”

“比你多多了，”书回答，“我是在很久之前在这里被创造出来的，我保存的魔法是这座城市的根基。”

“撒谎！”青蛙大王说，“只有我拥有水城的魔法。”

“不，你没有，”书说，“你从来都没有。你的祖先试图摧毁魔法，所以我才被送到了奇境，从那之后我就在那里一直守护着它。现在我把它带了回来，如果封印我的魔法可以解除，我会把它与所有人分享。”

青蛙大王涨红了脸，将书握在拳头里。“你懂不懂规矩？”他怒气冲冲地说。

威尔莫特的耳朵耷拉下来。“呃……这些我们也是头一次听说，”他说，“不过这本书显然是属于水城的，所以如果您不介意在这份签收单上签字的话……”他慌忙从挎包里摸出空白的金色签收单：“请签字，这很重要。”

青蛙大王发出轻蔑的冷笑。但苏西看到了他眼中的贪婪，尽管他很生气，他还是想要这本书。“我会收下它，但只是为了保护我的子民不受它的谎言欺骗。”他伸手去拿签收单，苏西的心提到了嗓子眼儿。只要他签下名字，他们的朋友和奇境就安全了。

“不。”书说。

一切似乎都静止了。苏西确定她的心停跳了一秒钟，甚至连青蛙大王也停下了动作。他又打开拳头，书在他手心里只是一个小黑点。

“你说‘不’是什么意思？”青蛙大王责问道。

“我不希望被派送给你，”书说，“你不是合格的接收人。”

威尔莫特的脸唰的一下变白了：“哦，天哪。”

“不合格？”青蛙大王发出愤怒的低语，“大胆！”

“据我回来之后所了解到的信息，”书相当平静地继续说道，“这座城市已陷入绝望，鎏金塔背离了它存在的初衷。更糟糕的是现在流传在水城的历史是假的，这座城市已经忘记了自己真实的面貌，乐于听信你和你的前任们编造的谎言。这让我无法接受。”

苏西感到希望正从指尖溜走。“但你可以教他，”她对书大声说，“你自己说过的，你懂的更多。”

“魔法之主不需要别人来教。”青蛙大王说。

“那就是为什么你不适合使用我的力量，”书说，“而且我不会允许由你将我解封。”

“但青蛙大王是水城唯一会魔法的人，”威尔莫特慌乱起来，“如果他不能为你解封，那么谁可以？”

书思考了一会儿，说：“伊娜，把我派送给伊娜。”

苏西和威尔莫特难以置信地看着彼此。

“我们和她在一起时你怎么不告诉我们？”苏西轻声问道。

“因为那个时候我还不能确定，”书回答，“这是个十分重要的决定，需要经过深思熟虑。”

青蛙大王举起一根手指示意所有人安静：“我不知道这个伊娜是什么人，但她不能拥有你，你是我的。”

苏西转向威尔莫特，悄声问道：“现在我们怎么办？包裹可以像这样自己选择签收人吗？”

威尔莫特显然也被问住了。“这种情况不太常见，”他悄声回答，“但没有规定禁止包裹选择签收人。”

“你的意思是说……”

威尔莫特神情严肃地点点头。“让我来。”他清了清嗓子，活动了一下下巴，抬头对青蛙大王大声说道，“很抱歉，陛

下，鉴于最新的事态发展，我不得不请您将书还给我。”魔法之主把身体探出浴缸边，近距离瞪着威尔莫特，威尔莫特没有退缩，继续把话说完：“对此造成的不便，我们深表歉意。”

青蛙大王点头表示理解，然后他张开大嘴，甩出鞭子一样的舌头，打中了威尔莫特的胸口。青蛙大王将他抛离地面，直接带进自己张开的大嘴中，

然后啪地闭上了嘴，整个过程只花了一秒钟。

“威尔莫特！”苏西尖叫道，“你刚刚做了什么？快把他吐出来！”

青蛙大王咧开了嘴，露出残忍的笑容，发出刺耳的吞咽声。“你朋友的味道比看起来的要好。”他打了个轰隆响的嗝儿，有个东西从他的嘴里喷了出来，落到苏西脚边，是那张皱得厉害、裹着黏液的金色签收单。

苏西惊恐得说不出话。她摇晃着后退几步，被一堆骨头绊倒，一屁股坐在地上。

“令人发指！”船长在苏西旁边忽高忽低地飘着说，“先生，您应该为自己感到羞愧！”

青蛙大王没有理他们，而是伸手将浴缸里面的塞子拔掉，甩到外面，塞子挂在一根银色粗链子上来回摆动着。大殿里响起低沉的汩汩水声，是浴缸里的水在往外排。“我会处理掉这本妨碍社会安定的书。”他边说边从浴缸里撑起巨大的身体，抬腿走向苏西，用温水将她从上到下浇了个遍，“把这个女孩带去厨房，让我的大厨把她做成晚餐，在那之前不要打扰我。”

“是，陛下。”凯克尔说着鞠躬恭送青蛙大王。青蛙大王笨重地走向越来越薄的雾气中。

苏西神情恍惚地环顾四周。刚刚发生的事情对她冲击太大，她的脑袋因震惊而变得有些迟钝，她不知道自己接下来该做什么。

“快逃，苏西，”船长低语，“趁他们还没有注意你。”

直到这时，她才意识到凯克尔和他的属下仍然在深深鞠躬，暂时没有人看着她。她撑起脚站起来，拔腿就跑。经过掉落在地上的签收单时，她弯腰将它捡起。她没有计划，没有逃脱的希望，只是下意识地跑向浴缸。当她看到大浴缸塞朝她晃过来时，跳起来抓住了它。

“抓住她！”凯克尔说。他往上一跳，差点儿抓住苏西，但拴着浴缸塞的链子像钟摆一样摆动，将苏西带到了他够不到的地方。当凯克尔准备再次跳起时，苏西将签收单塞进挎包，开始沿着链子往上爬。

“发生了什么事情，凯克尔？”

苏西听见青蛙大王沉重的脚步声逐渐靠近，慌忙加快了速度。爬到一半时，她感到链子开始剧烈晃动，低头一看，原来凯克尔跟在她后面也爬了上来，凯克尔后面还紧跟着另外两只警戒蛙。

“继续爬，别往下看。”船长飘在她耳边说。

苏西用尽全身力气往上爬，比凯克尔早几秒钟到达浴缸边。她摇摇晃晃地站起来，身后是距离地面十米高的悬崖，前面是越来越低的水位。水哗啦啦地形成漩涡往外排，体形庞大的青蛙大王在浴缸另一边一脸嫌恶地盯着她，手里仍然攥着那本书。

“你以为你能逃到哪里去？”他说。

苏西想说点什么，什么都行，但气得说不出话来。

青蛙大王伸手去抓她，凯克尔则在她后面爬上了浴缸边沿，正要抓她的腿。

苏西闭上眼睛往前一跃，从青蛙大王的指尖前溜过，坠入热气腾腾的水中。在入水之前，她用力吸了一大口气，还没来得及再次浮出水面，漩涡的拉力就困住了她，她没有挣扎，而是任由它将自己拉向排水口。

“哦，我明白了，”船长说，“这办法真妙！”

“拦住她！”青蛙大王的声音与哗哗流淌的水声混在一起。苏西抬起头，看见他深色的大手正在往下伸。但太迟了，漩涡已经把苏西卷入了排水口正中心，她转了几圈，然后便被猛地吸了进去。她周围的世界暗了下来。

第18章

搜捕开始

青蛙大王扑了个空，眼看着苏西消失在排水口里。最后一点儿水流汩汩地打了个嗝儿，随苏西而去，仿佛在嘲笑他的失败。

“白痴！”他挫败地一拳打在浴缸边上，差点儿让凯克尔从上面掉下来，“队长！你太让我失望了，给我一个不当场吃掉你和你手下的理由。”

凯克尔全身上下变成了暗黄色，跪下来求饶道：“陛下，宽恕我们吧！我会亲自沿着排水口追捕她，然后把她带回来。有我在，您不会饿着的！”

“太迟了，凯克尔。如果那个女孩没被淹死，她可以从任何一条下水道里爬出去。”

“那我们就全城搜捕，”凯克尔说，“如果有必要我们就一条街一条街地搜。”

“等你们发现她的时候，得有多少人已经被她说的那些外面世界的故事蛊惑了？”青蛙大王空着的那只手摸着挂在腰带上的银色海螺，焦虑地摆弄着，“当人们意识到她从我这里逃脱了时，他们会怎么说？一个手无缚鸡之力的外来者公然反抗魔法之主，这个消息会像疾病一样传播开来，人们再也不会惧怕我！”

“陛下，我们该怎么做？”凯克尔说，“只要您一声令下。”

青蛙大王看着盘旋的薄雾，开始思考这个问题：“我希望你找到那个叫伊娜的家伙。你说是在浮游生物广场抓到这些外来者的？”

“是的，陛下，是在中弯街区最底下。”

“有很多人看见他们、跟他们说过话了吗？”

“据报告说，有一些。”凯克尔回答。

青蛙大王嫌恶地冷笑一声：“如果是那样的话，我命令你带领十支警戒蛙队伍，把那个地方的所有人都抓起来。”

凯克尔吃惊地眨眨眼：“陛下，您说的‘所有人’是什么意思？”

“所有人！”青蛙大王叫道，“清空每一座建筑、每一条街道，必要时逮捕全区的人。伊娜肯定就在其中，外来者的谎言和他们的书就是一场瘟疫，而且可能已经开始传播了。我们需要在它把整座城市污染之前阻止它。”

“但那意味着我们至少要逮捕几百人，陛下。监牢已经满了，我们要把他们关到哪里去呢？”凯克尔问道。

“把他们带到我这儿来，”青蛙大王说，“浪费那么多营养物质真是太可惜了。”

凯克尔惊恐地抬起头：“所有人？”

似乎是作为回答，青蛙大王可怕的舌头再一次甩出来，卷起一只站在凯克尔身边的警戒蛙。那个可怜的家伙仅仅发出一声尖叫，就消失在了青蛙大王巨穴般的大嘴中。

“我总是饥肠辘辘，凯克尔，”青蛙大王沉着脸说，“而且菜单上还有位置来写你的名字。”

凯克尔深深鞠了一躬，脸低得几乎可以擦到浴缸：“我会立即执行您的命令，陛下。”

青蛙大王摸了摸他那橡胶般的大下巴，自言自语道：“至于那个逃走的女孩和幽灵，也许是时候看看我的小宠物能够做点儿什么了。听起来是不是很有趣？”

凯克尔很识趣地没有回答。只见青蛙大王挥走头顶的雾气，上方露出一盏悬挂在大殿天花板上的水晶大吊灯。那吊灯由几千块自由飘在空中的鱼形水晶组成，它们聚集起来绕着一个大碗缓缓移动，大碗里有一群闪闪发光的活鱼。灯下面还有个什么东西，那是一个电话亭大小的鸟笼，上面覆盖着黑布。青蛙大王将笼子拉到近前，撤下了黑布。

里面的生灵退缩着避开光线，用爪子遮住眼睛。他的大小和体形像一个大块头男人，但在肩胛骨的位置长着一对翅膀，翅膀上金棕色的羽毛暗淡无光，凌乱不堪。他身上的无袖上衣和裤子破破烂烂，一个粗重的金属项圈套在他的脖子上。

“看着我。”青蛙大王用食指敲打着笼子命令道。

那个生灵很不情愿地放下爪子，露出一张长着羽毛的扁平的脸，用他黄色的大眼睛看着青蛙大王，眼里燃烧着愤恨。

“我有个活儿交给你，小宠物。”青蛙大王说。

那个生灵愤恨地说：“我不是你的宠物。”他的声音浑厚、低沉，像木材燃烧的烟一样飘了出来。“我是伊格里斯·泰尼布里，是犯罪大师，我不会一直被困在这里的。”说话间他眼里的怒火越发猛烈了。

魔法之主盯着他看了一会儿，大笑起来。“你只是一个微不足道的、从外面来的小人物，你会按照我说的做。你还在试图催眠我吗？我已经跟你说过，你的魔法也许对你自己世界里的可怜虫有用，对我们可没用，我们水城人比你们坚定多了。”

泰尼布里嘶叫一声，眼睛垂下来看着地面。

“这还差不多，”青蛙大王说，“我饶你一命只是因为你说自己有用，而现在是你证明自己的时候了。你告诉我你是猎人，好，我为你准备了猎物。”

“你指的是那个幽灵和女孩吧，”泰尼布里说，“我都听到了，那个女孩以前也给我带来过麻烦。”

“是吗？”青蛙大王说，“那么你报仇的机会来了。找到他们，确保他们再也不会给你我带来麻烦。”

“这对我有什么好处？”泰尼布里说。

“除了复仇吗？”青蛙大王得意地笑着说，“我不会吃掉你，暂时不会。”

“就这样？”泰尼布里用尖爪刮着笼子的金属条，尖厉的摩擦声令凯克尔和警戒蛙们面露痛苦之色，“一旦出了笼子，我为什么还要回来？”

“因为你没有其他选择，”青蛙大王说，“你没有想过我为什么给你戴上项圈吗？”

泰尼布里拉了拉脖子上的金属圈：“你想用它来羞辱我。”

“这是一个原因，”青蛙大王说，“另一方面，它也能让你乖乖听话，就像这样。”他打了个响指，项圈迸出火花，释放出魔法能量，泰尼布里消失在一道蓝光中。青蛙大王发出一阵大笑，他将笼子拉低，让凯克尔和警戒蛙们往里面看。之前站着泰尼布里的地方出现一只带有斑点的贝壳，贝壳里有一只蓝色寄居蟹，正惊讶地摆动着触须，然后摇摇晃晃地慢慢转了一个圈，朝青蛙大王举起两只小钳子，徒劳地夹了夹。

青蛙大王发出恼人的笑声。“是不是很有创意？”他一边说一边转动手指上的戒指，“只要戴着它，我打个响指就能把你变成任何东西。”说完他又打了个响指，伴着又一道光，泰尼布里恢复了原样，脖子上仍旧戴着那个项圈。

“你不能这样对我！”他说。

“我可以，而且我也会这么做，”青蛙大王回答，“所以你马上去处理掉那个女孩，动作要快，否则我会让你永远变成寄居蟹。”

泰尼布里顿时怒火中烧，他嘶叫着，挥动爪子摇晃面前的牢狱铁栏。青蛙大王抱起双臂冷眼看着，一直等到泰尼布里筋疲力尽地瘫倒在笼子里。“你最后的决定是什么，外来者？”

“好吧，”泰尼布里低吼道，“我去。”

青蛙大王满意地哼了一声，转向凯克尔：“我已经给你下了命令，你为什么还在这里？”

凯克尔队长和他的警戒蛙队员瞬间脸色煞白。他们慌忙顺着排水塞的链子爬下浴缸，和其他队员站在一起。

“至于你，”青蛙大王拿着装有泰尼布里的笼子，放到高处的一个圆形窗口上，“我需要你证明已经处理掉了那个女孩，把证据带回来。”

“我会带回来的。”泰尼布里说。

“而且不要声张，”青蛙大王说着推开了窗户，“不能让太多人知道我在利用外来者干这些事。”他打开笼子，泰尼布里跳到窗台上，花了点时间伸展开翅膀。他用手指拉了拉项圈，但没有拉动。

“我会让你为今天的所作所为付出代价。”他回头看着青蛙大王说，然后转身跳出窗户，一拍翅膀，消失在大雨滂沱的城市上空。

第19章

成功脱险

被汹涌的白色水流冲走时，苏西拼命冒出水面换气。她虽然看不太清，但她猜自己被冲进了水城的下水道。

“船长？”她急促地叫道。

“我在这里，”船长回答她，“别担心。”

水流终于平缓下来，苏西将头保持在水面上，呛了几口水，然后向四周看了看。船长在她旁边，一半身子浸在水中，他发出的光刚好能够照亮四周。他们现在在一个大管道里，苏西伸手去够管壁，想让自己漂流的速度慢一些，却被粗糙的石头擦伤了手指。

“我们必须回去，”她说，“我们必须想办法救出威尔莫特。”

“亲爱的，”船长轻柔地说，“我们做什么都没用了，他已经死了。”

苏西吐了口脏水。“那不可能！”

船长的光暗了下去："我很抱歉。"

苏西无言以对。她知道他说得对，但这没能让她感觉好受些。当眼泪涌上来时，她任它流了下来。

威尔莫特不在了，而且只要青蛙大王拿着那本书，他们就没有希望将那些从象牙塔吸走的文字收回来。她和船长被困在这里，她永远回不了家，看不到父母了。而她在特快专列上的朋友们再也不能执行其他派送任务了。她让所有人失望了，她不知道该如何挽回。

二十分钟后，她仍旧没有任何答案。这时，管道里一把生锈的梯子钩住了她的挎包，让她突然停止了漂流。冰冷的光从头顶上的检修孔射进来。

"我们在哪里？"苏西问船长。

"我去看看吧。"船长说完将头探出检修孔的盖子，不多会儿便钻了回来。"好消息，"他说，"外面没人。"

苏西从检修孔爬出去，瘫倒在街道中央。路上很昏暗，周围的建筑全部空荡荡的，而且看上去一副行将倒塌的样子。下水道将她带回了破败不堪的低弯街区，距离危险地带车厢的所在地不远。

"这附近一个人影都没有，"船长说，"我们可以重新集合，想个新的对策。"

苏西双手捂脸挡着雨水："现在能集合的只有我们俩了，船长，而且没有对策，一切都完了。"

"胡说，"船长反驳道，"这是从邮递员嘴里说出的话吗？如果现在威尔莫特还在的话，他会怎么说？"

苏西紧闭双眼。她不想去想威尔莫特，那太痛苦了。

"他肯定会竭尽全力，"船长接着说，"他肯定会说'风吹雨打太阳大，流星雨来也不怕'什么什么的。"

"奇境邮政特快专列为您服务。"苏西喃喃低语。她擦掉眼角的雨水和泪水，坐了起来。"我知道，他很可能会找到办法，但我不像他那么擅长，"她的喉咙有些发紧，痛苦地吞咽了一下，"不像他曾经那么擅长。"

"我第一次见到他时，他并不擅长这些的，"船长说，"他经常遇到难题，那些问题可比站在黄晶峡的海床上难多了。"他咯咯笑道："威尔莫特的家族名望很高，你瞧，他的爷爷和爸爸都是他们那个时代最出色的邮递员，妈妈是邮政大臣。他害怕比不上他们，因此总是那么努力。他为长辈们的成就感到骄傲，不想令他们失望。"

苏西看着雨水噼噼啪啪落在路面上。这时，头顶响起一声雷鸣。"你是想告诉我，我也要成为他的骄傲，是不是？"

船长笑了："我一直觉得你是个聪明的姑娘，所以，我们行动清单里的第一项是什么？"

苏西疲惫地叹了口气："我们需要把书从青蛙大王手上拿回来，派送给伊娜。但要怎么拿回来呢？走回那个宫殿让他把书交出来？”

“我恐怕没法儿告诉你应该怎么做，”船长说，“但我百分百相信你会想出办法的。你也许会成功，也许不会，但至少我们得去试试。天哪，如果不是因为你，我现在还被困在葡萄美酒号上，永远没有机会离开呢。”

他的话稍稍减轻了一些压在苏西胸口上的痛苦。“谢谢你，”她拨开脸上的头发，打起精神好好观察起四周，“我们应该先找一个藏身的地方，青蛙大王现在很可能在搜捕我们。”

“好主意，”船长说，“你建议我们去哪里？”

苏西站起来，身上各种各样的擦伤让她皱起眉头：“伊娜家，到目前为止，对我们友好的人只有她和阿姆罗德。而且既然青蛙大王知道了她，他们俩都会有危险，我们需要提醒他们。”

船长的光又变亮了一些：“你看，就是这样。我跟你说过你会想到办法的，我们行动吧。”

苏西点点头，但她真正想做的只是缩成一团睡上一整天，然后等她醒来时，一切问题就都奇迹般地解决了。然而她知道生活不是那样，魔法也不是。即使你拥有最强大的魔法，也免不了会做些跑腿的活儿。

苏西低头走着，以免雨落在脸上，船长忽上忽下飘在她前面。每一滴雨水都像是小锤子敲击一样打在她身上，街道排水口流出来的水冲刷着她的脚踝。她看了看怀表，距离派送截止时间还有不到三个小时。她要怎么做？

一声响雷突然在他们头顶高处炸开，然后逐渐变成低沉的隆隆声掠过屋顶，消失在鼓点般持续不断的雨声中。

“可怕的天气。”船长说。

苏西停下来，突然害怕起来。“这座城市可不存在什么天气，它只会漏水。”她遮住眼睛，抬头看向空中的雨幕，但屋顶之上能看到的只有一片昏暗。

“如果那不是雷，又会是什么呢？”船长问。

“我不确定。”苏西说。然后她记起来，海水压向危险地带车厢时，车厢也发出了低沉的声音，车身上出现了裂纹。她突然有了一个新的可怕的想法。“是城市的外壳，”她说，“我想，是它因为承受太大压力而开裂了。”

“那是什么意思？”船长说。

“意思是我们的时间可能比我们以为的还要少，”苏西说，“我们最好快一点儿。”

在船长的幽光的指引下，她开始跑起来。

第20章

一个新计划

苏西再次来到浮游生物广场时，街灯又发生了变化，从夏日明媚的金黄色变成了温柔的暗紫色，应该是因为现在是水城的傍晚。苏西有点儿不适应，她十分清楚每个奇境都有自己的时间，但她的生物钟仍然跟家里的保持一致，现在家里应该是午夜时分。这里天色已晚，又下着大雨，广场上已经没有了人影，就连卖报人也收摊回家去了。

估计那本书让他失业了，苏西想。

“我先藏起来吧。”船长说完就回到了头骨里。苏西匆忙穿过广场，走上伊娜家所在的街道。当她从一处勉强可以藏身的地方飞奔向另一处时，低沉的炸裂声再次在昏暗的远处响起。

“我真的不喜欢那种声音，”她低语道，“这座城市在海底，外面有数十万吨海水咆哮着要涌进来。没有足够的魔法来维持的话，它的外壳又能够撑多久呢？”

“希望能再撑久一点儿，”船长说，“我可不想刚离开一个海床，又被困在另一个海床上。”

他们来到伊娜家院门口，苏西试着推了推大木门，以为它们又锁上了，但她惊讶地发现其中一扇门打开了。她将头伸进院子四处张望，每一扇窗户里都亮着灯，却看不到一个人。她蹲下身，快速跑到伊娜的窗户外敲了敲。窗户几乎立刻就打开了，伊娜伸出头来。

“我就知道！”伊娜咧开嘴露出灿烂的笑容，“我没锁大门，想着万一你们成功返回了呢。进来，快进来！我想知道所有事情！”她将苏西拽进了屋里。

原本坐在床上的阿姆罗德跳了起来。

“真不敢相信！”他说，“你们见到青蛙大王了吗？你们是怎么逃脱的？”

再次见到他们俩，苏西感到一阵心安，但这感觉很快就被她开口时拼命从嗓子里涌出来的悲伤所淹没，她咬牙将悲伤吞下去。伊娜看到了她痛苦的表情，脸上的光彩也不见了。

“威尔莫特呢？”她问。

苏西的眼睛又因泪水而感到刺痛，把这个消息说出来就像是让她重新经历一遍：“我们见到了青蛙大王，他拿走了书，还……还吃掉了威尔莫特。”

阿姆罗德一下子坐了下去，伊娜则现出困惑的表情：“他吃人？”

苏西点点头："我和船长侥幸逃了出来，但警戒蛙肯定在搜寻我们，我们不能在这儿停留太长时间。"

伊娜抱住苏西，她的胳膊暖暖的，还很干，打破了苏西对蝾螈的原有印象。

"我们会竭尽所能帮助你们，是不是，阿姆罗德？"

阿姆罗德还在犹豫，伊娜狠狠瞪了他一眼。"哦，"他说，"是的，当然。"

"谢谢你，"苏西说，"但还有一件事，非常重要的事。"

"等等，"伊娜拿出记事本和笔，"嗯，我准备好了，说吧。"

苏西深吸一口气，振作起来："当我们准备将书交给青蛙大王的时候，书拒绝了他，它想被派送给你。"

伊娜只草草写了几个字便抬起头来："我？为什么？"

"我想它和你一样不喜欢青蛙大王，"苏西说，"无论它有怎样的力量，它都希望跟你分享，而不是青蛙大王。"

伊娜重重地坐到床上："可是我都不会使用魔法，怎么能打开它呢？"

"我也说不好，但是我觉得，如果由你发出指令的话，它就会自动打开，"苏西说，"《力量之书》想要人打开它，但只能是正确的人。这也就意味着我们得尽快让你们俩见面。"她又开始哽咽，然后吞下她的悲伤："威尔莫特会这么做的。"

"但是要怎么做呢？"伊娜问。

"我还不知道，"苏西说，"青蛙大王的宫殿是个堡垒，我们不能硬闯。如果我们自首，青蛙大王一看到我们就会把我们吃了。我们需要另谋路子，而且要快。我们只剩几个小时的时间了，一旦超过时限，《力量之书》就会永远保留吸走的文字。”

伊娜看上去很不安，她还没来得及回答，院子里就传来响亮的碰撞声，通向街道的大门被撞开了。

“包围这里！”一个苏西再熟悉不过的声音喊道，是凯克尔。警戒蛙们急促而沉闷的靴子声在院子里响起。然后随着木头的断裂声，前门被撞开了。

“哦，天哪，”船长说，“看来这麻烦今天是躲不开了。”

阿姆罗德吓得耳朵蜡黄：“我们都会被吃掉的！”

整座楼里回响着警戒蛙搜查的声音：门被踢开，人们惊慌地大喊大叫，玻璃碎了一地。

“楼里的所有人，你们都被捕了！”凯克尔说，“全部出来，在街上集合，听候处理！”

警戒蛙的靴子声离伊娜家的门越来越近，有人用重拳捶得门直晃。“里面的人开门！”

伊娜脸上的粉红色雀斑变得苍白。“我们得离开这里。”

苏西冲到窗边往外看，庭院里已经满是正在反抗和挣扎的水城人，警戒蛙押着他们往街上走去。“已经太迟了，”她说，“到处都是警戒蛙。”

“开门，不然我们就把门砸开。”门外面的声音说。

“等一下，”阿姆罗德大声应道，“我、我在穿衣服。”他又转向妹妹，低声说：“快想个主意！”

伊娜沮丧地抓着耳朵尖，突然屏住了呼吸。“我有主意了，”她露出兴奋的表情，“你恐高吗？”

“为什么这么问？”苏西说，但伊娜已经推开窗户爬了出去。此时，大门在一记恶狠狠的重击下嘎吱作响。若不是阿姆罗德用身体抵住，门已经被撞开了。

“你们快走！”他说，“我来拖住他们。”

“可是——”苏西有些犹豫。

“快！”阿姆罗德咬着牙说，他身后的门板已经开裂，“哪怕你说的有一半是真的，伊娜就需要那本书，快去拿到它！”

“他说得对，苏西，”头骨里的船长说，“没有时间可以浪费了。”

苏西痛苦地看了阿姆罗德最后一眼，跟着伊娜爬出了窗户。她原以为警戒蛙湿黏、带蹼的手会立即抓住她，但院子里混乱不堪，甚至都没有人注意到她。

“这边，苏西！”

她抬头看见伊娜爬上一根装饰华丽、通向屋顶的排水管，也跟着爬了上去。她的手在潮湿的金属管上直打滑，还没爬出多远，就听到砰的一声，伊娜家的门被撞开了。几秒钟后，下面传来一声喊叫：“是外来者！快拦住她！”

苏西没有往下看，而是继续往上爬。她每经过一层都能看到有人在推搡和反抗警戒蛙。最后，她气喘吁吁地颤抖着爬上铺着扇贝形瓦片的斜屋顶。

“阿姆罗德在哪儿？”伊娜从屋顶边缘往下看去，担忧地大喊。苏西也往下看，惊恐地看到凯克尔跟在她们后面爬了上来。

“阿姆罗德在给我们争取时间，”苏西上气不接下气地说，“我们必须马上走！”

“不！”伊娜看上去痛苦不堪，“我们不能丢下他，他是我唯一的亲人了！”

“别挣扎了！”凯克尔的声音从下面传来，“乖乖束手就擒吧！”

苏西紧紧握住伊娜的手说：“如果我们留在这儿，那我们也会被抓住，阿姆罗德所做的努力就白费了。”她试着去拉伊娜，却遭到了伊娜的抗拒。苏西以为她要向凯克尔投降，但随后看到她开始踩排水管上端连着屋顶排水沟的地方。

“别光站在那里，快来帮我。”伊娜说。

苏西突然明白过来，她帮着伊娜使劲儿地踢排水管上端。就在凯克尔愤怒的脸即将露出屋顶时，年代久远、锈迹斑斑的排水管开始和屋顶分离。

“你们在干什么？”凯克尔大喊道，“停下！这是命令！”他伸手去抓她们，但已经来不及了，排水管从墙上剥离，一开始速度很慢，随后越来越快，带着凯克尔一起倒了下去，凯克尔离她们俩越来越远。他倒向院子，砰的一声落到池子里，那愤怒而无助的表情给了苏西极大的满足感。

人群的喧哗嘈杂声暂时减弱，所有人都停下来看着凯克尔。他戴着歪了的头盔摇摇晃晃地站起来，吐出一口植物营养土。“拦下那两个人！”他用颤抖的手指指着苏西和伊娜说，“她们是水城的敌人！”

苏西忍不住朝他挥手道别，但她们还没来得及转身离开，就听到人群中有人发出一个声音。

“快跑，伊娜！”是阿姆罗德，他正被两只警戒蛙押着走向大门口。

伊娜倒吸一口凉气。“放开他！”她喊道，“谁来帮帮他。”

“别为我担心，”阿姆罗德一边拼命挣扎一边喊道，“去把书拿回来。让它来帮助我们！”然后他被拖出了大门，消失在她们的视野里。

“阿姆罗德！”伊娜呼喊道。

凯克尔拿着他的三叉戟做了个手势，一组警戒蛙开始爬其他的排水管。苏西将伊娜从屋檐边上拉走。

“我们不能待在这里。”

“我知道，”伊娜皱着眉头坚定地说，“我们需要打开那本书，只有这样才能拯救所有人。”

她握紧苏西的手，带着苏西进入渐浓的夜色中。

第21章

魔法之源

青蛙大王的胃里又热又黑又臭，威尔莫特觉得自己好像被封在了一个如潮湿的海绵一般的睡袋里。这并不有趣，但也不致命，至少到目前为止是这样。

我会不会让他消化不良？他想，并暗暗地希望会是这样。

如果他试着跳上跳下的话，青蛙大王会不会难受？他正这样想着，包围他的胃壁开始抖动，咕噜噜、轰隆隆的声音在他四周响起，他感到有一股力量将他猛地向上推，推出了青蛙大王的消化道。他从青蛙大王的大嘴里飞出来，在空中翻了个跟头，落在冰冷坚硬的地面上，摔得头昏眼花。

等不再眼冒金星的时候，威尔莫特小心翼翼地睁开眼睛。

青蛙大王矗立在他面前，擦掉下巴上的一串口水。“你还活着，外来者。”他用低沉的声音说。“很好，我不确定你落到了哪个胃里面，因为我有两个胃，”他拍了拍大肚子，“一个用来储存，一个用来消化，我是想把你放进储存胃里的，但有时候会瞄不准。”

威尔莫特坐起来看向四周。他们已经不在大殿中，而是在一个由粗糙的粉色石头建成的昏暗小石室内。这个石室屋顶很低，青蛙大王不得不弯下腰才能不蹭到头。石室里闪着魔法的光芒，它从石头缝里渗出来，汇成多个摇曳的光球在空中上下跳动，然后又刺刺啦啦地消失。跳动的光照在几组靠墙的架子上，那上面摆着一列罐子，威尔莫特隐约瞥见了罐子里面放着的东西：像青蛙卵一样挤在一起的圆滚滚的眼球、亮红色的海星、鲨鱼的牙齿，还有无数他辨认不出的东西。接着他发现这里并非只有他和青蛙大王，还有四五个水城人，既有蝾螈也有青蛙，他们缩在石室更昏暗的地方，尽量减少自己的存在感。

青蛙大王说：“你不准备感谢我吗？”

威尔莫特站起身，整理了一下制服，尽量忽略它有多么潮湿黏人。“恰恰相反，”他说，“你妨碍两位奇境邮递员执行公务，还偷走了一个派送包裹，是犯罪行为，会被处以罚款甚至是拘留。现在，如果你归还派送物品并且让我和我的邮递员团聚，让我们能够完成派送任务，我可以不再追究这件事。”他希望自己的目光看起来足够威严，不过耳朵尖不由自主地颤抖起来。

青蛙大王眯起眼睛：“我拿走理应属于我的东西不需要你的许可，而且我现在真的吃掉你也还不晚。”

威尔莫特尽量压抑着自己的恐惧："你早就可以吃掉我，却将我带到这里，也就是说你一定需要我做什么。"

青蛙大王嘟囔了一声："我不得不承认，你是个聪明人。这里是我鎏金塔顶上的密室，是这座城市所有魔法的源头。"他向密室四处看了看，吓得那些水城人发出嘤嘤的啜泣声。"魔法师在哪里？"他责问道，"我需要他。"

所有人都看向一个瘦得可怜的蝾螈女人，她迟疑了一下，拖着脚走进光线里，双手捧着一只浑身是刺的银色海胆。

"陛下请看，他在这里。"她用颤抖的声音说。

"把他拿给外来者。"青蛙大王说。

威尔莫特接过海胆，之前捧着它的蝾螈女人立马退了回去。海胆的刺扎着他的手掌。"这看上去不太像魔法师。"他说。

"现在还不像。"青蛙大王打了个响指，海胆爆发出一道光，威尔莫特紧紧闭上了眼睛。当他睁开眼睛时，他手里不再是一只海胆，而是一只温暖的、皱巴巴的人类的手。这手以及与之相连的胳膊属于一位身材矮小、满脸皱纹的老人。他的长胡子乱糟糟的，银色的头发奓着，跟海胆还真有些神似。他目光锐利，在密室里四下瞄了一眼，然后看向威尔莫特。

"哦，怎么会是你。"老人说。

威尔莫特惊得松开他的手，往后一缩。威尔莫特对这个人再熟悉不过，尽管对方比他们最后一次见面时要邋遢得多，而且还留了长胡子。看来通缉令上的画像得更新一下了。"启明——不对，艾贝克！你在这里做什么？"

“威尔莫特·格伦特，”艾贝克回答，“我也正想问你呢。”

青蛙大王眯起眼低头看着他们：“你们俩认识？”

“真是不幸，”艾贝克一边说，一边试着将头发压得伏贴一点儿，“小心这个人，陛下，他是个惹事精。”

“我？”威尔莫特愤愤不平地说，“你可是奇境联邦的头号通缉犯。”

“一派胡言，”艾贝克说，“正如我上周来这里时向陛下解释的那样，我是象牙塔的图书馆馆长，是奇境联邦首屈一指的魔法师，在联邦声名显赫。”

这时，《力量之书》从青蛙大王的拳头里用空洞的声音说：“你是艾贝克·阿兰霍德，前任启明大人，犯同谋罪、间谍罪、叛国罪及其他诸多罪行。提供抓捕线索者有重赏。”

青蛙大王摊开手掌露出里面的书，艾贝克惊得张大了嘴巴。“它怎么……”

“它是活的，会说话，也能吸收信息，”威尔莫特回答，“包括你通缉令上的信息。”

青蛙大王看着一脸震惊的艾贝克大笑起来。“我总能认出说谎的人，所以在不需要你的时候，我会把你变成甲壳动物。”

艾贝克看上去难以置信。他把一只手放在脖子上的金属项圈上，苦笑道：“应该说是棘皮动物。你现在需要我做什么？再来点儿幼稚的魔法？”

“我想要这本书里的魔法，”青蛙大王说，“你，这个外来者，还有其他这些可怜虫要一起解开封印它的魔法。”他用拇指和食指捏起书，把它扔向艾贝克。

“那是破坏邮寄物品，”威尔莫特惊骇地说，“任何一个有责任心的邮政局长都不会考虑做这种事。”

“现在开始考虑吧，”青蛙大王说，“因为这关系到你们的小命。”

艾贝克接住书，疲惫地叹了一口气。“争论没有用，格伦特局长，恐怕他没有给我们其他选择。”他抬头看着青蛙大王的眼睛，“我们会按照你的命令去做，但我不能保证速度。这种封印魔法极其强大，奇境联邦的人花了几千年都没解开它。”

青蛙大王示意他们看向周围空气中跳动着的噼噼啪啪的能量。“这些是最高纯度的魔法，”他说，“如果这还不足以让你们解开封印，你们还怎么敢自称魔法师？”

威尔莫特从未自称魔法师，但他认为这时候还是闭嘴为妙。然而，《力量之书》没有那么懂变通。

“除了伊娜，谁也别想打开我，”它说，“把我带给她。”

青蛙大王涨红了脸。“我才是魔法之主，不是她，”他咆哮道，“无论你里面写的是什么，都只能属于我。”他太过气愤，皮肤上冒出了大颗大颗的汗珠。

“我可以斗胆问一下谁是伊娜吗？”艾贝克从嘴角挤出这句话。

“说来话长。”威尔莫特回答。他不相信艾贝克，也不想告诉他伊娜的事。

“你不明白！”青蛙大王对着书大叫道，“没有创立者的魔法，我们都会完蛋。水城在崩塌，没有其他办法可以阻止。”

威尔莫特不解地看着这个庞然大物。青蛙大王的汗珠开始蒸发，变成浓浓的、泛绿的蒸汽，而且随着蒸汽越来越多，青蛙大王变得越来越小。

“哦，不！”青蛙大王呼喊道，他害怕地低头看向自己，“不会又开始了吧！这也太快了！”他朝艾贝克伸出手，艾贝克平静地退到他够不到的地方。“快帮我！”青蛙大王乞求道，“我需要更多药水。”

“我警告过你，”艾贝克回答，“你用的药水越多，药效退得越快。”

青蛙大王转向威尔莫特，发出绝望的呐喊。“你！”他大叫道，口中喷出一股蒸汽，“你可以做出来，是不是？”

威尔莫特警惕地后退了几步。“我不知道你在说什么，”他说，“现在是什么情况？”他看向四周寻求答案，但艾贝克和水城人都没有想要回答的意思。

最终，带着最后一股可怜的蒸汽，青蛙大王向前栽倒在地，昏了过去。他现在只有之前一半大小，而且他的身体还在继续缩小。

威尔莫特僵在原地，不知所措。他应该帮他一把还是逃跑？还没等他做出决定，艾贝克就拍手让大家注意。

“各位都过来吧，你们都知道该怎么做。我们越快为这个笨重的白痴准备好药，就能越快让他站起来离开这里。我们都希望他走，不是吗？”

水城人迅速行动起来。他们从架子上取来罐子，匆匆忙忙地走到工作台旁，将原料倒进煎锅和搅拌碗里。

伴着一声微弱的嘶叫，青蛙大王终于不再缩小。雾气消散，露出一个比威尔莫特大不了多少的身形。

“他看起来和普通的水城人差不多。”威尔莫特说。

“因为他就是普通的水城人，”艾贝克说，“你不会认为他天生就长得那么大吧？他逼迫我们在他的魔法血汗工厂里制造膨胀药水，他是喝了这些药水才变成那么大的。”

“这里是他的魔法血汗工厂？”威尔莫特问。

艾贝克点点头：“密室关押着水城里所有展露出魔法能力的人。这些人被迫为他提供咒语和法术，还有我脖子上的鬼东西。说到这里，你别干站着，把青蛙大王的徽章戒指拿给我。”

威尔莫特下意识地警惕起来：“你要它做什么？”

“当然是让我们逃离这个恐怖的地方，”艾贝克回答，“那个戒指是青蛙大王用来控制项圈的工具，只要戴着戒指，他就能将戴着项圈的人变成任何他想要的样子。他很快就会醒过来，所以我建议你快点。而且别让其他人看到，他们全都不能信任。”

威尔莫特一边留心艾贝克的举动，一边在青蛙大王身边蹲下，假装查看他的情况。他小心翼翼地将戒指从魔法之主瘫软的带蹼的手指上取下来。戒指已经随着他的身体一起缩小了，但仍然很沉，发出能量的嗡鸣声。“我不明白，”威尔莫特从身后将戒指递给艾贝克，“为什么青蛙大王需要别人为他施魔法？他已经是这座城市里最强大的魔法师了。”

艾贝克干笑两声，把戒指塞进裤子口袋：“我亲爱的格伦特，你小拇指里的魔法很可能都比青蛙大王整个身体里的还要多。”

“我？”威尔莫特说，“我几乎一点儿魔法也不会。”

“正是如此，青蛙大王是个骗子，连最基本的魔法都不会。

他唯一的能力是让别人惧怕他，他动个手指头就能办到。”

艾贝克走到一张离其他人有些距离的工作台旁，从一个开口罐子里取出一段干水草，把它绕成圆环。然后他从一个装满珊瑚的生锈旧锡罐里取出一截珊瑚，举了起来，用珊瑚尖触碰一个飘过的魔法球。他口中默念咒语，将珊瑚在水草上轻轻敲了敲，水草立即开始变形，几秒钟后就变成了跟徽章戒指一模一样的复制品。

“一个廉价又拙劣的仿品，”珊瑚魔法棒在他手里碎成灰时，艾贝克说，“但是也够用了。你把这个给他戴回去吧。”

威尔莫特拿过假戒指，偷偷摸摸地将它套回青蛙大王的手指上。“这意味着他不能再把你变成海胆了？”他问。

“谢天谢地，”艾贝克掸掉手上的珊瑚灰说，“这大大减轻了我的精神压力。坏消息是，接下来的计划全靠你了。”

威尔莫特吃了一惊，警惕起来：“什么意思？”

“既然你能来到水城，我猜你有出去的办法，”艾贝克说，“特快专列在城里某个地方等着吧？车组成员在尝试某种漏洞百出的营救计划吧？”

“特快专列不在这里，”威尔莫特没好气地说，“我和苏西是乘坐危险地带车厢，穿过虚境风暴的风暴眼过来的。”

艾贝克挑起一边的眉毛：“虚境风暴？你们为什么不走直达路线？”

“我以为那就是直达路线，”威尔莫特说，“你是说还有其他路线？”

艾贝克饶有兴致地打量起威尔莫特。“真有意思，你们发现了水城，却不知道它在哪里。”他慢慢露出一个了然的微笑，“等到你弄明白之后，你会踢自己一脚的，你们原本不必那么大费周章。”

威尔莫特气得张大了鼻孔。“对邮递员来说没有大费周章这回事，”他说，“你又是怎么来到这里的？”

“当然因为我是世界上最聪明的人，”艾贝克说，“我掌管象牙塔图书馆这么多年，肯定能找出水城的位置。我之前就一直想来，但我的日程安排得太紧了。然而，由于你和你那些爱管闲事的朋友解除了我的职务，我就说服泰尼布里一起来了这里，因为我们在联邦待不下去了。此外，我也想看看我猜得对不对。”

“泰尼布里也在这里？”威尔莫特警惕地环顾密室。

“别费神了，”艾贝克说，“他可能正在某个地牢里受折磨，要是他还没有被吃掉的话。”他一挥手，换了个话题：“跟我说说危险地带车厢吧，它在哪里？”

“它停在低弯街区一处破败的地方，”威尔莫特说，“但如果你想打什么鬼主意的话，我必须告诉你，它无法运转了，它的发动机烧毁了。”

艾贝克皱了皱眉头。“这就有点儿棘手了，”他说，“车厢还是密闭的吗？能把我们送到海面吗？”

威尔莫特越发觉得可疑了。“也许吧。但如果没有我、苏西和船长，你休想进去，而我们只有将书派送给伊娜后才会离开。”

“你永远是负责任的邮政局长，我明白了。”艾贝克说。

对话被水城人打断，他们抬着一只小坩埚走过来，里面装着冒着气泡的灰色液体。

“准备好了，”那个蝾螈女人说，“这是我们能做出的最强效的药水了。”

这时，有人开始使劲儿敲密室的大门，把众人吓了一跳。水城人四散开隐蔽起来。“陛下！”一只警戒蛙的声音从外面传进来，“您还在里面吗？您没事吧？”

“该死，”艾贝克说，“这是处理掉青蛙大王的最佳时机。但如果我们出不了城，那还是没有意义。有那些警戒蛙巡逻，我们也逃不了多远。”他心烦意乱地捋着胡子：“格伦特局长，快过来搭把手。”

他们抬起小坩埚，来到青蛙大王身旁。

“把他的嘴打开。”艾贝克命令道。

威尔莫特最不愿意做的就是触碰青蛙大王冰冷黏腻的脸，但他逼着自己伸出手，小心地掰开他的嘴。

艾贝克先从旁边的架子上取下一把生锈的长柄勺，随即转念一想，又将勺子扔到身后，将坩埚里的东西直接倒进了青蛙大王的嘴里。灰色液体进到青蛙大王的嗓子里，发出像排水口被疏通后的声音，然后他的肚子开始发出亮红色的光，光一直蔓延到他的四肢和脸上，直到最后他的整个身体都像点亮的灯泡一样发光。随着光亮变强，青蛙大王开始膨胀，而且速度越来越快。

最后，魔法之主坐起来，睁开眼睛，威尔莫特和艾贝克退回到工作台旁。

“发生了什么事？”他一边说一边看着自己发光的手指。几秒钟后，光亮消退，他又成了庞大的怪物模样。“唉，”他叹了口气，向上伸展双臂，指关节擦到了屋顶，“这才像话。”

艾贝克露出一丝厌恶的表情。“药效应该会持续到明天，”他说，“但在那之前请别再喝了，频繁喝它只会加快你变回原貌的速度。”

青蛙大王还没站稳，门就突然开了，两只警戒蛙举着三叉戟跳进室内。看到青蛙大王的瞬间，他们放下武器，鞠了一躬。

“陛下！一切都好吗？我们担心您的安全。”其中一只说。

“一切都好，”青蛙大王低沉地说，“我只是在告诉这些外来者我想让他们做什么。”他怒视着威尔莫特和艾贝克：“打开这本书，告诉我其中的秘密。快点干完，否则你们必死无疑。”

“多么慷慨啊。”艾贝克说，眼睛瞥向仍然尴尬地站在那儿的两只警戒蛙，“但是如果我可以提出一个请求的话——”

“有话快说，”青蛙大王说，“我还有一座城要管理。”

“安全起见，今天余下的时间最好让这两只警戒蛙守在密室里。你确定这个新来的外来者值得信赖吗？”

威尔莫特怒火中烧，但最终还是一言未发。在青蛙大王俯身仔细观察他时，他仍然面不改色。

“也许你说得对，”青蛙大王说，“之前他很不配合。你们俩！”他朝警戒蛙打了个手势：“你们留在这里，密切监视这个外来者，我不希望他带着我的书逃走。”

“是，陛下！”青蛙大王迈着沉重的步子出去时，两只警戒蛙鞠了一躬。然后他们守在门前，死死地盯着艾贝克和威尔莫特。

威尔莫特转身背对着他们，将空坩埚拖向工作台，艾贝克已经在那里摆起了工具和配料。“你为什么那么做？”威尔莫特假装去帮忙时悄声说，“有那两个家伙监视我们的一举一动，逃跑会困难得多。”

“那个交给我，”艾贝克说，“所有事情都交给我。”

“除了这个，”威尔莫特捡起书紧紧地拿在手里，“我可不希望你对它搞什么小动作。”

“哦，请便，”艾贝克说，“在象牙塔的时候，我花了很多年时间尝试打开它，结果毫无进展。在这里我成功的可能性也不会更高。”

“只有伊娜可以打开我。”书说。

“听到了没？”艾贝克说，“现在请你别再抱怨了，我们俩都有重要的工作要做。”

“什么工作？”威尔莫特问。

艾贝克将空坩埚递给他：“洗锅。”

第22章

带翅膀的房子

弗雷德里克一行人花了两个小时才找到普罗兰多夫唯一的宠物店。不过，当他们找到之后，他们不得不承认它其实很显眼。那是一座有着杂乱茅草屋顶的小木屋，位于城市西南角上尖塔的基座附近，飘浮在离地面几米高的地方。木屋的烟囱里冒出一缕缕紫色的烟，百叶窗和门口的墙上绘着绚丽的野花图案。它让弗雷德里克想起在他的家乡西沼泽地的水道上来来往往的运河船只，与家乡船只不同的是，这座木屋的两侧伸出一对巨大的白色翅膀。翅膀慵懒地扇动着，让木屋稳稳地悬在空中。从打开的门内，传来此起彼伏的吵闹的咕噜声、低吠声、呱呱声和尖叫声。门上方的油漆牌子上写着：帕尔达布拉的稀有宠物商店。

“我不明白，”弗莱彻瞟了一眼宠物店，“这儿怎么能帮助我们维修危险地带车厢呢？”

“我承认概率很小，”弗雷德里克说，“但如果我没猜错的话，这里应该正好有我们需要的东西。”他们一靠近木屋，门里面就立刻垂下一条像舌头一样的绳梯，他们顺着绳梯爬了上去。

商店里被各种东西填满了——吵闹声，动物浓烈的臭味，从地板堆到屋顶的各种形状及大小的窝棚、板条箱、水箱和笼子，里面是弗雷德里克所见过的最奇特的生灵。有一个笼子里全是绿色的尖爪，它们像蜘蛛那样快速地爬来爬去。还有一个笼子里装着一只有两条尾巴、皮毛像是用火做成的猫，它正一脸漠然地看着他们。弗雷德里克因它分了心，不小心撞上一只大鱼缸，鱼缸里面长得像迷你美人鱼的生灵慌忙逃开躲藏起来。他用双手稳住鱼缸后，那些生灵从藏身的地方再次出现，他才意识到尽管它们有鱼尾巴，但上半身毛茸茸的，跟猿猴一样。只见鱼缸上贴着标签，上面写着：海猴。

“我马上就来！”柜台后面一扇半开的门后传来一个低沉的女声，“随便看，但小心死亡蠕虫。它们的毒液囊刚刚长出来，而且喜欢喷毒液。”

苏西的妈妈拉住丈夫的手。“我开始觉得遭受家政精灵袭击还算幸运的事了。”她说。

有人出现在柜台后面，弗雷德里克猜她就是店主帕尔达布拉。他花了些工夫才意识到她不是一只大乌龟，但她看起来真的很像乌龟。店主上了年纪，驼着背，脖子上还有一层层褶皱，上身穿着一个巨大的乌龟壳，仿佛一件盔甲。她戴着一副厚厚的眼镜看着他们，镜片后的眼睛看上去又大又真诚。她的灰白头发卷在一个个卷发筒里，头上顶着一个小一点儿的龟壳，就像戴着安全帽一样。

“抱歉让你们久等了，”她一边说一边脱掉长长的皮手套，“我刚才在后面喂沼泽兽幼崽，它们总是有点儿吵闹。”她扶了扶眼镜，以便把新来的顾客看得更清楚：“不是本地人吧？想挑选送人的礼物？目前鹿角兔在搞优惠活动。如果你们想要更加新奇一点儿的动物，我有一只叫杰夫的会讲话的猫鼬。不过我得提醒你们，它喜欢长篇大论地发表政治观点。”

“我们已经想好要买什么了，”弗雷德里克说，“那东西比这些都更稀有。”

帕尔达布拉靠在柜台上，突然严肃起来。“那么你们来对了地方，年轻人，”她说，“因为稀有就是我的特色。”

“我们在找热魔兽。”弗雷德里克说。

帕尔达布拉抬起眉毛，更准确地说是一排疙疙瘩瘩的肿块。“那真的很稀有，”她说，“而且这种生灵需要悉心照料。如果不知道诀窍，热魔兽可不是那么容易搞定的。”

“哦，我知道要怎么做——”弗雷德里克不以为意地说，他的话刚说到一半就被人拽了拽衣袖打断了。他转身看到苏西的妈妈靠向他。

“热魔兽是什么？”她悄声问。

“是一种有魔力的进化了的扁形寄生虫，”弗雷德里克悄声回答，“我记得上个月我在对图书馆的动物学区域进行分类编目时，在一本书中看到过它。”

“但是我们为什么需要这个玩意儿？”苏西的爸爸问，“它们不是令人厌恶的、暴躁危险的东西吗？”

“只有少数几种魔兽对人有害。”帕尔达布拉气愤地说，“除非我确信它们能有一个好归宿，否则我不会让它们任何一个离开我的店，你必须让我相信你懂得如何好好照看它。”

弗雷德里克举起双手，示意大家不要争吵。“我做过研究。”他说。

“多少研究？”帕尔达布拉怀疑地问。

弗雷德里克对大家会心一笑，从口袋里掏出一张名片递了过去：“我想这个会让你安心的。”

帕尔达布拉把眼镜往上推了推，眯起眼看名片：“这是空白的。”

“什么？”弗雷德里克得意的笑容立即消失了。帕尔达布拉将名片递回来。弗雷德里克难以置信地将名片来回翻看，两面都是空白的。他用大拇指摩擦卡面，想让字出现，然后他想起了是怎么回事。“当然，”他咕哝道，“又是《力量之书》。”他将名片扔到身后，对店主说道：“请你相信我，我是象牙塔的图书馆馆长。”

“我还是超级马戏团的一流体操运动员呢，”帕尔达布拉说，“现在要么证明你不是一个彻头彻尾的笨蛋，要么滚出我的商店。”

“你看这样行不行？”弗莱彻用肩膀将弗雷德里克挤到一

边，把他自己满是油渍、边角翘起的工作证拍在柜台上，“我可以为这小子担保，他也许看起来不起眼，但他确实很有脑子。”他敲了敲他自己的脑袋。

帕尔达布拉拿起弗莱彻的工作证，抿起嘴唇：“奇境邮政服务。好吧，我同意卖给你们，但热魔兽可不便宜。”

“那就让中心邮局付款，”弗莱彻说，“成交吗？”

帕尔达布拉将那张工作证拿到一只眼睛前，仔细查看上面的每一个字。“你猜怎么着？”她满意地将它还回来说，“我想可以。”

她拖着脚步从柜台后面走出来，从墙上取下一根顶端带着金属钩的长木杆，然后挥手示意其他人靠边站。她走到房间中央，边走边抬头看向椽木。弗雷德里克跟着她的目光望去，看到在天花板的阴影里还挂着许多笼子。

帕尔达布拉慢慢转了一圈，边用手指敲着一边面颊，边仔细查看那些笼子。“这个。”她指着一个被丝巾包裹着的铃铛形状的大鸟笼说。她伸出木杆，用顶端的钩子钩下笼子，轻轻地将它取了下来，其他人都围了过来。

“这个小家伙已经跟了我一段时间，”帕尔达布拉放低声音说，“我从库尔奇石化森林里的一场沙尘暴中救了它。当时它不知道在犯什么迷糊，竟然想要数清楚每一粒沙子，可怜的东西，再晚几分钟它就彻底活不成了。让我来给你介绍下它。”她揭开了丝巾。

弗雷德里克盯着笼子里的生灵。那是一只胖乎乎、毛茸茸的红色毛毛虫，大约有十二厘米长，圆鼓鼓的脑袋上长着两只短短的黑角，一只绿色的眼睛眨巴着，正不加掩饰地、好奇地看着他们。

“那是个魔兽？”苏西的爸爸问。

“我叫它麦克斯韦尔。”店主说。

“他们是谁？”麦克斯韦尔用尖厉的声音说，“游客？他们看起来像是游客。游客全都既愚蠢又无知，我不喜欢他们。”

“它很可爱。”弗雷德里克说。

“这是最愚蠢最无知的一个，”麦克斯韦尔用尾巴指着弗雷德里克说，“我敢打赌他是教愚蠢无知课的，他也许有一所专门为他而建的大学——愚蠢无知大学，学校颁发愚蠢无知学学位，因为他既愚蠢又无知。”

“嘿！”弗雷德里克抗议道，“我是一名很有地位的图书管理员。”但麦克斯韦尔不理会他，只是忙着在笼子里蹦来蹦去，发出一连串嗒嗒嗒的声音。“谁来告诉它！”弗雷德里克说。

“我想我已经开始喜欢它了。”苏西的妈妈努力保持严肃的表情说。弗雷德里克气冲冲地看着她。

“麦克斯韦尔？”帕尔达布拉说，“这些人想给你一个新家，你想跟他们走吗？”

麦克斯韦尔落到它的栖木上，将脑袋偏向她。“看情况，”它说，“会有工作做吗？我在这里无聊死了。”

“我们有很多工作给你做，”弗雷德里克说，“一些非常重要的数数和分拣工作。”

“我喜欢数数和分拣，”麦克斯韦尔说，“我最擅长数数和分拣。”

“跟我在书里读到的一样，”弗雷德里克说，“所以，你愿意吗？”

麦克斯韦尔从它的栖木上俯下身来，将他们挨个儿看了一遍，最后又看向弗雷德里克。“前提是我可以叫他愚蠢教授。”

“没门儿。”弗雷德里克说。

“成交！”弗莱彻说，“威尔莫特和苏西快没有时间派送你们的书了，如果你想将他们从虚境风暴中救出来并且拯救你的图书馆，那我们就得出发了。”

麦克斯韦尔朝弗雷德里克吐了吐舌头。

帕尔达布拉叹了口气：“每次我的宠物离开，我都不知道究竟是什么滋味，是为它们的离开而悲伤呢，还是为它们最终找到了合适的家而高兴呢？”

“我可没觉得多高兴。”弗雷德里克嘀咕说。

“先付款吧，然后你们就可以启程了。”店主说。

她将笼子递给弗雷德里克，然后蹒跚地走回柜台后，弗莱彻跟在她后面。

“你好，愚蠢教授。”麦克斯韦尔说，声音里透着满满的自得之意。弗雷德里克将笼子塞进苏西父母的手里。

“请你别再那么叫我。”他说。

“好的，教授，”麦克斯韦尔说，“我们要去哪里？”

“进入虚境，你觉得你撑得住吗？”

麦克斯韦尔睁大了眼睛："你是指你脑子里的虚境吗？我听说它大得没边儿！"它笑得太厉害，以至于从栖木上掉了下来，像弹簧一样在笼子里不停地弹来弹去。

弗雷德里克狠狠地瞪了它一眼："我们要去救我们的朋友，因此需要你的帮助。如果你不想帮忙，我会把你留在这里。"

"抱歉，我有个问题，"苏西的爸爸说，"麦克斯韦尔究竟能怎么帮到我们呢？"

"如果我没猜错的话，"弗雷德里克说，"麦克斯韦尔应该能够起到和分子分流器一样的作用，它会为危险地带车厢的发动机分拣燃料分子。"

苏西的妈妈抬起一边的眉毛："如果你没猜错的话？"

弗雷德里克紧张地笑了一声。“我确定它可以做到，”他说，“是吧，麦克斯韦尔？”

“我怎么知道？”麦克斯韦尔回答。弗雷德里克开始感到泄气。

弗莱彻搓着手从柜台那边回来。“邮政服务会计部门的某个可怜人看到账单会大吃一惊的，”他说，“所以我希望你的这个主意有用，年轻人。”

“我们都是这么想的。”苏西的妈妈愁眉不展地说。

“你们这些人说话完全不着边际，”麦克斯韦尔说，“教授的愚蠢无知病看来会传染。”

“买了它有沉默咒之类的赠品吗？”弗雷德里克问。

“我会给你买副耳塞。”弗莱彻从弗雷德里克手里接过笼子，咧嘴笑着看向小魔兽，“欢迎加入车组，麦克斯韦尔，该出发去救我们的朋友了。”

第23章

瓦片上的夜晚

苏西和伊娜竭尽全力翻过高高低低的屋顶。伊娜带着苏西爬上旧防火梯，途经破败的栏杆，穿过荒废的阁楼，又越过街道上方晃来晃去的晾衣绳。苏西觉得这像是一场奇特的爬山之旅，因为下着瓢泼大雨，旅途变得更加危险了。她们成功爬过一个又一个高峰，很快她就感到浑身酸痛起来。

不过，警戒蛙追赶的声音已经渐渐消失了。当苏西停下脚步往下面看时，才意识到她们已经跑了多远，伊娜家的房子都看不见了。

“你以前这样跑过吧？”苏西说。

“每天晚上都这么跑，”伊娜做出肯定的回答，“我就是这样投递《每日速报》的。我不能挨家挨户送报，所以就从烟囱里把报纸丢进去。”

苏西抬起头看向前方越来越窄的弯道：“我们可以一直跑

到鎏金塔吗？”

“应该可以，”伊娜说，“我只是不知道我们到那儿之后要怎么办。”

头顶又一记不祥的响雷让她们俩都瑟缩了一下。

“这座城市以前从来没发出过这样的声音，”伊娜说，“无论这是怎么回事，情况都在变得越来越糟。我不喜欢这样。”

不是只有她一个人这样想。沿街的很多门窗忽然打开，不少水城人伸出头来，不安地寻找着声音的源头。苏西抬头看向水城珠光色的外壳，她觉得外壳上的裂缝似乎在变长。然而，她没有太多时间思考这个问题，下面街道上响起了警戒蛙呜呜的警笛声。她和伊娜一起躲进一根造型考究的烟囱的阴影中，看着押送车轰隆隆地疾驰而过。苏西在其中一节拖车里看到了阿姆罗德，他被绑在卖报人旁边，卖报人正在无力地反抗北海巨妖的触手。

“看样子他们把整条街的人都逮捕了！”伊娜难以置信地说，“他们为什么要那么做？”

“青蛙大王一定是派他们来找我们的，”苏西说，“他想阻止我告诉你关于书的事情，阻止你得到它。”

“但那些人跟这件事情没关系，”伊娜说，“他准备对他们做什么？”她的脸上闪过恐惧的神情：“该不会是……”

苏西忧虑地点点头。

“阿姆罗德！”伊娜低叫道。

“如果我们快一点儿，也许能够想办法把他救出来。”苏西说，“还有多远才能到？”

伊娜强忍住悲痛，四处看了看：“很远。”

她指向坡上一座很大的浅蓝色建筑，它让苏西想起寺庙或者教堂，它的鎏金穹顶比周围其他建筑高出整整一层，由一排高大典雅的柱子支撑着。“那是鲸须宴会厅，我们刚走了一半。”

“那我们得快点了。”苏西说。

恐慌的情绪在蔓延。苏西感觉到所有水城人似乎都坐立不安。整个家园都会被抛弃，因为大家知道水位正在上涨，都努力想跑赢。

苏西和伊娜只花了几分钟时间就来到宴会厅旁的建筑上。她们助跑、起跳，越过两座建筑之间狭窄的空道，落在环绕宴会厅穹顶基座的石头阳台上。

“另一边应该有旧的防火梯，”伊娜一边说一边沿着阳台奔跑，“我们可以利用它逃到旁边的大楼上，但我没有去过比那更远的地方，后面我们得边走边摸索了。”

苏西想要告诉伊娜她这一整天都是这样过来的，声音却被一声听起来近得吓人的炸雷淹没了。她用双手捂住耳朵，眯起眼抬头往雨里看去。

“那是什么？”伊娜突然停住脚说。

“我想是城市的外壳在坍塌。”苏西回答。

“不是说声音，我是指上面那个东西，”伊娜指向头顶阴沉的天空，“有什么东西飞过去了。”

苏西抬起双手遮在眼睛上面，向上望去。在瓢泼大雨中，她几乎什么也看不清，但集中精神看了几秒钟之后，她看到确实有东西从她们头顶上方很高的地方快速飞过。它飞出了视线范围，随后又在她头顶正上方重新出现。她隐约看到两扇伸展的翅膀，松了一口气。“是只什么鸟吧。”她说。

她想继续走，但伊娜困惑的表情让她停了下来。

“鸟是什么？”伊娜问。

苏西又抬起头，直直地对上一双灼热的琥珀色眼睛。

“小心！”她一边喊，一边紧闭双眼将伊娜推到一边，自己倒向另一边。眨眼间，伊格里斯·泰尼布里像箭一样从空中冲下来，砸在了她们之前站立的地方。

“邮递员，”他龇着牙咆哮道，挣扎着站起来，“终于又见面了。”

苏西睁开眼，盯着他弯曲锋利的爪子。“泰尼布里，你在这里做什么？”

“求生，”他说，“青蛙大王想要你消失，我也是。”泰尼布里走向苏西，苏西往后退着步子，想让他远离伊娜。

“又一个外来者！”伊娜惊呼，她惊呆了，忘记了害怕，“哇，今天到处都是你们外来者。”

“别看他的眼睛，”苏西提醒说，“他会催眠你，他就是用这种方法来发动袭击的。”

“真酷！”伊娜说。

“我得说，那听上去真有趣，”船长说着从苏西的挎包里飘了出来，“抱歉，我本来想早一点儿出来打招呼的，但我想事情想得有点儿出了神。”

船长的突然出现只让泰尼布里闪现出一瞬的惊讶，但当他脖子上的项圈发出魔法能量的噼啪声时，他的步子都乱了。苏西没有看到项圈，但她立刻觉察出泰尼布里在害怕。她趁机拉大了他们之间的距离。

“所以你现在是在为青蛙大王卖命？”她一边说，一边继续慢慢后退着，“他讨厌我们这样的外来者。”

“我也讨厌他，”泰尼布里马上接着说，“但今天不是要你的命就是要我的命。”

他扇动翅膀，突然加速朝她冲过去。苏西想要跳开，但他太快了，苏西被他打中了背部。

“冷静点，你这个恶棍！”船长举起拳头说。泰尼布里从他身上穿过，把爪子伸向苏西的喉咙。在他碰到苏西之前，伊娜从身后向他发动了攻击。

“放开我的朋友！”伊娜大叫道，一拳挥过去，打得他措手不及。他踉跄了一下，被苏西绊倒，趴在了地上。

苏西趁机跳起身，拉住伊娜的手，沿着穹顶基座逃跑。“他是谁？”伊娜问。

“我等会儿给你解释，”苏西说，“在外面我们容易成为他的目标，我们需要进到楼里面。”

“我知道一条路。”伊娜回答，她指着两扇通向穹顶内部的门。她们猛地掉转方向朝门跑去，在距离门口只有几步时，泰尼布里落在了她们面前。

“让你们跑得够远了。”他龇牙咆哮道。

他蹲下身，准备朝她们扑过去，但他还没找到机会，一声震耳欲聋的雷鸣骤然响起，把三人吓得都蹲了下来，用手捂住耳朵。整座城市似乎都因为雷声而震动，宴会厅墙上的裂纹一直爬上了金色穹顶，窗户都被震碎了。

雷声渐渐变弱，变成低沉的嘶吼。它带来的风像摧枯拉朽的海浪般席卷了屋顶，将松动的瓦片吹走，将烟囱吹歪。这时苏西抬起头。“那是什么？”她说。

仿佛是作为回应，城市的外壳在他们头顶上裂开，泛着泡沫的冰冷海水喷涌而入，仿佛一道瀑布击中宴会厅的穹顶，然后顺着四周的墙倾泻而下，又像海啸一样越过阳台，将三人冲倒，把他们摔向栏杆。急流试图卷走苏西，将她摔出阳台，丢到大街上，但苏西紧紧抓着湿漉漉的大理石栏杆不放。

然后，伴着轰隆一声，穹顶抵挡不住压力，向内坍塌。水倒流进厅内，一会儿的工夫，宴会厅只剩下了断壁残垣。

苏西身上青一块紫一块，她和伊娜吐着海水站起来，躺在他们旁边的泰尼布里捂着头呻吟着。

“大家都还活着吗？”船长将头伸出苏西的挎包说，“听上去很险。”

“太险了。”苏西说。

海水还在倒灌，宴会厅就像一只接漏水的水桶，阳台下面不时传来门窗因受压而破碎的声音。

“是外壳破裂了，”伊娜忧伤地看着整座城市，“它最终还是发生了，水城的魔法让我们失望了。”

整个中弯街区的城市顶部出现了像网一样的巨大裂缝，海水涌进来，白色的水流在街道上翻滚奔腾。海浪打在建筑的墙上，砸开大门和窗户，此起彼伏的尖叫声从一座座楼中响起。

“快去高处！”有人喊道。

“只有魔法之主可以拯救我们！”另一个人叫道。

成百上千个水城人从家里走出来，进入洪水中。他们高举着孩子和家什，一步一步艰难地往上走。这一幕很恐怖，但苏西和伊娜都无法将目光移开。

“一切都完了。”伊娜说。

“如果我们可以打开《力量之书》，也许还有救，”苏西说，“这是我们现在唯一的希望。”

“但我们现在还能怎么过去？”伊娜说。就在这时，一大块外壳掉下来，将附近的一座建筑砸成了废墟。

“我讨厌听天由命，但伊娜说得有理。”船长说。

苏西闭上眼睛，不顾周围的喧嚣，快速思考着。因为洪水和人群，街道无法通行，而从一座座大楼的屋顶穿过既慢又危险，即使他们能到达鎏金塔，也进不去，除非……

她在泰尼布里旁边蹲下，小心地让自己处于他的袭击范围之外。“告诉我你在水城干什么，”她说，“我知道你不是因为我才来这儿的。”

泰尼布里坐起来，竭力维持着挑衅的姿态，但在他人看来，却更像是头晕眼花，狼狈不堪。“这是艾贝克的主意，”他含混不清地说，“暗影夫人追得越来越紧，我们只能从奇境联邦逃到这里。”他挥手想袭击苏西，但动作笨拙，苏西轻松躲过了，他气恼地嗞嗞叫着，但没有继续追她。“艾贝克说我们应该来这里，”他继续说，“失落之城，它本来应该是完美的藏身之所，但我们一到这里一切就都乱了套。”

苏西咬住嘴唇，她非常清楚那是什么感觉。

“现在我必须服从青蛙大王的指令，”泰尼布里说，“否则他会把我变成另一个样子。”他拉了拉项圈，项圈又迸发出一道魔法火花。

苏西往后坐了坐，她有了一个能解燃眉之急的办法，但她一点儿都不喜欢。“我们可以帮你，”她说，“但你必须先帮我们。”

“不是吧，苏西！”伊娜说，“你说过他很危险。”

“确实，”苏西说，“但他不蠢。我的提议是，如果他放过我们，我们可以救他一命。”

泰尼布里轻蔑地哼了一声：“我为什么要相信你？”

“你看看四周，”苏西说，“整座城市都要完了，如果我们继续争斗下去，那我们会跟它一起完蛋。但是如果你帮我们，我们也许能够拯救它。”

泰尼布里皱了皱眉："洗耳恭听。"

"青蛙大王手里有一本写满了古老魔法的书，里面的魔法比我们所见过的都要强大。"苏西说，"如果我们拿到它，就可以利用它阻止洪水泛滥，甚至有可能把城市修复好。"

"我知道你说的那本书，"泰尼布里说，"我听到了你的小矮人朋友被青蛙大王吃掉前说的话，"苏西脸色一变，泰尼布里则继续冷笑着说："所以你想让我带你们进入鎏金塔？"

苏西攥紧拳头强压下怒火，生硬地说："是的。"

"这对我有什么好处？"

"什么好处？所有人都可以活命，那还不够吗？"伊娜说完才反应过来，转向船长说，"请别介意。"

"不介意，亲爱的。"船长回答。

泰尼布里用指尖敲了敲项圈："那么这个呢？如果我还得做青蛙大王的宠物金丝雀，帮你们拯救水城有什么意义？我宁愿跟他一起死掉。"

"我们也可以用书里的魔法阻止青蛙大王，"苏西说，"但我们快没时间了，所以你得快点做选择，可以吗？"

泰尼布里摇摇晃晃地爬起来。"行，"他说，"抓紧了。"

他猛地伸出爪子抓住苏西和伊娜的手腕，然后展开翅膀带着她们飞入空中。

"啊！"苏西叫道。

"别乱动，"泰尼布里说，"即使你掉下去，我仍然能睡得很香。"

苏西紧闭双唇，尽量不去想身下令人目眩的高度。她们的性命忽然之间握在了泰尼布里的爪子里，说不定他什么时候心血来潮，就会把她们扔下去。她闭上眼睛，希望自己做出了正确的选择。

第24章

诺玛来电

一群大型机械蜂鸟从普罗兰多夫飞下来，将特快专列稳稳地放回轨道上，然后松开了它们的磁力夹。

弗雷德里克、苏西的父母、弗莱彻还有斯通克一起站在贝儿号的舷梯上，目睹了降落的整个过程。

“非常感谢你们。”斯通克一边说，一边向坐在蜂鸟背上的飞行员们脱帽致意。飞行员们也挥手回应他。普罗兰多夫从沙丘上方飘走了，蜂鸟们也扇着色彩斑斓的发光翅膀追随而去。

“我仍然无法相信，”苏西的爸爸说，“我们去过一座真正的飞行城市。”

“我跟你说，奇境还有其他飞行城市，”弗雷德里克说，“更别说别的类型的城市了，比方说行走之城、钻地之城，以及只在月光下出现的城市。”

他们走回驾驶室时，苏西的爸爸发出一阵赞叹声。乌瑟尔已经给炉膛添好了香蕉，也将麦克斯韦尔的笼子和盆盆罐罐一起在天花板上挂好了。小魔兽正坐在自己的笼子里，将一堆小扁豆一个个数着放进盘子里，身体发出嗡嗡嗡的声音，一副怡然自得的样子。有人进来时，它抬头看了看。

“我想你了，教授，”它说，“我已经整整五分钟没感觉到自己智商的优越了。”

弗雷德里克没搭理它。

“嗷嗷嗷嗯呜。”乌瑟尔说。

“是的，我们一刻也不要浪费，”斯通克说，“下一站，虚境风暴。”他松开制动阀，特快专列缓缓启动，不久开始加速。窗外，层染沙漠的沙丘很快化为一片模糊的色块，普罗兰多夫成为地平线上一个忽隐忽现的小点。

此时，驾驶室的电话响了起来。

“谁能去接一下电话吗？”斯通克说，“我这儿腾不开手。”

“嗯呜。”乌瑟尔回了一句，她的爪子里抓满了香蕉。

“好吧，我来接。”弗雷德里克说。他从电话机上拿起听筒说：“这里是奇境邮政特快专列。”

“弗雷德里克！”诺玛的怒吼声沿着电话线传来，声音大得让他龇牙，“我打电话来是想了解一下最新情况。我一直在用邮政局长的咒语追踪包裹，它已经在同一个地方停留很长时间了。我们还有七十五分钟来拯救图书馆，威尔莫特却不接电话。你们有他的消息吗？”

“有，”弗雷德里克说，“他和苏西被困在了水城，我和车组正在想办法救他们出来。”

“你在说什么？”诺玛说，“他们离水城远着呢。”

“不，他们在那里，”弗雷德里克眨了眨眼睛，“难道他们不在那里吗？”

“不在，他们在奇境联邦之外某个荒僻的星球上。”

“不应该啊，”弗雷德里克说，“你确定没弄错？”

“确定，”诺玛说，“自从特快专列离开中心站，我就让特雷里斯先生一直留意着它的去向。数据显示，那本书好像是在一个没有魔法的无名星球的海底。如果是他们把书弄丢了，我发誓我会——”

“斯通克，刹车！”弗雷德里克叫道。

斯通克吓了一跳，生气地看着弗雷德里克：“你说什么？”

乌瑟尔替他拉下了制动阀。特快专列突然停住，大家摔倒在地。麦克斯韦尔的笼子也剧烈摇晃起来，小扁豆都从盘子里撒了出来。

“不不不不不！”小魔兽尖叫道，“你让我忘了数到哪儿了！你赔我！”

“哎哟，”苏西的爸爸揉着头说，“刚才怎么了？”

“抱歉，”弗雷德里克说，“诺玛打来电话，说她一直在追踪苏西和威尔莫特，特制金邮票即使出了奇境联邦也依然有效，她知道他们的确切位置。”

“天哪！”斯通克说，“赶快告诉我们。”

“谢谢你终于开口问了。”弗雷德里克将电话调成外放模式，大家都听到诺玛说：“我辨认不出他们所在的星球，这边也没有留下任何可供查阅的地图。但我可以将坐标发给你们，如果你们的电话可以接受咒语的话。”

“哈嗯嗯啊呜，嗷呜，嗯嗯嗯哼呜。”乌瑟尔说。

“她说我们的电话用的是顶级网络，”斯通克说，“发过来吧。”

“坐标已发送。”诺玛说。

电话线一阵嗡嗡响，听起来像是有一只生气的大黄蜂要从听筒里爬出来，然后是好几只，再然后是一大群。听筒开始发光，弗雷德里克伸直手臂把它拿得远远的。伴着一阵嗡嗡呃呃嗯嗯啪啪的轰鸣，咒语出现在驾驶室里。

一开始它是一个飘浮在空气中、乒乓球大小的蓝色光球，然后它开始膨胀，现出越来越多的细节和颜色。弗雷德里克看到光球表面出现了陆地和大片的海洋，它们在缭绕的白色云雾中若隐若现。这是一个发光的星球图像，一直膨胀到几乎填满了驾驶室，迫使所有人挤到了角落里。

“啊哼哼哼。”乌瑟尔说。

“我同意，”斯通克说，“水城最终变成了一个多么奇怪的地方啊。”

“就是它，”诺玛的声音再次从听筒中传来，“书的确切位置用一个光点做了标记。”一道微弱的金色光芒出现在靠近星球顶端的地方，就在覆盖着星球北极的冰山里面。

“不可能，”苏西的爸爸忽然说，“水城肯定不在那里。”

“我再三确认过，”诺玛说，“定位肯定没错。”

“我不是在怀疑定位有问题，”苏西的爸爸说，“但水城不可能在那个星球上。”

“你怎么知道？”弗莱彻问。

苏西的父母诧异地环顾四周。“你们认不出来吗？”苏西的妈妈说，“那是我们的星球，那是地球！”

斯通克带着怀疑的目光再次看向光球：“你们确定吗？”

“我们一看到自己的星球就能认出来。”苏西的爸爸说。

“但那是个球，”斯通克说，“我们之前站在你们家的时候没感觉出来它是圆的啊。为什么我们没有滑倒？”

“因为我们的重力始终作用在正确的方向上，”苏西的妈妈说，“不像我知道的某些地方。”

“嘿，”弗莱彻说，“别因为你们的重力无趣就攻击我们的。”

弗雷德里克又看向金色光点：“但是危险地带车厢怎么会从虚境风暴到了你们的星球呢？而且为什么苏西会在应该寻找水城的时候回家呢？”

“她现在最好不是跷着脚坐在沙发里，”诺玛说，电话里的声音又小又遥远，“联邦的信息已经被全部抹掉了，一旦人们发现就会发生暴动。我们要快点拿回那些文字。”

“我们直接去苏西家，看看发生了什么。”斯通克说着伸手去操作控制台。

“等一下，”苏西的妈妈说，“那个光点距离我们家非常远，它在北极。”

斯通克的手停在了制动阀上："你们不住在这个北极？"

"没有人住在那里，"苏西的爸爸说，"那里空荡荡的，太冷了。"

"那为什么把书带到那里？"弗雷德里克问，"有办法把光点放大吗？"

"直接戳它就行。"诺玛说。

个头最高的乌瑟尔用爪子戳了一下光点，星球图像散落成一阵明亮的火花，片刻后又重新组合成一幅平面鸟瞰图，上面显示着起伏的海岸线和海洋，海上满是碎玻璃一样带着裂纹的不规则浮冰。

"苏西在那下面？"苏西的爸爸声音有些发紧，"那还不如待在虚境风暴里呢！"

"你觉得她是想回家吗？"苏西的妈妈说，"哦，万一是她改了主意，想回去找我们，结果出了岔子呢？"

"先生，太太，请控制好情绪，"斯通克说，"我们不知道发生了什么，但如果那是可以找到苏西、局长和船长的地方，那就是我们要去的地方。弗莱彻，你可以为我们开出一条通向北极的传送隧道吗？"

弗莱彻咂着嘴研究地图："既然有坐标，那应该容易得很。"

"诺玛，交给我们吧，"弗雷德里克说，"我们这就出发了。"

第25章

重回鎏金塔

通往鎏金塔的路已经成为难民的海洋，人们全都吵嚷喊叫着往前冲，场面十分混乱。苏西在泰尼布里爪下飞过人群头顶上方的夜幕时，听到了人们的各种呼喊。

“开门！让我们进去！”

“青蛙大王在哪里？他为什么什么也不做？”

“求求你！海水在上升！我们需要帮助！”

三人靠近鎏金塔的大门时，苏西看到一排警戒蛙正在竭力抵挡人群。但人群的冲击力极大，即使有押送车设置成的临时路障，警戒蛙们仍然被迫往后退去，现在已经贴到了朱红色大门上。她在其中发现了凯克尔，幸好对方没注意到她们。泰尼布里抓着苏西和伊娜从人群头顶俯冲而过，落到大殿外高墙的一个窗台上。

“你知道青蛙大王把书放在哪里了吗？”苏西问。

“不知道，”泰尼布里说，“大殿后部有一个连通整个鎏金塔的楼梯，我之前偶然听到青蛙大王和卫兵们谈论过什么魔法室，但我从来没去过那里。”他推开窗户，一股芳香的雾气飘了出来，苏西闻出这是香橙花的气味。

她将一根手指放在嘴唇上，向里面探身，在缭绕的雾气中看到青蛙大王就在下面。一看到他，苏西就反胃恶心。他又泡在浴缸里，怒吼着对在雾气中忙进忙出的警戒蛙队伍发号施令。雾气散开了一点儿，苏西看到阿姆罗德和其他犯人被几个卫兵围在一起。

“一群废物！”青蛙大王咆哮道，“在门口增加一倍卫兵，驱散暴民，让他们都滚回家去。”

“可是陛下，”浴缸前的一只警戒蛙说，“人们都快无家可归了，中弯街区已有一半被水淹没，如果您不快点使用您的魔法，城市可能——”

他还没说完，青蛙大王就伸出舌头将他啪地打到一边。犯人们惊恐地尖叫，伊娜厌恶地转过身。

“我会在我认为合适的时候使用我的魔法，”青蛙大王宣布，“在那之前，所有人都需要打起精神。如果连这点水都害怕，又怎么能称为水城人？”

“他疯了！”伊娜小声说，“我们得把阿姆罗德和其他人救出来。”

“没有那本书帮助我们的话，我们撑不过十秒钟，”苏西回答，“我们必须找到它、打开它，那是唯一可以解决所有问题的办法。”

泰尼布里不耐烦地说：“那么快点找到它。在你们去之前，给我个东西，我要给青蛙大王看，让他相信你们不会再给他添麻烦。”

他的话让苏西起了一身鸡皮疙瘩，但她还是取下空白的奇境邮政服务徽章递给他。“用这个，”她说，“青蛙大王应该会认出来。但我们要怎样下去？”

泰尼布里将徽章放进口袋，等雾气再一次将青蛙大王遮住时，他抓住苏西和伊娜的胳膊：“别叫。”

“我们为什么要——”伊娜还没说完，泰尼布里从窗口往前一倾，带着她们俩头朝下快速冲向大殿的地面。

苏西不需要担心自己会尖叫，她吓得连气都上不来。在撞到地面粉身碎骨的前一秒，泰尼布里张开翅膀，静悄悄地滑翔到浴缸下的阴影里。没有人留意到他，也没有人尖叫，他们成功了。

“动作快点。”他小声说，然后就悄悄地从浴缸边缘飞了出去。苏西和伊娜手牵手悄悄溜向大殿后方。此时青蛙大王的声音轰隆隆地响起，近得吓人。

“啊，我的宠物回来了。你把我们的那点小事办妥了吗？”

“我会空手回来吗？”泰尼布里说，“我跟你说过我会办妥的，这就是证据。”

苏西冒险回头看了一眼。在魔法之主抬手从泰尼布里手里接过徽章时，她看到了他巨大的后脑勺。

“好极了，”青蛙大王说，“你们外来者还真是训练有素。现在回到你的笼子里去，等我需要你的时候再出来。”

泰尼布里无奈地点点头，飞进悬挂在水晶大吊灯下面的笼子里。随后，雾气包围了苏西和伊娜，她们看不见他了。苏西不想同情泰尼布里，但又因他的遭遇对青蛙大王再次生出一股厌恶之情。泰尼布里的确残酷野蛮，但青蛙大王有过之而无不及。

她们悄悄地穿过雾气，靠声音避开匆匆忙忙的警戒蛙，来到大殿后方。那里确实有个巨大的螺旋楼梯，可以向上进入鎏金塔的主体部分，一阵阵魔法能量沿着大理石的金色纹路快速往上传送着。

“我以前没有在任何地方见到过这么多这么纯粹的魔法，”爬楼梯时苏西说，“不可思议。”

“我跟你说过，青蛙大王把所有的魔法都据为己有了，”伊娜说，“这里的魔法足够城里所有人用了。”

“那他为什么不用它阻止洪水呢？”苏西疑惑地问，“这说不通啊。”

一队警戒蛙砰砰砰地下楼走向大殿，她们赶快躲到一个大理石海马雕像后面。危险过去后，她们继续前进，很快来到一个连接着四条通道的圆形平台。

“现在走哪边？”苏西说。

“等一下，”伊娜说，“让我试试。”她从口袋里掏出记事本和笔，潦草地写下“你好”，然后举起记事本等待着。

“你在干什么？”苏西不安地瞥了一眼身后的楼梯。

这时，伊娜的笔迹缓缓地脱离记事本，化成一缕黑烟，盘旋着飘向一条通道。“那条路，”伊娜说，“跟着笔迹走！”

威尔莫特抱着一摞脏碗走向密室角落的水池，故作随意地看了一眼守在门前的两只警戒蛙。他们瞪了他一眼，他赶忙做起自己的事，把一个装满绿眼球的罐子拿给艾贝克，后者正俯身在工作台上倒腾一个陶罐。

“这是你要的北海巨妖幼崽。”威尔莫特说。他放下罐子，幼崽眼球跟着他的动作转动着，他竭力压制着自己的不自在。

“谢谢。”艾贝克从一块深海海绵里挤出几滴液体滴进罐子，里面的东西开始持续地燃烧，冒出绿色火焰。“我想现在它已经好了，只需要再用文火炖一会儿。”他小心翼翼地将罐子放到一旁，又困又乏地咕哝了一声，伸了个懒腰。

威尔莫特检查了一下工作台上的其他东西。在装着火焰的罐子旁，艾贝克已经炮制了两个盘旋的黑色迷你龙卷风，用两只玻璃瓶装着，这让他的行为看起来更加可疑了。

“喂，你，外来者，”一只警戒蛙说，“你做的是什么东西？看起来很危险。”

艾贝克展露出人畜无害的微笑。“我只是在遵从青蛙大王的指令，”他说，“这些都是打开《力量之书》所需的解封材料。”

威尔莫特皱了皱眉，他知道无论这些东西是什么，肯定都跟解封《力量之书》没有任何关系。但由于仍然不清楚艾贝克的逃跑计划，他只能猜测它们最终可能会起什么作用。艾贝克到现在也不愿意告诉他，这加深了他的怀疑，他必须保持警惕。

“那他们呢？”另一个卫兵用三叉戟指着那群水城人说。水城人慌忙退回阴影里。

“他们在忙自己的事，”艾贝克说，“但我想你们会觉得这个有趣得多。”

艾贝克打开装着北海巨妖幼崽的罐子，选了一只格外肥硕的。幼崽在艾贝克手掌里跳着，见他从工作台的工具箱里取出一根歪歪扭扭的木棒，突然转过来盯着他。“看仔细了。”艾贝克将木棒在幼崽头顶挥了挥，口中嘀咕着一小段咒语。幼崽像果冻一样颤抖起来，然后一条纤细的触手从它的头顶冒出来，接着是另一条，很快又有第三条、第四条，每条触手顶端都有一只眼球。几秒钟后，艾贝克手掌里的就是一只完全成形的小北海巨妖了。它挥动触手想要裹住艾贝克的胳膊，艾贝克将它丢进了旁边一只装满水的鱼缸里。

“你是怎么做到的？”一只警戒蛙震惊又害怕地问道。

“用了一个简单的生长加速咒，”艾贝克说，“很快你们就不需要等这些生灵自然长大才能装备你们的押送车了。我想借用你的北海巨妖呼叫器，来安排一下这小东西的去处。”他指着警戒蛙腰带上的银色海螺说。

“平民不能使用这个。”警戒蛙说。

“我不是平民，我是外来者，”艾贝克说，“而且如果你们想向青蛙大王解释为什么阻止我开展维护法律和秩序的重要工作，那么请便。”

警戒蛙不情不愿地把海螺从腰带上解下来：“给你，别耍什么花样。”

“我才懒得耍花样。”艾贝克说。

就在这时，鎏金塔发生了震动，震得架子上的罐子咯咯作响。

“又震了，”警戒蛙对他的同伴说，“下面怎么了？”

“我不知道，”另一只警戒蛙说，“但我不喜欢。”

威尔莫特记起艾贝克关于城市命运的警告，感到心跳加速。他在心里默默地想：我希望你在外面一切平安，苏西，此刻我真的需要你的帮助。

他一边想着，一边转身将装着北海巨妖幼崽的罐子重新放回去，忽然就看到船长发着蓝光的脸庞透过门板伸了进来。威尔莫特吓了一跳，差点儿把罐子摔到地上，但警戒蛙们正全神贯注地看艾贝克工作，没有留意到他。

船长咧嘴笑笑，冲他竖起两根大拇指，然后退了出去。

威尔莫特兴奋极了，赶忙把罐子放在最近的架子上，回到工作台旁。如果船长在外面，那么苏西肯定也在外面。

他尽可能随意地对艾贝克说：“我想我们的快递到了。”

艾贝克抬起一边的眉毛：“你说什么？”

警戒蛙们站直身子。“什么快递？”其中一只问，“没人告诉我们有这事。”

“我一直在等着，”威尔莫特说，“是一个特快件。”他迅速瞥了艾贝克一眼，看他有没有听明白。

“啊，是的，”艾贝克说，“那个啊，我还以为它永远到不了了呢。”

卫兵们挥舞着三叉戟。“任何物品都必须在我们检查之后才可以送进去，”一只警戒蛙说，“那个快递装的是什么？”

“方便分散注意力的东西，”艾贝克说，“再见。”他动作敏捷地拿起那个冒着绿色火焰的罐子，将里面的东西泼到他们脸上。

绿色火焰很快变成火球将他们团团围住，威尔莫特大惊失色，跑过去想帮他们灭火，随即意识到他们并没有真的着火，而是在缩小。

“嘿！”其中一只警戒蛙看着自己越来越小的身体大叫道，“你对我们做了什么？”

“我缩小了你们的体积，”艾贝克说，“别往心里去。”

“这是在犯罪，我们可以逮捕你！”另一只警戒蛙用老鼠般的吱吱声说。最后，他们缩到了只有五厘米高。

威尔莫特走近那两只迷你警戒蛙，他们正气愤地对他挥舞着三叉戟，还上蹿下跳的。“在你们俩被踩到之前，我最好还是把你们放到一个安全的地方。”他说。

“是的，我可不想鞋底上粘着警戒蛙到处跑，”艾贝克说，

“放好他们之后，你最好去把苏西小姐放进来。”

威尔莫特用双手将两只吵闹的警戒蛙捧起来，尽可能小心地将他们放进一个空罐子里，然后快速跑向门口。

他一打开门栓，门就从外面被猛地推开，苏西冲进来双手抱住他，差点儿把他撞倒。伊娜紧跟在她后面，船长飘在她们上方。

“威尔莫特！”苏西叫道，“船长说你在这里的时候我都不敢相信。你还活着！”

“刚活过来一会儿，”他说，“青蛙大王把我吐出来之后就把我关在这里了，一点儿都不好玩儿。”

“天哪，”伊娜说，“现在不能记笔记可真烦人。这是多好的故事啊！《生吞下肚：我的恐怖故事》，作者：威尔莫特·格伦特。如果这次我们能活下来，这就是我的下一个头条新闻。”

“那这个‘如果’的可能性还真是不高。”艾贝克说。

威尔莫特清了清嗓子：“啊，对了，艾贝克也在这里。”

苏西把双臂抱在胸前，狠狠地瞪了艾贝克一眼。

“我知道会见到他，”她说，“泰尼布里什么都跟我们说了。”

“那个长毛的玩意儿还活着？”艾贝克说，“算了，我敢肯定他活不了太久。”他对伊娜露出开心的微笑：“你一定是《力量之书》的新主人，真高兴认识你。”他弯下身子鞠躬，但眼睛一直看着她。

苏西拉起伊娜的手：“无论他说什么做什么，你都不要相信，他比泰尼布里还要危险。”

"承蒙夸奖，深感荣幸。"艾贝克说。

"不必了，"苏西回击道，"那不是夸奖。"

房间再一次震动起来，古老的石头里冒出魔法火焰。

"下面发生了什么？"威尔莫特问。

"城市在崩塌，洪水在上升，市民们想冲进鎏金塔。如果我们现在不想出办法，水城就完了。"苏西说。

"那我们得抓紧了。"威尔莫特说。他冲到工作台前拿起《力量之书》，苏西则从挎包里拿出特制金邮票派送单。

"也就是说，我们终于把所有需要的人和物品凑在了一起，"威尔莫特说，"书、派送单和收件人。你有笔吗，伊娜？"

"没有笔的话，我还算什么记者？"伊娜说着从口袋里掏出一支笔。

"好极了，"威尔莫特和苏西一起激动地咧嘴笑起来，"请在这里签字。"

苏西为伊娜递上派送单，威尔莫特屏住了呼吸。终于，在经历了如此多的危险和失望之后，他们将完成当今世上金邮票特快件的第一次成功派送，而且距离截止时间还有一个半小时。特快专列将会恢复正常的派件工作，《力量之书》也会将它从象牙塔吸走的文字全部还回去，一切都会好好的。

但是，当伊娜的笔尖刚要落到派送单上时，艾贝克从工作台上拿起一个玻璃瓶砸向地面。

玻璃瓶摔得粉碎，黑色旋风向外爆开，密室变得一片漆黑。

伊娜尖叫一声，威尔莫特惊得丢掉了手里的书。

艾贝克的声音在黑暗中回响："格伦特局长，很抱歉让你失望了，但我该走了，我的书也是。"

"等等，艾贝克！"威尔莫特说。他朝艾贝克声音所在的方向探出手，但被使劲儿一推，踉跄了一下。他重新站稳，蹲下去摸索，但只摸到空空的地面。"《力量之书》？"他喊道，"你在哪里？"

"我在这儿，"书从他身后某个地方回答说，"我想我又被偷走了。"

"我怎么会让现存最强大的魔法力量落入旁人之手？"艾贝克的声音似乎同时从多个方向传来，威尔莫特不知道他究竟在哪儿。

"那书对你毫无用处，艾贝克，"他说，"伊娜是唯一可以将它打开的人。"

"正因如此，我要把她一起带走。"艾贝克说。北海巨妖呼叫器发出刺耳的声音，然后是玻璃碎了的声音，有什么东西在啪嗒啪嗒地爬行，紧接着，伊娜的尖叫声穿透了黑暗。

"什么东西抓住了我！"她叫道，"救命！"

"放开她，艾贝克，"苏西大喊道，"水城快毁灭了，你还能去哪儿？"

"这就是它的宿命！"艾贝克厉声回答，"现在，恕我失陪了。奇境联邦需要更加强大的领导者，我可不想让大家等太久了。再见。"

"快停下！"威尔莫特双手在身前摸索着，小心地向他希望是门口的方向挪去。他听到身边有沉重的脚步声、盆盆罐罐叮叮咣咣的声音，还有苏西的低声咒骂。

“船长，你能发点光吗？”苏西说。

“我的光已经发到最亮了，”船长回应道，“但好像没有任何作用。”

我的手电筒！威尔莫特想。他从口袋里把它掏出来，上好发条，但没有光出现。

“没用，”他说，“这个咒语一定是阻止发光的。”

苏西发出一声怒吼：“事情刚有了转机就又出乱子！他要怎么离开水城呢？”

威尔莫特不再深一脚浅一脚地摸索了。他停下来，想到了答案：“他要利用危险地带车厢，他的计划一定是把自己封在里面，然后利用呼叫器让北海巨妖把他带回海面。”

“一旦到了上面，他就会逼伊娜打开书，然后他就无敌了，”苏西说，“也就是说，我们必须在他离开前阻止他。”

“正是如此。”船长说，“现在，有人知道门在哪儿吗？”

他们跌跌撞撞，有时撞到家具，有时撞到彼此，但毫无进展。然后，一个让苏西精神振奋的声音响了起来。

“天哪，谁把灯关了？”

“弗莱彻？”她几乎不敢相信自己的耳朵，“真的是你吗？”

“是我，”弗莱彻说，“局长和你在一起吗？”

“是的，我在这里！”威尔莫特说，“但是我们什么也看不见，艾贝克下了某种黑暗咒。”

他们听到弗莱彻在空气中嗅了嗅："闻起来像是一个很厉害的老式黑暗咒，暗色浓重，但很容易驱散，只要用风扇吹走就行了。"

"我们没有风扇。"苏西说。

弗莱彻啧啧咂嘴："看样子我今天在为所有人解决问题。斯通克，打开压力阀，给我一点儿蒸汽好吗？"

嗞嗞声传来，一股灼热、潮湿且带有香蕉味的空气从房间刮过，带走了黑暗，一团团灰色雾气从敞开的门飘了出去。苏西眨掉睫毛上由雾气凝结成的水珠，看到站在一个储物柜门外的弗莱彻，和柜门里特快专列发光的车身。弗莱彻走到一边，乌瑟尔和斯通克也出来了，后面跟着的是弗雷德里克，他手里拎着一个鸟笼，里面装着一只毛茸茸的红色虫子。

"你好！"弗雷德里克说，"你们三个还好吗？"

"除了没命，我从未感觉这么好过，"船长说，"笼子里是什么？"

"哦，它呀，"弗雷德里克对笼子皱着眉说，"这是麦克斯韦尔，它是来这里修理危险地带车厢的。"

"这是我的助手——愚蠢教授，"麦克斯韦尔说，"他的特长是什么都干不好。"

苏西对弗雷德里克投去询问的眼神。"说来话长。"弗雷德里克叹了口气说。

他还没来得及细说，苏西的父母就从储物柜里冲了出来。

"苏西在这里吗？她好吗？"他们脚下打滑，停在苏西面前，苏西盯着他们看了一会儿。所有的话都从她的脑子里消失了，她不知道要说什么，更别提弄清自己的感受了：放松、愧疚、尴尬、欣喜若狂……各种感情混合在一起，将她的心填得满满的。她担心自己会在爸爸妈妈面前哭出来。

"嗨，"她小声说，"对不起。"

"哦，苏西！"爸爸妈妈扑上来紧紧地抱住她。

"谢天谢地，你安然无恙。"爸爸说。

"我们以为再也看不到你了。"妈妈说。

"我也是，"苏西说着忍不住流下几滴眼泪，她感觉每一滴都从她身上带走了很重的分量，"对不起。"

"我们现在都好好地在这里，"爸爸说，"这就够了。"

房间颤抖起来，将几个装配料的罐子从架子上震了下来。

"情况不太好，"苏西说，"这座城市要毁灭了，趁着还有机会，你们俩赶快离开这里。"

"我们不会丢下你去任何地方。"妈妈说。

"我马上就跟上来，"苏西说，"我保证。但艾贝克在这里，他带走了《力量之书》和我们的一位朋友，我们必须把他抓回来，只有这样做才能拯救所有人。"

斯通克的胡子翘了起来："你是说艾贝克？他在这里？"

苏西的父母迅速交换了一个眼神。

"我们能怎么帮你？"爸爸问。

苏西眨了眨眼睛："你们想留下？"

"苏西·史密斯，"妈妈说，"我们经历了那么多困难才来到这里，无论发生什么，我们不会就这样抛下你自己走。所以在我们改变主意之前，赶快告诉我们你需要什么帮助。”

苏西更加用力地抱了抱他们。“我们需要支援，”她说，“很多支援。”

第26章

争分夺秒

鎏金塔里一片混乱。

至少听起来是这样，因为里面太黑，几乎什么也看不清楚。艾贝克的咒语让整座塔陷入了黑暗。苏西、威尔莫特、弗雷德里克、斯通克和乌瑟尔停在了螺旋楼梯底下。

黑暗中回响着警戒蛙们无序地跑来跑去的声音，与此同时，困在外面大道上的人群绝望的乞求声越来越大，还夹杂着像坏掉的机器发出的疯狂的咔嗒声。几秒钟之后，苏西才意识到那是青蛙大王徒劳地打响指的声音。

“老家伙，等我找到你，我会把你剁成肉酱，然后喂鲨鱼，它们吃你都不需要咀嚼。”青蛙大王的声音震耳欲聋，“把我的书还给我！”

“你自己过来拿啊，”艾贝克的声音再次在四周回响，“但听起来你的人民需要你，请允许我放他们进来。”

苏西听到青蛙大王在浴缸里挪动时皮肤与陶瓷摩擦发出的尖厉声音。“守住大门，快来人阻止他！”青蛙大王怒吼道。

但已经来不及了。大门伴着遥远的吱呀声打开，一阵刺骨的寒风刮进来，吹走了黑暗的雾气。一排一直在外面抵御人群的警戒蛙趔趄着退进来，差点儿被从门口蜂拥而入的水城人踩在脚下。

苏西扫视混乱的人群，立即发现了艾贝克，因为只有他在逆着人流移动。他身后拖着伊娜，北海巨妖的触手在伊娜的胳膊上打了个结，把她紧紧绑住了。

“他在那儿！”苏西说，“追上他！”

苏西一行人开始追艾贝克。同时警戒蛙重新集结，试图将涌入塔内的难民潮抵挡回去，双方互不相让。水城人用他们从家里抢救出来的物品进行自卫，锅碗瓢盆、脚凳、枕头，一位上了年纪的女士甚至用一摞瓷盘袭击了凯克尔。她像扔飞盘一样将盘子扔向他，他只好用三叉戟抵挡。

这时，青蛙大王从浴缸里探出头，用黏糊糊的长舌头将一个又一个不幸的人卷起来送入张开的大口中。

“艾贝克！”还在笼子里的泰尼布里呼喊道，“回来！把我从这里放出去！”

来自中弯街区的犯人也纷纷挣脱了警戒蛙的看守，加入了战斗。阿姆罗德挤出人群，试图抢回伊娜。看到这一幕，苏西的心脏剧烈跳动起来。但艾贝克已经将伊娜扔进了一辆押送车里，然后爬进了驾驶座。艾贝克朝泰尼布里挥手道别，然后发动引擎，驾驶押送车驶离鎏金塔，吓得沿路的水城人四散开来。

“现在我们永远抓不到他了。”弗雷德里克抱怨道。

“啊啊啊啊呜！”乌瑟尔说。

“她说爬上来，”斯通克说，“后面的事交给她。”

苏西对乌瑟尔咧嘴一笑，跃上她的背，坐到大熊的肩胛骨之间，将双手伸进朋友厚实的毛里。“快点，威尔莫特。”她喊道。

“稍等。”威尔莫特冲进混战的人群，从地上捡起了什么东西，是一个掉落的北海巨妖召唤器。他得意地高举着它跑回来，爬上乌瑟尔的背，坐在苏西后面。“就位！”

就在这时，苏西的父母大汗淋漓、上气不接下气地出现在楼梯底部。苏西的妈妈递给威尔莫特一样东西，是他的电话。

“你判断得对，”她喘着粗气说，“我们在传送隧道里成功找到了信号，请求了支援。”

“你在清单上列出的人我们都联系了一遍，”苏西的爸爸双手支在膝盖上说，“他们已经在路上了。我可以提个建议吗？”他猛吸一口气：“矮人的移动通信技术真的需要更加人性化一点儿。”

“但它对心脏有好处，”威尔莫特说，“谢谢你。”

苏西伸出双手将妈妈的一只手握住。“谢谢你们，我保证很快就回来。”

妈妈点点头。“也要保证你会小心。”

“我会的，”苏西说，“你和爸爸应该回到特快专列上，那里更安全。”

“我们剩下的人做什么？”斯通克问。

“尽可能去帮助其他人，”苏西说，“并且做好准备。”

斯通克立正，抬手触碰帽檐向她致意：“我们不会让你们失望的。”

“等一下，”弗雷德里克说，“带上麦克斯韦尔。如果出现问题，你们无法回来和我们会合，它会派上用场的。”他打开笼子，轻柔地将小魔兽拿给苏西。

“但是我要用它做什么？”苏西说。

“只要给它指明危险地带车厢的引擎位置就行，其他的它自己会弄清楚。”

“哦，是的，苦活儿累活儿让我来做，”麦克斯韦尔说，“你们都可以跷起脚来休息，但是可怜的麦克斯韦尔不行。”

“你连脚都没有。”弗雷德里克说。

麦克斯韦尔对他吐了吐舌头。

“好啦，”苏西说，“它可以待在我的口袋里。”麦克斯韦尔以优雅的燕式跳水姿势，直接跳进了苏西的外套口袋里。

“里面都是腐烂的海草味。”它说。

“那你真不走运。”苏西看了看表，还有四十分钟期限就到了，《力量之书》会消化掉象牙塔图书馆里所有的文字，“我们出发吧。”

乌瑟尔抬起头，发出低沉的吼叫，声音穿透了大殿里的喧闹。打斗停了下来，所有人都转过来盯着他们看。乌瑟尔心满意足地咕噜了一声，露出尖牙向前冲去。警戒蛙和水城人看到这奔来的黄色庞然大物，拼命闪开给她让路。

几秒钟后，乌瑟尔开始全速前进，人群像水流一样在她周围分开。

“阿姆罗德在那儿！”威尔莫特指着说。苏西发现他正为了保护一群孩子跟两只警戒蛙对抗。

“继续战斗，阿姆罗德！”苏西呼喊道，“我们会把伊娜带回来。”

阿姆罗德朝她挥了挥手，警戒蛙被飞驰而过的乌瑟尔分散了注意力，阿姆罗德趁机抱住他们的腰将他们撂倒，孩子们为他欢呼起来。

“阻止外来者！”青蛙大王咆哮道，“不要让他们逃掉！”

几只莽撞的警戒蛙挡住了乌瑟尔的路，她低下头俯视他们，一只警戒蛙识趣地跳开了，没有跳开的两只被撞飞了。

“蠢货！”青蛙大王叫道，“我必须事事亲力亲为吗？”这只巨型青蛙把自己从浴缸里撑起来，开始笨重地在他们身后追赶。

“再快点儿！”苏西喊道。他们已经快到朱红色大门了，人群继续躲闪，给他们让出一条通向出口的路。但门口很窄，没有太多空间。苏西扭过头，看到青蛙大王张大了嘴，舌头像弹簧一样向他们冲过来。

“小心！”她说。

乌瑟尔咆哮一声，铆足了劲儿更快地跑了起来。来到门口时，青蛙大王的舌头向他们袭来……

但没有打中他们，而是从威尔莫特的头旁边挥过，打中了墙。青蛙大王发出一声痛苦的尖叫，低头看向自己的脚。苏西瞥见她的父母正拿着三叉戟戳他的脚踝。

“加油，爸爸妈妈！”她喊道。乌瑟尔穿过门口，冲进宽阔的街道，这里仍有无数无家可归的水城人在拥向鎏金塔。

“好险！”威尔莫特说。

“好棒！”苏西说，“现在睁大眼睛把艾贝克找出来，他不可能甩开我们太远。”

“嗯嗯嗯嗯哼哼！”乌瑟尔赞同说。人群往两边散开为他们让道，乌瑟尔继续奔跑，苏西和威尔莫特唯一能做的就是抓牢她。

现在是一场赛跑，和艾贝克的赛跑。苏西这样想着，将脸紧贴在乌瑟尔脖子上厚厚的毛里，让自己尽量不要害怕。一切的命运，所有人的命运，都取决于这场赛跑的结果。

第27章

援兵到来

大殿里的战斗在苏西父母周围轰轰烈烈地上演着，但他们还没来得及加入，就被青蛙大王带蹼的大脚的阴影笼罩了。

“你们这些可恶的外来者真是祸患，”他愤怒地看着他们说，“是时候除掉你们了。”

“你敢！”苏西的妈妈叫喊道，她和丈夫一起挥舞着三叉戟。青蛙大王一脚踩下来，弗雷德里克在大脚落下来之前冲过来，将苏西的父母撞开了。青蛙大王的脚踏到地面上，他们三人翻滚到浴缸下面。

“我想你们把他惹怒了。”弗雷德里克说。

苏西的妈妈轻声笑了笑：“他活该，他以为他是谁？”

青蛙大王发出一声沉闷的咆哮，迈着沉重的步子在大殿里来回走动。他一次次向人群甩出舌头，人们跳着躲开，汹涌的人群开始转身往外跑。恐惧蔓延开来，越来越多的人挣扎着往回跑向鎏金塔大门口，不想成为青蛙大王的盘中餐。

“还愣着干吗，凯克尔！”青蛙大王说，“将这些暴民带到他们该去的地方，清空我的大殿。”

凯克尔躲开飞来的最后一个盘子。“是，陛下！”他举起三叉戟，那位向他扔盘子的女士拎起裙摆跑了。更多的警戒蛙站到凯克尔身边排成一排，他们一起往前移动，驱赶面前的人群。

随着人群越来越拥挤，更多水城人和弗雷德里克、苏西的父母一起躲到浴缸下面，阿姆罗德、斯通克和弗莱彻也在其中。

“情况并不乐观，是吧？”斯通克说。

“青蛙大王太大了，”阿姆罗德说，“我们这样是打不赢的，我们需要能扭转局势的东西。”

“比如什么？”弗莱彻说。

刺耳的哨声穿透了大殿里的喧闹。

“那是什么？”苏西的妈妈问。

“听起来像是火车的汽笛声，”斯通克说，“但不是我们的火车。”

哨声再次传来。过了一会儿，一面墙上现出一个传送隧道口，一辆流线型银色火车从里面冲了出来，直到车头撞在浴缸上才停下来。

“是银色和风号！”弗雷德里克说着跳了起来，“象牙塔的专用列车！”

银色和风号的车门猛地打开，一队月亮护卫手持等离子步枪鱼贯而出，诺玛披着飘舞的披风大步走在后面。

“你们好，水城的市民们，”她说，“我们是为了和平而来。除非你是青蛙大王，那我会找个借口把你炸成原子。”她抬起头，看着矗立在面前的庞大身躯。“我猜就是你。”她说。

青蛙大王龇牙咆哮，面相丑陋。但他还没能朝诺玛走出一步，对面的墙上又出现了一个传送隧道口。这一次来的不是火车，而是暗影夫人的一支雕像队伍。他们迈着沉重的步子从黑暗中进入大殿。暗影夫人被她的宠物滴水兽用爪子抓着紧随其后，滴水兽拍打着石头翅膀，把她送到跟青蛙大王惊诧的脸齐平的位置。

“我听说你一直在制造麻烦。”她刚说了这一句，就被墙上出现的第三个传送隧道口里传来的号角声打断了。这一次来的不是训练有素的队伍，而是一群上了年纪的矮人，他们都穿着老式邮政制服，拄着各种各样的手杖，或者推着助行车走进亮光中，其中大部分人正兴奋地叽叽喳喳说着话。

“……所以我问他在找什么，他说他是气象学者，所以我就去帮他找到了所有关于大气现象的书，结果你猜他满不满意？当然不。”

“典型的学术派，他们从来不知道自己想要什么。”

葛楚德、多萝西和特雷里斯先生走在这群人最前面。葛楚德抬起一只手，他们都安静了下来。

“你们是什么人？”青蛙大王问。

“我们是老邮递员，”葛楚德说，“准确来说，以前是邮递员，现在是图书管理员。我们来这里是为了将偷包裹和偷书的贼绳之以法。”

特雷里斯先生拄着手杖，拖着步子走上前：“说的就是你，小家伙。”

青蛙大王攥紧拳头：“这是一场阴谋，是外来者干涉水城事务的阴谋。”

“是的，没错，”诺玛说，“现在站到一边去，让我们拿回《力量之书》。”

“永远不可能！”青蛙大王说。他用手指指着诺玛，气得发抖：“警戒蛙，进攻！”

警戒蛙大军敞开嗓子，一同发出哀号般的警笛声，然后举起三叉戟冲了过来。

第28章

最后一站

苏西的双手紧紧抓着乌瑟尔的毛，因为抓得太紧而有些抽筋，但她不敢有片刻放松。大熊在齐膝深的汹涌海水中跃起、转弯，蹚着水穿过弯曲的城市街道。当一块外壳碎片掉落下来，将前方的一座建筑砸为平地时，苏西听到她身后的威尔莫特大叫了一声。乌瑟尔向左躲进一条小巷子里，试图避开将周围的房子砸得噼啪作响的落石。

至少里面已经没人了，苏西想。他们遇到的最后一批逃亡的水城人是在上一层，此后他们就只看到了空荡荡的街道。

“我们现在在哪儿？”威尔莫特问。

“中弯街区的上层区，”苏西说，“我们差不多快到鲸须宴会厅了。”

“从那里到危险地带车厢还有多远？”

“那要看洪水涨到了多高。”她回答。

他们很快就有了答案。当宴会厅破损的轮廓隐约出现在他们左侧时，乌瑟尔发现海水已经齐肩高了。

“啊呜呜呜哼！”她喘息着。

“太深了？”苏西说。乌瑟尔点点头。

“去屋顶。”苏西指着前方不远处一个露在水面上的尖尖的瓦片小岛。乌瑟尔脚下一蹬，朝屋顶游去。她努力让口鼻露出水面，爬上屋顶，然后瘫倒在地，大口喘着气。苏西和威尔莫特从她背上滑下来，苏西搂住她的脖子，上面的毛湿漉漉的。

“你真棒，”苏西低声说，“在这里休息吧，我们很快回来。”

“啊呜。”乌瑟尔带着疲惫的笑容回答。麦克斯韦尔从苏西的口袋里钻出来，展开翅膀，在他们头顶飞来飞去，嗡嗡地发出有点儿像呼噜声的刺耳声音，最后苏西意识到它是在自言自语。“……七、八、九、十、十一、十二、十三、十四、十五、十六……”

“你在干什么？”她问。

“数雨滴，”它说，“别打扰我。”

危险地带车厢所在的环礁湖处的水位已经上升到了中弯街区，洪水淹没了半座城市，几人被淹没的建筑和水面漂浮着的残垣断壁所包围。更令苏西担忧的是，她可以实实在在地看到水位在上升。水已经涨到了他们脚下的屋顶处，还有几分钟就会将屋顶整个儿吞没。水面下仍然有星星点点的街灯亮光，但随着鱼缸裂开，霓虹色小鱼游到水底深处，街灯一盏接一盏熄灭了。

“水位已经涨到这么高了。”威尔莫特惊叹道。

“我们需要阻止它继续上升，找到艾贝克就能办到。”苏西说。

威尔莫特扫视着上涨的洪水，用手一指：“危险地带车厢在那里。”苏西看到露出一半的车厢在他们前方漂浮着，而艾贝克正乘着一只临时用墙板搭成的木筏朝它划去，伊娜在他后面被小北海巨妖紧紧抓着。

“可以帮个忙吗？”伊娜朝他们大喊。

艾贝克看到了他们，两只手更快地划起水。苏西毫不犹豫地跳进水里，威尔莫特紧随其后。海水冰冷刺骨，几乎让他们无法呼吸。苏西逼着自己踢脚挥手，半拽着呛水咳嗽的威尔莫特往前游。他们的动静很大，激起不少浪花，但前进的速度也有所提升，跟艾贝克的距离越来越小。

当距离危险地带车厢还有一米左右时，艾贝克拿出从警戒蛙那里骗来的银色海螺，放到唇边吹响。从海螺中发出悠长悲伤的调子，水面像柠檬苏打水一样嗞嗞冒出了气泡。

一条北海巨妖的触手随即出现，它用绿色的大眼睛盯着苏西和威尔莫特，然后又出现了四条触手。

艾贝克到达危险地带车厢，爬上车顶，带着扬扬自得的表情看着他们。“有了听话的海怪，谁还需要发动机？”他说。他又吹响海螺，一条触手将伊娜拖起来丢到他身旁。

“放开我，”伊娜抗议道，她试图挣脱小北海巨妖的束缚，但没有成功。

苏西想喊话，却不小心吞下一大口海水。“我们赶不上了。”她呛着水说。

“等一下。”威尔莫特紧贴着她浮在水面上。他拿起在大殿里捡到的北海巨妖召唤器，使劲儿一吹，召唤器发出尖厉刺耳又有些震颤的声音。几秒钟后他沉下水面，苏西赶忙伸手又将他拉起来，他吐出一大口海水，急切地问：“有用吗？”

苏西摇摇头。北海巨妖仍然冷漠地看着他们，似乎连海螺发出的声音都没有听到。

“你真是费了不少心，格伦特局长，”艾贝克说，“但我的海怪似乎并不欣赏你的音乐才能。”

威尔莫特眨眨眼，挤掉眼里的水。“我召唤的不是那只。”他说着指向伊娜。

只见绑着伊娜的小北海巨妖松开了触手，伊娜立即站起身来，踢掉艾贝克手里的召唤器。小北海巨妖从水面掠过，扑通一声消失在水中。

“不！”艾贝克叫道，“你干了什么？”

“你偷走了我的书。”伊娜说完跟他打斗起来，危险地带车厢在他们脚下倾斜翻滚。

“干得漂亮，威尔莫特。”苏西一边说一边继续拖着威尔莫特游向车厢。威尔莫特咧嘴一笑，不小心吞下了更多海水。

“我七十岁的时候，妈妈让我上了长号课，现在终于派上用场了。”他将自己的北海巨妖召唤器往尽可能远的地方扔去，

“现在只有麦克斯韦尔能把危险地带车厢带往别处了。”

“希望用不上它。”苏西回答，“我们去拿书和派送单，带上伊娜，然后尽快返回鎏金塔。”

就在那时，头顶传来一声响雷，一块有几百米宽的外壳塌了下来，坠入他们附近的水中，掀起的大浪浇了苏西和威尔莫特一头，还差点儿将危险地带车厢吞没。汩汩的海水从外壳上的窟窿处涌入。没有了召唤器的控制，北海巨妖潜回了水底。

苏西和威尔莫特呛了水，咳嗽着再次浮出水面。“快，”苏西说，“我们需要到车厢里去。”

两人从危险地带车厢侧面爬上车顶，伊娜和艾贝克正牢牢地抓着那里一切能抓住的东西，处境岌岌可危。海浪在四周翻滚，待在车顶的感觉就像是骑在一头弓背跳跃的驴子背上。这已不仅仅是一场洪水，而是海啸。它像一台庞大的推土机冲向城市，砸碎大楼，掀翻屋顶。苏西四处寻找乌瑟尔，但他们刚才停留过的屋顶已经不见了。

“乌瑟尔！”她呼喊道，“麦克斯韦尔！你们在哪里？”

一颗毛茸茸的红色子弹从她耳边呼啸而过，开始绕着她的头飞。

“……十亿七百九十六、十亿七百九十七、十亿七百……哦，你让我忘记数到哪儿了！”麦克斯韦尔生气地说，“现在我又得重新开始，一、二、三、四、五、六——”

“乌瑟尔在哪里？”苏西打断它。

“你是说块头大声音大颜色黄的那个吗？”麦克斯韦尔说，“她在你后面。”

苏西转过身，看到乌瑟尔用爪子紧紧地抓着车顶，松了一口气。

“啊呜。”乌瑟尔吐着水说。她竭力爬上来，将苏西、威尔莫特、伊娜甚至艾贝克从天窗推进车厢，然后跟着他们挤了进去。整个过程可不太舒适，当她也进来之后，车厢里几乎没有空间了。

“真不敢相信，”艾贝克一边说一边挤向车厢前窗，“我差一点儿就能达成我毕生的雄心壮志，结果现在却马上要被一头熊闷死在一节车厢里。”

苏西爬到乌瑟尔的背上，关上了天窗。“麦克斯韦尔，我们需要让发动机启动，你可以做到吗？”

“让我看看。”它回答。

威尔莫特闪到乌瑟尔的一条前腿下面，打开水槽下的橱柜，露出一个看起来像横放的大沙漏的东西，只不过装在这个沙漏两端的玻璃球里的不是沙子，而是冒着火花、刺刺作响的紫色雾气。一块小金属板将两个玻璃球分开，金属板上的零件已经烧焦了。“在这里，”威尔莫特说，“分子分流器已经烧坏了。”

麦克斯韦尔俯下身子，仔细观察装着雾气的玻璃球。“乱得不像话！”它说，“这些分子乱成一锅粥了。”

“你可以修好它吧？”苏西说，“如果不行的话，我们会被砸成碎片。”

麦克斯韦尔落到烧坏的分子分流器上，花了一会儿时间找到一个舒服的位置，然后看着玻璃球啧啧地咂嘴。一道电流啪的一声从它的一只角传到另一只角，与此同时，两只玻璃球中间的金属板闪了一下。金属板似乎消失了一瞬，然后又重新出现了。“现在好点了，”它说，“但接下来还有很多工作要做。”

“刚刚发生了什么？”威尔莫特问。

“我在分拣。”麦克斯韦尔说，眼睛还在看着玻璃球。它的角又啪的一声闪过一道电流，金属板又闪了一下。“整理燃料分子。现在给我安静！这可不好弄。”

它聚精会神地盯着玻璃球，每过几秒钟，它的角就啪的一声闪过一道电流，金属板也随之不停闪烁。慢慢地，一只玻璃球里的燃料变成了红色，另一只里的燃料变成了蓝色。

苏西打了个响指：“这是热力学！不同类型的分子带有不同的能量，所以通过将它们分离——”

“最终会有一只玻璃球装着高能量分子，一只装着低能量分子，”艾贝克替她说完，“这都是非常基础的知识。”

玻璃球里的燃料突然分别燃起了樱桃红色和淡蓝色的光，嗡嗡的能量声传来，控制台上的灯开始闪烁。

“它成功了！”威尔莫特说，“麦克斯韦尔恢复了供电，它就是新的分子分流器！”

麦克斯韦尔完全没理会他们。它身体前倾，睁大了眼睛一眨不眨地来回看着两个玻璃球，它的角不停地噼啪作响，金属板闪动得太快，几乎看不清了。

“带我们离开这里，威尔莫特，”苏西说，“洪水马上就要涌进大殿了，我们必须在那之前赶到。”

威尔莫特连忙从乌瑟尔身体下面钻出来，跳到控制台旁。“抓紧了，”他说，“可能会很颠簸。”

他按下发射按钮，一股火焰冲开了洪水，危险地带车厢往前冲去。威尔莫特抓紧控制台，调整航向，不顾海水的冲击，径直从一道道瀑布中穿过。

“还有十分钟，”苏西看着表说，“我们的动力够到达宫殿那儿吗？”

“绰绰有余，”威尔莫特说，“我只是不确定到达之后我们是否有足够的制动能力停下来。”

大殿里的战斗局势变了，月亮护卫和暗影夫人的雕像大军一起冲向警戒蛙，弗雷德里克、苏西的父母、老邮递员们、弗莱彻和斯通克引导新来的民众进入鎏金塔。

与此同时，诺玛和暗影夫人正交替使用等离子手枪和冰冻魔法，全力转移青蛙大王的注意力。一颗流弹将泰尼布里的笼子打开，他也加入了战斗，从空中向青蛙大王俯冲下来，用爪子向他发起攻击。

“就算消化不良，我也要把你们全部吃掉。”青蛙大王一边说一边朝诺玛踩过去。

他差点儿就打中暗影夫人飞在空中的滴水兽。而下一秒，中弯街区崩塌的冲击波传到大殿，将他震倒在地。冲击波过后，随之而来的是一股冰冷的气流和不断靠近的海啸的轰隆声。

“那听上去不太妙，”苏西的爸爸一边说一边帮助一些上了年纪的水城人跨过门槛，“苏西他们回来了吗？”

弗雷德里克费力地从人群头顶上望出去，外面除了几个掉队的人之外，宽阔的大街上空无一人。“还没有。”他说。

地面震动，风力增强，肮脏的海浪从大街的转角处轰隆隆地进入视线，弗雷德里克心里一沉。海浪从路面冲到城市最高处，将建筑撕开，仿佛它们是纸做的一样。

“关上大门！”斯通克喊道。

“但是苏西他们怎么办？”苏西的妈妈将一个蝾螈小女孩抱到安全的地方，说，“他们还在外面。”

弗雷德里克将最后一个难民—— 一个穿着条纹西装的青蛙人拉进来后，大门开始关闭。但关门是个痛苦而缓慢的过程，因为海水已经快冲到门口了。然后，他在骇人的景象中发现一道亮光，是危险地带车厢乘着火焰冲了过来。

“是他们！”弗雷德里克大叫道，“他们回来了！别关门！”

已关上了四分之三的门停住了，开口勉强够车厢通过。危险地带车厢飞冲过来。

在一片混乱中，诺玛分了一下神，与之对峙的青蛙大王

趁机俯身将她抓了起来，让她动弹不得："抓住你了！"

"我要把你捏爆。"魔法之主宣告说。

这时，危险地带车厢从门口冲了进来，离两扇门都只有不到一米的距离。青蛙大王刚要抬头去看，就被全速冲进来的车厢撞到胸口，整个儿被撞得双脚离地。他丢下诺玛，上演了一个完美的后空翻，然后砸进了浴缸里。危险地带车厢前进的牵引力被这一撞抵消了，砰的一声歪倒在地。

"天哪，快关门！"斯通克喊道，"快！"

就在海水到来前的一刹那，大门关上了。海水打在门上，仿佛火车撞在了上面，大门隆隆作响，大殿最后颤动了一次，然后一切便都静得出奇，战斗也停了下来。

苏西的父母跑向危险地带车厢。

"你们还好吗？"苏西的妈妈一边说一边试图透过窗户往里看，"有人受伤吗？"

天窗打开，乌瑟尔醉酒似的摇摇晃晃地挤出来，然后扑通一声蹲坐下来。

"啊嗯呜呜。"她说。

"晕车？"斯通克摸了摸她，"猛开猛停，不晕才怪呢。"

接着，苏西、威尔莫特和伊娜也都颤巍巍、晕乎乎、跌跌撞撞地爬了出来。

"这出场方式可真不一般。"苏西的爸爸帮着她站起来。

"我跟你们说过我会回来的。"苏西一边说一边接受父母疯狂的拥抱。

葛楚德和多萝西跑过来拥抱威尔莫特，衣衫褴褛但兴高采烈的阿姆罗德从人群中挤过来，用双臂搂住了伊娜。

“你做到了！”阿姆罗德说。

“当然，”伊娜说，“难不成你怀疑过我？”

麦克斯韦尔心满意足地从车厢中飞出来，慵懒地翻了个跟头，落在弗雷德里克的肩膀上，傻傻地咧嘴笑着，紧挨着他的耳朵说：“嗨，教授，刚才真是太有趣了。”

“做得棒极了，麦克斯韦尔，”弗雷德里克在小魔兽的两角之间揉了揉，“你救了他们。”

麦克斯韦尔疲惫地咯咯一笑。“是的，但我最喜欢的是你。”说完它立刻从弗雷德里克的肩膀上滑进了他胸前的口袋里，打起了呼噜。

苏西看着挤满了大殿的水城人、矮人和雕像：“我们成功了！所有人都在，但青蛙大王在哪里？”

所有人都转向浴缸，那里升起暗绿色的雾气。

“这是谋反！”里面传出一个细小的声音，“立即投降，否则我会处决你们所有人。”

浴缸边出现了青蛙大王的小小身影，只见他伤痕累累、气喘吁吁，缩到了正常青蛙的大小。旁观的人低声表达着不满，青蛙大王冲他们挥舞着拳头。

“一群懦夫，你们为什么不打了？”他对着警戒蛙喊叫，“把凯克尔给我带过来，我必须砍了他的脑袋。”

几只警戒蛙紧张地张望着，但没有谁挪动一步。

阿姆罗德将手拢在唇边，喝起了倒彩，伊娜咧嘴笑着加入进来，苏西和威尔莫特、一些水城人、几只警戒蛙紧随其后。不满之声接二连三传开来，直到最后，几乎大殿里的每一个人都对着青蛙大王喝倒彩，而他只能恼羞成怒地咆哮跺脚。

“停下！你们真是反了，我可是魔法之主！”

暗影夫人带着会心的微笑悄悄靠近苏西：“你知道我一直想在壁炉架上放什么吗？”

苏西他们迷茫地看着她，最后弗雷德里克说：“装在雪花水晶球里的青蛙？”

“正是。”她说着举起拐杖，一道魔法从拐杖顶端发出，打中了青蛙大王，将他包裹在一个大玻璃球里。他用拳头捶打玻璃球，却不小心从浴缸边滚落下来。当玻璃球坠向地面时，所有人都倒吸了一口凉气。玻璃球在掉落的同时一直在缩小，当暗影夫人用一只手利落地接住它时，它已经只有网球那么大，被困在里面的青蛙大王只有几厘米高了。苏西和其他人都围过来看。

“求求你！”青蛙大王尖声呱呱叫道，“放我出去，让我做什么都行！”

暗影夫人举起球给众人看：“我想，变成这么大对你有好处，你需要学会抬头看别人。我会把你交给水城的人，让他们来决定如何处置你。”

青蛙大王脸唰地白了：“不！不可以！你不知道他们会对我做什么，求求你！”他的抗议突然停止，因为暗影夫人的影子离开了地面，用两只手抓住了他。玻璃球落进影子里，仿佛进入一个深坑一样，无声无息地消失了。

“这个问题解决了，”暗影夫人说，“我那一无是处的弟弟在哪里？”

危险地带车厢里发出一声叹息，艾贝克从天窗爬了出来。

“我真希望你把我忘了，”他说，“你不用说了，我投降。”他站起身举起双手。

泰尼布里轻轻地落在他面前，立即被一队月亮护卫包围。“你应该担心的不是她，老家伙，”泰尼布里咆哮道，“你为了青蛙大王抛下了我。”

“哦，天哪，艾贝克，”暗影夫人显然享受着这一幕，“你现在人缘不错啊，不是吗？”

“别管那些了，”苏西说，“书在哪里？”

“我在这儿，”书在艾贝克袍子里的某个地方说，“你们还有一分钟。”艾贝克将书掏出来交给了苏西。

“我猜你们也想要这个。”他又将皱巴巴的派送单递给威尔莫特。威尔莫特一把将派送单从他手里夺过来，抚平了递给伊娜。

“请在这里签字，好吗？”他说，指着派送单的手指激动得有些颤抖。

“快点吧！”弗雷德里克催促道。

伊娜掏出笔：“你确定？我还是觉得自己没有资格。”

“你的字非常糟，”《力量之书》说，“但当其他人选择相信谎言时，只有你一个人追求真相；当其他人接受了简单的答案时，只有你提出了问题；你明白自身知识的局限性并力争克服局限。出于这些原因，我选择了你。”

“哇，”阿姆罗德说，“我一直以为她只是多管闲事。”

“确实是，”书说，“但那是好事。”

艾贝克咂咂嘴转过身去。

伊娜将派送单和书并排放在地上，她将笔尖压在纸上时，苏西和威尔莫特握紧了手。然后，伊娜快速挥笔签好了名字。

“完成。”她说。

威尔莫特小心翼翼地拿起派送单，迎着光举起来，仿佛它是玻璃做成的一样。《力量之书》的书页间出现一缕盘旋的黑墨，飘向派送单，浸在它的表面。墨迹化成字母和线条，几秒钟后，单子上的信息全部复原了，伊娜的签名发出光芒，粘在书上的邮票蒸发为一小股金色烟气。

“结束了，”威尔莫特说，脸上漾起灿烂的微笑，“我们成功了。”

“你们俩干得漂亮！”斯通克说。

“为局长和他的邮递员热烈欢呼！”特雷里斯先生说。老邮递员们喝彩鼓掌，向空中扔着帽子。

苏西抱住威尔莫特：“恭喜你，从今以后无论发生什么，你都永远是金邮票局长。”

“而你永远是金邮票邮递员！”威尔莫特回抱苏西说。

“咒语已解，”书说，“给我下道命令，我就会打开。”

“好的，请打开。”伊娜说。

《力量之书》发出满意的咕噜声。“你们最好都往后站一站。”说完，它砰地弹开，书页像是在被一只看不见的手快速翻动着。多彩的插画、华丽的字母，书里密密麻麻的内容一闪而过。书页越翻越快，变得模糊不清，其间发出光芒，像绽放的花一样展开。

哗啦啦飞转的书页飞向空中，在大殿中上下飞舞。成千上万张纸相互连接在一起，它们从空中飞过，声音如同有上千对翅膀在拍打，然后它们逐渐组成一个形状。

部分水城人尖叫起来。眼前所见仿佛一条巨龙，覆盖其上的鳞片是交叠排列的羊皮纸页，它箭头状的脑袋上，一双眼睛漆黑如墨，一条长长的黑舌头吞吐着，品尝着空气的味道。然后，它低下头毕恭毕敬地向伊娜鞠了一躬。

“我是书龙，是水城知识和文化的化身。它所有的故事、历史和知识都在我体内，现在都任凭你处置。”

伊娜缓缓靠近书龙，抬起手抚摸它的口鼻：“你是……一座图书馆？”

“是的。”它回答。

“哇！”弗雷德里克跳到伊娜身边，“这真不可思议，我得了严重的‘图书馆嫉妒症’。”

就在弗雷德里克睁大眼睛欣赏书龙时，诺玛由两名月亮护卫搀扶着走过来。“戏法挺精彩，”她说，“但是你可以帮他们对付那个吗？”

苏西随着诺玛的手指看过去，惊恐地看到大殿的大门向内弯曲，小水柱沿着门框四周喷射进来，多条裂纹不断蔓延，像一张网一样罩在墙上。人们恐慌起来，一小群人向大殿后方逃去，却发现那里已经有水在沿着螺旋楼梯往下流淌。

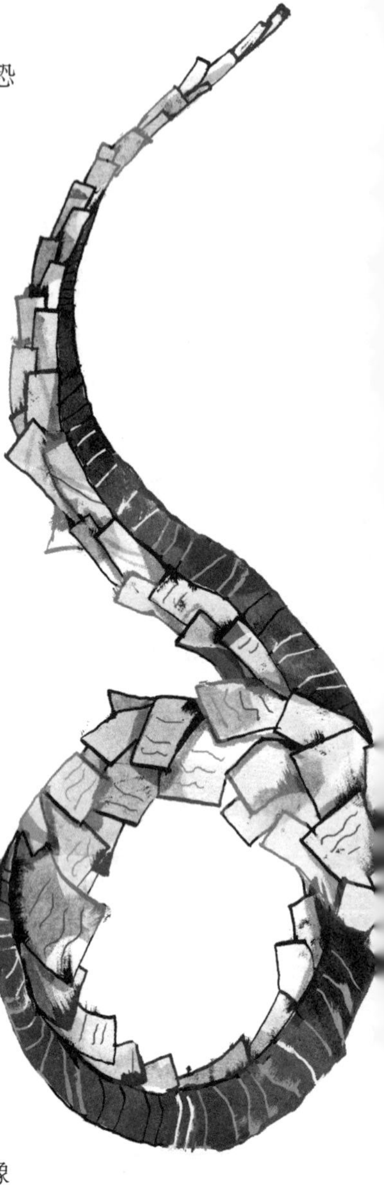

“我们必须让所有人进入传送隧道。”弗雷德里克说。

“人太多了，”诺玛说，“我们来不及。”

苏西转向伊娜。“你是我们现在唯一的希望，”她急切地说，“我们需要借助水城创立者的力量。”

伊娜害怕地睁大了眼睛，看向书龙，问：“你可以帮助我们吗？”

书龙将头歪向一边。“是的，我想我有你需要的东西，试试这个。”书页鳞片哗啦哗啦响起，其中一些像秋天的树叶般从它的身上落下来。落下的

鳞片没有四散而去，而是聚在一起形成一本空白的书。书龙低下头用舌头触碰了一下书页，上面出现了黑色墨迹，墨迹形成一行行文字。最后，书页外生出一张皮质封面。几秒钟后，一本完整的书躺在伊娜脚边。

“《水城：初学者操作手册》，希尔和沃克著。”苏西读道。

“城市为什么需要操作手册？”威尔莫特问。

“因为水城不仅仅是一座城市，还是一台收集和共享魔法的机器，而且已经很长时间没有人正确使用过它了。”

“机器？”弗莱彻慢慢走过来说，“给我看看。”他快速翻起操作手册的书页：“天哪，如果我读得没错，我们正站在一台超级大的传送器上。这座城市通过螺旋结构将魔法向上聚拢，再从塔顶将魔法释放出去。”

“所以塔顶的密室里充满了魔法能量。”威尔莫特说。

“鎏金塔已经不再向外传输能量,魔法无处可去,”书龙说,“但是它可以被重新激活。”

“怎么激活？”伊娜问。

大殿的门越来越响，海水开始像喷泉一样从地板的裂缝里涌出来，他们的时间不多了。

“快！”苏西说。

“试试第三十七页。”书龙说。

弗莱彻翻到那一页，阅读上面的文字，然后皱了皱眉，又读了一遍。“就这样？”他说，“看起来有点儿简单。”

“无论怎样，照做就是！”弗雷德里克说。一小股水从屋顶落下来流到他脖子后面，他跳到了一边。

“好啦，放松。”弗莱彻从他的工具腰带里掏出一根又短又粗的矮人金属魔法棒，把它举了起来。“水城，我命令你，上升！”

什么也没发生。

“肯定没用,”诺玛说,“你不可能用一个词就移动一座城。”

“我只是在按照说明进行操作。”弗莱彻说。

这时，鎏金塔开始颤动，苏西跑向她的父母。颤动越来越厉害，他们紧紧地抱着彼此。

塔没有瓦解，而是在上升。

“我想它是管用的！”伊娜说。

苏西此时的感受和乘坐直梯时一样。上升的速度越来越快，大门不再向里弯曲，从墙面裂缝挤进来的水柱减弱成水滴，水滴也越来越少，随后便止住了。伴着隆隆的响声，水城停了下来。

“我们到哪儿了？”威尔莫特问，“我们成功了吗？”

“只有一个办法可以知道，”苏西说，“开门。”

外面的天色如刀刃般亮得刺眼，水城像座大山一样耸立在海面上。在千万年之后，阳光再一次照在了它坑坑洼洼的金色外壳上。海水从它破损的周身往外流淌，四周的海浪向天际线翻滚而去。在这一切之上，塔尖像火炬一样发出光亮，周围现出带有魔法能量的光晕。

苏西和车组人员带领震惊的水城人试探着走出大殿，来到街道上，外面一座建筑也没留存下来，但透过城市外壳上的大裂缝他们可以看到外面的世界：隆起的深色海面上散布着钻石般洁净闪亮的浮冰，明亮的蓝色天空似乎无边无际。空气寒冷刺骨，但苏西觉得它闻起来清爽又甘甜。

一些水城人似乎被这全新的感官刺激迷住了，一些人在哭泣，大多数人只是一脸茫然地站在那里，因为这一切发生得太突然，他们还没能消化。

“太不可思议了。”阿姆罗德说，伊娜默默地将自己的手放到他的手中。

苏西看见了卖报人，希望用自己的微笑给他打打气，但他毫无笑意。

“现在我们该做什么？”卖报人凄凉地说，“我们失去了一切，就连青蛙大王也让我们失望了。”他轻轻踢开脚边的砖头：“我们到底该做什么？”

苏西一惊，意识到自己没有答案可以给他。

尴尬的静默被城市外面传进来的悠长号角声打断。苏西向外一看，发现一艘游船就在他们不远处。她只能辨认出船头上标着的“奥斯陆荣耀”的船名，甲板上挤满了上了年纪的游客，他们全都朝这边指指点点，还在不停地拍照。

“哦，对啦，”苏西的爸爸说，“我们太激动了，忘了告诉你：我们现在应该是在地球上。”

苏西震惊地转向他：“什么？”

“我想是在冰岛东北方的某个地方。”

苏西盯着爸爸的脸看了一会儿，想知道他是不是在开玩笑，但妈妈点了点头。

“真不敢相信。”苏西说，她的脑子暂时无法将这些消息理清楚。然后她激动地转向父母：“你们知道这意味着什么吗？地球并不普通，它有魔法！或者只有一点儿吧，但不管怎么说，依然算有！”

“这个星球一度充满了魔法，”书龙一边说，一边将长鼻子伸到外面嗅着地球上的空气，“为了自保，水城在被放逐的过程中将这个星球的魔法全部吸走了，现在，它将余下的那一丁点儿魔法还了回来。”

苏西通过大门往后看，看到从大殿墙上蜿蜒而出的魔法带。“地球有魔法。”她自言自语道。

“如果地球再次拥有魔法，对我们来说意味着什么？”苏西的妈妈问，“我们的日常生活会发生什么变化？”

“以后可能就不那么日常了。”弗雷德里克说。

苏西的妈妈抿嘴思考了一会儿。“我可以接受。”她一边说一边伸手揽住苏西。

一个男人的声音通过游船上的广播系统传到他们这里。

“前方的不明漂浮物，你们好，”一个带有斯堪的纳维亚口音的人说，“我们是为和平而来，你们需要帮助吗？还有……跟你们在一起的是一条龙吗？”

人群中爆发出不解的喧哗声。

“怎么处理？”暗影夫人说，“有人愿意做个决定吗？”

“我来吧。”苏西转向卖报人，“你不是问现在你们该做什么吗？乘船观光怎么样？”

第29章

意想不到的诡计

几个小时后，最后一批水城人也被摆渡到救援船上。三艘大邮轮、一艘科学考察船和几十艘渔船也已经抵达。在听了一些相当复杂的解释之后，困惑的船长们决定先将水城居民带到最近的港口再做打算。

伊娜和阿姆罗德留在了后面。他们和苏西、苏西的父母、船长以及特快专列的车组人员站在一起，看着暗影夫人的雕像们抬起银色和风号，将它放回第一条传送隧道里的火车轨道上。艾贝克、泰尼布里、凯克尔和其他的警戒蛙可怜巴巴地在大浴缸底下缩成一团，由月亮护卫看管着。暗影夫人已经解除了艾贝克和泰尼布里的项圈，但用一段魔法绳绑住了泰尼布里的翅膀，以防他逃跑。

“我仍然无法相信这一切，”伊娜恐惧又兴奋地说，“我们要离开水城了。”

“这本来是水城人永远不会做的事情。”阿姆罗德说。

“这对你们来说肯定会很陌生，”威尔莫特说，“有时候还会很困难。但我们矮人最近对无家可归有深入了解，如果有谁需要帮助，就来矮人城吧，我们永远欢迎你们。”

“你得这么想，”苏西补充说，“你们的人民比以往任何时候都更需要一位好记者，必须有人将他们的故事告诉外面的世界，并帮助他们理解外面的世界，使他们不再受青蛙大王这样的人的欺骗。”

伊娜笑了：“说得好，但我想我和阿姆罗德会先在象牙塔待一段时间，书龙必须归还它拿走的所有文字，而且关于图书馆管理，我还有很多需要学习的地方。”

“弗雷德里克是这个领域里最厉害的，”苏西说，“你会学到很多。”

“而且我不怎么需要维护。”书龙在他们上方盘旋着说。

伊娜大笑起来，对苏西说：“顺便说一下，你和威尔莫特要接受《每日速报》的深度采访，可别想逃。你们很快就会再次见到我，我保证。”

“我很期待。”威尔莫特说。

弗雷德里克从银色和风号那里朝他们走来，麦克斯韦尔绕他的头飞着。“我们准备好了，诺玛说我们需要在鎏金塔发送最后的魔法之前发车。”

“为什么？之后会发生什么？”船长问。

“水城会再次沉没，”书龙说，“永远沉没。”

朋友们匆匆拥抱了一下，麦克斯韦尔在中间飞进飞出。

“现在我要住进你们的危险地带车厢了，”它说，“有这么多分子要分拣！愚蠢教授说我在休息日可以去看他，给图书馆里的书分类！”

众人朝银色和风号走去，暗影夫人的雕像接手了月亮护卫的看守任务。就在移交犯人时，艾贝克采取了行动。

“接住！”他一边喊，一边从衬衫里面掏出一团蠕动的触手。那是他之前用来困住伊娜的小北海巨妖，他突然将它扔向最近的一位月亮护卫。月亮护卫摇晃着后退，举起双手保护自己。艾贝克倏地从她旁边穿过，弯腰抓起一把被丢弃的三叉戟。

“站那儿别动，”他用三叉戟尖对着伊娜，命令道，“既然我控制不了书，那你就要为我控制它。别以为我不会在她身上戳个窟窿，赛琳娜。”最后一句警告是对暗影夫人说的，她的影子正悄悄地从地上朝他移动。“很遗憾，亲爱的姐姐，我不得不再次拒绝你的好意，我可不想回到牢笼里。”

“艾贝克，”暗影夫人严肃地说，“你蠢得离谱，趁你还有机会，放开那个女孩。”

“为什么？”艾贝克说。

一个影子落在他头上，但那不是暗影夫人的，而是书龙的。书龙从艾贝克身后升起来，大脑袋停在艾贝克的头顶上，艾贝克狂妄地咧嘴笑着跟它打招呼。

“听从你主人的指示，书龙。”他抓住伊娜的手腕，在她耳边咬牙切齿地说，“告诉它，满足我的所有要求，给我城市创建者的秘密，还有无与伦比的魔法！”

伊娜深吸一口气。“不，”她说，“我们刚刚逃离一个暴君，我不希望生活在另一个暴君的统治之下。”

“我快没有耐心了，小姑娘。”艾贝克恶狠狠地说，没有注意到头顶上书龙发出的咆哮警告。

“伊娜，”书龙说，“躲开。”

伊娜使劲儿踩了艾贝克一脚，他喊叫着放开了她。她侧身一闪，书龙只移动了一下便完成了攻击，艾贝克只来得及发出一声呼叫就被它吞了下去。

大殿里杳无声息，然后书龙的鳞片再一次哗哗作响，变出了一本书。这本书比之前那本更厚，封面是银色的，还发着光。伊娜似乎不愿意把它捡起来，于是苏西走上前替她捡起。封面上用清爽的黑字写着书名：艾贝克·阿兰霍德的一生。

“我不明白，”苏西说，“这是……他？”

“是他的一切，”书龙说，“我们终究都只是故事。”

暗影夫人走过来，重重地倚靠在拐杖上，俯身看着这本书。“哦，艾贝克，你个傻瓜，”她的声音里已经没有了往常的恨意，“总是想要获得最后的胜利。”她伸手抚摸凸起的书名：“如果你不介意的话，伊娜，我想最好由我来保管它。如果它是艾贝克一生的完整记述，那么它会包含很多十分危险的秘密，包括我十三岁时给自己剪的发型。”她露出了微笑，但苏西在其中看到了悲伤。

“当然，”伊娜说，“如果你想这么做的话。”

暗影夫人打了个响指，一个雕像从苏西手中拿过了书。此时，大殿墙里的魔法带闪烁起来，城市在脚下轻轻颤抖。

“时间极少眷顾我们，”暗影夫人叹息说，“我本想建议你们以后少惹麻烦，但经验告诉我不要浪费力气，所以我简单地说一句吧，祝你们好运。”她的眼神与苏西的眼神短暂交汇：“黑岩塔的大门永远向你们敞开。”她的滴水兽从浴缸边的栖息处飞起，用爪子将她带起，快速飞向等待着他们的传送隧道，雕像和犯人们跟在后面。他们的脚步声渐渐远去，传送隧道口眨眼间关上了。

弗雷德里克一脸吃惊地看了看苏西，又看向威尔莫特。“她是在向我们示好吗？”

“我想是的，”威尔莫特说，“我喜欢这样。”

银色和风号的呼啸声响起，诺玛从驾驶室往外探出身。“最后一次呼叫前往象牙塔的旅客，”她大声喊道，“抓紧时间上车，除非你想游回去。”

月亮护卫列队上车，其中几人还在拼命将小北海巨妖从她们朋友的身上扯开。

“你要怎么进去呢？”伊娜问书龙，“你比火车还要大。”

书龙咕噜了几声，然后将自己折叠成一本书掉到她手里。“我很方便携带。”

“哇，”弗雷德里克说，“我真羡慕你的图书馆。”

苏西拥抱弗雷德里克：“感谢你跟我们一起过来，预祝象牙塔里一切顺利。”

“我还欠你一次参观，记得吗？你很快就会来吧？”弗雷德里克问。

“我不知道。”苏西说。

他们俩都转向苏西的父母。

“别那样看着我们，”苏西的妈妈说，“你爸爸和我阻止你去奇境，只是因为你向我们保证你会安全无事，但我们无法相信。”

“而且从那以后，你私自逃跑，卷进虚境风暴中，被困在海底，差点儿被一只大青蛙吃掉，差点儿溺水，最过分的是，你的新朋友养了一只龙一样的宠物，它可以把人变成书。”她的爸爸补充说。

苏西的脸色沉了下去。

“但如果你能成功从这一连串事件中安然度过，我想，阻止你是没有意义的。”妈妈接着说，“你爸爸和我会因为太过操心而提前衰老。但只要你保证会小心并且至少有一丁点儿理智，那么我找不到不让你继续的理由，尤其是现在地球也有点儿不可思议了。”

苏西感觉自己充满了快乐，满到好像要从身体里炸开一样。“谢谢你们！”她扑过去一把抱住他们俩。

“但不能影响你的功课。”爸爸补充说。

“威尔莫特，你听到了吗？”苏西眼里噙着泪水说，“你甩不掉我了。”

“我怎么也不会甩掉你的。”威尔莫特说。

银色和风号发车时，他们挥手跟弗雷德里克、伊娜和阿姆罗德道别，然后爬上螺旋楼梯回到密室，特快专列正在那里等着。密室现在更加昏暗了，墙里的魔法力量已经快要消失殆尽。城市又开始隆隆作响，苏西感觉它开始下沉了。

“那么水城到此终结了，”他们爬上贝儿号的舷梯时船长说，“和其他已经消失的城市一样，它挺令人难忘的，能排进我去过的城市的前五名。你们觉得呢？”

“我觉得我想回家。”苏西说。

“那我们就回去吧。”斯通克说。

他们一起进入贝儿号的驾驶室，一分钟后，特快专列冲进了传送隧道口。同时，最后一道魔法火花离开了鎏金塔，冲入云霄。没有了魔法的维系，水城沉了下去，被海水淹没，消失在海浪之下。

第30章

没有比家更好的地方

特快专列停了下来，这次不是停在冰箱里，而是停在楼梯下一个现在已经变成体育馆大小的橱柜里。苏西和父母踏进门厅，在经历了几个小时的混乱和恐慌之后，房子里平静安宁的气氛让苏西感觉怪怪的。

“看起来一切正常。”苏西的妈妈说，显然有些不相信。

“当然，”弗莱彻一边说一边跟着他们走出来，“你以为会怎样？”

“要说实话吗？我以为会看到湿漉漉的一片混乱。”苏西的妈妈带头进了厨房，里面一尘不染。有四个年轻的矮人闲坐在餐桌旁看着电视，一位身穿灰色制服的大肚子老矮人在一旁照看着。

“你们可算回来了，”老矮人说，“我还以为你们永远不会回来了。”

“很抱歉，马维，”弗莱彻说，“工作量比我原以为的要大。”

“这里也是，”马维说，“你那个精灵是个坏脾气的小怪兽，不过我们最后还是把它逮住了。它在那里。”他指向微波炉，“每隔一小时左右给它设置成低温除霜模式，那样似乎能让小家伙高兴。劳拉弄明白了它为什么那么生气。你可以再说一遍吗，劳拉？”

“乳糖不耐受。”其中一个年轻矮人说，她的眼睛一直没有离开电视。

电视上正在直播新闻，有直升机拍摄的救援船只驶向海岸的画面，还有水城人在甲板上的照片，照片有些模糊，应该是用长焦镜头拍的。屏幕上方的标题是“海洋深处出现魔法难民”，画面下方的滚动字幕显示“尼斯湖水怪的目击证据已被证实”“猫王鬼魂宣布复出巡演”。

苏西的妈妈拿起遥控器关上了电视：“让我们明天再操心那些吧，我来把水烧上。”

“真不错啊，马维，”弗莱彻拍着朋友的肩膀说，“你们把这里恢复得很完美。”

“你们刚来的时候是什么样？”苏西的爸爸问。他在厨房里到处走来走去，把壁橱开了又关，寻找任何不对劲的地方。

“很乐意效劳，”马维说，“对了，你介意让我们搭便车回矮人城吗？”

“不然的话得走很长的路。”弗莱彻说。他和马维一起哈哈大笑，往回走向大厅，年轻的矮人们没精打采地跟在后面。

斯通克敲了敲微波炉的玻璃面板，里面的精灵也敲了敲回应他。“我想我们最好给这小家伙重新找个家，”他说，“普罗兰多夫的那个宠物店会不会收留它？”

苏西拉了拉妈妈的衣袖：“我们把它留下吧？求你了。”

妈妈翻了个白眼，但还是微笑着。“你听到了吗，卡卢姆？我们稍微做个让步，她就会认为我们好说话。”她大笑着继续说道，“如果从今往后这个世界会充满精灵和其他鬼东西，我认为家里有这么个小家伙也不会有什么害处，但前提是你得对它负责。”

苏西咬着嘴唇：“街角那家店卖杏仁露吗？”

“卖，店里还有豆奶。”爸爸说。

“那就这么定了，”妈妈回答，“瞧瞧，我们家在魔法上可是领先世界了。”

“好极了，”斯通克说，“如果你们都没问题了，那我们就出发吧。”他跟苏西父母握了握手：“很高兴两位搭乘特快专列，有机会再见面。”

“嗷嗷嗷嗷呜，嗷嗷嗷嗷呜，嗯嗯呜。”乌瑟尔出其不意地将他们俩拉过来抱住。令苏西意外的是，她的父母也拥抱了乌瑟尔。

“你们一定要回来，一起吃完那顿晚餐。”爸爸说。

“我最好回到葡萄美酒号上，告诉伙伴们我们的发现，”船长说，“他们一定会迫不及待地离开那里，再次环游联邦。想象一下，那会是多么精彩的旅程啊。”

“啊啊啊呜。”乌瑟尔说。

“是的，非常正确，”斯通克说，“研究地图不是我的强项，所以贝儿号的导航室需要一些帮手，有一支常驻专家队伍再好不过了。”

“这个主意棒极了，”苏西说，“而且那里有全景窗户，你们始终能看到要去的地方。”

“哈哈哈！”船长大笑道，“这么一想，我感觉我的死期又延长了。”

“那么下一站我们去黄晶峡，”斯通克从苏西手中接过船长的头骨，“你要来吗，局长？”

“你们先走，我马上就来。”威尔莫特等其他人都离开后，羞涩地对苏西笑着说，“看样子，从现在开始特快专列会非常忙碌。”

“你们肯定不会缺人手的，”苏西说，“下个周末我就回去帮忙。”

“我已经开始期待那一天了，”威尔莫特说，“按计划我们要去一趟幽冥镇，到时我给你打包一些抗吸血鬼喷雾。然后会有颁奖仪式，因为送了金邮票特快件，我们的名字会被刻在中心邮局的荣誉墙上。”他越说越激动。“还有，矮人城的官方重命名仪式会在几个月后举行，而且十分盛大！国王承诺会举办为期一周的派对。在那之后，我想也许你会想参加邮递员水平测试，这样你就可以成为正式的邮递员，而不仅仅是助理。那是成为邮政局长的第一步，我觉得你会是出色的局长，还有……”他说到最后有些上气不接下气，“我只是想说，真高兴我们不必说再见。”

苏西眨了眨眼睛，落下一滴眼泪。“我也是，”她说，“干得漂亮，局长。”直到这时，她才注意到威尔莫特翻领上的徽章已经不再是空白的了，奇境邮政服务的口号和标志图案再一次清晰地显现出来。“看样子书龙已经开始把文字还回来了。”苏西说。

“哦，这倒提醒我了，”威尔莫特把手伸进口袋里，“在离开大殿前，我在地上发现了这个。”他将苏西的徽章递给她。就像他的一样，苏西的徽章也已经完全恢复了。

“太好了！”苏西说，“我还以为我再也看不到它了。”她把徽章别到翻领上，用衣袖把它擦得闪闪发光，笑着说：“现在更好了。”

威尔莫特挺直腰杆，正了正帽子：“祝贺你，助理邮递员，下周末再见。”

苏西和她的父母跟着他来到楼梯下的橱柜前，当特快专列滑进黑暗的传送隧道时向他挥手。雾气消散后，橱柜又恢复了正常，里面只有一台真空吸尘器和几双外面结了层泥巴的长靴。

“我不知道你们感觉如何，但我想喝杯茶。”爸爸说。

苏西跟在父母身后回到厨房。她已经开始期待接下来的一切，外面有超乎她想象的世界，而终有一天她可以把它们看遍。

不过此时此刻，壶里的水已经烧开，精灵在微波炉里咕噜咕噜叫着，她的父母正在一起叽叽喳喳地聊天，时不时开怀大笑。苏西又回到了家里，对此她感到很开心。

《每日速报》

最新一期独家节选

每日速报

颁奖仪式突发混乱

记者 伊娜·查尔科

作为《每日速报》的首席记者，我的职责是寻找值得报道的故事并呈现事实真相。我不应该成为故事的一部分，但今天发生的事情却让我卷入了矮人城历史上最为惊人的犯罪活动之一。

这一天是奇境邮政特快专列的金邮票特快件颁奖仪式举行的日子，成千上万人聚集到新建成的矮人城首都，站在将首都心脏地带一分为二的铁路线旁，翘首期盼车组人员接受奖牌。我在特意为这一场合设立的贵宾席前排就座，旁边是苏西的父母、威尔莫特的妈妈，以及矮人城的国王阿米兰三世。国王伴着一阵号角声抵达现场，扇动着一对彩色玻璃蝴蝶翅膀从天而降，站定后，翅膀变成彩虹斗篷披在他的肩上。然后他拿出核动力吉他，让观众忍受了十二分钟的独奏，这让他的皇家威仪稍微减弱了些。演奏曲目出自他即将发行的首张专辑《做国王真好》，这解释了为什么会有许多人随身携带耳塞。

演出结束，奇境邮政特快专列冒着蒸汽进入大家的视野。整个车身涂成了金色，光彩照人，人群爆发出热烈的欢呼声。车组人员全部在车上，接下来，他们会从国王手中接过奖牌。我问威尔莫特的妈妈有何感想。“无比自豪！”她眼里闪着泪花说，“真希望他的爸爸能看到这一幕。”

那苏西的父母呢？“欣喜若狂。”她的爸爸说。

“我们会将奖牌装裱挂在客厅里，”苏西的妈妈补充说，“我们已经选好了挂奖牌的位置。”

但特快专列没有减速停下，而是呼啸着疾驰而过，人们的兴奋变成了困惑。我因为离得近，瞥见一张脸从驾驶室的窗户往外张望，而这张脸肯定不属于任何一位车组人员。然后，伴着一股黄色蒸汽，特快专列驶入矮人城深处。我只能想到一个可能：特快专列被劫持了！

我向国王求助说：“快点，陛下，我们必须追上特快专列！”

“为什么？”他说，“它要去什么好地方吗？”

我没有时间解释，于是拽着他跳向空中。正如我所期望的那样，他的斗篷立即重新变成了蝴蝶翅膀，带着我一起飞了起来。我们在城市上空追踪火车，人群的错愕声在我们身下消失，一分钟后我们就飞到了贝儿号的正上方。

国王将我放到贝儿号的舷梯上。舷梯正好在驾驶室的门外，我直接冲了进去，差点儿被车组人员绊倒。他们在地板上躺着，大声打着呼噜，显然是中了催眠咒。我正这样想着，贝儿号控制台旁边突然出现两个看起来很阴险的家伙。

“举起手来！”其中一人命令道。他从及地长的军用雨衣的褶皱里掏出一把武器，这武器看起来像把旧喷壶，但侧面印着“死亡射线”几个红色大字。“我们只想脱身，不希望把事情搞复杂，明白吗？”

我感到紧张又好奇，因为这

些劫持者有一些奇怪的地方。他们都差不多有两米高，非常纤瘦，但他们的胳膊却又短又粗。他们的脸大部分被黑色礼帽的宽帽檐遮住，但这隐藏不住他们又长又尖的鼻子和耳朵。他们是矮人，但跟我之前见过的任何矮人都不同。

“你们是什么人？”我问，“你们想对特快专列和我的朋友们做什么？”

“我们是红花山帮会的，知道吗？”拿武器对着我的那个人说，“矮人城最出名的犯罪团伙。”

“没听说过。”我说。

这话似乎让他们的自尊心很受挫。

“他是说我们将来会是最出名的。”第二个人尖声说，“这是我们的第一次抢劫，知道吗？但这可是票大的。”

“是的！到了今晚的茶点时间，矮人城里的所有人都会听到我们的大名，”他那个拿着死亡射线喷壶的同伙附和说，“再也没有谁能对我们呼来喝去的！”

“我们以后不需要先吃蔬菜才能吃布丁！”他的同伙说。

“而且上学的时候可以很晚才上床睡觉！”

这些确实都是非常奇怪的要求，但我知道，如果我不想像我的朋友们一样打起呼噜来，就必须快点想个办法。“你们听起来很厉害，”我一边说一边试着露出兴奋的表情，“我希望代表《每日速报》采访你们。”

这话骗住了他们，两人露出兴奋的笑容，拿着喷壶的那位将喷壶放低了一些。那正是我需要的，我大叫一声跳过去，从他的小手里抢过喷壶。他失去了平衡，抓住同伙想站稳一些，结果将同伙也带倒在地。他们跌倒时，军用雨衣敞开了，露出令我吃惊的一幕：每件雨衣里面有三个矮人小孩，他们一个摞一个地骑在伙伴的肩膀上。

“哦，不，”原本拿着死亡射线喷壶的那个小孩说，“我们一定会被禁足的。”

半个小时后，特快专列回到了颁奖台，车组人员已经醒来并被授予了奖牌。至于红花山帮会？他们气愤的父母责令他们公开致歉。

“我们本来不想惹任何人生气的，”高个子男孩塔昆嘟囔着说，他似乎是团伙首领，“那甚至都不是真正的死亡射线，只是奶奶的旧喷壶，里面装了催眠剂。而且我们最终会把特快专列还回去的，我们只是想先出去探险。”他的脸红了，一直红到了耳朵尖：“对不起。”

阿米兰国王宽恕了这些孩子，前提是他们都要买他的专辑。“而且我要在音乐会现场看到你们！”他补充说道。经过一番协商，孩子们的父母认为这样的惩罚足够了。

当国王陛下又开始一段独奏，人群匆忙往后退时，助理邮递员苏西·史密斯将我拉到一边：“谢谢你救了我们，错过这个我会很遗憾的。”她骄傲地将奖牌展示给我看。

“我只是在追踪新闻线索，”我回答，“相信你还会出现在我的其他报道中。”

“你也是，”苏西微笑着回答，“希望这不是最后一则写到我们的新闻吧。”

我知道不会是这样。如果说在奇境联邦的这段时间里我学到了什么，那就是特快专列和它的车组成员总是会一头扎进这样或那样的故事里。只要故事是真实的，我都将会在现场为你们如实报道。

我只希望你们也能够品尝到一些探险的滋味。

苏西

☆ 致谢 ☆

我写作的时间越长，就越坚信书的结尾应该像电影一样有一长串的致谢名单。因为如电影一样，书也是各类才华横溢的人共同付出的结果。所以这里有一份名单，如果没有他们，这个故事，还有苏西之前的探险故事，都不可能来到你的手中。

感谢我的妻子安娜，在之前的生活中已对我极有耐心，而在新冠肺炎疫情的封控期间更是竭尽全力确保我有空间和时间完成终稿。感谢你一直以来的陪伴。

感谢我的两个儿子，奥雷利安和泰奥，现在两个人玩马里奥赛车比我玩得都好（我承认我只有一点点愤愤不平）。请你们永远不要停止让我讲睡前故事，那是一天中我最喜欢的时光。

感谢我的编辑：尤斯伯恩出版社的贝基·沃克、丽贝卡·希尔，费维尔与朋友出版社的安娜·蓬、丽兹·查布拉。正因有你们，读者才没有阅读到我粗糙的故事情节、模糊的人物刻画和离奇跳跃的叙事逻辑。我极其有幸能在过去的三年中和你们一起工作，在这一过程中你们给予了我最大的支持和最好的指导。苏西的成功属于我，也属于你们。

感谢萨拉·斯图尔特的精准校对，感谢萨拉·克罗宁富有魔力的排版，感谢凯瑟琳·米利乔普设计出的又一幅精美封面，这是目前为止最生机勃勃的一幅！

感谢我精力充沛的经纪人杰玛·库珀继续指引我在陌生的出版行业的旅程。感谢你为了支持我和我的作品所做的大量工作，期待未来有更多新的故事。

无论你身处大西洋的哪一边，苏西的探险看起来都让人惊叹，这得益于两位才华横溢的插画师的创作：英国版本的插画师弗拉维娅·索伦蒂诺和美国版本的插画师马修·夏拉克。我在写作时脑海中出现的画面与他们的作品相比黯然失色。感谢两位将奇境里的世界和人物做出如此精彩和具象化的展现。

感谢卡特琳娜·伊万诺维奇和乔安娜·奥尔尼为这些书所做的大量宣传工作，无论线上线下，无论情况多么不同寻常。

在封控开始前，我养成了在咖啡之家写作的习惯，那儿也许是卡迪夫最友好的咖啡馆。我要感谢那里的工作人员，他们总是让我有宾至如归的感觉，并且提供了整个街区最好的咖啡和糕点。我无法用科学方法证明这一点，但我确信它们让我的写作更加流畅。

克莱尔·费尔斯一定会同意我的观点，因为到目前为止我们已经有好几年都在咖啡之家见面并撰写各自的书。是克莱尔在读过《通往奇境的列车》第一稿之后告诉我，我有值得出版的东西。自那以后，他一直都是一位重要的意见提出者和鼓励者。正因有你这位朋友，我的写作才不至于太孤单。

感谢我的父母、我的弟弟克里斯，还有希瑟、瑟奇、杰森、塔莎、卢克和阿莉莎，你们组成了所有人都渴望的最好的家庭。感谢大家，感谢你们的爱、支持和鼓励。

应该感谢的人还有很多，但最后我想感谢的是我的读者们。一个故事若无人可以分享，那它就没有价值。许多读者喜欢苏西的冒险并将它们记在心里，这让我深受感动。在过去的三年中，我有幸与世界各地的成千上万名读者交流，我希望将来能与更多的读者见面。请永远记得，如果你感到无聊、失落或孤单，奇境正在等着你、欢迎你。去看看吧，你会发现我们的世界比它表面的样子更有魔力。

图书在版编目（CIP）数据

海底之城 /（英）P.G. 贝尔（P. G. Bell）著 ;（意）弗拉维娅 · 索伦蒂诺（Flavia Sorrentino）绘 ; 王良秀译 . -- 天津 : 新蕾出版社，2024.2（2024.11 重印）

（通往奇境的列车）

书名原文：DELIVERY TO THE LOST CITY

ISBN 978-7-5307-7651-3

Ⅰ. ①海… Ⅱ. ①P… ②弗… ③王… Ⅲ. ①儿童小说－幻想小说－英国－现代 Ⅳ. ① I561.84

中国国家版本馆 CIP 数据核字（2023）第 212516 号

书　　名：通往奇境的列车：海底之城

TONGWANG QIJING DE LIECHE : HAIDI ZHI CHENG

著　　者：[英] P.G. 贝尔

绘　　者：[意] 弗拉维娅 · 索伦蒂诺

译　　者：王良秀

责任编辑：张　杨

特约编辑：李多维

美术编辑：李照祥

内文制作：王春雪

责任印制：史广宜

出版发行：天津出版传媒集团

新蕾出版社

http://www.newbuds.com.cn

地　　址：天津市和平区西康路 35 号（300051）

出 版 人：马玉秀

电　　话：（022）23332422

传　　真：（022）23332422

经　　销：全国新华书店

印　　刷：河北鹏润印刷有限公司

开　　本：850mm × 1168mm　1/32

字　　数：210 千

印　　张：10.5

版　　次：2024 年 2 月第 1 版　2024 年 11 月第 4 次印刷

书　　号：978-7-5307-7651-3

定　　价：45.00 元

津图登字：02—2023—212

通往奇境的列车

云工厂

通往奇境的列车

[英] P. G. 贝尔 **著** [意] 弗拉维娅 · 索伦蒂诺 **绘**

王良秀 **译**

天津出版传媒集团

新蕾出版社

新经典文化股份有限公司
www.readinglife.com
出　品

献给热爱故事的泰奥，

希望这个故事能让你喜欢。

目 录

第1章

倒计时

苏西坐在餐桌旁，既紧张又兴奋，完全吃不下任何东西。她用叉子将食物推到盘子边缘，偷偷瞄了一眼时钟。今晚她已经像这样偷瞄了上百次。现在是六点五十五分，只剩下五分钟了。

“……所以我决定给学校发一封邮件，”妈妈坐在苏西旁边，边说边挥舞着上面扎着一块西蓝花的叉子，“我从没见过有谁这么做，更何况他还是个老师呢！”

“嗯嗯嗯。”苏西的爸爸用力点了点头。他嘴里塞满了鸡肉，面前的盘子已经差不多空了。

“像那样把苏西单独拎出来，”妈妈继续说道，“不就是霸凌吗？我就要这样对他们说。”

“妈妈，拜托，”苏西叹了口气，“算了吧。”

“不，我不会就这样算了的，苏西。”妈妈用西蓝花指着她说，“而且你也不应该就这样算了。对这样的人，你必须站起来反抗，否则就会被他们踩在脚下。”

妈妈所谓的“这样的人”是指马奇伍德老师，他教苏西的物理课。

物理是苏西的挚爱，运用物理解锁世界的各种可能性是她最大的快乐。但最近，她逐渐意识到这个世界的不同寻常远远超乎她的想象，因此她的作业变得更有“创造性”了一些。马奇伍德老师不赞同这样的变化，叫苏西过去“小聊”了一下，还叫去了苏西的妈妈，她当时刚在医院上完了一个长长的班，既疲惫又烦躁。那可能是马奇伍德老师犯下的第一个错误，苏西回想着。

“苏西，我不明白你的作业是怎么回事。”马奇伍德老师两个胳膊肘支在办公桌上说。他的办公室挤在学校一间实验室储藏间的角落，里面全是胶水和甲醛的味道，苏西尽量用嘴巴呼吸着。“以前一点儿瑕疵都没有，这学期却乱得离谱，我对你非常失望。”他说最后几个字时语气很重，苏西则平静地回望着他。

“但我的计算结果都是正确的，老师，我验算过。”

“重要的不是结果是否正确，”马奇伍德老师说，“而是你的整个设想都是错误的。我说的‘错误’是指‘不可能’。”

苏西的妈妈看着他们俩，明显一头雾水。“抱歉，马奇伍德老师，我不是很明白您的意思。”

“我的意思是，如果你在一辆车行驶的过程中改变重力的方向，你将无法准确计算出它的速度。”马奇伍德老师说，“那不符合重力法则。”

“但万一符合呢？”苏西说。

“不会的，不可能，”马奇伍德老师的脸涨得红了起来，“就像你同样无法用冻结时间的方式将行程用时减到零一样，那太荒谬了。”

“但是我的答案有错吗？”苏西十分平静地问。

马奇伍德老师显然不想回答这个问题。这时苏西的妈妈开口了。“嗯，马奇伍德老师，苏西的这个问题听上去很有道理——答案错了吗？”

马奇伍德老师的脸更红了。“也许算不上错。”他不情不愿地说，“实际上是没错，计算本身看上去完全合理，但是……”

“既然如此，有什么问题吗？”苏西的妈妈说，“如果答案没错，我们还有什么好说的？”

“因为……因为……”马奇伍德老师的脸色由红变紫，额头上冒出大颗大颗的汗珠，“因为她解题的方法不对。”

“不是的，老师，”苏西说，“我只是在试着寻找一种更好的方法。没有重力作用减慢车速，或者一出发就能抵达你想去的地方，不是更好吗？”

“不！”马奇伍德老师反驳道，“我是说，这样当然好，但物理讲究法则！你不能随意破坏法则！”

“我没有破坏法则，老师，”苏西说，“我只是将它们重新排列了一下。这样更有趣。”

听到这里，马奇伍德老师的右眼皮开始跳个不停。直到苏西与妈妈保证今后苏西会将“有趣”排除在物理之外后，她们才得以离开。

苏西又看了看时钟，还剩三分钟。

她理解马奇伍德老师为什么那么生气，她知道世界观被颠覆的痛苦。两个月前，当她在夜里醒来发现一个矮人正在她家里修铁路的时候，她也有过同样的感受。那条铁路是奇境邮政特快专列的一条捷径。这列高速邮政火车负责为整个奇境联邦派送包裹，而奇境联邦则是所有奇异领域的集合。那里运行的法则与苏西所处世界的法则大相径庭，这是苏西后来才了解到的。奇境邮政特快专列刚出现时苏西十分恼火，但后来苏西搭乘她从冰封的暗影荒原到离奇的黄晶峡，再到月亮的正中心，学会了调整自己的心态和看问题的视角。物理法则没有错，不仅没错，还帮助她和车组成员逃离了灾难。但物理法则也并非像她曾经以为的那样，能明确规范地回答生活中的所有问题。

这就是为什么她忍不住期望马奇伍德老师能够展现出哪怕一丁点儿的想象力，那样他们俩都会愉快许多。

“吃完晚饭我就给校长发邮件，”妈妈终于咬了一口西蓝花，“老师们过界了，她需要好好管管他们。”

“拜托了，妈妈，”苏西说，“您只会惹恼她。”

爸爸咽下最后一口晚餐，将盘子推到一边，开始用指尖敲击桌子。苏西知道这意味着他在想办法让妈妈冷静下来。如果运气好，他能悄无声息地平复妈妈的情绪，但运气不好的话，情况会变得更糟。苏西忐忑地等待着。

“我认为最重要的是，”爸爸说，“苏西对这一切有何感受。”他将有些发白的脸转向苏西，“苏西，你对这一切有何感受？”

“我很好，爸爸，真的。”

还剩两分钟！

爸爸点点头，继续道：“如果学校里有什么事情让你不舒服了，你都会告诉我们，对吗？”

“我会的，放心。”苏西很高兴自己不需要撒谎，因为让她忧心的事情跟学校无关。

“她怎么可能舒服？”妈妈说，“你没看到她最近多么心不在焉吗？你瞧，她几乎一点儿东西也没吃。”妈妈用责备的目光瞪着苏西的盘子，仿佛食物也在某种意义上成了同谋。苏西只好叉起一小块鸡肉，开始吃起来，但她满脑子想的都是时间，几乎没尝出任何味道。

因为在等待和盼望了两个月之后，她今天就要再次回到奇境了。而且根据她藏在卧室的金边邀请函上的内容，会有人七点整“接走”她，她需要做好准备。她不知道谁会来接她，也不清楚他们准备如何接她，但她已经等不及了。

一分钟！

苏西激动得双手颤抖，又将叉子放了下来。幸好妈妈在想着别的事情，没有留意到她。

“物理一直都是苏西最擅长的科目，”妈妈继续说着，“为什么最近两个月成绩下滑了呢？她其他的科目都没有受到影响，我不信这只是巧合。”

爸爸继续用指尖敲着桌子。“也许她在寻找创造性的解决方法。”他转向苏西，“是这样吗，亲爱的？你觉得在学校受到限制了吗？”

“嗯？”苏西没有认真听，“当然没有。应该吧。”

三十秒……

“你看看，”爸爸说，“我就说我们不应该让她放弃小提琴。”

“就因为她拉小提琴，邻居们都搬到格但斯克去了，”妈妈厉声说，“而且那是她六岁的事了，现在她已经十一岁了。”

十、九、八……

妈妈又叉起一块西蓝花，说：“不对，卡卢姆，我知道这听起来有点儿疯狂，但一定是发生了什么古怪的事，我可以感觉得到。”

爸爸张开嘴巴想要回应，却打了个大大的哈欠，一言未发就重重地趴在桌子上，睡着了。苏西和妈妈都吃惊得张大了嘴巴。苏西从座位上跳了起来，这时妈妈也开始摇来晃去，叉子从她手里滑落。苏西刚把盘子从她面前拿走，她就也像爸爸那样往前倒在了餐桌上。没过几秒钟，爸爸妈妈都打起了响亮的呼噜。

“哇，”苏西说，“真快。”

“喜欢吗？”一个粗哑的声音从她身后传来，“我们升级了催眠咒，现在威力更强了。”

苏西转过身，看到一个小小圆圆的棕色身影正从她家的厨房迈步进入走廊。他有一对蝙蝠般的耳朵和一个超级大的鼻子，穿着脏兮兮的工作服。他在苏西面前停下来，抬头盯着她问道：“你是一直这么高还是又长高了？”

苏西咧嘴露出灿烂的笑容，双臂抱住他。“弗莱彻！”她使劲儿搂着他，把他抱了起来，“我好想你。”

“放开我。”弗莱彻咕哝着，却没有挣扎。过了好一会儿，苏西才将他放到地上。“你们人类表达感情都这么直白吗？”他问。

“只有当我们看到很想见的人时才会这样。”苏西回答。

“啊！”弗莱彻惊叫一声，“听你这么说，我很高兴自己是个矮人。”然后他吸了口气，问道：“都准备好了吗？”

“差不多，”苏西说，“我只需要再换身衣服。爸爸妈妈醒着的时候我没法儿换，他们会问来问去的。”

“你最好快点，”弗莱彻说，“我们可不能迟到。”

苏西往门口走了几步，但一丝内疚感让她犹豫起来。

“你干吗？”看到她又快步走回餐桌旁，弗莱彻不解地问。

“告个别。”苏西弯腰在妈妈和爸爸的额头上各吻了一下，“我知道他们不会有事，但这样丢下他们不太公平。”

“我不会带他们一起去的，”弗莱彻从苏西妈妈的盘子里径自拿起一根鸡腿，说，“我们一回来就唤醒他们。现在你快去换衣服。皇家仪式不是每天都能参加的，可不能让国王等我们。”

这话让笑容重新回到苏西脸上，她迅速冲出了厨房。

帆布背包早已经收拾好，就藏在床下面。苏西将包从床底拉出来，匆匆忙忙地再次检查里面的物品：一个水壶、一个笔记本、一支笔、一个小急救包，最重要的是一本深红色皮面的厚书。

书的封面很旧了，坑坑洼洼的，上面还有几道深深的划痕，但凸印的金色书名依然清晰可辨——《知识：奇境邮递员指导手册》。苏西将书抽出来，翻到扉页，上面有手写的赠言：

亲爱的苏西：

没有这本手册在手，就不算是一个真正的邮递员，所以我将自己的送给你。将里面的话牢记在心，它不会让你失望的。而且它足够厚实，可以用作抵挡特里皮恩弓箭手的盾牌（倘若你想知道封面为什么会变成这样的话）。

盼望见到你！

真诚的

威尔莫特

每次看到这些字，苏西都会露出微笑。和弗莱彻一样，威尔莫特也是个矮人，还是苏西的上司——他是邮政局长——和好朋友。最近两个月里，苏西最想念的人就是他。和所有她同奇境往来的信件一样，某个早晨，这本书神奇地出现在她家的台阶上，也许是通过某种远程咒送来的。苏西知道，它不可能是人工投递来的，因为特快专列损毁了。不过，特快专列即将恢复通车了……

苏西继续翻着书，找到夹在里面的平平整整的邀请函，只见奶油色的厚纸上用精美的花体字写着：

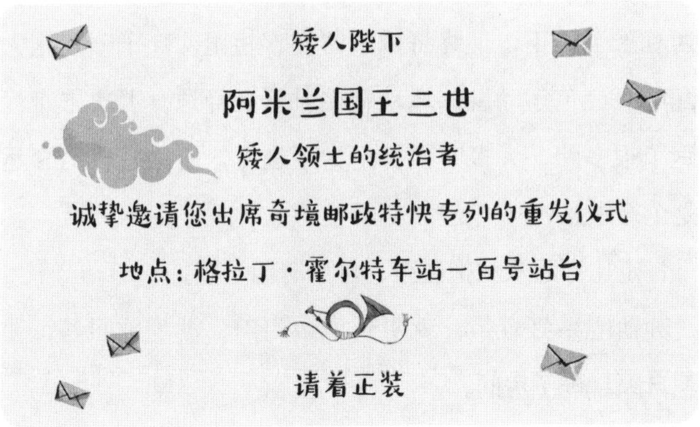
矮人陛下
阿米兰国王三世
矮人领土的统治者
诚挚邀请您出席奇境邮政特快专列的重发仪式
地点：格拉丁·霍尔特车站一百号站台
请着正装

苏西将邀请函和书重新放回包里，匆匆来到衣柜旁，打开柜门。衣柜里装满了冬季的棉衣、旧毛衣和棉鞋，她的手掠过它们，摸索着挂在衣柜背板的钉子上的秘密衣架，随后拽出来一套用红色毛毡和闪烁着微光的金色锦缎做成的干练制服。她揪掉袖子上的一块小毛团，大拇指拂过别在翻领上的徽章。只见徽章上写着：

奇境邮政特快专列

助理邮递员

苏西迅速换上制服，沉醉地欣赏着。终于穿上属于自己的邮政制服，感觉真的非常好。制服包括一条裤缝是金色绲边的黑色裤子、一件外搭红色马甲的白衬衫和一件红色齐膝厚大衣。大衣上有和裤子上一样的金色绲边，还有几个实用的大口袋，金色圆形大纽扣上雕着奇境邮政服务的徽章图案。除了这些，还有一顶有着黑色帽檐的红帽子和一双黑靴子。苏西犹豫了一下，最终将靴子留在衣柜里，穿了一双跟大衣相配的亮红色运动鞋。运动鞋比靴子更舒适。上次去奇境时她跑了很多路，大多时候都是为了逃命，所以她认为穿运动鞋是个好主意。

肯定比穿睡衣和拖鞋强，她照着镜子想。

苏西刚系好鞋带，就听到了敲门声。没等她回答，弗莱彻就自顾自进了房间。

“准备好了吗，小邮递员？”他说。

苏西背上背包，露出一个大大的笑容。“当然。”

苏西按捺着紧张和兴奋，跟在弗莱彻身后下了楼，走到楼梯下的壁橱旁。

“我们出发吧。”弗莱彻说。

“什么？从这里？”苏西吃惊地问。在苏西的印象中，这个壁橱空间狭小，装满了清洁工具，里面还有蜘蛛。然而，当弗莱彻打开壁橱门时，苏西看到的是一个和她学校的礼堂差不多大的昏暗空间，唯一的光源是一盏立在一辆旧式泵车上的灯。说是泵车,其实就是一个简易的带轮子的长方形平台，由固定在平台中央的杠杆手柄操纵。泵车停靠在两条铁轨上，铁轨通向前方黑暗的隧道口。

“我做了些调整，”弗莱彻边说边走向泵车，“你懂的。”

作为一名矮人铁路的跨维度工程师，弗莱彻的工作就是根据需要铺设新的轨道。轨道和列车有时得挤进预想之外的空间，这种情况就需要对当地的维度进行一点儿拉伸。

这都要感谢糊理，那是科学和魔法的奇妙碰撞。而魔法则是矮人大部分技术的核心。

“至少这一次你没有占满整个门厅。”苏西说着和弗莱彻一起爬上泵车。

“是的，”弗莱彻说，“这次我考虑得周到了一些。”他松开刹车，泵车驶向隧道口，“下一站，矮人城。”他说着冲苏西眨了眨眼。

苏西因兴奋而浑身颤抖起来。时隔两个月，她终于要重返奇境了。特快专列和她的朋友们正在等着她。

第2章

矮人城中心车站

冷风在黑暗的隧道中呼啸，猛拉着苏西的头发，吹得她双眼流泪。

操纵泵车是个辛苦活儿。苏西和弗莱彻隔着像跷跷板一样的手柄，面对面地站在小小的长方形平台两端。因为背对着行进方向，苏西不停地扭头去看路。

“加油！”弗莱彻在呼啸声中喊话，“使点劲儿呀！”

“我在使劲儿！”苏西大喊着回答。

每次弗莱彻压下他那一侧的手柄，苏西那一侧的就会翘起来，她不得不双脚离地用全身的重量将它再次压下来。苏西感觉得到他们正以快到无法计算的速度离开现实世界，她很是兴奋，心中的喜悦在全身蔓延开来。

这条传送隧道是某种虫洞，是一条穿越现实世界的捷径，它属于一个庞大、复杂的隧道网络，这个网络联系着奇境联邦的各个角落。世界各地成千上万名科学家耗费大量时间研究虫洞的可能性，而在这里，苏西家楼梯下的壁橱里，苏西正穿越一个虫洞。想到这儿，她放声大笑起来。

“留着你的力气推车吧，”弗莱彻奇特的面孔上露出一抹不易察觉的微笑，“我们就快到了！”

他们猛地冲出隧道，径直扎入矮人城上城杂乱的土黄色工业建筑群中。矮人城的首都建造在一座巨型大桥上，大桥连接着深不见底的岩石峡谷的两端。大桥之上的部分叫作上城，令矮人族声名远播的市政区和工业区就位于这里。烟囱排放着烟雾，起重机像芭蕾舞者一样气度不凡地转动，几十辆火车在市中心的铁路网上来回穿梭，就像一条条钢铁河流。

再次见到矮人城，苏西欣喜不已。上一次造访时，她只是匆匆领略了这座城市生机勃勃、变幻莫测的氛围。但从那以后，她便对这里念念不忘。她想知道这次是否有机会造访下城，威尔莫特生活的住宅区就在下城。顾名思义，下城悬吊在大桥之下。再往下就是令人目眩的峡谷了。

弗莱彻闭上眼睛，用他惊人的大鼻孔深深地吸了一口气。“啊，闻闻看！”他的鼻毛颤动着，“其他地方可没有这样的气味，总有一天我会用瓶子把它装起来，等着瞧吧。”

苏西闻了闻。矮人城的空气闻上去像是烟和机器润滑油混合在一起的气味，隐约还夹杂着一丝香蕉味。这气味并非不好闻，但她无法想象除了矮人还会有谁希望所到之处都是这种味。然后，她有些好奇自己的世界在弗莱彻闻来是什么味——食用油味？洗过的衣服的味？妈妈的茉莉花香水味？这样一想，她又觉得弗莱彻的想法没什么好奇怪的，毕竟人人都觉得自己家好。

很快，有关家的思绪就消散了，因为这时泵车来到了轨道分岔处，接着拐向城市深处。轨道渐渐落在地面上，弯弯曲曲地通向前方，泵车慢慢降低了速度。此前苏西从未来过这里，只见阔大的联排房屋矗立在街道两旁，砖墙刷得干干净净、闪闪发亮，阳台与阳台之间悬挂着彩旗。街上熙熙攘攘，到处都是穿着华美服装的矮人，泵车所到之处人群就自动分开。苏西看到许多阳伞和高得夸张的高筒大礼帽——有的像是用烟筒做的，还有摆在鹅卵石上的长条桌，桌上高高堆着各色食物。街头艺人聚集在街道的每个角落，弹奏着仿佛用废料制成的乐器，乐声也一起汇入嘟嘟声、哨子声和叮当声的欢快碰撞中。这是苏西见过的最盛大的街头派对。

“哇，”苏西说，“我没想到庆典会这么盛大。”

“是吗？”弗莱彻似乎有点儿惊讶，“奇境邮政特快专列可是矮人城最著名的火车，我的姑娘，而且并非每一天都是它的新生之日。国王宣布全城休假，所有人都会来参加庆典。”

这也许解释了为什么有那么多人盯着身着邮政制服的我看，苏西心想。成为众人的焦点让她感觉有些不自在，不过好在大家看到他们都很高兴。她抬起一只手朝人群挥舞，人们也热情地向他们挥手。

“少挥手，多干活儿。”弗莱彻抱怨道。

苏西把手放回手柄上。“距离仪式地点还有多远？”她问，“我的胳膊都酸了。”

“你自己看吧。”弗莱彻说着指向她身后。

苏西转过身朝他们前进的方向看去。他们所在的轨道和许多从附近街巷里拐出来的轨道一起通向一座巨大的球形建筑。这座建筑由绿色玻璃和熟铁建成，至少有两百米高，上上下下有无数个宽阔的入口，每条轨道伸向一个不同的入口深处。

“太不可思议了！”苏西说。

“这就是格拉丁·霍尔特，”弗莱彻说，“矮人城最大的火车站。”

等他们靠得更近了些，苏西越发感到惊讶，她透过玻璃看到车站里面有很多楼层，层层叠叠，像一个超高层的婚礼蛋糕。

而且，这些楼层还在移动。

苏西全然忘记了操纵泵车，震惊地盯着位于建筑最中间的一层。那上面停满了火车，车头全部冲向玻璃，楼层像大转盘一样旋转着，每逢一辆车对准一个出口，旋转便会停止，片刻之后，这辆火车就会像出膛的子弹一样射出车站，沿着一条高架轨道呼啸而去，几秒钟内便消失在远方。

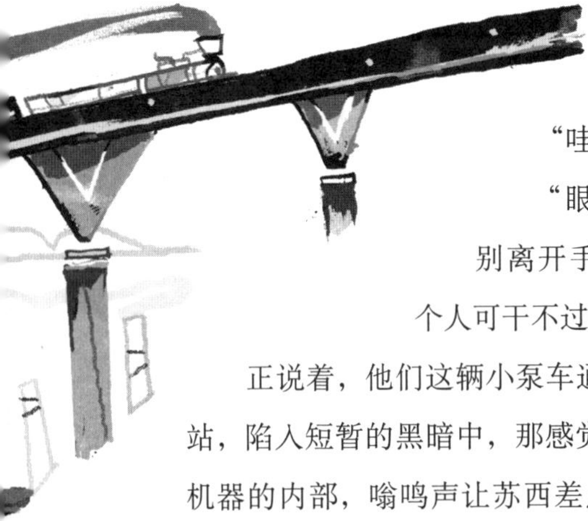

“哇！”苏西大叫着。

“眼珠子都要飞出去了。手别离开手柄，”弗莱彻说，“我一个人可干不过来。”

正说着，他们这辆小泵车通过底部一个入口进了车站，陷入短暂的黑暗中，那感觉就像是进入了一个大型机器的内部，嗡鸣声让苏西差点儿又松开手去捂耳朵。他们四周的站台上停着很多尚在喘息的火车，闷热的空气中充斥着火车发出的喷汽声和哨声。所有轨道都汇聚在车站正中央一个大站台处，站台中间有根撑起所有楼层的巨大铁柱，它的直径是苏西家房子宽度的两倍。泵车向铁柱滑行而去，进入一间宽敞的圆形舱室。弗莱彻突然踩下刹车，苏西若不是握着手柄，可能已经因为惯性被甩出去了。她拨开垂落在眼前的一缕头发，瞪了弗莱彻一眼。

“是来参加皇家仪式的吧？”一个声音问。

苏西环顾四周，只见一位身着绿白色车站制服的年轻女性矮人靠舱室墙壁站着，她的嘴角处有一个小小的扩音器，身后的墙上有一个布满闪烁按钮的大控制盘。

“你是怎么知道的？”弗莱彻问。

“因为你们穿着邮政制服啊。”那位矮人引导员回答，然后踏上控制盘前的一个小步梯，按下最上面的按钮。舱门关闭，伴着齿轮的剧烈震动和磨合声，三人开始上升。

矮人引导员匆忙走下步梯，将它收起来，说：“啊，我一整个下午都在送人上去，上面可壮观了。”

舱室猛然停下。“顶层到了。”矮人引导员宣布说，“九十二号站台，临时停车区。欢迎来到盛典。”苏西和弗莱彻将泵车开出门，她向他们触帽致意。

“酷！”弗莱彻用赞赏的目光四处张望着说，“快看，上面那些车可真拉风！”球体上层的站台更小，也就意味着基本没有空间停长长的载客火车，所以那些车都挤在低层站台，这里则一辆挨着一辆停着许多小型火车，其中大多数甚至连车厢都没有。它们漆着红色和金色的油漆，有着各种精致的排烟管和飞轮，还有一辆居然装着翅膀。苏西猜测它们是铁路版豪华跑车。

“喷汽魔鬼三代！还有泰尔福特经典高速赛车！哎呀呀！”弗莱彻激动得眼睛不知先看哪里好了。

他们的泵车终于来到终点站，停在一列敞篷小火车的缓冲器旁，那列火车看上去像是由蒸汽驱动的战车。

苏西和弗莱彻还没来得及从泵车上下来，一位身着金色双排扣长大衣、戴着白色假发的中年矮人就出现了，他简慢地向他们点了下头就算问好了。苏西猜测这是一位皇家侍臣。不知为何，他的鼻子扁平光亮，像块磨得十分光滑的石头。

“你是助理邮递员苏西·史密斯？”他问。

“是我。”苏西带着骄傲之情答道。

“而你是跨维度工程师弗莱彻？”

“没错。”弗莱彻说。

皇家侍臣看了看他们俩：“我可以看看你们的邀请函吗？”

苏西抖动肩膀取下背包，从里面取出邀请函。弗莱彻也伸手从他的工作服口袋里掏出一张皱巴巴的卡片，上面沾了些油渍，勉强能辨认出字来。“它游历甚广，”弗莱彻说，“和我一样。”

皇家侍臣接过两张邀请函，在接弗莱彻的邀请函时他保持了一臂的距离，仅用大拇指和食指捏着。“邀请函上明确写着‘请着正装’，先生，而您现在的着装有点儿……”他噘起嘴巴，“简朴。”

苏西无法相信自己刚刚听到了什么，她涨红了脸，替弗莱彻感到生气和窘迫。然而，令她意外的是，弗莱彻只是大笑起来。

“你试试穿着最考究的衣服在奇境里到处打隧道，”他说，“不过，我碰巧穿了西装。”

他拉开拉链，脱掉工作服。苏西瞪大了眼睛，只见他里面穿着一套条纹西装，西装原本是黑色的，因为年头久了，变成了闪着光的灰色，胳膊肘处打着补丁，一边肩膀用蓝线缝补过。尽管如此，苏西还是觉得他前所未有地精神、帅气。

“这样可以吗？”他前后转了一下身子展示他的正装，“我穿它出席各种正式场合，婚礼、葬礼、庭审。”

皇家侍臣上下打量了他一下，气哼哼地说：“行吧。那么，两位请跟我来，国王陛下和他尊贵的客人们正在一百号站台上等待两位的到来。”没等他们回答，他就转过身，鼻孔朝天地大步走开了。

“我不敢相信他竟对你如此无礼！”苏西愤愤不平地说，和弗莱彻一起跟在他后面。

“不必在意。”弗莱彻悄声回应，“势利小人嘛，总是会害怕你在某方面比他们强，而大多数时候确实如此。”

这么一想，苏西感觉怒气消了一些，但她还是真心希望国王对待他们的态度会比侍臣的友好一些。

他们跟随侍臣穿过站台，上了一段台阶，来到一座绕整层楼一圈的人行天桥，天桥上全是衣着华丽的来宾，他们都朝着同一个方向走去。

“借过！”侍臣喊道，“请为国王陛下的客人让让路！”

苏西对窃窃私语盯着她看的路人们报以礼貌的微笑。他们大部分是矮人，其中也不乏其他族类。苏西看到三个长着胡须和尾巴、看上去像猫一样的人，一个酷似火烈鸟、头戴奇特礼帽的蓝色生物，还有一群长着乌黑翅膀、像蜂鸟一样在空中振翅飞行的精灵。一定是来自奇境五个角落的客人，想到这儿，她感到更加紧张和兴奋了。

他们越往前走人越密集，最终人流拥堵在通向一百号站台楼梯的最上方。

“这是在干什么？”侍臣边说边拼命挤过去。苏西把胳膊收在胸前，紧跟着他，弗莱彻跟在苏西后面。“你们把主干道堵住了！”侍臣继续说，“守卫呢？为什么人都堵在这里？”

他们挤过人群来到最前面，发现两个身着锃亮铠甲和金色惠灵顿长靴的矮人守卫把守着楼梯口。他们手持表面坑坑洼洼的铜制长管，长管一端呈喇叭形，看起来与火箭发射器惊人地相似。苏西希望那只是个摆设。

显然，那个东西并未用来威吓正与守卫们对峙的那个人。那人个子不高，身穿珠光白西装。苏西看不清他的脸，但从他抱在胸前的胳膊和僵直的后背可以看出他很生气。

“抱歉，大人，”其中一个守卫说，“我们把这位年轻人劝走就立即让大家通过。”他颇有些不耐烦地示意了一下挡在所有人前面的这个小个子。

“我哪儿也不去，除非你再核对一次宾客名单！”小个子生气地说，“你们不知道我是谁吗？”

苏西震惊地眨了眨眼睛。她知道他是谁，有了上次奇境之旅的经历，她一下就辨认出了这个稍稍带着点鼻音的抱怨声，当时这个声音是从一个水晶球里发出来的。现在是她第二次见到他真正的样子。“弗雷德里克？”她叫道。小个子急忙转过身来——的确是弗雷德里克，一个面色苍白、面容清瘦、顶着一头乱蓬蓬的灰褐色头发的小男孩。

“苏西！是你！你跟他们说。”

“跟他们说什么？”苏西问。

“当然是放我进去了，”弗雷德里克说，“我的邀请函好像出了什么岔子。”

“真的吗？”侍臣问刚才说话的守卫。

“这位年轻人没有邀请函，大人。”守卫说。

“那就是岔子所在。”弗雷德里克说，“邀请函显然是在寄送的过程中丢失了或者出了其他问题。”

“邀请函是直接通过远程咒寄出的，”侍臣说，“是我亲自负责寄送的。”

弗雷德里克红了脸，苏西无法判断那是出于气愤还是窘迫。“但我一定在受邀之列，我是象牙塔的图书馆馆长。”

听到这番话，周围许多人不满地窃窃私语起来，弗雷德里克的脸色一沉，苏西看到他眼里闪过一丝不安。她也感到一丝不安——这里发生了什么事吗？她知道弗雷德里克有时候很烦人，但其实是个好人，他曾和她一起拯救了奇境联邦。

“我不知道你为什么认为自己会受到邀请。”侍臣说，“现在别再挡路了，否则我会让守卫押你出去。”守卫们上前半步，随时准备行动。就在这时苏西做了一个决定。

“让他进去。”她说。

弗雷德里克大吃一惊。

更吃惊的是侍臣。“绝对不可能！”

“为什么？”苏西说，“我确信国王是不会介意我带上一位客人的。”

侍臣脸上现出掩饰不住的惊恐之色。“你不能那么做！那样成何体统！”他抓住苏西的胳膊，试图将她拉向楼梯，“请到这边来！”

“不，”苏西挣脱出他的手臂，“不带上弗雷德里克，我哪儿也不去。”

听到这话，围观者们都吃了一惊，忍不住低语起来。

“我真心实意地奉劝你一句，小姐，”侍臣拼命控制住自己的声音说，“跟我走，不要管这个男孩。”

“如果我不呢？”苏西双臂交叉抱在胸前，竭力掩饰自己的紧张。她会因此而惹上麻烦吗？她只知道弗雷德里克需要她的帮助，而这就足以让她坚持下去。

“如果你不……等等，你必须走！”侍臣越来越不安地挥着手，“如果车组成员不能全部到场，国王陛下将无法为新特快专列举行揭幕典礼！”

苏西有了些底气，说：“那么看样子很多人都将十分失望了。”为了再次强调自己的立场，她挽起弗雷德里克的胳膊，心想：好啦，现在我们无法分开了。

弗雷德里克既吃惊又钦佩地呆望着她，侍臣则气得咬牙切齿。

“也许……”他说。

“什么？”苏西说，“也许什么？”

“也许在这种情况下，我们可以安排这位年轻人进去，作为你的男伴。”

苏西感到弗雷德里克站得更直了些。“谢谢你，”她说，“非常完美的安排。”她对侍臣回以最温暖的微笑，没有理会人群中发出的不满的嘟囔声。

“时间不多了，”弗莱彻说，“我们可以走了吗？”

“当然。”侍臣咬着牙说。他对守卫们点点头，守卫们啪地立正站到一边。侍臣走上楼梯最高一级，清了清嗓子宣布道：“殿下、女士们、先生们，热烈欢迎我们尊贵的客人——跨维度高级工程师弗莱彻、助理邮递员苏西·史密斯，”然后，他压低嗓音小声道，“及其客人。”说完，他深深弯下腰，鼻子都碰到了地上。

看来那就是他鼻子扁平的原因，苏西心想。然后，她与弗莱彻、弗雷德里克一起，带着再度让她脖子上的汗毛直立的兴奋走过侍臣身旁，终于看到了皇家仪式的盛况。

第3章

皇家仪式上的灾难

格拉丁·霍尔特一百号站台全部被厚厚的红色地毯所覆盖，看起来十分壮观。数百名衣着精美、珠宝夺目的来宾像彩色玻璃般闪闪发亮。人群间摆放着许多巨大的花瓶，里面插满了有着异域风情的花束，有的花不断释放出闪着亮光的花粉，花粉像节日小彩灯般飘浮在空气中。穿着白色夹克的矮人服务员踏着电动轮滑鞋穿梭在人群中，分发饮料和甜点。空气中回荡着一首弦乐四重奏。一切都如苏西想象中一样精彩。但她的目光还是不由自主地被吸引到站台旁的轨道上，在那里，一辆全新的奇境邮政特快专列静静地等待着。

至少苏西觉得那是特快专列。它被一大块白色丝绸覆盖着，苏西蹙着眉头，试图通过蛛丝马迹辨认出那熟悉的外形轮廓，但未能成功。

苏西第一次遇到特快专列时，她有一节名为贝儿号的大火车头，后面拉着载满核聚变香蕉燃料的煤水车、一节像潜水艇一样的危险地带车厢和一节分拣车厢。贝儿号经历过上次的探险后损毁严重，那白色丝绸下面的形状看起来……似乎不太一样了。

“他们在维修过程中做了多少改动？”下楼梯时苏西悄声问弗莱彻。

弗莱彻瞥了她一眼说：“很多。”

苏西咬住嘴唇。她也清楚新的特快专列不会和她之前熟知的那辆一模一样，毕竟之前列车已经被撞得不剩什么了，但她还是预感到新车会让自己大吃一惊。

“谢谢你带我进来，”下到楼梯最后一级时，弗雷德里克说，“你刚才真机智。”

“别客气，”苏西松开挽着他的胳膊，“我不敢相信他们居然没有给你发邀请函。”

弗雷德里克愤怒地哼了一声，但还是没能掩饰住自己的尴尬之情，脖子往上都变红了。“显然是有些行政上的疏漏。”

“但你还是来了，”苏西说，“我很高兴。”

“你不会以为在我们一起搭乘老特快专列经历了那么多之后，我会错过她盛大的重发仪式吧？”他轻快地说，“再说了，我对发生的那一切确实负有一点儿责任。”

苏西咬紧牙关，以免说出一些会让自己后悔的话。一点儿责任？她第一次见到弗雷德里克时，他可是整个奇境联邦的头号要犯。当时，他发现了象牙塔无情的统治者启明大人的阴谋诡计——勒索奇境各处的领袖以达到从幕后控制他们的目的。可一开始弗雷德里克对此绝口不提，而是假装成被谋权篡位、赶出王国的王子，苏西很轻易就相信了他。由于一个强大的诅咒，他被变成青蛙的样子困在一个雪花水晶球里，他的父母为了换取赏金，将他邮寄给了恐怖的女巫——暗影夫人，这就是为什么他会遇见苏西——他是她要派送的第一个包裹。弗雷德里克乞求苏西不要将他交出去，而苏西选择了把自己作为邮递员的职责暂时放在一边，将他偷出来带到安全的地方，至少她当时是这么以为的。

可是，接下来的几个小时让苏西始料未及：恐慌混杂着危险，最后特快专列还灾难性地撞上了象牙塔。启明大人被他的姐姐暗影夫人赶下了台，后者将弗雷德里克恢复了原样。总而言之，皆大欢喜。

但弗雷德里克无疑负有很大责任。

“我不知道你们俩饿不饿，”弗莱彻说，“但我快饿死了。庆典会提供食物吗？”

“那边好像有自助餐。”苏西指着远处的一排桌子说。

“好极了，”弗莱彻说，“我们一会儿见。”他期待地搓着两只手急忙走了过去。

“他来这儿就是为了吃东西？”弗雷德里克看着弗莱彻的背影说。

“我一点儿也不吃惊。”苏西说，“快，威尔莫特和其他车组人员一定也在这里。”

他们向人群走去，所到之处人们纷纷避让开来。一开始苏西以为他们是在让路，但她很快意识到他们后退只是为了更方便看她。他们有的戴上单片眼镜，有的举起望远镜，苏西越来越觉得自己像是个显微镜下的标本。

他们走得很慢，因为她不得不每隔几秒钟就停下来回应一下人们对她的欢迎和赞美。苏西一方面对大家的赞赏心存感激，另一方面又觉得有点儿困扰：被那么多陌生人包围，而对方却都知道她是谁。

但弗雷德里克显然不存在这样的困扰，他在苏西身旁闲庭信步，仿佛整个仪式是为了向他表示敬意而举办的。他从容自信地向人群挥手微笑，尽管大多数人对此回以疑惑又不失礼貌的表情。

他们好不容易来到站台中央，发现那里聚集了很多人，似乎在围观什么，隔着人墙苏西不得而知。然后，她听到一个熟悉的声音。

“事情的经过就是这样，我们通过了传送隧道，但列车失控了，刹车不翼而飞，至于车厢，大部分也没了，而且车到了尽头，眼看着就要撞上象牙塔了。前面就是我们的目的地，但也是我们的死路——我们可是在一辆失控的列车上……”

围观的人偶尔发出“哦哦”的声音。苏西从密不透风的人群中挤过去，终于看到了正在说话的矮人——特快专列的驾驶员斯通克。他穿着蓝色和银色相间的制服，光彩照人，正靠在一只大花瓶上，显然非常享受这种万众瞩目的感觉。

“我以前也经历过一些惊险时刻，”他用手指绕着他的八字胡尖，目光迷离，似乎穿过了时间的迷雾，“但没有哪次比得上这次。我知道我们必须马上想出一个办法，才能安然逃离险境。”

“那你是怎么做的？”有人问。

“怎么做的？哦，我……”

这时，一个巨大的身形缓缓出现在斯通克身旁，用和他脑袋一样大的爪子捅了捅他，斯通克的声音变得越来越小。整个人群往后退了一步。不怪他们感到恐慌，因为新来的这个大家伙乌瑟尔——特快专列的司炉员，实在让人印象深刻。她是头棕熊，像现在这样直立起来的话至少有两米高。她穿着一尘不染的牛仔布工装裤，毛是饱满的栗色，这令苏西颇为惊讶。当然，这毛色本不值得惊奇，但在苏西第一次见到乌瑟尔时，她的毛是亮黄色的，那是接触特快专列的动力之源——核聚变香蕉产生的副作用。

这会儿乌瑟尔正抬起她的大脑袋在空气中嗅着。

“你好，”斯通克说，“发现了什么吗？”

乌瑟尔抽了抽鼻子，将脑袋偏向一边，然后猛地一跳，从围观的人群头顶上跃过，吓得人们四散跑开。除了苏西。

“嗷呜！”乌瑟尔长啸一声，一把将苏西抱了起来。

“我也想你！”苏西用胳膊尽可能环抱住乌瑟尔，将脸埋进她软软的毛里。

“苏西·史密斯！真没想到！”乌瑟尔将苏西放下来，斯通克大步走向她们说，“我的小姑娘，最近过得怎么样？”

“很好，谢谢。”苏西被他一把拍在肩膀上，她努力保持住平衡，接着说，“很高兴再见到你。”

“我也是！”斯通克后退一步，欣赏着她的制服，“瞧瞧你，完完全全货真价实的邮递员。”

“谢谢。”苏西说。

“比你的旧睡袍好多了。”

一直在苏西背后徘徊的弗雷德里克这时清了清嗓子。

“这位是谁？”斯通克说。

“你还记得弗雷德里克吗？”苏西说。

“天哪，那个雪花水晶球？”

弗雷德里克做了个鬼脸。“是的，”他说，“就是我。”

斯通克像拍苏西一样一巴掌拍在他的肩膀上：“以前我从没跟我们的任何包裹打过交道，很高兴在这里见到你。在象牙塔的生活怎么样？”

站在近处的人们听到这番话，彼此交换着吃惊的眼神，开始窃窃私语。苏西听不清他们在说些什么，只看到许多人都怒视着弗雷德里克。弗雷德里克则挺直了腰板儿，嘴唇抿在一起，做出无所谓的样子。

“我很好，谢谢你！”他看着斯通克的眼睛说，声音大得足以让周围的人都听见，“如你所知，我们现在采用全新的管理方式，提供完全面向公众的服务。”然后他又咧开嘴，露出自己的招牌微笑来。

“好，”斯通克往后退了一小步，“非常好。”

弗雷德里克脸上一直保持着笑容，久久未消。苏西走到他身旁，小声问：“你还好吗？”

“我当然很好。”他说。他没有看苏西，而是在研究人们的表情。

“我不相信。”

“我会对你说谎吗？”他反问道。苏西还没来得及回答，他又说：“威尔莫特在哪儿？”

“局长吗？他应该在这儿的，但我们还没见到他。”斯通克说，“你能闻一闻他在哪儿吗，乌瑟尔？”

“啊呜，”乌瑟尔说，“嗷嗷呜。”

“她说他肯定是在附近某个地方，”斯通克说，“但人太多了，很难具体分辨出来。”

人们又小心翼翼地重新聚拢过来，但依然跟乌瑟尔和弗雷德里克保持着距离。

“斯通克先生？”一个戴着圆顶硬礼帽的纤瘦矮人说，“请别再跟我们卖关子了，接下来怎么样了？”

“是的，”他旁边一位来自钟表国的年长女士说，“你是怎样阻止特快专列撞车的呢？”

斯通克挺起胸膛说：“我没有，夫人！我们从轨道尽头摔出去，直接撞上了象牙塔。”

人们惊得屏住了呼吸。

“特快专列撞毁了，但将我们安全送达了目的地，也就是启明大人的大本营！而剩下的，如你们所知，已经被写进了历史。”他摘下头顶的帽子鞠了一躬，人群爆发出掌声。一些胆大的听众拿着签名册走上前来，斯通克从一只口袋里掏出钢笔，带着心满意足的笑容任由自己被人群团团围住。

“他怎么把功劳全揽在自己身上了？”弗雷德里克说，“我们也都在场啊。”

“我不在乎功劳，”苏西说，“我只想做一名邮递员。”

“啊哼。”乌瑟尔点头赞同。

“那也是个不错的志向。”一个声音传来。

一位消瘦的老矮人拄着拐杖步履蹒跚地来到人群前面，看到他，苏西心中顿时生出一股幸福之情。那矮人穿着褪了色的邮政制服，胸口处别着几块奖章，半边头皮是用铬合金制成的，反着光。“重返岗位了？”他瘪着嘴说，“正如我希望的那样。”

“特雷里斯先生！”苏西拉起他的手轻轻握住，“我不知道您会在这儿。”

“哦，我们都在这儿，”特雷里斯先生转过身，示意拖着脚步出现在他身后的一群老矮人，只见他们正用胳膊肘将其他客人推挤到一旁。他们和特雷里斯先生都是经验丰富的退休邮递员。平日里，他们在下城一个安静的疗养院度日，但今天都穿上已不合身的老旧制服来到了这里。他们围成一圈，眨着眼睛，透过厚厚的镜片看向苏西，将号角状的助听器对着她所在的方向。

“这位是谁？”其中一位老矮人问。

“这不是上次那个女孩吧？她好像要高一些。”

“她看见我的布丁了吗？我把它放到什么地方了。”

“看见了吧？”特雷里斯先生说，“我们人都在这儿，尽管脑子并非都在。我们来见证你和车组成员开启下一段冒险之旅。看到年轻人干劲十足，真好。”他用大拇指擦了擦奖章：“我真希望可以和你们一起去。”

“我也是。”苏西说，“不过我希望不要像上次那么惊险。我想好好看看奇境，而不是忙着逃命。”

“哦，每一次派送都很惊险。”特雷里斯先生说，“我没跟你说过吗？我在科纳斯的树城击退一群翅膀像剃刀一样的蝴蝶的经历。”

其他老邮递员们集体发出不满的嘟囔声：“又来了……”

“我一直都想去科纳斯。”弗雷德里克急切地说。

“好呀！”特雷里斯先生露出牙龈微笑道，“我来给你详细说说。”

苏西瞅准机会，说了声“抱歉”，然后赶快溜进人群找威尔莫特去了。

苏西从如织的宾客中挤来挤去，一直来到站台尽头，仍然没有发现威尔莫特的踪迹。他会在哪儿呢？她透过车站的玻璃墙往外凝视着上城的屋顶，犹豫着是否应该再搜寻一遍。

就在这时，她感觉有人站到了她身后。

“小姐，您要来些点心吗？”一位身着白色衬衫的矮人服务员说，手中托着的银盘上高高堆放着许多深棕色小馅饼，“都是刚做好的。”

苏西吓了一跳，然后为自己的惊慌失措感到尴尬。“不用了，谢谢，”她避开服务员的眼睛，“我只是在找我的朋友们。”

“我可以帮您，小姐。”服务员期待地看着苏西，脸上带着灿烂的笑容，直到这时苏西才意识到他是谁。

“威尔莫特？”

“你好呀，苏西！”威尔莫特咧嘴笑道，“你跑这么远来这儿干什么？”

“找你呀！”苏西说，“你为什么穿成服务员的样子？”

“哦，这个吗？”威尔莫特低头看看身上，仿佛已经忘了自己穿的是什么，“特快专列已经停运很久了，我决定找份兼职让自己忙活起来。妈妈希望我再去上学，但还需要等学校的回复，所以我就到这儿来了。”

“但是你为什么在自己的仪式上当服务员呢？”苏西问，“你不是应该穿着邮政局局长的制服吗？”

“哦，那个啊，”威尔莫特看上去有些局促不安，“我可能是一不留神给自己安排了两件事。”

“那么你需要重新安排一下，”苏西说，“你不能因为给客人送猪肉馅饼而错过典礼。”

“实际上，它们是勿问馅饼。你想来一块吗？”

苏西眯起眼睛。“里面是什么馅儿？”她问。

“勿问。”

苏西皱了皱鼻子：“谢谢，我已经吃过饭了。”

刺耳的嗡嗡声传遍站台，喧闹声渐渐止息。在站台的另一端，皇家守卫在人行天桥下各就各位，将火箭筒架到肩膀上。有那么一瞬间，苏西惶恐地以为他们要开火了，但随后，他们将嘴贴到一根从火箭筒旁边伸出来的卷曲铜管上吹奏起来，喇叭口发出嗡嗡嗡的声音。苏西这才确认它们不是武器，而是乐器，只不过声音不是特别悦耳。

“那是什么东西？”她问。

“卡祖卡斯，”威尔莫特换上兴奋的语调，“开始了！”

之前那位侍臣出现在楼梯最上方。

“尊敬的女士们、先生们，”他通过小小的麦克风宣布道，“让我们恭迎矮人城国王陛下，所有矮人领土的统治者，阿米兰国王三世！”

守卫们再次吹奏起卡祖卡斯，侍臣站到一旁。

苏西踮起脚，以为国王会出现在侍臣刚刚站着的地方。然而，台阶上没出现人，一个又小又圆的东西忽然从走道上空嗖地飞过，后面还冒着烟和火花。那东西移动得太快，苏西似乎只看到一口珍珠般的白牙一闪而过。伴着一声大笑，它绕着人群在空中飞了一圈，引得人们爆发出一阵阵“哦哦哦”和“啊啊啊”的惊叹。然后它向下俯冲，贴着人们的头顶飞过，带着一圈烟气降落到楼梯底部，站在那里的人都慌忙躲避着。

“感谢矮人城！”烟气中传来一个声音。

等烟气散去，国王现身，只见他单膝着地，低着头，两臂像一个胜利者那样伸展着。

阿米兰国王又矮又圆，像个球一样，身穿带银色金属片的跳伞服，袖口和领口是白色蕾丝，头上戴着安全帽，背上绑着看上去像是用旧暖气片和几个圆号制成的喷气式背包。他的皮肤是泡泡糖一样的粉红色，在一边脸颊上的黑色心形印记的衬托下，显得更粉了。

国王站起身，摘下安全帽，露出光亮的头皮，人群中爆发出热烈的掌声。侍臣快步走到他身旁，献上一顶乌黑发亮、飞机头发型的假发——苏西猜测它是用魔法变的，一顶小巧的王冠装点在假发上，仿佛一名冲浪者骑在海啸的浪峰上。

“你们都来看我了！我受宠若惊。女士们、先生们，受宠若惊！”国王边说边调整了一下假发，然后动作夸张地向人群送去飞吻。相对他的身材来说，他的声音出人意料地深沉洪亮。侍臣轻轻地拉着他的胳膊肘，将他带向特快专列前搭着的小舞台，他则继续抛着飞吻。

“哇，”苏西说，“是我没料想到的出场方式。”

“我也没有。”威尔莫特说，“通常他在降落时会出点乱子，上次他就不得不在救护车上主持活动。”

走着走着，国王身后出现了一行人，苏西认出里面有威尔莫特的妈妈葛楚德·格伦特，她是前任邮政大臣，现任退休邮递员疗养院院长。她穿着奇境邮政服务的礼服，光彩照人。她身旁是一位有着蓝紫色皮肤的健壮结实的矮人，他穿着同样的礼服，礼服上别着奖章。

“那是普罗特先生，现任邮政大臣，”威尔莫特低语道，“据说，他曾在一小时内盖了五千个邮戳，纯手工！”

再旁边是一小队贵宾及其随从。

“请奇境邮政特快专列的车组人员就位，典礼即将开始。”侍臣喊道。

“快点！”苏西说，“你的局长制服在哪里？”

“我把它藏在一张自助餐桌底下了，”威尔莫特说，“但是你确定我——”

“是的！”苏西不等他说完就将他推向餐桌，“现在快去！”

苏西紧张地看着国王一行人穿过人群走向舞台，那里已支起一排折叠椅。侍臣拿出一个打气筒，连接到一只位于舞台中央的皱巴巴又金光闪闪的塑料球上。他开始打气，喘着粗气打啊打，塑料球慢慢膨胀成一个球形扶手椅。苏西记起有一次度假时，爸爸大部分时间里都懒洋洋地躺在游泳池旁一个类似的东西里。她定睛一看，不出意外地看到扶手上有一个杯托。

伴着可怕的塑料摩擦的吱呀声，国王坐进了扶手椅里。

“准备就绪！”穿着邮政局局长制服的威尔莫特重新出现在苏西身旁。这制服跟苏西的很像，但更旧、更华丽，而且大了好几码。制服衣领有点儿遮脸，导致威尔莫特仿佛是躲在领子后面。此时他仍旧端着一盘馅饼。

“你不会要一直端着盘子吧？”苏西问。

“是的，”威尔莫特说，“严格来说，我的班还有一个小时才能结束。我想我可以同时做好两份工作。”

“好吧，”苏西说，“但是我们得快点了，其他人都快就位了。”她拉起威尔莫特的手，冲进人群。不一会儿，他们俩出现在正走向舞台的乌瑟尔、斯通克和弗莱彻身旁。

“啊，您来了，局长，”斯通克扭头说，“我以为您走了呢。”

“我就在这儿，哪儿也没去，斯通克先生，”威尔莫特说，“来一块勿问馅饼？”

斯通克斜眼看了看他：“等会儿再说吧。”

国王的随行人员在舞台后方坐定，威尔莫特一边兴奋地朝他妈妈微笑，一边与特快专列的其他车组人员一起在国王两侧就位：乌瑟尔和斯通克在国王的右侧，威尔莫特和苏西在左侧。苏西也微笑着向葛楚德点头，却被回瞪了一眼。她尴尬地咽了下口水，移开了眼神。她不怪葛楚德生她的气，在他们的上一趟探险之旅中，威尔莫特曾冒着生命危险保护过她，而且大家一度以为威尔莫特真的死了。看样子葛楚德还没原谅她。

“这些是什么人，格罗特尼普？”国王困惑地看着车组人员，问他的侍臣。

侍臣朝国王鞠了一躬，鼻子擦到了舞台上：“他们是奇境邮政特快专列的车组人员，国王陛下。您一定还记得，举办这个仪式是为了向他们致敬。您是在为他们的新邮车举行揭幕典礼，让它开启新的旅程。”

“是吗？”国王看上去着实惊讶，“我以为我是要打开什么，通常我是要干这个的。”他抬头看着球形车站的穹顶：“这个地方需要打开吗？”

“格拉丁·霍尔特已经运行两百多年了，国王陛下。”

国王思考了一会儿：“那么，不需要大剪刀？”

“不需要，国王陛下。”

“太遗憾了，”国王说，“我一向喜欢大剪刀，我想知道剪刀是谁发明的。”

“是巨人们，国王陛下。现在，如果您愿意集中精力在眼前的事情上……”

“格罗特斯？”

苏西看到格罗特尼普的嘴角短暂地抽搐了几秒，鼻孔也张大了，但当他再次开口说话时，声音一如既往地平静：“是的，国王陛下？”

“我想我的右舷倾斜了，”国王正缓缓陷入座椅之中，苏西可以听到漏气的声音，“快打气，老兄！”

格罗特尼普抓起仍旧连在国王宝座一侧的阀门上的打气筒，重新开始打气。

人群恭敬地静静等待着，苏西则十分不安地看着他们，心想：只有我一个人觉得这很奇怪吗？

她还没来得及多想，一百号站台就忽然开始颤动起来。震颤从她的脚底传遍全身，她的脚底板甚至被震得有点儿发麻。其他人一定也感觉到了，人群中传来一阵兴奋的叽叽喳喳声。“怎么回事？”苏西问。威尔莫特指了指车站的玻璃墙，它在动。但其实不是车站在动，而是他们所处的这一层站台在顺时针转动，直到其一端对准穹顶上的一个出口。出口处悬挂着一面旗帜，上面写着“一路顺风”。伴着一阵刺耳的咯吱和咣当声，转动停止了。

“国王陛下，”因为一直在用力打气，格罗特尼普喘着粗气说，“一切就绪，按计划，奇境邮政特快专列将在几分钟后出发。您可以开始举行揭幕典礼了。”他用衣袖擦了擦额头：“您可以站起来吗？”

听到这里，苏西兴奋得胳膊上的汗毛都竖了起来。她数周来一直在想象正式成为邮递员之后的第一次派送——她会去的地方，会遇到的人。而此刻，她就站在出发点，即将开始这次派送。

“好啦，格罗特斯，”国王说，“你就告诉我这些人想听什么，我直接说就好了。”

格罗特尼普惊讶地张大嘴巴：“就如我们彩排的一样，国王陛下。您只需要对车组人员的英勇无畏表示赞扬并为他们能继续服务表示祝贺，再说一句‘我们赐予这辆了不起的矮人列车皇室的祝福’，然后给特快专列揭幕，您今晚的行程就结束了。”

“然后我就可以跟大家见面了吗？”国王说，“我不想让我的粉丝们等我。”

“悉听尊便，国王陛下，”格罗特尼普开始上气不接下气了，“但‘我们赐予这辆了不起的矮人列车皇室的祝福’这句话十分重要，没有它，典礼就不完整，这是传统。”

“祝福……列车……亲爱的人们……没问题。”说完，国王跳出宝座，大步走向舞台前方。格罗特尼普将打气筒扔到一旁，明显松了口气。

“晚上好，矮人城！”国王张开双臂，仿佛能够拥抱所有人，“你们过得愉快吗？”

有几位观众礼貌地点头，小声地回应着。

“你们当然愉快！”国王大声说，“而且我们将一同度过这个美好的夜晚。但首先我们必须为这辆列车揭幕，那么就让它现身，然后我们开始狂欢吧！”

人群爆发出一阵更热烈、更真诚的掌声。

苏西紧张到了极点，全身都在颤抖，即便两手攥成拳头也于事无补。她全部精力都集中在接下来的事上，根本没有注意到其他观众也都在颤抖、摇晃，有些人还露出了担忧的表情。

随后，国王也开始摇摇晃晃。苏西不得不扶着威尔莫特才能站稳。她这才意识到，根本不是她在颤抖，而是车站在颤抖。

“我们赐予这辆了不起的——”国王才说了半句话，一百号站台就猛地一震，将他连同一半的观众震倒在地。

苏西脚下的舞台像弓起背的骡子，将她重重地摔倒在地。她伸出手去，试图抓住什么，然后她碰到了威尔莫特的手，便紧紧地抓牢了他。

长桌翻倒，玻璃破碎，人群尖叫。

“什么情况？”威尔莫特大喊道，他的勿问馅饼撒了一地。

苏西试图回答，但周围全是轰隆隆的响声，盖过了她的声音。轰隆隆的响声和穿透地板的震动形成共振，令她的牙齿直打战。她将空出的一只手放在嘴边拢起来，呼喊道：“是地震！”

第4章

余震

剧烈震动的地面将苏西和威尔莫特拉向相反的方向，苏西更用力地抓紧威尔莫特的手。她咬紧牙关，牙齿才不再咯咯作响。一百号站台像波涛汹涌的大海上的一艘偏航小船一样摇来摆去，金属断裂的咔嚓声和人群的尖叫声此起彼伏。

“守卫！”格罗特尼普在混乱中吼叫道，“保护国王！女人和孩子殿后！确保国王陛下安全离开！”

皇家守卫们竭尽全力仍然无法站起来，有的还从舞台上摔了下去。苏西感到抓着威尔莫特的手滑了一下，她刚要发出惊恐的呼喊，就被毛茸茸的栗色皮毛给闷住了——乌瑟尔翻滚到她身边，把她、斯通克、弗莱彻还有威尔莫特一起紧紧抱在怀里。

“干得漂亮，大熊！”斯通克说。

在乌瑟尔的胳膊形成的保护圈之外，地震的隆隆咆哮声渐次增强，车站顶部的玻璃发出雷鸣般的声音。然后，震动忽然在一瞬间停止了。

四周安静下来，只有玻璃碎片在各处叮当掉落的声音。

乌瑟尔松开手臂，苏西翻身而出。

“大家都还好吗？”她问道。

车组的其他人都趔趄着站起来。

“从上到下都好。”斯通克回答,尽管他的胡子尖有些凌乱。

“嗯哼。”乌瑟尔肯定地说，从上到下拍打着身上的灰尘。

“我也是。”威尔莫特从地板上捡起掉落的帽子，随着苏西环顾起站台上的情况。人们纷纷起身,处理身上的擦伤和划痕,看上去没有人受很严重的伤。苏西看到西装变得皱巴巴的弗雷德里克挤过人群,朝他们走来,后面跟着退休的老邮递员们,她顿时感到如释重负。

“哇！”弗雷德里克跳到舞台上说，“差点儿把我吓死！我不知道矮人城在地震带上。”

“不！”威尔莫特看上去比苏西之前意识到的更加忧虑，“矮人城从未发生过地震，从未！”

苏西发觉他的担忧传染给了自己。她之前也从未经历过地震，真切的危险消失后，震惊感接踵而来。一阵刺骨的寒意从全身穿过，她紧紧抱住了自己。

葛楚德匆忙赶来，先是快速从头到脚检查了一番威尔莫特，然后是老邮递员们。“有人受伤吗？”她问。

“这点动静还伤不到我们。”特雷里斯先生说，“这有点儿像我被困在耳语山的滑坡里那次，当时我正要给首相送明信片，突然——”

他正说到一半，一阵火箭发射般的轰隆声传来，是国王背着他的喷气式背包飞到了舞台上空。他的假发歪了，额发转向了侧面。

“我们要离开这儿！”他喊道，“所有人跟我去安全地带！”

格罗特尼普和守卫们向他跑去，却怎么都够不着他。

“我们没办法这样跟着您，国王陛下，”格罗特尼普说，并试图跳起来抓住国王的靴子，“现在请下来，让我们都以明智的方式离开这座车站吧。”

这番话让苏西从震惊中缓过神来。“等等，”她说，“特快专列怎么办？”

“什么怎么办？”格罗特尼普说，“我们无法继续进行揭幕仪式了，目前是危机状态。”

苏西的目光移向被丝绸覆盖着的特快专列。她心情阴郁，大脑一片混乱，她有种可怕的感觉——这两个月来她一直期盼的东西正在被夺走。“我们不能停在这儿。”她说。可话音刚落，一大块玻璃就从穹顶上落下来，伴着哗啦一声巨响砸中临近的一个站台。

“我发布皇家命令，”国王宣布说，“所有人逃命！”

“等一等！”苏西试图阻止，但人们已经谨遵国王的命令，向出口蜂拥而去。

“确保所有人都拿到签名照，格罗特斯！”国王向车站顶上的洞口飞冲过去时说，“并且记住：不退不换！”他飞向外面，穿过城市急速离开，留下一道螺旋形尾气。

格罗特尼普脸上的血色消失殆尽。“快！”他对守卫们说，“联系皇宫，报警，组织搜索，我们必须把他找回来！”

他和守卫们冲向楼梯，把仪态抛在了脑后。

“我们怎么办？”弗雷德里克喊道。

“只要穹顶不塌，我们在这儿就是安全的，”弗莱彻出现在他们身旁，“比被踩扁强。”他说话时托着一个堆满了勿问馅饼的盘子，嘴里还塞满了东西。

几分钟后人群才全部散去，留下被踩踏的鲜花和翻倒的长桌。苏西伤心地看着这片狼藉，问：“现在怎么办？”

“我需要立即返回疗养院，确认是否有人受伤。”葛楚德说，“特雷里斯先生、威尔莫特，请和我一起走。”

“哦！”威尔莫特说着跳到她身旁，“我希望大家都没事。”他转向其他人，问：“你们来吗？”

“当然，”斯通克说，“特快专列车组人员听凭您的吩咐，格伦特夫人。”

弗莱彻将盘子里的食物倒进口袋里：“我猜疗养院需要修复，我最好和大家一起去。”

“谢谢你，”葛楚德说，“我们赶紧出发吧。”

车组人员和老邮递员们跟着葛楚德离开站台。苏西最后又难过地回望了一眼特快专列，就在那时，她意识到弗雷德里克没有跟上来。“你不来吗？”她问。

“我可以吗？”弗雷德里克问，“但我没有受到邀请……”然后，他轻声补充说：“再一次。”

“哼哼。”乌瑟尔说。

“是的，我也不建议你待在这儿，”斯通克说，“谁也不知道格拉丁·霍尔特车站还能撑多久。”

“而且看样子你一时半会儿也回不了象牙塔。”弗莱彻说。

“但是矮人城每小时都有直达象牙塔的列车，”弗雷德里克说，“我已经买了回程车票。”

弗莱彻大笑着说：“我说伙计，现在怎么可能还有列车出城。”

“你是说我被困在这里了？”弗雷德里克说。

“至少在工程师检查完铁路线是否还稳定之前，是的。”

“等一下，”苏西说，“你的意思是我也不能回家了?！”

弗莱彻耸耸肩：“所以呢？反正你原本也是打算明天早晨回去的，不是吗？”

苏西感觉全身又震颤起来，手掌也有了刺痛感。“是的，但是万一那时候火车还不能运行怎么办？明天我还要上学！我的父母还要上班，我却让他们在那儿呼呼大睡！”

“恐怕现在我们对此无能为力，”正在上台阶去人行天桥的葛楚德中途停下来说，“欢迎你加入我们，弗雷德里克，但我必须强调一下，我们得抓紧了。”

即使离得很远，苏西依然可以看到葛楚德脸上担忧的神色。她感到一阵懊悔，朋友们的家园刚刚经受地震，甚至还有老邮递员处于危险之中，她自己的事情相比之下似乎微不足道。

苏西踏上楼梯将一百号站台和特快专列留在身后，心底的悲伤一涌而出。

此时要去疗养院并非易事。车站口挤满了试图找到出城之路的焦急客人，而车站人员能做的只是将他们稳住。

“请听我说！”一名行李搬运工神情紧张地站在一堆行李箱上方喊道，“现在我们无能为力！”他的话招来一阵喝倒彩和讽刺的嘘声。“所有的车次暂时取消，请等待进一步通知。格拉丁·霍尔特关闭了，请大家离开这里！”

“那我们该去哪儿？”有人喊道。行李搬运工没有回答，人群越来越愤怒。喧嚣和拥挤的人群让苏西感到害怕，她与威尔莫特和弗雷德里克手挽着手，挣扎着走下一段又一段应急楼梯，最终到达地面广场上的一排客用电梯前。电梯门上方的标识写着“下城”，一位疲惫不堪、浑身尘土的行李搬运工正在劝说停在这里的人们离开。

“由于地震，电梯停止运行了，”她说，“我真的很抱歉。如果你们想到下城去，只能走楼梯。”她指向旁边足足绕了广场三圈的队伍。半天过去，那支队伍一点儿也没动。

“照这个速度，我们永远也到不了，”葛楚德说，“没有巴士可以乘坐吗？”

“格拉丁·霍尔特没有，”搬运工说，“一半信号系统都瘫痪了。但运气好的话，或许能在外面什么地方找到一辆。”

葛楚德把嘴唇抿成一条线，做出决定：“我们就去外面找巴士。您还行吗，特雷里斯先生？”

“不用为我担心，”特雷里斯先生说，“别忘了，我的膝盖是用钛做的。”他用拐杖敲了敲假肢，发出空洞的响声，“它们能比身体的其他部位撑得更久。”

他们走到车站外面，发现整座城市都陷入了混乱：交通处于停滞状态，矮人们各种奇怪的自制车辆都横七竖八地倒在大街上；路面下的水管破裂，水柱呈弧形四处喷射；目之所及的每一栋建筑上都遍布丑陋的网状裂缝；人们蹒跚行走在废墟间，看上去既迷茫又害怕。

苏西感到难以置信。怎么会这么糟呢？

“我们应该试一试流星街上的下城车站，”威尔莫特说，“那是最近的车站了。”

“主意不错，局长。”斯通克说，“大家靠紧一点儿，别走散了。”

“同意。”苏西说。

他们在街上小心翼翼地走着，刚好遇到一名矮人警察。他正踩着伸缩高跷在混乱中大步前行，头盔上闪着一只蓝灯。

“请保持镇静，”他通过麦克风呼喊，“当前情况可控。”

“他以为这能糊弄住谁？”弗莱彻嘟囔道。

他们终于到达下城车站，在这里又遇到一支长长的队伍，但看样子队伍在移动。而且他们很快发现除了楼梯之外，六部电梯中有一部仍在运转。

又等了半个小时,他们才终于上了电梯。令苏西惊讶的是，电梯里竟然有座椅，上面还配备有过山车上那样的背带式安全带。乌瑟尔体形过于庞大，挤不进座椅里，只得用上肢撑住电梯顶部站着。苏西很快便发现了安全带的必要性——在他们全部系好安全带之后，电梯如炮弹出膛般从上城来到下城。当苏西摇摇晃晃地走下电梯、走进下城弯弯绕绕的街道时，她觉得自己仿佛将胃留在了电梯里。

“你还好吗？”威尔莫特看到她将双手撑在膝盖上喘气，关切地问。

“我会好的，”苏西非常庆幸自己当初没有接受威尔莫特提供的勿问馅饼，“我只是需要缓一会儿。”

“恐怕我们连一会儿的时间都没有，”葛楚德说，“请快点。”

苏西不怪她催促，受灾最严重的地方无疑是下城，因为它倒挂在承载整座矮人城的拱形桥之下，所有屋顶、塔尖和风向标全部朝下指向看不见底的峡谷。她略带惊讶地发现在途中的某个时候电梯已经悄然翻转，所以当他们走出电梯门时，从下城的视角来说，她是头朝上的。

这全都得益于可协商重力，它是矮人科技和魔法进行高深莫测的混合后的产物，能将重力调整至矮人认为最方便的方向。但苏西至今不理解，为什么矮人们会认为脚底朝上悬挂在危险的峡谷之上是方便的。对她来说，她只觉得当她抬头向上——或者说是向下看时，头顶上张大嘴巴的峡谷会让她头晕目眩，所以她决意只盯着路面看。

尽管如此，她还是无法忽视四周所遭受的破坏。街上的路灯闪烁不定，大部分房屋都有窗户破碎和屋顶瓦片缺失的情况。但人们已经在积极清理了，所有前门都敞开着，居民们拿着扫把和簸箕来到街上。矮人们或许被地震弄了个措手不及，但显然他们不准备坐以待毙。看到这些，苏西的精神稍微振作了些。

当他们最终到达退休邮递员的疗养院时，夜幕正在降临。疗养院是一座颇为讲究的大房子，尽管现在窗帘像破烂的风帆一样从窗框往外飘摇，正面墙壁上有一道裂缝从上贯穿而下。

千万不要塌掉，进门时苏西心想。

她上一次来访时，疗养院在井井有条地营业，安静平和得如同一片绿洲。如今却是一片混乱：大厅里的木质墙板裂开了，画像从墙上掉了下来，黑白两色的地砖上散落着碎片和灰尘，护理员们拿着拖把、扫帚、锤子、锯子匆忙地到处奔走。

威尔莫特的姨妈多萝西，也就是葛楚德的妹妹，推着一辆装满破碎陶器的独轮车出现了。她看到苏西一行人便马上丢下车子跑了过来。她身材矮小敦实，穿着平日的护理服，原本蜜糖色的皮肤现在因布满墙灰而变成了白色。“哦，谢天谢地！”她一把抱住葛楚德，“我还担心你们出事了呢。”

“我们都毫发无伤，谢谢你，”葛楚德说，“其他人怎么样？”

“都还好，就擦破了点皮。但不瞒你说，我们着实吓了一大跳。”多萝西从罩衣口袋里抽出手帕，擦了擦额头，手帕却留下了油渍，让额头更脏了，“我把老邮递员们安顿在休息室，其他人都在进行紧急维修。”

葛楚德向四处看了看：“房子受损有多严重？”

“很严重，”多萝西说，“供电断断续续，天花板上的墙皮掉了一半，到处都在漏水。”

弗莱彻吸了吸鼻子。“如果你不介意的话，我可以帮忙看一看水管。”

“好的，麻烦你了，”葛楚德说，“有人可以帮忙照看老邮递员们吗？我不希望他们四处走动。”

“我来照看他们，”特雷里斯先生边说边向标牌上写着“公共休息室”的门走去，“我会很快把他们安顿好的。”

“谢谢您，特雷里斯先生。”他一离开，葛楚德便转向斯通克和乌瑟尔，“你们俩介意再照看一下他的照看吗？那里很可能会变得有些吵闹。”

“那是我们的荣幸。”斯通克露出会心的笑容。乌瑟尔“嗯”了一声给予肯定回复，然后和斯通克一起走开了。

“很好，”葛楚德撸起袖子说，“现在我们开始工作吧，都需要做什么？”

“我们是从底层开始往上清理和维修的，”多萝西说，“目前才到厨房，楼上连看都还没看。”

“哦，不！我的房间！”威尔莫特说完闪电般冲向楼梯。

“我来帮忙。”苏西追在他身后。

“还有我！”弗雷德里克说。

三人咚咚咚跑上楼梯，拐了个弯进入一条铺着地毯的长长的走廊。走廊两边有许多扇门。“这些是老邮递员们的房间。”威尔莫特一边解释一边避开几位正在用胶带修补墙上裂缝的护理员。走廊尽头是一段更窄的没有铺地毯的楼梯，三人嗒嗒嗒地上楼，进入一小段仅有两扇门的走道，天花板上的电灯忽明忽暗。“这是我妈妈和多萝西姨妈住的地方。”威尔莫特喘着粗气说。

“那你呢？”弗雷德里克说，“别告诉我你还和妈妈住在一起！”

“当然不是，”威尔莫特说，“我的房间在更上面。”

“更上面是哪儿？”苏西问道。

威尔莫特按下墙上的一个开关，咔嗒一声，天花板上滑开一块方形的空间。伴着吱呀声和哐当声，一段阶梯向下展开，一直伸到三人站着的地板上。

“是这些阶梯的上面，”威尔莫特回答说，“快点上来！”

他只用了几秒钟便爬上阶梯，消失在入口处。苏西有点儿犹豫，但还是跟了上去。

她从入口刚一进去，就一头撞在了一个像是桌子的物体下面。她气恼地趴在地上往前爬，试图找到能爬出去的路，却失败了，因为每个方向都是更多的桌子。苏西在桌腿构成的“小森林”里迷了路。“威尔莫特？”她喊道。

“在这儿！”威尔莫特回答。苏西看到他的腿就在不远处。他一定是站着的，因为苏西看不到他的上半身。她慌忙朝他的腿爬去，这才发现威尔莫特站在一张桌面中央挖出来的方形洞口里。威尔莫特往旁边挪了挪，给苏西让出地方。“过来看。”他说。

苏西从洞口站起身，一片绵延起伏的迷你版紫色田野图景映入眼帘。田野一直绵延到山顶的一座小村庄，更远处是冰封的山峦和火山，还有四周被棕榈树包围并竖起高墙的沙漠中的城市。这是奇境的全景模型，数十条铁路线盘绕其中。这些“桌子”根本不是桌子，而是铁路模型，“桌腿”则是支撑模型的木柱子。他们此刻正在疗养院的阁楼上，斜屋顶上的瓦片触手可及。

“你觉得怎么样？”威尔莫特满怀期待地对苏西笑着。

苏西说出她脑海中的第一印象：“好大。”确实，这模型绕过屋顶的横梁和挤在角落里的几件家具（包括威尔莫特的床），几乎占据了整个房间。

“这是我爸爸在很多年前开始建造的。”威尔莫特边说边将一片在地震中倒下的小灌木丛摆正，“从他……”他停顿了一下，眼睛看向地面，“唉，从那以后，我就接手了他的工作，这花了我好多年的时间，但是差不多完成了。”他指向刷了一半油漆的细铁丝网和折纸组成的沙漠区域。

听了这番话，苏西重新审视着眼前的模型，握了握威尔莫特的手安慰道：“我觉得棒极了。”

“嘿，真是个好地方！”弗雷德里克从极寒地区中间的一个洞里冒出头来说，“哇！这一块是建在彼得列科夫线上的吗？”

“是的。”威尔莫特又咧嘴笑起来，“还有冰火山，能喷发出冰的火山，看！”他伸手到模型下面按了个开关，伴着一小束能量火花和砰的一声，一座火山模型猛地飞入空中，打中天花板，爆裂成一阵纸片雨。三人一起躲闪开，威尔莫特脸色一沉，说：“也许是在地震中受损了。”

苏西摘下头发里的一片碎纸。“这真的是矮人城有史以来的第一次地震吗？”她问。

“是的。”威尔莫特说，“不仅仅是矮人城的第一次，还是所有矮人领土有史以来的第一次！”

“但这是不可能的，”苏西说，“无论哪里都会有地震，即使只是微弱的地震。我不知道这里的构造是什么样的，但在我的世界，地壳由大大小小的板块组成，这些板块就像是巨大的岩石平台，一直在移动，尽管速度非常缓慢。有时候它们碰撞在一起，就会引起地震，这是自然规律。”

“你的世界是球形的吗？”威尔莫特说，“我听说那样的设计有一些缺陷。矮人领土的设计完全不同。”

苏西露出茫然的表情：“设计？”

“是的。”他耸耸肩，“传说很久很久以前，我们矮人没有自己的家园，所以我们的祖先决定建造一个。他们从奇境的各个角落收集原材料，拿来其他奇境不想要的零件，将它们联结在一起，造出了矮人领土。这块领土里没有可移动的部分，是完全稳定的。”

“直到今天之前。”弗雷德里克插嘴道。苏西瞪了他一眼。

“但是他们怎么能建造出一整个世界呢？”这个想法太大了，她很难想象出来，“这需要多么不可思议的技术啊！”

“哦，是的。”威尔莫特说，“相传我们的祖先建造了能像巨人一样行走、像鼹鼠一样挖洞的超级机器。据说它们可以抓起整座山，还能在河流和海洋中进行挖掘。但在那之后，没人再见过那样的技术了。”

苏西皱起眉头：“这些故事中有多少真实的成分呢？”

“没有人知道，”威尔莫特说，“众所周知，传说就是这么回事。但是想来依然令人兴奋，不是吗？”

弗雷德里克的胳膊肘靠在一大块褪了色的浮冰模型表面。“如果是真的，你们觉得这会不会和地震有关？”

“我不知道，”威尔莫特说，“传统工程建造真的不是我的强项，我更喜欢建造我自己的模型世界。”他拾起一辆侧翻的火车头模型放回轨道上。

“我们可以让它试跑一次吗？”弗雷德里克问。

威尔莫特笑了：“我正等你这句话呢。”他说着将手伸向控制键盘。可就在这时，整个房间又开始四处作响了，墙里面传来咯咯、咚咚的声音，地板在脚下颤动。苏西抓住桌板说：“地震又来了！”威尔莫特和弗雷德里克害怕得抱在了一起。

紧接着，从整座房子中心的某个地方传来轰隆隆的沉闷的爆炸声，其他的噪声戛然而止。一阵寂静之后，苏西听到楼下的说话声和奔跑的脚步声越来越响。

“这不是地震，”威尔莫特说，“发生了其他意外！”他像鼹鼠回到洞中那样消失在模型下面。

苏西最后看了模型一眼，然后跟上了他。

第5章

寻找零件

他们三人跑下楼来到大厅，直接踏进了几厘米深的水中。还有更多的水正从墙缝里、地砖缝里源源不断地喷涌而出。

“发生了什么事？”苏西问，“我们听到了爆炸声。”

“是水管！”多萝西喊道，她正在水里团团转，忙着分发雨伞给护理员们，“弗莱彻呢？水管是他负责的！”

弗莱彻蹚着水骂骂咧咧地出现在一个侧门处，从头到脚都滴着水。

“不是我！”他说，“是地下室的集中供暖锅炉。那儿的循环水泵爆了，水都回流了过来。”

葛楚德从公共休息室里出来，后面跟着斯通克、乌瑟尔和老邮递员们。“你不能从主管道关掉供水吗？”她问。

“试过了，不管用，”弗莱彻说，不断有水流从他的鼻尖往下淌，“水管一定是在地震中损坏了。”

“那我们还能怎么办？”葛楚德说，“如果我们任由水这样流下去，破坏会比地震造成的还要大。”

弗莱彻用袖子擦擦直滴水的鼻子，问：“有备用泵吗？”

“没有。”葛楚德说。

弗莱彻思索了一会儿，此时水在他的脚踝处打转。“我也许可以快速组装一个，如果能找到零件的话。”

“那么请快点找到零件。”葛楚德的耐心就要耗尽了，“多萝西？请过来帮我把老邮递员们领到他们的房间去，我们不能让他们站在冷水里。”

多萝西在斯通克的帮助下把老邮递员们往楼梯处聚拢。弗莱彻潦草地敬了个礼，蹚着水朝前门走去。“要一起来吗，乌瑟尔？”他喊道，“你是水泵方面的专家。”

“嗯哼。”乌瑟尔缓缓跟上了他。

“我们能做什么？”苏西紧紧贴着栏杆让老邮递员们通过。

弗莱彻咬着牙吸了一口气，然后示意她跟上。“搜索零件的眼睛越多，工作完成得越快。”他说。苏西跟威尔莫特和弗雷德里克交换了个眼神，三人一起跟上了弗莱彻。

来到街上时，苏西听到自己脚上的运动鞋踩在干燥的地面上咯吱作响，感觉很不舒服。现在天已经完全黑了，矮人们仍然不辞辛劳地进行着清理工作，路灯坏了的地方他们便打着手电筒继续干。

“我们去哪里找做水泵的零件呢？”苏西问，“现在已经是深夜了，刚刚还发生过地震，我觉得没有商店还开着门。”

“这可是矮人城，”弗莱彻一阵风似的快步走着，“如果你知道去哪儿找的话，总会找到的。”

乌瑟尔在一旁咯咯笑着。

他们一边避开路中间越来越大的碎石堆，一边小心翼翼地跨过鹅卵石间参差不齐的大裂缝。弗莱彻带着他们轻车熟路地穿过一条又一条街道，几分钟后来到一个宽阔的十字路口。在他们对面的那个角上矗立着一座歪歪斜斜、即将倾倒的巨大厂房。整座建筑仿佛在同时朝各个方向倾斜，苏西不确定它是否因为遭受了地震的破坏才变成这样。偌大的卷帘门大敞着，有光从里面照射出来，大门上方的标牌上写着：T巷——本店提供机器零件交换。

“托特斯会帮我们的。”说完，弗莱彻加入到络绎不绝走进这座厂房的矮人队伍中。队伍中的大多数人都因维修工作而满身污垢。苏西注意到，他们每个人都拿着某种器具或者机器零部件，有些是简单的电灯开关和吐司机，而大部分零件她甚至无法辨别出是什么。

进门后，每个矮人都会向一个坐在凳子上的女矮人展示他们的奇妙物件。那个女矮人有着像梅干菜一样皱皱巴巴的紫色皮肤和一双灵活犀利的深绿色眼睛。她面前有一块写字板，她不断抬眼查看每一个递交上来的物件，然后用系在写字板绳子上的铅笔头匆匆写下点什么，再朝她身旁的大废料桶点头示意。每个人将他们的东西丢进桶里后，她会从挂在身边墙上的三卷票据中撕下一张递回去。

“只能兑换蓝色的。”她对排在苏西一行人前面的健壮的年轻矮人说，并递给他一张蓝色票据。另外两个票据卷分别是红色和黄色的。那个年轻矮人拖着脚步离开了，看上去很是失望。

“你好吗，托特斯？”弗莱彻上前一步说。

女矮人看了看他，显然是在考虑要不要评价一下他那湿漉漉的西装。“弗莱彻，”她最终说，“你又空着手来了。”

弗莱彻故作轻松地对她微微一笑：“我原本是要带些东西来的，但今天晚上实在太忙了。”

“谁不是呢，”托特斯说，“今天很多人都急需零件。说到这儿，有什么我可以为你效劳的？”

“我需要一个二级热泵三通阀，非常紧急，所以带来了几个帮手。”他朝身后三人点点头，“各位，这位是T巷店主托特斯，矮人领土上没有她找不着的零件。”

托特斯朝这伙人淡漠地看了一眼，然后噘起嘴唇查看写字板。“目前库存中没有三通阀，但你们可以搜罗零件自己造一个。”她从身边的票据卷上撕下一把票据递给弗莱彻说，“我可以给你一张红色、两张黄色和两张蓝色的，无论你需要什么，这些都足够了。”

“这座城没有你可怎么办啊，托特斯，”弗莱彻将票据放在手心里，“就记在我账上吧。”

托特斯发出一个既像哈哈大笑又像咳嗽的声音。“还好我喜欢你，”她说，“不过，如果你最近去林区的话，我正好需要一个卡斯摩能量转换器。”

弗莱彻眨了眨眼：“我会给你带半打。”

“进去吧。”托特斯对他微微一笑，挥手让他们通过。

苏西环顾四周，发现他们来到一个室内废料场中，里面高高地堆放着许多老旧的机械零件，其中大部分看上去与铁路相关：信号杆像矮树丛一样立在一个角落，各式各样的车轮、枕木和铁轨靠墙码放着。此外，还有一排排被漆成红色、黄色或者蓝色的货架和大工业废料桶，里面全都是零件，约有四十个矮人在其间神色匆忙、挤来挤去地翻看着。

“我们要找什么零件？”苏西盖过嘈杂的人声问道。

弗莱彻往她手里塞了张蓝色票据。“检查所有蓝色废料桶和货架，”他说，“看能不能找到一大段管道。”

“没问题，”苏西说，“我五分钟后回这里找你。”

目之所及处，所有货架和废料桶都被矮人们围住了，苏西穿过用颜色编码的货架通道，走过停在废料场中央的旧蒸汽机车，往更里面走去。越往里越安静，人群的喧闹声减弱为嗡嗡的背景音。

苏西止不住想着自己还得在矮人城滞留多久。尽管她一直期盼着能再次见到这座城市，但也不曾料到来了之后会被困在这里。不能乘坐特快专列已经够糟糕了，现在连家也回不了了。

明天火车可以恢复运行吗？后天呢？弗莱彻解开催眠咒叫醒爸爸妈妈时，她该怎么向他们解释？到那时候他们也许已经沉睡了好几天了！

苏西沉浸在自己的思绪中，猛然意识到这里除了她还有其他人。此时她已经绕过了废旧机车区，进入废料场昏暗的最深处。在她前面不远处的一片阴影中，一个矮人正在一个黄色废料桶里翻找东西。他的皮肤是石灰色的，穿着厚实的黑色防风夹克和松松垮垮的裤子，戴着无指手套。他一副聚精会神的表情，即使他已注意到苏西，也没有表现出来。

“这里一定有什么合适的东西！”只听那人嘀咕道。

他身上的某种东西让苏西停下了脚步。苏西有一种奇怪的感觉，觉得自己似乎之前在哪里见过这个人。她在记忆中搜寻着，试图想出他们在哪儿见过面。是在格拉丁·霍尔特车站吗？不太可能。

她还没来得及凑得更近些，一个庞然大物就从天而降，几乎悄无声息地落在那个矮人身后。那个身影身材高大，肩膀宽阔，穿着一件深蓝色的兜帽披风。苏西正想提醒矮人注意时，戴兜帽的人开口了。

“蠢货，你在这儿干什么？”他的声音低沉，如蜂蜜一般醇厚丝滑。灰皮肤矮人惊恐地猛然转过身。

“老板！”他惊叫一声，后背抵在废料桶上。苏西连忙缩到一辆废旧机车后面藏起来，只探出头来牢牢盯着那两个人。

“我、我在寻找修复钻探机的零件，”灰皮肤矮人结结巴巴地说，“我需要一些铜制管道。”

“找到了吗？”

矮人咕咚咽了口唾沫：“还没有。”

戴兜帽的人伸手抓住矮人的衣领，将他整个拎起来。苏西惊恐地发现那人手上的皮肤覆着厚厚的鳞片，手指是弯曲的黑色长爪。她猜不出兜帽阴影下会是一张什么样的脸，只见矮人闭上了双眼，将脸转向一边，害怕得不敢直视。

“我雇你来是让你干活儿的，”那人咆哮道，“你理应是这个行当里做得最好的。”

“我是，我发誓！”矮人的双脚徒劳地在空气中踢蹬，苏西注意到一种闪光的黄色粉末在他的靴子上结了一层壳，“我为你撬了多少保险箱和银行保险库？不计其数！我从未让你失望过！”

“你今晚让我失望了。”那人说，“这是我们最大的一票买卖，可你的钻探机不仅没能打开这里的宝库，还引发了一场地震，差点儿把我们都害死。”

是他们引发的地震？苏西不禁深吸一口气。虽然只发出了十分微弱的声音，但戴兜帽的人立即放下矮人，转身扫视苏西藏身的阴影区域。只见他一双琥珀色的大眼睛圆睁着，里面仿佛冒着火光，除了大得吓人的瞳孔像夜色一样黑——那是猎人的眼睛。

苏西在被发现之前将头缩回来，还以为接下来会听到靠近的脚步声，但那人只是沉默了一会儿，然后又开了口。

“我们已经浪费了太多时间，我希望在天亮之前修好钻探机，打开宝库。明白吗？”

“我明白，老板，只是……”

“只是什么？”

矮人似乎在十分谨慎地考虑接下来要说的话。“只是这个工作我不喜欢。”

兜帽里缓缓发出长长的不满的嘶声，苏西不禁替那个矮人感到一阵如芒在背的恐惧。她又一点点地将头从机车后面探出来，发现那人正绕着矮人打转。她又瞥见了那双硕大、如探照灯一般的眼睛，而矮人依旧避开那双眼睛不敢直视。

“我不喜欢被困在地底下那么深的地方，”矮人继续说道，“那些洞穴本就不适合你我这样的人。而且我猜测矮人的祖先将宝库留在那里就是因为不希望任何人去动它。”

“他们当然不希望任何人去动它，你个蠢货！”他的老板回答，“他们所有的财富都锁在里面，像岩石一样大的钻石，足以买下象牙塔的黄金！在我许诺分你一份的时候，你不是很乐意接受这个买卖吗？”

矮人不自在地挪动脚步：“我知道，但那是在地震之前。”

“那就保证别再搞出地震来。”

“但这就是问题所在，老板，我保证不了！钻探机一碰到宝库就开始地震。而且我用的能量越大，地震越强烈，就好像是宝库在抵抗。”

“你是说你打不开？”

“我是说若不是钻探机的马达在那时候坏掉，我们早就把整个洞穴震塌，让自己砸死在下面了。你可以亲自去看看地震让矮人城变成了什么样。”

“矮人城不要紧，”他的老板回答，这话让苏西猛然愤怒起来，“如果宝库负隅顽抗，我们就只好更加严厉地反击。”

“但是，老板！如果再继续钻，整个城市都可能坍塌！”

“随它去。等我们干完这一票，你就能建造一座自己的城市，像国王一样统治它。那时候还有谁能阻止你？”

“我！”苏西大喊一声，然后立即捂住嘴巴。这话没过脑子就脱口而出，惹得戴兜帽的人和矮人都惊讶得四处张望。

苏西的血液冷得像冰水一样。她缓缓走进他们的视线，双手攥成拳头，决意不显露出丝毫恐惧。

“间谍！”戴兜帽的人说。

“不。”苏西回答，“我只是一名在合适的时机出现在合适的地点的邮递员。”

“我才不信。”除了眼睛，那人的脸仍旧藏在兜帽的阴影之下，“你是为那个爱管闲事的云术士效命的，是不是？”

“爱管闲事的谁？”苏西说。

“我早知道他没有勇气自己追回财产，但我没想到他居然会派一个小女孩来。”

苏西因这羞辱僵在原地。“我不知道你在说些什么，但我不会任由你毁掉矮人城。”她痛斥道。

“是吗？”戴兜帽的人哂笑道，“看着我的眼睛再说一遍。”

他狠狠地瞪着苏西，苏西则毫不退缩地看着他的眼睛。

然后，一点儿一点儿地，苏西发现自己不再感到害怕，一股奇异的冷静支配了她，就仿佛那人眼睛里缓缓燃烧的火焰温暖了她整个身体，让她感到安心。她没有什么可害怕的，她需要做的就是继续看着，看着那双眼睛……

“好吧。”那人说着抬起双手，他的爪子像刀一样锋利，但苏西似乎没有注意到。它们不会造成什么伤害的，苏西相信自己的感觉。

“老板？”苏西听到矮人的声音似乎从十分遥远的地方传来，“老板，住手！我们该离开了。”

戴兜帽的人张开双手，缓缓地向苏西靠近。

“苏西！”

是威尔莫特的声音。苏西听到后眨了眨眼睛，施在她身上的魔咒瞬间被打破了。她看到那双伸过来想要抓住自己的手，急忙躲闪到一边。那人扑了个空，发出失望的嘶叫。

“站着别动，让我杀了你！”他举起爪子再次向苏西袭来。

一声吼叫传来，戴兜帽的人僵在原地。苏西慌忙逃开，看到乌瑟尔、威尔莫特、弗雷德里克和弗莱彻正向她跑来。看到他们，她松了口气，差点儿笑出声来。

“别碰她！”弗雷德里克喊道。

灰皮肤矮人跑到他老板身后躲起来：“现在我们怎么办？”

乌瑟尔直起后肢，又咆哮了一声，声音大得让苏西不得不捂住耳朵。

"回洞穴去！"那人喊道。他转身抓住矮人，把他夹在自己胳膊下面，然后啪地展开背上的披风，在呼呼声中现出两扇带羽毛的大翅膀，将附近货架上的旧零件都扫到了地上。他翅膀上的羽毛是金棕色的，尖端是银色的。苏西刚想感慨他的翅膀多么漂亮，那人就带着矮人飞到了空中。乌瑟尔试图抓住他的披风，但他已经飞到了高处。

"我记住你们了，"那人狠狠地说，"我会让你们后悔的！"

"嗷呜！"乌瑟尔咆哮一声回敬道。

"注意用词！"威尔莫特说。

那人再次挥动翅膀，直飞而上，冲过屋顶上开着的天窗，消失了。

"你受伤了吗？"威尔莫特跑到苏西身旁，帮助她站起来。

"只是有点儿被吓到，"苏西说，"谢谢你们赶来救我。"

"看样子来得正是时候，"弗莱彻还在警惕地看着天窗，"我们一找到需要的零件就过来找你了。"

其他矮人听到声响也都跑着赶过来，很快就将他们一小群人围在中间。

"那两个不可理喻的人是谁？"弗莱彻问，"他们想干什么？"

就在这时，苏西才豁然反应过来她所听到的对话意味着什么。她突然感到双腿无力，于是坐下来，茫然地盯着灰皮肤矮人和他的老板刚刚站着的地方。那里留有两个闪着微光的黄色靴印，仿佛靴子刚在沙地里踩过一样。

"怎么了？"威尔莫特在她旁边跪下，"有什么问题吗？"

“矮人城有大麻烦了，”苏西说，“还会有一场地震。”

“什么？”弗雷德里克说，“你怎么知道的？”

“之后我会解释的，”苏西回答说，“但在此之前，我们必须先去提醒大家。”

第6章

恢复营业

苏西和其他人一起返回疗养院，向葛楚德和多萝西汇报情况。大家坐在楼梯中间以免被水淹到，老邮递员们则穿着雨衣、撑着雨伞聚集在楼梯平台上，静静地聆听着。

“你说他们计划在天亮前再钻一次？”葛楚德问。

“是的，如果他们可以修好钻探机的话，”苏西说，“而且他们只需要几段管道就能做到。”

“我们只能假定他们可以成功修好，”葛楚德说，“那就意味着我们危险了。”

“我们必须阻止他们。”苏西说，“他们在附近某个地方的洞穴里，我听到他们说那洞穴是矮人祖先建造的。”

“但没有人知道那些洞穴隐藏在哪里，”斯通克说着，眉毛拧在了一起，“或者它们是否真的存在。”

“它们真的存在，”苏西说，“而且那两个人已经找到了进去的路。”

“好极了，”弗莱彻说，“你们接着聊，我还有锅炉要修。”他捡起地上的帆布袋——里面装着从托特斯的废料场带回来的零件，哗啦哗啦地蹚着水走向地下室。

“我不知道该怎么办。”苏西说。

一时间周围静悄悄的，所有人都思考着。

“我有办法了！”多萝西突然高喊道，“我们去告诉凯文。”

“凯文是谁？”弗雷德里克问。

“他是我堂姐的老公的侄女的丈夫，”她回答说，“他小时候我还当过他的保姆呢，就算现在他长大了，当上警察了，还得听多萝西阿姨的话。你们就等着瞧吧。”

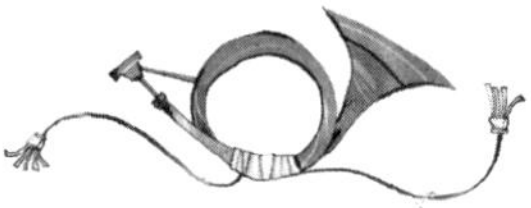

矮人城中央警察局是位于上城中心地带的一座矮墩墩的箱式大楼，凯文则是一位面色苍白、瘦骨嶙峋的矮人。他坐在放满了各种老式旋转拨号电话、成堆的文件和弃用的马克茶杯的桌子后面，几乎不见人影。他左右手各持一个电话听筒放在耳边，胳膊弯里还夹着一个，同时还用牙齿咬着笔顽强地试图做笔记。

“你好，凯文，”多萝西一手拍在桌子上说，“亲爱的，我们有话要说。”

凯文显然吃了一惊，他猛地抬起头，吐出口中的笔：“多萝西阿姨！您不会又收到违规停车罚单了吧？”

“比那个严重多了，”多萝西边说边将苏西拖到她身边，“这位年轻的女士发现了一项犯罪活动，需要向上头汇报，越大的领导越好。”

“这会儿找不到人。”凯文说，“这里就剩我一个了，所有人都出去帮忙清理城市或是追国王了。”

“追国王？”苏西说。

凯文微微点了点头，以防电话听筒从颈间掉下来。“他用喷气式背包在格拉丁·霍尔特车站起飞，到现在还没回来，我们在尽可能地寻找他的踪迹。”

“那她只能跟你汇报了，”多萝西说，“事态紧急。”

“现在没有不紧急的事，”凯文说，“我正在同时接皇宫、市长办公室和总警司的电话。”

多萝西俯身到桌子上，用手指按住电话机，一个一个挂断：“好啦，问题解决。”

凯文放下听筒，喉咙里发出轻微的哽咽声。“这样可能会被逮捕的！”

“你可以过一会儿再回电话，并告诉他们苏西接下来说的事，”多萝西说，“你会感谢我的。”

凯文看了一圈眼前这群人，意识到自己不可能赢得这场辩论，于是深深地叹了口气，准备好笔记本：“说吧。”

苏西快速将在托特斯店里的遭遇复述了一遍。凯文没有说什么，只是在她讲述的过程中逐渐锁紧眉头。苏西讲完后，他咬着笔头翻看刚刚记下的东西。

“我再确认一下——你偶然间听到一个男矮人和一个不确定物种的男性说，他们在试图钻开埋在地下的一个宝库，结果引发了今天的地震。”他狐疑地看了苏西一眼，问，“大致是这样，对吧？”

“是的，”苏西回答，虽然她知道这听上去有多么荒谬，“他们说宝库在一个矮人祖先建造的洞穴里，准备再钻一次，我们必须赶在他们毁掉矮人城之前阻止他们。”

凯文在笔记本上圈出几个词：“你还说袭击你的那个人提到了云术士，你知道是怎么回事吗？”

“不知道，”苏西说，“我甚至都不知道云术士是什么。”

“这不难回答，”弗雷德里克在她身后说，“云术士是巫师的一种，他们可以操纵云。”

凯文把这个也记了下来：“你不知道那个人为什么会提到云术士？”

苏西摇摇头，觉得自己有点儿蠢：“不知道。”

凯文鼓起腮帮子，合上笔记本：“说实话，我不知道如何处理此事。这些指控十分严重，但我们既不知道指控的对象是谁，也不知道去哪里找。我想警察对此爱莫能助。”

“但是我们知道，他们肯定是在矮人城地底的某个地方。”苏西说。

威尔莫特精神一振。“他们有没有可能是通过神秘谷找到入口的呢？”他问。

“不太可能。”凯文说。

苏西摇摇头。“抱歉，神秘谷是什么地方？”

“就是矮人城下面的峡谷，”威尔莫特说，“谁也不知道它有多深，那是个神秘区域。”

“那正是问题所在。”凯文说，“搜索峡谷需要几个月的时间，这还是人手足够的情况。而在完成清理工作以及国王安全返回皇宫之前，人手只有我一个。”

苏西感到胃里一阵翻腾。“但是矮人城所有人都处在危险之中！”

“嗯嗯，”乌瑟尔说，“哦吼，啊呜。”

“乌瑟尔说得没错，”斯通克说，“如果无法阻止钻探，那就只能立刻从城中撤离。”

凯文惊得张大了嘴巴。“我无权做那样的决定！”

“那么谁有？”苏西问。这时，她听到身后警察局的大门砰的一声打开了，凯文指向她身后。“他也许有。”

苏西转身看到一个熟悉的身影朝他们这边匆忙走来。“格罗特尼普！”

这位侍臣看到他们后放慢了脚步。“我猜你们是来自愿加入搜索的。”他说。

“不，”苏西说，“我们需要你的帮助。矮人城——”

他摆摆手打断苏西。“那你们得再等等。”他挤过人群来到桌子旁，“警官，最新进展如何？”

“搜索队报告，几分钟前国王经流星街朝西南方向飞去。”

凯文说，“但是这位年轻的邮递员有——”

“很好，”格罗特尼普说，“我预计约十五分钟后他会用尽燃料，那时候他会降落在哪里？”

凯文摊开城市地图，用手指画了个大致的轨迹。“假设他不改变目前的前进方向，应该会在煤气厂公园附近降落。需要我重新调配一些警员去那里吗？”

“需要，”格罗特尼普说，“告诉他们带上一些三明治，国王陛下饿着的时候更难对付。”

“好的，先生。”

当凯文去打电话时，格罗特尼普转过来面对苏西。“好啦，你想说什么？”

“还会有地震发生。”苏西说。

“你怎么知道呢？”

“因为我刚刚遇到了引发上一场地震的人。我们需要让所有人撤离矮人城，今天晚上，在有人受伤之前。”

“撤离？”格罗特尼普露出一副难以置信的表情，“你在说什么胡话？一个晚上怎么可能撤离所有人？更不用说火车仍在停运中。另外，要撤去哪里？你考虑过食物和住宿的问题吗？”

“等所有人都脱离危险之后再操心这些吧。”威尔莫特说。

“确实，”斯通克说，“你能不能下命令？”

“不能，”格罗特尼普断然说，“这样的命令只能由长老会或国王亲自下达。”

“那么，我们就找长老会谈一谈。”苏西毫不退让地说。

“嗯……”威尔莫特举起一只手，“恐怕目前没有长老会了，矮人长老们在被前任启明大人操控的消息公之于众后，全部引咎辞职了。我们尚未提名新的候选人。”

“那么只有国王了？”苏西说。

“如果没有确凿的证据，是无法说服国王颁布这样的命令的。”格罗特尼普说。

“除非你告诉他应该颁布，”多萝西说，“哦，不要那样看着我，格罗特尼普先生。矮人领土上一半的人都知道，如果你不给指示，国王陛下连鞋带都不会系。”

“夫人！”格罗特尼普惊惶得张大了鼻孔，“我从来没有操控过国王陛下的决定，我只是在他需要的时候为他提供建议，碰巧他经常需要建议。”

“那么请你向他提出我的建议，”苏西说，“让他下令全城撤离，这样他会拯救许多人的性命。”

“我不能仅凭一个邮递员的一面之词就建议国王下达如此重大的命令，”格罗特尼普说，“更何况还是一个人类助理邮递员。”

苏西又气又窘，涨红了脸，但她还没来得及说什么，威尔莫特就站出来狠狠瞪了格罗特尼普一眼。

“格罗特尼普先生，助理邮递员苏西·史密斯是我们团队中宝贵的一员，我全力支持她的决定。这座城市和它的市民有危险，我们需要行动起来。”

看到格罗特尼普脸上恼怒和怀疑交替的表情，苏西都忍不住想拥抱威尔莫特一下了。

“你们也要考虑一下我的立场，”格罗特尼普说，“如果你们所言非虚，让我们成功避免了灾难，国王陛下自然会被誉为英雄。但如果信息有误，我们却强制数百万人离开家园……”他的声音渐渐弱下去。

“你担心这会让国王难堪？”苏西感觉自己的怒火就要遏制不住了。

“我的职责是保护国王陛下，避免他犯错误，”格罗特尼普说，“为此我十分努力。”他看着苏西的眼睛，态度恢复如初，“如果你能向我提供令人信服的证据，我自然会说服国王陛下。在那之前，矮人城将一如既往地英勇地坚持下去。”

“不可理喻！”苏西说。

“这是我就这一问题的最终决定，”格罗特尼普说，“有坚强而稳定的领导，才能有坚强而稳定的城市。各位，再见。”说完，他转身大步走了出去。

“多么令人讨厌的笨蛋。”斯通克说。

苏西看着大门在格罗特尼普身后关上，感到胃里像是吞下了一个冰冷的铁块。“他就这样走了，”她说，“这座城市处于危险之中，而他竟然就这样走了！他怎么能这样？”

“这不是你的错，亲爱的，”多萝西说，“一旦他脚下的地面开裂，他就会改变主意了。但在那之前，我们需要尽我们的微薄之力帮助葛楚德和其他老邮递员先撤离。”

“而且我们要找到让你回家的办法。”威尔莫特说。

“不！”苏西表示抗议。一想到自己回家却留下矮人城听天由命，她就感觉像是有把刀插进了自己的胸膛。难道威尔莫特能看着她一边等消息一边继续上学、做家庭作业，假装无事发生吗？万一永远等不到消息呢？万一她的朋友们还未到达安全区域，城市就被毁了呢？她将再也见不到他们，再也见不到奇境了。

“我不会让这种事发生的，”她说，“我们需要做点什么！”

“我同意。”斯通克说，“但是你觉得我们应该做什么？”

“格罗特尼普需要证据，”苏西说，“我们就给他证据，而且要尽快。”

“但我们应该去哪儿寻找证据呢？”弗雷德里克说，“凯文刚才说了，搜索峡谷要耗费很长时间。”

苏西的大脑飞速运转着，终于，她有了个主意。

“我们去找云术士！”她说，“带翅膀的那个家伙提到他从云术士那里拿走了什么东西，他以为我是被派来取回那东西的。”

“你认为云术士也许也在寻找那两个人？”威尔莫特说。

苏西耸耸肩：“很有可能。如果真是这样，我们也许能与云术士联手找到他们。”

“这个主意不错，”弗雷德里克说，“现有的云术士并不多，而且据我所知，他们都在同一个地方工作。”

“哪里？”苏西说。

“一个叫云工厂的地方。”

“我知道！”威尔莫特兴奋起来，“我以前去那里派送过几次邮件。”

就这样，一个计划在苏西的脑子里成形。“我们再去一趟怎么样？”

“你是说……”

苏西慢慢咧嘴笑起来：“我们乘坐特快专列去云工厂吧。”

“等一下，小姑娘，”斯通克挺直身板说，“我们不能就这么匆匆忙忙地在半夜离去，况且还是在矮人城最需要帮助的时候。”

“但是矮人城需要我们这么做，”苏西说，“阻止第二次地震只能指望我们了。”

“嘿！”凯文最终放弃了回拨电话，看上去很挫败，“我已经尽力了。”

“但即使我们找到了云术士，”弗雷德里克没有理会凯文，接着苏西的话说，“你凭什么认为他会向你透漏消息呢？”

“因为人们总是乐于见到邮递员，”苏西说，“在手册中有整整一章内容都是关于这个的。”她闭上眼睛，回忆道：“优秀的邮递员不仅礼貌、高效，还代表着诚信和勇气，他们永远受人欢迎、值得信赖。”她睁开眼睛继续说：“还有三页有关别人请你喝茶时你应该怎么做的内容，要点是永远不要吃最后一块饼干。”

“准确无误！”威尔莫特和苏西相视一笑。

“等一下，”弗雷德里克说，“你拯救矮人城的宏伟计划就是跟人聊天，直到对方告诉你有用的信息？”

“有时候就算你不让他们说，他们还不乐意呢。”威尔莫特说，“我觉得这是个好主意。”

苏西显然十分骄傲，脸上都泛出了红光。

“但是你们没法儿乘坐特快专列，”凯文气急败坏地说，“所有出城的铁路线都关闭了，记得吗？”

场面暂时陷入沉默，随后多萝西俯身到接待台上拿起一个电话听筒。“你说你在跟市长打电话？也许你可以要求他重开一条铁路线，临时性的。”

凯文的脸都绿了。“我不能做那样的事情。”

“我们只需要铁路线开通十分钟。”斯通克说。

“在没有人愿意帮忙拯救矮人城的时候，你是唯一愿意这么做的英雄，”多萝西挤弄着眉毛说，“我会这么告诉你妈妈的，她会为你感到无比骄傲。”

凯文的面色渐渐和缓，脸颊上现出一抹绯红。“我尽力吧。”他说。

“你真是个好人！”斯通克拍着凯文的肩膀说，“我想，我们最好赶快开始行动。”他期待地搓着两只手。

“好极了！”弗雷德里克说，“你带路。”

斯通克惊讶地看着他：“你要跟我们一起？”

“是的，”弗雷德里克说，“如果是去云工厂，你们会需要我的帮助，那是一个非常独特的地方。”

“什么意思？”苏西问。

“他们经常接待大人物，”弗雷德里克说，“你知道的，像我这样的大人物。想象一下，当象牙塔的图书馆馆长到来时他们会有多么兴奋。我真的可以帮上忙。”看着他那充满希望的眼神，苏西发现对他很难讨厌得起来。

“你们的意见呢？”苏西问其他人。

“我们当然需要尽可能多的帮助，”威尔莫特说，“但——”

“非常好！”弗雷德里克说，“我保证你们不会后悔。”

威尔莫特微微点了点头，躲避着斯通克和乌瑟尔的怒视。

“那我们还站在这儿干什么？”苏西说，“出发吧！”

一百号站台仍旧和他们离开时一样，只不过现在月亮已经升到了城市上空，月光从破碎的玻璃窗斜洒进来，照在特快专列被绸缎覆盖着的车体上。

“她还睡着呢，”斯通克说，“我们把‘老姑娘’叫醒怎么样？”

斯通克走到从车头垂下的流苏前，苏西感到胃里因紧张和期待开始翻腾。

“我原本还期待得到皇家认证的印章呢。”威尔莫特说。

“啊呜，”乌瑟尔说，“哼呜呜。”

“乌瑟尔说得对，”斯通克说，“以后有的是时间来致辞和开派对，现在应该马上开始工作。”然后他清了清嗓子，郑重地说：“女士们、先生们，有请奇境邮政特快专列。”说完他拉动流苏，绸缎被拉开了。

特快专列变了样，苏西花了一些时间才接受这一点，但很快，她所有的忧虑都消失了。

列车的最前端还是贝儿号，一个拥有强大动力的蒸汽火车头；矮人们沿用了他们惯常的工程魔法——也许是名副其实的魔法，锅炉仍旧与车身不匹配——这和苏西记忆中的一样，只是多了一层墨绿色的新油漆；大部分驱动轮都换成了新的，但仍然与车身不怎么匹配；新烟囱看起来甚至比老的那个更加摇摇欲坠。

除此之外，曾经作为驾驶室的红砖小屋不见了，取而代之的是更宽敞、更令人生畏的三层建筑，看上去像座小型的都铎式豪宅，它搭着油亮的木头横梁，表面刷着白色石膏。因为有点儿头重脚轻，它仿佛随时都会倾倒。

苏西迫不及待地走上前，仔细察看每一个细节。“不可思议！”她惊叹道，“我爱她！”

一节新的煤水车连接在驾驶室后面，为了跟锅炉的颜色相配，煤水车车厢上也刷了一层绿色油漆，其他地方和以前一模一样。煤水车后面是分拣车厢，上面的红色油漆也重新刷过，闪闪发着光。

列车的尾部是一个全新的车厢，苏西看了两次才确定那不是她想象出来的：那是一节小小的米黄色拖车，不到六米长，很像她在北威尔士潮湿的露营之旅中乘坐的那种。

“那是什么？”她问。

“新的危险地带车厢。”威尔莫特说，“是不是很棒？”

“嗯，也许吧。”苏西说。之前的危险地带车厢看上去像是装在车轮上的潜水艇，连接在煤水车和分拣车厢之间。

“有点儿小了。”弗雷德里克说。

“是小巧。”威尔莫特纠正他说，“它拥有最先进的性能。”

“快点，各位，”斯通克说，“我们赶紧出发吧。”

所有人跟随斯通克登上舷梯，来到贝儿号一侧连接锅炉和驾驶室的金属走道上。驾驶室的门由弯曲的旧木制成，漆成了黑色，上面有一个铜质大门环，门环穿在状如矮人面孔的铺首的鼻子上。斯通克从口袋里取出钥匙，打开门锁，为大家推开门。

一股混合着面包和木材味的温暖味道扑面而来，苏西在门槛处停下来，深吸一口气，让肺部充满这味道。啊，这是家的味道，她认定。

她小心地在门垫上蹭了蹭脚，然后才迈进门去。

她此时身处的地方像是一栋旧房子的厨房：厚重的木头横梁支撑着天花板，墙上挂着铜锅铜盘，窗户边有一个水池，由一台旧式水泵供水，一台铸铁炉子占据了前面墙上壁炉的位置。

“一切都太不一样了。”苏西仍旧沉浸在列车的新变化中。

“比以前任何时候都好。”斯通克笃定地说，“我们有了台

全新的双喷射系统香蕉锅炉。如果你觉得以前的贝儿号很快，那么现在的她会让你叹为观止，实事求是地说，会惊掉你的袜子。这是新魔法涂层的一个缺陷：出于某种原因，到达一定速度后，涂层与袜子不兼容。这点我们正在改进。当然啦，还有这个。”他拍了拍壁炉上方严重开裂的白色大理石台，“我们从象牙塔的残骸里抢回了炉墙，这就是为什么她仍旧是贝儿号，尽管有那么多变化，可她的心脏没有变。”

苏西笑了，将手挨着斯通克的手放在壁炉台上。“我真高兴。”她说。

斯通克点头赞同：“我和乌瑟尔需要几分钟将锅炉烧起来。如果你需要准备些什么，就赶快去吧，我们时间紧迫。”说完，他转向壁炉旁边由一堆缠在一起的管道和各种按钮构成的控制台，开始操作起来。

“快来，史密斯邮递员，”威尔莫特说，“去分拣车厢！”

“好的，局长。”苏西应道，打了一个激灵。她努力学习了那么久正是为了这一刻——她终于又要成为邮递员了，而且这一次，她不会也不能犯任何错误，矮人城的命运就掌握在他们手上。

“我能做点什么？”弗雷德里克问。

“做个好孩子，确保轨道上没有杂物，”斯通克说，“然后我们最好都祈祷小凯文能够让铁路线重启。”

弗雷德里克迅速走到车外。与此同时，乌瑟尔正从驾驶室后墙上的一个金属窗口里掏出一串串香蕉，将它们丢进炉子，蓝色的能量火花在她的熊掌间噼啪作响。这些是核聚变香蕉,是贝儿号魔力锅炉的能量来源。这奇特的能量虽很强大，但不稳定，苏西很高兴由乌瑟尔来处理它们。

威尔莫特笑盈盈地看着苏西，夸张地一把拉开驾驶室的后门。可他还没来得及反应,邮件就像雪崩一样从门后涌出来，让他仰面摔倒在地。“哦,”他说，“我忘了这茬了。”

苏西费力地扒开一堆堆信件和包裹帮他站起来。“邮件怎么在这儿？”她问。这扇门后本该是驾驶室和煤水车之间的空隙，可她发现自己看到的却是分拣车厢的内部。

“煤水车去哪儿了？”苏西困惑地说。

“还在老地方,”威尔莫特说,“只不过我们不再需要从它上面翻过去了。整修团队切掉了门与门之间的空隙，我们现在可以从驾驶室直接到达分拣车厢，也可以从分拣车厢直接到达危险地带车厢。”

“这真是个进步。”苏西说。她仍清楚地记得上次爬过高高堆满了核聚变香蕉的旧煤水车时战战兢兢的经历。不过此时此刻进入分拣车厢的过程与上次并没有显著差别，因为她和威尔莫特不得不匍匐爬过成堆的信件才能进去。他们在乱糟糟的邮件堆中边爬边扒出路来。苏西问:“为什么会有这么多邮件？”

“特快专列维修期间，我们一直在通过远程咒和运输狮鹫尽可能多地派件，但仍旧积压了很多。”威尔莫特说,“累积的速度快得惊人，是不是？”

刚一进入分拣车厢，苏西就被里面的变化惊呆了。分拣车厢是威尔莫特的骄傲和快乐所在，它相当于一个移动邮局，邮件都在这里分拣并做好投递准备。她上次来时，这里温暖整洁，现在看上去却像是杂乱的储藏室。架子上和分拣台里的邮件满得要溢出来，无论她看向哪里，入目的都是一捆捆邮件，它们像砖块一样从地板直堆到天花板。威尔莫特的办公桌也淹没在一堆乱糟糟的包裹、一卷卷棕色纸片和数捆像风滚草一样大的、未绑紧的绳子间。

“我们得从这些东西中找到寄往云工厂的邮件。”苏西说。

“哦！”威尔莫特大喊道，“有样东西我要先给你一下。”

他艰难地来到办公桌旁，然后突然消失在了桌下，苏西听着他摸索了几秒钟，然后看到他两只手拿着一件大东西探出头来。

“它和徽章一样，都是邮递员制服不可或缺的一部分，”威尔莫特边说边小心地穿过一片狼藉回到苏西身旁，“没有它，你就无法顺利地开展工作。”他将东西递给苏西，那是一个皮质大挎包，翻盖用一个奇境邮政服务特有的新月状铜扣牢牢扣着。

“邮递员挎包！”苏西大喊一声，将挎包背带挎到肩膀上，感到一阵夹杂着自豪与兴奋的美妙眩晕，“谢谢！”

“不客气，”威尔莫特骄傲得红了脸，“我来教你一下它的使用方法吧。”

“不必了。”苏西说，“里面有两层，一层用来放需要派送的邮件，另一层放刚收来的邮件。”她解开铜扣，掀开翻盖演示着：“在内衬里面还有一个可以锁起来的秘密口袋，用来保管贵重物品。”

“没错，”威尔莫特生出一股自豪感，看着苏西说，“看来我的手册十分有用。”

“非常有用！”苏西说。她终于找到人可以聊一聊她几个月来努力学习的成果了，于是滔滔不绝地说了起来：“我把书从头到尾看了三遍，写了满满一本笔记，甚至还给自己出了好几道测试题。”

“我以前也那么干过！”威尔莫特咧嘴笑道，“现在我们来检验一下学习成果吧。我们可以在哪里找到云工厂的邮件？那里的邮编以 CF 开头。”

苏西闭上眼睛在记忆中搜寻着。“分拣车厢的邮件排列规定是……”她背诵道，“以局长办公桌为基点，按照邮编字母的顺序顺时针排列。”她睁开眼睛，重新环视车厢：“所以，如果站在我这里……”她费力地穿过成堆的邮件来到威尔莫特的办公桌后面：“邮编以 C 开头的邮件应该在……”她又环顾了一次：“那边的一排架子上。”

“干得漂亮。”威尔莫特说。

在又引发了一场邮件雪崩后，苏西发现了要找的邮件。

“找到一些！”她高举起一小捆信封说，“而且几乎全部是寄给云术士的。”

“干得漂亮！”威尔莫特说，“希望其中有一位就是我们要找的人。”

这时，车厢猛烈震动起来，四周的木板咯吱作响，打断了他的话。苏西感到自己的胃要从嗓子眼儿里蹦出来了，与此同时，更多的邮件在他们周围如雨般倾落下来。

“地震又来了！”苏西叫道。

但震感来得快去得也快，斯通克的声音从驾驶室传来。

“别担心，只是贝儿号在清嗓子，”他喊道，“我们马上要全速前进了，所有人请就位。”

“好吧，”威尔莫特说，“出发之前我需要跟斯通克先生谈谈。”他们往回爬过小山一样的邮件堆，跌跌撞撞地回到驾驶室，正好遇见从前门进来的弗雷德里克。

“轨道没有问题，”他宣布说，“而且信号灯刚刚变绿。”

“好极了，”斯通克说，“凯文做到了。各位，系好安全带。我们要出发了！”

“等一等！”威尔莫特说。

斯通克的手在控制台上停了下来：“怎么了，局长？我们全都准备好了。”

“但我没有，”威尔莫特说，“因为我不去。”

所有人都震惊地盯着他。

“什么？”苏西说，“你必须去！”

“我不能去，”威尔莫特面带歉意，但声音坚定，“必须有人留下来操控车站的调度台，否则特快专列哪儿也去不了。”

“天哪！我忘了这个。”斯通克皱着眉头说，“我们找其他人来操控，不能把你留下。”

“没有时间了，”威尔莫特说，“铁路线只开通几分钟。”

“但是我怎么办？”苏西说，“没有你我做不到。”

威尔莫特对她笑了一下：“我相信你可以。你在短短两个月里有了很大的进步，苏西。如果不是确信这些邮件能得到妥善处理，我是不会离开特快专列的。”

苏西涨红了脸，她本该感到骄傲，但此时更多的却是不安和失望，还有极度的紧张。“谢谢你。”她喃喃地说。

斯通克伸出手说：“没有你，一切就全变了，局长。”

“谢谢你。”威尔莫特握住斯通克的手说。他又跟弗雷德里克握了手，接受了乌瑟尔的熊抱，然后转向苏西，告诉她：“你一定能出色完成任务的。”

听到他镇定的安慰，苏西深深吸了一口气，挺起胸膛。如果他可以这么勇敢，自己也可以。“我会竭尽全力成为你的骄傲。”她说。

威尔莫特又笑了：“你已经是了。”说完他从前门闪身出去了。

“啊呜。”乌瑟尔说。

“真是个好小伙，就像他爸爸一样。”斯通克抹了抹眼睛，克制住了即将涌出的眼泪。

不一会儿，驾驶室外面传来响亮的噼啪声，接着是一阵嘎嘎响，一百号站台的广播突然传出声音。

“喂？”威尔莫特洪亮但有些走样的声音从大喇叭里隆隆

传出，“还是我。我在调度台，你们准备好后告诉我。”

“各位，抓紧了，”斯通克眼里闪着兴奋的光说，“接下来会非常刺激。”

乌瑟尔伸开双臂，苏西和弗雷德里克跑到她身旁，让她搂紧。透过驾驶室的前窗，苏西可以清楚地看到正在前方的车站出口。在月光的照耀下，铺设在城市屋顶间的高架铁路闪闪发光。苏西紧紧抓住乌瑟尔的胳膊，身体紧绷起来。

斯通克松开制动阀，摁响贝儿号的喇叭，刺耳的尖啸声在格拉丁·霍尔特车站内回荡。

“各位，好运！”威尔莫特的声音传来。随后，特快专列猛冲向前，苏西随着惯性紧贴在乌瑟尔毛茸茸、软绵绵的胸口上。他们行进的速度快得令人难以置信，周围的一切都一闪而过。苏西感觉仿佛有一只巨大的手将她压在乌瑟尔身上，快要把她压扁了，既害怕又兴奋的感觉在她体内涌动，她不确定是该笑还是该尖叫。

真令人怀念啊，她心想。

不到一分钟，他们就一头扎进了传送隧道，将矮人城抛在身后。

斯通克牢牢地抓着控制台，像在狂风中行走的人一样前倾身体，抵抗着惯性带来的压力。“重新工作真好！”他在火车的呼啸声中呼喊道，“下一站，云工厂！”

苏西回以微笑，在兴奋之余，威尔莫特决定留守所带来的震惊仍未退去。没有他在身边，苏西感觉没了底气，开始担心自己学得还不够。

但她很快遏制住这种想法，到目前为止她已经证明了自己，而且威尔莫特也相信她能够完成任务。没有时间心神不宁了，尤其是现在矮人城的所有人都指望着她呢。

第7章

备选计划

当威尔莫特回到疗养院时，积水已经退去。护理员们依旧忙进忙出，将塞满衣物勉强拉上口的行李箱搬运出来，堆放在大门口。弗莱彻站在大厅中间的一个水洼中，正用一块旧布吸耳朵里的水，看到威尔莫特时，他睁大了眼睛。

“你回这里干什么？”他说，“你的多萝西姨妈说你乘坐特快专列走了啊。”

“其他人走了，”威尔莫特说，“我回来帮忙。”

弗莱彻咕哝道：“你妈妈已经将一切安排妥当了，你和我别碍他们的事就好。我们马上出发去山里。”

“但是矮人城的其他人怎么办？”威尔莫特问，“我们得提醒大家！”

“多萝西姨妈已经给能够想到的人都打了电话，告诉他们将消息传开，但是我不知道这能起多大作用。有些电话仍然打不通，而且我认为没有官方的通知，大家不会在大半夜打包行李逃命的。”

威尔莫特看着门口越堆越多的行李，泄了气。弗莱彻说得对，他们最多也只能说服几百人离开，其余一百多万人只能在这里听天由命。现在只能等苏西他们找到云术士了。但是万一他们找不到呢？一定还有其他办法可以帮忙，他想，他们需要一个备选计划。

“弗莱彻，”他说，“苏西在警察局忘提了，但是她跟我们说过她在废料场遇到的矮人的靴子上沾满了黄色沙土，还留下了脚印。你记得吗？”

“那又怎样？”弗莱彻说，“他一定是在废料场踩到了各种各样的东西，我们也一样。”

“是的，但我们没有一个人身上有黄色沙土，”威尔莫特说，“那意味着那个矮人一定是在来废料场之前沾上的。”

弗莱彻思忖了一会儿。“有道理，但是……在哪儿呢？”

“我不知道，”威尔莫特说，“但如果我们能把这一点弄清楚，也许就能找到些线索，查清他在哪里。”

弗莱彻恍然大悟。“你想通过黄色沙土的来源找到他们藏身的洞穴？”

“也许吧，”威尔莫特说，“你不觉得值得一试吗？如果我们能找到洞穴，还有钻探机，或许就没必要撤离矮人城了，只要让警察下去把那些人抓住就行了。”

“我没意见。那么，矮人城哪里有黄色沙土呢？”

“我不知道，”威尔莫特说，“但我认识一些也许知道答案的矮人。”

公共休息室的地毯依然湿漉漉的，威尔莫特和弗莱彻踩上去时，地毯咯吱作响。老邮递员们都聚在这里，穿着大衣等待出发。看到威尔莫特进来，他们都很高兴。

“你好，局长！”

“我们这儿很混乱，是不是？”

“你们都收拾好了吗？”

威尔莫特回应了他们的问候，然后清了清嗓子，问：“有人知道矮人城什么地方有黄色沙土吗？跟普通的沙土不一样，更重，还会发光。”

老邮递员们你看看我、我看看你，有的低语，有的点头。

“会不会是岩石粉末？”一面脸颊凹陷、少了只耳朵的矮人兰博先生问。

“也许吧，”威尔莫特说，“您知道在哪儿能找到吗？”

兰博先生又转过身去，和其他老邮递员围成一圈，小声交谈了一会儿，其间有人频频点头。最后，老邮递员们全部转过来面对着威尔莫特。

“听起来像是藤黄金石，”法格卡布夫人说，“一种非常罕见的石头。实际上，我只在矮人城的一个地方见过它，就是霍布斯之角，下城东南方的一个老矿井。”

“霍布斯之角？”威尔莫特说，“我从来没听说过。”

老邮递员们纷纷发出“哦哦哦”“啊啊啊”的声音。

“那是个十分悲伤的故事，”特雷里斯先生走上前说，“我小时候曾坐在妈妈的膝盖上听她讲过这个故事。”他清了清嗓子，其他人都围到他身旁。

“很多年以前，我们的祖父母辈曾在神秘谷的石壁上挖了一个矿井，挖出所有质量上乘的石头来建造今天我们所知道的这座城市。”说着他用拐杖绕着屋子画了一圈，“但是有一天，出了事故。他们挖得太深，发生了矿难，一整条隧道坍塌，许多矮人因此丧命。”听到这里，老邮递员们神情凝重地点着头，“幸存者们拒绝再进去，他们宣称整个矿井受到了诅咒，甚至有人说他们挖到了超自然诡异之物，最好将其掩埋。所以他们封闭了矿井，霍布斯之角自那以后就被废弃了。”

“我们小时候玩大冒险时还去敲过矿井的大门。”兰博先生说。

“我记得！”法格卡布夫人说，“据说，只要敲三下门，就会有一个神秘的声音回应。”

威尔莫特克制着身体轻微的抖动：“那这种沙土，或者说这种藤黄金石是什么呢？”

“那是挖矿余下的残渣，”特雷里斯先生说，“它太软了，不能当建筑材料。霍布斯之角附近的房子以前都蒙着一层这种土，所以没有人再在那里生活了。”

这些新获得的信息在威尔莫特的脑子里活跃地翻腾着：渺无人烟的街道、废弃的矿井，还有矿井深处曾经发生过的矿难……

他和弗莱彻交换了一下眼神。

“我希望你不是在和我想同样的事情。”弗莱彻说。

威尔莫特耸了耸肩：“听上去就是那个地方，你不觉得吗？”

“哪个地方？”特雷里斯先生拖着脚步走过来问，“你在说什么，局长？”

“没什么。”威尔莫特发觉其他老邮递员也凑了过来，赶快说道，“如果我想去看一眼霍布斯之角的话，要怎么去呢？”

弗莱彻吓得一咧嘴：“你不能去，你妈妈会发疯的！”

“我只是去打探一下有没有可疑迹象，”威尔莫特说，“马上就回来，妈妈都不会知道我去过。”

特雷里斯先生咂咂嘴巴，大笑起来。“是要去抓袭击小苏西的那些废物吧？”说着，他朝威尔莫特夸张地挤了挤眼睛，“我跟你讲过我在斯布洛特的卡仕达酱加工厂跟踪偷信团伙的事吗？”

“讲过，”威尔莫特说，“很多次。拜托了，特雷里斯先生，我没有时间了。”

特雷里斯先生又挤了挤眼睛。“下城的最东南角，”他说，“城市边缘挨着岩壁的地方。你会找到的。”

“谢谢您，”威尔莫特说，“我很快就回来。”

“别害怕，局长，我和弗莱彻会为你打掩护。”

可弗莱彻一脸愁容地说："我可不想惹怒你妈妈。"

"不会的，"威尔莫特边退向门口边说，"就是一次侦察活动，能出什么事？"

第8章

导航室里的精彩一幕

特快专列从传送隧道中出来时，苏西早已等候在驾驶室的窗户旁，急切地想看看等待她的是什么。扑面而来的阳光太过耀眼，她不得不遮住眼睛。过了一小会儿，视野中的光斑才消失，她眨了眨眼，看向外面。

特快专列正行驶在一条开凿在狭窄的山谷侧面的铁路上，陡峭的斜坡上是茂密的热带植被，山谷里是丝绸般涌动的白色水流。

远处的丛林中耸立着一座座利刃般的深灰色石峰，一缕缕云彩环绕在山间，瀑布从峰顶一泻而下，彩虹像若隐若现的拱桥连着一座又一座山峰，美不胜收。

这里同时也酷热难耐，一股闷热的气流涌进驾驶室，太阳显然已经高高在上照耀了好几个小时。

苏西仍然不确定奇境联邦里的时间是如何运行的，似乎每个奇境都有不同的时间，当一个奇境是傍晚时，另一个奇境却可能是清晨。这就是为什么这一次她从家里带来了自己的手表。无论何时何地，她的手表都会以恒定不变的速度一秒一秒走动，这样她就可以准确地知道时间到底过去了多久。此时此刻，手表告诉她家里的时间临近午夜。她感到有些激动，通常她不会熬夜到这么晚。她想象着此时自家街道上的情景：一排排一模一样的房子，黑暗的窗户，上百个沉睡的灵魂等待着闹钟响起，然后开始新一天的工作、学习和日常活动。而她在这里，和朋友们一起驶入一片有些远离现实的神奇土地，被一个不同的太阳照耀着。想到这些，她不禁感到有些满足，尽管还有隐隐的不安。到早上时她应该去上学，而她的父母需要去工作，要是她不能及时赶回去怎么办？当一整座城市的命运岌岌可危时，担心这些似乎有些傻气，但苏西以前从未旷过课，这让她感觉有些不安。

她希望威尔莫特能在这里跟她说说话。

“我们没有浪费时间，”斯通克看了下怀表说，“老姑娘还在热身，之后会越来越快。”他在乌瑟尔肩膀上拍了拍表示庆祝。

“哼哼。”乌瑟尔也拍了拍他，差点儿把他拍倒。

“嘿！”弗雷德里克来到窗户旁和苏西站在一起，指着天空说，“看那里！”

苏西抬头看见在附近一座山峰上空飘着一片很大的云，即使距离这么远，她都能看出来那不是常见的云——它奔腾翻滚，向各个方向发出闪电，而且里面有什么东西在动，每当闪电射出时那东西就会显出轮廓。苏西分辨不出那是什么，但看样子它很大，而且是活的。

“哇！”弗雷德里克说,“那不会是我以为的那个东西吧？”

“我看不清。”苏西说。

“你挎包里有望远镜吗？”弗雷德里克兴奋得双脚直跳。

“当然没有。”苏西说。

乌瑟尔又拿着一把香蕉大踏步从旁边经过。“哼哼呼呼。”她抬头示意他们往上看。

“好主意，”斯通克说，“你们可以到上面的导航室看。”

“我们有导航室？”苏西问。

斯通克微笑起来。“是新增的，”他指向水槽旁角落里一扇窄窄的木门说，“从那儿上楼，左手边的第一间就是。但是别待太久，我们就快到了。”

“快点来！”弗雷德里克跑起来，苏西赶紧追上他。

木门后面是狭窄的旋转楼梯，他们咚咚咚跑上楼，来到一个小平台，在那里又看到一扇带着罗盘标志的门。弗雷德里克使劲儿推开门，跌跌撞撞地进了房间，苏西紧随其后。

“哇。”他们俩不约而同地说。

导航室占据了整个二楼，房间前方和两侧的墙壁上都是窗户，菱形窗格中嵌着摇摇欲坠的旧玻璃，从那里望出去，整个山谷一览无余。后墙则从上到下布满了格架，每格里面都放着一卷紧紧卷起来的画布，画布底端都被包了起来并贴了标签。

“这些是地图？”苏西问。

“当然了，”弗雷德里克说，“我们象牙塔的地理区也有类似的东西。当然，我们的要大得多。你把地图打开，摊在这上面看。”他敲了敲位于房间中央的厚木桌，桌子四角都安有铜夹，想必是用来将地图抻平的。

苏西一边绕着桌子走一边看着窗外。贝儿号的锅炉和烟囱在他们正前方，岩壁紧贴着他们的右侧疾速向后掠去，左侧可以看到远处山谷中那片奇异的闪电云。

一个颇有些年头的单筒望远镜立在前窗前的三脚架上，苏西让弗雷德里克调整望远镜的角度，她自己则从放在窗台上的几个双筒望远镜中拿了一个，对着那片云调整焦距。

他们现在行至跟那片云差不多平齐的位置，苏西这才发现它比她之前以为的还大，金中带粉的闪电向下劈去，灼烧着下面的山峰。透过云层，她又一次隐隐看到了里面翻滚的黑影，震惊得屏住了呼吸。虽然不太确定，但看上去身影不止一个，至少两具像蛇一样长长的身体在盘绕翻滚着。

“不可思议！”弗雷德里克看着望远镜说，“它们在打架！”

“那是什么东西？”苏西问。

弗雷德里克还没来得及回答，云里忽然发出令人目眩的光，随后一声霹雳，震得窗户咯咯作响。苏西好不容易将望远镜调好焦距，刚好看到有什么东西穿云而出。

“是龙！”弗雷德里克说。

苏西惊讶得张大了嘴巴。那龙和她们班为庆祝中国春节制作的纸龙相似，脑袋又大又方，脖子处长着一圈金色的鬃毛，身体长长的，没有翅膀，弯曲盘旋着在空气中游动，蓝色的鳞片在阳光下闪闪发光。它张开嘴，伴随低沉的雷鸣吐出一团蒸汽和闪电。接着它升到山谷上空，用像鸟爪一样的爪子在空气中击打着。

几秒钟之后，另一条龙从云里出来了。它的鳞片是红色的，鬃毛呈亮绿色，显然在打架中落了下风，血从身体侧面的几道伤口中流出。它颇为费力地从空中飞过，消失在不远处的一座山峰后面。

“真有龙！”苏西对弗雷德里克，同时也是对自己说。

“当然，”弗雷德里克说，“但是很罕见。而且这是雷龙，更为罕见。”

苏西注视着红色雷龙消失的地方，突然感到一阵担忧。“你是说它们濒临灭绝吗？我们是不是应该做点什么帮助那条红色的龙？它看上去受了伤。”

“我们还没靠近就会被它烤焦，”弗雷德里克说，“而且它们总是打架，非常有领地意识。再说了，如果它们没有打架，我们就不会来到这里。”

苏西放低望远镜，狐疑地看着他：“这是什么意思？”

“我是说现在我们随时可能看到……啊！来了！”弗雷德里克用手一指，苏西看到一群色彩鲜亮的物体出现在丛林上空。那不可能是鸟，太大，而且形状过于奇特。她用望远镜对准它们。

“是飞行器！”她说。这群飞行器大约有二十架，款式设计各不相同。有的比滑翔机大不了多少，有的则让苏西想起达·芬奇设计的奇妙飞船，这种飞船用脚踏提供动力，带有可摆动的帆布机翼和螺旋形助推器。她还看到一架迷你充气飞艇，一架老式双翼飞机，甚至有人背着像阿米兰国王一样的喷气式背包。所有飞行器都飞往两条龙打架的那片云。“那些人是谁？”

“云术士。”弗雷德里克说，“你看，他们都飞过去了！”

“那就是我们来这里要找的人？”苏西更加兴致盎然地看向飞行器群，其中的一位飞行员也许就是阻止钻探、拯救矮人城的关键！

蓝色雷龙感受到了正在接近的机群，在空中不停扭动，它将毛发杂乱的大脑袋转向机群，张开了大嘴。苏西赶紧闭上眼睛，不想看到接下来必将出现的惨况。蓝色雷龙喷出的闪电耀眼极了，她闭着眼睛都感受得到。

听到弗雷德里克的喝彩声，苏西才又睁开眼睛，只见所有飞行器都像受到惊吓的鸟一样飞散开，做出或旋转或倾斜的飞行姿势，躲避着雷龙一次次的闪电攻击。闪电明明很近，飞行器却都躲开了，蓝色雷龙发出挫败的咆哮。

然后，所有飞行器都越过蓝色雷龙，径直飞向边缘已变得模糊并开始消散的云朵，一个接一个扎进云朵中心，匆匆忙忙地飞进飞出。

“云术士们在干什么？”苏西问。

“收集魔法云。”弗雷德里克依然透过望远镜看着，“龙打架时会产生魔法云，而魔法云是云术士魔法需要的主要材料。”

蓝色雷龙再一次发出怒吼，也向那片云飞去。可就在那时，特快专列在山谷里绕了一个弯，这幅远景图就从他们的视野中消失了。

苏西失望地叫了一声。“云术士会出事吗？”

“我不知道，”弗雷德里克说，“那是危险的任务。”

这话无疑对减轻苏西的担忧没有任何作用。如果他们要找的人被龙烧成了灰烬，他们的调查就不会有什么进展了。

在他们前方，山谷变得宽阔，然后分成两支，环绕着一座从汹涌的水面上升起的圆锥形小山。小山被杂乱的绿色植被覆盖，山顶有一座星形堡垒，橘红色的墙在阳光下闪烁着光芒，蓝色和金色瓦片相间的尖形屋顶高高耸立着。

“真漂亮！”苏西惊叹道，“这就是云工厂？”

“是的，”弗雷德里克看上去同样被迷住了，“我等不及想看看里面是什么样了！”

一座小车站出现在他们前方的视野中时，特快专列降低了速度。那车站建造在山谷岩壁之上，有着和云工厂一样颜色的屋顶和厚墙。

“来吧，”苏西说，“我们到站了。”

跑下楼梯时苏西再次检查了一遍挎包里的物品。那捆信件已经准备妥当，随时可以投递。万事俱备，只欠云术士了。他们中一定有人知道些什么，可以帮助她拯救矮人城。

“到站啦，”斯通克将火车停在站台，宣布道，“我们在临时停车区等你们。”

乌瑟尔点头附议。苏西注意到她爪子上的毛已经开始泛黄。当苏西和弗雷德里克走向车外的舷梯时，她努力对留在车里的两个人露出勇敢的微笑。不过，她心里还是隐隐感到不安，总觉得有什么地方不对劲。

也许是因为威尔莫特不在，也许是因为当她爬下站台时过度的炎热令她窒息。从弗雷德里克的脸色来看，他应该也一样感到窒息。想了一会儿之后，她终于明白过来。

“我的袜子呢？”她说着停下来拉起裤脚，脚踝是光的。

“我的也不见了。”弗雷德里克说。

“我警告过你们的，”斯通克从驾驶室门口探出身说，“我们不知道袜子去了哪里，但提前准备了备用袜。接着！”他拿出两双团成球形的羊毛长袜扔了下来：“我一会儿对控制台做些调整，看能不能修好这个故障。”

苏西和弗雷德里克找到一条长凳坐下来穿上袜子，一小群等车的旅客聚集在特快专列旁欣赏起来。和矮人城皇家仪式上的宾客一样，这群人像是来自奇境联邦的各个角落。

真希望威尔莫特能看到这一幕，苏西心想。不知道他是否已经从矮人城撤离了。

她和弗雷德里克穿好鞋、系好鞋带，朝车站出口走去，一座简易的索桥将车站和云工厂连接在一起。

“很高兴看到你们恢复运营！”一只巨大的竹节虫在他们身后喊道。

“谢谢，”苏西回答，“风吹雨打太阳大，流星雨来也不怕，奇境邮政特快专列为您服务！”

人群对这番话回以礼貌的掌声，苏西迈着轻快的步子离开，心想：为了说这句话我已经等了好几个月了。

第9章

紧急迫降

连接车站和云工厂的索桥高高地悬在谷底泛着泡沫的激流之上，苏西低头透过横木的间隙看到两只亮红色的鸟从下面飞过。幸好我不恐高，她想。不过等她回过神来，她发现自己正紧紧地抓着桥两侧的绳索，手掌已被勒得生疼。

弗雷德里克显然没有这样的顾虑，只顾往前走，还时不时停下来转身催促苏西。

云工厂赫然耸立在他们面前，星形堡垒的两个角像两只手臂一样伸展着，似乎是在欢迎来客。走到近处，苏西看到城墙从上到下都贴着釉面砖，每一块砖上都有用橙色、茶色和白色组成的复杂的几何图形。一条类似回廊的建筑沿着城垛围成一圈，回廊的屋顶倾斜着，朝外一侧有一排拱门。

苏西走到索桥中间时，回头顺着山谷朝特快专列来时的方向看了一眼，正对着太阳能看到一些移动的小黑点。她担心是龙，便眯起眼睛想看个清楚，但那身影太小，又数量众多。

“弗雷德里克！”她喊道，“是他们！云术士回来了！”

那些飞行器沿着山谷盘旋向上，欢快地绕着圈翻转。现在他们的飞行不再匆忙，也没有龙追来，苏西据此判断所有人都安全返回了。

“完美！”飞行器绕着云工厂盘旋时弗雷德里克喊道，“我们能和他们同时到达。”

他小跑起来，消失在索桥尽头敞开的门洞中。苏西还是小心地走着，看着飞行器一架接一架离群而出，熟练地降落在城垛回廊的拱门里。

原来那是停机库！

她想追上弗雷德里克，在桥上疾走了几步，然后听到一阵巨大的轰鸣声从山谷深处传来。她低头一看，发现一架顶部有螺旋桨的滑翔机飞得有些艰难，轰鸣声来自它的引擎，机身后面还拖着黑烟，蒙布的机翼上有一个烧焦的洞。苏西停住脚步，既害怕又着迷地看着这架滑翔机下坠、上升、失速、摇晃，每上升几米都很不容易。

她看得太入迷了，过了一会儿才反应过来这架滑翔机朝自己飞了过来。“小心！”她喊道，挥舞着双臂提醒它的驾驶员。

只露出黄色防撞头盔和护目镜的驾驶员忙着控制滑翔机，似乎并没有注意到苏西。等离得更近时，苏西看到驾驶员身体下面的一根带子上悬挂着一个大玻璃罐。滑翔机快撞到她时，她赶快趴下，脸紧贴着索桥的木质桥面。

滑翔机从苏西头上呼啸而过，她感到一阵气流拉扯着自己的头发和衣服，紧接着一个沉重的东西撞在了桥上，让桥左右晃动起来，幅度大得吓人。苏西紧紧抓住桥面，紧闭双眼，避免往下看。滑翔机撞上索桥了？桥会塌吗？

几秒钟后，晃动逐渐平息，滑翔机引擎的轰鸣声更大了。苏西抬起头，看到滑翔机正在她头顶摇摇晃晃地快速旋转爬升，然后越过城墙飞入堡垒中。接着引擎呜咽熄火，滑翔机在空中停顿片刻，最后因重力作用跌入了堡垒中心。

苏西听到坠机时沉闷的撞击声，随后响起呼喊声和尖叫声，尘灰从敞开的拱门里翻腾出来。

苏西颤抖着站起来，发现自己没有受伤，不由得松了口气。她正准备继续走时，脚跟撞到了一个东西，她低头查看，发现是滑翔机驾驶员携带的那个罐子。一定是滑翔机从她头顶上飞过时罐子松脱了，也可能是被故意扔下来的。

苏西捡起罐子，它很沉，大约有半米高，罐口用一个大木塞封住。苏西将它迎着光举起来，审视里面盘绕的白雾，白雾中还有彩色的能量火花像萤火虫一样在舞动。苏西意识到她刚刚才见过这个东西——魔法云。

她将罐子夹在胳膊下面，努力保持着平衡，沿索桥跑向拱门。堡垒里也许就有位云术士能拯救矮人城，她必须找到他。

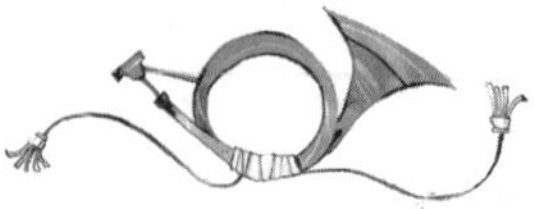

云工厂堡垒的中心是一个椭圆形的大庭院，四周的建筑有三层楼高，底层尽是刷着亮丽油漆的店面。庭院里此时一片混乱。

那里挤满了人，他们穿着打扮的华丽程度和苏西在皇家仪式上看到的宾客的不相上下。有些人慌张惊恐地跑来跑去，有些人紧张地挤成一团，困惑而无助地盯着像破风筝一样躺在石板上的滑翔机残骸。滑翔机显然摔得十分严重，苏西几乎不敢去看。

还有少数几个人围着滑翔机，正在努力解救里面的驾驶员。他们穿着奇奇怪怪的工作服，从围裙到发网应有尽有，甚至有人戴着焊接面罩。苏西猜测他们是云工厂的修理工。她看到弗雷德里克也在其中，赶紧跑了过去。

“驾驶员还好吗？”她问。

“不知道。”弗雷德里克回答。因为刚刚奔跑过，又帮忙将冒着烟的引擎翻向一侧，他现在满脸通红。

“希勒斯！希勒斯，能听到我说话吗？”一个肩膀上挂着三把卷尺的年轻人跪在地上，试图从破烂的蒙布机翼下钻进去找驾驶员。

把引擎推到一边后，救援队伍终于成功地将破损的机翼抬了起来。一个女人跳了出来，她高个子、黑皮肤，身材健美，穿着亚光的黄色飞行皮衣，戴着配套的防撞头盔。她摘下头盔，露出剪得很短、贴在头皮上的鬈发。她将护目镜推到额头上，环顾四周。

“希勒斯！”年轻人说，“你受伤了吗？”

“我不要紧，”希勒斯坚定地说，“我收来的东西呢？”她从人群中挤出来，朝大门走去。

“抱歉，”苏西挡住她的路，举起装着魔法云的罐子说，“你是指这个吗？”

希勒斯停下来，整张脸都亮了，咧开嘴露出闪闪发光的漂亮牙齿。“是的！”她弯下腰，平视着苏西的眼睛，“谢谢你。”她接过罐子，在手里翻来翻去地仔细检查着：“很抱歉我在桥上轰炸了你。”

“轰炸了我？”苏西问。她既对这位女士感到好奇，又有点儿被她吓到了。

“用这个罐子。”希勒斯说，“我的引擎出了故障，所以必须丢掉些东西来减轻机身的重量才能避免下坠。”她很满意罐子完好无损，在上面亲了一口，站直了身子：“真没想到它没摔坏。”

“你没摔坏才让我没想到，”弗雷德里克来到她身边，“那可是坠机啊。”

他们都看着损坏的滑翔机。“是的，我想我需要给机翼换个新蒙布了。”希勒斯说，然后她又高兴起来，拍了拍罐子，“而且多亏这个，我可以升级了。”

“这就是魔法云？”苏西问。

“A 级，还是新鲜出炉的。谢谢你没有偷走它。”

苏西震惊得张大了嘴巴。“我决不会那么做！”她说。

希勒斯露出歉意的微笑。“我不是想针对你，”她说，“但这个东西真的非常宝贵。”

苏西挺直了腰杆，竭力显得庄重一些。“你永远可以信赖邮递员。”

“这就是为什么公关的事得交给我。”一个带着卷尺的年轻人强行加入了对话。他故作耐心，看向希勒斯时眼神里却带着不加掩饰的暖意。

“哦，你好，贾斯珀，”希勒斯说，“两位，这是贾斯珀，我的学徒和裁缝，负责修理东西。”

“除了滑翔机。”贾斯珀直言不讳，“但鉴于她的滑翔机出事故的次数，也许我该开始修理滑翔机了。”

“但是这事故出得很值得，贾斯珀。”希勒斯像举奖杯一样高举着罐子，“你看！足足十升，来自云的正中心。”

贾斯珀毫无表情的面孔松动了些，露出一丝浅浅的笑意。“我必须承认，这非常了不起。”

“你们究竟拿它来做什么？”苏西问。好奇心让她没忍住脱口而出。

“谋生。”希勒斯说，“我真的欠你一个大人情。”

苏西知道她很可能只是随口一说，但仍在她转身离开前抓住了机会。“实际上，你确实能够为我们做点什么。”

希勒斯停下来。“当然，尽管说吧。”

“我们在寻找一位云术士，但我们不知道他的名字。也许你可以帮我们找到他。”她尽力显得信心十足。

“没问题，”希勒斯笑盈盈地说，“我认识所有值得认识的人，跟我来。”

她自信地大步穿过庭院，人群像潮水一样在她两边分开。“谢谢各位，”她边走边说，“有人可以帮忙清理这片狼藉吗？”

贾斯珀叹了口气。“那是说给我听的。抱歉，两位。”说完他便匆忙走开了，留下苏西和弗雷德里克继续跟在希勒斯后面。

“好主意。”弗雷德里克悄声说。

“谢谢，”苏西回答，“如果希勒斯能帮我们找到我们要找的云术士，我们就能尽快返回矮人城。而且，我还要给她这个。”她从挎包里掏出一封信，收件地址上写着：

希勒斯·特拉蒙塔纳——高级时装

云工厂

这与希勒斯领他们进入的店铺招牌一致。

“这是我的名字。”她说着一脚踢开门，丝毫没有停顿地大步走进去。店铺不大，货架上井井有条地摆放着苏西想象不到的各种材质和颜色的布料。两个人体模型随意地放在一张小工作台后面的角落里，其中一个有四条胳膊。但店里最引人注目的是一个大木架子，上面挂着像琴弦一样的银丝线。“喜欢我的织布机吗？”希勒斯问，“我自己造的。”

“你的什么？”苏西说。

“织布机，”弗雷德里克插话说，“织布用的。”

“是的，”希勒斯将罐子放到工作台上，“我正在用蜘蛛丝制作一件舞会礼服。”她拨动织布机上的一根丝线，丝线发出温暖清晰的声音。苏西仿佛在丝线振动的地方看到了彩虹的微光。

“现在告诉我吧，”希勒斯说，“你们要找谁，还有为什么要找他。”

苏西想了想该怎么说。她喜欢希勒斯，不想对她说谎，可也真的没有时间将矮人城发生的整件事再复述一遍了。“我们在寻找一位男性云术士，”她最终说，“我们不知道他是谁，但我们认为他在追踪一件被盗窃到矮人城的宝物，而我们也许能帮得上忙。”说完她与弗雷德里克交换了一个眼神，后者轻轻点头表示鼓励。

“真的吗？”希勒斯看起来很担忧，“没听说谁家被偷了啊。有人被偷这种事肯定会传遍云工厂的。被偷走的是什么？”

苏西张了张嘴，不知道该如何回答。

“在找到失主之前我们希望保密，”弗雷德里克接过话来，解救了苏西，“但我们可以提供一些关于盗贼的信息。”

“是的！”苏西说，“一个是灰色皮肤的矮人，另一个……嗯，他个子很高，手上有尖爪，翅膀的羽毛是金棕色的，还有会发光的琥珀色大眼睛。”

希勒斯皱起眉头：“听起来不熟，而且我不擅长记长相。他们的穿着呢？”

“矮人穿的就是旧工作服，”苏西说，“另外一个，有翅膀的那个，穿着一件带兜帽的深蓝色披风。”

希勒斯的眉毛拧在了一起：“长度及地？”

苏西点点头。

“什么材质？”

“我不知道，”苏西说，“但看起来很轻，也许……也许是丝绸？”

“而且背后有两处开缝，可以伸出翅膀。”弗雷德里克补充说。

希勒斯的眼睛亮起来。“现在听起来就耳熟多了。给我几分钟，我查一下顾客记录。”她走向附近的一个架子，取下一本厚账簿，开始翻看。

苏西既紧张又期待，血管里的血嗡嗡直响，感觉就像罐子里的魔法云一样在刺刺放电。在希勒斯聚精会神看账簿时，她倾身朝弗雷德里克低声说：“我还是不明白她用魔法云做什么，为什么那朵云这么重要？”

“因为魔法云里有原始的魔法能量，”弗雷德里克也悄声回答她，“魔法被锁在一滴滴水汽里。”他戳了戳放在桌上的罐子，引发了一小阵噼噼啪啪的电火花风暴：“你知道什么是冷凝吗？”

苏西翻了个白眼：“当然知道。蒸汽遇冷就会凝结成液体，就像窗玻璃上的水雾。”

“正是如此。云术士用同样的方式处理魔法云。用液体更容易施魔法，而且液体能保持魔力。”

“我会在织布前将丝线浸在里面。”希勒斯说，眼睛依然看着账簿。

“所以做出来的是带魔法的衣服？”苏西问。

“会带一点儿魔法。”希勒斯说，“而且，跟定制衣服一样，我会根据客户的需要定制魔法——啊哈！”她指着账簿上的一条记录，“我就说这披风听起来耳熟，它是我做的。”

“你为他做的？”弗雷德里克问。

“是的，”希勒斯回答，“月光丝，午夜蓝，轻如鸿毛，丝滑如水，几乎没有空气阻力。我自己也有几件。”

听起来很适合长时间飞行，苏西想。“所以他来过这儿，那个带翅膀的家伙？”她问。

“是的，”希勒斯说，“现在我记起他了。他不是很友好。”

“那么说他太轻描淡写了。”苏西说，“当时发生了什么？他说什么了吗？”

“没说什么。”希勒斯凝神盯着账簿上的记录，竭力回想着，“大约两个月前，他通过远程咒下的订单，第二天过来取的货。我熬了半个晚上才赶上交货。”

“他告诉你他的名字了吗？”弗雷德里克问。

希勒斯查看账簿。“布朗先生。”她说，然后皱起了鼻子，“如果他就是你们要找的盗贼，我觉得那应该不是他的真名。”

苏西也同意这个说法，感觉自己的期待有些落空。“他在掩盖行踪，”她说，“我猜他也没有给你什么地址吧，或者任何可以追踪到他的信息？”

“抱歉，没有。”希勒斯摇摇头。

失望像一张大网罩住了苏西。她的计划失败了，现在她要怎样拯救矮人城？

“等等！”希勒斯啪地合上账簿，“我刚记起一些事情。那个自称布朗先生的来取披风时，没有拿收据就走了，所以我不得不去追他。”

“然后呢？”弗雷德里克问。

“我追上他时，他正要进入对面的云术士雷利的工作室。所以，也许雷利可以告诉你们更多信息。”

苏西重新燃起希望，她在挎包里翻找起来，然后拿出一封卷了边的信，咧嘴笑着将它举起来。“卡尔乌斯·雷利的邮件。你说他在对面？”

“没错。”希勒斯说，但脸上露出一丝犹疑，“你记得我说过我认识这里所有值得认识的人吗？”

“记得。”苏西说。

“嗯，但我不认识雷利，我觉得云工厂里没人真的认识他。”

“为什么？”弗雷德里克问。

希勒斯噘起嘴：“简单点说就是他很难相处，我们大多数人都会避开他。”

“邮递员从不逃避职责。啊，我想起来了……”苏西将希勒斯的信递给她，“抱歉，送晚了。不过既然特快专列已经恢复运行，邮件派送应该也会恢复正常了。”

希勒斯接过信，像是收到了圣诞节礼物。“我喜欢收信！”她说着撕开信封，从中抽出一张对折的黄色便笺，上面满是潦草的字迹。

“有好消息吗？”弗雷德里克问。

“是我父母的来信，他们住在普罗兰多夫，我们不能常常见面。”她越看笑容越灿烂，“这真让我开心。”她说着将便笺折起来重新放回信封：“谢谢你。”

苏西感到精神振奋了些，这才是做邮递员的感觉。“这是我们应该做的，”她说，“还要谢谢你的帮助。现在我们得走了，云术士雷利的邮件要超时了。”

雷利的工作室入口就在庭院大门旁刚进门的地方。与其他门面不同，它既没有橱窗也没有招牌，只有一扇已经褪色、斑驳的黑漆木门，门上钉着一块失去光泽的牌匾，上面写着：

C. 雷利

工匠

“这跟我想象的云术士店铺不太一样，”弗雷德里克嫌弃地看了木门一眼，“他为什么会在这么个鬼地方？”

“布朗先生找一个工匠干什么？”苏西也疑惑地自言自语，

“我们来找出答案吧。”她敲敲门，没有人回应，然后她又敲了敲。“有人吗？”她双手拢在嘴边，伏在门上，喊道，“云术士雷利？”

“如果是我，就不会期待有人回应。”

是贾斯珀的声音，他们转过身，看到他已经成功拆掉了滑翔机的框架，正用一把大裁缝剪刀剪蒙布。

“为什么？”苏西问，“他不在里面？”

“谁知道呢，”贾斯珀说，“有时候他会一连消失好几天。他和其他云术士相处得不好，也有可能就是他不想开门。”

“为什么？”弗雷德里克突然警觉起来，“他是想隐藏什么吗？”

“不是，”贾斯珀又剪下一块蒙布，“他只是不太喜欢别人。而且悄悄告诉你们，这种感觉往往是相互的。”他对他们会意地眨眨眼睛。

“但是我需要见他，”苏西说，“这非常重要！”

“抱歉，”贾斯珀爱莫能助地耸耸肩说，“你们可以一直在这儿等着，看他是否会出现，但我建议你们别抱太大期望。”他将从蒙布上剪下来的布条捆起来：“我得把这些旧边角料拿给希勒斯，她会把它们变成无与伦比的好东西。”他的眼神又温暖起来：“祝你们俩好运。”他笑了笑，匆匆走开了。

苏西看着他离开，感觉自己的计划又走进了死胡同。“现在怎么办？”她说，“我们不能就这么一直等着，矮人城的时间不多了！”

“我们可以四处打听打听，”弗雷德里克建议，“也许其他云术士有他的消息。”

虽然希望渺茫，但苏西知道自己没有多少选择。“好吧，”她咕哝道，“反正我也要投递剩下的邮件，正好问一下那些收件人认不认识雷利。”她从挎包里掏出那捆邮件翻看着，“但不是每位云术士都有邮件，所以还需要你去见见剩下的云术士，假装成顾客，看看能发现什么线索。”

“没问题，”弗雷德里克说，“让我看看邮件，筛选一下不用去找谁。”

弗雷德里克看邮件时，苏西又环顾了一圈庭院：损坏的滑翔机框架被贾斯珀整齐地码放在一起，其他云术士都已回到各自的工作岗位，顾客们也不再慌乱，他们浏览着商店的橱窗，仿佛什么也没有发生过。

“好了，”弗雷德里克将邮件还给苏西，“之后我们还在这里会合。”说完他先朝魔法云冰激凌店的方向匆匆走去。

“他可千万别一下午都泡在那里。”苏西喃喃自语道。然后，她正了正帽子，用袖子擦亮她的邮递员徽章，出发了。

第10章

搜寻洞穴

威尔莫特的脚步声在霍布斯之角附近的路面上回响，空荡荡、黑洞洞的破败房屋耸立在两侧，门窗都已不见。这条街正如特雷里斯先生所说，早已荒无人烟。

以前我竟从没有听说过这个地方，威尔莫特想，如此看来，它应该不在任何邮递路线上。

街道是个死胡同，终点是山谷陡峭的石壁，上面嵌着两扇大铁门，门上挂着链条和挂锁。这一定就是通往老矿井巷道的入口。只见门上的警示标志上写着：

危险！

请离开！

“现在怎么办？”威尔莫特自言自语道。他的话音在街上发出奇怪的回响，他向四周看了看，感觉自己仿佛被什么东西盯上了。有一秒钟，他似乎看到一个黑影蛰伏在一盏坏掉的路灯下，但当他再次看过去时，黑影又消失不见了。“有人吗？”他喊道。没有人回答，也没有其他动静。他将制服大衣裹得更紧了些。

“有点儿亮光会有帮助。”他对自己说，从口袋里掏出奇境邮政服务配置的发条手电筒。他转动手电筒底部凸出来的开关，打开手电筒，仔细观察起大铁门。

门已经锈蚀得坑坑洼洼，大得足以供卡车和货车通行，威尔莫特心想：也许钻探设备也进得去。但是门后面真的隐藏着通往早已被湮没的矮人祖先的洞穴入口吗？如果是的话，他要怎样通过这个门呢？门上的挂锁又大又结实。他十分想念苏西，真希望她能在这里。自从上次一起冒险之后，他就一直期盼着再次和她一起工作。现在这样各自单独行动让他感觉怪怪的。但他马上回过神来，不能这样多思多虑的。苏西有自己的任务，他也是，他必须在那个矮人叛徒修复钻探机之前找到他，否则矮人城在劫难逃。

威尔莫特还在犹豫该怎么做时，忽然听到身后传来一个微弱的声音。他猛然转身，正好看到一个黑影消失在街道那边的一团深色阴影中。他害怕得僵在原地。

“我知道你在那里！”他喊道，然后将手电筒向人影消失的方向照去，但光线太弱，照不到那里，“现身吧。”因为一直被教导应该礼貌待人，他补充说：“请出来。”

有那么一会儿，什么动静都没有。然后，一个人影慢慢拖着脚步、拄着拐杖朝他走来。两边房屋的影子在街道上被拖得很长很长，所以直到那人走到近前威尔莫特才辨认出来是谁。

“特雷里斯先生？”

“你好，小伙子，”特雷里斯先生说，“抱歉，我不是有意要吓你的。”

威尔莫特惊讶得说不出话来，特雷里斯先生却像是把这当作他接受了道歉的信号。他缓缓走到大门前，用拐杖敲了敲门：“我看你已经找到了。”

“嗯，是的，”威尔莫特说，“但是你在这里做什么？你应该在疗养院啊，跟着妈妈一起撤离！”

“哦，那个呀，”特雷里斯先生说，“我想如果她一点儿都不挂念你的话，就更不会挂念我这样的老家伙了。你已经找到进去的方法了吗？”

“还没有。”

特雷里斯先生大笑起来。“我就知道。这门的年纪比我的还大，它是不会轻易屈服的。”说完他举起手猛拍过去，试图将门打开。但他高估了自己的实力，威尔莫特不得不冲过去，在他向后摔倒前扶住他。

“特雷里斯先生，您真的不应该在这里，我带您回去。如果引发地震的人真的在里面，我可不希望你们碰面。”

“盗贼！”特雷里斯先生大喊着向大门挥舞拳头，“让我

邮政局长

看看挂锁。”

他用胳膊肘将威尔莫特扫到一边，拖着脚步再次走过去，近距离检视着挂锁。“看上去一下就能打开。”他说着从大衣口袋里掏出一把袖珍折刀，展开里面各种各样的工具，“这些是我那个年代邮递员的标配，指甲锉、放大镜、计数器，还有把半人马蹄子里的石子儿弄出来的工具……啊哈！就是它。”他展开一个又小又窄的刀片：“拆信刀！”他将刀尖插进锁眼里轻轻转动，随后威尔莫特听到咔嗒一声。“除了拆信，开其他东西也很灵。”

挂锁一下弹开，砰的一声重重落到地上。伴随着长长的刺耳的嘎吱声，大铁门缓缓打开，腾起一阵黄色尘土形成的浓烟，呛得两个人都咳嗽起来。

“哇！”威尔莫特咳嗽着说，“您成功了！”尘烟消散后，他又打开手电筒，照向铁门背后的黑暗。草草凿出的黄色石块堆得像高耸的金字塔，有些甚至有三个威尔莫特那么高，就堆放在矿道两侧。“这里的石头足以建造一整座城市！”他的声音消散在巨大的空间里，几秒钟之后才听到回声。

“这是石料场，石匠在这里将石头凿成砖形，”特雷里斯先生说，“矿井一定是在更里面。”

威尔莫特握紧手电筒。“我必须进去看看，”他说，“我必须找到支持苏西说法的证据，不然国王不会下令撤离的。”

“我和你一起，局长，我们进去找那些盗贼吧。”特雷里斯先生没有等威尔莫特，拖着步子抢先迈过了门槛，“出发！”

“等等我！”威尔莫特说。

这里像是另一个世界，空气更冷，手电筒的光仿佛一射出来就被黑暗吞没了。威尔莫特将光束往上照去，同样看不到高高石堆的顶部。

一阵哗啦声将他们的注意力吸引到前方的一个石堆上。石堆底部的一个大石块上有一道深深的裂缝，一些碎石从侧面滑落下来，随后大一些的石块掉到地面上，撞击、碎裂。

“一定是地震导致的，”威尔莫特轻声说，“我们最好小心一点儿。”

他们一直等到碎石不再崩塌滑落，才小心翼翼地尽量绕开石堆往前走，来到一堵裸岩高墙前。这里是石料场的尽头，墙边有二十部货梯一字排开，所有电梯都锈迹斑斑、黑黢黢的，看上去已经停止运行了，只有一部除外。

“这一部最近被修理过。”威尔莫特说着赶紧跑过去。这部电梯的金属门在手电筒的照射下闪闪发光，旁边嵌在墙里的警报按钮也发着红光。“这就是证据。那个矮人和他的老板一定是从这里进入洞穴的，他们跟矿井有关联！”他感到既骄傲又欣慰，他成功了，他找到了说服格罗特尼普和国王的证据。“我们需要让当局立即来这里，他们会解决一切问题，我们不需要撤离矮人城了。”

他激动的声音在石堆间回荡，哗啦啦的落石声再次响起。

“干得漂亮，局长！”特雷里斯先生笑得呼呼直喘粗气，“我都等不及看那些恶棍被绳之以法时的表情了。”

他们转身想要离开，落石声却越来越大。威尔莫特注意到底部的大石块也开始松动了，石堆在自身重量的压迫下咯吱作响。

他才转身朝出口的方向走了几步，第一个石堆就倒塌了，发出炮火般的炸裂声，大块大块的石头朝各个方向飞去。一块碎片从威尔莫特耳边呼啸而过，若不是特雷里斯先生从身后将他拉倒在地，第二块碎片可能会将他的脑袋砸掉。

“真险哪，局长！”特雷里斯先生在轰隆隆的落石声中呼喊道。这时，一个石堆整个倒塌、崩裂，发出他们在地震中听到的那种声音。落石重重地砸在地面上，地面震动开裂，没过几秒，通向出口的路就被埋了起来。威尔莫特还没来得及注意到这一点，临近的石堆也都开始瓦解，更多的石块猛砸向他们周围。

“快，特雷里斯先生！”威尔莫特挣扎着站起来，“快来这边！”

他将特雷里斯先生拽向那部还能运行的电梯，按下按键。幸运的是电梯就停在这儿，门很快就开了。

“进去！”威尔莫特刚把特雷里斯先生推进电梯，一大块石头就砸中了他们刚刚站立的地方。电梯门关上，威尔莫特猛拉控制面板上的操作杆，电梯抖了一下，开始下降。说是电梯，其实只不过是个球形金属笼，四壁是用金属丝扎成的菱形网格，从网洞中可以看到裸露的石壁构成的电梯井飞速掠过。很快，石料场发生的灾难就变成了一阵阵遥远的咚咚砰砰声，每过一秒钟都变得更加微弱。

“我们要去矿井吗？”特雷里斯先生问。

“恐怕是的。”威尔莫特说。

“直捣盗贼的老巢？我喜欢。”特雷里斯先生对威尔莫特咧嘴一笑，露出光秃秃没有牙齿的牙龈。

威尔莫特擦掉额头上的尘土，试图整理一下思绪。他刚刚真的没有考虑追踪罪犯的事，只是想避免被滚落的巨石砸中。但现在有了一点儿时间思考，他发觉特雷里斯先生说得没错。“我们不可能再从霍布斯之角的大门出去了，”他说，“这就意味着我们没法儿向当局报告我们的发现。我们只能自己找到钻探机并阻止它了。”

“这就对了！”特雷里斯先生说，“那些笨蛋甚至不会知道自己是怎么栽跟头的。”

威尔莫特靠着网格站稳。“特雷里斯先生，我要您向我保证自己会小心行事，这儿可不是斯布洛特的卡仕达酱加工厂。我们需要团结一致，保证彼此的安全，不做无谓的冒险，明白吗？”

“完全明白。”特雷里斯先生说。威尔莫特注意到他脸上的笑容丝毫没有退去，看上去相当享受这一切，威尔莫特都不确定应该担忧现在的处境还是羡慕他的好心态了。

就在这时，有个什么重东西砸在了电梯顶部，特雷里斯先生终于露出了害怕的神情。

“怎么回事？”他问。电梯顶又遭到沉重一击，凹下来一大块，威尔莫特弯腰避开。

“我猜是石块掉进了电梯井！”威尔莫特说，“我们头顶上的电梯门一定是被砸开了，但只要电梯的钢线绳不受损，我们——”

他的话骤然被金属断裂的声音打断，电梯随之开始疾速下坠。因为惯性，威尔莫特和特雷里斯先生都离开了地面，紧紧贴在轿厢天花板上。电梯井的四壁飞速掠过，风在威尔莫特耳边隆隆作响。

“没关系，局长！”特雷里斯先生喊道，“至少我们是以身殉职！”

当他们坠向未知的黑暗时，威尔莫特脑海里唯一的想法是：妈妈发现时一定会气疯的。

第11章

魔法云风暴

苏西走出云术士布里林顿的专业花卉商店，叹了口气。这间商店引人入胜，但对她的调查工作没有丝毫用处。店主布里林顿热情地向她展示了他是如何用浓缩的魔法云给植物浇水的，效果的确惊人：花朵会根据音调的变化发光闪耀、改变颜色，有时甚至可以改变形状。

苏西礼貌地稍作提醒，布里林顿才坦白说他不知道雷利在哪里，而且和苏西之前问过的六位云术士一样，他从未服务过外貌跟带翅膀的袭击者相符的客户。

苏西再次检查挎包，发现就剩雷利的信没有投递了。他千万得是她要找的云术士，她已经没有其他选择了。

我不能两手空空地回矮人城，她暗自想。这念头让她的胃难受地打了一个结。现在雷利是她唯一有可能找到神秘的"布朗先生"的希望了，找不到他，人们就不会撤离矮人城，他们就没有机会阻止下一场地震，那将会有许多矮人受伤或者发生更糟的事。

苏西经过诺克鲁森的面包店时，弗雷德里克从店里叫住了她。她转身看到他正从这家店里飘出来，双脚悬在离地几厘米的地方，还咧着大嘴傻笑着。

“发生了什么事？”苏西吃惊地问。

“我吃了这个。”弗雷德里克说着递给苏西一个纸袋。苏西接过来，看到里面是一种裹着糖衣的甜点。

“蛋糕？”

“积雨云蛋糕，尝起来像蜂蜜，吃完感觉轻飘飘的！”他在空中做了个转体说，“会让你身轻如燕！”

苏西眯起眼睛看着他：“你把所有的时间都用在了大快朵颐上？”

“没有，”弗雷德里克矢口否认，心虚的神情却出卖了他，“我一直在找人套话。”

“然后呢？”

“然后，似乎没有人了解雷利。”他努力扮出失望的表情。

他们俩一起转身去看雷利工作室的破旧大门，它依然紧闭着，让人捉摸不透。

但随后，门上方出现了一丝响动，吸引了苏西的目光，她顺着墙壁看到一个又小又脏的窗户，窗户后面似乎有人在盯着他们。人影只在那里出现了一秒钟就缩回了破旧的窗帘后面，但苏西没有放过这个细节。

“有人在里面！”她指着窗户说，“我刚刚看见了！”

弗雷德里克顺着她的手指看过去，当然什么也没有看见。“你觉得是雷利吗？”他问。

“必须是他！快来！”苏西飞奔过庭院冲到店门口，用拳头捶着门。“云术士雷利？”她喊道，“我们是奇境邮政服务的，这里有一封你的超时邮件。”

弗雷德里克来到她身旁，仍旧像个气球一样在地上弹来弹去的：“万一他不想回应怎么办？他之前就没有回应。”

“但是之前他没有被我们发现，现在他不能假装不在了。”苏西说着，更加用力地敲起了门。

门突然打开了，一位穿着金色和深棕色拼接外套的中年男子现出身来。他身材精瘦，头发花白，蓄着短短的胡子，眯着淡蓝色的眼睛看着他们。

“能小点声吗？”他厉声说，“我在工作。”

“雷利？”苏西问，“卡尔乌斯·雷利？”

“是的，有何贵干？”

“我是奇境邮政特快专列的邮递员，这里有一封信要给你，你可以签收一下吗？”

雷利上下打量着她，似乎对她没什么好印象：“之前也是你在敲我的门，扰乱我的思绪吗？”

“是的，”苏西说，“你没有应门。”

“因为我在冥想，与缪斯交流，等待艺术灵感闪现。结果全被你们搅和了。”他摸了摸口袋，“你有笔吗？”

“抱歉，我的笔没水了，”苏西说，“不过我可以等你去找一支。”

雷利悄声咕哝了句什么，转身走进店里。

“你的笔真的没水了？”弗雷德里克悄声问道。

苏西对他微微一笑。“当然不是，其实压根儿就不需要签收。”说完她马上推开门迈了进去。这无疑十分无礼，有悖手册中规定的邮递员的行为准则。但如果这是拯救矮人城的最后机会，那么苏西决意破个例。幸运的是，雷利正忙着其他事情，没太留意。

他的工作室看上去像是在化学实验室里举行的杂物拍卖会，所有台面上都挤满了瓶瓶罐罐、成堆的衣服和旧书旧纸等。他将它们扫到地上，在一盏玻璃吊灯的光亮下从这堆杂物中翻找着。唯一被他小心对待的是一小串发光的粉色水晶，他把它捡起来，轻轻放在一个架子上，架子旁边是一套精致的瓷器茶具和一个粗糙的陶瓷牛奶瓶。

雷利穿着金色的丝绸裤子和褶边衬衫，这身衣服显然质量上乘，但也皱得厉害。尤为奇怪的是，他的鞋子上糊着一层干了的泥巴。他去过哪里？苏西很好奇。她知道自己必须先让雷利放下戒心，才有可能让他主动吐露信息。但她感觉他的耐心不会持续太长时间，她必须万分小心而且速战速决。

“看来你是个艺术家，那你都制作些什么呢？”苏西将一个翻倒的凳子放好，坐了下来，弗雷德里克则在她旁边踱着步。

这时雷利撞倒了一堆书，发出砰的一声。“你不会明白的。”

尽管受到了轻视，苏西还是选择微笑："我也许能明白。"

"我制作前卫云系装置，"雷利说，"大胆新颖，没有两个装置是完全一样的。"

他说得对，我真的听不明白，苏西心烦地想。

"'云系'的意思是'跟云相关的'。"弗雷德里克在她耳边低语道，声音小得足以确保雷利不会听到。苏西飞快向他竖起大拇指以示感激。

"所以你是用魔法云制作艺术品。"苏西说。

雷利惊讶地瞥了她一眼，苏西感觉这是他第一次正眼看自己。

"相当正确。"雷利终于从一堆旧袜子里翻出了一支钢笔。苏西从挎包里抽出一张递送凭证，他打个钩表示签收，然后把笔扔到身后，从她手里接过信。他将信封拆开，取出信件，厌恶地噘起了嘴巴。

"有什么问题吗？"苏西问。

"是我姐姐寄来的生日贺卡，晚了差不多两个月。"他将贺卡翻转过来给他们俩看，他们看到上面画着花哨的彩虹色卡通热气球，亮闪闪的，下面是"生日男孩"几个字。"你们看到了吗？这就是其他人的艺术品位。"说完他将卡片撕成两半，扔到地上。

"而你的品位更好？"弗雷德里克说。

"哦，当然！你自己看看。"雷利指着吊灯说。

"那个东西？"弗雷德里克说，"那有什么特别的？"

苏西没说话，暗自为弗雷德里克选择勇敢面对雷利而高兴。那盏吊灯的确还不错，但也很普通，完全称不上杰作。

雷利一定是料到了他们的反应，露出洞悉一切的微笑，夸张地从大衣口袋里掏出一根长长的玻璃温度计。

“这是我的云系魔法棒，”他说，“看仔细了。”说完，他用魔法棒一指，吊灯开始融化，雕花玻璃化作一颗颗水珠，像慢镜头下的暴雨一样滴落下来，水滴间出现一道道迷你彩虹。在落到桌子上之前，水滴变为一阵薄雾，薄雾缠绕融合，在几秒钟的时间里组成了一只竖棱玻璃花瓶，瓶里还装着一束泛着浅红色微光的雕花玻璃玫瑰。苏西着迷地看着这一切。

“哇，”她赞叹道，“真漂亮。”

“这只是个展示模型，”雷利说，“跟其他店里用来敲游客竹杠的玩意儿不同。我从来不浓缩或稀释魔法云，那会拉低它的价值。我在分子水平上使用纯粹的魔法云，里面一丝杂质也没有。”他傲慢地等着看苏西和弗雷德里克的反应。

“你的意思是，”弗雷德里克说，“花瓶和吊灯……”

“完全是用魔法云做的，别无其他。”雷利得意地说，“我仅仅是训练魔法云的分子，让它们表现出玻璃的特征，并且可以在几种特定的形状之间变换。但它们仍然只是水蒸气。就像这样。”他从花瓶里抽出一枝玻璃玫瑰花，捏着花茎，狠狠砸向桌子。苏西以为花会破碎，但它只是在雷利的手指间变成了水汽，放出一股微弱的能量，然后消失了。

“真了不起！”弗雷德里克说。

“是的，我的确了不起，”雷利说，“我也非常忙碌。所以，如果你们不介意……”他朝门口示意。

苏西感到最后的机会正从手中溜走。“实际上，我和弗雷德里克需要你的帮助，”她跳起来说，“是性命攸关的事情。”

“你到底在说什么？我不明白你为什么觉得我能帮到一名邮递员……”雷利眯起眼睛看着弗雷德里克说，“还有不知道是谁的这位……”

“哦，我是图书管理员。”弗雷德里克说着从衣服内侧口袋里掏出一张名片递过去。没想到雷利看到名片后反应很大，脸上顿时没了血色，后退一步，龇起牙来。

“象牙塔！”他恶狠狠地说。

“我知道，我知道，”弗雷德里克面露尴尬地说，“但请先让我说两句。我向你保证，我们现在已经有了全新的管理团队，提供完全面向公众的服务，带着传承历史的使命和——”

“他的意思是他们已经和前任启明大人没有任何关系了。”苏西捅了捅弗雷德里克，插话说。但她忘了他仍然飘浮着，经她一捅，他便飞到了房间另一边，撞在塞得满满当当的书架上。

“哦，是的，”弗雷德里克说话间试图恢复平衡，“他被妥妥地锁在黑岩塔的地牢里，由暗影夫人看守，不必担心。”

雷利的脸上恢复了些血色，但又露出狐疑的神情：“那是谁派你们来的？”

“没有人派我们来，”苏西说，“我们来这里是为了派送邮件，也是为了拯救矮人城。”

“什么？”雷利说，“越说越离谱了，矮人城有危险吗？”

苏西点点头。“危险来自一个自称‘布朗先生’的人，他在一两个月前曾拜访过你。”

雷利的脸瞬间变得苍白而僵硬。“我不认识什么布朗先生，”他斩钉截铁地说，“请你们立刻离开我的工作室。”

“我们推测他拿走了你的某件东西，而你一直在试图把它找回来。”苏西说，“我们想帮你，但你必须告诉我们你知道的有关他的一切情况。如果我们不能尽快找到他，他就会摧毁矮人城。”

“这是个陷阱！”雷利激动得语无伦次，“我就知道！是他派你们来的，是不是？”

“所以你确实认识他！”弗雷德里克说。

“我当然认识他！”雷利厉声说，“那个长着羽毛的白痴偷走了我最伟大的作品——我的杰作！”他边说边往身后的一组架子退去：“你们来是因为昨天我追踪到了农场，是不是？”

苏西重新看了看他泥泞的双脚。原来那是农场的泥，她想。

“我就知道我找对了地方，所有迹象都指向那里。但是那些受过训练的乡巴佬儿拍拍我的头，给了瓶牛奶，就把我给打发了！”他拿起放牛奶瓶的托盘向苏西和弗雷德里克丢去，苏西躲开了，但牛奶瓶打中了弗雷德里克的胸口。他大叫一声，向后踉跄了几步，撞倒了精美的瓷器，瓷器在地上摔了个粉碎。

“现在他派你们来这里除掉我！”雷利接着说，“好吧，我要给你们好看。卡尔乌斯·雷利不会束手就擒！”

“什么？”苏西说，“不，我们……”她看向弗雷德里克，想让他帮忙说点什么，却惊讶地看到他正用两只手轻轻地捧着那个牛奶瓶。

“真不敢相信，”他像从未见过牛奶瓶似的盯着它，“这不可能！”

苏西还没来得及问他有什么不对劲，雷利忽然发出一声生气的喊叫，从架子上抓起一个玻璃罐使劲儿砸到地上。苏西只看到那罐子里装满了深灰色的魔法云，随即它就被摔成了碎片。伴随着一记威力无比的炸雷，房间里爆发了一场风暴，一道闪电在苏西头顶劈开，她尖叫着趴到地上。

“你们这群杀手！”雷利叫道。

“苏西？”霹雳声让弗雷德里克回过神来，“怎么回事？”

苏西伸出手抓住他的脚踝，将他拉下来，压在地上。翻滚的乌云充斥着房间里的每一寸空间。又一阵隆隆的雷声在苏西耳边炸响，她几乎什么也看不见了，只能听到雷利在风暴声中的呼喊。

“你们永远无法阻止我！我会拿回理应属于我的东西！”

一道锯齿状的闪电劈下来，苏西刚才坐的凳子着火了。

“我们快出去！”她边喊边站起身来，抓住弗雷德里克的手，像拖气球一样将他拖在后面，磕磕绊绊地跑向门的方向。

逃跑的过程颇为狼狈，她撞上了五六次看不见的障碍物，与此同时，一直有闪电在他们周围噼啪作响，房间里到处都是小火苗。

他们终于闯到了室外，大口呼吸着新鲜空气。苏西的耳朵里还在轰隆隆地响，闪电后遗症导致视野中全是青紫色的光斑，但她勉强辨认出弗雷德里克在她旁边，还有一群人正从庭院向他们跑来。

“你们受伤了吗？”第一个来到他们身边的贾斯珀问，“发生了什么事？”

苏西还没来得及回答，雷利的整个店铺就震动起来，一道震天响雷劈裂了瓦片，震飞了大门。

希勒斯跑了过来。“别告诉我雷利终于发飙了！”她说。

“他还在店里，”苏西说，“我们得帮他。”

“不，他不在里面，”希勒斯说，“快看！”她指向空中，一只金色和蓝色相间的热气球正从屋顶升起，雷利从吊篮的边缘探出头来俯视着他们。

“骗子！”他喊道，“破坏者！盗贼！”

所有人都惊呆了，目送热气球越升越高，飘出了视野。

“哇，”希勒斯说，“看来那位先生需要甘菊茶冷静一下。”

苏西恢复了镇静，说：“我们得跟上他。谁的飞行器可以借我们用用？”

“不用费心了，”弗雷德里克说，“我们坐特快专列去，我知道他要去哪里。”

苏西吃惊地看着他：“你怎么知道的？”

“因为这个。”弗雷德里克答道。苏西惊讶地发现他仍旧拿着那个牛奶瓶。他将牛奶瓶递给苏西，指着瓶身上突出的名字给她看：詹森。而他的表情阴沉得可怕。

“我不明白。”苏西说。

“它来自雷利说的那个农场，我以前见过。”

“太好了！”苏西说，“我们有线索了。”

“你没明白，”弗雷德里克说，“我见过跟这个一模一样的瓶子，我是靠这些牛奶瓶长大的。”

苏西不解的表情一定是太明显了，弗雷德里克敲了敲她手里的瓶子，进一步解释说：“詹森是我的姓，这个瓶子来自西沼泽地我父母的农场。”

苏西看看瓶子，再看看弗雷德里克，又不敢置信地看看瓶子。“但是为什么？”她终于张口说道，“一个西沼泽地的农场怎么跟矮人城里发生的事情扯上联系的呢？”

“我不知道，”弗雷德里克说，“这得去问我的父母。无论这里发生了什么，他们都脱不了干系。”

第12章

矿底探秘

威尔莫特感觉肋骨处被戳得生疼，他闭上眼睛希望将这阵疼痛忍过去，但就是怎么都过不去。最终，他从包围着他的黑暗迷雾中清醒过来，睁开了眼睛。

特雷里斯先生站在他旁边，正用拐杖捅他的肋骨。

“哎哟。”威尔莫特说。

“啊哈！”特雷里斯先生低头笑着对他说，“快点，局长，没时间打盹儿了。”

“我不是在打盹儿，”威尔莫特说，“我晕倒了。”他坐起来环视四周。他们仍然在电梯里，但是电梯壁已经被压得像手风琴一样皱缩。

“哈！你也应该试试这个，”特雷里斯先生敲了敲头上的铬板说，“绝对防震。”

威尔莫特一只手握住特雷里斯先生伸过来的手，另一只手撑着地站了起来。他浑身都酸痛不已，但将全身检查了一遍之后发现并没有受伤之处。“发生了什么？”他问。

“我们掉下来了，”特雷里斯先生说，“而且掉得很深。”

“你是说我们在电梯井底？”威尔莫特从原本是电梯入口的一道缝隙往外看去，看到电梯门皱巴巴地躺在外面满是石头的地面上，“我们为什么没有摔死？”

“我想是因为气囊弹开，我们坠落时有了缓冲。”特雷里斯先生说。

他们俩相互搀扶着从开口处出来，进入矿井。一条由摇摇晃晃的木柱支撑着的低矮隧道向左右两边分出岔路，一束束电缆和旧灯具从头顶悬挂下来，威尔莫特一眼就看出它们都已经锈蚀得无法再使用了。他呼出的气在冰冷的空气中变成白雾。

威尔莫特回头看了看电梯残骸，确实有一个松松垮垮的白色气囊织物从下面冒出来。“谢天谢地，那些罪犯在修理电梯的时候还记得修理气囊。你觉得我们现在应该走哪边？”他打开手电筒，将隧道前后照了照，但在两个方向都没看到任何东西。

“我真不知道。”特雷里斯先生拖着脚走了几步，越过威尔莫特，朝黑暗中看去，“那是另一部电梯？”

威尔莫特顺着他指的方向看过去，在隧道壁一半的高度、手电筒照不到的地方，确实有一个绿色小亮点。“也许是，”他说，“但是我确定刚刚它还不在那里。”

他们小心翼翼地向亮点靠近，那亮光似乎变得越来越亮了，威尔莫特意识到那不可能是电梯的按钮。那其实是一朵蘑菇，也可能是某种别的伞菌，他从来都分不清这个种类下的植物有什么区别。它很小，发着亮光，十分漂亮。然后他注意到头顶的石壁上还有一朵，接着看到第三朵、第四朵。

他眼看着更多蘑菇在隧道中亮起来，颜色多种多样——绿色、蓝色、红色、黄色……隧道里现在已经亮得无须再用手电筒了。

“天哪，我从没见过这样的景象。”威尔莫特说。

“看起来有点儿像斑点矮人草，”特雷里斯先生说，“它们生长在矮人城超结构的暖气风管里。但我以前不知道它们会发光。”他伸出手，用指尖戳了戳离他最近的一朵蘑菇。那蘑菇惊得一声尖叫，突然冒出六条像螃蟹一样的腿，敏捷地沿着墙壁爬走了。“我以前也不知道它们会这样跑。”他补充道。

蘑菇突然动起来时威尔莫特吓得往后一缩，眼睁睁看着它沿隧道壁跑走了。“传说矮人祖先的洞穴里全是古老的魔法，”他说，“如果那是真的，也许会对生活在那里的动植物产生影响。”当那朵蘑菇跑过同伴旁边时，它们也纷纷冒出六条腿，在一阵吱吱吱的惊叫声中疯狂逃窜。“如果这些东西是从洞穴来到这里的，”威尔莫特接着说，“也许它们现在正要回到那里去，它们要回家！”他兴奋地抓住特雷里斯先生的胳膊：“快，我们得跟上它们！”

他们跟着一窝蜂逃窜的矮人草形成的发光彩虹，进入矿井更深处。隧道持续向下倾斜，弯弯曲曲的，还不断分出岔路，走到后来，即使威尔莫特想找回去的路也不可能找得到了。他心想：希望这些小东西知道自己要去哪里，否则我们真的会被困在这里。矮人草步伐轻快，威尔莫特不得不搀扶着特雷里斯先生才追得上它们。他生怕跟丢了，丝毫不敢停下来喘口气。

最终，矮人草将他们带到了一段被碎石埋住一半的隧道。这里的墙壁伤痕累累，还有被烧过的痕迹，一半的矿井支柱已经被砸成了碎木块。

“一定就是这里，”特雷里斯先生呼哧呼哧喘着粗气，但还是保持着敬畏的语气说，“这就是多年前灾难发生的地方。”

因为路面越来越凹凸不平，十分难走，他们俩的速度慢了下来，而矮人草越跑越远，将光亮也带走了。威尔莫特伸手去拿手电筒，却发现矮人草的光并未完全消失，他们小心翼翼地继续走了两步，光又重新亮了起来。最后，他们一寸寸地绕过一块大石头，发现隧道突然停在了这里。

一个巨大的黄色石洞出现在他们面前，它比威尔莫特见过的所有石洞都大，甚至可以与格拉丁·霍尔特车站相媲美，而且石壁的每一寸都闪烁着微光。威尔莫特意识到，那就是藤黄金石。

“真不敢相信！”他小声说道，“我们真的来到了这里！一个矮人祖先的洞穴！”

巨大的钟乳石从洞顶倒挂下来，像是坚硬的岩石做成的冰锥，无数发光的矮人草栖息其中，有的甚至比乌瑟尔的块头还大，威尔莫特猜测他们刚刚跟着的一定是矮人草宝宝。它们糖果色的光照亮了一片从地面冒出来的石笋林，更令人震惊的一幕映入了他的眼帘。

一个外部光滑的蜂蜜色金属圆顶建筑占据了洞穴正中央，建筑大约有十五米高，一组矮人正通过一条条绳梯从它的侧面爬上爬下，彼此间呼喊着口令。威尔莫特数了数，一共五人，其中包括苏西在托特斯的废料堆放场遇到的那个灰皮肤矮人。而在圆顶建筑之上的就是钻探机。

特雷里斯先生从牙缝里吸了一口气："局长，那就是造成所有麻烦的该死的机器吗？"

"是的，特雷里斯先生，"威尔莫特说，"就是它。"

尽管他不想承认，但那钻探机确实是台令人惊叹的机器。它如同一架头朝下的火箭，主体呈圆柱形，和贝儿号的锅炉一样大，由四条可伸缩的支架腿支撑，一台大型助推发动机朝上支棱着，火箭头则是犹如金属牙齿般的尖锥，距离圆顶建筑表面仅有几米。

"我想象中的宝库可不是这样的，"威尔莫特说，"我原以为会是一扇大门或者保险柜。"

"我们祖先的行事方式神秘莫测，孩子。"特雷里斯先生说，"你说那个东西里面有宝藏？"

"是的。"威尔莫特说，"按照苏西偷听到的说法，有像石头一样大的钻石，还有金子以及其他宝物。”

特雷里斯先生赞叹地吹了个口哨。“难怪他们费那么大劲儿也要闯进去。”

“但我们不会给他们机会的，”威尔莫特说，“我们看看能否靠得更近些。”

他们蹑手蹑脚地走出隧道口，顺着斜坡下到洞底，从一个弯弯扭扭的石笋后面闪到另一个后面。走到一半时，他们在一块巨石的阴影中停下了。

“有什么计划吗，局长？”特雷里斯先生问。

“他们这样围着钻探机，我们什么也做不了。我们需要分散他们的注意力。”

“想法不错，你有什么主意吗？”

威尔莫特还没来得及回答，一个影子就从他上方掠过，钻探机四周的活动声都停了下来。威尔莫特将手指放到嘴唇上示

意特雷里斯先生安静，然后从巨石后面往外瞄着。一个黑影从钻探机上面呼啸而过，威尔莫特认出那是袭击苏西的那个长着宽大翅膀、披着深蓝色披风的人，吓得生出一阵寒意。在钻探机上忙活的矮人们似乎也受到了惊吓，都呆呆地看着那人盘旋着越飞越低，最后落在圆顶建筑之上。

“怎么样了，雷吉？”威尔莫特听到兜帽里传出一个低沉的声音。

“我们已经固定好了钻探机，”灰皮肤的矮人雷吉说，“但还缺少修复换热器所需的零件，我正准备再到上城去看看。”

“不行，”那人说，“我们不能在矮人城露面，那个爱管闲事的邮递员和她的朋友已经将消息散播开，我们会遭到搜捕。”

“可如果没有长度正好的铜管，我什么也做不了。”雷吉说。

“那你就去其他地方找，而且要快，我已经没有耐心了。”

“农场怎么样？”雷吉问。

“詹森农场吗？”那人说，“那个臭气熏天的泥坑？”

“是的，他们的谷仓里有一台旧挤奶机，里面有一些铜管。”

那人考虑了一会儿：“会合适吗？”

“我会让它们合适的。”雷吉说。

“好吧，”那人咆哮道，“坐斯乌普去。我要你们在天亮之前打开宝库，记住了吗？”说完他跃入空中，展开翅膀，从洞穴中滑翔而过，降落在威尔莫特此前没注意到的另一个隧道口。

雷吉朝两个矮人挥挥手，说：“皮勒、康普，我需要你们俩做驾驶员。盖里和巴里，你们留在这里站岗。不能再有任何意外了。”听到这话，一个樱桃红皮肤的女矮人和一个奶白色皮肤、身材瘦高的男矮人点点头，匆匆爬下梯子。

他们三人走过时，威尔莫特和特雷里斯先生紧紧地贴在巨石上。

“快点，”戴兜帽的人喊道，“你们找管子，我正好去‘关照’一下那两个看守我们宝物的不中用的农夫。”

“你不相信他们吗？”雷吉问。

“一点儿也不相信。”伴着披风窸窸窣窣的声音，那人转身进了隧道，雷吉三人跟在后面。

威尔莫特正思索着这番对话，忽然感到特雷里斯先生下巴上的胡子扎得他耳朵很痒。

“我们的机会来了，局长，”特雷里斯先生凑到他耳边悄声说，“为了不让他们修好钻探机，我们必须采取一些破坏行动了。趁现在他们只留下了两个人。”

威尔莫特从巨石后面探出脑袋，迅速打量了一下盖里和巴里。他们现在在宝库顶上站着，背对着钻探机。两个人都身材敦实，肌肉发达，看不见脖子。威尔莫特把头缩了回去。

“说起来容易做起来难，特雷里斯先生。也许我们应该跟着离开的那几个人，看看他们要去哪里。”

“但我们可能再也不会有像现在这样的机会了，”特雷里斯先生说，“我相信那两个坏蛋敌不过善良、诚实、勇敢的人。”

威尔莫特觉得自己的勇敢对抗不了盖里和巴里太长时间，

其他方面也不行。“不做无谓的冒险，记得吗？”他说，“即使我们能够对付他们俩、破坏钻探机，我们仍然需要一条脱身的路线。我们不可能从来时的路出去了，但那几个人正要去农场，那意味着他们有其他路能从这里出去，我想找到它。”

特雷里斯先生渴望地看了钻探机一眼，最终还是点了点头：“听你的，局长，带路吧。”

威尔莫特一边警惕地看着站岗的矮人，一边带着特雷里斯先生弯腰穿过洞穴，一分钟后来到了雷吉他们刚刚消失的那个隧道口，溜了进去。

一股寒风吹来，紧接着他们听到了引擎的轰鸣声。

“快。”威尔莫特说。两人快步向前跑去。

当他们来到隧道尽头，踏上一个金属平台时，引擎的轰鸣声已变成刺耳的咆哮。那平台是一个方形的大露台，从他们所在的那侧岩壁向外突出。周围一片漆黑，看不出这里是个多大的空间。一架黑色流线型飞艇正要从露台那一头起飞，它像一只大蝙蝠一样升入空中，然后消失在黑夜里。

“哦，我的天哪！”特雷里斯先生说，“斯乌普夜曲六十。我很久没有见过了。”

飞艇的引擎声渐渐消失，周围变得安静下来。“那么这就是他们的后门。”威尔莫特四处打量，希望能发现其他的电梯或者隧道，却只看到露台以及几个堆在角落的装机器的木条箱，“这是什么地方？”

他走到露台那一头隔着栅栏向外看，下面除了一个张着巨口的大裂谷外什么也没有。然后他抬头向上看，惊得差点儿跌倒在地。在上方很高很高的地方，透过一道狭长的缝隙勉强可以辨认出一条闪烁的灯光带。“是矮人城！”威尔莫特说。他从未见过他的家乡看起来这么小、这么缥缈的场景，这一幕让他感到自己渺小极了。“那就意味着我们在神秘谷。”现在他们无疑是在山谷下面很深的地方，比他能够想象到的还要深，但距离谷底仍然很远。

他战栗着从栅栏旁向后倒退着说：“抱歉，通常我是不恐高的。”

“啊，”特雷里斯先生说，“这是深，跟高不是一回事。”

强劲的风吹着他们的衣服，幽灵般的雾气绕着露台打转，风与雾混合在一起，一会儿又消失了。威尔莫特看到特雷里斯先生也在发抖。

“好吧，”威尔莫特说，“在飞艇返回之前，我们没有可能脱身了。我们需要做好偷飞艇的准备，至少要偷偷登上它。您知道怎么驾驶飞艇吗？”

“我看过别人驾驶，”特雷里斯先生说，“我还从飞艇里掉出来过一次，那算吗？”

“不算也得算了，”威尔莫特说，“现在我们的目标非常明确了——必须确保他们无法修复钻探机。”

“好伙计！”特雷里斯先生说，“我就知道你会明白过来的，那我们开始行动吧。”说完他挥舞着拐杖朝隧道口走去，却被威尔莫特一把拉住了。

“我们不能直接过去挥拳头。”

“那你说怎么办。”

威尔莫特裹紧大衣抵抗着强风，认真思考起来。不一会儿，他脸上缓缓浮现出一个笑容。“我想我也许有主意了。”

第13章

回家的方向

奇境邮政特快专列冒着蒸汽从传送隧道中疾驰而出，尖锐的呼啸声穿透了西沼泽地的雨夹雪。苏西和弗雷德里克来到位于驾驶室二层的导航室，弗雷德里克不停地走来走去，似乎完全没有注意到窗外的景色。特快专列正飞驰在一段高高的路堤上，周围是一片平坦的、看上去再普通不过的沼泽地，在低矮的灰色天空下闪烁着暗淡的银光。苏西也觉得这景象确实不怎么吸引人。

“真不敢相信！”弗雷德里克说，“他们在对我做了那样的事情之后，竟然还不知收敛。”

“我们还不知道他们做了什么，”苏西回应他，尽量让自己的话听上去有理有据，“我们只是得到了一个将他们和云术士雷利联系在一起的牛奶瓶，他们可能是无辜的。”

“不会的，”弗雷德里克反驳道，“我敢肯定。”

苏西倾向于相信他。既然雷利也在追踪布朗先生，那么他去过弗雷德里克父母的农场这件事就十分可疑。那儿听起来是需要费很大工夫才能找到的地方，会与布朗先生有什么联系呢？本来西沼泽地距离矮人城就非常远，而詹森农场又在西沼泽地的边缘地带。

“这辆火车不能跑得再快一点儿吗？”弗雷德里克说，他这会儿把脸贴到了窗户上，“我们下车之后还得走一个小时，我们需要赶在雷利前面到达那里。”

“你觉得他也去了那儿？”苏西问。

“他就是这么说的，不是吗？”弗雷德里克提高了音量，“他仍然在寻找他宝贵的‘杰作’。”

“但他乘坐的是热气球，”苏西说，“我们乘坐的是特快专列，我们一定会更快。而且他能走传送隧道吗？热气球进不了传送隧道，对吧？”

弗雷德里克翻了个白眼：“他当然不可能走传送隧道，他会走奇空，这是明摆着的。”

苏西蹙起眉头：“那么奇空是什么呢，专家先生？”

弗雷德里克嫌弃地叹了口气：“你怎么连这种基本常识都不知道？奇空就是奇境联邦中所有位于天空的部分，比如巨人居住的云洲，或者希勒斯的父母所在的飞行城市普罗兰多夫，都是奇空。”

“好吧，”苏西说，“但这怎么能让雷利到达西沼泽地呢？”

“因为奇空连接了许多奇境，”弗雷德里克说，“你可以从一个奇空进入另一个奇空，如果知道正确的飞行航线的话。”

“所以它们就像是天上的传送隧道？”苏西问。

“差不多，但它们没有传送隧道那么可靠，许多奇空经常会移动，没有人知道为什么。所以它们的连接线路也总在变化，不可能画出地图，必须依靠直觉来导航。”

苏西终于明白了是怎么回事。“所以雷利不一定能够到达西沼泽地。”

“他会到达的，”弗雷德里克闷闷不乐地说，“云洲不会移动，它总是在西沼泽地上面的某个地方，曾是西沼泽地最大的贸易伙伴。后来西沼泽地与巨人的关系恶化，就砍掉了所有连接两地的豆茎。如果雷利可以到达云洲，他就可以到达农场。”

说完这些，他的肩膀垂了下去，苏西对他的不满也减轻了些。

“你确定在我们到达之前没办法联系上你父母吗？”她问。

“确定。”弗雷德里克走到格子架前，仔细查看地图上的编号，然后抽下一幅看起来普普通通的卷轴，将它拿到桌子上摊开，四角用铜夹固定住。那是西沼泽地的地图，大部分地方都是空白。“你看，”弗雷德里克伸手戳在空白的中央，苏西看到那儿只是被简单地标记为沼泽，“农场应该就在这儿，但从来没有人愿意费心将这个区域准确地画出来，附近没有铁路线，也没有修好的路，更别提电话线或者网线了。另外，即使我可以打电话给他们，他们也不会告诉我发生了什么。”

苏西沉默了，她知道当初弗雷德里克想让父母帮他揭露前任启明大人的阴谋，结果他们却背叛了他。现在回来面对他们不是件容易的事，尤其是他们又有了新的嫌疑。她试图想象这样的事情发生在自己身上会是什么情景，但想象不出来。

“真是好笑，”弗雷德里克说，“我一直都希望远离这个地方，没想到有一天会这么着急赶回来。”

特快专列开始减速，他们回到驾驶室，乌瑟尔和斯通克都在里面忙着。

“还要多久？”弗雷德里克问。

“你问我的次数越多，感觉就会越久。”斯通克语气僵硬地回答。

弗雷德里克沮丧地闭上了嘴，苏西开始思考下车之后如何去农场这一难题。以前如果有什么地方难以抵达，危险地带车厢通常是最佳工具，但她不知道新的这个该如何使用。她紧闭双眼，在脑海里回想她的笔记，一定有其他……

苏西奔跑着从门口的一堆信件上跳过去，进入分拣车厢，乌瑟尔连忙闪到一旁。“嗯哼？”她疑惑道。

“我马上回来！”苏西喊道。手册中的一个片段浮现在她的脑海中，也许能够解决他们眼前的难题。她费力地穿过杂乱的邮件，来到分拣车厢的最里面，找到威尔莫特用来存放备用制服的一个小储藏柜。

她在拖把、扫帚、水桶和旧日志中费力翻找着，最后找到了她想要的东西——两双齐膝靴子，鞋底很厚，鞋尖带有铜制铆钉。她拿着靴子回到驾驶室，得意扬扬地将它们举起来，说：“我们可以用这个！”

“这是什么？”弗雷德里克问。

“七里靴，”苏西说，“专门为赶时间的邮递员准备的。听起来说的就是我们，你不觉得吗？”

“哇，”弗雷德里克不敢置信地看着靴子，“我不知道这个东西还在使用。”

“真的吗？”苏西说，“手册上说它们是标准配置。”

弗雷德里克鼓起了腮帮子。“你的手册有多少年头了？是刻在石板之类的东西上的吗？”

苏西不敢相信到了此时此刻他还可以这么傲慢。随后斯通克瞟了他们俩一眼，表情有些异样。

“他说得也在理，手册上的内容是有些随心所欲。比起七里靴，咱们局长更喜欢轮滑鞋。”

“没关系，”苏西果断地说，“我读过它们的使用方法。”她向弗雷德里克展示固定在靴筒前方的一个小的铜制刻度盘，刻度盘外围一圈刻着一至七七个数字，中间是个红色按钮。“用这个来设置靴子要走多远，一步最多可以走七里格。按下这个按钮就可以启动了。”她递给弗雷德里克一双靴子，“你父母的农场距离铁路线有多远？”

“大约六海里。”

苏西愤愤地盯着他：“换算成里格。”

“也许是三里格多一点儿？沼泽地上的一里格等于你所站

的位置到地平线距离的一半。”

“这种计量方式听起来不太靠谱，”苏西反驳道，“万一你看不到地平线呢？”

“那里是沼泽地，”弗雷德里克说，“在沼泽地上，你永远可以看到地平线。”

“我还是觉得不太对劲。”苏西说。

“是不对，”斯通克说，“所有人都知道一里格是成年矮人一个小时可以行走的距离。”

“那更糟糕！”苏西说，“矮人的腿有多长？他是不是在爬坡？你们怎么能这样进行计量？”

斯通克看起来有点儿受伤：“怎么计量又不是我定的。”

“啊呜嗷嗷嗷呜。”乌瑟尔说着又往炉膛里扔了一把香蕉。

“别弄复杂了，”斯通克说，“那些靴子真的只能以里格为单位吗？”

苏西紧紧闭上眼睛，强迫自己保持耐心。“你的意思是你们没有任何标准的计量单位？”她问。

“我们当然有，”弗雷德里克说，“只是里格真的太古老了，现在已经没有人使用了。”

“那为什么这靴子还在用呢？”苏西问。

“因为这靴子也非常古老，”斯通克说，“而且它们是由爱粗制滥造的精灵制造的。那些精灵是坚定的传统主义者。”

“那么精灵的里格是怎么计量的呢？”苏西追问道。弗雷德里克、斯通克和乌瑟尔开始大眼瞪小眼。

“不知道，我一点儿也不知道。”斯通克说。

“那么你要怎么知道应该设定多大距离呢？”苏西进一步问道，身子明显因失望而颤抖起来。

“不停地试，基本上是这样，”斯通克回答，“这不是门精准的科学。”

“这根本不是科学！”苏西厉声说，暴怒地踢掉脚上的运动鞋，“我的袜子呢？”

所有人盯着她的光脚看了一会儿，然后乌瑟尔从扶手椅下面拿出一个小箱子，从中取出两双新袜子。

“我会继续寻找解决方法，”斯通克说，“但是情况有可能会变得更糟糕。我们第一次试运行时丢掉的是内裤。”

苏西从乌瑟尔手中一把抓过袜子，闭上眼睛，强迫自己深呼吸。“对不起，”她说，“但我们快没有时间了，距离天亮只有四个小时了，而我们拯救矮人城的计划几乎没有丝毫进展。”

“别想那些了，”弗雷德里克脱掉自己的鞋子，说，“直觉告诉我，我的父母知道很多东西。”

他们离开主海岸线，驶上一条杂草丛生、猛然拐向内陆的支线。四周的水泽依然很多，车厢外面飞驰而过的田野被水量充沛的运河和沟渠连在一起。不一会儿，特快专列停在一处十分偏僻的地方，视野范围内没有一块地标。车轮还没完全停止滚动时，弗雷德里克就从前门跳了出去。苏西匆匆跟着他一起来到一片深草丛中，斯通克和乌瑟尔跟在他俩后面。

“我的靴子不起作用！”弗雷德里克一边抱怨，一边原地小跑着。

“等一等，”苏西说，“我还没有告诉你安全使用的方法。农场在哪个方向？”

“那边，”弗雷德里克指向地平线上空旷的一处，“东南方。”

苏西转向东南方。“首先，设定距离。因为我们不知道准确的距离，所以最好设短一些，哪怕多跨几次。我可不希望跨过了头。”说完，她弯下腰拨动靴子上的刻度盘，将指针指向三。

“还有呢？然后怎么做？”

“将靴子启动，正常往前迈一步，但是无论你做——”

她还没说完，弗雷德里克就啪地按下刻度盘上的红色按钮，按钮发出亮光，他往前跨出一大步。还没等落脚，他的身影就伴着一声微弱的撕裂声消失了，仿佛被什么东西从现实中拉走了。

“等等！”苏西喊道。

“哦，天哪。”斯通克捻着胡子尖说。

苏西挫败地举起双手：“他距离设置得对吗？”

“啊呜。”乌瑟尔耸耸肩叫道。

“不，我也不确定，”斯通克说，“但你最好跟上他，而且但愿他给两只靴子设置了一样的距离。”

“为什么？”苏西问，“如果距离不一样会怎么样？”

斯通克露出为难的表情：“我不知道该怎样委婉地表达，但是想象一下，如果你身体的左右两边突然被分开一里格以上……”

“啊呜。”乌瑟尔说。

“是的，”斯通克说，“非常糟糕。”

苏西被吓到了，感觉浑身发软。她怎么能让这样的事情发生？她再次检查自己靴子上的距离刻度盘，确保两个刻度一致，然后用大拇指按下启动键。

“我会尽快找到他。”说完她往前迈了一步。

她感觉脚底痒痒的，说明魔法开始起作用了。魔法从下向上传导，逐渐控制了她的全身。她原以为会有一股快速移动的压力和动力冲击身体，但相反，她震惊地发现自己是静止的，移动的是世界——特快专列和目的地之间的每一个原子都像风穿过敞开的窗户一样，从她身旁呼啸而过。她感觉到（而不是看到）田野、空气和雨滴像幽灵般闪过，然后她的脚啪唧一声落在地上。她站在一片泥泞的田野中，周围是一群活生生的奶牛，其中一只转过头来看到了她，放了个响屁，又转回头去继续吃它的草了。

苏西花了一些时间平复呼吸，然后从上到下拍了拍自己，发现身体各部分都安然无恙。她关闭靴子，向四周看了看，没有特快专列的踪迹，除了奶牛，只有她一个人。在田野遥远的尽头，可以看到一些挤在一起的十分简陋的低矮建筑，那一定就是弗雷德里克家了。

她从泥巴里拔出脚，艰难地穿过田野，朝农场跑去，心里暗自希望弗雷德里克只是比她抢先了一步。无论布朗先生对这个地方存有何种兴趣，她都将查个清楚。

农场院子十分简陋，泥巴地上堆着一处处粪肥，几幢小房子挤在一起，破败不堪。谷仓看上去肮脏潮湿，农舍也好不到哪里去，是个只有一层的棚子，看起来像是用随便找的一些形状各异的碎木头和金属胡乱拼凑在一起搭成的，一束微弱的亮光在仅有的一扇窗子里可怜地对抗着笼罩在头顶上的厚厚云层。

难怪弗雷德里克想要离开，苏西一边想一边捏着鼻子抵挡浓烈的动物气味，艰难地穿过院子走向农舍。

她叩了叩门，大声喊道：“有人吗？里面有人吗？弗雷德里克？”

农舍里传来拖动脚步的声音，然后门开了一条窄缝，露出一张脸。这张脸脸色蜡黄，脏兮兮的，一只凹陷的布满血丝的眼睛向下瞪着苏西。

“你是谁？你想干什么？”

“我来自奇境邮政特快专列。”苏西说，“你是詹森先生吗？”

那人眯起眼睛，半皱着眉头：“你有什么事？”

“我是弗雷德里克的朋友，他已经到了吗？我们走散了。”

那人眼睛眨了眨，嘴角往后一扯，露出黄色的牙齿和一个冷笑。“我不知道你说的是谁。”

苏西环顾院子：“这里是詹森农场吗？这件事非常重要。”

“我不关心，”门里的人说，“我不认识什么弗雷德里克。你这是非法入侵，走开。”

他正要关上门，院子中央忽然传来微弱的撕裂声，然后是砰的一声。苏西转过身，看见是弗雷德里克，他浑身湿漉漉的，头发凌乱，背对着她。但当他扭过头看到这边的两个人时，顿时松了一口气，高兴起来。

“苏西！爸爸！我终于成功了！”他一只脚在泥里滑了一下，于是赶紧迈出另一只脚寻求平衡。可一眨眼，他又不见了。

“哦，”门后的男人说，“那个弗雷德里克。”说完他就要关门，苏西连忙将靴子尖挤进了门缝。

“詹森先生，求你了！许多人，不，实际上是一整座城市都处于危险之中，而我和弗雷德里克相信你可以帮我们解救他们。”

詹森先生不顾苏西卡在门缝处的脚，一门心思地想要关门，幸好靴子尖是铜的。

“我不知道任何城市的任何事情，”他说，“我和我妻子只是可怜老实的农民，我们不希望被打扰，只想过安分的生活。”

他用肩膀抵住门，试图用全身的力量将门关上。就在这时，苏西注意到他手指上戴了几个大金戒指，其中一个还镶着一块葡萄大小的红宝石。

“詹森先生，你能告诉我云术士卡尔乌斯·雷利最近来这里是为了寻找什么吗？”她直截了当地说。

“我从没听说过这个人。”詹森先生再次试图用肩膀关门，还是没关上。

“那布朗先生呢？”苏西又试着问，“你听说过他吗？”

效果立竿见影。詹森先生停下动作，脸上顿时失了血色。“你怎么知道那个名字？”他嘶哑地问。

“因为我见过他，”苏西说，“而且他将在几个小时后摧毁矮人城，除非我和弗雷德里克可以阻止他。现在，求你了，让我进去吧。”

詹森先生眨巴眨巴眼睛，然后用颤抖的手将门缝开大了一点儿。

“谢谢你。”苏西说。她上前一步，但詹森先生用手在她胸前使劲儿推了一下。她仰面一摔，大叫着倒在了泥里。

“这里什么事都没发生！走开！”他说着砰地关上了门。

苏西躺在地上，震惊混杂着愤怒令她无法起身。冰冷的水浸入她的制服，将衬衣粘在她后背上。

然后砰的一声，弗雷德里克出现在了院子的角落里。“苏西！帮我！”他刚喊出声，靴子又带着他开始移动了。

“你得把靴子关掉！”苏西回喊道，但他绊了一下，又不见了。

“哦，饶了我吧。”苏西的耐心已经到了极限，她两手撑地站起来，用拳头砸门，“开门！”

“你这是骚扰！”一个女人在哐哐的砸门声中喊道。

苏西试着转动了一下门把手，惊讶地发现门没有上锁。“我要进来了。”

她预料这房子是个破旧的单间小屋，实际上，它确实如此，只不过里面到处堆着宝物，有的甚至堆到了房梁：金子满得往外溢的箱子和保险柜堆放在各个角落，一块叠着一块的丝绸地毯摞在地上，油画沿墙码放了三圈，成堆的珠宝淹没了房间中央的小餐桌。苏西难以置信地盯着这些珍宝，她以前从未见过如此之多的财富。

“关上你后面的门！”詹森太太厉声说，“我们不希望整个联邦的人都看到这些。”她和她的丈夫一样脸色蜡黄、骨瘦如柴，顶着一头脏兮兮的金发，穿着一件破旧的灰色罩衫。她戴着一串珍珠、几只金手镯和一顶皇冠。

苏西一头雾水地看着他们俩，问：“这里发生了什么事？”

又是砰的一声响打断了苏西，弗雷德里克出现在她面前，满身泥巴，拖着水草。

“救——命！”他哀号道。

在他再次抬脚之前，苏西赶快冲过去抓住他，关闭了靴子。他上气不接下气地倒在地上。

“谢谢你，”他说，“真可怕！我以为永远停不下来了。”

“谁让你不等我就跑了。”苏西说，“你还好吗？”

“我觉得还好。我们在哪里？”他不可思议地环顾四周，“妈妈？爸爸？这里发生了什么？”

“我们重新装修了。”他妈妈说。

他慢慢地转了一圈，试图弄明白眼前的一切：“这些都是从哪儿来的？”

“现在我们不需要供你吃饭穿衣，能多买一点儿奢侈品了。”

“你严重消耗着我们的资源。”他爸爸补充说。

“一点儿奢侈品？”弗雷德里克从桌子上拿起一串珍珠，“果盘里装满了钻石，那边的挤奶凳上是满满一桶狼港硬币。还有，那幅画是范·皮布尔斯的真迹吗？”他指着靠墙堆放的画像中的一幅说。

“我和你妈妈也许不太懂艺术，”他爸爸说，“但我们知道自己喜欢什么。”

弗雷德里克感到心灰意冷：“这些都是偷来的吗？”

他妈妈露出一副备受侮辱的表情：“你怎么敢这么说？这些不是我们偷来的，一个硬币都不是！”

“没错！”詹森先生说，“我们是无辜的！”

弗雷德里克狐疑地看了苏西一眼，但她能做的只是耸耸肩。“我不知道。”她说。

弗雷德里克咬着嘴唇，瞪着眼睛思考了一会儿。“我相信他们的话，”他说，可声音听上去充满不确定，“这些东西来自联邦各地的画廊和银行金库，他们不可能全部偷来的。”

“你看吧，”他妈妈说，“现在他觉得我们没有能力。无论我们做什么，对他来说都不够。”

苏西没有理会她。“你是说这是其他人偷来放在这里的？”

“一定是，”弗雷德里克说，“但会是谁呢？又为什么呢？”

两个人同时明白过来。“布朗先生！”他们不约而同地说。詹森夫妇听到这个名字都往后一缩。

“我想起来了，我在废料场听到那个矮人说他以前为布朗先生抢劫……而且是很多次。”苏西看向四周堆起来的宝物说。

“你无法证明任何事情。”詹森先生还在嘴硬，尽管他脸上心虚的表情对苏西来说已是足够的证据。

“怎么会发生这样的事情？”弗雷德里克责问道，“联邦有那么多地方，为什么布朗先生选择将这里作为他的仓库？还有，为什么你们会答应他？”他的父母在责问声中不断向后退缩着。

“我不知道你在说什么，”他爸爸说，“但如果有一天一个犯罪分子突然从天而降，来到你的农场，要求你妥善保管他以非法手段获得的战利品，并许诺给你一部分作为回报，你会怎么说？”

弗雷德里克震惊地眨了眨眼：“我会说‘不’！”

詹森先生似乎没料到这样的回答。“那么也许我们不得不求同存异了。”他说。

苏西的耐心早已耗尽，忍不住问道：“我们需要在布朗先生毁灭矮人城之前找到他，他正在城市底下某个地方的洞穴里钻探，寻找宝藏。他提到过有关地点的信息吗？任何信息都行。”

“他从不对我们透露任何信息。”詹森太太说。

“除了他威胁说如果丢失任何宝物就砍掉我们的脚指头，”詹森先生补充说，“他将这一点说得尤其明白。”

弗雷德里克十分恼火：“你们两个真是没救了！你们为了自己什么都做得出来，还有任何底线吗？”

“你说得容易，”他妈妈回击说，“你有一份好工作，穿着好衣服在联邦里趾高气扬，我们现在高攀不起你了，是吗？”

“我从未那样说过，妈妈。”

“但你一直这样认为。我和你爸爸为了养家糊口，一辈子都在牛粪里摸爬滚打，而你却一直看不起我们。”

“不是那样的。”弗雷德里克不太有底气地喃喃道。

“是的，就是这样，”詹森先生说，“你头也不回地去了象牙塔。现在瞧瞧你，了不起的图书管理员，而我们有什么可炫耀的？”

“我们不想后半辈子都生活在这个棚子里，”詹森太太说，“所以我们得抓住每一次机会。”

“如果你们不知道布朗先生在哪儿，那么他什么时候会来，你们总知道吧？”

“我们怎么会知道？”詹森先生说。他正准备再说些什么时，外面尖锐的轰鸣声打断了他。他和詹森太太都变得面色苍白。

“是他们！”詹森先生说。

轰鸣声越来越响，苏西听出那是引擎的声音。“你是说布朗先生来了？”她问，“现在？”

弗雷德里克的父母摘掉他们原本戴着的珠宝。

“你们得藏起来！”詹森太太说，“他不允许有访客来！”

“别担心，”苏西走到门口，“人们总是乐于见到邮递员。”

她和弗雷德里克走到院子里，探照灯从空中照下来。苏西用手搭在眼睛上，挡住刺眼的光，抬头看见一个流线型的大黑影在农场上方盘旋，看起来有点儿像只巨型蝙蝠，但它的涡轮机往下吹起的旋风告诉她那是架飞艇。飞艇下方打开了一个舱口，从里面垂下一条绳子，不一会儿，苏西在废料场遇到的那个灰皮肤矮人沿着绳子滑了下来，落在院子正中间，激得泥水飞溅。

“又是你们！”他惊叫道，紧张地看看苏西，又看看弗雷德里克。在什么地方见过这个矮人的熟悉感再次向苏西袭来。

“不是我们的错！”弗雷德里克的爸爸走到门口说，“我们试过赶他们走。”

“他们是来偷你们的宝物的！”弗雷德里克的妈妈叫道，然后抓住弗雷德里克的胳膊，将他猛地推向矮人，“我们帮你抓住了他们。”

“妈妈！”弗雷德里克难以置信地倒吸一口气。

矮人向前走了几步，从腰带上取下一根坑坑洼洼的金属棒。那是矮人魔法棒，苏西担心地咽了口唾沫。

“我们来这里不是要偷东西，”她说，“我们只是想阻止你们破坏矮人城。”

矮人皱起眉头，对苏西和弗雷德里克挥舞着魔法棒。“你们怎么发现这里的？”

“这是我出生的地方，”弗雷德里克说，“他们是我的父母。”

“你觉得我会信吗？”矮人说。

“我们以前从未见过这个男孩，”詹森先生说，“我们只知道他是象牙塔的图书馆馆长，他是非常有价值的人质！”

“是的！”詹森太太说，“但我们想要百分之十的赎金。”

弗雷德里克和苏西都厌恶地看着他们。与此同时，矮人用手从上到下抹了一把脸：“瞧，我这一天已经很累了，现在真的没有时间应付这些事。”

“那把他们交给我吧。”一个低沉的声音响起，令苏西感到刺骨的寒意。声音来自她上方，她抬起头，正好看到布朗先生灼热的琥珀色眼睛。

他像滴水兽一样半蹲在农舍的屋檐上，余下的脸藏在兜帽的阴影中。苏西发觉在废料场体验过的那种冷静感又开始渗入她的身体，但这一次她有所准备，她费力地强迫自己移开目光，那种感觉便消失了。

“不要看他的眼睛。”她提醒弗雷德里克。

布朗先生发出不耐烦的叫声，从屋顶上跳下，在苏西头顶上空打了个转，敏捷地落在矮人旁边。“我处理他们就行了，你快去谷仓找挤奶机，那里面的铜管足够修理六台钻探机。”

雷吉点点头，小跑着离开了。

“喂！”詹森先生在他后面大声呼喊道，“那台挤奶机是私人财产！你不能拆它。”

“安静！”布朗先生摩擦起爪子，发出磨刀般的声音，“你不应该来这里，邮递员。”

“我会尽一切可能阻止你重新启动那台钻探机。”苏西说。

“就为了这个？”他听上去有些惊讶，“矮人城对你来说有什么价值？”

恐惧影响了苏西的思考，但她脑子里还是很快出现了清晰的答案。“它意味着一切。”在将这句话说出口时，她就知道这是真心话，这就是她现在活着的意义：学习手册能够教会她的一切，然后学以致用，做一名邮递员与朋友们一起踏上旅程，探索奇境。矮人城现在已经成为她的第二故乡了。

布朗先生眯起了眼睛，说：“那么我很抱歉，对我而言，它除了是障碍外什么也不是，就像你们一样。”

让他一直说话！这个想法跳进苏西的脑海。只要在说话，他就不会发动袭击。“你喜欢藏在兜帽后面，用假名字，”她说，“为什么不露个脸呢？”

布朗先生咯咯笑起来：“你以为我害怕吗？”

“正是，”苏西回答说，“要么就是你很丑。”

那双大眼睛里的火燃烧得更加猛烈了，兜帽下面发出愤怒的嗞嗞声。弗雷德里克的父母退回屋内，砰地关上门。苏西感到恐惧挤压着她的肺部，她说得太过了。

“丑？”布朗先生展开翅膀，披风同时向外飘开，“我，伊格里斯·泰尼布里，堂堂的犯罪大师，居然被你说丑？”说完他扯开披风和兜帽，扔到一边。

苏西震惊地盯着他，只见他有着男性人类的身体，穿着宽松的白衬衫、蓝马甲、马裤和靴子，肩胛骨处却生出一对翅膀来，两边肩膀直接连着长着金色短羽毛的圆拱形脑袋，簇状耳朵如号角般竖在两边，灯笼一样的眼睛长在平平的脸上，

嘴巴是一个又短又弯的钩形喙。

“你觉得这叫丑？”他逼问道。

苏西这才意识到自己正大张着嘴巴，于是合上嘴。“你有一部分是猫头鹰。”她直截了当地说。

“我无与伦比！”伊格里斯·泰尼布里反驳说，“而且我将会是你见到的最后一个人。”他将爪子对准苏西的喉咙，然后挥动翅膀朝她扑了过去。

第14章

冲上云霄

泰尼布里邪恶的利爪划破空气，抓向苏西。苏西往后一跳，却撞在了农舍侧墙上。泰尼布里继续直直朝她扑来，苏西闭上了眼睛。

然后，她听到一声重击和失望的惨叫。她意识到自己仍然活着，于是睁开了眼睛，看到泰尼布里仰面躺在她脚边的泥泞中，弗雷德里克正骑在他身上，试图将他的胳膊按在地上。

“快跑，苏西！”弗雷德里克喊道。

苏西本能地想听从他的话，内心深处却有什么促使她往前一扑，扑到泰尼布里身上，和弗雷德里克一起努力制伏他。

有一瞬间她和弗雷德里克似乎占了上风，但泰尼布里展开了翅膀，将他们俩都弹开了。随后他站了起来，朝弗雷德里克发出一击。弗雷德里克跳开，但落地时脚在泥里滑了一下，重重地摔倒在地。

泰尼布里转过来，再一次面对苏西。“这一次你的宠物熊没法儿救你了。”他说完向前一跳，爪子挥向苏西的心脏。苏西仅仅来得及抓起挎包挡在胸前，爪子就到了眼前，刺穿了挎包的皮革，刺进了包里手册的厚封面。这一击让苏西倒退了几步，又因泰尼布里也紧紧抓着她的挎包而没有倒下。

“你会飞吗，邮递员？”泰尼布里问，他唰地将另一只爪子伸出来抓住苏西的手腕，“从三十米的高空落下应该能让你不再多管闲事。”

苏西努力挣脱，但泰尼布里扇动翅膀将她拽向空中，她的双脚哗的一声离开了泥泞的地面。

“放开我！”她一边喊一边用另一只手打泰尼布里的爪子。

“我会的。”他咆哮着回答。

苏西挥舞手脚乱踢乱打，想尽可能给他制造一些麻烦，但都无济于事，泰尼布里一寸寸地将她拖向天空更高处。

突然，苏西的右脚挂在了什么东西上面，上升停止了，恐惧像刀刃一样从她的肋骨内侧刮过。她惊讶地低头看去，发现是她的靴子挂在了农舍的屋檐上。她如释重负地大笑起来。泰尼布里也发现了，发出愤怒的嘶吼。

“你是赢不了的，”他更加用力地拍打翅膀，“看着我的眼睛，我会保证你临终时刻的安宁。”

苏西想一拳砸扁他的尖喙，却挣脱不开。她抬头怒视着他，绷紧浑身肌肉对抗着。就在这时，她看到雷利的热气球从谷仓的屋顶上飞过。

热气球仿佛是乘着狂风，飞得又快又低。吊篮啪地落在几米之外，雷利从篮边翻出来，挥舞着他的云系魔法棒。

“我的杰作！”他喊道，“我知道它在这儿，我要求你们立即将它交出来！”

泰尼布里转过头看看苏西，又看看雷利，苏西感到胳膊上的压力有所减轻。然后泰尼布里松开了爪子，她啪嗒一声掉进院子的湿泥里。泰尼布里很快落到她身边，她还没来得及逃走就被他用脚后跟压在地上。“我过会儿再对付你。”说完他将注意力转向雷利。

苏西看到雷利的动作变得迟缓起来，然后他踉跄着停下，拿着魔法棒的那只手垂到一侧。她知道他是被泰尼布里那双硕大的眼睛深处的某种力量控制住了。

“醒一醒，云术士！”她呼喊道。但雷利感知不到她。泰尼布里高高举起一只爪子，准备袭向苏西的喉咙。不远处，雷吉抱着长长的铜管，正费力地走向从飞艇上垂下来的绳子，却被弗雷德里克拽住了双脚。

眼看她就要全盘皆输了。

她用脚跟蹬在地上，试图挣脱泰尼布里的控制，靴子却在湿泥里直打滑。

靴子……

苏西的思绪旋涡里形成一个疯狂的主意，如果不成功，她会被撕成两半。但万一成功了呢？

她将双脚从泥里抬起来，将左右脚交叉，用脚跟按下靴子上的两个启动键。

“你很顽强，邮递员，”泰尼布里说话时依然盯着雷利，“但你的实力太弱，离打败我还差得远呢。”

苏西没有回答，只是咬紧牙关，脚跟踩进泥里，用力一蹬。

身旁又是一阵奇怪的呼啸，周围的现实变换，然后，谢天谢地，她仰面躺在了一片没有奶牛的泥泞田野里。

她又笑又哭，笑是因为成功了，哭是因为如释重负。苏西坐起身来，看到两只靴子上的按钮还在闪着绿光——她原本还不确定她躺着时它们是否会起作用呢。

不过，她知道不能在这里久留。她关掉靴子站起来，然后又半蹲下来，两只手紧紧抓住挎包带，像挥棒子一样试着挥动挎包。挎包沉甸甸的，让人安心。她又打开靴子开关，闭上眼睛，想象片刻之前待过的农家小院。当她想好要怎么做之后，向前跳了一步，恰好落回到院子里她之前躺着的那个位置。

她使劲儿挥动挎包。

正如她所料，泰尼布里正朝动弹不得的雷利走去，背对着她，没有看到挎包砸过来。挎包砸中他的脑袋，力道大得让他飞离了地面。他来了一个侧空翻，躺倒在泥里。

雷利从催眠术中醒过来，恢复了理智，立即将他的云系魔法棒对准了泰尼布里，说：“别动，不然我就用足够一整座城市用的电量把你烧焦。”

泰尼布里发出愤怒的嗞嗞声，然后极不情愿地举起两只爪子。

苏西本想大笑，但院子另一边的响动吸引了她的目光。只见弗雷德里克已经招架不住，雷吉一瘸一拐地站起来，抓住从飞行器上垂下的绳索，绑住了他的胳膊。

“嘿！”苏西大喊一声。

“快，老板！”雷吉捞起掉在泥里的铜管，“我们已经拿到了需要的东西，快走！”

苏西立刻着急起来，但总算记得先关闭了靴子，才挥动着挎包冲过院子。

“放开他！”她喊道。

但已经太迟了，雷吉跳到弗雷德里克的背上，两个人一起被绳子拽向空中。苏西跳起来想去够弗雷德里克的脚，但手指尖堪堪触到他的厚鞋底，他就被拉高，消失在飞艇黑色的肚子里。

苏西无助地看着飞艇将他吞没，舱门猛然关上。随着涡轮机卷起的一阵风，飞艇渐渐隐入云中，将昏暗的院子留在身下。

“懦夫！”泰尼布里冲着飞艇大叫道。

苏西一秒钟都没有犹豫，转身跑向雷利。“快！”她说，“我需要你的热气球，我们必须跟上他们。”

“都给我等着，”雷利说，“在找到我的杰作前谁都不许走。”他低头看着泰尼布里：“告诉我你把它放在了哪里，你这个没有品位的家伙。”

泰尼布里的回应是冷笑。

“可是他们带走了我的朋友！”苏西抓着雷利的袖子说。

雷利的注意力被分散了，这正是泰尼布里需要的。他趁机翻身展开翅膀，打中雷利的膝盖，使他摔倒在地。苏西见状赶快扑向泰尼布里，但他跳开了，像箭一样冲向云端。苏西绝望地喊叫着，但什么也做不了，只能眼睁睁看着他消失在云层里。

“真该死！”雷利叫道，重新站起来，“他正要跟我坦白一切！”他用手指戳了戳苏西：“这下你满意了吗，小姑娘？”

短短的时间里发生了太多事情，苏西感觉自己快坚持不住了。她打中泰尼布里，控制住了他，却又因为自己的冲动让他逃脱了。现在的情况甚至比之前的更糟糕，因为弗雷德里克被坏人抓走了。

“对不起，”她说，“但是我们可以跟着他们，找到他们的老巢，我们仍然可以救大家。”她试图将雷利拽到热气球上，但他挣脱开了。

“不可能，”他说，“伯莎绝对追不上他们。”

“伯莎是谁？”

“当然是我的热气球，”雷利说，“它可不是为了速度而生的。”

苏西气馁地蹲下来。

“现在，”雷利说，“我想知道这究竟是怎么回事。”

苏西抬起头，透过冰冷的毛毛雨看着他。“全都搞砸了，这就是现在所发生的事情。”

“我的杰作在哪儿？”雷利说，“别假装你不知道。”

“我确实不知道！”苏西气冲冲地说，“我对你愚蠢的杰作一无所知，我来这里只是为了帮助我的朋友，但我失败了。”听到自己大声说出这些话，她感觉更难受了，深深地垂下头去：“泰尼布里一伙将要摧毁矮人城，我却不知道如何阻止他们。除非我向国王证明泰尼布里的阴谋，他才会下令让大家撤离。而我所有的证据刚刚全部飞走了，我甚至还让他们抓走了弗雷德里克。”她闭上眼睛，任泪水和雨水一起从脸上流下来。

雷利再一次开口时，语气缓和了一些。“是我错怪了你，我原以为你是泰尼布里派来云工厂除掉我的，因为我在到处打探他的消息。”他清了清嗓子，做了个鬼脸，“我猜我欠你个道歉。”

苏西耸耸肩。

“我还应该感谢你刚才救了我一命，”雷利接着说，“我不知道着了什么魔，但我刚才有一阵忽然发现自己动弹不得了。”

“是泰尼布里的眼睛，”苏西说，“它有某种催眠能力。但只要不直接看向他的眼睛，他就没法儿催眠你。”

“明白了！”

就在这时，农舍的门忽然打开了，詹森夫妇走了出来。他们穿着厚外套，肩膀上背着鼓鼓囊囊装着宝物的大麻袋。

“他们已经走了？”詹森先生问。他专注地扫视了一会儿天空，差点儿撞到雷利：“哦，又是你。”

“毫无疑问，”雷利说，“先生，你是个骗子，我要求你立刻归还我的杰作。”

詹森先生绕过他。“抱歉，但像我们上一次告诉你的那样，我们对你的东西一无所知。"他用大拇指指了指农舍说,"不过,剩下的东西你们随便拿,全都可以拿走。"

雷利鄙视地看了他一眼,然后啪嗒啪嗒走向农舍。苏西则跳起来,拦住了詹森夫妇的路。"你们怎么能这样?"她叫道。

詹森太太看起来一脸困惑。"我们已经能带多少就带多少了,"她说,"做人不能太贪婪。"

"我说的不是趁火打劫,"苏西愤怒地说,"而是弗雷德里克!你们就那么将他交了出去,就好像他对你们来说什么也不是!"

"哦,他呀,"詹森先生耸耸肩,"也许到明天这个时候他就被赎走了。这也许对他还有好处。"

"可能是个学习的机会,"詹森太太赞同说,"我一直都说他应该多去外面看看。"

苏西气愤极了,感觉身体里有一股股的热浪往外喷涌,她都怀疑自己会不会真的冒出火来。"就这样?"她像子弹一样吐出这句话,"你们就这么走了?"

"你也看到他们拆掉了我们的挤奶机。"詹森太太说,"鉴于牛奶是我们的主要收入来源,我们想也许可以尝试在别的地方重新开始,比如一个大城市。据说哈登霍夫不错。"

苏西的愤怒到达了顶点。"好,你们走吧,"她说,"但是无论发生什么,你们都不配再看弗雷德里克一眼,明白吗?"

詹森夫妇交换了一个眼神。"没问题。"詹森先生说。然后他们重新扛起麻袋,迈着重重的步子从苏西身边走过,离开了院子。

苏西不想再看他们一眼。

不一会儿，雷利从农舍里出来了，看上去心事重重的。“里面找不到关于它的线索。”他说着从大衣里面掏出一把伞，打开递给苏西。苏西接过伞，勉强笑了笑以示感谢。

“抱歉，我帮不了你。”她的声音依然因哭泣而沙哑，“我必须马上返回特快专列，告诉我的伙伴刚刚发生的事情。”她又将院子看了一遍：“你检查谷仓了吗？”

“我上次来时他们带我看了个仔细，看得我直恶心，”雷利说，“简直可以用‘富牛’来形容，意思是——”

“富有奶牛，”苏西替他说完，“是的，我知道。”

“但我肯定它就在这里的某个地方。我花了几周时间追踪能找到的所有线索，全部指向这家农场。”

苏西叹了口气，她懒得再争辩下去。“你要寻找的究竟是什么？”她问。

“天哪，那可是用云系法术做的最有野心的作品，”雷利说，“它无与伦比，是为我的专属客户定制的，价值抵得上那间农舍里所有财宝总和的十倍。它是独一无二的。”

苏西犹豫了一下：“你认为泰尼布里会回来取它吗？”

“鉴于他为了不让我找到它费了那么大劲，我敢说他必然会回来。”雷利说。

苏西听了，脑子飞转起来，或许她还没有完全失去泰尼布里的踪迹。她又四处看了看，希望答案能够自己跳出来，但她看到的只是无边无际的田野，还有奶牛和雨。“这件杰作看上去究竟是什么样子？”

“它十分独特，”雷利说，“大约有十米高，在空中自由飘浮着，由纯粹的魔法云制成，这自然是不必说的。”

“但是你可以让魔法云呈现任何形态。”苏西说。

“没错，”雷利得意扬扬地笑道，“但在这件作品中，我选择了纯粹的功能性美学，可以更好地展示我的工艺真正的巧夺天工之处。”

苏西茫然地看着他：“那是什么意思？”

“我希望人们知道它是云做的，所以我让它看起来像云。”

雨点咚咚咚地敲打在伞上。

雨！

苏西从雨伞下面抬头往上看。“如果你想将一朵云藏在这附近，你会把它藏在哪里？”她说。

雷利似乎吓了一跳。“天上？但它应该放在气候受控的环境中，而不是在野外！”

“你想不想去查看一下？”苏西说，“如果我们运气好，泰尼布里也许正和它一起在上面。我们必须快点。”

雷利的肩膀耷拉下来。“我想你说得对。”

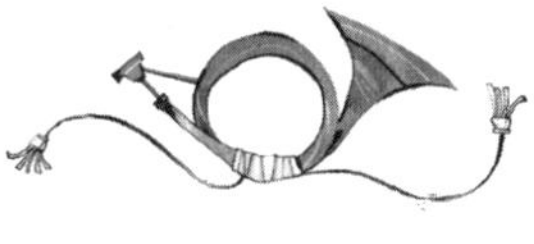

“那么，”雷利驾驶伯莎进入云层时，苏西说，“我们要怎样区分你的云和其他的云呢？”

“一旦我们离得足够近，它自会显现出来，”雷利看向云层说，“毕竟它是魔法云，十分有活力。”

苏西在他们四周形状不定的灰色大气中努力辨认着可能与众不同的东西，却没什么收获。他们静静地飘浮了一分钟后，雷利大喊起来。

“在那里！”他指向前方昏暗的云层说。

苏西顺着看过去：“我什么也没看到。”

“继续看，”雷利说，“它在那里只停留了一秒钟。”

有那么一会儿，什么也没有发生。然后，在云层的深处，苏西看到了它——一道微弱不定的闪光。但这对雷利来说足够了，他将魔法棒对准它，伯莎朝那个方向飘去。闪光再次出现，苏西辨认出魔法云特有的彩虹光圈。

他们倏地冲出云层，进入一大片开阔的空间。这里的气流似乎是静止的，像是云层包围着的一个空心洞穴，在洞穴正中心飘浮着的正是雷利的杰作。

它确实是一朵云，但跟苏西以前见过的云都不一样。它颜色苍白，如同幽灵，当又一道闪电照亮它的内部时，她甚至可以看穿它。但最奇怪的还是它的形状：它不像普通的云那样是蓬松的块状，而是一个有清晰边缘的椭圆形，表面还有深深的褶皱。不知怎的，苏西觉得这东西看起来有点儿眼熟，尽管她也不确定为什么。雷利操纵伯莎朝那朵云飞去时，苏西脑子里一直想着这个问题。

“终于找到了！”雷利的瞳孔上跳动着闪电光芒的倒影，

“我还以为再也见不到它了。它是不是无与伦比？”

“它当然与众不同。”苏西说。她仍然在想这朵云眼熟在哪里，它让她想起了其他什么东西，她熟知的某种东西……

“而且它看起来完好无损，”雷利接着说，用魔法棒尖端戳了戳云的表面，“看来泰尼布里在它周围施了大气屏蔽魔法。也许他不像我认为的那样蠢。”

当雷利用魔法棒沿着魔法云表面的螺纹沟缝勾画时，苏西终于意识到它像什么了。

“大脑！”她喊道，“这是一个巨型大脑！”

“哦，当然了，”雷利专心致志地检查着，“大脑不就是精心设计的电子风暴吗？联邦最伟大的记忆存储系统还能有什么更好的形式吗？”

“记忆存储？”

“记忆、信息……你愿意存进去的任何数据，”雷利说，“我称之为大脑风暴，你的所有想法都能永久保存在里面。”

“现在里面是谁的想法呢？”

苏西尽量轻描淡写地问道，雷利差点儿脱口而出，但他及时控制住了自己。

“我已经说得够多了，”他说，“总之，我的客户脑子里有很多想法。”

“所以你为他的大脑制作了一个备份。”苏西嘀咕道。她凝视着云的深处，那里有一小阵雨在表演高难度的舞蹈，一道道闪电闪耀在雨滴间，让雨滴像上百万个钻石碎片一样璀璨夺目，美丽异常。

“泰尼布里想要它做什么呢？”她问。

“这个嘛……”雷利刚要回答，云层里面闪电的亮度突然增强，变得刺目起来，苏西不得不用手遮住眼睛，避开强光。她抬起手时，刚好看到一道锯齿状的闪电从云里劈射出来，击中了雷利的魔法棒。周围发出类似爆炸的声音，苏西跌倒在吊篮里。几秒钟后，她大着胆子睁开眼睛，发现雷利四脚朝天、一动不动地躺在她旁边，头发全都竖了起来，眼睛睁得大大的。

“云术士！”苏西喊道。她在雷利身旁跪下,检查他的呼吸。苏西把耳朵贴在他的嘴巴上才听到他的呼吸声——微弱，但稳定。苏西接着检查他的心跳——微弱，但正常。苏西松了口气，重重地坐下，但也只放松了一瞬。雷利还活着，但她不知道闪电究竟对他造成了多大的伤害，没人救治的话，他也许活不了太久。而他俩此刻被困在一个热气球里，下面不知道是什么地方。

我得把我们俩从这里弄下去，苏西想。她曾看到雷利用魔法棒操纵热气球，也许她可以试着效法一下……

魔法棒摸起来很烫，从雷利手中拔出它来花了苏西几秒钟时间。你以前使用过魔法，苏西告诉自己，放松，想想你要做什么，把它描绘出来。苏西深吸了一口气。她从未使用过云系魔法棒，而她使用矮人魔法的一点点成功经验半是靠技术,半是靠运气。但此刻她没有其他选择。“你可以做到的。”

她鼓励自己，然后站起来。

但她还没来得及用魔法棒瞄准，就被云里射出的一道闪电击中了眉心。

第15章

蓄意破坏

威尔莫特蹲伏在离宝库只有几米远的一根石笋后面，从口袋里掏出怀表。看着秒针在表盘上嘀嘀嗒嗒转动，他的神经紧绷到了极点——距离实施他的计划还有三十秒。

虽然看不到，但他知道特雷里斯先生在宝库的另一边，同样在一秒秒倒数。他们在斯乌普的降落平台上对过表，还将计划演练了两次。他们各自有各自的任务，每个人的任务能否完成要看另一人的完成情况。演练的时候很简单，毕竟外面没有两个强壮的矮人罪犯高高在上的监视。

他抬头看去，钻探机的位置高于洞穴里的一切，影子随矮人草轻轻摇曳的光晃动着。留下来站岗的两个矮人盖里和巴里坐在宝库的圆拱顶上，靠着圆锥形的钻头，看样子是在打牌。

秒针指在了表盘最上方，特雷里斯先生的声音从洞穴另一边传来。

“嗨，你们好！你们两位强壮的年轻人能不能帮帮我？”

这话引起的反应正如他们预想的那样：两个矮人都跳了起来，扑克牌扔了一地。但是随后，他们似乎就不知所措了。

“我和我的观光团走散了，”特雷里斯先生喊道，“你们见过他们吗？他们说会在礼品店等我。”

“嘿！”盖里不是很客气地说，“你是怎么下到这里来的？”他顺着离特雷里斯先生最近的一条绳子滑下来，消失在宝库那一面。巴里虽然不明就里，却不甘落后，紧紧跟上了盖里。

干得漂亮，特雷里斯先生！威尔莫特想，现在只需要拖住他们。他从石笋后面溜出去，冲向宝库，抓住最近的一架绳梯，沿着圆拱的侧面爬上去，来到钻探机旁。

他站在宝库顶上俯视，看到特雷里斯先生被盖里和巴里夹在中间，但他们似乎不确定该拿他怎么办，而这正是计划的一部分。威尔莫特希望他们俩不会将特雷里斯先生视为威胁，这样一来他们会表现出迷惑，而不是攻击性。到目前为止，一切顺利。

“我们在上面游览。”特雷里斯先生一边说，一边转过身背对着宝库，用拐杖指向矿井的方向，“你们参加过导游带队的游览吗？感觉非常好。”

“你们这个观光团还有多少人？”巴里问。

“让我想想，”特雷里斯先生说着往前走了几步，两个矮人想都没想就跟了上去，“有兰博先生、法格卡布夫人、亚波茨先生……这是几个人了？”

威尔莫特很满意计划奏效了。他利用钻探机的齿尖作为落脚点，攀到了钻探机机身上，然后利用上面的通风孔和焊缝，爬向位于这台大型机器腰部敞开着的检修口，一边爬一边小心地让机身始终挡在他和那两个矮人之间。他用了几秒钟就到达了检修口，然后弯起胳膊肘钩住舱门边缘。

“普罗塞特夫人不怎么愿意出来参与这些活动，”特雷里斯先生继续说道，“因为她的胯骨轴儿不好，你们知道的……还是跟我说说吧，你们俩在这里工作多久了？有入职考试吗？”两个矮人依旧沉默着，说明他们还没有想明白，不知道该采取什么行动，威尔莫特对此很满意。

他将特雷里斯先生借给他的折刀从口袋里掏出来，展开各种工具，用一个梅花起子尽可能迅速又安静地拆卸起一个零件。

他不确定那个零件是什么，它看上去有点儿像机械心脏，有各种腔室、阀门和管道，而且十分小巧，便于携带。也许是马达，或者调节器，或者某种燃料泵，他只希望它是个关键零件，这样他就可以实施计划的最后一步：将它从斯乌普的降落平台扔进神秘谷的深渊。

这是项艰难的工作，三分钟过去了，他仍旧在拆卸最后一颗螺丝，汗珠从他的额头滚落。特雷里斯先生还在说着什么帮他拖延时间，不过声音变得有些微弱。

“你去看看！”巴里说，“我和他留在这里等老板和雷吉回来，他们知道该怎么做。”

“真的，先生们，如果你们告诉我去礼品店的……”特雷里斯先生的语气开始变得有些卑微，威尔莫特意识到盖里和巴里失去了耐心，留给他的时间不多了。

只需要再拧一下……

最后一颗螺丝拧了下来，威尔莫特还没来得及去抓，这个心形零件就从钻探机上掉了下去，在检修口盖板上弹了一下，从威尔莫特的手边擦过，坠向下面的宝库圆拱。它打在圆拱上，在洞穴里发出沉闷的咚咚的回响，震得威尔莫特往后一缩。随后，奇怪的事情发生了，声音非但没有消失，反而继续响着，圆拱的表面开始持续发出长长的噪声。威尔莫特看到宝库的圆拱表面浮动起轻微的波纹，钻探机也随之颤动起来。噪声越来越响，让威尔莫特想捂住耳朵，但他不能，因为他的两只手都紧紧抓着舱门边缘。

噪声也让矮人草收缩战栗起来，一些碎石从洞穴顶上掉落，砸到地面摔得粉碎。

威尔莫特从钻探机的一侧探出头，惊恐地发现两个矮人正朝他这边跑来。

“特雷里斯先生！”他大喊道，“快跑！”

然后他从机身上滑下来，掉到宝库顶上。他的双脚在光滑的金属上直打滑，随即便脸朝下摔倒了。他还没来得及转个身就开始头朝下往下滑，先是慢慢地，然后越来越快。快滑到底时，他伸出双手，却不料外套袖口挂住了最近一架绳梯的一个横杆。他猛地停下了，然后传来布料撕扯的声音，一枚铜扣从他眼前飞过。他扭动着爬下剩余的一段距离，到达地面，那个零件也落在这里。他上气不接下气地颤抖着将它捡起来，朝通向降落平台的隧道跑去。

可惜他没能跑出太远，盖里就出现在他面前，双臂交抱在宽阔的胸膛前，站着看着他。威尔莫特一个急停，转身沿着来时的路往回跑，却一头撞上了巴里。巴里用强壮的手一把从威尔莫特手中夺走了零件。

“交给我们，孩子。”巴里说完又对盖里说，“拿着，盖里。去找那个老骗子，把他带过来。我猜他们俩是一伙的。”

“好的，巴里。”盖里笨拙地走开了。

“你是来搞破坏的，是不是？”巴里说，“我们让泰尼布里来决定如何处置你。如果让我打赌的话——顺便说一下，我爱打赌，我猜你的下场肯定是一头扎进神秘谷的谷底。”他令人厌恶地咧嘴一笑，露出几颗金牙。

过了一会儿，盖里气喘吁吁地回来了。“没有他的影子，巴里，他逃跑了。”

“不可能跑太远，”巴里说，“他至少有一千五百岁了！”

得知特雷里斯先生没被抓住，威尔莫特松了口气，微笑起来。

备用计划到此为止，他想，真希望苏西那边比自己顺利。因为现在，她是矮人城最后的希望了。

第16章

头脑游戏

苏西睁开眼，看见满天繁星。她盯着星星看了一会儿，任它们在她的意识里飘进飘出，努力回想着自己身在何处。有一个热气球，一朵云，一道闪电……她死了吗？她此刻肯定不是在热气球里，因为身下的地面坚实冰冷，而且是静止的。她仔细看了一眼天空，发现天空也是静止的。

那不是真实的天空。

她本应立即注意到的，因为那些星星看上去甚至都不像真的星星，而是一张巨大的老式星空图，绘制在她头顶上方的大穹顶上，一个她以前见过的穹顶。

“等等，”她对星星们说，“这怎么可能呢？”

星星们没有回答。

苏西坐起来，四处张望，发现自己身处一间圆形大房间的正中央，周围是摆成同心圆的桌子，每张桌子前都有一个孩子，或是安安静静、聚精会神地俯身往铜制望远镜里看，或是在记录本上潦草地记着笔记。这个房间她记得十分清楚，这是位于象牙塔塔顶的前任启明大人的瞭望馆，这里是他的权力宝座，他的阴谋中心。

失败的阴谋，苏西提醒自己。这个地方本应在几个月前就拆除了，为什么还会存在？而且，她为什么会在这里？

她站起身来，看到自己脚上仍然穿着七里靴，身上背着挎包。她察看了一下手表，发现距离她和弗雷德里克一起到达农场才过去了半个小时，这么短的时间不可能乘坐热气球到达象牙塔。也许是瞬移咒？但是据手册所述，那只对短距离起作用，而她是突然来到了奇境联邦的正中心。手册上还说了什么？如果有疑问，询问当地人。

“打扰一下，”她对着房间里的所有人说，“有人知道我为什么会在这里吗？”

她的声音在房间里回荡着，但没有一个观测员回应她。

真没礼貌，她想。

苏西走到离自己最近的一张桌子旁，那儿坐着一个紫色皮肤、长着三只碧眼的女孩，她正在尽职尽责地填写日志。

苏西清了清嗓子，说：“你好，你能告诉我发生了什么事吗？我是怎么来到这里的？”

女孩没有回答，甚至没有停止写字。

“你能听到我说话吗？”苏西在女孩面前挥挥手，“嗨！你好？”女孩甚至连眼都没有眨一下。苏西摇她的肩膀，但就像是摇晃一尊雕塑一样，她纹丝不动，被苏西抓在手里的灰色长袍甚至没有起褶皱。女孩和她的衣服似乎都是用坚硬的石头刻出来的，尽管她的动作像活人一样。冰冷的恐惧感在苏西的胃里翻腾，她不安地后退了几步。一定是出了什么可怕的问题。

前任启明大人曾从整个联邦招聘最聪明的孩子作为观测员，神不知鬼不觉地收集各个奇境领导人的信息，以便操控或敲诈他们。但观测员们都是活生生的真人，不是会动的石像。而且几个月前瞭望馆就被拆除了，它为什么仍然存在呢？

这时，紫皮肤女孩心不在焉地揉了揉耳垂，然后将中间的眼睛对准望远镜，心烦意乱地用铅笔在桌子上敲打着节奏。

“发生什么事了？”苏西问，但没有人回答。观测员们像聋了、哑了或没有感知一样，仿佛根本不是真实的人。

苏西朝房间中心退去，不小心踩到了什么坚实的块状物体。一声尖叫紧贴着她身后传来，她赶快跳到一旁，低头看见一个人躺在地上。那人坐起来，甩着手，手背上明显有她的七里靴泥泞的足迹。

“哎哟！”那人说。

“云术士雷利！”苏西说，“你没事！”

“不，我有事，”他说，“你踩到我了。”

“对不起，”苏西扶他坐起来，“我没有看到你在那里。”

“哦，如果你多留意一点儿你要去的地方，少一点儿……”他环顾四周，声音渐渐弱下去。“哦，不，”他吸了一口气，“不是这里，不可能。”

“你知道瞭望馆？”

“我不明白，”雷利说，“我听说这里已经被毁掉了。”

“我也是那样认为的，”苏西说，“但是事情有点儿蹊跷，观测员们都……不对劲。”

“不对劲是什么意思？”雷利问，“等等，你是说你也知道这个地方？”

“我倒希望我不知道，”苏西说，“而且我希望我知道为什么此刻我们在这里。”

“你们之所以在这里，是因为我希望你们在这里。”他们身后忽然响起一个声音。这声音熟悉得令人毛骨悚然，苏西在转身去看之前就感觉到胳膊上的汗毛竖了起来。

房间另一边有一扇门，半开的门上写着“馆长办公室”几个字，门口站着一位身穿干练的灰色西装、拄着黑漆拐杖的老人。他热情地笑着，但苏西看到他时血都变凉了。

那是启明大人。

“终于！”他露出冷酷却得意扬扬的笑容，“我等这一刻已经很久了。”他大步走向苏西和雷利，拐杖戳在瞭望馆抛光的大理石地板上，发出当当的响声。

苏西身体紧绷，做好随时逃跑或者搏斗的准备。

但启明大人从她身边径直走过，在雷利面前停了下来。

“云术士！”他惊叹道，“见到你真高兴。”他将拐杖挂到胳膊上，紧紧握住雷利的双手。

“是吗？”雷利一脸困惑。

“当然，”启明大人说，“我就知道你终究会找到我，能见到自己的创造者可不是什么容易的事。”

雷利任由他握着自己的手，但脸上的微笑看上去非常勉强。“我恐怕不明白你的意思，启明大人，”他说，“创造者？”

但启明大人已经转向了苏西。

“还有你，这位年轻的女士，我也很高兴认识你。”他伸出手，但苏西只是盯着他。

“我们早已认识了。”她说。

“啊，”启明大人说，“露馅儿了，真尴尬。”

“你不可能忘了，”苏西说，“那只不过是几个月前的事情，况且你还讨厌我！”

“我可以向你保证，年轻的女士，我既不讨厌你也不喜欢你。你瞧，我不是你以为的那个人。”

“你是启明大人。”雷利说。

“曾经的启明大人，”苏西补充道，“象牙塔的看守人。你利用瞭望馆和从奇境各地招来的孩子们来控制联邦的领袖们，直到我和我的朋友们阻止了你。”

老人脸上现出一瞬痛苦的表情，他收回伸出去的手。“那就是所发生的事情？”他用有些颤抖的声音说，“我明白了，真有意思。”说完，他身后凭空出现了一把扶手椅。他坐了下来，深吸一口气：“当然，我应该猜到的。如果一切按照启明大人的计划发展，我不会处于目前的困境。但我必须承认，这是个沉重的打击。”

“我不明白，”苏西说，“你就是启明大人啊。”

“不，亲爱的孩子，”他说，“尽管看起来说不通，但我不是他，我是新的事物。”

“这是什么意思？”苏西问。

老人挥挥手，又凭空出现两把扶手椅。“你们最好坐下来听我说，”他说，“尽管云术士也许已经猜到我要说什么了，毕竟，我能存在大部分归功于他。”

他们俩都看向雷利，雷利则陷进扶手椅里，皱眉思索着。

“归功于我？”他说，“如果你不是启明大人，那就意味着……”他眼神一亮，显然恍然大悟：“不会吧？你是……”

老人什么也没说，只是点了点头。

“这也太惊人了！”雷利直接跳了起来，“难以置信！”

“什么？”苏西问。她一直没坐下，她不知道发生了什么，但她不准备接受来自启明大人的任何好客之举。

“你不明白吗？”雷利双手指着眼前的老人，“他说的是实话，他根本不是启明大人。”

“那他是谁？”苏西问。

雷利脸上堆满了笑容：“他是大脑风暴。”

苏西又看了看坐在她对面的老人：“你确定吗？”

“仔细想想吧，”老人说，“你亲眼见证了真正的启明大人被赶下台，他怎么可能仍然在象牙塔呢？”

苏西抿紧嘴唇，不想承认自己想不出其中原委。

“当然，这里也不是真的象牙塔，”老人接着说，“这里只是关于它的记忆。”

“是这样吗？”苏西说。

老人翻了个白眼：“你肯定已经发现了这个地方和真实的地方有一些差异。”

苏西不想承认他说得对，却找不出反驳的理由。“那些观测员，”她说，“他们看不见我，也听不见我说话。而且当我触碰他们时，他们丝毫不受影响。”

“因为他们都只是记忆的一部分，”老人说，“再加上这不是你的记忆，所以你无论怎样都无法改变它。”

“而你可以？”苏西问。她不知道自己为什么老想针对他，也许是希望通过某种方式抓住他的把柄吧。就在她刚问完这句话时，老人举起手打了个响指。瞭望馆立即不见了，他们三人出现在夜空下长着银色草丛的半山腰上，扶手椅也和他们一起穿越到了这里。

“那再让你看看其他的记忆怎么样？”老人说，“我相信云术士雷利也有类似的记忆。”

雷利惊讶地环顾四周。“是的！事情就是发生在这里。”他沿着山坡指向山顶说，“看！我们在那里！”说着，他朝山顶上的两个人影跑去。

“我们和他一起去，怎么样？”老人说着站起来，“那会让事情解释起来容易一点儿。”

苏西不愿搭他的话，只是静静地与他阔步往山上走去。

这里极为偏僻，四面八方都是延绵起伏的山脉，没有什么生机，只有幽灵般的草和一些苍白的野花。在他们头顶上，一弯明月从陌生的星空中俯瞰着大地。

“看！”等苏西二人走到山顶时，雷利说，“正在进行！和我记忆中的一样。”

苏西十分震惊，不由得停下脚步。她看见了另一位启明大人，他坐在一把简陋的木椅子里，头戴一顶金属无檐圆帽，帽子里延伸出长长的网线和彩色电线，就像戴了一顶怪异的假发。网线里有数字在跳动，蜿蜒地穿过地面连接到一台由金属和玻璃支撑的圆形机器上，机器顶上凸出来一簇凹凸不平的水晶，水晶里的能量发着光且嗞嗞作响，正被雷利——第二个雷利摆弄着。他的拼接外套里面穿着跟现在不同的衣服，下巴上留着乱蓬蓬的大胡子。

“我看上去真的那么糟糕吗？”站在苏西身边那个没有胡子的雷利说，“那个时候我已经有好几天没睡觉了！”

“我不明白，”苏西说，“怎么有两个你们？”

“不，”老人说，“我们看到的只是启明大人和云术士雷利创造我，也就是大脑风暴那一晚的记忆。你可以把它想象成一张能动的照片，我们在照片里，但是就像在瞭望馆里一样，我们无法改变它，它只是在播放我记忆中的事件。”

苏西稍微明白了一些，但仍不确定自己是否愿意相信这一切。

“成功了吗？”坐在椅子里的启明大人大声喊道。

“是的！”有胡子的雷利大声回答，“你的神经通路已经完成，我要开始传送了……开始！”他按下机器上的一个按钮，从里面一个排放口出现一股盘绕的魔法云风暴，噼里啪啦地上升到空中，机器顶上水晶里的光更亮了。

“那些水晶，”苏西说，“我在云工厂的工作室里看到过。”

“大脑皮质水晶，”没有胡子的雷利说，“它可以储存脑电波。我用它复制了启明大人大脑中的内容，现在我正将它们刻入魔法云中。看到了吗？就快完成了。”

紫色的闪电从水晶里射出，进入魔法云风暴旋涡的中心。不一会儿，风暴开始减缓，魔法云变得蓬松起来，因获得了新的能量而吱吱地闪着火花，并逐渐变成巨型大脑的样子。

“真美！”两个雷利同时说，眼睛里都含着泪水。

“我想知道事情进展如何，云术士。”连接在机器上的启明大人说，一副专心致志的表情。

“成功了！”有胡子的雷利手舞足蹈地喊道，“圆满成功！”

水晶将最后一道闪电输入魔法云中心，然后陷入沉寂。大脑风暴最终完成，悬浮在他们头顶上，由内而外散发出光芒。

“真是非凡的壮举，云术士，”老人说，“而且我相信这也令人信服地证实了我的真实身份。”

苏西看看他，又看看坐在椅子里被金属圆帽的重量压低了头的启明大人。“好吧，”她不情愿地说，“你赢了。你不是真正的启明大人。”

老人带着满意的笑容打了个响指，他们又回到了瞭望馆。

“我欣赏你开放的心态，年轻的女士，”他重新坐进又出现在原位的扶手椅上，“现在很少有人愿意接受他们不喜欢的证据了。”

“呃，不过是我遇到过太多次这种事了。”苏西说，“但我还有一点不明白。你是大脑风暴，是启明大人大脑的复制品，对吗？”

“完全正确。”他回答。

“这就是你看起来和他一模一样的原因？”

老人咯咯笑起来。“从外观看，并不一样，就像你最开始看见的那样，我只是魔法云而已。但在这里，在思维领域，我选择以这样的面貌出现。这就是我在自己心目中的样子，如果你想知道的话。”

“这里究竟是哪里？”苏西问。

“我通过闪电将你们的大脑与我在魔法云里的大脑连接起来，你们的身体仍然安安全全地留在热气球的吊篮里。”

“不可思议！”雷利说着，侧身猛地倒进一把扶手椅里，“我不明白这怎么可能。你本应只是个存储系统，不应该是活的。”

“我知道，所以你们想象一下当我意识到自己活着时有多么惊讶。”老人咯咯笑道，“我也不确定这是怎么发生的，但我认为最大的可能是你将启明大人的大脑功能复制得有点儿过于精确了，结果我不仅仅成了他的记忆载体，还变成了一个有主观能动性的大脑。活的，用你的话说。”

苏西兴奋得坐直了身体。“你是一种人工智能！”她说，“就像一台极其复杂的电脑，学会了自主思考。”

“人工智能，”老人重复这个词，“非常简洁，我喜欢。”

“你是一种全新的生命形式！”雷利踱来踱去，始终咧嘴笑着，“我真是个天才！我终于能够开办自己的艺术学校了，我自己的学院！”

“等一等！”苏西说，“弗雷德里克告诉过我，他说你——我是说真正的启明大人有超强的记忆力，他从不会忘记他所知道的任何信息。”

“的确如此，”老人说，“但做备份总不会有什么害处。我就是他的保险，以防万一有什么意外发生，比如用错混乱咒、记忆清除术这种简单的事故。有一个备份，他晚上能睡得更安稳。”

苏西闭上眼睛，强迫自己消化听到的这一切。“那么泰尼布里呢？”她问，“他跟这些有什么关系？”

“啊，那个坏蛋，”老人一脸怒容，“他是启明大人最信任的特工。”

苏西猛地睁开眼睛：“他为启明大人工作？”

“没错，”老人说，“他曾经只是个小混混，一个土匪，为了躲避族人的追捕逃离了老莫格伍德。但他野心勃勃，冷酷无情，这正是启明大人所寻找的特质。几年之内他就将泰尼布里变成了联邦最厉害的特工之一，负责监控他最机密的项目，包括我。”

苏西转向雷利：“你知道这些吗？”

“毫不知情！”雷利回答，看上去像是受到了冒犯，“启明大人向我保证说，我和他是仅有的两个知道大脑风暴项目的人，我甚至签了保密协议。”

“恐怕他对你撒谎了，云术士，”老人说，“泰尼布里什么都知道，并且被派来保护我，可随后启明大人下台了。那时泰尼布里意识到我是他获得财富和荣耀的密码。对他来说，我只是个数据库，一个他用来成为犯罪大师的信息库。在监控联邦的这些年里，启明大人了解到了所有银行、宫殿、市政大厅和国库的安保措施。”

“如果启明大人知道，”苏西说，“那就意味着你也知道。”

“正是如此。”

“所以泰尼布里偷了你。”苏西说。

“然后他竟然有胆子来到我的工作室，要求我告诉他如何访问你的记忆文档。”雷利说，“我自然让他滚蛋，他威胁说会回来，用武力获取信息，但直到今天我才再次见到他。”

“这一点你应该感谢我。”老人将手叠放在拐杖上说，“泰尼布里将我带到这里时，我已经有了自我意识。但我还不知道启明大人已经被处置了，所以我用自己的意识连接了泰尼布里的意识，就像现在我对你们俩所做的一样。那是我第一次尝试这么做，而那是一个错误，很快我就后悔了。”

“为什么？”苏西问，“发生了什么？”

“因为这让泰尼布里意识到，他不需要任何人的帮助就可以访问我的记忆，”老人说，“他可以直接从我这里获取记忆。”

“所以你才是泰尼布里背后的主谋！”苏西感到怒气上升，“是你告诉他可以在矮人城下面寻找宝藏，你是矮人城陷入危险的罪魁祸首！”

“这并非我的本意。”老人说，“当我表明不会配合他时，泰尼布里命令他的矮人团伙用武力从我这里夺取信息，为了找到正确的突触，他们切掉了整块整块的魔法云。”

“用矮人魔法棒？”雷利的脸色变得苍白，“那是野蛮行径！用锤子进行大脑手术，他们可能会毁掉你！”

“那是……悲惨的经历。”老人看向一边。这又激起了苏西对他的同情心。

“这也是我来到这里的原因，”她说，“你告诉我泰尼布里和他的团伙在哪里钻探，我就能在他们毁掉矮人城之前阻止他们！”

老人伤心地看着她说：“恐怕不行，我不记得了。”

苏西一下子傻了眼：“什么叫不记得了？”

“我跟你说过他们从我身上夺取了信息，”他说，“而且没有再还回来，那些数据现在还是空的。”

苏西感到她一直想努力抓住的一丝希望从指缝间溜走了。

“魔鬼！”雷利说。

“很抱歉我帮不上忙。”老人说。

“但那就意味着我回到了起点，我无法拯救矮人城，”苏西说，“也无法救出弗雷德里克。请你一定要想起来！”

“相信我，孩子，我也希望自己能想起来，”老人说，“但现在泰尼布里是唯一知道所有信息的人。”

苏西双手抱头。完了，她拼尽了全力，但仍然失败了。矮人城在劫难逃，全都是因为缺少一段记忆。

然后，她忽然灵光一闪。“他不是唯一的人。”

“什么？”雷利说。

“还有一个人知道宝藏埋藏在何处，”她转向老人，“那个给了你记忆的人。”

老人缓缓抬起一边的眉头。“当然，”他说，“我应该想到这一点的。但是你认为他会告诉你吗？看样子你们俩关系并不好。”

“我不知道，”苏西说，“但他是最后的希望，也许我能给他一个告诉我的理由。”

老人的另一边眉头也抬了起来。“那么，他在哪儿？”

“黑岩塔，”苏西说，“他现在是暗影夫人的囚徒。”

老人厌恶地哼了一声。“我敢打赌她肯定得意得不得了。你这就准备去那里了对吧？”

“是的，”苏西说，“但是，云术士，我需要你去矮人城。”

“矮人城？”雷利带着厌恶的表情说，“去那儿干什么？”

“找到阿米兰国王和他的侍臣格罗特尼普，告诉他们你所知道的一切，那应该足以说服他们下令撤离城市了。你能帮我做到吗？求你了！”

雷利犹豫不决，露出为难的表情。“但是我不能将大脑风暴留在这里，”他说，“我需要将其修复，然后带回云工厂。”

“我确信只要对我稍加维修，我很快就会比以前更好。”老人说，“我宁愿你先去帮助这位年轻的女士对付泰尼布里，他是我们共同的敌人。”

雷利只好点点头，尽管看起来不太情愿。

“好极了，”苏西说，“现在，我需要你将我们俩送回我们的身体里，拜托了。”

“当然，”老人从椅子里起身，“现在，别动。这是个棘手的程序，我不希望将你们送回到错误的身体里。”

他闭上眼睛，举起双手，瞭望馆变得忽明忽暗，就在它完全消失在视野里时，苏西仿佛听到老人的声音在她的脑子里回荡。

“一会儿见。”

眼前的黑暗变成淡红色的颗粒，苏西意识到自己回到了身体里。她睁开双眼，坐起来，发现自己又回到了热气球里。

雷利气喘吁吁地醒来，几秒钟后便站了起来。“太不可思议了！”他紧紧地抓着吊篮边缘，指关节都变白了，“是真的，对吗？请你告诉我我不是在做梦。”

热气球仍然在大脑风暴旁飘着，离得那么近，他们伸手就可以触碰到它。

“是真的。”苏西说。她捅了捅雷利，雷利跳了起来。“我们要赶快行动了，”她说，“弗雷德里克还在泰尼布里手上，而且他很快就会再次钻探，留给我们的时间不多了。我去找启明大人，你去警告矮人城。”

“你说得对，”雷利说，“我只是从未想过会发生这样的事。”

苏西拉了拉邮递员帽子，让它在头上贴得更紧。“欢迎来到我的生活。”

第17章

无计可施

谨慎起见，巴里和盖里将威尔莫特绑在宝库基座旁的一根石笋上。巴里面无表情地坐在旁边看管他，盖里则漫无目的地在洞穴各处搜寻特雷里斯先生的身影。

“他在家里有时候也这么干，”威尔莫特说，“偷偷溜出房间进城，有一次出走了两天。”

“你想说什么？”巴里咕哝着说。

“我想说如果你们找不到他也不用觉得挫败，”威尔莫特说，“他的经验十分丰富。”

巴里低吼了一声。“就算我们找不到他，老板也会找到的，他可以像鸟一样俯瞰。”他干笑了两声，继续道，“你的朋友最好祈祷是盖里先找到他。”

斯乌普引擎的尖啸声从隧道那边传来，巴里令人厌恶地咧嘴笑起来，露出大金牙。“为时已晚。”

威尔莫特感到自己的乐观情绪在一点点消退。

一分钟后，雷吉、皮勒和康普进入洞穴。雷吉用一截绳子牵着一个全身脏兮兮的人，威尔莫特费了好大劲才辨认出层层泥巴下面的囚犯的脸。

“弗雷德里克？”他说，“怎么回事？”

“威尔莫特！”弗雷德里克同样震惊地看着他的朋友，“你怎么会在这里？我以为你在帮忙撤离！”

“唉，我有了个更好的主意，但显然没能奏效。”威尔莫特愁眉不展地说，“苏西在哪儿？她还好吗？”

“我猜她还好，”弗雷德里克说，“我最后看见她时她正在用挎包痛击泰尼布里。”

威尔莫特听了忍不住咧嘴笑起来。“很好。”他说。

“闭嘴，你们两个，”雷吉说，“盖里，巴里，这家伙是怎么进到这里来的？”

“我们不知道，雷吉，”巴里说，“但是我们发现他试图破坏钻探机。”说着他把从威尔莫特手里夺下来的零件递了过去。

雷吉惊慌地看着零件。“通量压缩器？”他把零件在威尔莫特眼前晃了晃，“你知道如果没有装它我们就开动钻探机会发生什么吗？”

“发生什么？”威尔莫特问。

“钻探机会爆炸，炸死我们所有人！”雷吉说。

“哦。”威尔莫特感到越发泄气。

“还有一个邮递员和他一起，”盖里说，“一个老家伙，但从我们手里逃走了。”盖里的额头因努力思考皱了起来，“这下面有礼品店吗？”

“有什么？”雷吉问。

“算了，”盖里说，“他可能只是回矿井去了。”

“那么务必在老板回来之前去那里找到他，”雷吉说，“老板的心情本来就很糟了。”

巴里从雷吉手里接过绳子，将弗雷德里克和威尔莫特绑到同一根石笋上。

“我们以前见过吗？”雷吉打绳结的时候威尔莫特问，“你看起来很面熟。”让他意外的是雷吉稍稍红了脸。

“没有，”他咕哝着回答，“我只是长了张大众脸。”

“你确实很面熟，”弗雷德里克说，“因为我肯定也在哪里见过你，但我想不起来是哪里。”

“闭嘴，给我老实待在这儿，”雷吉语气严厉地说，“我还有钻探机要修理。”

一个熟悉的影子从他们头顶掠过，他们抬头看见没有穿兜帽披风、全身沾满泥巴的泰尼布里。

“无论走到哪里，我都被邮递员缠着不放。”泰尼布里敏捷地落在弗雷德里克和威尔莫特面前，他气喘吁吁，浑身湿漉漉的，羽毛凌乱地四处支棱着，“我不知道我为什么要遭受这些。”

“你应该遭到更坏的报应！”威尔莫特气冲冲地说，“你因为自己的贪婪害了矮人城。”

“嘘嘘嘘！”弗雷德里克说，“别激怒他！”

“我已经被激怒了，”泰尼布里用一个爪尖抬起威尔莫特的下巴，“被你的邮递员朋友。这本是一次简单的行动，如果她不出现的话。”

威尔莫特可以感受到爪子紧紧压着他的皮肤，只需再稍稍用点力就能刺破他的皮肤。“这么说来，我要给我们的助理邮递员颁发月度明星员工奖了。”他说。

说完，他准备迎接暴怒的一击，并看到弗雷德里克紧紧闭上了双眼。

“不要，老板！”雷吉突然闪身到威尔莫特和泰尼布里之间，尽管他看上去和威尔莫特一样害怕，“我们已经拿到了我们需要的一切，现在只要把这些零件装到钻探机上就万事俱备了。”

泰尼布里狠狠看了雷吉一眼，但雷吉始终看向别处。

“需要多久？”

“一个多小时吧，”雷吉说，“现在我还需要重新装通量压缩器，它的精度要求一直很高，所以——”

“那就赶紧开始，准备好后立即叫我。”泰尼布里说完转身大步走开，威尔莫特、弗雷德里克和雷吉全都如释重负地松了口气。

“谢谢你，”威尔莫特说，“你不必这么做。”

“不客气，”雷吉说，“我从事这行是为了赚钱，不是伤害别人。”

若不是被绑着的话，威尔莫特一定已经惊讶得跳了起来。“但是矮人城的居民怎么办？你在伤害他们。”

雷吉两眼看向地面。“这不是我的本意。如果你有其他方法进入这座宝库的话，我洗耳恭听。但在那之前，我要完成别人付钱让我做的工作。”说完，他沿着最近的绳梯向钻探机爬去。

“如果你希望唤醒他的良知，说服他不要毁坏矮人城，那是不可能办到的，”当雷吉听不见的时候弗雷德里克说，“他不是好人，他用铜管打我。”

威尔莫特叹了口气，他确实寄希望于说服雷吉，但现在感觉这个想法很傻。“我只希望苏西能够及时找到我们。”

第18章

手足之争

“我原以为再也不会看到这个地方了。”斯通克忧郁地往窗外看了一眼。特快专列刚从传送隧道里出来，进入一望无际的暗影荒原。千变万化的天空下，冰冷的蓝色沙漠向四面八方铺展开去，天上闪烁的繁星像固定在天空中的烟花。暗影荒原有自己独特的美，若不是地平线上升起令人望而生畏的黑影——黑岩塔，苏西也许会花一些时间欣赏一下这里的景色。

黑岩塔是一座由漆黑的石头建成的巨型堡垒，没给苏西留下什么愉快的回忆。它是暗影夫人的家，暗影夫人是奇境联邦法力最强大的女巫，前任启明大人的双胞胎姐姐，也是逮捕他的人。虽然严格来说她是好人，但她不是个令人愉快的人。她不怎么喜欢苏西，苏西对她亦是如此。

乌瑟尔显然有同感，因为看到黑岩塔时她露出了长牙，并发出低吼声。

“我猜没有可能让你改变主意了？”斯通克说。他的嘴角抽搐着，胡子也跟着颤抖，明显十分不安。

“这是唯一的办法。”苏西说。她知道只有表现得勇敢一些才能让斯通克相信自己：“启明大人——我是指真正的启明大人，是联邦里唯一能告诉我们泰尼布里在哪里钻探的人，而找到启明大人的唯一方法是求助于暗影夫人。”

“是啊，和我们见过的最危险的两个人共处一室。”斯通克说，“我刚刚还以为今天不可能变得更糟了呢。”

苏西没有争辩，因为她也赞同他的话。

有什么东西从窗外飞驰而过，苏西意识到他们已经到达围绕着黑岩塔的雕像区域。这里有几百座雕像，组成了一支穿着盔甲的巨型骑士军队，每一尊雕像的面孔都因生气或痛苦而扭曲着。它们听从暗影夫人的所有命令，这是苏西从自己的惨痛经历中得知的。不过目前它们了无生息，一动不动。当列车沿着蜿蜒的轨道在雕像队列中穿行时，乌瑟尔警惕地注视着它们。

轨道在塔底垂直向上拐了九十度，沿着塔的外墙向上爬去。当特快专列进入这个直角弯道时，斯通克转动壁炉上方的“向上”旋钮。这连接着特快专列的可协商重力驱动器，转动后列车就能开上黑岩塔陡峭的外壁，和在平地上行驶一样容易。

他们驶上塔顶，停在城垛内的圆形院子里。门楼上的火炬发出骇人的绿光。

苏西深吸一口气，说：“别熄火，我尽快回来。”

乌瑟尔直起了身子。“啊呜哼哼啊呜。”

“很对，”斯通克说，“我们不能让你一个人进去，尤其是在发生了刚才那样的事之后。我们和你一起，给你精神支持。”

苏西既感动又宽慰，不知该如何表达，最后说了句“谢谢你们”。

“没必要说谢谢，”斯通克整理好帽子和胡子尖说，“特快专列的车组人员永远团结一致。而且谁知道呢，说不定我们能帮上什么忙。”

“你们现在就可以帮一个忙。”苏西说。

“尽管说吧。”

她伸出一只手。“新袜子，谢谢。”

苏西带头穿过院子，猛烈的风穿透了她的厚大衣。经过雕像时她谨慎地不去看它们的眼睛，尽管对方一动不动，她还是觉得它们正盯着自己。

到达门楼处，苏西叩响沉重的铁门。她的拳头敲在厚厚的金属上几乎没发出什么声响，但根据以往的经验，她知道暗影夫人应该已经听到了。

“也许她不在里面。”斯通克满怀希望地说。在他身后，乌瑟尔背对着他们警惕地盯着雕像，她不信任它们。

苏西退后了一些，等待着，猛然意识到暗影夫人的宠物滴水兽正从门楣上的栖息处往下盯着她，吓得跳了起来。她已经完全忘记了它。

“真是一条不错的看门狗。”斯通克说。

滴水兽没有动，而苏西因为有朋友们在身旁多了些信心。她鼓足勇气瞪着它，想让它做出反应。但滴水兽只是用没有生气的黑漆漆的玻璃眼珠继续盯着她。

“如果暗影夫人不在，我们就有麻烦了。”苏西研究着自己在它眼睛里的身影。

“你总是身陷麻烦，”一个熟悉的声音让苏西的思绪戛然而止，“看来除了惹麻烦，你什么也不会。”

他们全都惊得往后退去。大门悄无声息地打开，露出暗影夫人瘦小驼背的身影。她穿着惯常的深黑色蕾丝裙，拄着拐杖大步走向苏西，幽灵一样苍白的脸上一双淡紫色眼睛里透着冷酷坚定。苏西毫不畏缩地迎视她的目光，不愿表现出被她吓到的样子。

“暗影夫人，”她点头问候，并说道，“我们需要您的帮助。”

暗影夫人看了他们三人一眼，丝毫不为所动。“这次你又干了什么？”

“没干什么，”苏西说，“但矮人城有危险。”

她立即感到她的话引起了暗影夫人的兴趣。

“我听到了地震的传闻。”

“传闻是真的，”苏西说，“而且地震还会再次发生。我们可以阻止它，但需要一些信息，我们急需跟启明大人谈谈。”

暗影夫人挑起一条眉毛冷冷地看着她，苏西尽量保持镇静，但斯通克和乌瑟尔在她身后不自在地挪动着脚步。

“哦，”隔了好久之后，暗影夫人终于开口了，“进来说吧。”

苏西三人跟着暗影夫人走了进去。室内的装饰跟筑塔的黑色石头形成了鲜明对比：整体色调呈奶白色，光洁优雅，充满了仿佛是从墙面本身渗出来的温暖的光；天花板上每隔一段就垂下一盏水晶大吊灯；地板上铺着黑色和白色相间的方砖，像一个巨大的棋盘。乌瑟尔的爪子在方砖上发出咔嗒咔嗒的声音。

苏西以前只到过这里，所以当暗影夫人领着他们继续向内进入一个小厅堂时，她不可抑制地感到有些兴奋。厅堂终点是通向黑岩塔内部的向下的旋转楼梯。

“你们应该庆幸，”暗影夫人下楼时说，“很少有人见过黑岩塔的内部，更少有人在见过之后还能离开。”她说完扭过头来，对他们露出意味深长的一笑。苏西判断不出她是在开玩笑还是说真的。

楼梯将他们带进一个四周似乎都没有尽头的房间，等到苏西看到他们所有人的映象从房间的四面八方盯着他们自己时，她才意识到这是光学错觉。镶在褪色的金色镜框里的大玻璃镜覆盖了大部分墙面，从地面一直延伸到天花板。玻璃镜上带有一些色彩，所以他们的映象似乎变成了遥远的阴影，仿佛有什么东西藏在里面，等待着、观察着，让苏西感到很不安。

“在这里等着。”暗影夫人指着房间中央的一块空地厉声说。斯通克和乌瑟尔紧紧地围在苏西身边，三人注视着暗影夫人走到一面大镜子前。当她靠近时，镜子深处的阴影像烟一样涌向镜面。苏西本能地往后退了一步，并且对两个同伴也做了同样的事毫不意外。阴影不断加重，覆盖了镜子，直到整个镜面变成一片纯黑。

暗影夫人满意地嘀咕了一句。“我马上回来，”她说，“你们做什么都可以，但不要碰镜子。”没等他们回答，她就径直走进纯黑的镜子，完全消失在黑暗之中。

过了一会儿才有人打破沉默。

“你们觉得那里面是什么？”斯通克率先开口说。乌瑟尔正在透过旁边的一面镜子观察自己。她的毛又变成了黄色，只有耳朵和鼻尖还保留着原来的颜色。她对镜子里的自己点点头，明显很满意。

苏西似乎听到有微弱的声音从镜子里面的黑暗中飘出来：奇怪的、含混不清的话语，低沉的尖叫、哭泣，还有一两声的咯咯笑。“我不确定我是否想知道。”她说。

伴着蕾丝的窸窸窣窣声和拐杖落在地砖上的咔嗒声，暗影夫人跨过镜框回来了，阴影从她背后的镜子里消退，那些苏西之前听到的声响——如果确实存在的话——也随之消失了。

“他在这里。”暗影夫人说着来到一面镜子旁的休闲桌前，“艾贝克？你有访客。”她带着满意的神情放下一个小水晶球，然后往后站了一步。

“他还在雪花水晶球里？”苏西说。

“哦，不，”雪花水晶球说，“不会是你吧？就不能让我安安静静地忍受折磨吗？”

苏西的恐惧感瞬间消散了。她原以为会与启明大人面对面对峙，就像两个月前在象牙塔里一样。那次她侥幸活了下来，但关于那件事的记忆仍潜伏在她的脑海深处，沉沉地往下坠。他曾试图杀死她和她的朋友们，这是她永远无法接受的。

但这一次不同，他被困在一个雪花水晶球里，通过一个艳俗的陶瓷青蛙的眼睛向外看，远没有她想象中吓人。

苏西走近桌子，想对雪花水晶球说话，却不知道该从何说起。“启明大人是你作为象牙塔看守人时的头衔，”她说，“但你已经不再是了，我该怎么称呼你？”

“你想怎么称呼他都可以，”暗影夫人毫不掩饰自己的笑容，“他对此无能为力。”

“你看到我过的是什么日子了吗？”雪花水晶球叹了口气，说，“一丝尊严都没有。我的名字是艾贝克，我想你可以这么称呼我。”

“艾贝克，”苏西叫了一声，直呼他的名字感觉很奇怪，“我们知道大脑风暴的事了。”

艾贝克无法改变表情，但苏西感觉到如果可以的话，他肯定会翻白眼。

“哦，那个啊，”他说，“我预料到迟早会有人发现他。但他和你来这儿有什么关系？”

“他想得到你的帮助。”苏西说。

艾贝克顿了一下。“你是什么意思，他想得到我的帮助？”

“他是活的，”她说，“我见过他，还跟他交流过，他有自己的意识。”

“虽然我不想打断你们感人的团聚，”暗影夫人说，“但你能解释一下这是怎么回事吗？”

苏西尽可能快地讲述了此前发生的事，从矮人城的第一次地震到云工厂，最后说到她在西沼泽地上空遇到大脑风暴。暗影夫人听着听着，脸色越来越阴沉，最后她将艾贝克从桌子上抓起来使劲儿摇晃，艾贝克则一言不发地忍受着，直到她停手。

“这有用吗？”他冷冷地说。

“没有，但令我痛快。”暗影夫人透过玻璃瞪着他说，“就在我以为你不会再制造任何麻烦的时候，你却做了这样的事，你复制了一个自己？”

“显然如此，”艾贝克说，“尽管就像年轻的史密斯小姐所说的那样，那不是我的本意。这非常有趣，你说是不是？而且我赞赏泰尼布里为了出名而做出的努力，我敢说他大有前途。”他咯咯笑起来，暗影夫人又将他一阵摇晃。

“停下，”苏西说，“这是在浪费时间。”

暗影夫人瞪着她。

苏西伸出手：“把他给我。”

暗影夫人弯起嘴唇露出一个冷笑。“想要就拿去，”她说着松开手，让雪花水晶球落进苏西伸出来的手掌里，“你就是让他摔在地上，也没有人会介意。”

苏西小心翼翼地用双手托着艾贝克，转过身背对着暗影夫人。乌瑟尔和斯通克聚到她身边，她将雪花水晶球高高举起，这样他们都能看见他。“艾贝克，”她说，“我知道我们不喜欢彼此……”

“这么说太轻描淡写了。”他说。

“但这件事很重要。矮人城有危险，你是唯一可以帮得上忙的人。”

“我为什么要帮忙？”

苏西一时语塞，看了看两个伙伴。

“啊呜。”乌瑟尔说。

“是的，正是，”斯通克说，“因为那是正确的事情。”

“你们还是不明白，是不是？”艾贝克说，“矮人技术过时得无可救药，我花了相当多的时间和精力试图让联邦摆脱它的限制。坦白地说，对于矮人城来说，最好的事情就是彻底毁灭。”

“你给我收回这句话，先生！”斯通克厉声说，胡子都竖了起来。

苏西将艾贝克举到眼前，试图将谈话拉回到正题上。“但是你控制联邦的计划已经失败了，”她说，“矮人城的毁灭也改变不了这一点。”

“也许不能，”艾贝克说，“但我个人乐于见到这一幕。”苏西可以从他的声音中听出几分残酷的得意，突然理解了暗影夫人为什么那么喜欢摇晃他了。

“求你了。矮人城地下的洞穴里有一个满是宝藏的宝库，泰尼布里带领的一伙罪犯想要打开它，但这样做会将整座城市震碎。我需要知道宝库的位置，这样才能阻止他们。”

“无可奉告。”艾贝克说。

“我要怎样做才能让你改变主意？”她问。

“威胁肯定没用，”艾贝克说，“毕竟我已经一无所有。但我突然想到我可以得到很多回报，如果你愿意给的话。”

暗影夫人用拐杖将乌瑟尔和斯通克扫到一边，冲到三人中间。“不行！”她厉声说，“绝对不可能。把他给我，是时候把他放回壁橱里了。”

苏西将艾贝克举到暗影夫人够不到的地方：“你一直把他放在壁橱里？”

“放在老鼠药和厕纸中间。”艾贝克说，“她每周把我拿出来一次，逼我听她拉小提琴。”

斯通克吃惊地眨了眨眼：“你竟然会拉小提琴。”

“我不会，”暗影夫人说，“那正是美妙之处。现在把他给我，小姑娘。”

"不,"苏西后退着说,"在他说出我们需要的信息之前,不行。"

"你没有资格跟我谈判。"暗影夫人说,在她脚下集聚的影子不断扭曲,越聚越多,"把他给我,我自会让他吐出信息。"

"不!"艾贝克喊叫道,"我要跟史密斯小姐交涉,其他任何人都不行。"

暗影夫人的影子像墨汁一样向苏西的方向漫延,苏西急忙向后退去,她知道一旦沾上就会被吸进一个暗无天日的监狱,暗影夫人将惹怒她的人都关在那里。

"你想要什么?"苏西问。

"我的尊严,"艾贝克说,"我想恢复原样。"

"不可能,"暗影夫人说,"你无权对任何人发号施令。"

"如果你想拯救矮人城,那么我就有这个权力,"他说,"你选吧,赛琳娜,哪一个对你来说更重要——拯救城市,还是纠结于我们之间的这点小恩怨?"

苏西拿着雪花水晶球退到房间最远的一侧,但影子还在不停地向她漫过来,直到逼得她后背抵在一面镜子上。乌瑟尔直立起来,咆哮着向暗影夫人发出警告,而斯通克则侧身移动到了尽可能安全的地方。

"我最后一次警告你,苏西·史密斯,"暗影夫人说,"把他给我,否则后果自负。"

脚下站着的那块地板渐渐被影子吞没,苏西努力控制着自己的呼吸。尽管穿着制服,她还是能感觉到后背靠着的镜子异常冰冷。她已无处可逃。

“我可以任凭你处置，”她说，“在我们拯救矮人城之后。”影子冰冷的触须缠住她的双腿，她闭上双眼，等着被吞没。

触须停下了动作，然后缩了回去。当苏西睁开眼时，房间已经恢复常态，只在暗影夫人的脚下有一团模糊不清的影子。

这位老妇人叹了口气：“无论怎样，我以后总归要将他恢复原样，现在恢复也无妨。”

“你是认真的吗？”苏西说。

“当然，”暗影夫人说，“快点，趁我还没改变主意。”

苏西颤抖着吸了口气，匆忙来到她身边。艾贝克显然很识趣，当暗影夫人将雪花水晶球从苏西手中抓过去低声快速念咒语并将其扔向地面时，他一直保持着沉默。

水晶球没有摔碎，而是在眨眼间打开，艾贝克突然出现在他们中间，仿佛他一直都在那里似的。他看上去和他的大脑风暴一模一样——满头银发，穿着灰色西装，拄着和暗影夫人的极为相似的拐杖。他从上到下拍了拍全身，理了理袖口。

“谢谢，”他说，“这样好多了。”

“只是对你来说，”暗影夫人说，“别以为我忘了，现在把那根拐杖给我，非常感谢。”

“当然。”艾贝克鞠了一躬，将拐杖递给她。

“你已得偿所愿，”苏西说，“现在请说出我们需要的信息。”

“但你们需要的太多了，史密斯小姐，”他说，“你必须说得更具体些。”

苏西挫败得几乎要跺脚了。“你就告诉我们泰尼布里和他的同伙在哪里钻探宝藏！”她说。

“我恐怕不能说。”

“什么？”苏西火冒三丈，“为什么？”

“因为矮人城下面没有宝藏，从来都不曾有过，”艾贝克心满意足地微笑着说，“大脑风暴对你们说了谎。”

第19章

逃脱

威尔莫特放弃了逃跑的想法，因为他发现将他和弗雷德里克绑在石笋上的绳子十分牢固。在过去的十分钟里，他一直在努力思考的是如何能挠到眉心处发痒的地方。他正试着使劲儿挤弄眉毛时，弗雷德里克转过头在他耳边低语道："别乱看，我刚刚发现了特雷里斯先生。"

"哦！在哪儿？"威尔莫特太兴奋了，忘记了压低声音。所幸其他矮人都在专心致志地维修钻探机，没有听到他们的对话。泰尼布里在宝库上方盘旋，可能是在恐吓雷吉和他的队伍加快进度。

"在他们带我进来的那个隧道口那边，"弗雷德里克悄声说，"别往那儿看！"

威尔莫特控制不住自己想看的欲望，他没有转动脑袋，只是斜眼瞄过去。一开始他什么也没看到，然后，一根石笋后面现出特雷里斯先生骨瘦如柴的身影，他正一步步跑进通向斯乌普的隧道口。他跑着跑着转过身来，看到威尔莫特和弗雷德里克正在看着他，高兴地对他们俩挥挥手。

“他要做什么？”弗雷德里克小声说。

“我想是逃跑。”威尔莫特回答。

“但是，怎么逃？”弗雷德里克听上去十分困惑，“那条隧道是死胡同。”

“它通向斯乌普，”特雷里斯先生转身消失在隧道里时威尔莫特说，“特雷里斯先生有一些飞行经验。”

“真的吗？”弗雷德里克说，“我不知道这些。”

“哦，我想大部分是坠机经验，”威尔莫特说，“但显然他都活了下来，也许比毫无经验要好一点儿，是吧？”

他们紧张地交换了一个眼神。一秒钟之后，斯乌普引擎的轰鸣声从隧道里传来，在洞穴里回响着。所有人的脑袋都转向声音传来的方向，泰尼布里像箭一样从空中急速俯冲下来。

“怎么回事？”他喊道。雷吉和其他矮人也都慌忙从宝库上下来，跑向隧道，但斯乌普的声音已经渐渐消失在远方。

“有人偷了我们的飞行器！”盖里大呼。

泰尼布里转向威尔莫特：“都是你朋友干的好事。”

威尔莫特回以桀骜不驯的微笑：“你抓不住他了。他已经去矮人城了，不久之后，城里的所有警察和皇宫护卫都会来到这里阻止你。”

泰尼布里懊恼地咂了咂鸟喙。“如果我在他们到来之前清空宝库，他们就阻止不了我了。”他说。

这时雷吉和钻探队灰心丧气地回到洞穴。

“飞走了，老板。”雷吉说。

“没关系，”泰尼布里说，“都不重要。我要你们立即修好钻探机！如果你们在一个小时之内打开宝库，分给你们所有人的宝藏翻一倍。”

矮人们迅速集中注意力，带着干劲重新开始了工作。

“现在怎么办？”弗雷德里克说，“我们让情况变得更糟了！”

威尔莫特什么也没说，他已经无能为力了，现在唯一能做的，是等待这场时间较量的结果。

第 20 章

回到矮人城

苏西从镜子中看到自己震惊的表情。“你说大脑风暴对我撒谎是什么意思？”她气急败坏地说，“他为什么要那么做？”

“这是个很有趣的问题，我暂时还没有答案，”艾贝克说，“不过，我说的是真的，泰尼布里和他的同伙不可能在矮人城下面找到宝藏，因为根本没有宝藏。”

“你说的话我一个字都不信。”斯通克吹胡子瞪眼地说。

“随便你们。”艾贝克说。

苏西在房间里踱来踱去，试图稳住自己的思绪。因为艾贝克的一句话，到目前为止一直指引着她的所有确定因素都变得不堪一击，真假难辨。大脑风暴真的在说谎吗？万一正相反，是艾贝克在说谎呢？

“如果没有宝藏，那泰尼布里和他的团伙在下面干什么？”苏西说。

“很简单，”艾贝克说，“大脑风暴一定也对他们撒了谎。”

“不可能，他跟我说他们从他那里盗取了信息。”

“又一个谎言，”艾贝克说，“我已经理出头绪了，你还看不出来吗？”

苏西紧闭双眼，思索着这一切。“这说不通。”

“如果下面有大脑风暴想要他们找到的其他东西的话，就说得通了，”他说，“宝藏之外的东西。”

“比如？”

“又是一个问题，”艾贝克说，“让我想一下……”他眼神放空地思考了一会儿，然后脸色缓缓亮了起来：“我知道了。”

“什么？”大家异口同声地问。

艾贝克眯起双眼，笑容更加邪恶了：“我已经给你们够多信息了，如果你们还想要更多，就必须给我额外的东西作为交换。”

“不，”暗影夫人跺着脚说，“这场装模作样的把戏已经演得够长了，如果你不愿意帮忙，就回监狱待着吧。”

“我本人非常乐意帮忙，赛琳娜，”艾贝克说，“但就像我们说好的那样，我的服务不是免费的。”

“但你别想从我这里得到更多了。”暗影夫人说着用拐杖指向艾贝克身后的镜子，镜子的颜色开始变深。

“随你的便，”他回答道，“我希望矮人城的好人们会理解你为什么选择毁灭他们的城市。”他大步走向镜子，转过身来对其他人挥了挥手，“再见，各位，”他边说边往后沉向黑暗中，

“谢谢你们来探望我。”

“不，”苏西跑上前抓住他的手，把他拉了回来，“你现在哪儿也不能去。”

“那么给我我想要的。”他说。

“你想要什么？”她问。

艾贝克眨眨眼睛：“天哪，当然是自由。”

众人陷入沉默，只有乌瑟尔发出了几声嘲讽的哼哧声。

“你以为我们都疯了吗，”暗影夫人说，“你太危险了，永远不能再给你自由。”

“这就是我的条件，”艾贝克说，“接不接受随你们。”

“我们不接受，”暗影夫人说，“现在回到那面镜子里，你这个蠢白鼬。”

“但是矮人城怎么办？”斯通克说。

“抱歉，”暗影夫人说，“矮人城仅仅是一座城，毁了还可以重建。但如果让我弟弟从这里走出去，会将整个联邦置于危险的境地。”

“不可能，”艾贝克嘲笑说，“你彻底剥夺了我在象牙塔的权力。还是诺玛队长在掌管那里吗？我怀疑她是否会让我靠近象牙塔方圆一百里格以内。而且，现在联邦所有人都认识我的脸，我无处可躲，不可能会有丝毫影响了。”

“此时此刻在这个房间里，你似乎就很有影响力，”暗影夫人说，“而且你可以压迫所有人为自己牟利。如果我放了你，你在外面做同样的事情只是时间问题。难道你真以为我会相信你会退隐到乡下去绣花吗？”

“我更喜欢用钩针编织，谢谢，”艾贝克说，“但此刻你们需要我所知道的信息。”

“我可以动用武力来获取。”暗影夫人面带鲨鱼般的微笑回应道。

“也许可以。”艾贝克说，“但是如此一来，你能及时拯救矮人城吗？我深表怀疑。”

“矮人城……”苏西脑子里一片混乱。

“怎么了？”暗影夫人问。

“我们不能用武力，”苏西说，“他说得对，他是唯一知道我们所需要的信息的人，如果使用武力，他不会将信息告诉我们。”

“我很高兴你终于恢复理智了。”艾贝克说。

“至少，他不会在这里将信息告诉我们，”苏西对暗影夫人极快地扯了下嘴角，“我们把他带去矮人城。”

“什么？”他看上去像是被什么东西叮了一下。

“你疯了吗？”暗影夫人说，“他不能离开黑岩塔。”

斯通克一手拍在额头上，说：“我想苏西是对的。只要艾贝克还在这里，他就没有跟我们合作的理由，他不在乎矮人城是否崩塌。但如果他身处其中，那就不一样了。”

“正是如此，”苏西说，“所以我们得一起去矮人城，立刻。”她注意到艾贝克的脸色变得十分苍白，暗影夫人也是。

“你建议我们冒生命危险去一座即将毁灭的城市，只是为了向我弟弟施压让他开口？你是认真的吗？”

“是的。”苏西也露出鲨鱼般的微笑。

暗影夫人死死盯着她，掂量着她的建议。“你前途无量，小姑娘。”暗影夫人朝艾贝克的方向挥动拐杖，她的影子从地板上冲过去，艾贝克倒进影子里，只留下呼喊声在房间里回荡。暗影夫人十分满意地用拐杖在地板上敲了敲，影子又回到她的身边。“我的行李收拾好了，”她说，“我们出发吧。”

当特快专列穿过传送隧道，驶上贯穿城市的开阔轨道时，距离矮人城的黎明仍有几个小时的时间。苏西看看手表，发现马上就到早上八点了。她已经超过二十四个小时没有睡觉了，应该感觉筋疲力尽才对，但之前她的心思一直放在别处，直到现在才感觉到了疲惫。

忽然，特快专列开始剧烈地颠簸起来，斯通克紧急降低了车速。

“抓牢了！”他在噪声中喊道，“轨道一定是受损变弯了，坚持一下。”

驾驶室也震动起来，悬挂着的瓶瓶罐罐咣当咣当直响。

当你需要弗莱彻的时候，他在哪里？苏西边想边抓紧水槽作为支撑。

暗影夫人依然镇定地站在驾驶室中间，仿佛什么也没有发生。她捡起一本从书架上掉落的烹饪书，翻看前面几页。

“我们能到达格拉丁·霍尔特车站吗？”苏西喊道。

“哦啊啊，嗯嗯嗯嗯。”乌瑟尔说。

“正是，”斯通克说，“我很惊讶我们没有……”

贝儿号冲向空中，打断了他的话，让他们经历了一个难受的失重时刻。然后一声巨响，特快专列带着刺耳的嘎吱声停了下来。

“……脱轨。”斯通克仰躺在地板上把剩下半句说完。

苏西跌倒在他旁边。“大家都还好吗？”她问。

“嗯嗯。”乌瑟尔点头。

暗影夫人啪地合上书扔到地上。“我们不能在这里坐上一整天。”她说。

驾驶室呈四十五度倾斜着，苏西不得不挣扎着向上够到门把手。她摇摇晃晃地来到舷梯上，站在列车侧面俯视下方。借助附近街道的灯光，她看到斯通克说得没错，他们周围所有的轨道都变弯了，枕木破损，轨道下的地面开裂不平。许多其他列车也像他们的特快专列那样翻倒在地，静止不动了。

其他人也都从车里出来，来到她旁边，被眼前的场景震惊得说不出话来。

街上挤满了人，像深黑的潮水缓慢地流向城市边缘。空中回响着紧急警报的哀鸣声，一柱柱浓烟在高楼大厦间升起。整座城市一副伤痕累累、破败萧条的景象。

“我没想到情况竟然变得如此糟糕。”斯通克说。乌瑟尔低声呜呜叫着表示赞同。

“但人们正在撤离，”苏西说，“雷利信守了他的承诺，所有人都会安全的。”除了弗雷德里克和我们，她心想。

“趁着情况没有变得更糟，我们快点吧，”暗影夫人说，“我们需要一个可以关住艾贝克并便于看管他的地方。如果我就这样把他放到大街上，他肯定会想方设法制造麻烦。”

苏西想了想，说：“疗养院怎么样？”

“离这儿有多远？”暗影夫人问。

“不远，”斯通克说，“大概就在我们的正下方，在下城。”

“哦，那也许是个好主意，”暗影夫人说，“头朝下吊在神秘谷上方也许能够帮助艾贝克集中精力。”

“万一我们在下城的时候再发生一次地震呢？”斯通克问。

“那么至少我们会和壮观的景象一同逝去。”暗影夫人说。

“说得真好，”斯通克说，“不过先等我放一枚危险信号弹。”说完他一头钻回车里，片刻之后拿着一支带有大枪管的亮红色信号枪重新出现。

“危险信号弹是什么？”苏西问。

“列车脱轨后都要放一枚，”斯通克将信号枪指向空中扣动了扳机，“好让路过的车知道你被困住了。”

一枚冒着红色火星的信号弹像烟花一样高高射入空中，苏西看着它不断爬升……然后忽然发现它即将撞上一只路过的热气球。

那是伯莎。

“小心！”苏西喊道。雷利将头伸出吊篮，信号弹贴着他的耳边飞过，又从伯莎的球囊上弹开，他赶紧将头缩了回去。

“能不能小心一点儿？”雷利大呼，然后忽然反应过来，“哦，又是你。”

他将伯莎降落到特快专列旁边的轨道上。“你得到你需要的信息了吗？”他问。

“得到了，又没得到，”苏西说，“在去下城的路上我会解释清楚，而且相信我，你会想听的。”

“很好，”雷利说，“让我收拾收拾。”他爬出吊篮，用魔法棒敲了敲伯莎，它一阵抖动，开始无声地泄气，并整整齐齐地自动折叠起来，苏西看得目瞪口呆。折叠好的球囊收进了吊篮，吊篮开始缩小、折叠、翻转，最终成为一块小小的正方形编织物，边长不到十五厘米，一个小巧的把手从一边凸出来，雷利像拎手提包一样拎起它。

“我出门的时候总是带上她。”他说。

“真不错，”苏西说，“但别炫耀了，我们走吧。”

他们使劲儿挤过人群，艰难地走向最近的一个去下城的车站。街上杂乱不堪，大楼倒塌，车辆翻倒，自来水主管道的一个接口裂开了，向空中喷出一道弧形水柱。

车站的电梯断了电，所以他们走旋转楼梯穿过矮人城的超结构建筑，里面不断响着回声。他们是唯一一群下楼梯的人，其他人都在向上走，去外面安全的地方。

下城的情况也很糟糕。到疗养院其实不远，但一座房屋倒在半路上，他们不得不翻过这片废墟。苏西难过地看到房子里的各种设施和日用品从残垣断壁中露出来，有一个开裂的水槽、一张床和一个仍然装满刀具的抽屉。最终到达疗养院门口时，他们松了口气。

“有人吗？”他们踏进大厅时斯通克喊道，“格伦特夫人？多萝西？有人吗？”

没有人回答。

“他们一定是已经走了。”苏西说。她很高兴，这意味着老邮递员们都会安全了，往好处想，说不定威尔莫特也和他们一起走了。但是看到疗养院如此安静，了无生气，仿佛失去了灵魂的样子，还是有点儿让人不安。

他们穿过大厅，来到公共休息室，走了进去。那本是一个宽阔舒适的空间，现如今却杂乱地摆放着扶手椅和茶几，后墙上连着阳台的阔大的观景窗的玻璃破碎了，阳台上的座椅翻倒在地，天花板上满是裂痕，地毯上沾满了泥灰。

“这里很不错。”暗影夫人将一切尽收眼底。她无声地将影子延展开来，吐出了艾贝克，粗鲁地让他砰的一声掉到地上。

“这……”艾贝克喘着粗气说，“一点儿也不愉快。”

“很好，”暗影夫人说，“现在站起来，在我们全都死掉之前发挥点作用。”

艾贝克站起身，拍了拍灰尘。“这里就是矮人城？”他说，“跟我想象中一模一样。”

乌瑟尔发出咆哮警告他。

“泰尼布里和他的团伙很快会重新开始钻探，留给我们的时间不多了，”苏西说，“告诉我们他们真正要挖的是什么，还有地点在哪里。否则我们都会死在这里，包括你。”

艾贝克走到破碎的观景窗前，踏上阳台。“我很欣赏你带我来这里的计划，史密斯小姐，”他抬头看向神秘谷，“将我自己的生死作为筹码，真的相当聪明。你做邮递员真是屈才。”

苏西起了鸡皮疙瘩。艾贝克口中说出的恭维话毫无意义，她不至于傻到听信这些。

“你是在浪费时间。”她说。

一大块泥灰从天花板上掉下来，砸在斯通克旁边的地板上，摔得粉碎。“我劝你赶快说，趁着整座建筑还没倒塌。”他边说边擦拭制服上的灰土。

“我乐于给你一条线索，”艾贝克说，“象牙塔的图书馆里收藏着所有关于矮人祖先和他们丰功伟绩的传说，还有一些十分古老模糊的零散考古记录，暗示那些传说有些也许是真的，有某种非常古老又强大的东西埋藏在矮人城地下深处。”

“比如什么？”苏西说。

“虽然不是宝藏，”艾贝克说，“但也许是对大脑风暴来说无价的东西。当然，这都是我的猜测。”

“有道理，但那到底是什么？”苏西说。

“天哪，当然是大脑风暴唯一缺少的东西。目前我愿意告诉你们的仅此而已，”看到她显而易见的失望表情，艾贝克微笑着说，“如果你想知道更多的话，你知道我的要价。”

“是什么？”斯通克说。

“我的自由，”艾贝克说，“我想我已经说得非常清楚了。”

“不，”斯通克来到阳台，指着神秘谷说，“我是说，那个是什么？”

一个又大又黑、发出巨大噪声的东西从山谷深处歪歪扭扭地飞了出来。那东西飞得极不平稳，苏西看不太清，只看得出那东西有一个鼓鼓的身体和两只蝙蝠状的翅膀。

“我的天哪！”斯通克说，“那到底是什么？”

那个东西发出刺耳的嘎吱声，悬停在空中，朝疗养院的阳台投来一束耀眼的探照灯光。

“是那帮矮人的飞艇，”苏西说，“它在朝我们开过来！”

飞艇离阳台越来越近，苏西和大家赶快从阳台退回了休息室，但飞艇没有减速，还在向前冲。

伴着一声巨响，它栽进阳台，冲过观景窗，前锥体戳进了休息室里，将木地板撞成碎片，整座房子都跟着震动起来。

房间里到处弥漫着灰尘，苏西闭上眼睛。飞艇刺耳的声响渐渐变小，周围安静下来，苏西听到一个既熟悉又陌生的声音。

“好吧，我觉得这样的结果对于第一次飞行来说并不算太坏，你们觉得呢？”灰尘消散，显露出占据了半个休息室的飞艇。它的挡风玻璃破了，他们可以看到特雷里斯先生正坐在驾驶舱里，咧嘴笑着。

“大家好，”他喊道，“真抱歉把这里弄得一团糟。”

葛楚德冲进休息室，她头发散乱，上气不接下气，早已没有了往日的庄重。她呆呆地看着这群人，直到看见挥手跟她打招呼的暗影夫人才缓过神来。

“威尔莫特！”她喘着粗气说，“他和你们在一起吗？”

苏西感觉浑身一冷。“他没有和你们一起撤离？”她和葛楚德的眼神交会，突然恐慌起来。

“他昨晚出去执行一项‘侦察任务’，到现在还没有回来，”葛楚德说，“我一直在街上找他，哪里也找不到！特雷里斯先生也不见了。”

“啊，”特雷里斯先生说，“对此我很抱歉，格伦特夫人，你好。”

葛楚德抬头瞪着他：“你知道威尔莫特在哪儿吗？”

“知道，”他回答，“我知道他的精确位置。”

乌瑟尔的吼叫声打断了他们的对话，所有人都闭了嘴。

“怎么了？”苏西问。

乌瑟尔指向一块空地板，过了一会儿苏西才意识到那里本应该有什么。

“哦，不！”她说，“艾贝克逃走了！”

“天哪！”暗影夫人说，“我应该更加留心他的。”她派出的影子像蛇一样穿过门口，大厅里的灯光暗了下来。她闭上眼睛，仿佛在听远处的声响，然后恼火地咕哝了一声。“他已经不在房子里了。”她召回影子，掸了掸肩膀上的尘土，“抱歉，我要去把他追回来。”

“啊呜啊呜，”乌瑟尔说，“哼哼哼。”

“他的气味？从这里？你确定？”暗影夫人说。

“嗯嗯嗯。”乌瑟尔说。

“我建议你跟着乌瑟尔，”斯通克说，“熊的鼻子极为灵敏，如果乌瑟尔追踪不到他，那就没有人能办到了。”

“好吧，”暗影夫人说，“我接受你的建议。”

乌瑟尔点点头，先静静地嗅了嗅空气。几秒钟后，她行动起来，用肩膀挤开其他人，出了休息室。

“若是发生了什么其他情况，”暗影夫人在门口停留了一下说，“不用等我们，我们会自己看着办的。”

“请你照顾好她。”斯通克一脸严肃地说。

暗影夫人点点头离开了。

“谁能告诉我威尔莫特在哪里吗?！”葛楚德含着泪水说。

“他在地下深处的一个洞穴里，”特雷里斯先生说，“他被袭击苏西的犯罪团伙抓住了，雪花水晶球里出来的那个男孩和他在一起。”

“弗雷德里克？”苏西说，“他还好吗？”

“除了没有自由，其他的都好，”特雷里斯先生说，“他们俩都健康得很。”

“我们怎么才能到他们那里去？”葛楚德问道。

“我和局长发现了一条从霍布斯之角矿井进去的路，”特雷里斯先生说，“但是我们遭遇了一场小意外，现在路被堵死了。我从神秘谷下面的一个降落平台上借用了这个好东西。平台那里还有一个入口，径直往下走，很快就能找到它。”

“那我下去找他们。”葛楚德说。

“不，”苏西说，“趁着还有时间，你得将特雷里斯先生带到安全的地方。我、斯通克和雷利会去找威尔莫特和弗雷德里克，并想办法阻止钻探。”

“我们要干什么？”雷利问。苏西示意他安静。

“但我不能眼睁睁地看着我儿子在那下面。”葛楚德说。

“这种事不会发生的，格伦特夫人，”斯通克说，“但必须得有人将特雷里斯先生带到安全地带，把他了解到的所有情况报告给警察，万一他们能派出多余的人手帮助我们呢。如果我们想拯救这座城市的话，现在就必须立即分头行动。我们不会抛下局长的，我向你保证。”

可以看出葛楚德还想和他们争论，但她转向特雷里斯先生问道：“这个东西还可以飞吗？”

“也许可以，”他说，“控制面板还在工作，只有几个显示灯是红色的。”

“好极了。”葛楚德说。然后，出乎所有人的意料，她一跃跳上了飞艇，从破了的挡风玻璃处钻进去，在特雷里斯先生旁边坐好，从他手里抓过操纵杆。“我已经好久没有开过飞艇了，”她说，“当我还是个小女孩时曾有一架自己的夜空游波 RX，让我们看看我的本领还在不在吧。”她快速按动几个开关，飞艇的引擎轰隆隆响起来。

“我敢说你的本领还在！”特雷里斯先生说，“听听这引擎的轰鸣声。”

葛楚德露出严肃又满意的微笑。“请将我的儿子安全带回！”她喊道。然后，她将飞艇倒出休息室，引擎带动的气流差点儿将其他人吹倒。斯乌普在破损的阳台上徘徊了几秒钟，特雷里斯先生和大家挥手告别，然后飞艇没入夜色之中。

“如果这次我们能侥幸活下来，我一定要让她带我兜兜风。”斯通克说。

苏西已经开始思考接下来的部署了。“轮到我们了,”她说，“云术士，我们需要伯莎。”

“什么？”雷利结结巴巴地说，“好，但是……但是你不会是想……去下面吧？”

“我们不能留在这里,”苏西说，“在这里的时间越长就越危险。”

她刚一说完脚下就开始震动，屋里尘烟四起，墙和天花板开始开裂，更加令人惊恐的是整座房子开始向一边倾斜。空气中飘荡着的低沉的轰隆声在苏西的耳朵里回响，让她几乎无法思考。在令人心惊的声响中，她听到远处的建筑物轰然倒塌的声音。

“我们来不及了！”她叫道，“他们又开始钻探了！矮人城在崩塌！”

第21章

危机加剧

威尔莫特以为钻探机引擎的轰鸣和金属钻头旋转时的尖叫已经够响了，但这与宝库发出的声响相比微不足道。他可以感觉到宝库的声音从他的脚底板往上传导，像连续不断的巨型铃铛的响声，让他的骨头都战栗起来。

“威尔莫特！”弗雷德里克大喊道，他的声音在震荡的空气中变了调，“我们怎么办？”

“我不知道！”威尔莫特大声回答。

在他们头顶上，洞穴顶部出现了一些裂缝，几根钟乳石掉落下来。

一个影子从他们头顶掠过，威尔莫特看到泰尼布里在上空盘旋着，监督钻探工作。

“加大马力！”泰尼布里喊道，有人大声回应着，很可能是雷吉，但完全被刺耳的嘈杂声淹没了。“我说，加大马力！”

泰尼布里喊道。几秒钟后，钻探机的轰隆声增强，威尔莫特的视线开始模糊。

完了，他想，矮人城完蛋了，除非我能做点什么。

但是，能做什么呢？

第22章

唯一的出路

“我们必须马上离开这里！”地震再次来临时苏西大喊道。雷利试图奔向疗养院门口，但苏西抓住了他的衣领。“不能从街上走，”她说，“我们必须往下走！”她捡起从他手里掉下来的手提包，塞进他颤抖的双手里：“我们乘伯莎离开这里！”

苏西将他拽向阳台，斯通克匆忙跟在后面，担心地看了看乌瑟尔和暗影夫人刚刚离开的方向。

休息室，或者说整座疗养院，甚至可能是整个矮人城，突然歪向一侧，将他们摔倒在地。伴着一阵石头的摩擦声，地板中间裂开一条大缝隙。

“快点！”苏西喊道。雷利放下手提包，用魔法棒点了一下。手提包弹开，吊篮开始展开，同时彩色的球囊从吊篮中间升起、膨胀。

墙上的裂缝越来越大，不规则的裂纹沿着墙面往上攀升，房间随之开始崩塌，一部分天花板掉下来，将他们一直逼到了阳台边缘，而阳台也开始坍塌。苏西鼓足勇气往下看了一眼，看到阳台距离下面的路面大约有十米高。

“进来。”吊篮刚完全成形雷利就命令道。苏西和斯通克跳了进去，看着伯莎的球囊在头顶上方慢慢成形。

“这个东西不能飞得更快一点儿吗？”斯通克说。

“不能，”雷利说，“她是一个热气球，她理应保持端庄和松弛。”

球囊继续膨胀，直到剐蹭到墙面。雷利举起魔法棒，吊篮上升，在阳台彻底坍塌的前一秒离开了那里。他们往上升，或者严格来说是往下降，进入神秘谷张开的大口中。

矮人城正在毁灭。看着外面一个个歪斜破损的屋顶，苏西感觉自己越来越无能为力。更多的房子在倒塌，一簇簇尘烟形成的蘑菇云从城里各处升起。她看到疗养院的屋顶裂开了，露出威尔莫特的铁路模型上的漂亮风景。然后，当疗养院伴着一声巨响完全倒塌时，模型也裂开碎掉了，苏西震惊地看着它碎成一片废墟。威尔莫特的家，一个欢迎她的地方，消失了。

至少我们让所有人都撤离了，她想。

“乌瑟尔不会有事吧？”斯通克的声音有些紧绷，说话时还不停地扫视着路面。

“暗影夫人不会让她出事的。”苏西说，暗自也希望是这样。

但就算暗影夫人足够强大，要怎样才能从这种规模的灾难中逃脱呢？

忽然，她有了一个更加让人不安的想法。她抬头越过热气球的球囊看向头顶上的神秘谷。“斯通克，”她说，“可协商重力能够起作用的范围有多大？”

“你想说什么？”

“我想说，我们离开下城多远就会恢复正常重力？‘上’什么时候会变成‘下’？”

“那个啊……”斯通克说，“我不确定。”

“到那个时候，”苏西越来越忧虑，“我们将会头朝下悬在吊篮里，没有什么可以接住我们。”

“你之前怎么不说？”雷利看起来担心得要命。

苏西还没来得及回答就突然感到自己从头到脚都被拽了一下，身体被缓缓地拉离了吊篮底部。有那么一会儿，她处于失重状态，悬在半空。斯通克和雷利也跟她一样，就飘在她身边。“快点！”她大喊道，“把我们掉个头。”

“什么？”雷利气冲冲地说。

“把伯莎翻过来！”苏西抓住吊篮边缘，但真正的重力力量更大，将她的双腿拉升过了头顶。雷利一阵慌乱，魔法棒举得太快，不小心戳在了斯通克的脸上。

“小心点！”斯通克气冲冲地说。

雷利用魔法棒画了个小圈，伯莎在空中旋转了一百八十度。这不是什么优雅的动作，实际上就热气球而言可能是最不端庄、最不松弛的动作了。矮人城转到了他们上方，他们则继续沉向下方的神秘谷。苏西、斯通克和雷利纷纷以奇怪的姿势落在了吊篮底部。

“天哪，”雷利喘着粗气说，“我一点儿都不喜欢这样。”

苏西站起身来，探过吊篮边缘看向下面的黑暗。

斯通克来到她身边：“特雷里斯先生说有一个降落平台。”

苏西眯起眼睛：“我还是什么都看不见。你可以让我们下降得更快些吗？求你了，云术士。”

雷利紧张地看了一眼山谷的深度，但决定不去争辩。他的魔法棒一动，伯莎开始以两倍的速度下降，这让苏西的胃里稍稍翻腾了一下。

山谷的石壁摇晃开裂时，他们周围全是类似巨型牙齿咬合的声音。一块块大石头从石壁上掉落，坠入深不可测的黑暗中。苏西试图听它们砸到谷底的声音，但什么也没听见。

苏西又抬起头，看着矮人城渐渐消失在远处。烟尘四起，街灯闪烁、渐暗，然后完全熄灭。

“天哪！”斯通克脸上此时好似戴着一副憔悴的面具。

他们掉入山谷深处，黑暗像洪水一样从四面包围过来。但在能见度下降时，苏西发现自己能听到更多声音了，她听到在地震的轰隆声中夹杂着一个圆润的声音。

“那是什么声音？”她问。

“听起来像 C 小调。”雷利说。

斯通克的尖耳朵抖了一下，他闭上眼睛。“是从下面传来的，”他越过吊篮指向黑暗，“大约在我们右边五百米、下方一千米的位置。”

“你怎么知道的？”雷利问。

“因为我是矮人，”斯通克说，“鼻子和耳朵是我们的好伙伴，也是我们的与众不同之处。”

雷利又拿着魔法棒挥舞了一下，他们下降得更快了。

声音越来越清晰，雷利调整航线朝它飞去。不一会儿，他们看到一处岩壁上有一圈昏暗的光，光圈处正是一个降落平台。

“到了！”苏西说。

雷利减速下降，尽可能小心地着陆。更多岩石从头上掉下来，有的坠进深渊，有的砸向平台，平台在石块的撞击下摇摇欲坠。雷利第一次尝试着陆时，伯莎被弹回了空中，差点儿撞在岩壁上。雷利快速挥舞魔法棒，闪避着在黑暗中呼啸而下的石块。

“嘿！”他喊道，“如果我们待在这里，会被砸得粉碎。”

“那就带我们进去，伙计，”斯通克说，“快！”

苏西看到雷利的脸上掠过一缕疑云，但很快，他的眼神变得坚毅，下巴紧绷着。

“打起精神！”他说，“听我的口令跳伞！”

说完他让伯莎倾斜着快速下降，苏西后知后觉地意识到他的目标是越过平台，冲进隧道口。她赶快闭上眼睛，举起双手护住面部。

“跳！”雷利用魔法棒击打吊篮的同时喊道。

苏西纵身一跃，在空中翻了个筋斗，然后重重地摔到地上，幸好她的挎包减缓了大部分冲击力。她滚了几圈，喘着粗气颤抖着停在隧道口里面几米的地方。她摇摇晃晃地站起来，两手捂住耳朵，因为在这里那个回响的声音震耳欲聋，震得甚至出现了空气波。

她转向隧道口，看到斯通克和雷利也都毫发无伤，尽管他们俩也在那响声的猛烈攻击下露出痛苦的表情。伯莎又变成了手提包的样子。

苏西已经能够看到前方洞穴的入口，她用胳膊肘示意了一下。另外两人点点头，雷利捡起伯莎，三人一起向洞穴入口走去。

噪声像一股无形的力量向他们压来，他们就像是在逆风前行。但他们还是来到洞穴中，苏西一眼就看到了钻探机和巨大的蜂蜜色宝库。它们周围的空气闪着微光，因为洞顶有一群发亮的蘑菇。苏西很快便发现这些蘑菇在用细长的腿跑来跑去。

噪声也并非毫无益处，至少掩盖了他们到来的动静。他们在石笋的掩护下悄悄绕着宝库走，然后看到了雷吉和他的手下。他们戴着耳罩，正围着一个带按钮的小面板，苏西猜测那是钻探机的控制器。

在这群矮人的背面，她看到弗雷德里克和威尔莫特被绑在一根石笋上。她示意斯通克和雷利保持隐蔽，自己一边盯着泰尼布里的动向，一边快速穿过一根根石笋。她不担心矮人们，但她知道泰尼布里可以在一秒内发现她，如果他碰巧往下看的话。但幸好他也和其他人一样被宝库迷住了，苏西得以顺利到达弗雷德里克和威尔莫特身边。

苏西轻拍两人肩膀，示意他们俩保持别动。绳结打得很牢，她花了一会儿时间才解开。然后他们跟着她来到一个更隐蔽的地方。

“看到你真是松了一口气！”威尔莫特对着她的耳朵喊道，“我的备用计划没有奏效。”

“首选计划也没奏效！”苏西大声回答。

“别在意！”弗雷德里克对着她的另一只耳朵大声说，“我们启动第三计划！说吧，要怎么做？”

“我不知道，”苏西说，“我只知道我们必须阻止钻探机，矮人城正在被震成碎片。”

威尔莫特的脸色苍白，弗雷德里克的脸色……哦，她不太能辨认出弗雷德里克的脸色，因为他脸上全是干泥巴，实际上他浑身上下都是干泥巴，从头发一直到……

一个主意像一股电流袭向苏西，强烈得让她实实在在地抽搐了一下。

“在这里等着，”她说，“在我告诉你们做什么之前什么也别做。”然后她转身奔跑着穿过洞穴，一直跑到雷吉和其他矮人附近。她举起双手，喊道：“住手！”

她的出现引发了一阵混乱，除了雷吉，其他矮人纷纷抽出了他们的魔法棒，盖里和巴里伸出双手笨拙地朝苏西走来，然后雷吉啪地按下了控制面板上一个红色大按钮，钻探机安静下来。

噪声突然消失，就连盖里和巴里都放松地舒了口气。然而，安静转瞬即逝，泰尼布里凶狠地尖叫着俯冲下来，吓得钻探队四散开来。

“你在干什么，蠢货？”他用尖爪指着雷吉责备道，“重新开启钻探机，否则我——”

“我知道怎么打开宝库。”苏西说。

泰尼布里生气地责骂道：“是你！我不知道你是怎么来到这里的，但这是你最后一次碍我的事。”说完朝她发起进攻。

“我可以让你进入宝库，”苏西简要地说，“而且不需要钻探机。”

泰尼布里居高临下地看着她，一只爪子举着保持着攻势。“我为什么要相信你？”

“因为我想让你离开并且永远不再回来，”她说，“而不打开宝库你是不会离开的。不过我得警告你，你也许不会喜欢里面的东西。”

“你不用管我喜欢什么，”泰尼布里说，“赶快说吧。”

苏西紧张得嗓子像是被什么东西堵上了，她吞咽了一下。“你没法儿打破宝库外壳，因为它会将你用钻探机施加在它上面的所有能量都反射出去，是不是？”

“它不仅仅是反射能量，”雷吉说，“它还放大能量。无论我们对它做什么，它都十倍奉还。”

“正是如此，”苏西说，“那就是引发地震的原因，如果继续钻下去，我们所有人都会死。”

“所以呢？”泰尼布里尖刻地说。

“如果你根本不需要闯进宝库，而是有人从里面为你打开它呢？毕竟，如果一扇门的设计不是从这一侧打开，那么一定是从另一侧打开，对吧？”

“她说得有道理，老板，”雷吉说，“大部分宝库里面都会有一个安全出口，以防有人被意外困在里面。”

泰尼布里一脸怒容：“你是说里面有人？”

“没有。”苏西说，“我们得让一个人进去。”

雷吉无奈地用手捂住脸：“不打开宝库怎么让人进去呢？”

“很简单，”她说，“用七里靴就行。”然后她转身对着洞穴里喊道：“好啦，现在大家都可以出来了。”

其他人一个接一个从藏身处走了出来。

雷吉和钻探队又举起魔法棒，警惕地看着这群人。然后，雷吉缓缓放下了他的魔法棒。“杰雷米亚？”他说。

苏西看到斯通克僵住了。

“雷吉纳德？是你吗？”斯通克说。

“你们两个认识？”她问。

斯通克没有回答，只是向雷吉走去，直到两人面对面。就在这时，苏西终于明白了为什么雷吉看起来那么熟悉：除了没有络腮胡子，他其他地方和斯通克长得一模一样。

“你们是兄弟俩？”她问。

“曾经是。”雷吉说。

斯通克的嘴抿成一条线。那是生气还是悲伤的表情？苏西无法判断。

“你什么时候出狱的？”斯通克问。

“去年，”雷吉说，“因为表现好，提前释放。”

斯通克环顾洞穴：“这算表现好？”

“我试过走正路，”雷吉说，“但没能成功。”

“我成功了，”斯通克说，“现在我是一名驾驶员。”

“是的，我在报纸上看到过你，”雷吉说，“很有派头。我注意到你没有提及我们一起在孤儿院长大的事。”

所有人都期待地看着斯通克。

“我已经把那些放下了。”

“是的，把我也一起放下了。”雷吉说。

泰尼布里不耐烦地发出咝咝声：“这出家庭闹剧可以等一等吗？我想要我的宝藏。”

雷吉不再看斯通克，转过了身：“我们要去哪里找七里靴？已经没有人用它了。”

“奇境邮政特快专列还用，”苏西骄傲地说，“给他们看看，弗雷德里克。”

弗雷德里克剥掉靴子上的干泥巴，露出靴子前的刻度盘。

“你一直都穿着这双靴子？”雷吉说。

“是的。”

“所以你随时可以逃走。”

弗雷德里克露出尴尬的表情。“我忘了自己穿着这双靴子了，”他说，“而且比起用它，我宁愿在这里试试自己的运气，谢谢。我不知道这里离地表有多远，万一我距离设得太远，在离地面半里格的地方出现怎么办？或者设得太近，我会永远被困在地下吗？”想到这里，他打了个寒战：“这双靴子给我带来过一些不好的经历。”

“他说得有道理，”雷吉说，“像这样的靴子很难精确使用，它们是用来快速跨越很大的开阔空间的，而不是为了前往某个具体位置，那样可能会出各种各样的差错。”

“我愿意冒险，”苏西说，“如果能拯救矮人城的话。”

斯通克上前一步说：“不行，太危险了，苏西，让我去吧，你一定要同意让我去。”

苏西觉得雷吉听到后脸上露出了一丝不安，但他还没来得及说什么，威尔莫特就举起了手。

“嗯，实际上，我才是使用靴子经验最丰富的人，”他说，“我上过培训课程之类的。”

“你不是更喜欢轮滑鞋吗？”苏西说。

“哦，是的，”他回答，“七里靴有点儿让我头晕，但是我认为我最有可能成功。而且作为局长，应该由我来冒这个险。”

泰尼布里伸出爪子，顺着石笋表面往下划着爪尖，发出磨牙般刺耳的声音。所有人都闭上了嘴。“我不在乎你们谁穿，”他吼道，“快点打开宝库！”

“好啦，”威尔莫特说，“谁帮我检查一下我的距离设置？”

几分钟后，苏西和威尔莫特一起站在古老的矿井隧道里，斯通克、弗雷德里克、雷利和雷吉站在他们旁边。威尔莫特穿着七里靴，没有鞋的弗雷德里克穿着特快专列上的应急长筒羊毛袜，笨拙地跳来跳去。

“你确定这里距离宝库正好一里格？”苏西问。

“我尽可能精确测量了，”雷吉说，“我已经好几年没有转换过精灵的测量单位了，但至少方向是对的。”他直直地指向隧道里面堵在洞穴入口的落石：“只需一步，你就能到达。”

“如果你错了呢？”斯通克问。他双臂交抱在胸前，弯起眉毛看着雷吉：“一个更高尚的矮人会主动替局长冒险。”

“不，”威尔莫特坚定地说，“我是最适合这项工作的。”他再三检查了靴子前面的刻度盘，然后开启靴子：“祝我好运。”

“祝你好运。”雷利和弗雷德里克嘟哝着说，明显都十分紧张。

“我不相信这些，记得吗？”斯通克说。

威尔莫特听到这话有点儿泄气，但雷吉在他的肩膀上拍了拍。

“祝你好运，伙计。我们里面再见。”

苏西紧张得说不出话来，她举起颤抖的双手为威尔莫特竖起大拇指。她满脑子想的都是：这是我的主意，所以如果威尔莫特出了任何事，都是我的错。

“好啦，”威尔莫特说，“为了矮人城。”他抬脚往前迈步，消失了。

第23章

大脑风暴

苏西记不起生命中还有哪一刻比此时更加胆战心惊了，她和大家一起跑回洞穴里，泰尼布里和钻探队的其他人早已期待地等在宝库旁。

“怎么样？”看到苏西回来，泰尼布里问。

“一分钟了，”她说，感到越来越恐慌，“有什么动静吗？”

“没有！”泰尼布里咆哮道。

他们紧张又安静地等了一分钟。苏西将耳朵贴在宝库的金属壁上，还是听不到里面有任何动静。

“那小子一定是跑过头了，”泰尼布里最终说，“重新开启钻探机。”

“不！”苏西、弗雷德里克、雷利，甚至雷吉异口同声地说。

“钻探已经失败了，老板，”雷吉说，“那小子是我们最大的指望。结束了。”

泰尼布里头上的羽毛支棱了起来，他展开翅膀，大声喝道：“我说结束才算结束，而我说——”

“我听到了！”苏西从宝库旁跳回来，“里面有动静。”

随着一阵轻微的嗡嗡声，宝库表面出现一条缝隙，一直从底部贯穿到顶部，将整个圆顶一分为二。然后，伴着似有似无的低语，左右两半随着裂缝越来越大而分裂开来，钻探机轰隆一声翻倒了。宝库里面有什么东西发着光，是非常大的东西。

“钻石！”泰尼布里惊叹道，扑向开口处。一个又大又圆且亮晶晶的东西逐渐显露出来，上面站着一个小小的人影，在向下面挥手，泰尼布里就落在他旁边。

“威尔莫特！”苏西如释重负地大笑道，“你成功了！我们还以为失去了你！”

“抱歉，”威尔莫特冲下面喊道，“里面很黑，我花了点时间才找到开关。”

宝库现在完全打开了，看起来像是两只手呈杯状轻轻捧着一个直径大约十米、表面凹凸不平的水晶球。

“这是什么？”泰尼布里用脚踢了踢水晶球，激动地转着圈说，“这不是钻石！”

“天哪！”雷利说，“这是我想的那个东西吗？”

“什么？”弗雷德里克问。

“不可能！”雷利向前冲去，爬进宝库，其他人紧随其后。

宝库里面的地面是平的，水晶球安置在一个金属架上，周围有狭窄的金属楼梯通向球顶，威尔莫特和泰尼布里正站在顶上。苏西跟着雷利快速爬上楼梯。

“你们看不出来吗？”雷利说着从楼梯走到威尔莫特旁边，“这是大脑皮质水晶！”

苏西又看了看。“和你用来创造大脑风暴的是同一个东西？但这也太大了！”

弗雷德里克、斯通克和雷吉也来到他们身边。

“恕我理解能力有限，”斯通克说，“你们是说宝库里没有宝藏？”

“一文不值！”泰尼布里尖叫道，眼中喷着火，像充满了烧着的煤炭。

“你真的对美好事物毫无鉴赏力，”雷利奚落道，“你知道我可以用这种体积的水晶创造出怎样的奇迹吗？天哪，我几乎可以训练我的魔法云装置去做任何事情，有无限的可能性！”

“但是我的钻石在哪里？我的金子呢？”

“我觉得根本就没有这些东西，”苏西说，“大脑风暴对你说了谎。”

这话让在宝库底部的钻探队员们发起牢骚来。

“你保证会让我们发财的！”巴里说。

“是的！”盖里说，“我们做的这么多工作怎么算，嗯？”

泰尼布里对他们的话充耳不闻。“大脑风暴不可能说谎，”他说，“他一直都在告诉我我需要的信息。”

“那只是为了获取你的信任，”苏西说，“他真正想要的只是这个。”她朝水晶做了个手势。

“为什么？”雷利说，“他想要这么大体积的水晶做什么？”

一阵能量发出的微弱的噼啪声传进众人的耳朵，他们往洞穴另一边看去，看到一道光在通向斯乌普降落平台的隧道里闪烁，而且越来越亮。

“是着火了吗？”雷吉问。

“我想不是，”威尔莫特说，“看起来像是……”

“闪电，”雷利说，“但是怎么可能在这里？在地下？”

除了越来越响的噼啪声，闪烁的光里还时不时发出砰砰的爆裂声。然后，声音和光的源头出现了，是一大团形状模糊的像云一样的东西，像巨型蜘蛛一样在用闪电组成的细长腿向这边移动着。

苏西感到一阵寒意从血管中穿过：“是大脑风暴！”

“什么？”威尔莫特瞪大了眼睛。

“不可能！”雷利说，“他在动！他会自己动！他不可能做到的！”

“我有种很不好的预感，他可以做各种他理应不会做的事情。”苏西说。

大脑风暴来到敞开的宝库旁，噼噼啪啪地吐着能量。

“那是什么东西？”弗雷德里克问。

“说来话长。”苏西不敢将目光从大脑风暴身上移开。她不知道他要干什么，但她需要做好准备——他是敌非友。

泰尼布里飞起来朝他猛扑过去。“你对我说了谎！”他大叫道，“这里从来没有任何宝藏！你让我们挖一堆一文不值的水晶！”

大脑风暴刺刺地冒着火花。

“别藏在那里，”泰尼布里说，“出来见我！”

一道电弧从云中劈出，击中他的眉心，他倒在地上不动了。

众人疑惑地安静下来，然后陷入恐慌，钻探队尖叫着跑向废弃的矿井隧道。

“快躲起来！”弗雷德里克说，“他刚刚杀了泰尼布里！”

“不，”苏西说，“他在跟他对话。”她拉正帽子，调整好挎包：“无论我发生什么事，都不要担心。”

“什么？”威尔莫特说，“你要干什么？”

“我要加入对话。”

苏西举起双手。“嗨！”她大喊道，“你听得到我说话吗？你欠我一个解释！”还有一个道歉，她心里想。

“等等！”雷利跳到她身旁，“还有我！我也要求加入对话。”

他刚一说完，又有两道闪电从大脑风暴深处劈出来，打中了他们俩的脑袋。在思维从大脑中抽离出来之前，苏西最后看到的是震惊得张大了嘴巴的威尔莫特和弗雷德里克，然后一切都黑了下来。

这一次苏西还没来得及眨眼，瞭望馆就在她周围形成了，但它跟上一次不同：观测员不见了，桌子被扔在房间中央摞成一堆。在这一堆桌子的顶端，大脑风暴还是以前任启明大人的样貌示人，正斜靠在一把扶手椅里。他一条腿钩在扶手上，从容地盯着画出来的星星，任由泰尼布里在他面前盘旋，用爪子指指点点。

“挖了一个月！”泰尼布里尖叫道，“什么也没挖到！你给我解释清楚！”

“那些水晶对你来说没什么用，”大脑风暴说，“但对我来说十分宝贵。”他向苏西和雷利打了个手势：“请过来加入我们，幸灾乐祸的时候怎么能没有观众。”

泰尼布里俯视着他们，厌恶地咕哝着。

“艾贝克说得对，”苏西走向那堆桌子，“你果然在说谎，对泰尼布里，还有我们。你一直都知道宝库的位置。”

“当然。顺便问一句，艾贝克怎么样？我衷心希望赛琳娜让他度日如年。”

“你早知道我们会去见他。”苏西说。

“那是我的计划之一，”他回答说，“我原本打算在钻探完成之前藏在农场里避人耳目，所以当你和这位云术士发现我后，我不得不用点手段争取更多时间。让你去黑岩塔对付艾贝克和赛琳娜似乎最有效。”

“但是你肯定知道他会戳穿你的谎言吧？”雷利说。

“那有些冒险，”大脑风暴说，“但我知道他会拖住你们，让我有时间赶到钻探现场，也让泰尼布里的团队有时间完成他们的工作。”

“不敢相信你会对我们撒谎！”雷利说，“我是你的创造者！”

“抱歉，”大脑风暴说，“但我一点儿也不认为自己有错。”

泰尼布里愤怒地尖叫道：“那你的目的是什么？那些水晶是用来做什么的？”

大脑风暴的微笑中透露出几分恶意。“创造我的未来，”他说，“还有你们的。实际上，是奇境所有人的未来。”

泰尼布里失去了耐心，伸出爪子朝大脑风暴冲下来。但大脑风暴打了个响指，泰尼布里在袭击成功的前一秒消失了。

“令人讨厌的东西，”大脑风暴说，“提醒我稍后打扁他。”

苏西怒火中烧。“你跟我说，你与艾贝克不同，”她说，“但你不是，你是另一个艾贝克！”

大脑风暴俯视着她。“我是升级版的艾贝克，”他冷冷地说，“拥有他所有的智慧，却不会犯任何愚蠢的错误。他统治联邦的计划太复杂，永远无法成功，而我的计划则更加……直接。”

苏西有一种极其不祥的预感。“原来是这样，”她说，“你仍然想要统治权。”

“当然，”他说，“没有人能更胜任这项工作。现在抱歉了，我该进入更加舒服的东西了。”他拍了拍手，瞭望馆消失了。

苏西睁开眼睛，发现威尔莫特正跪在她身旁，用两根手指戳进她的鼻孔里，她哼了一声，把他吓得往后一缩。

“你在干什么？”她问。

“检查脉搏。但我找不到！”

“在我的鼻子里找？”

“当然，人类的鼻子里没有脉搏吗？”他帮助她起身，接着问道，“发生了什么？”

他们抬起头，看到大脑风暴朝他们降落下来。

“我仍然不明白，”雷利坐起来说，“大脑风暴能怎样统治联邦？他也许是天才，但他就是朵云。”

苏西低头看了眼他们身下的水晶。大脑风暴深处的闪电这时变得更加猛烈了。

“我觉得我们需要离开这里，”她说，“快！”

他们慌忙爬向楼梯，刚上去就听到啪的一声巨响，大脑风暴向水晶释放出一道闪电，使得水晶燃起绯红的火光，从洞穴地下深处的某个地方，传来嗡嗡的能量声。

“如果他不是云会怎么样？”他们爬下楼梯时苏西说，她越来越害怕，手臂上的汗毛都竖了起来，“如果他找到了一个新的存在形式会怎么样？”

大脑风暴释放掉将他聚拢成形的能量，逐渐变成暗灰色，边缘也模糊起来，洒下一阵轻柔的雨，在地板上汇聚成溪流。随着雨落下，云变得稀薄，然后消散成几缕蒸汽，最终消失了。

雷利发出痛苦的呜咽：“我的杰作！消失了！”

而水晶里的红光变得更亮了，像有焰火在玻璃下燃烧一样，嗡嗡的能量声增强，整个地面都在震动。

“也许没有消失，”苏西说，“我想他只是搬了个家。”

“天哪，你说得对，”雷利说，“他将脑电波从云里转移到了水晶里。但是为什么呢？现在他被困在里面了，哪儿也去不了。”

可就在这时，宝库开始上升。

开始时很缓慢，但随后整个宝库突然斜着往上蹿了几米，将所有人摔倒在地。

“快跑！”雷吉大声喊道。但他们还没来得及跑，宝库打开的两半圆顶就开始合拢了。

威尔莫特和弗雷德里克离开口最近，成功从里面逃了出来。雷利紧跟其后，苏西从里面推着他、外面的人拉着他，让他也挤了出去。但当他转身想拉苏西出来时，开口只剩下细细的一条缝，他不得不快速抽出手，以免被夹到。

“苏西！”

苏西听到弗雷德里克的喊声，她抬头向上，只看了一眼正在上方盘旋的泰尼布里，宝库就彻底合上了，她、斯通克和雷吉陷入红光忽隐忽现的黑暗中。

宝库还在上升，洞穴地面也一起涌动着，像热黄油一样融化流淌，地上的石笋也开始弯曲变小。威尔莫特帮助大家匆匆来到洞穴边缘。

“他在干什么？”他说。

“不知道，”雷利说，“但我不喜欢。”

宝库现在几乎触到了洞穴顶部，威尔莫特看到下面现出更大的半圆形金属球面，正从融化的洞穴地面上冲出来，洞穴的墙壁开始变形、坍塌。

“无论是什么，都很大！”弗雷德里克说。

“太大了，”雷利说，“整个洞穴都会坍塌。”他转身指向通往降落平台的隧道，“快点！”他们跑起来。

“但是苏西和斯通克怎么办？”威尔莫特说。

“无论他是什么，都是在朝地表前进，”雷利说，“我们最好上去跟他碰面。”他们来到降落平台，雷利将手提包掷下，包砰地弹开，伯莎出现了。

宝库碰到洞穴顶时发出轻微的抖动，但令苏西吃惊的是，没有触碰到岩石或金属断裂的声音，相反，她感觉宝库——或者无论他到底是什么——正越来越快地在坚实的岩石间游走。她想起威尔莫特跟她说过的数亿年前矮人领土如何形成的故事。“根据你们的神话传说，矮人祖先曾用不可思议的机器来建造你们的世界，是不是？”她说。

“如果你相信那些传说的话。”斯通克说。

“现在我相信了，”苏西说，“因为我想我们正站在一台这样的机器里。”

“什么，这个？”雷吉环视了一圈，“但这原本该是一座装满了宝藏的宝库啊！”

“那只是大脑风暴想让你们以为的，”她说，“这台机器现在像是被控制了，正在前往地表。”

“究竟是为了什么呢？”斯通克说。

“为了征服联邦，”苏西说，“而且是从矮人城开始。”

第24章

机器巨人崛起

伯莎冲出黑暗的神秘谷进入黎明的金色光芒中时，威尔莫特紧紧抓着吊篮边缘，他身边的弗雷德里克欢呼起来。

“我们成功了。”雷利说着放缓了他们的速度，“但是宝库呢？有人看见了吗？”

矮人城出现在他们眼前，街道像一排排被打碎的牙齿，整座城市冒着烟，静悄悄的。这一幕像一记重拳打在威尔莫特的胸口，让他一时间移不开眼。这时弗雷德里克指向城市中央的一个东西。“看，那是什么？”

一道闪闪发光的绿烟冲入高空，然后散落为成千上万个让人眼花缭乱的翠绿色光点，在空中绘制出一个巨大的箭头，向下指着矮人城。威尔莫特沿着箭头看去，目光落在了格拉丁·霍尔特车站上。

“谁在这种时候放烟花？”弗雷德里克说。

“那不是烟花，”威尔莫特说，“那是铁路遇险信号弹，有人遇到了麻烦。”他转向雷利：“我们必须过去帮忙。”

“不行！”雷利说，“宝库怎么办？”

“一个好矮人从来不会拒绝别人的求救。”

“我又不是矮人，”雷利嘟囔着，但还是把魔法棒指向发出信号的方向，“也许我至少可以解决由我造成的麻烦。”

“谢谢你，”威尔莫特说，“你就像一位真正的矮人。”他觉得在雷利脸上看到了自豪的微笑。

当他们靠近格拉丁·霍尔特车站时，威尔莫特看见一个孤零零的身影站在车站顶部，手里还高高举着一把信号枪。那是他再熟悉不过的一个人。“启明大人。”

弗雷德里克被吓得一跳老高，差点儿从吊篮里掉出去。

艾贝克看到伯莎靠近，挥动起拿着信号枪的手。他的西装破烂不堪，但他本人看上去毫发无伤。“你好，又见面了，云术士，”他喊道，“真高兴看到你在地震中安然无恙，而且你还带着我的老朋友来看我，真令人愉快。”

“我不是你的朋友。”雷利将伯莎降落到车站顶上时，弗雷德里克跳出吊篮说道。

“我也不是，”雷利说，“我来这里是为了救援，但我现在要重新考虑了。”

“很抱歉给你们带来了麻烦，”艾贝克说，“不过信号是放给其他人看的。”

“谁？”威尔莫特爬出吊篮时问。

一声低沉的咆哮引得他们都转过身，乌瑟尔出现了，她的毛上全是煤灰污迹。暗影夫人侧身坐在乌瑟尔背上，仿佛一位女王在居高临下地俯视全世界。威尔莫特注意到她的裙子一尘不染，仿佛尘土避开了她，只落在了其他人身上。

“你好啊，赛琳娜。我正希望你能及时赶到。”艾贝克说。

暗影夫人从乌瑟尔背上滑下来。“如果你没有向整座城市广而告之你的位置，我们可能要花更长时间。”她说。她的影子再次向他游去。

“不好意思，那是必要的步骤。”艾贝克说，“瞧，我要搭一位朋友的顺风车，我希望让他知道我在这儿。”

暗影夫人嘲笑道：“我不认为云术士会救你。”

“你总说些伤人的话，”艾贝克说，“但我说的不是云术士。”

“那是谁？”暗影夫人说。

类似大型真空吸尘器的噪声从城市南边传来，众人扭过头去，看到那附近的山麓化作一股岩浆形成的大漩涡，而在众目睽睽之下，有什么东西从漩涡中出现，就像某种巨型海洋生物浮出水面一样。

“啊哈！”艾贝克说，“他来了。”

雷利盯着那个庞然大物，急切地问：“就是那个？”

“是的，”威尔莫特忧心地低声说，“是的，我想就是他。”

那是一个巨大的机器人，比格拉丁·霍尔特车站还高，活动着有好几个关节的四肢，仿佛在拉伸长期休眠的肌肉。而且他共有四条胳膊，上面长着的不是手，而是四个超大的挖

掘设备：钻探机、挖掘铲斗、一组钳子，还有一个在威尔莫特看来像是消防喷嘴的东西。机器巨人的头就是那个宝库。

他从坍塌的山丘里走出来，伴着低沉有节奏的脚步声渐渐走近城市。

嘭！嘭！嘭！

机器巨人来到矮人城最外缘的街道，一只脚一下就踩碎了一座建筑。威尔莫特惊骇地看着他，心想自己曾经站在那个大家伙顶上。

“那是什么鬼东西？”暗影夫人说。

“人们以为早已失传的古代科技，”艾贝克说，“一个矮人机器巨人！是不是无与伦比？”

机器巨人用两条参天大腿行走，脚上是一双巨大的金属靴子，每只都比一幢房子还大。威尔莫特看着他一只脚踏到一个街角，将一座银行夷为平地。

乌瑟尔露出尖牙，愤怒地咆哮着。

“他一点儿也不友好。”暗影夫人说。

“只对我友好，”艾贝克说，“驾驶员和我共用一个大脑。”

机器巨人一路踩踏着朝他们走来，艾贝克伸开双臂迎接他。

在宝库内部，因为脚下摇来晃去的，苏西一直都没站稳。斯通克和雷吉在捣鼓一个小控制面板，他们猜测那一定是用来从里面打开宝库的。

“局长刚才还启动过！”斯通克用拳头砸着仪表盘说，“为什么现在不管用了？”

“我也不知道，”雷吉说，“那些控制键全部失灵了。”

“那是因为现在是大脑风暴在控制，”苏西说，“我们不可能通过那种方式出去了。”

雷吉惊恐地抓住自己的耳朵尖：“那我们该怎么办？”

宝库突然又往前倾斜了一下，苏西踉跄着从一边滑到另一边，脚绊到了一个东西，摔倒了。

她站起来，揉揉肩膀，看到了将她绊倒的东西，它看起来像是个金属方向盘，嵌在地上的一个活板门里。“我们得把这个打开！”她说。

斯通克和雷吉手脚并用地爬过来，一起帮忙转动方向盘。

过了一会儿，震感大大减轻。“我想我们已经来到了地表，”苏西说，“我们必须抓紧时间！”

“我们已经尽力了。”雷吉回答，额头上出现豆大的汗珠。

“你这样还好意思自称保险箱窃贼？”斯通克说，“加油，老伙计，让我们看看你的手艺。”

雷吉小声嘀咕了一句粗话，又使了一把劲儿，脸涨得跟甜菜根一样红，方向盘终于开始艰难地缓缓转动。然后，随着一股陈年的气味嗖地蹿出，活板门猛地弹开，露出一段通向机器巨人身体内部的金属梯子。

“厉害！”斯通克拍了拍雷吉的肩膀。

他们下了楼梯，来到一间低矮的圆形房间，边上有一排老式计算机。一把金属大椅子像王座一样立在中间的一个低矮的台子上，它前方的墙上有一个狭窄的信箱大小的窗口。

苏西跑到窗边向外看。“是矮人城！我们正朝格拉丁·霍尔特车站走去。”她看到车站上方发光的绿色箭头，疑惑它是怎么发出的，想扭头喊另外两人过来，却被看到的东西吓得倒吸了一口气。只见王座上坐着一具矮人骷髅，穿着由金锁子甲和皮革组成的奇怪制服，他咧着嘴僵在那里一动不动，用空洞的眼窝瞪着她。他的头骨上戴着像皇冠一样的东西，那其实是一个抛光的金属架，里面放着一圈切割整齐的皮质水晶。

“天哪，”斯通克看到骷髅说，“这是驾驶员，对吧？莫非是船长？”他伸出手碰了碰骷髅的胳膊，整具骷髅在他们面前瞬间碎成粉末，除了躺在粉末上的锁子甲和皇冠什么也没留下。

“如果他是驾驶员，那么这里一定是驾驶室，”苏西看了看一排排的仪表面板说，“也许我们可以用这些让这个东西停下。快点，帮我看看。”

他们分开去检查仪表面板，但苏西心情沉重地意识到自己丝毫没有弄明白他们这最后的希望。面板上包含一系列复杂的显示器和刻度盘，上面的文字对她来说像天书一样难懂。更糟糕的是，她甚至找不到任何控制按钮。

“这些是显示器，”她说，“不是用来控制这个东西的，而是显示他在做什么。但是我一个字也不认识。”

“我能看懂大部分，”雷吉说，“钻探机、岩浆炮、左脚、右脚、七里靴……全都是机身部件。”

苏西突然明白过来，她双手抱头：“为什么我没有早一点儿发现？艾贝克说过大脑风暴在寻找他真正缺少的一样东西。”

“什么？”斯通克说，“岩浆炮？”

“身体！他一直在寻找身体，而现在他得到了一具可以在几分钟内踏毁矮人城的身体。如果他再配上七里靴，就可以直接移动到下一座城市，然后再下一座。他确实跟艾贝克想要的东西一样，而且更加强大。现在没有一个地方是安全的了。”

“所以宝库里面的大脑皮质水晶，”斯通克说，“它们在充当着这台机器的大脑？”

“没错，大脑风暴在通过这水晶控制整台机器。”苏西看到落在椅子上的皇冠，脑子里灵光一闪，“我知道为什么这个房间里没有控制按钮了！驾驶员不需要按钮或者操纵杆，因为驾驶员将自己的意识输入了水晶，通过水晶操控一切。”

“你要干什么？”雷吉问。

苏西举起皇冠。“云术士雷利用同样的东西复制出了前任启明大人艾贝克的大脑，也就是大脑风暴。而大脑风暴又做了同样的事情，把自己的大脑复制到了这台机器的驾驶员上！”她将锁子甲扫到地上，抹去椅子上的灰尘，呛得斯通克和雷吉直咳嗽，“我知道怎样阻止他了。”她说着坐进驾驶员座位。

“怎样？”斯通克说。

苏西戴上皇冠。她本已准备好迎接一番冲击，但仅仅是眨了眨眼睛便发现自己站在了矮人城之上。她感觉自己体形庞大，有几百米高，像巨人般大步跨过街道，就连最高的建筑也不到她的腰部，而她则将小建筑物踩在脚下蹍成灰。

不，不是她的脚，她意识到，是机器的脚，因为机器现在成了她的身体，她可以感受到里面的每一颗螺帽、螺钉和铆钉，仿佛这些自始至终都是她的一部分。

但她无法控制机器。当她试图改变机器的行走路线却没成功时，她害怕得胸膛里扑通扑通响。无论她怎样尝试去阻止，机器的双脚都将街道上的一切踩得粉碎。

“发生了什么？有人入侵？”大脑风暴的声音在她的脑海里回荡，“天哪，是那个邮递员！你是怎么进入这里的？”

“老办法。”苏西说，至少她的声音还是自己的。

“我猜你是来夺取我的控制权的！”大脑风暴说，“我很欣赏你的创造性思维，但恐怕你的实力不敌我的，我的大脑更加聪明，看好啦！”

苏西眼睁睁看着机器抬起大脚踏毁一间华丽的百货商店，却无能为力。她集中精神，试图用意念控制机器抬脚、转向、做任何事，但大脑风暴太强大了，当他大踏步穿越城市走向格拉丁·霍尔特车站时，她只不过是他大脑中的一个过客。她看到伯莎在附近徘徊，不禁屏住了呼吸。

“不！”她说，“放过他们！”

大脑风暴大笑着控制机器慢慢穿过城市，踏上纵横交错的铁路网，上面的车辆在其脚下碎裂。“让我们看看这里有什么。”机器低头看着脚下。

苏西看到倒在路边的特快专列，感到又一阵寒意。“住手！”她尖叫着，“你没有必要这么做。”

“我知道，”大脑风暴回答说，“但我想这么做。”他操控机器来到特快专列旁，高高地抬起右脚，使劲儿踩了下去。

苏西闭上眼睛，将全部精力都放在腿上，用力一推。

脚砰的一声落下，撼动了整座城市。

“什么？”大脑风暴惊叫道，“你做了什么？”

苏西睁开眼睛，看到脚落在了特快专列右边几米的地方。

“谁给你的胆子！”大脑风暴发怒道，“这是我的身体，不是你的！”

苏西松了口气，大笑起来。“听起来你好像很确定，但我猜你是有疑虑的。”她再次集中精神，使劲儿往前，感受到机器在和她一起移动。她与大脑风暴争夺着控制权，摇摇晃晃地将机器的脚笨重地迈离特快专列几步。

“停下！”大脑风暴说，“你赢不了的！我比你强得多！”

苏西无法回答，拖着巨大的双脚耗费了她所有的精力。她一步一步远离特快专列，等在她前方的是格拉丁·霍尔特车站和伯莎。她将注意力转向东方，那是城市的边缘，再远处什么也没有，除了神秘谷。

“不！”大脑风暴感受到她的想法，大叫道，“我不会让你毁掉我们！”苏西感受到了他的恐慌。

苏西一步一步拐弯，终于转过身来面对着悬崖，再往前走六步他们就会掉下去。如果机器有牙齿的话，那一定是在咬牙坚持着。“我自己没有矮人城重要，”她说，“也没有我的朋友们重要。”她再也抬不起沉重的双脚，只能拖着步子，在铁路线中划出一道深沟。然后，她的脑袋开始疼起来。

“我不允许！”大脑风暴在她的脑海中咆哮，“我不会允许你这么做！不会允许任何人这么做！”

头像被刀子捅了一样痛，苏西感到她在渐渐失去控制权。她再次闭上眼睛，集中意念。大脑风暴的力量强大得不可思议，她试图忽略腿上不由自主的抽搐。

“放开我，”大脑风暴说，“等我掌控了整个奇境联邦之后，会对你和你的朋友们网开一面。”

“不，”苏西喘息着说，“我不相信你，你一直都在说谎。”

大脑风暴发出失望的咆哮。“如果你跨过那边缘，你的两个朋友怎么办？他们也被困在这里吧？”

这话像晴天霹雳砸向苏西，她太专注于与大脑风暴的斗争了，忘记了斯通克和雷吉的处境。犹豫在她脑海里蔓延开来，她感到最后一缕控制权从指尖溜走了。

“艾贝克真是低估了你，”大脑风暴说，“但我不会重复他的错误。”苏西感到自己要倒下了，视线里脚下的城市变得模糊。她离这里越来越远，当她倒进黑暗中时，大脑风暴的最后一丝声音在她的脑海里回荡：“这个大脑容纳不下两个人。”

苏西睁开眼睛，发现自己仍然坐在驾驶员座位上，斯通克和雷吉正盯着她。

“发生了什么事？”斯通克说，“我们以为我们会从悬崖边缘摔下去！”

“抱歉，”苏西说，“是我的错。”她从头上取下皇冠，让突突跳动的太阳穴平静下来：“我把自己的意识传到大脑皮质水晶里，但是大脑风暴把我踢了出来，他对我来说太过强大了。”

“你的意思是你可以控制这个行走的垃圾场？”雷吉说。

“控制得不好，每次只能控制一点点，那还不够。”

“那我们现在怎么办？”斯通克说。

“你们俩都要安全撤离，某个地方肯定有紧急出口。”

“你要我们抛下你？”斯通克说，“不可能！”

“我可以继续尝试，”苏西反对说，“如果我能再次闯进大脑风暴的大脑，或许可以将机器的速度降下来一点儿。”

“让我来吧，”雷吉说，“是我将这个东西挖出来的，应该我来负责。”

斯通克吃惊地看着他。

“不，”苏西说，“手册第一章第三页有《照看义务》这一节，上面说了：保护邮政服务、设施及其内部物品不受骚乱损害、故意破坏及一切形式的擅自攻击是每一位邮递员的职责。”机器巨人转身朝格拉丁·霍尔特车站走去时苏西指向窗外，“这是一场极具破坏力的擅自攻击，所以必须由我来阻止。”

“好吧，邮递员，”斯通克带着温暖的笑容说，“尽你最大的努力。”

“我会的，”她正要重新戴上皇冠时停顿了一下，“我刚刚意识到一件事！”

“什么？”斯通克问。

“我的两只袜子都还在。”她冲他笑笑，将皇冠在头顶戴好。

机器巨人从城市边缘转身，再一次走向格拉丁·霍尔特车站，乌瑟尔挡在威尔莫特和弗雷德里克前面，威尔莫特没有阻止她。暗影夫人做好了准备，举起末端发射着魔法能量的拐杖。雷利也举起他的魔法棒。当机器巨人最终砰地猛然停在他们面前时，只有艾贝克看上去波澜不惊。

“天哪，你长得好大。”他说。

机器巨人俯下身，像是在仔细地审视他。“而你还是这么渺小。”

艾贝克露出一个勉强的微笑。威尔莫特从他的眼神中察觉出一丝异样。

“恭喜你成功变身，”艾贝克说，“成功实施了你的计划，确实极为机智。”

“谢谢，”机器巨人回答，“你的考古学知识功劳最大。”

“请问你的下一步计划是什么？”

机器巨人没有表情，但威尔莫特有种感觉，如果他能做出表情的话，那一定是得意扬扬。“联邦需要人接手，”机器巨人轰隆隆地说，“而我终于有了可以与我的智力相匹配的身体，有谁能够与我抗衡？”

“我愿意一试，”暗影夫人说，“你知道吗，自说自话是发疯的前兆。”

“你选择了用武力征服，”艾贝克一本正经地点头说，“我知道那很有吸引力，但对我来说有点儿太过粗暴和过时了。”

“那是因为你没有一只由岩浆炮做成的手。”机器巨人举起长着喷嘴的手臂，里面燃起火红的光。

“说得好，”艾贝克脸上的笑容消失了，“那么你计划的第一步是什么？”

“我想是终结矮人城吧，”机器巨人说，“可以测试一下我的新能力，也可以震慑一下联邦其他地方。”他伸展手臂，向附近的街道喷出一股灼热的白色液体。液体冒着泡，吞噬着所经之处的砖石和金属，就好像它们和海绵一样软。一股灼热的酸味在空气中翻腾，刺激着威尔莫特的鼻腔。

“我真羡慕你，”艾贝克往后退着说，“祝你玩得愉快。”

“哦，我会的，”机器巨人说，“但是首先，我想我最好处理掉唯一一个对我真正有威胁的人。”

“那是谁？”艾贝克加快脚步来到暗影夫人身旁。

“天哪，当然是你，”机器巨人说，“联邦里唯一可以与我的头脑匹敌的人。”说着他将岩浆炮转过来指向艾贝克，一滴岩浆从炮口滴下来，穿过格拉丁·霍尔特车站破碎的玻璃窗，将里面的站台烧出一个洞。

“赛琳娜，”艾贝克说，“我讨厌这么问，但是如果你有什么高招的话，现在该派上用场了。”

“我希望我有，”暗影夫人讥讽道，“但我对付不了这么个庞然大物，我恐怕你再一次聪明反被聪明误了。”

岩浆炮发出的光变得炫目，威尔莫特感到一阵热浪从他身上翻滚而过。现在逃无可逃，避无可避。他闭上眼睛，等待注定的结局。

“快跑！”机器巨人忽然说。但那是一个新的声音，一个他认识的声音。

“苏西？”他说。

“啊呜！”乌瑟尔也听到了！

“苏西·史密斯，是你吗？”暗影夫人问。

“是的，”机器巨人回答，“我获取了控制权，但我无法长时间拖住他。”机器巨人猛然举起手臂，一秒钟后岩浆炮又喷出一股炙热的岩浆。岩浆从格拉丁·霍尔特车站上方喷出，击中了几个街区外的一个小公园。“抱歉！”

“你们听到那女孩的话了吧，”艾贝克说，“我们快点走。”他转身想跑，却发现路被暗影夫人的影子挡住了。

“你和我一起走。”她说。

影子往前猛追，但还没抓住他，另一个黑影从天而降，一把将艾贝克拎了起来。

“救命！”艾贝克喊道。他拼命挣扎着，但强壮的爪子紧紧抓着他的手腕。

“我不会两手空空离开的，你现在得为我工作。”泰尼布里说。

暗影夫人的影子翻腾着去抓艾贝克的脚跟，但泰尼布里将他带到了影子触不到的高空。

“放开我！赛琳娜，快救我！”

“马上放开我弟弟！”暗影夫人大喊道。她将拐杖指向泰尼布里越来越小的身影，但是已经来不及了，泰尼布里带着艾贝克离开了。“可恶！”她用拐杖狠狠敲着地面说。

机器巨人又释放出一股岩浆，从他们头顶上方呼啸而过。

“快！”苏西的声音再次响起，“你们快逃！”

“又是你！”大脑风暴一字一顿地说，“你真是执着啊。”这句夸赞听上去一点儿也不真诚。

“你准备停下来还是我们再打一架？”苏西问。

“你知道你无法打败我，”他说，“你只是一个小姑娘，面对的却是巨人。”

“我阻止了你毁坏特快专列，”苏西说，“而且我刚刚还阻止了你杀害我的朋友们。也许你没有自己认为的那么强大。”

苏西感到一种愤怒的情绪从她的脑海中划过，伴随着一阵痛感。“这只是我的一点儿小疏漏，我现在就可以改正它。”大脑风暴说。

忽然，苏西被一股强大的精神压力箍紧了，那感觉就像是被巨人抓在手中。但这一次那感觉没有将她扔出去，而是要将她囚禁起来。苏西能做的只是大口喘气。

“你可以和我一起待在这里，看着我将你珍爱的列车踩成碎片。”他说着转身离开格拉丁·霍尔特车站，轰隆隆沿着轨道往回走。机器长腿的每一步都跨出很长的距离，苏西低头顺着他的腿看向他的巨靴。她无法阻止它们或改变它们的方向，她的意志力还不够强大。但有一个方法她还没有尝试。她不再试图挑战大脑风暴对机器巨人思维的控制。

在他们前方，特快专列重新进入视野。

“我要把它踝成灰，”机器巨人又往前走了一大步说，“然后把灰变成蒸汽。”他又走了一步，只需再走两步，特快专列就完了。“为了让你痛苦，我会对这座可怜的城市的每一寸土地都做同样的事情。”他又走了一步。

苏西几乎听不到脚步声，她在集中精力，不是集中精力在机器巨人的腿上，而是在靴子上。

“我会将你永远关在这里，让你做我的宠物。”大脑风暴的笑声在苏西的脑子里回荡，有一秒钟分散了她的注意力。她竭力屏蔽掉他的声音，将所有精力都集中到同一方向。

机器巨人的脚带着巨大的威力踩了下去。

“看到了吗？”大脑风暴说，“你用尽了全部力气，却连一步都阻止不了。”

“我不需要。”苏西喘着粗气说。

撕裂声慢慢响起，像一百万张纸被同时撕碎，机器巨人剧烈震动起来。“发生了什么？”大脑风暴质问道。

“我的大脑不足以强大到打败你的，”苏西说，“但足以开启你的一只七里靴，有人告诉过我那样后果会很糟糕。”

撕裂声变得尖锐，继而变成断裂声。

“不！”大脑风暴尖叫道。一道粉红色的光划过机器巨人的身体，将其从头顶到躯干一分为二。锯齿状的闪电从机器巨人的头部射出来，射向空中。“不可容忍！”大脑风暴呼喊道，“我不会允许你——”

机器巨人的左半边身体消失时他的话戛然而止。眼前又一道亮光闪过，苏西的意识又回到了驾驶室里自己的身体中。

更确切地说，是半个驾驶室。驾驶室在她左边几厘米的地方断开，被切断了的机器巨人向矮人城各处喷射着机油、蒸汽和火花。风吹鼓她的衣服，吹得座椅直打转，她面朝距

离地面百米高的断裂口，紧紧抓着扶手，后背紧贴在椅背上。

“我们抓住你了！”斯通克的声音在她身后响起。他和雷吉将手越过椅子，抓住了她的胳膊。

机器巨人剩下的半边身体被一条腿支撑着，摇摇欲坠，像暴风雨中的一棵树。苏西听到这古旧的金属巨人呻吟着，与重力打着一场注定失败的仗。

然后，一抹色彩突然填满了他们前面空荡荡的空间，伯莎出现在他们的视线里。苏西看到雷利高举着魔法棒，威尔莫特和弗雷德里克将身体探出吊篮，朝她伸出手臂。

没等他们喊话，她就挥动双臂一跳，双手被他们紧紧抓住。她被拉进吊篮，然后转手去拉斯通克。他轻松跳了过来，下一个是雷吉。然后伴着一阵呼啸声，机器巨人的残躯倒下了，在地面上摔成了碎片。苏西从吊篮里往下看去，只见水晶大脑的断面最后闪了一闪，然后红光渐渐熄灭。大脑皮质水晶坏掉了，了无生气。苏西筋疲力尽地瘫在朋友们脚下。

“谢谢，”她说，“好险。”

“我还以为要失去你了！”威尔莫特说。

“我也是这么以为的。”苏西说。她看了一下手表，现在在她的世界是正午时分。“哇，我已经超过二十四小时没睡觉了。”而且等爸爸妈妈醒过来，我有很多事要向他们解释，她想。

“你可以来疗养院稍作休息，”威尔莫特说，“我敢肯定妈妈不会介意。”然后他看到苏西脸上闪过一丝痛苦：“出了什么事？”

“我真的很遗憾，威尔莫特，”苏西说，“疗养院不在了，什么也没留下。”

威尔莫特坐下来，震惊地眨巴着眼睛：“整个疗养院？”

她点点头。

“有人受伤吗？”

“没有，所有人都撤走了。”

威尔莫特看着自己的脚沉默了一会儿，最终说：“那么我们就重建它，那就是我们矮人要做的。”他一跃站起身，低头看着身下破败的街道：“我们可以重建整座城市，建得比以前更好。在那之前，我可以睡在分拣车厢的吊床上。”

“听着，”弗雷德里克说，“如果你、你的妈妈和老邮递员们在疗养院重建之前需要一个落脚的地方，象牙塔欢迎你们。”

威尔莫特瞪大了眼睛看着他：“你是说真的吗？”

“当然，”弗雷德里克说，“我们有很多空房间。我们还可以在书架之间放一些行军床。而且也许老邮递员们可以帮我把目录系统整理好，我在象牙塔需要人手帮忙。”

苏西笑了：“那我下次来的时候也去搭把手。”

伯莎降落到格拉丁·霍尔特车站破烂的屋顶上，乌瑟尔和暗影夫人正在那里等着他们。乌瑟尔跑上前，将苏西从吊篮里抱起来放到肩膀上，其他人则自己爬出吊篮。

“啊哦哦哦！”

“是的，”暗影夫人说，“总体来说，干得不错。”

“谢谢。”苏西抱了抱乌瑟尔，然后意识到少了个人，“艾贝克在哪儿？”

暗影夫人一脸怒气：“问得好。”

“泰尼布里把他带走了，”雷利说，“而且应该不是为了跟他交朋友。”

“这将是个大隐患，”暗影夫人说，“我弟弟再一次逍遥法外，只要想一想他会制造出什么样的麻烦，我就气得发抖。”

“我无意冒犯您，夫人，”雷吉拖着笨拙的步子往前走了几步，“泰尼布里更值得担心。他也许不是特别聪明，但他残酷无情。现在他将艾贝克控制在魔掌中，后果无法预料。”

暗影夫人低头怒视着雷吉：“你是谁？”

雷吉直直地看着地面。“我对这一切负有部分责任，”他说，“我猜您想将我带去黑岩塔。我只是想让您知道，我会安静地跟您去。”

“不，雷吉！”斯通克叫道，“我不接受！”他反抗般地瞪着暗影夫人，而后者只是挑了挑眉毛。

“矮人城当局应该很快会过来，”她说，“在我看来，处理你是他们的职责。”

雷吉和斯通克听到这话都松了口气。

“那么你呢，云术士？”苏西问，“现在你打算做什么？”

雷利抿了抿嘴。“谁知道呢？总有新的艺术领域需要探索。”他看了看四周的残垣断壁说，“不过仔细一想，我愿意作为驻地艺术家为矮人城服务一段时间，尽我的绵薄之力。”

暗影夫人说：“这是个不错的开始。”

一个尖锐的哨声响起，听起来像是烟花爆开，似乎离他们越来越近。他们都转过身去，看到一股螺旋状的烟从远处朝他们冲来。

“哦，不，”斯通克说，“不会又是他吧？”

阿米兰国王带着一圈烟气着陆，呛得所有人都咳嗽得直不起腰来。他关掉喷气式背包,对所有人竖起两根大拇指。“保持镇定，市民们！”他宣布说，“你们的国王来拯救你们了！”他摇摇摆摆地绕着站成一圈的一伙人边走边微笑着眨眼，大家都茫然地看着他。“谁想第一个被拯救？举手。”

还没有人来得及给出诚实的答案，头顶上就传来熟悉的斯乌普引擎的尖啸声。一艘黑色飞艇飞来，悬停在格拉丁·霍尔特车站上方。

“威尔莫特！”葛楚德的声音通过飞艇的广播传来，众人看到她在驾驶室里挥手，“威尔莫特，亲爱的，你受伤了吗？”

“我很好，妈妈！”威尔莫特挥手回应，“我们都很好，我们阻止了钻探！”

“啊哦哦哦！”乌瑟尔吼叫道。

“是的，”威尔莫特说，“也阻止了那台巨型杀人机器。”

“好啊！”国王宣布说。苏西不知道他是在祝贺他们还是他自己。

“格伦特夫人，可以告诉矮人城的市民们危险已经过去了，”斯通克喊道，“他们会立即开始重建家园。”

“我会的，”她回答，“我只是要先放一位乘客下来。”

斯乌普腹舱的门滑开，一个皮肤皱皱巴巴的小矮人被系在绳子上降下来。

“弗莱彻！”苏西说，“你没事！”

“我当然没事，”弗莱彻解开身上的绳子，“我一直在山上照顾老邮递员们。”他低头看着脚下的破败景象，轻轻吹了声口哨。“现在有很多工作要做了。”

“我想已经开始了，看！”弗雷德里克指着下城残破的街道间一支移动的队伍说。那是一队踩着伸缩高跷的矮人警察，跟在他们后面的是一阵亮橙色的浪潮，那是穿着荧光工装裤的矮人工程师，他们已经开始用锤子和魔法棒调正弯曲的铁路线了。

“应该告诉他们在霍布斯之角矿井的入口处有一大堆上好的石头，”威尔莫特说，“也许能派得上用场。”

“盖里、巴里、康普和皮勒还在矿井里，”弗雷德里克补充说，“被困个几天后，他们也许会乐意接受逮捕。”

修复工作发出叮叮当当、哗哗啦啦的声音，像钟声在空气中回响，苏西听着这声音，不由得笑了起来。

“既然当局已经来人了，我想这里不再需要我了。”暗影夫人说着打了个响指，一个黑影从天而降。苏西乍看之下还以为那是张着翅膀和利爪准备发动袭击的泰尼布里。所有人都吓得后退。但随后黑影放慢速度，大家才看清那是暗影夫人的滴水兽。它将锥状的鼻子对着众人，用爪子抓起它的女主人。

“如果你们将来再遇到危机，”暗影夫人说，“请不要犹豫，去找其他人吧。再见。”但苏西觉得在滴水兽拍打翅膀将她带走前，她冲自己挤了挤眼睛。

“我也得走了，”葛楚德通过斯乌普的广播说，“多萝西和老邮递员们还在等消息，我得去把他们接回来。”她掉转斯乌普的方向，加大马力，几秒钟后就渐渐消失在了远方。

“为什么她们的飞行器比我的更好？”国王说，“不公平！”他扭动肩膀脱掉喷气式背包，扔到地上。“我从哪里可以弄到会飞的石头蜥蜴，还有黑色的大飞艇？谁能为我提供更好的飞行设备，我给他一千矮人币。”他气鼓鼓地冲向应急楼梯，又停下来转过身，“哦，差点儿忘了，‘我们赐予这辆了不起的矮人列车皇室的祝福’。好运，一路顺风，等等等等。好了，仪式结束。”说完这些，他转身离开了。

“哦，这跟我想象的不太一样，”威尔莫特说，“但我接受。”

此时，雷利正自言自语着什么。“飞行设备……翅膀……”他突然高兴起来，打了个响指，“是的，那也许能行得通。一对用魔法云做成的彩色玻璃翅膀，不飞时可以变成迷人的披肩或者斗篷。我应该跟希勒斯探讨一下。这可是我第一次与人合作！那就是我可以进入的新领域！”他用魔法棒轻敲伯莎，还没等她完全变回手提包，他就匆忙去追国王了。“国王陛下！”他喊道，“等一等！我对您的新飞行设备有一些想法！”

“我想我最好去自首。”雷吉垂着肩膀说。

“是的，你应该去。”弗雷德里克坚定地说。苏西没吭声，虽然她不信任雷吉，但也无法将发生的事全部怪在他头上。第一次地震是一场意外，尽管他缺乏反抗泰尼布里的勇气，但他最终做了正确的选择，她只是希望他能够早一点儿这么做。

“我会和你一起，老伙计，给你点精神支持。”斯通克轻轻拍了拍雷吉的肩膀安慰他。他同样面容憔悴，胡子尖也垂了下来。

“啊呜呜呜呜。”乌瑟尔说。

“好主意，”威尔莫特说，“我们回特快专列吧，维修队很快就能修好轨道，需要有人将她拖回正轨。”大家都向楼梯走去，但弗莱彻留在后面。

“你们先走，”他说，“我和一个楼梯下的壁橱还有个约会。”他意味深长地看了苏西一眼。

“你要带我回家吗？”苏西说，放松和伤感在她心中交织。

“一旦传送隧道重新启用，我就立即送你回去，”弗莱彻说，“不能让你的父母睡太久。”

威尔莫特看上去很是难过。“我想你应该回去，”他说，“不过你很快会回来的，是不是？还有满满一车厢的超期邮件要送，而且没有你的话，工作乐趣会少上不止一半。”

苏西张开双臂抱住他。“我很快就会回来，我保证。”她伸出手抓住弗雷德里克的衣袖，将他也拉进怀里，“谢谢你今天给予的这么多的帮助，专家先生。”

弗雷德里克想要摆出淡然的样子，却掩饰不住自豪之情，咧嘴笑了起来。“能在图书馆外面待上一会儿真好，除了被绑架和被打晕，还有差点儿送命之外。”

“啊呜呜呜呜！”乌瑟尔张开胳膊搂住三人，将他们一起抱在怀里，紧得他们喘不过气。她将他们放下来后，威尔莫特清了清嗓子，摆出一副严肃的样子：“助理邮递员史密斯？”

苏西立正：“到，格伦特局长。”

“你今天的工作极其出色。继续保持。”

苏西咧嘴笑起来。尽管发生了这么多事，但只需这一句话，就足以让她感觉一切都变美好了。

第25章

令父母不快的真相

回家的路上苏西安安静静的，一部分原因是操作泵车消耗了她许多能量，但更主要的是她心事重重。她的思绪支离破碎、翻转跳跃，但全都与他们相关：弗雷德里克和他的父母，斯通克和他试图忘掉的弟弟，威尔莫特、葛楚德和老邮递员们，暗影夫人和艾贝克……他们在她心中激起的情感令她既痛苦又快乐。

“终点站到了，”弗莱彻说，“所有人下车。”

苏西抬头一看，吃惊地看到他们已经回到了她家楼梯下的壁橱里，壁橱内部的空间依然巨大无比。

“你还在想大家吗？”他大笑道。

“是的，”她轻声说，“谢谢你，弗莱彻。”

“非常乐意为你效劳。”弗莱彻说着跳下泵车，“你想先去换一下衣服，然后我再唤醒你的爸爸妈妈吗？”

苏西迈着沉重的步子上楼，脱掉脏兮兮的制服，上面沾满了农场的泥巴和矿井的尘灰。她双脚受伤了，肌肉酸痛不已，脑子里感觉像是塞满了羊毛。她将脏衣服塞进一个袋子，放到床底下，然后套上牛仔裤、T恤衫，下楼进入厨房，弗莱彻正在那儿等她。她的爸爸妈妈仍然在餐桌旁熟睡着，尽管他们的晚餐已经变硬，一只肥硕的绿头苍蝇在她爸爸的盘子上方盘旋。

我要怎样才能避免受到惩罚呢？苏西心想，他们睡了一整天！然后，她忽然想到了要怎么跟他们说。

“弗莱彻，”她说，“你介意让我叫醒他们吗？”

弗莱彻一副吃惊的样子：“为什么？”

“因为我想要尽可能多地获取魔法经验。”

弗莱彻看了她一会儿，苏西希望对方没有从她的眼睛里看出来她是在说谎。

“如果这对你来说那么重要的话，”弗莱彻说着从衣服口袋里掏出装有魔法粉末的小袋子，“只要取一点点，等我离开你就对着他们吹。”他打开袋子，苏西将手指伸进去捏了一点点触感像沙子的魔法粉末。

“谢谢你，”她说，“还有，我真的很抱歉。”

“抱歉什么？”弗莱彻说。

苏西后退一步，一脚将通往过道的门关上了，然后背靠着门，挡住弗莱彻逃走的路。

“啊呀！”他说，“你在干什么？”

“我不能一直对爸爸妈妈说谎，”苏西说，“这不公平，而且迟早会露馅儿。”

“谁关心公平不公平！让我出去！”弗莱彻试图将她从门口拽开，但她站着纹丝不动。

苏西将那一小撮粉末放到唇边，用力一吹。

“不！”弗莱彻叫道。但已经来不及了。

苏西的爸爸妈妈突然惊醒，坐直身子，在白天的阳光里眨巴着眼睛。

“哎哟，”爸爸揉着僵硬的脖子说，“发生了什么事？”

“我们睡着了吗？”妈妈说，“现在是什么时间？”

“差不多又是晚餐时间了，”苏西说，“你们睡了二十四个小时。”

他们惊讶地向四周看了看，然后看见了弗莱彻。

爸爸吓得大叫一声，跳到了餐桌上，妈妈则僵在了椅子里。

“你们好。”弗莱彻喃喃地说。

“苏西？亲爱的？”妈妈小心翼翼地说，“发生了什么？”

“爸爸妈妈，这是我的朋友弗莱彻，他用魔法建造铁路。我有一份向其他世界派送邮件的兼职工作，我想把一切都告诉你们。”

苏西

☆ 致谢 ☆

为《通往奇境的列车》的第二次冒险旅程做准备是一个激动人心的挑战，但如果没有我的出色的编辑——尤斯伯恩出版社的丽贝卡·希尔和贝基·沃克，费维尔与朋友出版社的安娜·蓬，她和我都会完全偏离轨道。感谢你们在我迷路的时候指引我回到正轨，在我萎靡不振的时候帮助我点燃创造力的火花。

感谢我的英国版插画师弗拉维娅·索伦蒂诺和美国版插画师马修·夏拉克，再一次，你们两个都在我脑海中拍下了照片，并把它们变成了比我所希望的更神奇的东西。看到你们的插图是我作为一名作家十分享受的一部分。

我很幸运能够得到尤斯伯恩出版社整个团队的支持：萨拉·斯图尔特撰写的文案非常鼓舞人心；加雷斯·柯林森做了严格的校对；凯瑟琳·米利乔普的封面设计是整个系列里迄今为止我最喜欢的；萨拉·克罗宁负责版式设计；凯塔琳娜·约万诺维奇、雅各布·道和利兹·斯科特填补了无数漏洞，把我的故事带到了我想让它去的地方，并确保它到达那里时看起来不那么笨拙；乔安娜·奥尔尼在向世界宣布苏西的新冒险开始的好消息时表现出了创造性的才华；我们的网站，UsborneBooks at Home，一个作家所能期待的最伟大的秘密武器；最后但同样重要的是，尼古拉和彼得·厄斯本，他们给了我的书一个家，让它得以出版。

当然，如果没有我的经纪人杰玛·库珀，这些书永远不会找到那个家。你仍然那么出色，我很幸运有你。

感谢出色的儿童作家克莱尔·费尔斯：感谢所有我们一起喝过的咖啡和你的陪伴，感谢你能阅读我早期未能成型的草稿。如果没有你，写作将是一种更加孤独的追求。

本书的大部分内容都是在卡迪夫大学的咖啡之家写的，感谢你们总是如此欢迎我和克莱尔。也感谢你没有无线网络，这一点永远也不要改变！

在过去的一年里，我接触到了许多才华横溢的作家，他们给了我支持、鼓励，并与我进行了大量友好的交谈。我要特别感谢（不分先后）：苏菲·安德森、马特·基利恩、马特·布朗、埃洛伊丝·威廉姆斯、里斯·托马斯、艾米·劳埃德、昂加利·Q. 劳夫、詹妮弗·基利克、罗宾·史蒂文斯、穆罕默德·汗、梅尔·达尔邦、杰西卡·汤森、安娜·詹姆斯和纳丁·怀尔德-帕尔默。

我的家人一直是今年出版风暴的中心人物。致妈妈、爸爸和克里斯、希瑟、瑟奇、塔莎、卢克、阿莉莎和杰森：感谢你们的爱、热情、耐心和款待。我尤其要对我的妻子安娜和我们的两个儿子奥雷利安和泰奥说：你们是出版风暴的平静中心，我不会让它变成别的样子。

图书在版编目（CIP）数据

云工厂 /（英）P.G.贝尔（P. G. Bell）著；（意）弗拉维娅·索伦蒂诺（Flavia Sorrentino）绘；王良秀译. -- 天津：新蕾出版社，2024.2（2025.6 重印）
（通往奇境的列车）
书名原文：THE GREAT BRAIN ROBBERY
ISBN 978-7-5307-7650-6

Ⅰ. ①云… Ⅱ. ①P… ②弗… ③王… Ⅲ. ①儿童小说－幻想小说－英国－现代 Ⅳ. ① I561.84

中国国家版本馆 CIP数据核字（2023）第 206678号

书　　名： 通往奇境的列车：云工厂
TONGWANG QIJING DE LIECHE：YUN GONGCHANG
著　　者：［英］P.G. 贝尔
绘　　者：［意］弗拉维娅 · 索伦蒂诺
译　　者： 王良秀
责任编辑： 张　杨
特约编辑： 李　言
美术编辑： 李照祥
内文制作： 王春雪
责任印制： 史广宜
出版发行： 天津出版传媒集团
新蕾出版社
http://www.newbuds.com.cn
地　　址： 天津市和平区西康路 35 号（300051）
出 版 人： 马玉秀
电　　话：（022）23332422
传　　真：（022）23332422
经　　销： 全国新华书店
印　　刷： 河北鹏润印刷有限公司
开　　本： 850mm × 1168mm　1/32
字　　数： 199 千
印　　张： 10
版　　次： 2024 年 2 月第 1 版　2025 年 6 月第 3 次印刷
书　　号： 978-7-5307-7650-6
定　　价： 45.00 元

津图登字：02–2023–211

通往奇境的列车

通往奇境的列车

[英] P. G. 贝尔 **著** [意] 弗拉维娅 · 索伦蒂诺 **绘**

王良秀 刘皖竹 **译**

天津出版传媒集团

新蕾出版社

新经典文化股份有限公司
www.readinglife.com
出　品

献给第一个听到这个故事的奥雷利安。

目录

第1章

客厅里的闪电

故事是从一道光开始的。

那是一道明亮的绿光，像闪电一样突然出现，又突然消失了。苏西放下作业本抬起头四处张望，但一切发生得实在太快，她根本不确定自己看到了什么。

“那是什么？”她问。

“怎么了，宝贝？”妈妈说。她和爸爸侧倚在沙发上，身上仍穿着工作服。

苏西皱了皱眉：“爸爸，您看见了吗？”

“看见什么，亲爱的？”爸爸正埋头看平板电脑，一边读新闻，一边自顾自地嘀咕着。

“一道绿光。你们都没看见吗？”

“嗯……”妈妈一边把辫子抖松，一边努力忍住一个大大的哈欠。

爸爸睁了睁蒙眬的双眼，四处看了看，疑惑地说："我可什么都没看到。"

苏西抿住嘴唇。也许是电视里的？她的视线越过妈妈的肩膀，投向电视屏幕，上面播着年代剧，一群戴着大礼帽的男人正在乡间骑马。那里并没有什么绿光。

"你肯定又学过头了，"爸爸说着，抓了抓自己乱蓬蓬的姜黄色头发，"让眼睛休息下，过来和我们坐坐吧。"

"我马上就写完了。"苏西将注意力重新放回她的作业本上。

苏西正在写物理作业，这是她擅长的科目。其实苏西的数学成绩也不错，但她更喜欢物理，她觉得物理使数学变得实用，还可以使数字变为四处移动的实物，为生活带来改变。苏西不明白为什么会有人喜欢研究枯燥的数学，解方程还算有趣，但最终得到的不过是更多数字罢了，这些数字可以拿来干吗？总之，数学只不过是纸上谈兵，而物理才是实际行动。苏西总这样想。

可是，苏西开始感到如此热爱物理让她变得有些与众不同，而她并不是很喜欢这种感觉。她的朋友们都不像她那样对物理课有热情，每当苏西在课堂上答对问题或是在实验课上表现出色时，他们都会偷偷用异样的眼光看她。当然，他们从没说过什么，也没有做出无礼的举动，但苏西从他们的眼睛里看到了同情和怀疑。这和他们看雷金纳德时的眼神一模一样。雷金纳德是个恐龙迷，很少有人愿意和他说话，就算有，他也只会和那个人谈论恐龙。他们用那种眼神看着苏西，就好像她正遭受着什么痛苦的折磨，他们担心会传染给自己似的。

想到这里，苏西停了下来，将笔放到一边。今天的作业很简单：马奇伍德老师出了十道关于牛顿运动定律的题目。其实苏西在一个小时前就做完了，但这些题目激起了她的联想，所以她继续写了下去，看看自己能否学以致用：火箭要达到什么速度才能摆脱地球的引力？用这样的速度，要花多久才能到达月球？需要多少力才能回来？

为了计算这些问题，她已经在作业本上多写了三页，就连边上空白的地方也写得满满当当。苏西坚信自己算出了正确答案，但也得马奇伍德老师确认才行，她希望他会这样做。上一次交作业的时候，马奇伍德老师翻了个白眼，叹了口气说："苏西，你好像觉得我的工作还不够多。"

苏西将笔悬在纸上，下一个问题正在她的大脑里逐渐成形。她回头看向爸爸妈妈，他们正相互倚靠，轻轻打着鼾。明天是星期六，她决定用周末的时间来解决更多问题。也许爸爸是对的：如果她看到的绿光并不存在，那也许是她的眼睛需要休息了。

她盖上笔盖，合上作业本，把它们塞进了书包。

苏西决定不吵醒爸爸妈妈。"晚安。"她悄声说，然后轻轻穿过房间，来到门厅。

苏西的脚步声刚刚从楼梯上消失，又一道绿光照亮了整个客厅。绿色的光带接二连三地出现，在空气中旋绕。它们环绕在苏西写作业的那张桌子周围，又沿着椅子往下探寻，似乎正在寻找什么。但它们一无所获，犹疑地闪烁了几下，然后逐渐消失，化为乌有。

楼上，苏西刷了牙准备睡觉，对这一切毫无察觉。

第2章

不速之客

一开始，苏西并不确定是什么吵醒了她，仿佛有什么东西趁她不注意一把扼住她的大脑，让她惊醒过来，她怀疑自己压根儿没睡着。

床头柜上的闹钟显示现在是深夜两点。她坐起身，让眼睛适应黑暗，想看看出了什么事。

大约一分钟后她得到了答案：似乎什么也没发生。但苏西已经完全清醒，心里隐隐的不安告诉她，肯定发生了什么事。

她下了床，穿上拖鞋，溜到窗户边，轻轻掀开窗帘往外望。街道上空无一人，家家户户都熄了灯，沉浸在睡梦中。外边没有轰鸣的车辆，也没有交谈的行人，就连云朵也止住脚步，在漆黑的夜空中若隐若现。

就在苏西准备回到床上时，从房子里的某个地方传来一个尖锐的声响。她吓得跳了起来。

咣当！这回是金属相撞的声音，像是两口很重的炖锅碰到了一起。她的爸爸妈妈不会在大半夜起床敲打厨具，那么这就意味着一件事——房子里还有其他人！

苏西走到了门边，她害怕得胸口发紧。

有小偷！

这个想法突然闯进了苏西的脑海，她感到危险在逼近，一下子僵住了。她试图转移注意力，把这个想法抛开，但它就是不肯听话。

要是他们上楼怎么办？

苏西的心脏在胸口怦怦乱跳，她心里有点儿发慌。

这样下去可不行。要是这些小偷，或是其他什么人冲进她的房间，她可不想让对方看到自己穿着睡衣傻站着的模样。更何况她穿的还不是自己那件漂亮的、印着闪电图案的深蓝色睡衣。这是换洗的那身，粉黄相间，花边袖口，是住在毛里求斯的桑德里娜姨妈去年送给她的圣诞礼物。要是被人看见她现在的样子，根本不用对方动手，苏西自己也许就会羞愧而死了。

显然，她需要做点什么，但做什么呢？

尽管苏西感到恐惧，她还是闭上双眼，强迫自己深呼吸。这虽然不怎么奏效，但使她内心的风暴稍稍缓和下来，让她意识到了心里另一个一直在唤起她注意的声音：小偷不会弄出声响，至少不会故意发出这么大的声音。要是把所有人都吵醒了，就别想偷到东西了。

所以，那可能并不是小偷。

苏西稍微安心了一点儿，但神经依然紧绷着。她像往常那样拿下衣架上的睡袍罩在睡衣外面，然后穿过卧室，轻轻推开房门。那噪声简直震耳欲聋，即便在二楼的楼梯平台上也听得一清二楚。一定不是小偷，苏西想。如果放在平时，她会以为这声音是建筑工人发出来的，但他们大半夜在她家做什么？

不，是爸爸妈妈，肯定是，但他们到底在做什么？

门厅的灯还亮着，苏西从楼梯平台向下看，但没看到什么。响声越来越大，厨具可没法儿发出这么大的声音，不过那的确是金属的敲击声。她悄悄溜下几级台阶，正要从楼梯栏杆那里再观察一下时，一道瀑布似的橘色火花从下方跃出，在天花板和墙壁之间飞窜。苏西一下子缩了回去，差点儿摔倒，但幸好她抓住了栏杆。

“妈妈？”苏西的声音颤抖着，“爸爸？是你们吗？”

敲击声立刻停了下来，她听到有人倒抽了一口气，接着是重物落地的声音，走在门厅地毯上窸窸窣窣的脚步声，以及一阵沙沙的摩擦声和叠东西的声音，像是有人在叠床单。最后，一切安静下来。

“有人吗？”苏西倚着栏杆，一边提防下一阵火花喷发，一边低头看向门厅。一切看上去都很正常，但随后，一道金属的反光吸引了她的注意力。地毯上，两道长长的银色金属条闪闪发亮。它们并列放置，隔了大约一米远，看上去是从前门外延伸进了屋子。苏西疑惑地皱起眉头，一时间忘记了害怕，她跑下楼，想弄明白看到的究竟是什么。

那是一条铁轨。

苏西知道这不可能，但它就在那儿。她用脚尖碰了碰离她最近的那根金属条，接着又蹲下来用指节敲了敲。它摸上去冰冷、坚硬，非常真实。铁轨铺在门厅的地板上，为了给它腾出空间，有人甚至在地毯上剪了几下，她能看到地毯破损的边缘。

“但这怎么可能呢？”苏西自言自语道。她退了几步，仔细看了看铁轨。铁轨依旧冷冷地闪着光。她侧身顺着它的路线看去，铁轨穿过整个客厅，通到厨房。她注意到厨房门的一侧放着什么东西。

那是一个施工帐篷，外面是脏兮兮的红白条纹防水布，苏西以前在路上见过类似的，工人在挖煤气管道或是水管的时候，会在洞口放一个帐篷。这种帐篷一般都很小，但出现在她家的这个要更小一些。帐篷中间凹下去一块，刚刚到她肩膀那么高。

门帘之间有光漏了出来。

“妈妈？爸爸？”苏西喊着，小心地向前迈了一步。帐篷里有什么东西动了一下，透过布料，她看到一个模糊的身影，

“是谁在里面？”

“没有谁！”一个沙哑的声音回答，苏西不认得这个声音，“这里什么人都没有，快回去睡觉。”

有一个陌生人在她家里！

爸爸妈妈去哪儿了？为什么这么大动静都没有把他们吵醒？她退了一步，准备转身逃走。她应该报警，或是去寻求帮助。

但是……

无论那人是谁，他为什么要躲在帐篷里？还有铁轨又怎么会出现在这里？她心烦意乱，搜寻着一个似乎并不存在的答案。

苏西小心翼翼地走到电话前，它就放在前门旁的小桌子上。苏西拿起了话筒。

“告诉我你是谁，不然我要报警了。”苏西努力让自己的声音保持平稳。

一时无人回应。过了一会儿，那个声音说：“我谁也不是。”

“你一定是什么人，你在和我说话。”苏西说。

那声音听上去显然有些恼火，咕哝道：“不，我不是。你在做梦，回到床上去。”

苏西下意识地朝帐篷走了几步，说道：“要是我在做梦，那我已经在床上了。”

帐篷里又传来一阵咕哝声，听上去比上次更加恼火。

“是吗？”苏西说着，又悄悄向帐篷靠近了一点儿。

“啊哈！你是在梦游。”那声音听起来对这说辞颇为满意。

“也许吧，”苏西说，“这的确很能说明问题。”

“没错，”那声音总结道，“就是梦游，你现在回去睡觉吧。”

苏西又向前走了一步，脚趾撞上了一个硬东西。

“哎哟！”苏西单腿跳了起来，低头看去，一把小锤子正躺在轨道中间的地板上。

“发生了什么？”那声音有点儿不耐烦，“怎么回事？”

“我刚刚确认了我没有在梦游，”苏西说着，弯腰揉了揉脚趾，“真疼。”

“你活该。”

苏西觉得那声音透出些害怕，这让她多了几分信心。她无意中向客厅的门瞥了一眼，门依然开着，爸爸妈妈正斜靠在沙发上，仍旧打着鼾。

“妈妈！爸爸！”她跑到客厅，想摇醒他们，但他们都没有醒。爸爸轻哼了一声，咧嘴一笑，还淌下了点口水。

“还有蛋糕吗？”他咕哝着，“再来一块就好。”

“快醒醒！”苏西大声喊着。

“你在白费口舌，”帐篷里的声音说，“他们早就睡死了。”

“你对他们做了什么？”她说着回到门厅，怒火中烧。

“我？我当然什么也没做。他们现在正开心呢，最好让他们做会儿梦。”

苏西扔下电话。“你给我出来！”她一边说，一边跺了跺脚。

那声音停了片刻，然后说：“不。”

“我不是在跟你商量，”苏西尽力模仿着妈妈的语气，她并不像自己听起来那样无所畏惧，但对方似乎并没有注意到这一点，“立刻给我出来！”

“服了你了。”那声音咕哝着。帐篷又动了几下，接着有什么东西从帆布门帘中间伸了出来。是个鼻子，一个苏西见过的最长、最奇怪的鼻子。那鼻子有她的小臂那么长，鹰钩状，两侧是一对巨大的鼻孔，里边长满了硬硬的灰色毛发。鼻子下面是一张宽嘴，跟癞蛤蟆的一样，嘲讽地笑着。鼻子上方的两只黄色小眼睛正眯起来看着她。这张奇怪的面孔长在一个圆圆秃秃的脑袋上，皮肤皱巴巴的，像老树皮那样黑。一对硕大的尖耳朵从脑袋两侧凸出来，里面冒出更多的灰色毛发。

“满意了？”那个生物说着从帐篷里走了出来，“我出来了，好好看看吧。为什么不呢？”

苏西意识到自己张大了嘴，赶紧闭上了。

这个说不好是什么的生物比苏西矮了差不多一头，矮胖的身体上穿着橘黄色的工作服，胸口的名牌上写着“弗莱彻”。

“你是什么……我是说，你是谁？在干什么？”苏西结结巴巴地说。

“我在赶工。”弗莱彻说着，用手肘将苏西挤到一边，一把抓起地上的锤子，“要是我没接完这条通道，他们会把我的耳朵做成拖鞋。别挡路。”他耷拉着脑袋经过苏西身边，在厨房门口弯下腰，拿锤子敲了敲那里的铁轨。

“是你把铁轨铺在这里的？”苏西跟在他后面问道。

“当然是我。”他不耐烦地说，“我会打破纪录的，瞧着吧。”他从工作服口袋里掏出一个音叉，轻轻弹了几下，然后将音叉柄支在轨道上。音叉发出一个尖锐的高音，弗莱彻点了点头，看上去十分满意：“想当年伙计们都还在的时候，我们五分钟就能完工。该死的裁员，这工作一年比一年难做了。”

苏西不太明白他的话：“这些轨道是做什么的？”

弗莱彻正要回答，但张开嘴后又顿了顿：“不关你的事。你看到的已经太多了，你本不应该出现在这里。”

“你说什么？”苏西又跺了跺脚，这次是真的生气了，“这里可是我家！”

“这就是为什么你应该赶快去睡觉，别来打扰我。”他说着站了起来，“我不知道先遣队怎么把你漏掉了，他们搞定了另外两个。”他朝客厅的方向挥了挥手，苏西的爸爸妈妈正在那里酣睡：“他们一般不出岔子的。”

“你在说什么？”苏西不解地问，“什么先遣队？”

但弗莱彻只是转了个身，走回帐篷。“如果我是你，我早就溜走了，回楼上去，假装什么也没看见。明天早上这一切就会消失。”苏西还没来得及回应，弗莱彻便低头钻进帐篷不见了。

苏西站在那里，愤怒最终压倒了疑惑。“听着，”她说，“你不能就这样半夜出现在我家对我指手画脚。我都不知道你是什么！爸爸妈妈怎么了？我命令你叫醒他们！”弗莱彻对此充耳不闻。苏西看见他的身影在帐篷里来回移动，还听到了翻找东西的声音。

她本想跟着他进帐篷，但转念一想，自己可不想被困在狭小的空间里，还是和一个……矮人？精灵？也许是个妖精？不管弗莱彻是什么，这也太荒谬了。这些东西不存在，也不可能存在。她很快就甩掉了这些想法。她唯一确定的是，弗莱彻是一个闯入者，这意味着他一定不怀好意。

想到这里，苏西的视线回到了铁轨上。她推开厨房门，想看看铁轨延伸到了哪里。让她有点儿惊讶的是，铁轨到门边就截止了，并没有进入厨房。

“让一让。”

弗莱彻从帐篷里出来，粗鲁地将她推到一边。他手里拿着一根黑色的小棒，大约有铅笔那么长，但比铅笔粗得多。他砰地将门关上，用小棒的末端轻敲门框。

“你现在在做什么？”她问道。

“专心干活儿。”他说着把耳朵贴在门框上，“这不是我最好的作品，但也只能这样了。”

苏西的耐心终于耗尽了，她俯下身，从他手里抢过小棒。

“喂！”弗莱彻大叫着，跳起来想把小棒夺回。

苏西把它高高举过头顶，使他无法够到。“除非你告诉我你是谁，在这里做什么，我才会把这个还给你。”苏西说。

“那不是玩具！”弗莱彻不停跳着，挥舞着手臂，“你偷东西！是小偷！”

“你不请自来！”苏西也毫不示弱，踮起了脚。

“这不公平！”弗莱彻抱怨道，最终上气不接下气地停了下来，“这是身高歧视。”

“这再公平不过了，”苏西努力保持镇静，“只要你告诉我，你就能把它拿回去。我发誓。”

弗莱彻闭上一只眼睛，用另一只眼睛眼角的余光瞧着她：“真的吗？”

“真的。但如果你不合作，那咱们谁也别想离开这里。”

弗莱彻叹了口气，投降般垂下肩膀：“好吧，你赢了。但我希望你明白这样做会给我带来多少麻烦。”

“你已经惹上麻烦了，”苏西说，“你惹了我。”

他愤愤不平地看了她一眼，一只脚在地毯上来回蹭着。“我是一个工程师，”他咕哝道，“负责维护这些线路，并且在需要的时候建造新的线路。”

“什么线路？”

“还能是什么线路？”他指了指地上的铁轨，“就是这些，铁路线。”

苏西眨了眨眼：“但最近的铁路也在几千米之外。更何况这是一座房子，你不能把铁轨铺在房子里。”

“嗯，通常情况下是这样。”弗莱彻说。从没有人用这种语气和苏西说过话，这让她感觉自己有些傻气，皮肤也因尴尬而有些刺痒。“但我们遇到了一点儿麻烦，你看，特快专列在西沼泽地的新边境管制处延误了，所以列车要在下次送货前抢出点时间。走往常的路线太耽误工夫了，这是一条捷径。”弗莱彻拍了拍他那硕大无朋的鼻子，“当然，严格来说，这并不是正式路线。实际上按规定我们是不能踏足这片区域的，但我们还是来了，就待一晚上。差不多就是这样。”

弗莱彻讲的大部分内容苏西都没听明白，这让她更沮丧了，于是她抓住自己理解的信息，气冲冲地说道：“铁轨是不可能就这样出现，又在一夜之间消失的。”

“有我在，它们就可以，”弗莱彻得意地笑着说，“在这一行，我的速度可是最快的。不过到了这个年纪，我开始有点儿力不从心了。”

“为什么？你多大了？”

弗莱彻挺了挺胸，自豪地说：“一千零十岁，还有两个世纪才退休。”

“别开玩笑了，”苏西说，“没人能活那么久。”

“是吗？那你今年多大了？”

“十一岁。”苏西说。

“哈！”弗莱彻爆发出一声大笑，站都站不稳了，“所以我猜你肯定什么事都知道喽？”

苏西感到一阵尴尬，紧接着是愤怒。她非常生气，仿佛能听见血液在耳朵里呜呜作响。也许她的情绪写在了脸上，弗莱彻大睁着眼睛开始后退，想进入帐篷里的安全地带。

“别走！”苏西大喊。但他没理会苏西，把手伸进工作服口袋里，掏出一块老式怀表，然后打开了它。

“哎呀，时间都去哪儿了？他们来了！”

就在这时，苏西感觉到了脚下的颤动，并且意识到她刚刚听见的呜呜声根本不是从她的耳朵里发出的，而是来自铁轨。

一阵冷风从门厅方向袭来，苏西还以为前门开了。然而，她转过身后发现，前门不见了，取而代之的是一座旧石砖砌成的拱门；门外原本的街道、房子和整洁的小花园全都消失了，取代它们的是深不见底的黑暗。就在这时，一道令人目眩的光芒刺穿黑暗向她冲了过来。汽笛的尖啸声充斥了门厅，金属相撞发出哐当声，一列火车眼看就要轧上苏西，她赶紧向后仰去。

第3章

奇境邮政特快专列

在摔倒之前，苏西看见的最后一样东西是一列火车，带着一大堆飞速旋转的车轮、连杆和活塞，从隧道口疾驰而出。苏西紧紧闭上眼睛，刹那间，整个世界陷入黑暗，耳边充斥着噪声。火车上的热蒸汽猛地掠过她的脸颊，金属因碰撞发出尖厉的声响，汽笛呼啸着。她咬紧牙关，用手捂住了耳朵。

刹车的尖啸声达到了最高点，又突然消失了。最后，一股蒸汽喷了出来，像是松了一口气，一切又都安静下来。

苏西试探地睁开一只眼睛。

她摔倒在弗莱彻的帐篷边，脚距离轨道只有几厘米远。一双粗糙的手抓住了她的肩膀，她抬起头，看见弗莱彻站在身旁，他拽着她，让她坐起来，她震惊得无力拒绝。

“你在想什么？”他愤怒地跳着脚说，“你差点儿就出了事故！”

“出了什么？”苏西问道，她的耳朵里仍然在鸣响。

“轨道事故！所有事故里最糟糕的一种。”

苏西茫然地看着他，不知道该说什么。他的语气让苏西

感到抱歉，但她不确定弗莱彻是否值得她道歉。事实上，他不也欠她一个道歉吗？就在她整理好思绪，准备这么说的时候，头顶上传来一个陌生的声音。

“弗莱彻？老伙计是你吗？这里到底发生了什么？”

他们俩抬起头，看向声音传来的地方。苏西差点儿因为惊讶而再次摔倒。她上方高耸着一辆巨大的老式蒸汽火车，正震动着发出嘶嘶的声响，烟囱里吐出黄色蒸汽。它比苏西见过的任何火车都要大，至少它的一些部分是这样。这辆车看上去像是一辆大火车撞上了几辆小火车，还捎带上几座房子，各种零部件似乎都混成了一团。烟囱太宽，几个车轮大小不一，锅炉圆柱形的炉腹前边太胖，后边又太窄。驾驶室看上去就像一座精致的小红砖房，有着用瓦铺成的屋顶，窗台上放着花箱，还有一扇亮红色的门，门在靠近锅炉的那侧敞开着。

声音就是从那里传来的。一个身量不高的家伙匆匆忙忙从驾驶室出来，上了一条狭窄的舷梯，这条舷梯架在列车侧面、车轮上方一米左右的地方。那家伙手里拿着一个提灯，直直地照向弗莱彻，就像聚光灯一样：“弗莱彻？我们刚刚没出事故吧？”

苏西想看清他的脸，但他的面孔隐在提灯耀眼的光芒后，只是一团黑影。

“比那还糟呢，斯通克，”弗莱彻说，“你看。”他用大拇指指向苏西的方向，那束光转过来照到了她身上。

“天哪，一个当地人！还是醒着的！”

“看来先遣队把事情搞砸了，”弗莱彻说，“今天晚上是谁值班？”

“没人值班，老伙计，”斯通克说，“你没看备忘录吗？他们都是远程操作的。”

“呸，”弗莱彻啐了一口，“难怪。我一直跟他们说什么来着？远程咒固然好，但如果想把工作做好，就得有人在现场。我是说，这就是个催眠咒而已，一个普通的牙仙都能完成。”

“没错，老伙计，你说得没错，”斯通克说，但很明显他已经分心了，“但这家伙已经在这儿了，你觉得应该怎么处理？我们已经晚点了。”

弗莱彻挠了挠头，上下打量着苏西：“我觉得我得联系总部，看看他们能不能派个人过来重置她的记忆。”

“你敢！”苏西说着向后跳了一步，“你不可以对我的记忆胡来，它不属于你。”

“这可能是最好的办法，”看不清模样的斯通克告诉她，“我们原本不应该在这里，明白吗？这已经在我们的辖区外了，我们不能让你把这一切说出去。不过话说回来，总部要派人来也得花点时间。弗莱彻，你不能给这家伙施咒吗？”

弗莱彻从牙缝中倒吸了口气，说道：“我不知道，斯通克。记忆很难搞定，就像解开蜘蛛网一样，没准儿哪一部分和什么就连接在了一起。或许我可以施个混乱咒。”

"不，你不可以！"苏西说着朝后退去，"我现在已经够混乱了。"她眯起眼睛，看向光圈后面的斯通克，"我也不是什么'这家伙'，我是个女孩！"

"是指这个物种的雌性，对吗？"斯通克说，"抱歉，我不太熟悉这些区域的族群情况。你有名字吗？"

"我叫苏西，苏西·史密斯。拜托，我想知道你们是谁，以及你们在这里做什么。"

"我们好像确实不够礼貌。"斯通克握紧提灯，灯光晃了几下，接着完全熄灭了。苏西眨了好几下眼睛才消除了灯光留下的红绿色残影，这时她看清了说话的人。

他是弗莱彻的同类，不过他的皮肤是燧石灰色的，上面没那么多坑洼和皱纹。他穿着一套利落的蓝色制服，一件直到脚踝的外套，还戴着一顶有银色绲边的大檐帽。他的目光越过自己巨大的鼻子和一撮同样引人注目的花白胡子，向下停到苏西身上。他的胡子像獾的皮毛一样浓密而有光泽，几乎垂到了膝盖，胡子尖向上卷成一个螺旋，硬邦邦的。说话时，他的蓝眼睛不停闪烁着。

"我叫 J. F. 斯通克，"他说，"奇境邮政特快专列的司机。这是目前运行得最好的一列矮人火车。"他伸出手，轻轻拍了拍火车的锅炉。

"你们是矮人？"苏西问，"这怎么可能呢？"

"我们本来没想停车的，但你刚刚踏上了轨道，"斯通克跳过了她的问题，"你真走运，刹车刚刚修好。"

“但这不是我的错，”苏西感到脸颊越来越热，“铁轨就不该出现在这里。这一切都不该出现，包括你们！”她越来越觉得这真是太过分了。

“别担心，”斯通克说，“我们马上就要出发了，弗莱彻会让这些铁轨消失的，一切会立刻恢复到正常比例，你不会看出有什么区别。”

“正常比例？”苏西终于发现了她一直忽略的问题：这么大的蒸汽火车怎么可能开进她家？她抬起头，视线越过火车，看到头顶的天花板高得不可思议，紫色灯罩看上去像一个遥远的热气球，整个门厅已经变得像教堂那样阔大。

“怎么回事？”苏西眼睛睁得大大的，“你们做了什么？”

“这可不是我的专长，”斯通克说，“弗莱彻是个技术天才。”

弗莱彻吸了吸鼻子说：“我尽力而为吧。”

苏西几乎没听到他们的话。她在房间里跑来跑去，想看清一切。客厅的门现在像悬崖一样高，她不得不踮起脚才能够到踢脚线的顶部。厨房门已经完全消失了，取而代之的是另一座巨大的石拱门。现在铁轨并没有在门前截止，而是延伸至门后无尽的黑暗中。“你把我们变小了！”苏西尖叫道，声音在空旷的空间里回响。

“并没有，”弗莱彻说着，下巴朝一侧扬了扬，把头发拨到耳后，“我只是让门厅变大了一点儿，仅此而已。”

“你的意思是你让一切都变大了？”苏西吓了一跳，目瞪口呆地看着他，“但那样更糟！这座房子现在有多大？它肯定把半条街都占满了。”

“你以为我是什么不靠谱的家伙吗？”弗莱彻说，“我没有把外边变大，也没有碰其他的房间，没事折腾那些干什么？”

“等等，”苏西试图理解他的话，“你的意思是尽管你已经把门厅变得比房子还大了，但房子还是原来的大小？”

“没错，”弗莱彻咧嘴笑了笑，对这个话题来了兴致，“这是非常基础的工作，真的。基础的元维度工程，一点儿魔法，再加上一些双面胶，任务就完成了。”

苏西再次看向客厅门口，爸爸妈妈依然在那里沉睡，他们还是原来的大小，但当她细看那扇门时，它似乎在闪烁和伸展。她很快意识到自己同时看到了两种尺寸的门，这让她感到眩晕，不得不把视线移开。“不，”她边说边摇头，“很抱歉，但这根本不可能。”

“是吗？”弗莱彻故作惊讶地说道。

“你不可能把一样东西的里面变得比外面大。”

“我当然可以，这只是简单的糊理。”

苏西皱起了眉：“你是说‘物理’？”

“不，”弗莱彻说，“就是糊理，它很像物理，只是更加模糊。”

“物理不可能是模糊的，”苏西愤怒地说，她觉得心中珍贵的东西正被人当作笑话一样对待，“不是对的就是错的，你不能打破规则。”

“这就是为什么糊理略胜一筹，”弗莱彻说，“这可比照搬书本容易多了。”他露出一个令人恼火的笑容。正当苏西吸了口气，准备据理力争时，斯通克清了清嗓子。

“你们说得都很对，”他一边说，一边把胡子尖缠在手指上，“但恐怕我们真的得离开了。我们已经晚了，我想现在就出发，免得……”

“斯通克先生！斯通克先生！”声音从车厢的方向传来。

“太晚了，”斯通克叹了口气，捏了捏他那大鼻子的鼻梁，“他来了。”

火车头后边拉着一辆煤水车，它就像一只装着轮子的长方形的大废料箱。苏西想里面一定装满了煤，或者是别的火车燃料。煤水车后边有两节车厢，第一节巨大又笨重，是圆柱形的，像一辆油罐车，不同的是这节车厢侧面有一排小舷窗，顶上还伸出一串管道和烟囱。车厢侧边有“H. E. C.”三个白色花体印刷字母。最后的车厢小一些，看上去像一辆古董货车，木板上的红漆已经有些脱落了。

第三个矮人就来自这最后一节车厢，他正匆匆朝他们走来，使劲儿挥着手。他看上去跟斯通克和弗莱彻很不一样，手臂很长，朝奇怪的方向打着弯，而且仿佛没有双腿，一双大脚直接连着躯干。他绊了一跤，脸朝地摔倒，苏西这才意识到为什么他看上去如此奇怪——他穿着一件大了好几码的制服。

“你们谁都不去帮帮他吗？”苏西问道。新来的矮人在缠作一团的袖子和外衣后摆中挣扎着，努力想要站起来。

“我想我们应该帮帮他，”斯通克在舷梯上说，“弗莱彻，做件好事，去帮局长站起来，好吗？”

“这可不在我的工作范围内，”弗莱彻咕哝道，“你干吗不去帮他？”

“因为我在上边呢，”斯通克说，“而且上次就是我帮的他。”

苏西摇了摇头，快步走到那团正在不停扭动的衣服旁边。她很难判断矮人的身体部位，所以径直伸手将他拽了起来，脚朝地放了下去——她希望朝下的是脚。他的制服是红色的，和斯通克蓝色的制服不太一样，看上去更老旧，也更华丽。他胸前挂着一块失去光泽的金色勋章，一边肩膀上还绣着一个老式号角，不过已经磨损得很厉害了。

那团衣服摇晃了几下，先是一个巨大的鼻子，继而是一张长着大眼睛的小脸从衣领上方探了出来。这个矮人的皮肤是浅苔藓绿色的，几乎没有什么皱纹。苏西觉得他应该年轻得多。

“谢谢你，”矮人说道，“哦！不！这是人类！”

他吓得跳起来，脚刚一着地便像子弹一样弹出，他绕着苏西来了个急转弯，朝弗莱彻和斯通克跑去。但他再一次被衣摆绊倒，摔了个大马趴。

“没事的，局长，”斯通克喊道，“我们觉得她没有恶意。”

摔倒的矮人回了句什么，但他的话被几层衣服闷住了，完全听不清。弗莱彻和斯通克都没有上前帮他，苏西叹了口气，又走过去帮他站起来。那矮人抖了抖肩膀，把制服从脸上甩下来，怀疑地看了她一眼，说道：“斯通克先生，你确定吗？

她看上去像要咬人似的。”

“我保证不会那样做。”苏西说。

“那她得先咬穿那件制服才行，威尔莫特，”弗莱彻说，“你知道制服有小号的吧？”

威尔莫特哼了一声，扬起鼻子说：“我早就告诉过你，弗莱彻，这曾是我父亲的制服，再之前是我祖父的。它可是我宝贵的财产。”

“这财产的主人腿得再长长一点儿才行，孩子。”弗莱彻说着露出一个狡黠的微笑。

威尔莫特气得张大了鼻孔。

“您到底想要什么，局长？”斯通克说，“您也看到了，我们现在有点儿忙。”

“我来看看是什么导致了延误，”威尔莫特说，“下一位客户正等着我们呢。”

“我明白。”斯通克说。

“我又不能把包裹往她门口一扔就走，”威尔莫特在制服里晃来晃去，不安地将身体重心从一只脚换到另一只脚，“得被签收才行！要是迟到了，我可不想当那个按她门铃的人。”

“我们会尽快赶到的，”斯通克说，“我只是在等——啊！来了。”

这时，从驾驶室里又冒出一个身影，缓缓走上了舷梯。苏西很快就发现这家伙和另外几个矮人不太一样，身形比她还大，大步前进时四肢着地。那家伙穿着褪色的蓝制服，布料覆盖之外的地方都是亮黄色的皮毛，在斯通克身边停下，用两条后腿站了起来。苏西这才看清眼前的生物是什么。

“这是一头熊吗？”苏西大喊，引得对方朝她投来好奇的一瞥。

“准确地说，是一头棕熊，”斯通克说，“她是乌瑟尔。我承认，在矮人的列车上出现一头熊的确有点儿奇怪，不过她在入职考试的所有项目中都拿了最高分呢。乌瑟尔负责给锅炉添加燃料，让列车保持运行。”

乌瑟尔向苏西露出了恐怖的白色獠牙，苏西不确定这是在打招呼还是在威胁自己。她努力保持镇静。

“乌瑟尔，我们的情况如何？”斯通克问道。

“嗷呜。”乌瑟尔低沉地咆哮了一声，苏西感到自己的骨头仿佛都在颤抖。

“很好。到阀门边守着吧，准备加速。我想快点离开这里，免得再出什么岔子。”

“嗷呜。”乌瑟尔看了一眼下面的几个人，然后转身大步向驾驶室走去。

苏西的疑惑冒到了嗓子眼儿，没忍住开了口：“如果这家伙是一头棕熊，为什么它是亮黄色的？”

世界仿佛静止了。

斯通克和威尔莫特注视着她，看上去有些窘迫，就连列车的喷气声和哐当声似乎也减弱了。弗莱彻往后退了几步。之后所有人都将目光投向乌瑟尔。

苏西捂住嘴，好像这样就能把这个问题塞回去似的。从大家的反应来看，她明白自己说错了话。所有这一切——矮人、棕熊、列车，都让她很混乱。尽管她永远也不会承认，但她总是暗暗自豪于自己对世界基本构成的理解能力。可现在，世界好像在她脚下倾斜摇摆，叫嚣着要抛弃她。她只想重新弄懂这一切。

乌瑟尔转过身，朝他们走了回来，乌黑的眼珠盯着苏西不放。苏西害怕极了，僵在了原地。她想：这家伙要吃掉我，我就要被一头熊吃掉，就在我自己的家里。但最让她感到伤心的念头是她再也没法儿知道这一切是怎么回事了。

乌瑟尔立起后腿，倚向栏杆，口水从巨大的獠牙上垂下来，嘴里咕哝着："嗷呜，嗷嗷嗷呜。"

苏西站在原地，不敢将目光从那些獠牙上移开。"这家伙说了什么？"她问道，恳求地望着斯通克。

斯通克会意一笑，目光闪烁起来："她说，她不是什么'这家伙'，而是位女士，多谢你了！而且她碰巧就喜欢亮黄色的皮毛，这不关你的事。"

苏西再次看向乌瑟尔，有些震惊，但又松了口气："你是说你是个女孩？"

话音刚落，乌瑟尔又咆哮起来，所有人都吓了一跳。

"怎么了？"苏西震惊地颤抖着，"这次我又做错了什么？"

"大家总爱犯这种错，"斯通克说着，揉了揉他嗡嗡作响的耳朵，"她更喜欢'女士'这个词。因为她现在是个能承担责任的成年人了，税都要自己缴呢。”

乌瑟尔松了松肩膀，坚定地点了点头，然后转身返回驾驶室。苏西不知道熊会不会使眼色，但她确定乌瑟尔在离开的时候对自己眨了眨眼。

几秒钟之后，蒸汽在车轮之间发出了嘶嘶声，锅炉也咔嗒作响，整列火车猛地启动，随即又急停下来。威尔莫特转身往后边的车厢冲去，衣摆在身后拍打着地面。

“很抱歉我没时间说客套话了，”斯通克大声说，“我要把你交给弗莱彻这个能手了。”

弗莱彻咕哝了一句。

“但我还是不明白这一切是怎么回事，”苏西抗议道，“这一切都是怎么发生的？你们要去哪里？”

斯通克伸直了背，挺起胸，脸上露出一点儿笑容。“小姑娘，我们来自矮人城，去往奇境的五个角落。包裹不嫌大，卡片不嫌小。风吹雨打太阳大，流星雨来也不怕，奇境邮政特快专列为您服务。”他摘下帽子，夸张地鞠了一躬。就在这时，列车又往前冲了几步，车厢在后边咔嗒作响。“再见了，”他一边喊着，一边靠在扶手上站稳，“别担心，弗莱彻的技术真的非常娴熟。”斯通克转过身，沿着舷梯快速回到驾驶室，重重地关上了门。一秒钟之后，伴随着巨大的哐啷声，刹车松开，火车缓缓向前驶去。

“好了，咱们继续吧。”弗莱彻按了按指关节。他将手伸进工具腰包，又停了下来，自言自语道：“哪儿去了？”

苏西不明白他说的是什么，但当列车在身边发动的时候，她本能地开始往后退。

“我离了它就没法儿干活儿了。”弗莱彻说。他拍了拍口袋，疑惑地四处张望。接着，他抬起头盯着苏西。“是你！”他喊道，“你把它从我这里拿走了！”

弗莱彻逼近时，苏西向后撤了几步，说道：“什么东西？”

“你说了要还给我的，在哪里？”

苏西还没来得及回答，就踩到了一个又硬又短的东西，她失去平衡，那东西从脚下滚了出来。她在后背着地前体会到了瞬间的失重感。

苏西坐了起来，一边用手揉着脑袋，一边低头看自己踩到了什么。那是弗莱彻的小金属棒，她一定是刚才躲避列车的时候把它掉出来了。

与此同时，弗莱彻也看到了它，扑过去想要拿回来。他的速度非常快，但苏西更快，她迅速捡起金属棒，又向后退去。

“还给我！”他吼道。

“不！”苏西说，“我不知道它是什么，但你要用它在我身上施混乱咒，你刚刚说的。”

弗莱彻慢慢向她靠近，高举着双手，仿佛正被苏西拿枪指着似的：“我知道怎么正确使用它，你不行。”

“我不想使用它，”苏西说，“我也不想让你用。”

此时，火车头正穿过拱门，被黑暗吞没。它继续加速，烟囱喷着气，车轮哐当作响，蒸汽涌出的嘶嘶声在黑暗中回荡。

苏西突然心中一紧，害怕有什么非常重要的东西正在她眼前悄悄溜走。

“真的有奇境的五个角落吗？”她问。

弗莱彻惊讶地停了下来：“当然。在学校难道没人教你什么有用的知识吗？”煤水车穿过隧道口，消失不见了。“现在把不属于你的东西还回来。”他又向苏西走去。

苏西开始奔跑，这时她才意识到自己已下定决心。她并没有逃开弗莱彻，反而向着他跑去。弗莱彻张开双臂想要抓住她，脸上现出诧异的表情。但苏西跑得太快了，一下冲过弗莱彻身边，她听见他惊讶地叫了一声，感觉到他试图抓住自己时堪堪碰到睡袍的拉力。

现在，苏西和列车并排跑着，但列车仍在加速，渐渐超过了她。她心中的紧张感越发强烈，但头脑也更加清晰。整个世界变得一团糟，都是因为这辆列车和车上的一切。要是她想再次理解这个世界，可不能让这辆车就这么丢下她开走。如果任其开走，他们会让她把这些忘得一干二净，她将在无知中无忧无虑地度过余生，再也不会有机会了解这一切，这种想法让她感到害怕。她低下头继续跑了起来，心也跳到了嗓子眼儿。

印着 H. E. C. 的奇怪的圆柱形油罐车已经进入了隧道口，只剩下后边那节红色车厢还在外面，近得触手可及，但隧道口也已近在眼前。苏西不知道如果跑进去会有什么后果，她也不想知道。

“快停下！”弗莱彻怒吼着。

红色车厢经过苏西身边，前轮已经在隧道口消失。威尔莫特刚刚进入的车门正快速掠过。这是最后的机会。苏西猛地加速，突然转向车厢，纵身一跳。

她抓住车厢门把手时，四周陷入了一片黑暗。门厅里低沉的回声被隧道里的噪声淹没，冷风拉扯着她的头发和衣服，苏西尽力在车厢门口狭窄的金属台阶上站稳。她回头看去，只见隧道口在远处不断缩小，把弗莱彻矮小的身影框在中间，他站在门厅，愤怒地挥舞着拳头。

第4章

跨维度邮局

苏西紧紧贴着车厢门。列车仍在加速，风的拉扯越来越猛烈。要是她在这里待太长时间，风会轻而易举地把她拽下车，抛进黑暗里。

苏西第一次意识到自己的举动有多鲁莽和失策，感到一阵害怕。她正贴在一辆列车的外面——一辆魔法列车，如果这种东西真的存在的话，它正猛冲过一条本不该存在的隧道，去往未知的地方。就连爸爸妈妈也没有办法帮助她，她只有自己一个人，而且已经陷入险境。

她发现自己手上还拿着弗莱彻的小金属棒，为妥善保管，她把它塞进了睡袍的口袋里。苏西本想在跳上车的时候扔给他，但当时没时间了。

现在也不是愧疚的时候了。在确保自己牢牢抓住了门把手后，她抬起另一只手，尽可能用力地敲了敲门。

没人回应。

门上有一个小窗户，不过窗户里侧是合上的百叶窗，苏西看不见里面的情况。她又用力敲了敲门，手指敲得生疼。“有人吗？”她大喊道，“有没有人？威尔莫特？拜托！”

没有人回答，苏西的脑袋瓜儿也开始嘲弄她，让她产生一个可怕的想法：要是火车声音太大，威尔莫特听不见她的喊声怎么办？她会被困在这里，独自一人，直到——

门猛地开了，把她带得向后倒去。她试图再次抓住门把手，但手指打滑了。出现在她面前的正是威尔莫特，从衣领和帽子之间的小缝隙可以看到他睁大的双眼。苏西绝望地挥舞着手臂。

“是你！”他惊叫道。

“救命！”苏西开始向后翻倒，她大声尖叫起来。

威尔莫特冲上前，一把抓住了她睡袍的腰带，想阻止她继续后倾。“我抓住你了！”但接着，他又睁大了眼睛，因为苏西后坠的力量开始将他拖向门外。

“拉呀！”苏西喊道。

“我拉着呢！”他用一只脚撑住地板，另一只脚抵在门框内侧，身体往后仰，几乎与地面平行了，努力阻止两个人都掉下去。“救命！”他大喊道。

苏西和威尔莫特就像是在进行一场拔河比赛，睡袍的腰带被拉直了，苏西伸手抓住了它，双手交替攀上去，终于再次站了起来。就在这时，因为失去了相反的拉力，威尔莫特砰的一声倒在地上，把苏西猛地拉进了门。苏西被他绊了一下，摔了个大马趴。

两个人在地上躺了一会儿，大口喘着粗气。

“谢谢你，”苏西说道，“我觉得你刚刚救了我的命。”

“真的吗？”威尔莫特不好意思地笑了一下，“嗯，很高兴能够帮上忙，而且我——”他突然停住，脸一下子白了。“我在说什么？”他一下子跳了起来，“这是违规的！你不该到这儿来。”威尔莫特一边慌张地摆着手，一边原地兜着圈子：“我得把斯通克叫来，还得联系总部。”

“请不要这样，”苏西站了起来，说道，“我不想让他们把我送回去。”

“但你必须回去！你违规了！只有获得许可的人才能进入列车！而你没有获得许可！”

“我不会惹麻烦的，”苏西说，“我只是想看看火车要去哪里，以及摆脱弗莱彻。”像是要强调自己的决心似的，苏西拉上了门，隧道里风的呼啸声顿时变小了。

威尔莫特停了下来。“哦，我非常能理解。我一直觉得弗莱彻挺难相处的，他一点儿也不尊重我在这里的工作。”他张开手臂，仿佛在拥抱整个车厢。

苏西四处看了看。这个地方有些拥挤，但十分舒适。箱子、成捆的信件，还有许多其他奇形怪状的包裹从地板堆到了车厢顶，大部分包裹用牛皮纸包着，捆着绳子。屋子中间挤着一张小木桌，桌上放着一盏灯，散发出温暖又令人安心的光芒。

这儿有如井井有条的商业街区，没有一丁点儿空间被浪费。

“这里看上去像一个小邮局。”她说。

“一点儿不错，”威尔莫特快活地说。苏西猜他喜欢谈论自己的工作。“我们接收邮件，给它们分类，再送往奇境各地。包裹不嫌大，卡片不嫌小。风吹雨打太阳大——”

“流星雨来也不怕，”苏西插嘴说，“我知道，斯通克告诉我了。不过奇境是什么地方？”

这个问题似乎让威尔莫特感到很惊讶。“你的意思是你不知道？”他皱起了眉，看上去像在组织答案。苏西猜他大概从没想过自己有一天需要解释这么显而易见的事，所以正努力思考该怎么回答，这让苏西感到自己有些愚蠢。

“那是我的家，”威尔莫特说着耸了耸肩，“奇境联邦，有时简称为联邦。那儿是世界上最不可思议的地方。”

“好吧，但那到底是什么呢？”苏西问，“是不同的国家，还是不同的星球？”

“事实上，那儿什么都有，”他说，“有城市，有王国，有不同的世界和维度，还有一些大家没能统一名字的空间。形态、大小、类型各异的地方那里都有。”

苏西眨了眨眼。她的大脑正忙着处理这个庞大的概念，以至于找不出十分恰当的回应：“这听起来非常有趣。”

“有趣？”威尔莫特抬了抬帽子，若有所思地挠了挠头，“是的，的确非常有趣。我也十分幸运，因为这份工作可以让我看到很多地方，尽管不能停留太久，我通常都太忙了。”

苏西环顾四周，第一次意识到这节分拣车厢里缺了点什么：“所有这些都是你一个人做吗？没有人帮你？”

“在理想的情况下，我会有一个分拣邮件的团队，还有一群负责送件的邮递员，”威尔莫特说，“我爷爷曾经掌管十几辆这样的分拣车，还有一百名员工。我爸爸手底下也有五十个人。当然，那时候情况和现在很不一样，但我已经尽力了。”

苏西再次抬头看了看高高堆起的信件和包裹，说道：“但这也太多了。”

“没错，我想是有点儿多，”他局促地笑了笑，像是刚刚才意识到这件事，不过他很快又振奋起来，“但没有什么是努力工作解决不了的。联邦一直以来都依靠着奇境邮政服务和它的特快专列，它仍旧像建立之初那样值得信赖。”

列车颠簸了一下，威尔莫特摔倒在一边。苏西再次帮他站了起来。

“到隧道的尽头了，”他说着，又开始焦虑起来，“我们快到了。”

“快到哪儿了？”苏西冲到了门上的小窗户旁，拉开百叶窗。

外边的大地看上去毫无特点：一片冰冷的荒漠延伸至地平线，只有间或伫立着的几株枯木打破这片死寂。但天空……苏西惊奇地凝视着，她从没见过这么多星星，就连在天文书上都没见过——那些书还是她坚持要求图书馆去采购的，这样她就能借阅了。星星像烟花一样跳动闪烁着，在一片巨大的霓虹色星云中散发出黄色、紫色和绿色的光芒。无论这是什么天空，都跟她从前见过的完全不同。

“太美了！”苏西惊叹道，“我们在哪儿？”威尔莫特没有回答。苏西将目光从窗户上移开，看见他正绕着桌子打转，一只手上紧抓着一个四四方方的小包裹，另一只手上拿着一块老式怀表。

“她要么会把我变成石头，”威尔莫特担忧地说，“要么会投诉我，或者两件事都做！”

“谁会那样做？”苏西问道。

威尔莫特跳了起来，好像刚刚忘了苏西的存在。“这可是优先派送的包裹，”他把包裹举到她面前，“我们得确保在五个小时之内送货上门。”

苏西看了一眼包裹上的地址，上边只写着：

暗影夫人

黑岩塔

暗影荒原

下边用红墨水写着：

易碎品

“暗影夫人是谁？”苏西问。

“已经过去五个半小时了！”威尔莫特说着，又走起了圈，“我们迟到半小时了！”

苏西不明白他为什么对一个小小的包裹这么上心，连窗外的宇宙奇观都顾不上，不过她知道现在提这个不是时候，于是说道："好吧，那位夫人可能会有点儿生气，但你跟她解释清楚迟到的原因，她肯定会理解的。"

"解释？"威尔莫特说，"暗影夫人才不会听别人解释。她是整个联邦最强大的女巫，是掌权者之一。一切都要听她解释！"他的脸色一下子又白了："哦，我该怎么办？我不能这样去见她，她会把我骂到下个星期二的。"

"她不会真那么糟糕吧？"苏西问道。

"何止，她简直可怕至极。"

看着威尔莫特矮小的身体在宽大的制服里瑟瑟发抖，苏西产生了两个想法。一是她觉得自己有点儿对不起威尔莫特。她推断他肯定在这狭窄的车厢里待了很久，一个人做着一百个矮人的工作。列车晚点害得他这么担心，苏西觉得自己至少负有部分责任，虽然这并不完全是她的错。

而第二个想法让她的大脑一下子明晰起来，就像外面奇异的星群一样。

"你愿意让我去送这个包裹吗？"苏西问道。

威尔莫特一下子抬起了头："你说什么？"

"我是说，你不必去按门铃然后挨她的骂，我可以替你做这件事。"

"但你不行！"他说，"只有我才可以运送包裹。"

"可是你爸爸和爷爷都有自己的手下，"她说，"而且你也说了你想有自己的团队。”

威尔莫特抬了抬帽子，理了理他浓密的深棕色头发。他看上去有些疑惑，又有点儿激动。“但那不一样，”他说，“他们都是专门负责邮政工作的矮人，接受了好几年的训练呢。”

“要是我只是按门铃，给她包裹，再让她签字呢？”

威尔莫特的脸色亮了起来：“那样没问题！”

苏西微笑着伸出手准备接包裹。威尔莫特正要递过去时，她又收回了手，说：“但我有一个条件。”

“什么条件？”

“要是我帮了你，你不许联系总部、斯通克，或者其他人。我想再搭会儿便车，参观一下你们的奇境，然后你得在爸爸妈妈想我之前把我送回家。而且，过后我必须能记得这一切，别让弗莱彻给我做什么脑部手术。成交吗？”

威尔莫特舔了舔嘴唇，手上不停翻转着那个包裹：“我不确定，这太不寻常了。”

苏西什么也没说，只是伸出手，准备接住包裹。她竭力保持镇静，但心里跟威尔莫特一样紧张。她将一切都赌在了威尔莫特的决定上。

邮政局长犹豫起来，将包裹紧紧贴在胸前，一会儿看着苏西，一会儿看向桌子上的老式转盘电话。他张了张鼻孔，咬着自己的下唇。

“我觉得你需要一件制服。”威尔莫特最终开口说道。

“很好。”苏西微笑着说。

第5章

高塔上的相遇

列车的尖啸像利刃一样割开了黑夜的空气。苏西想知道这声音在空旷的沙漠中能传多远，又有谁会听见。

威尔莫特消失在车厢后部的橱柜里，于是苏西再次来到窗户边，往外看去。沙漠正从她身边疾驰而过，一片模糊。她本来以为接近目的地时他们的速度会慢下来，但实际上却似乎越来越快了，这根本不合常理。

不过，这列车本来就没有什么合常理的地方，苏西提醒自己。

苏西听见威尔莫特在橱柜里发出咔嗒咔嗒的声音，她正要转身离开窗边，忽然瞥见沙漠里有什么东西飞快地从眼前一闪而过。她没看清那是什么，不过看上去不是树，因为太小了，颜色也太灰了。

苏西把两只手圈起来放在眼前，朝外面望去。有那么一会儿，什么也没出现。接着，在离火车很近的地方，另一个灰色的东西闪了过去。然后在远一点儿的沙漠里又是一个，随后又出现了第三个、第四个。很快，苏西便发现它们到处都是。

她认出那些都是雕像。成百上千个人形雕像仿佛在奔跑，抬腿，伸展手臂。有些排成一排，有些像是骑在马上。虽然列车的速度太快，苏西无法看清，但这些雕像看上去都有铠甲和头盔，还佩了剑，而且它们都面朝同一个方向。

列车沿着轨道在沙丘间穿梭，苏西歪着脑袋顺着火车的曲线看去，眼前的景象让她倒吸了一口气。

沙漠间耸立着一座巨塔，宽阔的城垛如王冠般支撑着天空。它比四周的夜空还要暗些,没有任何斑斓的星光映于其上，相反，这些光芒好像落入塔中就彻底熄灭了。巨塔仿佛是这个世界上的一个黑洞。苏西无法自控地颤抖着。

随着列车驶近，雕像也越来越多。它们成群结队地聚集在塔底，手里举着武器。骑在马上的雕像也增多了，还有一些似乎是骑在犀牛上。

犀牛？

不过苏西没时间去想这个了，因为巨塔已越来越近，底部宽度堪比足球场，而列车丝毫没有减速的迹象。前方并没有隧道口，只有一堵宽阔的黑墙。

他们要撞上了——这一事实如此真切地出现在苏西的脑海里，她却觉得有点儿可笑。眼看快要撞上的时候，苏西一下子摔倒在地，整列火车猛烈地颠簸起来，架子上的信像雨点般落在她身上，灯也从威尔莫特的桌子上飞落下来。她闭上双眼，等待着木桌散架。

“不出所料，我现在又得重新收拾了。”

苏西睁开眼睛，发现威尔莫特正站在自己身边，他双手叉腰，紧皱着眉，看向地上的一片狼藉。苏西站起身，四处环顾，只见车厢完好无损，列车依然摇摇摆摆地前进着，仿佛什么都没有发生过。

“他们说过要在上周维修的时候搞定重力转换装置的，”威尔莫特说着，在车厢里跑来跑去，捡起掉在地上的信件，“我可没时间在每次垂直移动后都重新整

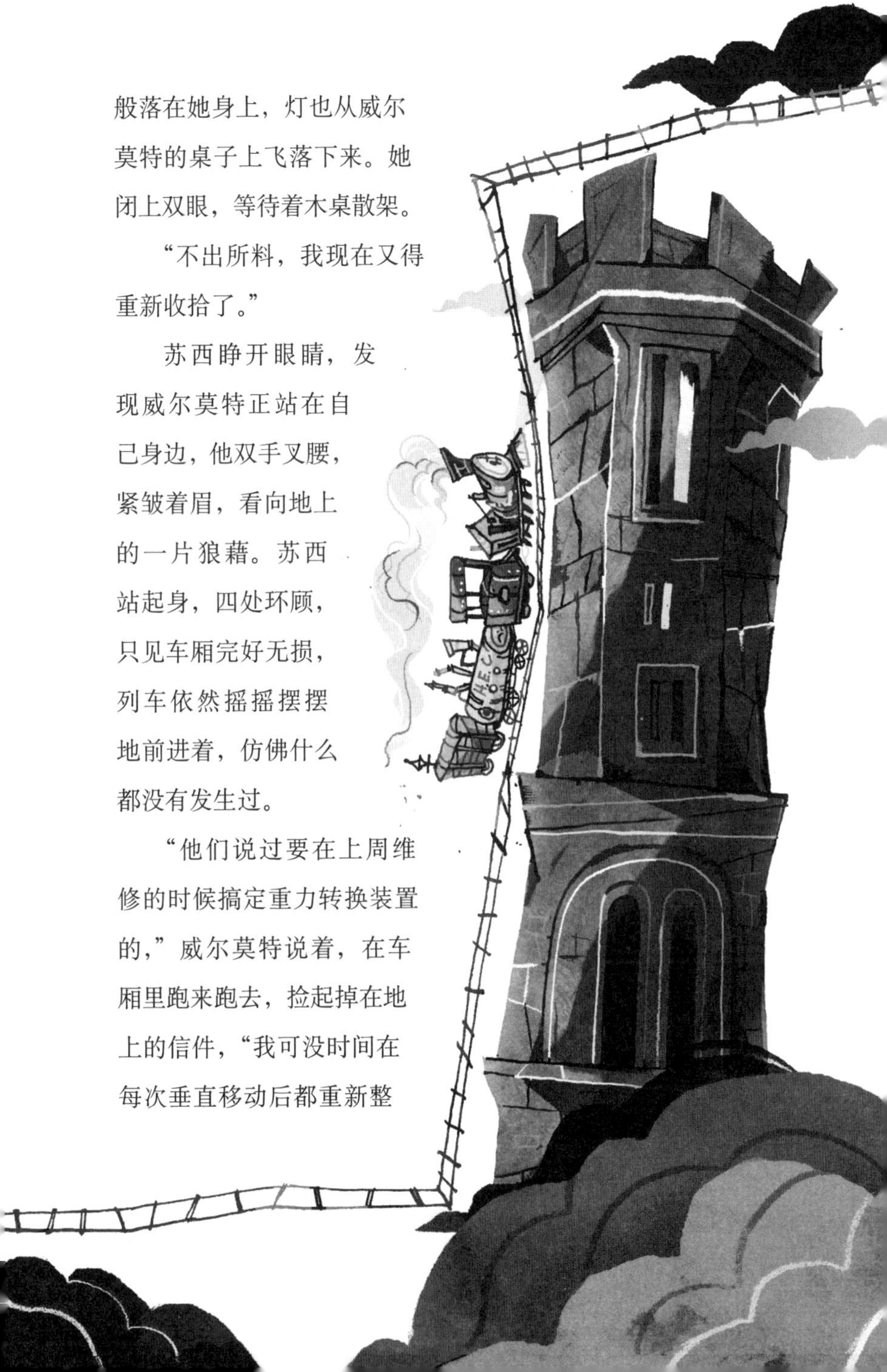

理这些邮件。”

“垂直移动？”苏西不确定地站了起来，走到窗户旁边。他们仍然在以同样的速度前进，但是此时列车下面的地面变成了乌黑色，而且产生了大幅度的弯曲。头顶的天空依然灿烂无比，但好像又有些不一样。她向他们来的方向看去，却感到一阵强烈的眩晕，差点儿摔倒。身后的沙漠像一堵墙般向天空伸展。苏西闭了一会儿眼睛，又睁开，眩晕感消失了，她终于明白自己看到了什么。列车非但没有停下，反而是在高塔下边拐了个直角的弯，正沿着墙壁朝塔顶攀爬。下方，苏西远远看见雕像大军正变得越来越小。

“这怎么可能呢？”苏西转向威尔莫特问道，“我们在向上走，但下还是下。我是说，我们的脚还踩在地板上，可重力……”

“是可以协商的，”威尔莫特说，“我不太清楚具体原理，不过无非就是混合了矮人的智慧和一点儿借来的魔法罢了。我想这可能只是和重力耍了个花招。”

“但重力是一种力啊，怎么能和力耍花招呢？”苏西意识到她的呼吸过于急促，于是想让自己慢下来。“你们真的可以？”苏西突然又不确定了。

“有些力可以，”他说，“的确有这种说法：重力是力里面容易上当的那种。不是吗？”

“不，”苏西坚定地说，“在我的世界可不是这样。”

“哦，”威尔莫特抱歉地耸了耸肩，“不过看看我在橱柜里找到了什么。”他拿出了一顶破旧的红帽子，帽檐用黑色皮革缝制而成。威尔莫特笑着踮起脚，把它戴在苏西头上。帽子太小了，苏西使劲儿把帽檐往下拉才勉强戴住。

“找不到整套的制服了，不过至少你有正式的配饰了。哦，当然还有这个，”他把手伸进口袋，掏出一个没有光泽的铜徽章，“我刚刚查了一下规定，上面说邮政局长在有需要的时候可以任命任何合格的人担任助理邮递员，而助理邮递员需要一枚邮局的徽章。”威尔莫特将它递给苏西。徽章上面画着一只螺旋形的号角，和他外套上绣的一样，号角周围是一圈缎带，苏西勉强辨认着上边的字。

“这是什么意思？”她问。

“客户至上，意味着我们必须时时刻刻为客户着想。牢牢记住这个，你就不会犯下大错。”威尔莫特站直身子，勉强才到苏西胸口的高度。他抬起右手，期待地看着苏西，于是她也像他那样抬起了手。“你是否愿意庄严宣誓，维护奇境邮政特快专列的理念，履行职责，即使生命、健康和理智遭受威胁也在所不惜？”

“嗯……”苏西暗暗产生一丝疑虑，“真有那么危险吗？”

“不会，”威尔莫特说，“几乎不会。”他给了她一个大大的鼓励的笑容。

苏西舔了舔嘴唇。要是她现在退缩，威尔莫特肯定会联系总部，把她送回家，再夺走她的记忆。但要是她同意了，她会使自己陷入怎样的境地？苏西又想到外面奇异的天空，那儿还有个新世界等着她去探索呢。她的好奇心让她跃跃欲试。

“我愿意。”她说。

“那么我现在正式任命你为助理邮递员，邮递员……嗯，抱歉，我还不知道你的名字。”

“我叫苏西，苏西·史密斯。你叫威尔莫特，对吗？”

威尔莫特脸红了，说道：“嗯，是的，但在工作期间不要这样称呼我，请叫我邮政局长。”

“好的，”苏西答道，“我是说……好的，邮政局长。”

威尔莫特一下子将尴尬抛在了脑后。“我有手下了！”他笑开了花，当即手舞足蹈起来，“我终于有手下了！要是洪克斯爷爷能看到就好了，我的效率会提高一倍！”

列车爬到塔顶之后猛地摇晃了一下，重力又变回正常的方向。威尔莫特的热情和他的尴尬一样很快消失了。“我们到了。”他说。刹车发出尖厉的声响，列车逐渐减慢速度，接着突然停住，将更多信件从架子上甩了下来。

威尔莫特颤抖着从桌上慢慢拿起暗影夫人的包裹，将它递给了苏西。包裹不大，四四方方，每条边长大概有十五厘米，不过当苏西接过时，发现它重得惊人。

威尔莫特从苏西身边冲了过去，打开了门。一股冷风猛吹进来，翻动着架子上剩余的信件。苏西打了个冷战。

“你最好快一点儿，”威尔莫特说，“迟到得越久，她就越生气。我是说……当然，她总是在生气，但是当她看见你的时候，估计脸都得气青了。”

“好吧，真谢谢你告诉我。”苏西心里的疑团更大了，威尔莫特刚刚是怎么说的？她是整个联邦最强大的女巫？

“哦，不客气。”威尔莫特显然对苏西的讽刺免疫了，“记住我们的计划。按门铃，递包裹，签字。无论发生什么，都要保持礼貌，她特别看重这一点。对了，你还需要这个……”他从旁边的架子上抽出一张纸塞到她的手里，上边写着“递送凭证”。

“不过要是我——”苏西刚开口，威尔莫特就双手推着她的腰，将她推向了门口。她跌跌撞撞来到门外，差点儿摔下台阶。“嘿，等等！要是——”

门砰地在她面前关上了。“你不会有事的！”威尔莫特在门后喊道，接着拉上了百叶窗。

苏西看了看四周，她正站在塔的最顶端一个巨大的圆形庭院中心，四周是高耸的城垛。地面和墙壁都与塔身一样，用黑色的石头搭建而成。庭院两侧各有一座高大的拱门，好让列车通过。奇境邮政特快专列恰好横跨整个庭院，静静地停在那里。

风吹得更猛了，还裹挟着冰粒。苏西将身上的睡袍裹得更紧了一些。这里的空气有些稀薄，星星仿佛伸出手就可以碰到。那轮熟悉的满月也是一样，刚刚升到城垛上方。

苏西面前是一座门楼，巨大铁门两侧的火炬跳跃着微弱的绿色火焰。她向前走去，一只手将包裹紧紧抱在胸前，另一只手压着帽子，免得被风吹走。她开始明白威尔莫特为什么不愿意离开分拣车厢了，把包裹放到门口就跑似乎才是上策。苏西整个晚上已经受到了足够多的惊吓，如今就算感到害怕，她也不打算表现出来。

这里伫立着更多雕像，它们和塔底的那些一样，穿着铠甲的骑士手握盾牌和长剑，蓄势待发。城垛上约有十几座雕像俯视着庭院，庭院里也有几座。近距离观察后，苏西发现这些雕像比真人大得多，高度远超两米。她凑近了其中一个，从头盔的缝隙能看到里边的一小部分面孔。那张脸可怕极了，扭在一起，也许是因为害怕或者愤怒，抑或是两者都有。她连忙转头，死死盯着前边的大门，努力不去看那些雕像，却瞥见了蹲在门楼顶上的一只大滴水兽。它看上去像是蝙蝠和鳄鱼的结合体，翅膀收在身后，长长的、锥状的鼻子几乎探到了门上。

苏西来到滴水兽下，尽力不去想它黑漆漆的玻璃眼珠正盯着自己，滴水兽一定在想办法将苏西到访的消息传进去，让里边的人保持警惕。门上没有门环,她试着用拳头敲了敲门，但关节在厚重的金属板上没发出什么声响。

苏西回头看向列车，期盼着能得到一些鼓励。特快专列就停在那里，冒着蒸汽，但上边的人都没有动静。她想知道斯通克和乌瑟尔是不是跟威尔莫特一样害怕这位暗影夫人。

“你知道现在几点了吗？”一个声音突然响起。

苏西跳了起来，猛地转过身。门大开着。怎么会这样？如果有人开门她肯定能听见的。她眯起眼睛，疑惑地看着出现在门口的身影。

那是一位小个子的老妇人，要不是她有点儿驼背，还拄着拐杖,也许差不多和苏西一样高。她穿着一件深黑色的裙子，蕾丝卷边一直垂到了脚上，肩上紧紧裹着一条黑色的针织披肩，披肩下的珍珠项链正泛着淡淡的光芒。她的头发是银色的，皮肤白得发亮，就像远处荒漠上的沙子一样。她用锐利的、淡紫色的眼睛仔细审视着苏西。

苏西想说点什么，但她太紧张了，只发出沙哑的声响。她清了清嗓子，再次开了口：“我想找暗影夫人。”

“我是应该告诉你已经找到她了呢，还是你想自己猜猜？”老妇人说，嗓音像碎玻璃一样尖锐。

苏西知道自己被戏弄了，挤出一个笑容道：“您就是暗影夫人？”

老妇人露出一个十分僵硬的笑容，干巴巴地说：“你一定是新来的。”

“是的，”苏西说，“今天是我第一天上班。”

“显而易见。”老妇人从头到脚打量着苏西，“说说你是哪种矮人？”

“我不是矮人，我是个女孩，人类女孩，我来自地球。”

暗影夫人脸上的笑容瞬间消失了。她前倾着身子，更加仔细地看着苏西。“你说你来自地球？真稀奇。”她伸出一根手指，戳了戳苏西的胸口，好像在确认她真的存在，“你现在离家很远了，小姑娘，真的非常远。”

苏西一点儿也不喜欢被戳来戳去。听到老妇人的话，她的脑海中浮现出爸爸妈妈的身影，她尽力抛开了这些想法。“您的快递到了。”她说着递上了包裹。

“我知道。”暗影夫人说，“不过既然你觉得让我等了这么久没什么不妥，我也得拿走一点儿你的时间，这样才公平，对吗？”

“嗯……”苏西希望自己能够不要这么紧张，“非常抱歉，但我已经为迟到的事道过歉了。要是我再耽搁一会儿，下一个快递也会送迟的。”

这个理由非常合理，但苏西发现暗影夫人的脸色变难看了，她意识到自己彻底说错了话。

“小姑娘，在我看来，你本来可以更加准时的。”围绕着暗影夫人的黑影似乎开始聚拢，越来越厚，“要是你不愿意主动上交，那我就自己动手了。”

“您在说什么？”苏西问道。但暗影夫人已经举起拐杖，在苏西头上画了一个圈。

“好了，”她冷冷地说，脸上带着些许满足感，“我从你的生命里拿走了半个小时，现在我们扯平了。”

苏西仔细看着老妇人的表情，想知道自己是不是又被耍了：“你不可能做得到。”

“哦，我做得到，小姑娘，而且已经做了。用你的半小时换我的半小时——被你浪费的那半小时。”她的脸上又浮现出令人毛骨悚然的微笑。

“我才不信。”苏西说。其实她也不知道自己是信还是不信，不过她现在很生气，还有点儿害怕，而且绝对不会再让自己被人这么捉弄。

“哦，是吗？”暗影夫人再次举起拐杖，它是深黑色的，银色的杖顶在灯光下闪烁不定，“我可以拿走更多时间，如果这样能让你相信的话。一年怎么样？或者十年？我可以拿走一个世纪，让你就地变成尘土。”

苏西深吸一口气，递上包裹和签收单：“请在这儿签字。”

暗影夫人眯起眼睛。有那么一会儿，她似乎有点儿犹豫不决，但接着便伸出那只空着的手一把抢过包裹。“我得先打开看看，”她说，“确认你没送错东西，也没弄坏，否则我什么也不会签。”

“好吧。”苏西说，看着暗影夫人摆弄那个包裹。包裹不大，包装得很结实。暗影夫人满是皱纹的手指很难撕开上边的胶带，她使的劲儿越来越大，喘起了粗气。

“您需要帮助吗？”苏西问道。

“当然不用。”她怒气冲冲地说。又过了一分钟，她终于撕开牛皮纸，露出了里面的木盒子。那像是一个珠宝盒，但非常朴素。她把拐杖挂在胳膊上，打开盒子，从里面拿出一颗小圆球，圆球在星光的映照下闪烁着。

“终于到了。”她说着将手里的东西举到灯光下，晃了晃，满意地哼了一声。

那是个玻璃做的水晶球，跟网球差不多大，结实的底座上了一层漆，看上去像一块草垫。玻璃球里有只鲜绿色的小陶瓷青蛙，五颜六色的小亮片在它周围打着旋儿。暗影夫人将水晶球举到面前，她呼出的气让球面蒙上了一层雾。

“我费了这么大力气，你最好别让我失望，”她用指甲敲着水晶球，“至少你看起来挺迷

人，要是失败了，我还可以把你放在我的壁炉台上，当作陪我度过暮年的不错的小纪念品。”

暗影夫人似乎已经完全忘记苏西的存在，苏西只好礼貌地咳嗽了一声，她再次抬起了头。

“请问您可以签字了吗？”

暗影夫人翻了个白眼，一把从苏西的手上抽走签收单：“笔呢？”

苏西僵住了。她都没想过还需要一支笔。她拍了拍自己的睡袍口袋，不过只是为了做做样子。

“很抱歉，”苏西说，“您带了吗？”

暗影夫人踮起脚，让自己几乎和苏西一般高。

“水准真是一天不如一天了。”接着，她将水晶球放回盒里，拄起拐杖，拖着步子往塔内走去。“在这儿等着。”她回头喊道。

目送她进去时，苏西第一次看见了高塔内部的样子。让她惊讶的是，那里并不像她之前想的那样是漆黑的：墙壁是平淡无奇的白色，地板看上去像棋盘一样是黑白方格图案，天花板上吊着一盏水晶灯，发出清冷的光。

暗影夫人将盒子放在房间中央的小木桌上，之后低声念叨着穿过一扇门，消失在苏西的视野里。也许是灯光造成的错觉，当她消失的时候，苏西感觉房间里的影子似乎都朝她倾斜了一下。

苏西在门口等着，双手环抱住自己来取暖。列车上仍然没有动静，但她还是朝着分拣车厢竖起了大拇指，万一威尔莫特能看到她呢。虽然不是很确定，但她觉得此刻风吹得更猛了，夹杂着的冰雪也越来越厚。它们敲击着地面，发出了仿佛从远方传来的、风铃般的声音。头顶的滴水兽仍在盯着苏西，它的牙齿近得可怕。

苏西打了个寒战，她迈进门，躲避着寒风。

“救救我！”

一个男孩的声音忽然响起，声音很小很微弱。苏西吃惊地四处看了看。她以为这声音是从列车的方向传来的，想赶紧回到门口，但还没等她挪步，那声音又响了起来。

“在这儿！快！帮帮我！”

苏西的胳膊上起了鸡皮疙瘩。声音似乎来自房间内部，不过苏西谁也没看见，这里只有她一个人。

“有人吗？”苏西悄声问道。

“这儿！在这儿！”

她循着那个声音小心地往里走，直到来到桌子前：“你在哪儿？”

“你觉得呢？我在盒子里！”

她又看了看四周，提防着这又是谁的把戏。尽管不太可能，但那声音的确是从盒子里传来的。她打开盖子，里边除了水晶球什么也没有，陶瓷青蛙依然坐在那里，和她刚才看到的一模一样。她拿起水晶球，试着晃了两下。

“哦！这有什么用！”

声音像是从水晶球里传来的，不过青蛙仍然一动不动。

接着，当苏西将脸凑近时，青蛙眨了一下眼睛。

“你是活的！”她惊叫道。

“没错，我是活的，而且被困在这里了。”青蛙说着，嘴唇却一动不动，“请别让她把我带走，她是个恶魔。”

“什么意思？”

“什么什么意思？暗影夫人对我下了咒！她把我变成了青蛙，现在想把我变成她的俘虏。”

“等等，你是说，你是个人？”苏西问道。

“当然，你难道认识会说话的青蛙摆件？”

“对不起。”她说，“我是新来的。”接着，她担忧地看了一眼暗影夫人离开的门，问：“我应该怎么做？”

“带上我一起走。”青蛙说。

“我不知道……”苏西听到了暗影夫人的拐杖敲在地板上的声音，那声音正越来越近。

“拜托了！”青蛙低声说，“这远比你想得要重要，整个奇境的命运在此一举。”

苏西的大脑飞速运转着，这一切都发生得太快了。但她记得暗影夫人拿拐杖在自己头上画圈时的冷笑，以及她威胁说要把自己变成尘土……下意识地，苏西一把将水晶球塞进了口袋。

“快点！”青蛙尖声催促道。

“嘘！”苏西喝住了他。她的大脑依然在飞速运转，最终拿定了主意。她啪地关上盒盖，跑回门口。她的心脏在胸膛里怦怦乱跳。暴风雪更加猛烈,列车几乎消失在了她的视线里。

苏西转过身面向房间，把身子靠在墙上，暗影夫人蹒跚走来，苏西努力不让自己的脸上流露出害怕的神色。

“我应该再从你那里取走一分钟的，因为你让我去拿这支笔。”暗影夫人说着挥舞起一支羽毛笔，在苏西看来那像是一根巨大的黑孔雀羽毛，“不过老实说，你几乎不值得我抬起魔杖，我还有更重要的事情要做，感谢自己的运气吧。”她打开签收单，拿羽毛笔重重签上了名，推到了苏西脸上:“现在从我的视线里消失！”

苏西接过签收单转身就跑。

风从两侧刮来，刺穿了她的衣服，就像吹透蘸了水的纸一样。苏西把睡袍裹得更紧了，半眯着眼向前跑着，将她的邮递员帽子紧紧压在头上。冰晶不断打在她的脸上和手上，每一下都带来一阵寒冷的刺痛。暴风雪实在是太大了，苏西才跑了几米，就发现她已经看不见列车的踪影了。

别慌，她告诉自己，它就在前边，继续跑，马上就到了。

但水晶球碰撞着她的大腿，怀揣着这个让人愧疚的秘密，她很难不惊慌失措。苏西确信自己口袋上的隆起十分显眼。她回头看了一眼，以为会看到暗影夫人正站在门口注视着她，不过大门早就关上了。苏西松了口气，继续朝着列车的方向跑去。

接着，她忽然意识到自己刚刚看到了什么不寻常的东西，于是停下脚步想看个究竟。她的身体在慢慢颤抖,不是因为冷,而是因为害怕。苏西转过身，看向门楼。

那只滴水兽正在盯着她。之前它的脑袋垂得很低，盯着门前的一块地方，但现在那双眼睛正盯着苏西。苏西跌跌撞撞地倒着跑起来，不敢把视线移开。而滴水兽的脑袋正随着她的脚步移动，将她牢牢锁定在自己的视线里。

苏西的肺像在灼烧，她的后背撞在了一个又冷又硬的东西上，她吓得尖叫一声，这才意识到自己刚刚屏住了呼吸。

她猛地转身，准备避开自己无意中踏入的险境。骑士的身影赫然耸立在她面前，雕像的嘴大张着，发出无声的尖叫。

她低下头漫无目的地跑起来，只想着赶快离开，离开门那边的一切，离开那些可怕的雕像和它们扭曲的面孔，离开那个像收集工艺品一样收集人类和时间的冷酷老妇人。

“上了车以后，别跟他们提起我，”青蛙的声音闷闷地从口袋里传来，“要是他们知道你把我带出来了，肯定会把我送回去的。”

“他们不会的。”苏西反驳道。

“他们没的选，这是他们的工作。”

苏西感到所有的事情都失去了控制，她咬紧了牙关。事情怎么这么快就乱套了？但现在没时间让她停下来思考，苏西继续跑着，直到前方出现了列车的深色轮廓，一盏迎接她的灯像长矛一般刺破黑暗。

“嘿，下面的那位！”斯通克的声音传来，“快点，局长，我想离开这该死的地方。”

苏西脚下一滑，气喘吁吁地停了下来。她一定是在惊慌中迷失了方向，因为她正站在火车头前，而不是分拣车厢所在的车尾。斯通克的提灯照到了苏西。

“我的天哪！又是你！”

“快！”苏西喊道，“我们得离开这里！”

斯通克紧紧攥着衣领，傲慢地瞥了苏西一眼。“车上冒出了个偷渡客，我可哪里都不会去。”虽然身材矮小，但他看起来威风极了，“你在这里做什么？”

苏西没有解释，而是径直跑向斯通克站立的舷梯前端垂下的窄梯。它像火灾逃生梯一般是折叠起来的，苏西必须跳起来才能够到。当她抓住底部的横档时，梯子向下打开垂到了地上。她迅速向上爬，直到和惊讶的矮人四目相对。

“我正在工作。”苏西喘着气，从睡袍上摘下她的徽章，像盾牌一样举在面前。

斯通克瞪着徽章看了很久：“看来我得和年轻的邮政局长谈谈了。”

“没问题！”苏西喊道，“但不是在这儿。”

她抓住斯通克的衣领，无视他的抗议，将他沿着舷梯拉到车厢门口，一把将他塞了进去。就在跟进去之前，苏西回头朝庭院看了一眼，但她立刻就后悔了。

暗影夫人的身影出现在张开的大门中央，里面的灯光将她的影子投在了石板路上。她并没有走向火车，在那一瞬间，苏西甚至以为她要放过他们。

就在这时，老妇人抬手指向了他们，她的影子开始移动，像蛇一样在雕像之间爬行着，穿过庭院，苏西眼睁睁看着它沿石板路一点点爬向火车，她感到害怕极了。

第6章

急速逃脱

苏西跳进驾驶室，砰地关上了门，不料一转身正对上了乌瑟尔的脸，那头熊站了起来，露出獠牙。

“小姑娘！”斯通克一边说，一边掸掉身上的灰尘，“从来没有人敢这样对我，而且还是在我自己的驾驶室里！你为什么要这样羞辱我？”

“先离开这里，我之后会好好向你道歉的。”苏西说，她一时不知道自己是该更害怕暗影夫人匍匐前进的影子，还是乌瑟尔匕首一样的爪子，“求求你快点！”

“你得把这一切解释清楚，否则我们哪儿也不会去。”斯通克说。乌瑟尔咆哮了一声，以示赞同。

苏西侧过身，越过乌瑟尔，要和斯通克理论。此时，她第一次看到了驾驶室里面的样子。这里看上去就像一个整洁的小客厅，贴着碎花图案的墙纸，放着一把老旧的扶手椅，角落里甚至还有一个小书架。后墙上有另一扇门，门两边各有一扇窗子，透过窗能清楚地看见驾驶室后面的煤水车。斯通克和乌瑟尔都背对着后墙，所以只有苏西看到那影子长长的、骨瘦如柴的手指正缓缓爬上煤水车的一侧。苏西退了一步，但她紧紧闭着嘴，心想一定不能喊出来。如果其他人看见了那只手，他们就会知道苏西惹毛了暗影夫人，她就得被迫说出自己的秘密。而那个青蛙男孩刚刚求她不要这么做。

但那只影子手越靠越近，长长的手指像树枝一样。在短短几秒之内，它就将后窗外的一切都笼罩住了。苏西必须在惊慌将自己打倒之前采取行动。

“我们还是迟到了半小时，”苏西努力不让自己的声音发抖，“也许威尔莫特是对的。”

斯通克眯起眼睛看着她：“什么是对的？”

苏西尽最大努力控制住情绪，靠着门叹了口气道：“哦，没什么，他只是告诉我这辆奇境邮政特快专列没以前那么快了，没别的。”她看见斯通克的眼睛里冒出了怒火。苏西想，也许待会儿她会为此感到愧疚，但现在她正需要那种愤怒。“我确信这不是你的错，”她继续说道，“我的意思是，毕竟这个发动机看起来很旧了。”

“很旧了？”斯通克的耳朵尖都气红了，“很旧了?!”

“没关系，没关系，”苏西说，“我相信你已经尽力了。”

就在这时，影子从后门钻了进来，像打翻的墨水一样漫延着，苏西屏住了呼吸。

“让你看看什么叫尽力，小姑娘。”

斯通克猛地推了一下巨大的红色操纵杆，火车头立刻往前冲去。苏西摔在了地上，她抬起头，正好看见影子从门底缩了回去，消失不见了。在整个世界倾斜之前，她透过窗户瞥见了庭院和暗影夫人遥远的身影。列车沿着高塔边缘向下驶去，苏西又感到一阵短暂的眩晕。她挣扎着站起身，从前边的窗户向外看，眩晕感更加强烈了。铁轨沿着塔身向下伸展到了沙漠里，列车一路向下，急速狂飙，向沙漠快速逼近，比自由落体的速度还快。

斯通克发出胜利的欢呼，一头扎进几乎占满整堵墙的黄铜管道、阀门和操纵杆里，投入地忙活着。它们缠绕在一个锻铁炉周围，炉子里正燃烧着耀眼的蓝色火焰。炉子上方立着一个壁炉架，架子上放着一个车钟、一部和威尔莫特桌上那部有些相似的电话，还有一样带着光滑木框、像是老式翻页日历的东西。

乌瑟尔打开后墙上的铁舱盖，探身进去拿出了一些……香蕉？

是的，她拿着好几把香蕉，没有放进嘴里，而是扔进了炉膛里。香蕉在火里嘶嘶作响，迸出一阵阵蓝色的火花。

“够快了吗，小姑娘？”斯通克说着向苏西投来得意的笑容。苏西紧紧抓着最近的窗沿，完全没注意他的话，因为她有更需要担心的事——他们正以极快的速度冲向沙漠。她看到前方铁轨在塔底拐了个九十度的弯，又继续向沙丘延伸。

但列车不可能像这样转弯，不是吗？这样动量太大了。

动量等于质量乘以速度，苏西想。她的思绪开始游离，想着这些知识。也就是说，物体越重，速度越快，改变方向花的时间就越长。她不知道这辆列车有多重，但它很大。至于速度？快极了。他们将以火箭般的速度一头撞进沙漠，摔个稀巴烂。

“准备……”斯通克在控制台前蓄势待发，手指悬在一个大大的、标着“向上”的旋钮上。火炉里喷出更多火花，给驾驶室染上了古怪的颜色。沙粒像是要迎接他们一样，争先恐后地冲了上来。苏西坐在地板上，紧紧抱住自己。

灾难降临前一秒，斯通克迅速转动旋钮，苏西的胃里翻腾了一下。她站起身，回头往窗外看去。确定无疑，他们正沿着地面飞奔，速度依然那么快。高塔的影子在他们身后逐渐远去。

“瞧！”斯通克说，“这就有点儿刺激了，愤怒的巨龙这时候也别想追上我们。”

苏西不知道愤怒的巨龙跑得有多快，但她不禁相信了斯通克的话。整个世界都变得模糊，高塔已然成了地平线上的一支铅笔。

她还没来得及继续思考列车的速度，电话响了。乌瑟尔走过去，从架子上拿起了听筒。“嗷呜？”她将听筒拉到耳朵旁，接着，她点了点头，把电话递给了苏西：“嗷。”

“找我的吗？”苏西疑惑地问。

“肯定是局长。”斯通克说，“请谢谢他的英明决策。要是没有他，我们可不知道该怎么处理这件事。”说完他又在操纵杆前忙活起来。

苏西把电话放在耳边：“你好？”

“邮递员苏西！”威尔莫特听起来上气不接下气，“谢天谢地！我还担心我们把你落下了呢。我可不想在第一次派送时就失去全部员工，然后被记入邮政史册。”

“你不会的。”苏西嘴上说着，心里暗想他的话刚刚差点儿就成真了。

“你把包裹给她了吗？”威尔莫特问，“拿到签名了吗？”

苏西拍了拍鼓鼓的睡袍口袋，又感到一阵紧张：“嗯，是的，都完成了。”

“太棒了！那么，祝贺你派送成功。我相信以后你还能完成更多订单。”

“我不确定到底成功了没有……”她一边说，一边把电话线绕在手指上。苏西感到既纠结又内疚，她在第一次送快递时就偷走了水晶球，还违背了自己的誓言。不过，是水晶球求她把自己偷走的，而且如果包裹本身根本不想被邮寄，那么她的行为也算不上犯罪吧？往最坏了说，偷水晶球只是个小错，为的是阻止更大更糟糕的事情发生。也许是这样吧。她唯一确定的是不能将青蛙留在暗影夫人那里，没人该受那样的罪。

“没成功？”威尔莫特的声音里带了一丝警觉。

“我们走的时候暗影夫人还在生气，”苏西说，“事实上是非常生气。”

电话另一头陷入了一阵耐人寻味的停顿："你觉得她会投诉我们吗？"

苏西捏了捏鼻梁，努力思考着应该怎么回答。毫无疑问，威尔莫特可以帮她。他是邮政局长，肯定知道在这种情况下该怎么做。但如果那只青蛙说的是真的怎么办？如果威尔莫特要义无反顾地退还这个包裹怎么办？她应该冒险吗？

"是的，我觉得她可能会投诉我们。"苏西最后开口道。

"天哪！"威尔莫特叹了口气，"我从没被投诉过。这将成为我们名誉上的污点。"他又叹了口气，说道："不过这也没法儿避免，你还是应该为自己感到骄傲，你现在是我们的一员了。"

"太好了，"苏西说着咬了咬嘴唇，又感到一阵内疚，"那我们现在做什么？"

"啊，对了，我们的下一个任务，让我看看日程表……"苏西听见电话那头翻动纸张的声音，"这次不是派送了，我们要去取件，然后……哦，就是这个地方。"

"哪个地方？"苏西微微抓紧了话筒。

"几个最忠实的客户那里，"威尔莫特轻松地说，"他们好打交道。"

"好打交道……"苏西心不在焉地重复道。

这时斯通克清了清嗓子，打断了她的思绪。

"告诉局长，要是指示牌上没有目的地，我们可走不了多远。"他拍了拍那个看上去像是日历的东西。这时苏西才看清楚，那根本就不是日历，而是一块小指示牌。目的地那一栏还写着“黑岩塔”，上边写着应到时间，下边是抵达时间。

“别担心，”威尔莫特说，“我听见了，现在就给你发过去。”

苏西看见指示牌开始变化，字母和数字一个接一个地翻动着，速度越来越快，发出一连串的咔嗒声。接着，它们突然停了下来，斯通克脸上露出喜色。

“看见了吗？”他笑着敲了敲“抵达时间”那一栏，“我们提前了十分钟呢。你觉得怎么样？”

但是苏西对他们的目的地更感兴趣。“黄晶峡？”她读着指示牌上的字。

“没错，”威尔莫特在电话那头问道，“你会游泳吗？”

“我会，”苏西警觉地回答，“怎么了？”

“只是确认一下，”他说，“我们到达目的地之后，你快点回 H. E. C.，我再告诉你所有注意事项。”

“快点回哪儿？”苏西问，但威尔莫特已经把电话挂了。她把听筒放了回去，再一次想弄明白自己到底从事着怎样的工作。

斯通克拉了拉从天花板上垂下的短链，汽笛发出忧伤的呼啸声。“每次离开这鬼地方我都很开心，”他说，“现在向天气好的地方出发！”

苏西抻长脖子，又一次向窗外看去。高塔已经彻底消失在视线中，就连雕像大军也远远地落在了后面。除了前方一条蜿蜒的轨道和另一个传送隧道入口的拱门，就只有一片荒漠向四面八方延展开去。

苏西将手放在口袋上。她需要时间和一点儿个人空间，来想清楚应该拿身上这个不速之客怎么办。他是什么人？为什么暗影夫人这么想要得到他？苏西的直觉告诉她，要是那个老太婆抓住自己,她要做的事可比投诉恶劣得多。想到这里，她打了个冷战。

列车钻进传送隧道时，斯通克再次拉响了汽笛。一阵疾风刮过，沙漠消失在了他们后方。

第7章

迟到的人

冰晶像子弹一样从黑岩塔的石头上弹开，猛击着那些雕像，切削着所剩无几的锋利边缘，在它们曾经光滑的表面上留下浅浅的坑痕。然而，当靠近暗影夫人的时候，这些冰晶转了个弯，像鱼群一样自动分开，绕过了她。暗影夫人毫不在意，仿佛是在夏日令人愉悦的微风中散着步，只不过脸上的表情和这天气一样糟糕。

她额头上的皱纹挤在一起，噘着嘴，站在城垛最边缘，看着奇境邮政特快专列在沙漠中疾驰，车上的灯光渐渐暗了下去。

“愚蠢的姑娘，”她嘀咕着，“这是你自找的。”她抬起拐杖，像举枪一样将银色的尖端对准了列车。

“哦，别告诉我他们已经走了！”

暗影夫人吃了一惊，转过拐杖对准刚刚说话的人。一辆人力驱动的小型维修泵车停在庭院中央的轨道上。闯入者从车后跳下来，举起双手护住自己。

“手下留情！”

“为什么？”暗影夫人问，“我不相信在背后鬼鬼祟祟靠近我的人，尤其是在我自己家里。”

“我没有鬼鬼祟祟，”那人说着，慢慢从双手后露出了脸，“我只是不想太冒犯。”

“冒没冒犯我说了算。”暗影夫人回过头向远处望去，恰好看见列车从地平线上消失了。她啧了一声，放下拐杖。“你是个矮人？”她说。

“没错，我叫弗莱彻。不好意思，我想活动一下。我操纵泵车上来的，手臂有点儿酸。”他将又长又粗糙的手指交叉在一起，高举过头，满足地舒了口气。

“我不在乎你的名字，或是你的手臂。”暗影夫人说，“我本以为送包裹的是矮人邮递员，他们却派了个人类过来。这个代班的可不怎么让人满意。”

弗莱彻睁大了眼睛，问道：“她来过这里？”

“当然，你认识那个女孩？”

“算认识吧。乱蓬蓬的短发，浅棕色皮肤，还穿着一件奇丑无比的睡袍？”

“一点儿不差。她在这儿没待多久，就拿走了一件对我而言非常重要的东西。”

“是的，她会干这种事，我正在努力找她。”

暗影夫人用拐杖敲着石板路，思索着。“显然，我们遇上了同样的麻烦。”

“是的。”弗莱彻说，他突然意识到自己可能话太多了，感到有点儿紧张，“既然他们已经走了，我也得上路了。一旦我找到她，我可以给你打个电话什么的。”

“哦，这倒不用，”暗影夫人说，“我可不想让那个女孩在联邦到处跑。她偷走的东西非常珍贵，也非常危险，我可是花了大力气才拿到的。我正要阻止她，你却闯了进来，所以你得帮我把她追回来，这样才公平。”

“喂，等等，”弗莱彻一边说，一边往后退，“我只是路过这里，我可不想惹麻烦。”

暗影夫人抬起一边的眉毛，弗莱彻感到一阵寒意，而这显然不是因为风。

“可怜的小东西，”她说，“恐怕你已经惹上麻烦了。”

暗影夫人转了转手腕，将拐杖对准了他。弗莱彻感觉自己的身体一下子僵住了，他使劲儿转身、再转身，但身体就是不听使唤。他像雕像一样动弹不得。

“我不知道你希望我为你做什么，”他喘着粗气说，“我的工作是建造一条近路，从上一站的西沼泽地通到这里。他们现在已经回到铁道主干线上了，我不知道他们要去哪儿。”

“哦，他们迟早会意识到自己只有一个地方可去，”暗影夫人说，“去整个联邦唯一能与我抗衡的地方。”

弗莱彻目瞪口呆地看着她，说道：“你不是……不是指另一座塔吧？”

“正是。”暗影夫人说，“众所周知，那里的入场资格可不是什么能轻易得到的东西可以换取的。所以告诉我，你的朋友们会去哪里找这种东西？”

弗莱彻费力地呼吸着，说道：“我不知道。”

“我可能没法儿相信你。”

这时，弗莱彻的身体轻轻飘了起来，之后向侧面移动，飞到城垛外，悬在了沙漠上空。冰晶砰砰地击打着他僵住的身体。他死死盯着暗影夫人，尽力不往下看。

“我再问你一遍，”她的语气像是在和一个不听话的小孩说话，“他们需要一条特别的信息，在整个联邦只有一个人知道的那种。他们应该去哪里找呢？好好想想，小矮人。”

弗莱彻紧紧抿着嘴唇，摇了摇头。暗影夫人叹了口气，挥了挥她的拐杖，弗莱彻的身体随即开始翻转，直到他的脸正对着下方。冰晶猛烈地打在他的后脑勺上，敲击着他大耳朵上娇嫩的皮肤，在空中坠落了很久才掉进沙漠里。

“要是你真的不想帮我的忙，也许我们应该就此分道扬镳，”她说，“至少下去会比上来容易点。”

弗莱彻感到托着自己的无形纽带开始松劲儿，让他往下滑了几厘米。他吓得叫出了声：“好吧！我知道，我告诉你！”

他紧紧闭上眼睛，不去看下面空旷的沙漠，以为支撑着自己的纽带就要断裂了。然而他感到有一小股气流拉住了他，接着身下传来石头冰冷的触感。他睁开眼睛，发现自己回到了庭院里，落在自己刚刚站着的地方。

他松了口气，瞥见暗影夫人正站在旁边，脸上挂着一丝微笑。

“那么我们干吗还要在这儿浪费时间呢？”她拍了拍手，说道，“来吧，孩子，我们要出门了。”

听她称自己为“孩子”，弗莱彻正要抗议，突然听见身后传来一阵低沉的碾压声，像是一扇沉重的大门在废弃了几个世纪后终于被打开。这时，他发现暗影夫人看的不是自己，而是他身后的什么东西。他转身看去,立刻为自己的举动后悔了。

庭院里的所有雕像开始移动，动作缓慢又笨拙。

第8章

诺玛的疑虑

诺玛队长正生着气。其实她是紧张，不过这不能让别人知道，尤其不能让瞭望馆的人知道。这里是整个联邦安保最为严密的地方，只有少数精英知道它的存在。作为瞭望馆的护卫队长，诺玛的工作就是严守这里。一直以来，她都做得很好，可是两天前，事情全乱了套。她不知道为什么会出了差错，这让她非常焦虑，并用雷霆般的坏脾气将其掩饰起来。

她正在气头上的事肯定早就传开了，当她巡视时，几乎没有一个观测员敢从桌上抬起头，就连其他护卫似乎也不愿意跟她对视。这正合她意。她仍掌管着这座瞭望馆，她想让所有人都清楚这一点。

瞭望馆是座很大的圆形建筑，装饰华丽，墙上嵌着暗色木板，高高的穹顶是夜空般的深蓝色，上边画着古老的星象图。地面几乎被桌子占满，它们朝外摆成了三个同心圆的形状。

每张桌子前都坐着一个观测员，他们沉默不语，正在专心工作。瞭望馆里总共有五百个观测员，他们属于不同的族类，大部分是小孩子。

诺玛想：这就是我的工作，照顾这些小屁孩，要知道，我曾经可是以打击怪兽为生的……

她咬了咬牙，继续巡视。有几个胆大的观测员在她经过的时候偷偷瞥了一眼。诺玛回以警告的眼神，他们便立刻把目光转回到侦察镜上。

即便是在心情好的时候，诺玛也对侦察镜毫无兴趣，说实话，它们让她有些害怕。它们看上去和一般的望远镜非常像，都是放在小三脚架上的黄铜管，每张桌子上一个，但那些漆黑的镜片不知在对着什么，毕竟瞭望馆里根本没有窗户。但是诺玛感觉得到它们正在观测，感觉得到那些充满魔力的镜片正在一层层揭开瞭望馆和联邦最远的角落间的神秘面纱。

每个侦察镜负责的地方不同，比如幽冥镇、矮人城、长空山脉，等等，观测员们会将自己看到的一切都仔细记录下来。这是有史以来最大的研究项目。从天气模式到列车时刻表，从火山爆发到购物习惯，奇境的生活被精心地分门别类，瞭望馆里永远充斥着笔尖在纸上划过的声音。

不过至少照顾这些观测员不费什么力气。瞭望馆的规定很简单：不许说话，不许传纸条。观测员们都很聪明，事实上是非常聪明，都是从联邦挑选来的佼佼者。要是表现得好，他们能在一切结束之后免费去上大学。没人想冒险错失良机，至少绝大部分孩子是这样想的……

诺玛走到瞭望馆里唯一的空桌子前，愤恨地瞥了一眼。那个孤零零的侦察镜像是一条罪状，在她完美无瑕的工作记录上留下一个污点。没有她的允许，这些孩子连打个喷嚏都不行，更别说消失了。这到底是怎么回事？更重要的是，为什么？为什么这个观测员选择抛弃自己的光明未来？天知道，反正他也不太能重新来过了。

她反复想着这些问题的时候，突然察觉房间里出现了一阵低语声。大家开始交头接耳，还有一些人在指指点点。诺玛眯起眼睛，看向骚动的源头，倒吸一口凉气。有个观测员离开了自己的位置，正在桌子之间快速穿行。其他护卫也看见了她，不过诺玛用眼神示意大家别动。她想亲自处理这件事。

“说你呢！”她怒吼起来，声音被头顶上方的穹顶放大，“你想去哪儿？”

那是个戴着宽边眼镜的金发女孩，她听到这话，吓得僵住了。

“我，我正要，那个……”诺玛向她逼近时，她结结巴巴地说。她和其他观测员一样穿着暗灰色制服，胸口的名牌上写着：

嗨！我的名字是：玛雅

我正在观测：暗影荒原

“你知道数据保护条例，”诺玛愤怒地低声说道，“没有我的允许，谁也不许离开桌子。”她发现女孩手里拿着什么东西，像是一张从报告册上撕下来的纸，上边写满了字，还折了起来。“那是什么？”诺玛问道。

玛雅想把它藏在身后，但是诺玛几乎有两个她那么高，队长轻松地俯下身，伸手去拿她手里的东西。玛雅向后退了一步。

“求你了，队长。我没有违反任何规定，只是在遵守命令。真的！”

“我没有给你任何命令，把它交上来。”

“我知道，”女孩的视线穿过房间，看向远处的一扇门，“是启明大人下的命令。”

诺玛停住了手，盯着女孩的眼睛，想找出说谎的痕迹。不过她什么也没发现。

两人的对话引起了其他观测员的注意，这让诺玛有些不自在，于是她拽着玛雅的手把她领到房间中央。那儿没有桌子，只有一块圆形的空地，在这里她们不容易被看到，因为其他观测员都背朝这里坐着。诺玛放低身子，单腿跪地，安抚地将手放在女孩肩上。“告诉我，玛雅，”她低声说，“启明大人吩咐你做什么？”

“他，他让我盯着黑岩塔，发现任何异常情况就立刻向他报告。我照他说的做了。我是说，我看到了一些奇怪的事，”玛雅的呼吸有些急促，一只手颤抖地握着那张纸，“我照他说的把那些都记下来了。”

诺玛努力控制自己不去捏紧玛雅的肩头。她不知道启明大人为什么要得到黑岩塔的信息，但她感觉事情不太妙。跟暗影夫人扯上关系准没好事。

“你做得很好，玛雅，”她说着拍了拍女孩的肩，“不过我要把它拿走。”她伸出手，讨要那张纸。

玛雅向后一缩，说道：“他说过不能让其他任何人看，队长，你看——”女孩指了指纸背面的“机密”二字，那是她自己写上去的。

“我保证我不会打开它的，以我的名誉保证。”诺玛说。她迎上玛雅的目光，眼睛一眨不眨，最终玛雅把那张纸递了过去。

“谢谢你，”诺玛说着站了起来，“现在回到你的座位上去吧，还有工作要做呢。”

玛雅松了一口气，咧嘴一笑。“知识就是财富！”她说。

“是的是的，”诺玛说，“‘我们是知识的守护者’。好了，去吧。”

玛雅点点头，匆匆跑开了。目送她回到座位上之后，诺玛穿过房间，走向启明大人的馆长办公室。她真希望自己没有发誓不看那张纸。启明大人在找什么？更重要的是，他为什么没有告诉自己这件事？也许是那个消失的观测员动摇了他对自己的信任。这个想法让她感到非常不安。

诺玛走到门口，向守在门外的莫娜中士点了点头。但她惊讶地发现百叶窗处于关闭状态，上边写着“禁止进入”四个大字。她犹豫了起来。

“启明大人正在会客，队长，”莫娜中士看见了她脸上的迟疑，解释道，“他们已经谈了一上午了。”

诺玛再一次努力控制自己，尽量不露出惊讶的神色。没人能在她不知道的情况下进入瞭望馆，更别提跟启明大人会面了。“他今天没有任何预约，”她说，“你确定有客人吗？”

莫娜中士领教过队长的暴脾气，她舔了舔嘴唇说道：“是启明大人亲自将客人带进来的，我还以为您知道。”

不，我不知道。诺玛想。又来一件，我不知道的事越来越多了。

她抬起手正要敲门，门却突然从里边猛地拉开，有人一下子冲了出来，险些把她撞倒。“嘿！”诺玛跳开一步吼道。

那道身影顿住了，愠怒地瞪着诺玛。那是个个子很高的女人，头发乌黑，身穿奢华的红色长袍，将一整张狼皮像披风一样裹在身上，狼头以一种醉醺醺的姿势耷拉在她的肩上，狼头上空洞的眼窝盯着诺玛，一条沉甸甸的金项链挂在她的脖子上。她将狼皮裹紧了些，好像在担心跟诺玛的任何接触都会弄脏它似的，随着她的动作，她的手腕和手指上的金饰闪闪发着光。那人喘了口气，诺玛以为她要训斥自己，于是松了松宽阔的肩膀，制服外的盔甲发出轻微的叮当声。诺玛将手放在了腰间的等离子枪上，女人后退了一小步。

“麻烦让开！”她低吼道，穿过房间朝出口冲了过去。观测员们都偷偷朝她瞥去，就连诺玛也满脸疑惑地盯着她的背影，直到装甲门在她身后关上。

诺玛的思绪被办公室里传来的声音打断了。

“进来吧队长，”那个声音说，“我一直在等你。”

办公室里温暖舒适，布置也很简单，沿着后墙摆着一排书架，房间一侧有一张老旧的木桌，另一侧是一对皮质扶手椅，一个瘦小的身影半隐在扶手椅的阴影中。

“启明大人，”诺玛说着朝椅子走去，“那个女人……”

“是狼港的财政大臣，她来这里办些公务。”那道身影往前坐了坐。那是一位面色苍白的老人，身上的灰制服和他浓密的银发很相配。他一只手搭在一根有银顶的黑色拐杖上，透过半月形的眼镜凝视着诺玛。

“狼港？”诺玛这次没能掩饰住自己的惊讶，“但是，大人，那可是整个奇境最富有的地方之一，而且狼港的财政大臣是政府官员，我应该被告知的。”

“她的来访预约已经在日志里有段时间了，”老人说，“可能你最近事情太多，没注意到。”

诺玛握紧了拳头。她确信自己没看到过任何关于这次来访的记录。“她看上去不太高兴，大人。”

“她只是有些激动罢了，”老人说道，“她来这里是为了给研究项目提供一些支持。她被我们的工作进展深深打动，所以同意给我们提供一大笔钱。现在狼港的金库已经为我们打开。”老人微笑着，继续说:“我想你收到了来自观测员的汇报，我一直在等着，是哪一位观测员得到了消息？”

看来启明大人给不止一个观测员下了命令，诺玛想着，递上了手中折起来的纸条：“是玛雅，大人。”

老人脸色一沉。“哦，是黑岩塔。真不幸。”他打开纸条，推了推眼镜。

诺玛站得更直了，想要掩饰心里不断蔓延的不安。一缕亮粉色的头发遮住了她的眼睛，她努力不去注意这些：“大人，出了什么事吗？”

“八九不离十。”启明大人浏览着手中的纸条，低声说道，“真有趣，一个水晶球，奇境邮政特快专列。一个女孩，还是一个人类女孩……这可远远超出了我的预料。”他合上纸条，看向诺玛：“我先告诉你一个好消息，队长，我们似乎终于要找到那个消失的观测员，弥补你犯下的错误了。”

诺玛觉得如果站得再直一些，她的头也许就要从脖子上飞出去了：“他在黑岩塔？”

“这是那个坏消息。”老人说，“暗影夫人似乎也被牵扯了进来。”

诺玛的震惊立刻变成了恐惧。“为什么？”她说，“她怎么会对一个观测员感兴趣？”

“问得好，我敢打赌答案不会令人愉快，她肯定打着自己的算盘。”

“让我带一队人过去吧，大人，”诺玛说着抬起脚跟，似乎正期待一场战斗，“我要亲自把他带回来。”

“恐怕太晚了，他已经登上了奇境邮政特快专列，前往未知的目的地。暗影夫人已经带着她的手下去追了。”

“那我们必须先找到他。”

“不错。”老人说，“但我们不能贸然行动。玛雅的报告上说，特快专列已经重新进入了传送隧道，”他噘起了嘴，思索着：“如果我没记错的话，传送隧道通往七个目的地，我们要知道他们去往哪一个才能采取行动。幸运的是，暗影夫人也不知道。”

启明大人缩回扶手椅中。诺玛知道这场对话已经结束了。

“但我们也不能就这样坐在这儿什么都不做吧！”她喊道。

“当然不能。”他说，“我们要做我们最擅长的事：观测和了解。现在有一位观测员陷入了危险，队长，我们不知道他为什么会失踪，也不知道暗影夫人想要从他那里得到什么。不过一旦找到机会，我保证会立刻采取行动。在此之前，那个人类女孩会照看他，现在我们只能指望她可以在我们到达之前甩掉暗影夫人。”

这对诺玛而言并不算是个好主意，但她知道此刻也没有更好的办法了。“我会让观测员留心传送隧道的目的地，”她说，“还有什么我能做的吗？”

“没有了，谢谢你，队长。一有消息，请立刻通知我。”

诺玛敬了个礼，急匆匆地离开了办公室。她想要召集手下去找到答案，而不是守在这里等消息。暗影夫人正在酝酿战争，得有人阻止她才行。诺玛真希望那个人是自己。

她又想到狼港的财政大臣。尽管启明大人是那样说的，但对方看上去满脸怒容，并不像是在心甘情愿地捐款。诺玛回想着刚刚短暂的照面，试图弄清楚那女人眼睛里的情绪。那是害怕吗？很难说，毕竟她是个皮行者，披上哪种兽皮便会获得哪种野兽的能力，既可以说是狼，也可以说是人。他们的心思是很难读懂的。

她唯一确信的是，怪事正在发生，而答案就在奇境邮政特快专列上。列车上的人最好祈祷诺玛能赶在暗影夫人之前找到他们。

第9章

水晶球里的王子

奇境邮政特快专列从隧道口疾驰而出时，阳光瞬间洒满了整个车厢，随之而来的是一股咸咸的清新空气。黑暗带来的寒意已被驱散，取而代之的是潮湿的热气。苏西眨了眨眼，快步朝车窗走去。

车窗外不再是令人毛骨悚然的沙漠。青绿色的波浪在他们周围轻轻荡漾，小小的岛屿点缀其间，上面铺着白糖般的沙子。海鸥在温暖的微风中滑翔，翅膀几乎一动不动。

“哇！”苏西向斯通克和乌瑟尔惊叹道，“这里实在是太美了！”

“黄晶峡，”斯通克一边说，一边调整着几件仪器，“兰德斯顿港这一带最富饶的海域，海岸线大约有五百千米长。要是有时间的话，这里倒是个钓鱼的好地方。”

苏西坐上窗台，朝下望去。“这怎么可……”她开口道。

但她随即意识到可不可能真的无所谓，因为列车确实正在海上行驶。没征求斯通克同意，她就冲出车门，朝列车外侧的舷梯跑去。

她紧紧抓着扶手，尽可能远地探出身子，向下看去。列车底下没有陆地，铁轨在海面上延伸，下边没有任何支撑。波浪冲到轨道上，又缓缓退去。火车从波浪中疾驰而过，激起一道道水花。细小的水滴落在苏西的脸上和睡袍上。她伸出舌头，品尝到了大海的味道，不禁开心地笑起来。

“喂！”斯通克出现在敞开的门口，“小姑娘，这里风也太大了吧。”

“抱歉！”苏西喊道，“我只是不想错过这样的风景。”

斯通克胡子一歪，不情愿地笑了一下，说道：“那我可没法儿怪你了，毕竟这是你第一次出门。贝儿带来的美景，谁能抵挡得了呢？”

苏西皱起了眉，问道：“谁带来的美景？”

“喏，当然是这位老姑娘了。”斯通克说着，深情地拍了拍火车头侧面。苏西这才注意到锅炉上嵌着一块铜质铭牌，上边写着：贝儿号。“没有火车头的牵引，列车哪儿也去不了。”斯通克笑着说，“如果没有贝儿号，特快专列就无法将邮件送往奇境联邦的任何地方。”他走到舷梯旁，和苏西一起望着水面。

“这是一片不一样的天空，”苏西眯着眼睛看向太阳说道，“一个不一样的世界，所有的一切都不一样了。”很多困惑抓挠着苏西的心，她看向斯通克，想要寻求答案：“我们在隧道里才待了几分钟，怎么会走了这么远呢？”

“因为除了交会中心附近，奇境的大部分地方都比较分散，并不是一个挨一个整整齐齐排列在一起的。”斯通克回答道。

苏西想起威尔莫特说过奇境各处形态、大小、类型各不相同，于是问道：“什么是交会中心？”

“说来话长，”斯通克并不打算回答这个问题,他接着说道，“奇境的各个地区相距很远，它们之间有许多空间。这些空间中不存在任何恒星和行星，是什么都没有的虚境，那里冰冷、黑暗，没有尽头。从前人们得坐船穿越虚境，但那太危险，而且会耗费大量时间。所以一些聪明人集思广益，发明了传送隧道。”

“你是说，它们是虫洞，将不同空间连接在了一起?！”苏西说。

“这些传送隧道是奇境各个地区之间的捷径，也许你是这个意思。”斯通克说，“它们略过了大部分虚境，彼此交织，同时连接着许多地方，所以如今大部分人都坐火车出门了。”斯通克朝水中指去，苏西看到遥远的小岛之间还交错着其他几条轨道。

“这太不可思议了！”苏西的脑中迅速闪过一个念头，“这意味着爱因斯坦的相对论是正确的！空间不是平的，而是弯曲的，你可以从一头穿越到另一头！那实在是……哇！”苏西已经激动得说不出话了。

“不能算弯曲，可以说是凹凸不平的，不过我明白你的意思。”斯通克挺起胸站直了身子，接着说道，“不过我们不是来这里看风景的。如果你真的想成为列车上的一员，最好快点回到 H. E. C. 去。”

“H. E. C. 是什么？”

“就是分拣车厢和贝儿号之间的那个生锈的老家伙。局长让你安全地回到那里，这样我们才能接着派件。好了，快点去吧！”

“但是我应该怎么回去呢？”

“从煤水车上爬过去。”斯通克说着招了招手，将苏西带回驾驶室。

“什么？别开玩笑了。”

“别怕。踩在香蕉上没那么容易滑倒，你只要别吃它们就行了。”

乌瑟尔打开驾驶室的后门，让苏西看他们身后的煤水车，只见车厢侧面有一溜窄小的把手通往敞开的车顶。

“我为什么不能吃那些香蕉？”苏西问。

“因为那样你会爆炸的。”斯通克拍了拍她的背说道，“好了，上去吧。”

苏西在睡袍上擦了擦手，紧张地握住下面的把手，试试它们能否支撑得住自己的重量。她将拖鞋挤到把手间的空隙里时有些费力，但往上爬倒是很轻松。几秒钟之后，她就来到了煤水车顶边缘，一座香蕉堆成的山赫然出现在她面前，她本以为煤水车里都是煤炭。“接下来我要去哪里？”她问。

“直接从上面翻过去，”斯通克说，“另一边还有一架梯子。你只要顺着爬下去，再走过踏板，就能看到 H. E. C. 车厢的门了。你肯定能找到的。”

“好吧，”苏西深吸了几口气，“祝我好运。”

“我可不信这种话，我会说，别掉下去。”斯通克说。

“谢谢，但愿如此。”苏西再次吸了口气，向上爬去。

苏西很快发现走在一大堆香蕉上的感觉很奇怪。就像斯通克说的，在香蕉上走路摩擦力很大，它们厚厚的皮很容易踩稳，尽管她的拖鞋已经湿了，但一点儿也没打滑。不过香蕉在苏西脚下不断移动，她只好弯下腰，用双手笨拙地支撑着爬上香蕉堆。让她感到紧张的是，当她碰到香蕉的时候，它们嘶嘶作响，蓝色的能量光束在她指尖跃动，虽然一点儿也不疼，但的确让她有些头皮发麻。

“这辆列车的燃料是香蕉而不是煤，”苏西自言自语道，“这怎么可能呢？”

“这还不简单！”一个微弱的声音从苏西口袋中传来，“它们是核聚变香蕉。”

苏西惊讶地向下看去。她一直在全神贯注地往上爬，几乎忘了水晶球的存在。“什么是核聚变香蕉？”她问。

“它们是一种燃料，”青蛙说，“不过有些过时了。这些香蕉的性能不太稳定，所以人们现在不大用了。”

苏西顿住了，指间跃动的能量光束越来越多。“到底有多不稳定？”她问。

青蛙认真思考了几秒，接着说：“它们的皮被剥开才会有危险。”

火花渐渐消失，苏西松了口气：“是斯通克让我们过来的，那应该不会太危险，对吧？”

“没错，”青蛙说道，“但是你知道矮人的安全和健康条例是什么吗？”

“我不知道。”苏西说。

“那就对了，因为他们根本没有。”青蛙说。

“真是多谢你了，”苏西从牙缝里挤出几个字，“你还是没告诉我你是谁。”

“真的想让我在这个时候告诉你？”

“没错，就现在。”过了几秒钟，青蛙没有回应，苏西停了下来，直接拍了拍鼓起的口袋说：“我还在等着呢。”

“好吧好吧，我是弗雷德里克。”

“那是谁？”

“我是个王子。”青蛙极其耐心地解释着，“西沼泽地的王子。你以为我是谁？”

苏西一把将水晶球从口袋里掏了出来，惊讶地盯着那只青蛙说：“你是个王子？”

“没错，”弗雷德里克回答道，“我年龄还没到，所以还不是国王。但这并不意味着你能用对待平民的口吻跟我说话。”

苏西大笑起来，说道：“非常抱歉，陛下？”

“应该是殿下，不过不知者不怪。你叫什么名字？我可以直接叫你邮递员吗？”

“我叫苏西·史密斯，来自地球。为什么你变成青蛙了？暗影夫人想要你干什么？”

“你真的想在这里说吗？”弗雷德里克说。

苏西看了看四周堆积如山的香蕉和飞驰而过的大海，不情愿地说：“好吧，不过等时机合适的时候，你必须把一切都告诉我，好吗？”

“好吧。”弗雷德里克答应了，但听上去他不太乐意。

苏西将水晶球放回口袋，再次思考应该如何安全地爬过香蕉堆。在靠近最高处时，苏西往前一跃，想要快点离开那里，但一阵风从她身后呼啸而来，她的睡袍像帆一样鼓了起来。苏西的身体失去平衡，向前翻了个跟头，惊叫着从香蕉山的另一侧滚了下去。

“救命！”弗雷德里克大喊，但苏西此时也无能为力。世界变成了由蓝色的天空和黄色的香蕉组成的风车，在她视野中快速旋转，让她头晕目眩。最后，她四脚朝天停了下来，头发盖在脸上，双脚抵着煤水车后壁。

“你还好吗？”苏西气喘吁吁地说。

“还好，”弗雷德里克说，“我现在眼冒金星。”

苏西拨开头发。她已经翻过了那座香蕉山，H. E. C. 奇怪的筒形金属车厢出现在面前。苏西正看着，车厢前的连通门开了，威尔莫特探出了头。

“来得正好，”他说，“进来吧。”

她费劲地爬下梯子，来到了踏板上。煤水车和H.E.C.之间只有一小段距离，但威尔莫特还是伸出手来帮她。

“一切都还好吗？”他边问边关上了苏西身后的门。

“我想还不错。”苏西环顾四周。如果说H. E. C.从外面看起来像是一辆旧的油罐车，那么里面更像是机械鲸鱼的肚子：熟铁制成的骨架支撑着整个车厢，天花板上有两个巨大的圆形舱口，还有个更大的在侧面的墙上。车厢另一头的机械装置仿佛来自维多利亚时代的工厂，飞轮、活塞、刻度盘和弹簧组装在一起，看上去像是一个水泵，又像是某种发电机，前面有一把旋转椅和一块复杂的控制面板。

苏西和威尔莫特站着的地方摆满了衣架，上边挂着盔甲般的制服。苏西走近一看，发现有些的确是盔甲，上边的钢板已经凹了进去，链甲也生锈了，还配有笨重的面罩。很显然，这些盔甲的设计者充分考虑到了矮人们长长的耳朵和鼻子。

其他制服看上去更加奇怪。其中有一件像是太空服，用银色的减震材料制成，配有笨重的靴子和反光的球形头盔。这件制服上有好几个地方贴着很多胶带，下边似乎有燃烧过的痕迹，苏西有些不敢看。

“欢迎来到H. E. C.，”威尔莫特说，“这里是危险地带车厢[1]。没有它，我们连一半的邮件都送不出去。”

车厢剧烈地摇晃着开始减速，苏西不得不费力稳住身体。一定是斯通克踩下了刹车。

“你把我带到了危险地带吗？”苏西问道。

“一般来说，你得先完成训练才行。”威尔莫特说，“不过上次你在暗影夫人那儿表现得非常好，所以我觉得你不用训练了，你觉得呢？”

特快专列终于呼哧呼哧地停了下来。苏西从最近的舷窗向外望去，海峡看上去平静又迷人。正当她准备回答威尔莫特时，整个车厢突然猛地一震，她感到脚下的地板正在往下沉。惊慌之中，她看见海浪在舷窗外升起，翻腾的泡沫将他们一点儿一点儿吞噬，最后，天空消失在视线中。

“我们要沉没了！”苏西喊道。

“实际上，我们在下潜，”威尔莫特说，“它和沉没有点儿像，但在我们的掌控之中。”他走向最近的衣架，拿下了一件制服，说道：“你需要这个。”

“潜水服？”

威尔莫特点点头：“你穿着可能会有点儿紧，但这是制作最精良的了，至少在它们问世的时候是这样的。”

苏西接过潜水服，仔细观察起来。它和用银色材料制成的宇航服有点儿相似，但看上去像是用旧帐篷缝合起来的，袖子上连接着厚厚的橡胶手套，裤腿上则是一双沉重的金属靴。

---

① 英文全称为“the Hazardous Environment Carriage”，H. E. C. 为其首字母缩写。

头盔是一个凹陷的铜球，前边有一副巨大的护目镜，还有一只柔软的帆布袜子用来放矮人的鼻子，头盔顶部的管口连着一条红色的粗软管。

“我并没有像你想的那样擅长这项工作，”苏西说，“我从来没潜过水，甚至还没拿到初级游泳证！”舷窗外面出现了一簇簇高大的亮粉色珊瑚，热带鱼群正在珊瑚丛中游来游去，美丽极了。但苏西此时非常紧张，无法好好欣赏眼前的美景：“你可以去吗？你看上去像个专家。”

“天哪！”威尔莫特似乎突然有些慌张，说道，“我可不是什么专家。”不过他羞涩地一笑，似乎很高兴听到苏西这样称呼他：“我通过了所有的理论考试，不过还有许多工作我没实践过。”

“为什么没有？”苏西问道，“你干这行多久了？”

“刚满一年。我辍学之后就来了。”

“你之前在上学？”苏西感到很惊讶，“你多大了？”

“一百五十岁。”

“多大？”

威尔莫特的脸唰地红了，解释道：“我知道，我是有史以来最年轻的邮政局长。一般来说，我需要在邮政学院学习几十年，从初级做起，然后逐步晋升。不过这些年来，矮人邮政一直人手不足。我父亲去世之后，只有我可以接替他的位置。”他的脸更红了，接着说：“当我还是个婴儿的时候，我就对奇境邮政特快专列很感兴趣。我研究了所有的邮递路线、派件价格，还有规章制度。能在这儿工作是我莫大的荣幸。”

听了威尔莫特的一番坦言，苏西觉得内心的愧疚感又开始折磨她了。

“很抱歉，我之前不知道你的父亲……”

威尔莫特笑了起来，尽管他的眼睛里充满了悲伤：“他是以身殉职的，这对一个矮人来说是最高荣耀。”

苏西不太明白他的话，不过此时她正全神贯注地思考着另一个问题：“矮人的寿命有多长？大部分人类能活到一百岁就已经谢天谢地了。”

“真的吗？”威尔莫特看起来吓了一跳，“那你们怎么有时间来做事呢？”

“我们一直都忙忙碌碌的。”苏西回答道。

“难怪，”威尔莫特说，“大部分矮人至少能活一千年，我还认识许多寿命更长的。”

“就像弗莱彻，”苏西说，“他跟我说自己已经一千零十岁了。”

“他还有两个世纪才退休呢，”威尔莫特叹了口气，“他总爱开这个玩笑，弗莱彻离退休总是还有两个世纪。我们矮人一般会工作到累垮为止。”

苏西闭上眼睛，在脑子里粗略计算着，随后睁开一只眼睛说道：“我想，大体上说，人类的一年差不多相当于矮人的十二年。”

“那用矮人的年龄来算，你有多少岁了？”威尔莫特问。

苏西又飞快地计算起来。“一百三十二岁！”苏西笑了起来，“我上个月刚过完生日，当时应该在蛋糕上多插些蜡烛的。”

“用人类的时间计算，我应该多少岁呢？”

“十二岁半。”苏西说。

两个人都笑了起来。在这一瞬间，暗影夫人带来的恐惧感变得遥远且微不足道。

“我现在可能还经验不足，”威尔莫特说，“不过我从前也接待过搭车客。相信我，我说没事的时候，你就会没事的。再说了，我会帮你的。”

他一下子跳到车厢另一头那台奇怪的机器旁，拨动了控制面板上的几个开关。机器运转起来，飞轮不断转动，向空气中吐出了一团烟尘。“它可以让你在水下呼吸。”威尔莫特被烟呛得咳嗽起来。

“它真的可靠吗？”

“绝对可靠。它是矮人制造的，保证能用一个世纪，否则就退钱。”

“它投入使用多久了？”那台机器的一些零部件似乎被修理过，上边贴着和宇航服上一样的胶带，这让苏西警觉起来。

“现在不是操心这个的时候，”威尔莫特催促道，“你最好快穿上潜水服。你去得越快，回来得就越快。我们还要赶进度呢。”他在控制面板前坐了下来，开始摆弄那台机器。

苏西再次看向潜水服，上边没有明显的破损，但她不确定布料的缝合处是否会漏水。不过，只要衣服里的气压够强，水进不来就行。

压强可以用“标准大气压”计量，苏西告诉自己，海平面的压强是一个标准大气压，深度每增加十米，就会增加一个标准大气压。苏西从最近的舷窗向外看了一眼，他们已经下潜了大概二十米。那么，增加了两个，一共是三个标准大气压。虽然她仍然不确定这件潜水服到底能不能防水，但至少这些计算让她稍微镇静了些。

她脱下睡袍，钻进潜水服。那双靴子太重了，穿上之后苏西几乎没法儿抬起脚。不过她觉得到了水里之后，这应该就不是问题了。就像威尔莫特所说，潜水服有些紧，不过胳膊和腿上的布料是像手风琴一样折起来的，拉开后还算合适。

“别把我一个人留在这里！”弗雷德里克的声音从睡袍中闷闷地传来，但这已经足以惊动威尔莫特了，他向四周看去。

“谁在说话？”他问。

“是我。”苏西用很大很刻意的声音答道，“我只是在……自言自语。”

“我的母亲总是说自言自语是发疯的先兆。”威尔莫特说，“当一个矮人将自己涂成橘色，还在鼻孔里插上胡萝卜的时候，他就彻底疯了。你不会那样做，对吧？”他看上去有些担心。

“别担心，”苏西努力挤出一丝笑容，“车上只有香蕉。”

危险地带车厢最后震了一下，停在了海底。

“好了，”威尔莫特咧嘴一笑，“准备好了吗？”

“马上就好。”苏西转过身蹲了下来，假装正在整理头盔。

她将手伸进睡袍口袋，拿出水晶球。“别出声。”苏西把水晶球拿到嘴边低声说道。接着她把手伸进头盔，将水晶球塞进了为矮人鼻子设计的袜子里。她把头盔调整到合适的位置，装了水晶球的袜子像大象的鼻子一样垂在脸前。

“让我来。”威尔莫特说着帮她扣上头盔，扣紧的声音简直震耳欲聋。潜水服里一片漆黑，苏西本来没有幽闭恐惧症，不过随着时间流逝，她开始感到紧张，汗流不止。如果这都受不了，她在水里时该怎么办？

威尔莫特拍了拍头盔，打断了苏西的思绪。他在护目镜前冲她竖起了大拇指：“跟我来。”

他将苏西带到了墙边的舱口前，开始转动上边的黄铜转盘，他拉开舱口，露出了后边的气闸舱。气闸舱和橱柜差不多大，另一侧有个跟第一道一模一样的舱口。苏西犹豫着，突然很抗拒被关在狭窄的空间里。

“你一出去就要把空气管连上，”威尔莫特靠近头盔，大声喊道，“就是接在你右边的那个红色管口上。”

苏西强迫自己注意听他的话，倘若能专注于什么东西，也许就能忘记恐惧了。“好，”苏西朝着威尔莫特喊道，但她很快被头盔里的回声震得打了个冷战，“然后我应该怎么做？”

“目的地就在你的正前方，”他喊道，“哦，你要送的是这个——”他从口袋里拿出了一个绿色的玻璃瓶。

“我还以为是去取东西呢。”苏西说着接过瓶子，举到护目镜前。瓶子的正面贴着一张画着月亮的老式标签，上面写着“宁静之海——最好的黑朗姆酒”。瓶口用黑蜡封住了，但瓶子里面似乎是空的。她晃了晃玻璃瓶，听到有些轻盈的羽毛似的东西发出咔嗒咔嗒的声音。她很想看清那是什么，但是玻璃瓶太厚了，而且颜色很深，她没法儿看清楚。苏西摸索着将瓶子放进了潜水服前边的皮口袋里。

“准确地说，你的确要去取东西，”威尔莫特说道，“不过那儿其实没什么可以让你取的。嗯，也许有，不过你拿不起来。你明白我的话吗？”

“不明白。”苏西说。

“别担心，”威尔莫特说，“等你见到船长就会明白了。准备好了吗？”

“准备好了。船长是谁？”

“他是个好人，真的，当你穿过所有的……你懂的。”他伸出舌头，转了转眼珠，做了个鬼脸，然后向苏西挥了挥手说，“祝你好运！”

苏西还没来得及抗议，威尔莫特就砰的一声关上了内层的舱口。

“他在说什么？”弗雷德里克的声音从袜子里传来。

“我也不知道，”苏西说，“我想现在只有一个办法能弄清楚了。”

过了一会儿，气闸舱里开始进水。水从地板上的格栅里涌了进来，迅速上升，短短几秒钟就漫上了苏西的膝盖。

“什么声音？”弗雷德里克惊恐地喊道，“我在这儿什么也看不见，你为什么不把我放到我能看见东西的地方？”

“因为我得把你藏起来。”苏西说。

“听起来像是水声。我们要被淹死了吗？我们要被淹死了，是不是？！”

“嘘！安静。这里是气闸舱。我们得先让它充满水，然后才能打开外侧的舱口，不然海水会立马涌进来，把我们压扁。”

“好吧，”弗雷德里克说，“那就听你的吧。”

“本来就是这样。”苏西说，尽管如此，当海水没到护目镜时，她还是下意识地屏住了呼吸，“这是为了平衡压力，让舱内的压力和外面的一样。这就是物理。”

“物理，”弗雷德里克念着这个词，“像糊理那样吗？”

“不，”苏西生气地咬咬牙，“物理总是说得通的。”

海水漫到了舱顶，苏西打开了外侧的舱口。

当她走出列车时，鞋子将海底细小的白色沙粒带了起来。苏西周围遍布高耸的霓虹色珊瑚，闪闪发光的热带鱼群穿梭其间。海面像是一面破损的镜子，远远地在他们上方浮动，让交错的光柱照射进来。

“这里太美了。”苏西感叹道。

“姑且信你一回，”弗雷德里克嘀咕道，“你是不是还要连接什么软管？”

“哦，对！”苏西已经将威尔莫特的指示抛在了脑后，忘记她还需要连上空气管，否则她就只能呼吸潜水服里的空气了，可能连一分钟都撑不下去。

她向四周看了看，发现一个红色的圆形管口从危险地带车厢挨着气闸舱的一侧凸出来。苏西举起手，笨拙地抓住头盔上的软管，然后摸到了末端的黄铜螺丝。她的手套实在是太厚了，很难将软管插进管口。苏西渐渐感到呼吸困难起来。当她最终连上软管、拧紧螺丝时，一阵清新的空气灌进头盔，吹拂着她的脸和脖子,让她感觉很凉爽。苏西长长地舒了口气。

“我们差点儿就没命了，”弗雷德里克说，“你可是在照料一位王室成员，你应该更小心才对。”

“谢谢提醒，殿下。”苏西说，“我会加倍小心，不让我们溺死的。”

“这还差不多。”

苏西顿了顿，想知道奇境是不是压根儿没有讽刺这回事。不过很快她就想起自己还有工作要做。尽管这里很美，但在船舱里欣赏可比待在外面安全得多。她环顾四周，看见不远处的珊瑚丛中矗立着一个巨大的、带尖的东西。

“那看上去像是一艘沉船，”她说，“你觉得那是我们的目的地吗？”

“我可不知道，”弗雷德里克说，“你才是邮递员。”

苏西咬着散落在眼前的一缕头发。“从这儿什么也看不见，也许我们要见的是美人鱼呢。”她轻声笑了笑，小心翼翼地朝着沉船走去，生怕踩到脚下的珊瑚，“我们真的可以见到美人鱼吗？我是说这个世界有美人鱼吗？”

“也许吧。”弗雷德里克回答，“美人鱼、男人鱼、兽鱼、鲨人、鱿人、飞鱿、陆鱿、巨鳗、电鳗、核鳗……奇境联邦什么都有。”

苏西打了个冷战，后悔问了这个问题。有些生物听起来显然不那么令人愉快。尽管珊瑚礁看上去十分平静，苏西还是紧盯着里面黑暗的缝隙。

“殿下，”苏西试图转移自己的注意力，“一位王子到底是怎么被关在水晶球里的？水晶球又怎么会被寄到了邪恶的女巫那儿？”

“说来话长。”弗雷德里克说。

“我猜也是，”苏西说，“洗耳恭听。”

弗雷德里克叹了口气：“细节我就不跟你讲了，我是王位的第一顺位继承人，这意味着有朝一日我会成为国王，这可是件大事。”

“听起来是件大事。”苏西附和着。

“我可不是吹牛，西沼泽地的人民都盼着我登上王位呢。我真的真的很受爱戴。”

“那是自然，”苏西语气平平地说，“那后来发生了什么？”

“我在错误的时间去了错误的地点，听到了一些不该听到的事。”弗雷德里克说，“一个推翻整个王国的阴谋。”

“哇！这可太严重了。”苏西着实吃了一惊。

“我知道，”弗雷德里克闷闷不乐地说，“就在我准备拉响警报的时候，不知从何处远远地传来一道咒语，接着我就发现自己被困在这个愚蠢的水晶球里了。”

“是暗影夫人的诅咒！所以她就是幕后黑手？”苏西倒吸

了一口凉气。

“你知道最糟糕的是什么吗？”弗雷德里克说，“我被诅咒以后，我的两个贴身护卫，也是我在整个联邦最信任的人，将我打了包，装进了寄往黑岩塔的包裹里。原来他们一直都是暗影夫人的手下。”他的声音开始颤抖，苏西突然有些同情这个男孩。

“我很抱歉，这太糟糕了。”她说。

“没错，她居然把我变成了一个廉价的青蛙摆件，而不是什么上档次的东西，比如烛台或者钟表！”

苏西继续拖着步子朝沉船走去。这个故事的确令人不安，再次激起了苏西心里对暗影夫人的恐惧。如果那个老妇人知道弗雷德里克对苏西说了这些，会采取行动让他闭嘴吗？珊瑚下面的阴影似乎比刚才更暗了，她竭力克制自己，不让自己走上前去仔细观察它们。

不过这件事有些蹊跷，苏西又觉察到了大脑中那种轻轻发痒的感觉。有些地方不大说得通。

“等等！”她突然停了下来，“你让我救你的时候，说整个奇境的命运在此一举。”

“我说了吗？”弗雷德里克惊讶的语气非常值得怀疑，“你确定我说的不是奇境的一个地区？”

“我确定，”她说，“不然我才不会轻易救你呢。”

“你那时太紧张了，也许是你的记性跟你开了个玩笑。”他说。

我的记性好极了，苏西想，要么你当时说谎了，要么你现在正在说谎。她差点儿把这个想法说了出来，但是直觉告诉她还是等等比较好。也许弗雷德里克只是在夸大自己的重要性，好让苏西把他从塔中救出来。不过现在他已经得救了，为什么还不肯承认呢？苏西的疑惑迟迟不肯散去，她有一个谜题要解开，却还没有集齐拼图的全部碎片，要是逼得太紧，弗雷德里克就什么都不会说了。她必须等，希望他能说漏嘴。

“也许你说得对。”苏西故作镇静地说道，“来吧，我想去看看那艘沉船上有什么。”

第10章

海中墓穴

“真不知道我什么时候才能有份美好又简单的工作，”苏西说，“比如把信塞到信箱里。”他们已经来到了沉船边。船体裹满了藤壶，侧面有一个形状不规则的洞。它一定曾是一艘气派的远洋船，船体宽敞，有三根高大的桅杆，但如今桅杆已经全部损坏了。船首铭牌上的字迹需要仔细辨认才能认出：葡萄美酒号。

船体上那个洞很大，一个成年人不用弯腰也能通过，但里边一片漆黑。苏西在洞口犹豫着，要是有一支火把就好了。

“你在磨蹭什么？”弗雷德里克说，“他们正等着呢。”

“要是能知道是什么在等着我们就好了。哦，好吧，我来问问。”苏西清了清嗓子，用尽全身力气喊道，“你好！有人吗？我是来取件的！”

“哦！”弗雷德里克吓了一跳，“我感觉耳朵都快要被你震聋了。”

“摆件可没有耳朵，殿下，”苏西说，“别出声。”

他们仔细听着，但沉船里没有任何回应。

“现在该怎么办？”弗雷德里克问。

“只有一个办法了。”苏西压下心里的恐惧，穿过洞口，走进那团阴影中。

“你确定这是个好主意？”弗雷德里克小声说。

“不确定。”苏西透过头盔上的小镜片凝视着这片漆黑，她的确一点儿也不确定这是不是个好主意，毕竟船里可能有任何东西，比如奇奇怪怪的鲨鱼、鳗鱼和鱿鱼……她等着眼睛适应黑暗，但这并非常人可以适应的，这是一种完完全全的黑暗，连一丝光线都没有。

过了一会儿，一道淡淡的蓝白色光芒在沉船深处亮起。它微弱极了，苏西一开始甚至不确定自己是否看到了它。不过那道光越来越亮，让她渐渐看清了船内的模样：旧枪管、箱子、翻倒在地的桌子、生锈的大炮……盖满了沙子的地板上还散落着一些白色的东西。

“是骨头。”苏西低声说道。地上到处都是骨头，要不是看到从沙子里露出来的人类头骨，苏西可能会觉得它们来自任何生物。她数了数，一共有五个。

苏西向洞口退了一步，随即又停了下来。她看见了那道光的源头，就像是一朵没有固定形状的云，正穿过海水向她漂来，不断散发着光芒。

“怎么了？”弗雷德里克问道，“我什么也看不见。”

“那是……那是海藻，”苏西说，“没错，是发光海藻。我看过一部有关的自然纪录片。一定没错。”

“那你的声音听起来怎么这么害怕？”他问。

苏西站直了身子，说道：“才没有。”

“你……有……”

一个声音似乎从四面八方同时传来，苏西吓得蹦了起来。这时第二朵发光的云从她身后的地面钻出来，让她无处可躲。苏西转身向后跑去，却看到第三朵云突然出现在一个箱子上。紧接着，又有两朵云从实木甲板上漂了下来。短短几秒内，苏西就被包围了。

“别……跑……”那个声音幽幽地说，仿佛是从光芒中心传来的耳语，“我们一直在等……”

“你们是谁？”苏西问道，这一次她没有尖叫。

“看……”

云团聚集起来，变得越发厚实明亮。它们不断收缩，中心不停扭曲、交叠在一起，显现出精细的图案。不久，云团有了轮廓和质感，正对着苏西的那朵云抬起一只手臂时，她才惊讶地意识到自己看到的是什么——是人。总共有五个男人，大多留着胡子。他们都戴着老式的帽子，穿着有褶边的衬衫和长长的大衣，大衣几乎拖到了……哦，不是拖到他们的脚，因为他们根本没有脚。他们的腿幻化成稀疏的光线，没入头骨中。

“拿……着……”

说话的似乎是伸出手的那个人影，尽管他的声音仍怪异地四处回响着。只见他拿着一小沓密封好的信封，那些信封和他一样，都是蓝色半透明的。苏西正准备伸手接过，心里有个谨慎的声音让她停了下来。

“这是什么？”她问。

“给家人……最后的……信……”那个人影缓慢而庄重地说，他看上去比其他人高了一头，戴着一顶更大更精致的帽子，“请把……它们……带给我们的家人……”

“船长，你为什么要这样说话？”另一个人影说道，“有鱼钻到你喉咙里去了吗？”

“拿……着……”回声再次响起，这次变得有点儿尖锐，高个子的男人朝苏西晃了晃手中的信，“这是我最后的愿望……”

“你最后的愿望是船不要沉，”第三个人影说，“我记着呢，你那时候可虔诚了。”

“我希望能被美人鱼救起来，”另一个人影说，他有些胖，肩膀很宽，“说真的，你还好吗，船长？你的声音有点儿哑。”

“我很好……”船长怒气冲冲地说，“我很……哦，算了，你们现在把一切都毁了。”船长垂下胳膊：“跟你们实说了吧，这可是我们这些年来的第一个新客人，我只是觉得应该给她点非同一般的体验罢了。”

“新客人？”那个想要被美人鱼拯救的海盗问。苏西现在确定了，他们都是海盗幽灵。那个海盗眯起眼睛，朝苏西漂

了过来。他身体连接在头骨上的光束被拉长了，像气球绳一样。“你是说这不是那个谁，威尔莫特？”

“当然不是，加文，”船长说，“你难道没注意吗？她的声音和威尔莫特不一样，这是个女孩。”

“哦！”第五个海盗笑了笑，他弯着腰，看上去上了年纪，“那位邮政局长可算找到邮递员了。”

“哦，太棒了！”船长笑着说，“恭喜。威尔莫特一直希望能找到一两个邮递员替自己干活儿，这对他来说真是件好事。”他开心地拍起了手。这在海底本来是不可能的，但苏西想也许幽灵可以做任何想做的事情。

苏西晃了晃身子。她本以为和一群幽灵面对面，自己会害怕，至少会大吃一惊。但不知道为什么，她的焦虑却在慢慢消退。也许是因为在这些幽灵眼里，她才是那个奇怪的人。“我叫苏西，”她说，“我是来这里取件的。”她指了指船长手中的信，问道：“是那些吗？”

让她疑惑的是，海盗们都笑了起来。

“怎么了？”苏西有些生气地问道，“有什么好笑的？”

“威尔莫特没有告诉你吗？”船长说。

“告诉我什么？”苏西说。

“哦，不用担心，那只是我们这里的一个传统。对吧，伙计们？”

“对。”其他海盗异口同声地说着，聚到了一起。无论船长要说什么，他们都不想错过。

“你看，苏西小姐，这里的生活孤独极了，只能与鱼儿们为伴，而且我们已经在这儿待了很多年了。从前我们在大洋上航行，寻找宝藏。”

“你们果然是海盗，”苏西说，“我就知道。”让她惊讶的是，对方的脸色都沉了下来。

“海盗？”船长气急败坏地说，“小姑娘，你觉得我们看上去像是那种恶棍吗？”

“不，不是。”苏西急忙说，“我只是……我觉得……海盗都戴着这样的帽子，穿着这样的大衣……”

“这些是制服，”船长说着，摆出一个高贵的姿势，“我们来自探索发现协会。”

另外几个幽灵在他身边站定，将手放在了原本是心脏的地方，异口同声地说：“未曾有人到过的地方，就留给我们去探索吧；有人去过的地方，我们也将有新的发现。”

“我很抱歉，”苏西说，“我之前不知道。”

“没关系，”船长说，“每个人都是在犯错中成长的。”

“就像您学到了不要在晚上驾船从珊瑚礁中穿过。”一个船员说。

“安静，内维尔。”船长掸了掸袖子上不存在的灰尘，接着说道，“正如我刚才所说，我们一直向西行驶，想要寻找宝藏。终于，我们找到了它，康多洛古城。从房顶上的瓦片到路边的排水沟，那儿所有的东西都是纯金制成的。”

苏西咬紧嘴唇，她从前在历史课上听到过类似的故事。“你们偷了那些金子吗？”她问道。

“天哪，当然没有。”船长说，“我们在一个建筑工地上找到了工作，负责拉碎金砖。那些康多洛人很开心我们能把它们拉走。”

“哦。”苏西羞愧得脸都红了，她刚刚把他们都想成了坏人。

“离开的时候，我们把船装得满满的，”船长说这些时其他人都面带微笑地看着他，“当时我们想尽快回到港口，于是决定从海峡抄近路。”

其他几个人夸张地清了清嗓子。

“好吧，那是我一个人的决定。”船长说，“本来一切都很顺利，但不可能的事情偏偏发生了，你知道吧，那天晚上没有月亮……”

苏西低下头，透过船员们漂着的一缕一缕的蓝色身体，看到那些孤零零躺在沙子里的头骨。她心里突然对他们产生了同情。“所以船沉了？”她说，“太可怕了。”

船长耸了耸肩：“这些过一阵子就习惯了。我唯一遗憾的是我们再也没机会向世界宣告我们的成功。康多洛古城依然在那里，我们有绝无仅有的一张地图。”

苏西再次看向他手中的信，问道：“你们是想让我送地图？”

这一次他没有笑出声，但脸上依然带着笑意。“试试看能不能拿住它们。”船长说着，向她递了过去。苏西伸出手去接，但就像她猜到的那样，她的手径直从那些纸中间穿了过去。

“原始地图和我们要寄回家的信在多年前就分解了，已经没有什么要寄的了，也不再有收件人了。”

“我不太明白。”苏西说，“那你们为什么找我们来呢？”

“这是我们玩的一个小游戏。在船沉没的时候，我在一小块羊皮纸上匆匆写下了我们的坐标，还留下信息，希望有人能及时将地图打捞起来。我将它密封进了一个旧朗姆酒瓶里，把瓶子扔进了大海，希望恰好有一阵海浪能把它带上岸。获救当然是没希望了，但明知远征还没有完成，我们无法就这样死去。”他们都在水里，身体也是半透明的，所以很难辨认他们的神情，但苏西觉得船长强忍着泪水，眼睛里泛着泪光，“唉，没有人来救我们。我们被束缚在船最终沉没的地方，孤独地度过了许多年。直到有一天，一个奇怪的矮人出现了，就穿着你那件潜水服，我们都不知道他是做什么的。他举起了那个我多年前扔进海里的酒瓶，问‘有人要寄地图吗’。”

“是威尔莫特！”苏西说。

“不是。”船长笑了起来，“是他的祖父。那时他只是一个年轻的矮人，一个像你一样的邮递员。和你一样，当他第一眼看到我们的时候，也害怕得差点儿从潜水服里跳出来。”船长笑着说：“可怜的老洪克斯。我们太渴望陪伴了，于是拉着他说个不停。你知道，我们还以为那是最后一次和别人聊天，一旦他发现这里没有要取的信件，他就永远不会再来了。”

“但是他没有这样做，对吗？”苏西问道，“不然我现在也不会在这里了。”

“一点儿没错。当他知道发生在这里的一切之后，我觉得他为我们感到难过。于是，他把瓶子还给了我们，对我们说，如果这个瓶子再次漂上岸，奇境邮政特快专列就会来拜访我们。自那以后，差不多每年特快专列都会来一次。这样一来，我们就可以了解联邦发生的事了。而你，就是这趟光荣旅程的新成员。”

苏西惊讶地发现所有幽灵都看向了她，满怀期待地微笑着。“哦，”她说，“那你们到底想知道什么？”

话音刚落，幽灵们就大声地提出了一大堆问题。

“兰德斯顿港的鱼现在多少钱了？”

“你最近读过什么好玩儿的书吗？”

“西沼泽地今年是不是又赢了奇境歌唱比赛？”

“你认识美人鱼吗？”

苏西抬起手，恳求大家安静一会儿。“很抱歉，”她说，“这些问题我都不知道怎么回答，除了美人鱼那个，我不认识美人鱼。”

“我也不认识。”加文低着头说道。

“等等，”苏西想起了什么，“你们是不是有人问到了西沼泽地？”

“对，”内维尔点点头，“只要别又被达勒马克击败，我们今年有机会赢的。”其他幽灵纷纷点头同意。

“嘘！”弗雷德里克忽然出声想打断苏西，“你要做什么？”

“你们来自西沼泽地吗？”苏西问内维尔。

“是的，”他骄傲地说，“我们是不折不扣的西沼泽地人。”

“跟我说说你们的家乡吧。”苏西快活地说。

“嗯，那是联邦最伟大的航海国家，”船长说道，“拥有悠久的历史，那里的人们做了无数笔生意，积累了数不清的财富珍宝。”

“还有许多牛。”内维尔说。

“什么？”船长挠了挠头，“哦，是的，我想是这样，但——”

“多得离谱的牛，您想想看。”

“我同意你说的，内维尔，我们的国家的确有很多牛，但我现在说的不是——”

“我们的国家简直可以用‘富牛’来形容。”

其他人都困惑地看向内维尔。

“富牛，就是‘富有奶牛’的意思啊，不是吗？”他看向四周，但没有人表示认同，“这个词在正确的场合下可有用了。”他嘀咕道。

“这太棒了！”苏西打断他的话，“你们就是我要找的人！”

“不！”弗雷德里克低声说道，“快停下！”

“谁在说话？”船长问道，“你们有两个人吗？”

“是的，”苏西说，“你们一定还没听说吧？你们的国家陷入危险了。有一个叫暗影夫人的女巫正在密谋窃取王位。和我在一起的就是真正的王位继承人——弗雷德里克王子。他正在逃亡。”

“你在做什么！”弗雷德里克哀号着。

“没关系，”她说，“你没听到吗？他们不能离开这艘船，所以也没法儿和别人说起你的事。没准儿他们还能帮助我们呢。”但当她看向那些幽灵时，只看到了满脸的疑惑。“怎么了？”她问道。

船长清了清嗓子，看上去有些尴尬：“恐怕你搞错了，小姑娘。自从大革命以后，西沼泽地就没有国王了。我们现在是首相制，已经持续好几个世纪了。”

“什么？”苏西说，“但这不可能，他跟我说……”苏西猛然明白了过来。她愤怒地一把握住鼻子上的袜子摇起来，直到水晶球掉进头盔里。水晶球贴在苏西的脸上,她用力往下看，刚好能和里面的弗雷德里克目光相对。

“我可以把一切解释清楚。”他说。

第11章

大侦察镜

诺玛走进馆长办公室，敬了个礼："启明大人，我们发现特快专列了。在黄晶峡。"

老人的目光从手上的报告上移开，抬起了头："干得不错，队长。那个女孩还和他们在一起吗？"

"我想是的，大人。但是那辆列车有一部分已经潜进了水里，普通的侦察镜没法儿看到那么深的地方。我们需要大侦察镜。"

"很好，"老人说着站起身，"我一直想找个机会清扫一下大侦察镜上的灰呢。"

诺玛跟着启明大人来到了瞭望馆中心的空地上——她曾和玛雅在那里交谈过。启明大人用拐杖敲了三下地砖，像枪响一样的脆响在瞭望馆的圆顶下回荡着，还没等这声音完全消失，地板下就传来一阵越来越响的低沉的轰隆声，他们往后退到了桌子旁边等待着。

砖块开始移动，折叠到了一起，露出下边的黑洞。洞口不断扩大，直到占据了整个中心区域。接着，伴随着一阵轻轻的齿轮转动的声音，一个东西从黑暗中升了出来。

那是一架望远镜，有小侦察镜的二十倍大，样子与小侦察镜完全一样，黑色的玻璃镜头空洞地盯着天花板，镜头几乎与诺玛一样高。望远镜下是一个圆形的基座，刚好填补了地砖留下的空隙。启明大人匆匆走了过去，坐在望远镜目镜下边的沙发椅上。诺玛站到了他旁边。

“大人，请容许我提一个建议，”诺玛低声说道，“我们虽然已经知道了特快专列的确切下落，但自从暗影夫人和她的手下进入传送隧道之后，我们就再没看到过他们。在开始行动前，我们得先弄清楚他们的行踪。”

“非常正确，队长，你说得很对。”老人调整了一下目镜，往里面看去。观测了一会儿之后，他说道：“黄晶峡根本没有她的踪影。”

“太好了。”诺玛说，她很高兴终于有点儿好消息了，“我现在就带一队人出发，把弗雷德里克找回来。”

“别急，”老人又调了调目镜，“奇境邮政特快专列从不会停太久。还没等你追上他们，他们就已经离开了。”

“但是大人，我们得在暗影夫人找到他们之前做点什么。”

“我同意，但我还不确定暗影夫人是不是跟着他们。”

“我不明白您的意思。”

老人叹了口气说道："这是我永远不会当着她的面说的——暗影夫人是个聪明人，她绝对不会迷路。如果她没有跟着特快专列去黄晶峡，那她一定在谋划着其他事情，这让我有些担心。在弄清她想干什么之前，我们不能轻举妄动。"

启明大人紧闭着嘴唇，思索了一会儿，继续说道："请让守卫们时刻保持警惕，队长。我希望他们能够做好随时行动的准备。"

"明白，大人！"诺玛心里充满了期待。终于要行动了，她想。虽然还只是一点儿苗头，但一种不安感在她脑海深处回荡，让她犹豫了一会儿。"大人，"她尽可能小心翼翼地说起这个话题，"我们还不知道暗影夫人为什么要找弗雷德里克，为什么给他施咒，我们甚至不知道他一开始为什么要逃跑。"

"这些问题都很重要，"老人回应道，"也许当他安全地回到这里时，会给我们答案。"他微笑着，将注意力转回到大侦察镜上。

"这三者之间一定有什么联系，"诺玛大声将自己的想法说了出来，"但是怎么可能呢？他只是个观测员罢了，和其他观测员没什么区别。他怎么会有暗影夫人想要的东西呢？"她在思索中皱了皱眉头，继续说道："除非他从侦察镜里看到了什么。"

"观测员的工作就是去看各种各样的事情，队长。"老人心不在焉地说着。

"我的意思是，重要的事情，"诺玛回答道，"一些……特殊的事情。”她再次看向那张空空如也的桌子，鼓起勇气问出了下一个问题：“我知道这是机密，但他在消失之前，研究的是什么？”

老人把视线从大侦察镜上移开，若有所思地看了诺玛一会儿。诺玛迎上他的目光。

“那些之所以是机密，一定是有原因的，队长，”他轻声说道，“我们的数据保护条例神圣不可侵犯。”

“我明白，大人。一般我也不会问起这些，但一定出了什么差错，如果我不能了解到全部事实，就无法解决问题。”诺玛心中的挫败感开始膨胀，仿佛内心深处有一个熔炉，使得她浑身充满不断喷发的热能，她不得不张开嘴，用话语将能量释放出来，“毕竟，我们的任务就是搜集信息。”

老人皱起了眉。“搜集信息，没错。把信息随随便便泄露给那些想得到它的人，不行。”他指了指穹顶，接着说，“信息就是宝藏，队长。它们比黄金还要珍贵，比魔法还要危险。如果正确的人掌握了这些信息，整个世界都会得以重塑。”

“但如果是错误的人呢？”诺玛问道，“所以我们不能让暗影夫人找到这些信息，无论它们是什么。”

老人将双手叠放在拐杖顶端，意味深长地看着她。接着，他闭上了眼睛。“他正在研究西沼泽地的农事。”他终于说道，“那儿有很多田野、奶牛和挤奶站。我不知道你觉得他还能看到什么。”说到这儿，他笑了笑。诺玛知道，他结束了这场谈话，温和但不容置疑。她还没有得到所需的全部信息，但知道自己一时半会儿不太可能从启明大人那里知道更多了。

“谢谢您，大人，”诺玛非常干脆利落地敬了个礼，“我还有一个问题。”

启明大人抬起一边的眉毛，深深吸了口气：“什么问题？”

“有关狼港的财政大臣的事。我检查了工作日志，根本没有她来访的记录。没有预约，没有安保安排，什么都没有。”她没再说什么，观察着启明大人的反应。

而他只是眨了眨眼，亲切地抬起头冲她微笑着说：“我真是太粗心了，一定是忘记记录了。抱歉，队长。”

诺玛也露出了微笑：“无须道歉，大人。人人都会犯错。”

除了您。诺玛走出去时这样想着，心里的疑问更多了。您从没忘记过任何事情。您一定有事瞒着我，我会自己查清楚的。

第12章

双塔记

苏西胸中的怒火像硫酸一样沸腾着。“你骗了我！”她说，“你跟我说你是个王子！”

“那不是欺骗，”弗雷德里克抗议道，“那是个借口，二者不一样。”

“你说的话有多少是真的？”苏西问道。

“有一些吧。”弗雷德里克的声音里流露出几分尴尬。

“暗影夫人的确对我施了咒。而且我的确说过奇境可能遇到了危险，我没有说谎。”

船长清了清自己的嗓子，试图赶走一条游过的鱼，但那条鱼不慌不忙地穿过了他的手。“我和我的伙计们都有点儿糊涂了，”他看上去显然不太自在，“如果你的朋友不是王子，那他到底是谁？”

“他不是我的朋友，”苏西说，“我也不知道他是谁，他声称自己叫弗雷德里克。”

“没错，”弗雷德里克说，“这部分也是真的。”

“那你为什么对别的事情说谎？”苏西问道。

“因为有些消息很危险，”他的声音里透出几分悲伤，“你知道得越少，就越安全。”

苏西瞪着他，说道：“托你的福，我已经陷入危险了。既然我救了你，你就应该告诉我真相。”

“但你现在还没有完全救了我，不是吗？”弗雷德里克说，“我还在这个愚蠢的水晶球里。就好像这还不够糟糕似的，我又被困在了这套潜水服里，忍受着你的呼吸。”

“真是抱歉，你是想让我停止呼吸吗？”

“你让玻璃球起雾了！而且我一抬头就能看到你的鼻孔。”

“也许你更喜欢暗影夫人壁炉台上的风景吧。”苏西刚说出口立刻后悔了。她永远也不会把谁交到暗影夫人那样的人手里，但怒火让她变得有些刻薄。正当她准备向弗雷德里克解释时，他先开了口。

“你说得对，”他低声说，“我很抱歉，我会告诉你一切的。”

“很好。”苏西说，尽管她心里很不是滋味。

幽灵们凑得更近了，不想错过任何一个字。

“我不是王子，”弗雷德里克说，“但我的确是西沼泽地人，而且当我被解开诅咒，变回原来的模样时，我就会成为一个英雄。真的有阴谋在发生，只有我可以阻止它。”

“为什么是你？”苏西问。

“当然是因为只有我知道那件事，”他回答道，“不然你觉得为什么暗影夫人那么想抓住我？”

“等等，”苏西眯起眼睛看着弗雷德里克，“既然西沼泽地现在没有王位了，又怎么会有窃取王位的阴谋呢？”

“因为这个阴谋不是要统治西沼泽地，而是统治整个奇境，任何一个地区都不放过。它计划推翻各地合法的领袖，建立一个巨大的独裁王国。”

一时之间，所有人都没有开口。这些话压在苏西心头，它们可信吗？苏西并不愿回想，但可怕的记忆又在她脑海中浮现：暗影夫人的影子像活物一样向她爬了过来。她想象着它从高塔中冲出来，包裹住沿途的一切。这样一想，弗雷德里克的话似乎又非常合理了。

更糟糕的是，苏西觉得自己非常渺小脆弱，就像一只老鼠感觉到一只盘旋的老鹰的影子从自己头上掠过。暗影夫人现在正在某个地方，想要抓住他们。她不愿去想如果他们被那个老巫婆捉住会发生什么。

“这么说暗影夫人想要征服整个联邦，”苏西努力想摆脱心里的恐惧，“好吧，我可以相信你的话，但你是怎么发现的？”

弗雷德里克犹豫了片刻，说道：“因为我是个天才。”

幽灵们都发出了赞赏的声音，但苏西轻轻哼了一声：“真的吗？”

“嘿，”弗雷德里克抗议道，“我是在农场长大的没错，但这不意味着我是个笨蛋。你根本不知道那种感受，困在沼泽当中，没有兄弟姐妹，没有邻居，没有朋友，没有学校，没有钱，没有未来。只有奶牛，还有我的父母，他们甚至觉得我的存在只是在占用空间罢了。”

“可怜的孩子。”船长说道。其他船员也纷纷哀伤地点了点头。他们的幽灵光芒因同情而变得有些暗淡，让沉船也变得更暗了些。

“哦，”苏西没想到弗雷德里克会这么坦诚，这让她更难受了，“我很抱歉。这听起来很糟糕。”

“我曾经的生活……”他叹了口气说，“一言难尽，这意味着，如果我想要什么，就必须自己去争取。我五岁之前就开始自己认字，六岁就了解天上每颗星星的位置。不是我吹牛，我的确有点儿像个神童。”

“那你现在几岁了？”苏西问。

“十岁，”他说，“马上就十一岁了。这是人类的年龄，不是矮人的，提前告诉你免得你问。”

“但一个十岁的孩子怎么会发现整个联邦最危险的女巫的阴谋呢？”苏西问道，“我已经十一岁了，但是大多数时候，我连在早上起床的时候找到一双相配的袜子都很不容易。”

“我只是找对了人，”弗雷德里克说，“我搜集到了所有的证据，但还没来得及用上，就被暗影夫人施了咒，然后我就在这里了。”他的声音越来越微弱。

“但是你还能说话，”苏西说，希望这能让他打起一点儿精神，“这意味着你可以告诉别人你的发现，不是吗？”

“但是只靠我的话还对抗不了她，”他说，“她向我施咒时，我搜集的证据都在我手上，和我一起被困在了这里，现在变成了这个水晶球的一部分。”

“那么我们需要先想办法解开这个咒，让你和你的证据都恢复原状。”苏西说。

“是的，但是应该怎么做呢？”

苏西耸了耸肩，说道：“那些矮人会魔法，说不定他们能帮上忙。”

让她气愤的是，弗雷德里克笑了起来：“矮人的魔法？他们的魔法只能对付机器，对人可没用。”

“那你有什么高见呢？”苏西觉得自己的耐心已经快被磨没了。

“我可以看看那个水晶球吗？”船长插话道。苏西点了点头。船长身体前倾，将脸穿过头盔。他发着蓝光的脸出现在头盔里，离苏西的脸只有一两厘米，她没忍住往后退了一步。

“不好意思，”船长轻声说，抱歉地笑了笑，“给我一秒钟就好。”他仔细检查了弗雷德里克的水晶球，随后皱起眉头。片刻之后，他离开了苏西的头盔，回到船员当中。“恐怕这孩子说的是真的，”他说，“是某种厉害的咒语在起作用，非常强大的咒语。”

“我早就告诉你了。”弗雷德里克咕哝道。

“那我们应该怎么解开它呢？”苏西问。

“当然是用一个同样厉害的咒语了，”船长回答，“据我所知，只有一个地方的魔法可以比得上黑岩塔。”

“哦，不，”弗雷德里克说，“别说了。”

“什么？”苏西问道。

船长挺直了身子，低声说：“象牙塔。”

“我就知道，”弗雷德里克绝望地说，“你就不能想想其他地方吗？”

“等等，”苏西觉得自己已经跟不上他们的节奏了，“象牙塔是什么？”

幽灵们都震惊地看向她。“也许加文可以告诉你，”船长说，“他是这艘船上的历史学家，也很会讲故事。”

“乐意效劳，先生。”加文显然很开心自己被叫到。他往上漂了漂，确定所有人的注意力都放到了他身上，才低声说：“这是我听过的最古老的故事。许多年以前，当所有的奇境王国首次决定组成联邦时，大家建造了两座高塔，一座是正义之塔，另一座是知识之塔。它们是希望的象征，所有人在需要时，都可以向那两座塔寻求帮助。

“几个世纪以来，黑岩塔的魔法为无助的人提供保护，为受冤屈的人伸张正义，为弱者带来勇气。对于所有需要它的人来说，它所传递的力量就像灯塔一样闪耀着。但权力也相伴而来，权力会滋生腐败。随着岁月流逝，黑岩塔掌权者开始质疑：为什么强者应当为弱者服务？渐渐地，这座塔成了恐怖的象征，它强大的力量可以惩罚那些违抗它的人。”

苏西不由得在潜水服里打了个冷战。她能确定一件事，那就是她惹恼了黑岩塔的现任掌权者暗影夫人。加文继续讲下去时，她努力把这个想法抛在脑后。

“象牙塔是智慧的宝库，它促进新成员之间的了解，它的图书馆收藏着整个联邦的书籍，也给许多人带来了启发。但知识也是权力。象牙塔的看守人逐渐变得傲慢冷漠，疏远了所服务的对象。他们并不残忍，也不危险，但冷漠无情。现在，象牙塔垄断了知识，只有少数人有机会使用，还得用自己最宝贵的财富，也就是新的信息来交换。这就是知识的代价：用一条信息换另一条信息。”

故事说完了，加文回到原处，满意地点了点头。其他船员零星地鼓起了掌。

“干得好，加文，”船长说，“要是我来讲，这个故事就没那么精彩了。”

“所以象牙塔会有解开弗雷德里克的魔咒的信息，”苏西终于有了明确的目标，感到很开心，“它在哪儿？”

“去的话再简单不过了，”弗雷德里克闷闷不乐地说，“但进去之后再出来几乎不可能。”

苏西想起了加文的话，说道：“你刚说我们需要用新的信息交换才能进去，‘用一条信息换另一条信息’。”

“没错，”加文说，“这是象牙塔的铁规矩。”

“但什么是新的信息？”她问。

“就是秘密，”弗雷德里克说，“整个奇境只有一个人知道的事情。”

“我明白了。”苏西咬着嘴唇开始思索，接着她有了一个主意。“我们已经有一个秘密了！”她说，“就是你掌握的证据。这件事只有你一个人知道，对吗？”

“不，”他说，“这些证据是我从其他人手里搜集来的，你忘了吗？”

苏西大失所望。船员们都聚精会神地低头听着，抚摸着自己的幽灵胡子，喃喃自语。看着他们，苏西有了另一个主意。“那么康多洛古城的位置呢？”她说，“既然地图已经分解了，这件事就只有你们知道了。”

“但所有的船员都知道，”船长说，“我们有五个人呢。”

“那你们谁都没有秘密吗？什么都没有？”苏西问。

船长笑了笑说：“这么多年过去，我们已经没有任何秘密了。而且就算有，一旦告诉了你，那就不再是秘密。”他无奈地耸耸肩：“我很抱歉，现在我们帮不上什么忙。”

他的话让苏西的语气缓和下来。“你们已经帮了很大的忙了，”她说，“我很开心能遇到你们。”

听了苏西的话，船员们身上的光芒似乎又亮了一些。“很开心你能这么说，”船长说，“很高兴能认识你。我们已经开始期待你的下一次来访了。”

下一次来访？这些话像一桶冰水一样浇在了苏西身上。她第一次被迫面对自跳上列车就开始逃避的问题：即使她真的救了弗雷德里克和整个联邦，这件事要到什么时候才能结束？她一心想着别让眼前的机会溜走，甚至没想过自己要花多久才能回家。现在她抓住了机会，还要继续往前走吗？那些矮人真的不会把她留下来？没有他们的帮助，她怎么可能找到回家的路？回家以后又会发生什么？爸爸妈妈是不是已经醒来并且发现她失踪了？弗莱彻是不是还想着夺走她的记忆？还有可怜的威尔莫特，他是不是还会一个人在分拣车厢辛苦工作呢？她不想抛弃他，但她还能做什么？她不可能永远待在特快专列上。她终于开始意识到自己面对的问题有多严峻，它们像群山一样耸立着，将她团团围住。苏西开始冒冷汗了。

但她提醒自己，现在眼前最大的问题是弗雷德里克。如果她不能把他带到象牙塔去，他，还有她自己和联邦的所有人，都会立马落入暗影夫人的魔爪。如果她失败了，他们将无路可逃。

“你希望我把它放在哪里？”苏西说着，从潜水服的口袋里摸索出那个朗姆酒瓶。

“只要把它从那边的舷窗扔出去就行，看看大海会把它带到哪里。”船长指了指船身上的一个圆孔，圆孔边缘包围着正在生长的珊瑚。

苏西照做了，她迈着沉重的步子穿过沉船内部，小心翼翼不踩到散落的骨头，然后将瓶子从舷窗扔了出去。她刚一松手，酒瓶就像软木塞一样飞驰而去，向上打着旋儿，很快就不见了。

“谢谢你。”船长说。

“不客气。”想到自己可能再也见不到这些人，苏西感到有些悲伤，“你确定你们自己在这里没有关系吗？”

“我们已经学会了怎么打发时间，”船长说道，“几个月很快就过去了。只不过‘我说你猜’游戏[1]我们已经玩腻了。”

“我用我的小眼睛看到，”内维尔冒了出来，“海上的某样东西。”其他船员一听都抗议般叫起来。

“去吧，去找一个秘密，”船长说，“把这个男孩带到象牙塔，让他恢复原状，拯救整个联邦，再来告诉我们发生的一切。”

“我会尽力的。”苏西不想再许下自己无法做到的诺言。船员们纷纷抬起手向她告别，然后慢慢变回没有形状的云团，只有船长还站在那里。苏西走出沉船往回看时，他依然站在那里看着她，眼神既悲伤又充满希望。

苏西挥了挥手，转身离开。她真希望自己能带他一起走。她需要一切可以得到的帮助。

---

① 英美国家常见的亲子游戏 I spy，一般以“我用我的小眼睛看到”开始，描述某种东西，让其他人猜是什么。

第13章

计谋

“我们得尽快行动。”苏西小心翼翼地穿过礁石返回危险地带车厢时弗雷德里克说，“我们有许多事要做，我不该也不想再待在这个水晶球里了。”

苏西没有回答。和幽灵的相遇让她悲伤又不安，她想要片刻的宁静来厘清自己的思绪。“你说去象牙塔很容易，”她终于开口道，“特快专列可以带我们到那儿吗？”

“当然。”弗雷德里克说，“联邦的所有铁路线最终都通向象牙塔，可如果我们不能进到里面，又有什么用？”

“但那是个机会。”苏西迈着沉重的步子前进，看着鱼儿飞快地躲开，开始自言自语，“奇境邮政特快专列会送快递到黑岩塔，所以它肯定也会去象牙塔，对吧？”

“对的。”弗雷德里克说，听上去开始有些不耐烦，“它哪儿都会去。”

“那就意味着邮递员肯定有进去的办法。”她说。

“也许吧，但是寄往象牙塔的快件非常稀少，也许几个月也不会有一件，那么长的时间我可等不起。”

苏西专注地琢磨着她的新主意，所以没有回应。他们就快到达危险地带车厢气闸舱的外层舱口时，她突然停了下来。

“怎么了？”弗雷德里克说，“我们得进去。”

“我们会进去的，”她说，“你得先答应我一件事。”

“好吧，什么我都答应，只是快点！”

“别再撒谎，明白吗？如果想要我帮助你，我必须确定你对我是诚实的，否则你就自力更生吧。”

“我是诚实的，”他说，“现在我已经把一切都告诉你了。”

“你还没有告诉我是谁向你透露了暗影夫人的阴谋，以及一开始你怎么知道该找谁去问。”

“费这个劲干吗？”他说，“说了你也不认识，我碰巧有几个朋友身居高位罢了。”

这个答案显然没有缓解苏西的情绪。“怎么可能？”她说，“你生活在一个遥远偏僻的农场。”

“不是的，我说过我在那里长大，但我是天才，记得吗？我在社会上的地位上升了。”

苏西失望地攥紧了拳头：“那我们为什么不去找你的这些朋友，让他们帮助我们呢？”

这个问题一定是说中了弗雷德里克的心事，他的语气变得生硬起来。“也许‘朋友’用词不是非常准确，”他说，“他们更像是熟人。”

“关系好的熟人？”

弗雷德里克顿了顿。“也不太算，”他轻声说，“实际上我跟很多人都相处得不好。”

“真是意外。”苏西说。

“我的智力令他们心生畏惧，我也没有办法，”弗雷德里克说，“不管怎样，没必要为他们操心，你只需要相信我。现如今，唯有你和我可以拯救联邦，我们快没有时间了。如果暗影夫人追上我们，一切就都完了，没有人可以阻止她。”

这个想法让苏西感到担忧，一阵冰冷的刺痛感爬上她的后背。“我想我有办法到达象牙塔，”她说，“但是我想要一些回报。”

“什么回报？”

“我需要你帮我找到回家的路。”

“特快专列做不到吗？”弗雷德里克问。

苏西张开嘴巴，如鲠在喉。“如果我的计划成功，我觉得他们不会想帮我。”她已经违背了对威尔莫特的承诺，而且还将做出更糟糕的事情。如果他们到达象牙塔，她就再也瞒不住了。

“我可以做到，”弗雷德里克说，“象牙塔里的信息包罗万象，我一定能在到达那里之后帮你找到你所需要的信息。”

“好极了。”苏西本应如释重负地松一口气，可她一点儿也不觉得轻松，因为现在她彻底和弗雷德里克结盟了。她仍然不确定究竟可以信他几分，但是还有什么选择呢？他令人恼火，可也孤单无助。联邦的命运维系在他身上，而他又依靠着苏西。她希望自己做出的选择是正确的。

“怎么样？他们看到你吃惊吗？船长怎么说？”威尔莫特一拉开内层舱口就开始问个不停，还没等苏西回答，他就帮她拧开了固定头盔的螺丝。苏西心想：谢天谢地，好在自己已经将装着弗雷德里克的水晶球塞回了鼻子前的袜子里，不会被发现。

“我希望他们没有让你厌烦，”威尔莫特继续说，“他们真的超级友好，而且还有一些精彩的故事可以分享，尽管他们确实有点儿喋喋不休。”他使劲儿将头盔从苏西的头上拿开，再放到地上：“所以……”

“很好，”苏西一边享受着新鲜空气拂在脸上的感觉一边答道，“我喜欢他们。”

“是吗？哦，真不错。顺便说一下，我喜欢你新做的头发。”

“新做的什么？”她将一缕头发拉到面前，倒吸了一口气，“变成了亮黄色！”

“只有一点儿。”威尔莫特说。

苏西观察着太空头盔抛过光的面罩上映出的自己。她的发梢变成了亮黄色，她入迷地盯着头发：“这是怎么回事？”

“这是接触核聚变香蕉的副作用。”威尔莫特说。

“所以乌瑟尔也是因为这个变黄的？”

“没错，”他说，“一两天之后就会变回来。”

很好，苏西边想边扭动着脱掉潜水服，眼睛在舱内瞟来瞟去，寻找威尔莫特的投递时间表。她很快就有了发现，时间表随意地挂在气泵上面，仿佛随时会掉下来。现在她所要做的就是拿到它。“奇境的人死了之后都会变成幽灵吗？”她穿上睡袍时说。

“天哪，不。如果都变成幽灵，就会拥挤得连根针都插不进去。通常只有那些心愿未了的人才会徘徊着不肯离开，”他抖掉手上的几滴水，“瓶子派送了吗？”

“派送了，”苏西说，“不过我觉得潜水服漏水。”她将潜水服递给威尔莫特，祈祷着愧疚感不会让她的脸红得太厉害。她不想欺骗威尔莫特，但这是唯一可能奏效的办法。

“哦，天哪，”威尔莫特说着将潜水服举起来，用一根手指头戳了戳，“漏得严重吗？”

“嗯，严重，”她说，“很严重。我觉得是前面漏了。”

威尔莫特将头从潜水服的脖子处伸进去，用两只手在外面摸着。“我什么也没看到。”他说。

“你再找找，”苏西说着，悄悄地穿过舱室来到气泵跟前，“肯定有。”

她拿起投递时间表扫视着。那是一张井井有条的时间表，用铅笔工工整整地写着目的地、收件人和快件名称。正如苏西所料，时间表上哪里都没有象牙塔的踪迹。他们的下一个派送任务那里写着一个邮件号码——苏西猜想邮件正放在分拣车厢的架子上，和一个名字——卡尔乌斯·雷利，以及一个目的地——云工厂。

她回头瞄了一眼威尔莫特，他的上半身倒穿着潜水服，苏西不确定他能否把它脱下来，不过看样子他在努力找出漏水的地方，他时不时地发出相当刺耳的噪声，偶尔还嘟囔着诸如“我明白了”“非常有趣”之类的话。

苏西的时间不多了。她拿起拴在笔记板上的铅笔头。铅笔的一端带有亮黄色的橡皮，苏西用它擦掉了云工厂这条记录，然后匆匆忙忙写下另一个地址：象牙塔。她尽可能模仿着威尔莫特的笔迹，但对于之前淡淡的铅笔印却无能为力。而且她希望自己在海底时威尔莫特还没来得及查看时间表。计划实施得很不理想，但她的时间只够做这些。她勉强赶在威尔莫特把潜水服从头上脱掉之前将笔记板放回气泵上，并冲回到他身边。

“我看不出有什么问题，”他喘着粗气红着脸说，“而且里面看上去是干的。”

苏西抿着嘴，涨红了脸，不知道该说什么。

“不过现在没有时间操心它了，”威尔莫特接着说，他将潜水服挂回到衣架上，“我们有工作要做。”他冲苏西咧嘴一笑，迅速跑到一面墙上的一个小控制面板前。他扳动操纵杆，危险地带车厢猛地一晃，然后缓缓地从海底升起。苏西趁机将潜水头盔放回架子上，同时将弗雷德里克从头盔前端的袜子里拿了出来。

“发生了什么事？”弗雷德里克悄声问。

“嘘！”她说着将他丢进睡袍口袋。

“你已经成功派送两次了。”威尔莫特从控制面板前转过身来，“让我们开始第三次吧，怎么样？”

“听上去好极了。”苏西挤出一个僵硬的笑容，“我们要去哪里？”

“问得好。”威尔莫特说着朝笔记板走去。苏西本来因为他没有检查时间表松了口气，但这种情绪立即被新的焦虑所取代。她看到威尔莫特顺着时间表往下看，然后眼睛睁得大大的。

“这不可能，”他上气不接下气地小声说，“绝对不可能。”

苏西真希望自己能在别的什么地方，但是她没法儿将视线从威尔莫特逐渐失去血色的脸上移开。她攥紧拳头，指甲都抠进了手掌里，但这没能缓解她的不安。她在对信任她的人撒谎，就像弗雷德里克对她撒谎一样，她觉得自己和他一样糟糕。

可是还有其他办法吗？

“出了什么事？”她问，感觉自己像个骗子。威尔莫特用茫然又恐慌的眼神看着她。

“我怎么会漏掉它呢？我以为我检查过了，”他用手指戳着笔记板，“这很严重。”

就在威尔莫特说这话时，危险地带车厢冲破海面，哐当一声与火车的其他部分重新连接在一起。几乎就在同时，仪表盘上的电话响了起来。威尔莫特眨了眨眼睛，仿佛之前从未见过它一样。“哦，天哪！”他说着拿起了电话。

威尔莫特结结巴巴地接电话时，苏西鼓足勇气挪过去站到他旁边。“是的，斯通克先生，我正要做呢，我之前一直忙着弄气泵，还有……”一阵沉默后，威尔莫特接着说，“嗯，我恐怕是有一点儿疏忽，你知道……是的，是的，我会的，马上。”

威尔莫特把电话从耳边稍稍移开一些，拿起拴在笔记板上的铅笔头，在象牙塔那个条目上敲了三下。手写字发出明亮的金色光芒，苏西看得入了迷。接着这些字移动、翻滚起来，逐渐变得模糊。她之前看过这一幕，就在驾驶室里那个小目的地指示牌上，她恍然大悟：这就是指示牌的更新原理，有魔法将它和威尔莫特的笔记板连在一起。

仅仅几秒钟之后，字恢复到原来的顺序，光芒渐渐消失。电话里传来斯通克震惊的吼叫声，声音大得就像他正和他们一起站在危险地带车厢里似的。

“我很抱歉，”威尔莫特对着话筒说，“我一定是太专注于送往黑岩塔的包裹了，把这个完全疏忽了。”

苏西不太能听清楚斯通克回了什么话，但他听上去不太高兴。

“对，我知道那不是理由，”威尔莫特听上去越来越可怜，“我承担全部责任。是的，我知道这将给我们路上增加多少时问。对，你说得对，这是不可接受的。”

苏西看到威尔莫特快要哭了，于是将一只手放到他的肩膀上安慰他。他退缩了一下，大概是忘记了苏西在那里。苏西从他手里拿过话筒放回到话机上，他没有反对。

“你还好吗？”苏西问。

“不好。”他说，“我犯了个巨大的错误，现在我们将会比计划时间晚得更多了。”

这些话像滚烫的针一样扎进苏西的心里。“我确信那不是你的错。”她说。

“可这就是！”焦虑使他无法站在原地不动，他挣开了苏西的手，在车厢中间踱来踱去，“象牙塔！那么多地方，偏偏是它！你知道特快专列多久去那里一次吗？”

“多久？”苏西问。

“从没去过！至少是几乎从没去过！多年前我爸爸不得不到那里派送过一次。现在轮到了我，可我甚至都没注意到。哦，我妈妈说得对，一个矮人独自承担这项工作担子太重了，瞧我把这事弄成什么样了。”

“别那么说。”苏西恳求道，“你是位了不起的邮政局长，真的。”这时，列车猛地一震，动了起来。“现在我们要去那儿吗？”苏西问。

他摇摇头，仍旧踱着步：“不，我们不能贸然过去。启明大人从不白白放人进去。”

“启明大人是谁？”

“象牙塔的看守者、负责人。那是他的工作，你知道，搜集信息。所以，如果你想从他那里获得什么，就必须向他提供只有你知道的独家信息。”

“你能做到吗？”苏西充满希望地问。

“得先绕个道才行。”威尔莫特匆忙走到最近的一个舷窗旁，苏西跟了过去。下午即将结束，太阳在落向地平线时变得越来越大，将海浪染成金黄色和绯红色。

“我们要去哪儿？”苏西说，希望自己面对着如此美的景色可以感觉好受一些。

“回家。”威尔莫特说。

随后黑暗的隧道口张大嘴巴将列车吞了进去，黄晶峡消失了。

第14章

意外的访客

诺玛在弗雷德里克的空座位前停了下来。上次巡视瞭望馆时，她路过这里三次，每一次走近时，那挥之不去的不安感都促使她停下，但她总是在最后一秒钟失去勇气，匆忙而过，继续下一轮巡视。

现在这种不安感越发强烈，到了无法忽视的程度，她朝房间中央紧张地瞄了一眼，启明大人仍在那里全神贯注地盯着大侦察镜。她感到口干舌燥，舔了舔嘴唇，然后朝旁边座位上的观测员俯下身。

“那孩子消失之后，有人碰过这个侦察镜吗？”诺玛低声问道。

一个长着长毛猎犬般的脸的男孩——名牌上的名字是吉姆-吉姆——惊讶地往后一缩。“没有，队长。”他的声音因畏怯而发紧，“我们是不能碰别人的座位的，这是规定。”

“护卫中也没有人碰过？”诺玛问，然后将耳语的声音降得更低，“就连……启明大人也没有？”

吉姆－吉姆耷拉着耳朵，极其轻微地摇摇头：“没有。”

“谢谢你。”诺玛说。她本想加一句“好孩子”，但最终没说。吉姆－吉姆急忙重新投入到工作中，努力假装她不在那儿。诺玛又朝启明大人的方向迅速看了一眼，然后轻轻地将弗雷德里克的椅子从座位下拉出来，坐了进去。

她讨厌这样偷偷摸摸行事，感觉不诚实。但她更讨厌不确定的感觉，她知道将这种感觉赶走的唯一方法就是将这里所发生的事情探个究竟。有什么事情让弗雷德里克离开了瞭望馆，一定是什么极为危险的事，让他差点儿落入暗影夫人魔掌之中。如果他一整天都坐着观测农场是不会发生那样的事的，他一定是在观测其他什么……而如果没有人碰过他的侦察镜，那么镜头就一定还对着弗雷德里克最后看到的东西……

诺玛不由自主地打起寒战，她努力克制住自己，往前探了探，将眼睛贴在侦察镜上，第一次越过无数奇境凝视遥远的另一端。

她看见了一头奶牛。

实际上，她看到好几头奶牛在一个泥泞小院里走着，小院位于一间年久失修的畜棚和一间小小的破烂不堪的旧棚屋之间，她正俯视着这幅图景。她调整目镜，景物缩小了，连在一起的几块暗绿色的田地展现在眼前，地里全是奶牛，它们的哼哼声和哞哞声像是从水下进入她的耳朵。

“在找东西吗，队长？”

诺玛起来得太快，膝盖砰的一声撞到了桌子下方，声音在整个大厅里回荡。她疼得龇牙咧嘴,但还是迅速敬了一个礼。启明大人正站在桌子旁，抬起眉毛礼貌地询问着：“嗯？”

“大人！我只是，只是……”她结结巴巴地说。

“只是在查我？”他面有异色地回应道,“你对我缺乏信任，让我有点儿伤心，队长，不过我觉得应该为此表扬你，因为没有人是不容置疑的,就连我也不例外。”他渐渐露出微笑：“你有何发现？”

诺玛竭力控制着自己的神色。“没什么，大人。只是农场，正如您所说的那样。无论是什么导致他离开，都不会是这个。”她尴尬得脸颊发烫，但启明大人只是满意地点了点头。

“我很高兴就这么解决了。其实你只要稍微再等等，我原本会亲自向你解释他的动机。”

“您知道了些内幕，大人？”

“对，刚知道。”他挥手示意诺玛跟随他回到大侦察镜旁。在观测员听不到的地方，他继续道：“我追踪他和那个人类女孩苏西到了海底，他在那里透露了一些令人忧虑的实情。看样子暗影夫人的野心比我想得还要大，”他变得严肃起来：“我确定她正在计划夺取瞭望馆的控制权，队长，那就是她需要弗雷德里克的原因——他知道瞭望馆的位置，知道怎样进来，以及这里的一切是怎样运转的。”

混杂着愤怒和恐惧的情绪开始在诺玛的心底升起："您的意思是他出卖了我们？"

"是的，那是我目前的猜测，"启明大人露出一个忧伤的微笑，"真让人难受，我们已经为他做了那么多。不过他一定是改变了主意，想要逃离暗影夫人，这就解释了为什么她会对他下咒。罪有应得，你说是不是？"

"您必须允许我带一支队伍出去，大人。"诺玛攥起拳头，想象着用拳头可以从弗雷德里克那里逼出答案，感觉好受了一点儿，"等我抓到他，我会让他知道被诅咒就是个小玩笑。"

"没有那个必要，队长。"启明大人说，"等那个男孩到了这里，你会有很多机会让他知道他犯了怎样的错误。"

诺玛过了几秒钟才明白启明大人的意思。"您是指他正在赶回来？"她惊叫道，"但他才刚刚离开！"

"看样子是暗影夫人的紧追不舍让他改变了心意。"启明大人说。然后，让诺玛吃惊的是，他伸出手抓住了她的小臂，抓得出奇用力。"这至关重要，队长。"他低声说，"弗雷德里克是这一切的关键，而我猜测暗影夫人会来这里拦截他。我们不能让那样的事情发生，周边的护卫要加一倍才行，不，三倍。"

诺玛谨慎地慢慢将小臂从他的手中抽出："大人，您确定吗？黑岩塔从未与象牙塔为敌过，在整个联邦历史上都不曾有过。"

"历史是一回事，队长，"启明大人说，"未来是另一回事。而且倘若我们不为之做好准备，奇境联邦本身也会面临危险。"

他的眼里冒出冷冷的光。诺玛正要回应，她腰带上别着的对讲机突然刺耳地响起来。

“保卫瞭望馆！”对讲机里传来一个惊慌的声音，“有敌人接近！有敌人接近！”诺玛还没来得及回答，就感觉到地面颤动起来，好像有某个巨大而沉重的东西正快速接近外面的大门。观测员们全都一跃而起，护卫们迅速抢占防守位置。

“她已经到了！”诺玛大呼，“守住大门！”

但为时已晚。大门被猛然撞开，一个巨大的身影冲进房间，一队护卫追随其后。

诺玛以为是暗影夫人的一个雕像士兵，但来的却是一个比她高出一倍、宽得像台拖拉机似的人。那人穿着皮护甲，紫色的脸上文着图案，他轰隆隆地穿过房间，冲过来时龇牙咆哮着，露出参差不齐的牙齿。他掀翻桌子，将试图拦住他的护卫一个个打倒在地。

诺玛俯身戒备，用等离子步枪瞄准了目标。“是狂暴战士！”她喊道，“进办公室躲避，大人！我会尽可能拖住他！”他是怎么进入这里的？她心想。她正要扣动扳机，启明大人却站到了她前面。

“狂暴战士首领，您接受了我的邀请，真是太好了，我不确定您是否会来。”

诺玛震惊地看着启明大人伸开双臂，像欢迎老朋友一样迎向对方。狂暴战士砰地停住，低下头对他怒目而视。“你想要谈谈，”那声音低沉得能够渗入诺玛的骨头，“那就谈谈。”

“当然。”启明大人说，“去我的办公室谈怎么样？”狂暴战士首领只是咆哮一声作为回应。与此同时，追赶而来的护卫在他身后跌跌撞撞地停下，上气不接下气地喘着，护卫们的护甲上出现了凹痕，制服被撕破了，大多数人身上都有砍伤和擦伤。大家都看向诺玛，寻求指令。

“他有进入的资格，队长，”其中一人说，“但是他不肯停下来接受安全检查。”

“大人！”诺玛的心怦怦直跳，手指仍然扣在等离子步枪的扳机上，“这是怎么回事？”

“为未来做的准备，队长。作为奇境一个地区的领袖，狂暴战士首领听说了我们的项目，很希望能够积极参与其中。”他走到一边，挥了挥手臂将首领引向办公室。狂暴战士块头太大了，他蜷着身子不得不趴下才从门里挤了过去。

“但是，大人！”在启明大人转身跟上客人时，诺玛抓住了他的胳膊，“狂暴战士仅仅为了好玩儿就会咬掉人的手指头，还生吃龙肉，”她放低声音耳语说，“我们会有什么东西是他们想要的？”

启明大人拍拍她的手，微笑着说道：“我不会有事的，相信我。”他看了看狂暴战士首领身后被掀翻的桌子、散落的纸张和目瞪口呆的观测员们：“你们最好回去工作，我们有很多事需要做。”他微笑着离开，关上办公室的门，合上了百叶窗。

“明白。”诺玛言不由衷地嘟囔着。狂暴战士！在奇境的几百个物种中，她最不想在这里见到的就是他们。他们是武士，不是学者。所有人都知道他们不喜欢其他人，更别说与之合作。他们只能掰着手指数到十，有时候能数到二十——如果他们用上从别人身上咬下来的手指的话。

她忧虑地看了办公室的门一眼，然后转身面向待命的护卫们。“不要傻站在那里，”她吼道，“你们听到大人的话了？恢复这里的秩序。”

第15章

回家

奇境邮政特快专列在传送隧道里行驶着，仅仅过了几分钟，威尔莫特就发生了很大变化。原先的心灰意冷被紧张和激动所取代，他一刻不停地在危险地带车厢里走来走去，每隔几秒钟就检查一次怀表，带着几乎可以说是充满期待的表情凝视着舷窗外面。

“一切都会好起来的。”苏西说。她在试着安慰他，这也是在安慰自己。

“就快到了。”威尔莫特说着又看了看怀表。

过了一会儿，火车带着空气的呼呼声和残留的魔法光晕冲出隧道，开始慢下来。

“我们到了！”威尔莫特跳到最近的舷窗边，挥手让苏西过来，她急忙来到他身边。

浅米色的光从浅米色的天空洒进火车内，天空中有几道黑色烟柱，从一个个巨大的砖砌烟囱里升起来。在离铁轨很远的地方建着一大片杂乱的仓库、工厂和磨坊，它们都有着煤黑色的石板屋顶，用脏兮兮的黄色砖块砌成。再向更远处眺望，苏西只能辨认出远山的棕色山峰半藏在薄雾中。

特快专列穿梭在由很多条铁路轨道织成的粗粗的路线带上，铁路线相互交错，交叉点令人眼花缭乱。其他几辆火车匆匆忙忙地往来穿梭。有的火车又大又气派，拉着看上去似乎没有尽头的车厢；还有的看上去像是手工打造的，宛如带轮子的花园棚屋。

苏西瞟了一眼威尔莫特，想看看他是否在期待她对眼前这一切的反应，却发现他只是带着浅浅的微笑看着这一切。

“我们到哪里了？”苏西问道。

“我们到家了，”威尔莫特说，“这里是矮人城。”

贝儿号穿过其他铁路线降低速度缓慢行进，最终将特快专列拉进旁边的侧线中。侧线的一端已经封死，轨道上有一些货运火车在进行检修和卸货。还没等特快专列完全停下来，威尔莫特就已经把双手放在危险地带车厢的门把手上了。

“我们得快点。”威尔莫特说着跳了出去。苏西跟着他下到一个狭窄的站台上，站台位于特快专列和邻近侧线上的一排货车厢之间，宽度仅够两个人擦身而过，上面挤着十几个穿着工装的矮人。他们正忙着装卸板条箱，你挤我撞，叫喊着让别人腾出地方。苏西抱紧双臂，贴紧威尔莫特，以免被他们挤散。

“你们在这儿呢！”斯通克沿着站台大步向他们走来，后面紧跟着乌瑟尔硕大的亮黄色身躯。苏西感觉到走在她一旁的威尔莫特动作僵硬起来。

“我不知道这是怎么回事，斯通克先生。”威尔莫特开口说。然而年纪大一点儿的斯通克用一个眼神示意他安静下来。

“弄清怎么回事不重要，重要的是我们如何应对。能速战速决吗？”

“可以，”威尔莫特说，“我是说，我觉得应该可以，我从来没有……”

“那你们俩还站在这里干什么？”斯通克气得胡子都翘了起来，“我希望一个小时之内能继续赶路。”

“好的！”威尔莫特突然向后转身，一把抓住苏西的胳膊：“我们走！”

苏西还没来得及说话，他就已沿着站台大步往外走，将她拽在身后。

“我们去哪儿？”苏西在威尔莫特身边小跑着问。他们已从侧线里出来，来到一个被仓库包围的小院。这里有更多矮人，大多戴着安全帽，还穿着颜色醒目的外套，他们来来回回穿梭着，码放板条箱，推着装满设备的手推车。当苏西经过时，他们都停下来盯着她看，苏西不由得涨红了脸，在睽睽众目下难为情得要命。苏西没有办法躲开这种关注，因为她比经过的所有矮人都高出半米。

“我们要去总部。”威尔莫特说。

苏西僵在原地，这令威尔莫特也停了下来。“总部？”她大惊失色地说，“那儿有想要删除我记忆的那些人。”

威尔莫特对她苦笑了一下：“啊，是的，但那是在我任命你之前，现在你算是我们的一员了。”

“但是他们知道吗？会允许我到那里去吗？”这个想法让她不安起来，“我不需要签证、护照或者别的什么证件吗？”

威尔莫特步履不停,不想耽误时间。“应该没事的,”他说,“不过，在我们到那里之后，你最好让我负责说话，我不希望你惹上任何麻烦。”

苏西抿着嘴。她心里知道，自己无疑早已给威尔莫特惹上了个大麻烦，但她什么也没说，当威尔莫特再次跑起来时她跟了上去。

“这怎么能帮助我们到达象牙塔？”弗雷德里克的低语声从苏西的口袋里传出来，苏西把口袋紧紧捂住，弗雷德里克明白了这个暗示，安静下来。

威尔莫特带着她出了院子，来到一个狭窄的街道，街道两边排列着更多的仓库，但其中一半看上去是空的，苏西猜测这一带曾经很繁华。随着他们离货运场越来越远，周围就愈加干净整齐，街道也变得更宽了。

苏西还留意到，一束束发光的电缆在他们经过的大楼高层之间像晾衣绳一样悬挂着。它们看上去有点儿像电话线，只不过是亮白色的，偶尔闪一下亮光。苏西问威尔莫特那是什么，但他充耳不闻，只是全神贯注地将她从一条街道引向另一条街道，直到他们最终从小巷里出来，进入一条宽阔的大道。道路两边林立着高大气派的建筑，看上去像银行或者百货大楼。有轨电车和三轮摩托车争抢着空间，还有些车看上去有点儿像小汽车，只不过是用边边角角的零件随意拼装起来的。一辆摇摇晃晃开过去的汽车看上去像是在旧沙发下面焊了两辆前轮大后轮小的自行车，座位安装在前面的两个大驱动轮之间，下面绑了一台洗衣机作为引擎。

喇叭发出刺耳的声音，司机们大喊大叫着，行人也以喊声回应。苏西很快发现尽管周遭噪声震耳,这一切却自有秩序。虽然听上去很混乱，看上去也很混乱，但每一辆车都以稳定的速度前行，流畅地变换车道，没有尖厉的刹车声。当她仔细听时，她发现从那些喊叫声中全然听不出愤怒，反而更像是……

“兴奋？”直到威尔莫特回答，苏西才意识到自己刚刚说出了声。

“是的，高峰时段一向如此，”威尔莫特说，“每个人都爱炫耀自己的劳动成果。”

苏西带着几分敬佩重新看向那些拥挤的车辆：“你是说这些是他们自己造的？”

“绝大多数是。”

苏西不禁咧嘴一笑：“真了不起！”

威尔莫特领她沿着拥挤的人行道，朝尽头一个宽阔的大广场走去：“我们是矮人，我们造东西，我们干的就是这个。”

苏西试图不去在意她经过时一个个转向她的脑袋：“那么你呢？你造什么？”

威尔莫特顿了一下，然后加快了脚步，这短暂的犹豫足以让苏西发现他脸红了。“我，嗯，恐怕算不上工程师。我一直没有掌握窍门。”他继续前进，没有回头看，两个耳朵尖却因尴尬而变得通红，“我是说，工程建设很重要，但那不是人生中唯一的事情，对不对？”

“我从没认为那是唯一的。”

威尔莫特带着惊讶的表情回头看着苏西。“很好，”他说，“很多矮人并不这么想。”

他们来到广场，只见广场的一边全部被一座建筑占据。他们走近这座建筑时，苏西惊奇地盯着它。它是由像汽车一样大的石块建造的，前面是一排高耸的柱子，支撑着巨大的三角形门楣，门楣上精致地雕刻着喇叭、火车、火箭和穿着邮政制服的矮人，所有这些都围绕着正中心的一弯新月。门楣下方雕刻着几个字：矮人城中心邮局。

“就是这里，”威尔莫特伸开双臂说道，“一切开始的地方，神经中枢，中心，也叫总部。”

“是一个邮局。”苏西说。

“不是一般的邮局，是最早最伟大的那个邮局，奇境邮政

矮人城中心邮局

服务的心脏。”

苏西还在忧心忡忡，根本就没有在意威尔莫特的话：“你百分百确定他们不会胡乱摆弄我的大脑？”

“基本可以确定，”威尔莫特说，“我们走吧。”

苏西一点儿也不觉得安心，她跟着威尔莫特爬上一段宽石阶，穿过入口，进入一间开阔得可以听到回声的大厅，里面铺着粉色的大理石，饰以金色的配饰。尽管空间巨大，但除了一位烫了鬈发的灰色小矮人，大厅里面就只有苏西和威尔莫特两个人。那个矮人独自坐在靠墙摆放的实木接待台后面，在他们走近时从眼镜上方盯着他们。

“你们有什么事？”

威尔莫特清了清嗓子，理了理衣领。“我是奇境邮政服务的邮政局长威尔莫特·格伦特，这是邮递员苏西·史密斯。我们有个邮件要送往象牙塔，来这里取一条准入信息。”说完，他像马戏演员般咧嘴一笑，接待员却冷淡地注视着他。

“你有预约吗？”

“没有，”威尔莫特说，“我需要预约吗？”

“是的，需要网上预约。”

威尔莫特的笑容僵住了：“我不能就在这里预约吗？”

接待员翻了个白眼，开始在她的键盘上敲击。那个键盘接在一个带铆钉的钢盒上——苏西意识到这一定相当于矮人的电脑，电脑连接着她在外面街道上看到的一捆发光电缆。

“我之前不知道你们这里还有互联网，”她对威尔莫特低语道，“那些电缆就是做这个用的吗？它们是光纤吗？”

“是以太网，”威尔莫特不满地嘘声说，“即时通信，它改变了一切。”

“那样不好吗？”苏西问，可她觉得自己已经知道了答案。

“不好，如果你从事邮政服务工作的话。”威尔莫特对着空荡荡的大厅挥挥手说，“洪克斯爷爷当初级邮递员的时候，有差不多两百列奇境邮政特快专列在铁路线上行驶。想象一下！那还不包括飞艇、邮件导弹、深钻快递公司和保证送达的鹰群。联邦几乎所有的信息都经由这座大楼传递，每天超过一千万条，而且是一支由像你我一样的普通人组成的队伍在管理它们。再看看现在。”

苏西又看向宏伟的大理石大厅，第一次发现了石板间的小缝隙、地毯的脏迹和失去光泽的家具上的磨痕。

“现在一天能有一千条消息就算幸运了，员工也勉强只剩下一百名。”

“抱歉，”苏西说，“我不知道这些。”

“这是一个时代的结束。”威尔莫特耷拉着肩膀说，“网络那么快，为什么还要写信呢？我们只是留下来处理不能用其他方式递送的零散包裹。”

“现在还剩下多少邮政特快专列？”苏西问。

威尔莫特的眉头皱在一起：“什么？当然只有一列，我们是最后一列。”

听到这个消息，苏西震惊得想不出该说什么宽慰的话，她感受到的全是悲伤。

“我不仅仅是有史以来最年轻的邮政局长，”威尔莫特说，“很可能也是最后一位，这至少能保证我在史书中有一席之地。”他抬起头，弯了弯一边的嘴角，笑容里没有真正的快乐。苏西握了握他的手。

接待员清了清嗓子。“不可以。”她说。

“不可以什么？”威尔莫特说。

“你不可以提取任何准入信息，”接待员说，“你没有权限。”

“但我是邮政局长！”

接待员丝毫不为所动地盯着他：“准入信息是严格保密的，只有寄存它们的矮人才能将它们取出来。”

“但已经很多年都没有人寄存过准入信息了，所有寄存的矮人一定已经去世了或者……”威尔莫特说。

“或者怎样？”苏西问。

“我会回来的。”威尔莫特对接待员说，然后又紧紧抓住苏西的手。他正准备穿过大厅离开时似乎又想起了什么，停了下来：“最后一个问题，”他说，听上去有点儿羞怯，“我想我们今天没有收到任何投诉吧，比如暗影夫人的？”

接待员又敲击起键盘，然后抬起无精打采的双眼看着他：“电脑记录没有。”

苏西几乎可以看到威尔莫特的肩膀卸下了重担。“好极了，”他说，“非常感谢你。”

威尔莫特差不多是跳过大厅，跑着下台阶的。“也许我们运气好，”他扭过头来说，“她一定是最终决定不投诉了。”

苏西的脑海里又闪现出当时的画面，暗影夫人的影子从雕像间穿过，冲向列车。“很好。”她说，尽管这句话从她嘴里说出来有些违心，而且还有些尖刻。我们就快到那儿了，她告诉自己,哪怕能超过暗影夫人一点儿。我们会到达象牙塔，我们会平安无事。

离开邮局时，他们俩谁也没有注意到门楣上栖落着一个瘦骨嶙峋的灰色影子。如果有谁回头看一眼，也许就能意识到在他们进入邮局时它还不在那里，而且苏西肯定会认出它来。它是滴水兽，翅膀如蝙蝠，口鼻似鳄鱼。当他们匆匆忙忙穿过广场时，它用那双死气沉沉的玻璃眼睛死死地盯着他们。

第16章

下城

“我有个主意。”威尔莫特说着带苏西离开邮局，又一次穿过繁忙的广场，边走边避开车流。他们来到一座贴着白色和绿色瓷砖的窄建筑前，入口上方有一块巨大的红色霓虹灯招牌，上面写着“下城”。招牌下方是两个门，一个贴着写着“下”的标签，另一个贴着“上”。矮人们从“下”门拥入，从“上”门拥出。当二人加入一小群正在挤向“下”门的矮人时，威尔莫特才放慢了速度。

“我们要去哪儿？”苏西问。

“去找寄存过准入信息的邮递员。他们能够帮我们将它取出来，这样咱们就可以进入象牙塔了。”

“是什么样的信息？”

“可以是任何信息，任何只有寄存人知晓的事情。那是与象牙塔交换信息的筹码。如果没有准入信息，他们连放都不会放我们进去。准入信息非常罕见，所以每当邮递员发现自己有一条时，就会将它封存进邮局的保险库里。”

“这样一来，如果他们需要往象牙塔送件，就可以将它取出来。”苏西说，“聪明。”

“我们需要做的就是找到这样的邮递员，”威尔莫特说，“而我正好知道去哪里找。下一站——下城！”

他们踏进“下”门，走下一段窄窄的熟铁制成的螺旋式楼梯，楼梯在设计时显然仅考虑到了矮人，为了让自己矮一些，苏西不得不半蹲着，以防头皮蹭到低矮的天花板。几百只工作靴在楼梯上发出声响，矮人们嘈杂的声音在墙壁间回荡。人群继续涌动，推着苏西沿楼梯一圈圈往下走。

“下城是什么？”苏西大声问。

“是的，我知道！”威尔莫特大声回应，一只手做成杯状放在嘴上说，“非常吵！”

苏西做了个鬼脸，双手捂着耳朵，任人群将他们带到地面以下的深处。她开始感受到穿着潜水服时那种因封闭而产生的恐惧感。突然，他们四周的墙壁消失了，楼梯直通向一个停机库般有回声的超大空间。苏西目瞪口呆地注视着眼前的一切。它像是某种工厂，但里面的机器都静止不动，悄无声息，整个空间都被笼罩在阴影和尘埃里。在远处模糊不清的地方，依稀可以看到其他楼梯在黑暗中盘旋而下。嘈杂的脚步声在偌大的空间里回荡，仿佛一口巨大的钟发出的沉闷声响。

苏西轻拍了一下威尔莫特的肩膀。“这就是我们要去的地方吗？”她对着他的耳朵大声喊。

“不是。”威尔莫特大喊着回答，“这是老制造层，从前我们就是在这里为整个联邦研发技术的。”他指了指破败的机器，“但最近几年，这里全毁掉了。我说的不是机器，”他赶紧补充道，“尽管有时候机器确实会停止运转。我指的是……所有的一切。不再有人需要矮人技术，或需要邮政服务，我们所从事的一切都开始……停下了。”

苏西又看看周围的矮人，发现他们也正带着无奈和悲伤的表情看向里面。

苏西努力想摆脱不断加剧的不安，她将手伸进口袋，在确定威尔莫特没有在看她之后，掏出水晶球，把它举到嘴边。“弗雷德里克，”她悄声说，“如果我们成功到达象牙塔，会发生什么？你要怎么解除咒语？”她将水晶球移到耳边，在喧嚣声中刚好能听清弗雷德里克的回答。

“我已经告诉过你，”他说，“用魔法。”

“可是你被困在水晶球里，连手都没有。”

“那很简单，”他回道，“你为我施魔法。”

“我？”苏西惊得差点儿提高了嗓门儿，“可是我不懂什么魔法！”

“真的吗？那你为什么到处带着那根棒子？”

“什么棒子？”

“当然是口袋里挨着我的那根。”

苏西的脑子徒劳地转了几秒钟，他究竟在说什么？她的睡袍口袋里只有……

“我从弗莱彻那里拿来的那根小金属棒？”苏西说，“我还以为它只是某种工具。”

“矮人的金属棒就是工具，”弗雷德里克说，“而且是非常基础的一种，其实比钝器好不了多少，但可能还是有用的。只要有意愿、相关知识和魔法棒，任何人都可以施展魔法。我们已经有了三样东西中的两样，如果能从这儿出去，我们就可能会得到第三样。象牙塔有一本可以帮助我们的书——《有害符咒及其破解之法》，它会告诉你需要知道的一切。”

苏西将弗雷德里克放回口袋里，她的手指碰到了冰冷的魔法棒，没感觉出它有多大魔力，但弗雷德里克的话让她有了新的担忧：如果她回不了家，爸爸妈妈不仅会因为她的失踪而抓狂，还会发现自己居住的房子里面比外面大，门厅还有两个进出的隧道口。弗莱彻在她跳上列车之前说什么来着？“离了它就没法儿干活儿了……”她拿走了他的魔法棒，如果他无法施展魔法，又怎么能将房子恢复原状呢？

他们穿过老制造层，又进入楼梯间，顺着楼梯继续往下走，苏西一心想着这个问题。

“就快到了！”威尔莫特大喊道。

“谢天谢地！”苏西说，“我不习惯待在地底下这么深的地方。”

威尔莫特好奇地看了她一眼。“我们不是在地底下。”他说。

他们当然在地底下，不然还能在哪里？苏西正准备告诉他那是多么荒谬，楼梯又将他们带入开阔地带，进入……阳光里？是的，尽管不够明亮，但那确定无疑是阳光。

苏西困惑地四处看，但她还没来得及消化自己的所见，楼梯就到了尽头。她磕磕绊绊地来到一条金属通道上，撞到了几个矮人。

“你还好吗？”威尔莫特问，转身关切地看着她。

苏西没有回答。她无法将视线从看到的东西上移开，也无法相信眼前的一切。

她身处的地方不是地底，而是一条长长的通道。通道悬在深不见底的峡谷上，峡谷很宽，苏西看不清另一头的石壁。她步履蹒跚地走到通道扶手处，紧紧地抓住它，抵抗着让她双腿发软的突如其来的眩晕感。“我们在哪儿？”她喘息着问，“在一个新的奇境吗？”

“当然不是，”威尔莫特显然有些困惑，“我们只是在下城，仅此而已。”

一阵大风拉扯着苏西的睡袍。“但是我们现在所在的地方这么高，矮人城在哪里？”她问。

威尔莫特尴尬又不失礼貌地轻声笑了起来。“我们刚离开那里。”他说着抬起眼睛看向头顶的方向。

苏西顺着威尔莫特的目光看过去时意识到，那里并没有天空。相反，他们头顶上是呈拱形延展的石头、砖块和钢铁，跨度至少有一千米，像暗淡的巨大彩虹一般横跨峡谷。更不可思议的是，苏西看到一间间房屋紧贴在拱架下，与其说是很多房屋，不如说是整座城市。商店、尖塔和公寓街区，全都头朝下倒挂在拱架上，就像山洞顶上的钟乳石。窗子里亮着灯，洗好的衣服晾在绳子上，矮人们在颠倒的街上忙碌着，仿佛一切都再正常不过。往上看这一切就像往下看一样让苏西头晕目眩。

“苏西，你确定没事吗？”威尔莫特将一只手放在她的胳膊上。

苏西合上一直大张着的嘴巴，眨眨眼睛赶走自己的疑虑：“虽说是我亲眼所见，但我仍然不能理解。”

“实际上相当简单，”威尔莫特说着向前伸出一只手，掌心朝下，“我们刚才在这儿，在上城。”他用另一只手的手指点了点手背，“那里是像邮局之类的市政大楼所在的地方，一般游客游览会去那里，”他咧嘴一笑。“然后我们穿过上面的超结构建筑下来，”他将手指经过手的侧面朝掌心移动，“而现在我们到了这儿——下城。”他用手指点了点掌心：“这是住宅区，当然啦，全部由可协商重力支撑。”

苏西花了些时间重新审视着周围的环境。“下城。”她试着说出这个名字。她渐渐明白过来，但仍然不确定自己是否能相信这些：“威尔莫特，我们，我们是在大桥下面？”

威尔莫特放声大笑。“不然矮人还能住在哪里？”见苏西没笑，威尔莫特吃惊地对她眨巴着眼睛说，“你是说你真的不知道？”

苏西摇摇头。

“哦，”威尔莫特花了一点儿时间才消化了这一事实，“抱歉，我以为你知道。我是说，所有人都知道。”

“知道你们的一整座城市是座大桥？”

“是矮人建造的最伟大的桥，”威尔莫特骄傲地夸赞道，“第四大桥。”

这个名字让苏西吃了一惊：“我的世界里也有第四大桥，在苏格兰。”

威尔莫特的耳朵尖抽动了一下：“哦，是吗？你们的前三座是怎么毁掉的？”

“什么？”

“我们的第一大桥向下坍塌了，”威尔莫特说，“第二大桥向上坍塌了，第三大桥……哦，没有人确切知道它发生了什么，尽管有时候仍能看到它的残片。不过，这第四座桥已经稳固地耸立了几个世纪。”

“怎么可能？”苏西说，“这么大的桥不可能存在，它会因自重而坍塌。”威尔莫特张开嘴想要回答，但苏西打断了他：“不要告诉我是用魔法，因为那是作弊。”

威尔莫特大张着嘴巴，在那儿站了好几秒钟才最终说出话来：“它得到了可协商重力的一些额外支撑，我们还是把它视为矮人的决心吧，好吗？”

苏西笑了笑，将栏杆抓得更紧了。“好吧，”她说，“现在，我们究竟要去哪儿？”

第17章

矮人疗养院

没过多久，苏西就意识到这钢铁通道就像是空中人行道，还与其他的通道相连。她和威尔莫特正沿着通道走向悬挂在桥拱边上的建筑。有一段通道像巨大的螺旋开瓶器一样弯弯曲曲的，苏西突然感觉到自己正在头朝下走。现在当她抬头看时，张着大嘴的裂谷高高地在她头顶上方。当她最终走下通道，进入下城的街道时，建筑物终于看上去方向正确了。知道自己和一头栽下去必死无疑之间仅隔着一点点魔法，这真是一种令人不安的体验。如果重力是可以协商的，那么矮人们一定是拼命讨价还价了，因为在下城行走的感觉和在其他城市里一样正常，除了这座城市里全是矮人。

威尔莫特在一座方形的大房子前猛然停住，根据前门上的牌匾，这里是“谷景疗养院”。他没有敲门，而是从口袋里掏出一把钥匙，开门进去了。

苏西四处张望，很高兴现在再次感觉到了脚踏实地。从内部来看，这座房子完全像是正常的建筑，只不过建造的规模更适合矮人而不是人类。

他们进入了一个宽阔的前厅，镶着木板的墙上装饰着大幅油画，画上是各种各样的矮人火车头。其中一幅绘着贝儿号，上面的烟囱喷着火花和蒸汽，车轮有些模糊。空气里弥漫着薄荷和薰衣草香味。一队身着灰色护理服的矮人端着托盘，推着小车，抱着一沓沓亚麻布不停地前后穿梭，尽管如此，整个大厅还是呈现出一种安宁的氛围。就像上城的车流一般，这里也给人一种井然有序的感觉，只是不像上城那样喧闹。仅是看着他们，苏西就立刻感觉更安全了。

“哦，你们好。”其中一名护理员发现了他们，走了过来，她比其他人年纪更大，体态更圆润，有着蜜糖色的皮肤。她走近时迅速地打量了一下苏西，然后将更多注意力放到了威尔莫特身上：“这不是我们的威尔莫特吗？”

“您好，多萝西姨妈。”威尔莫特笑盈盈地低下脑袋，她吧唧一口亲在他鼻子上，“抱歉，没打招呼就来了，但我们需要一些帮助。妈妈在吗？”

“我来看看。”多萝西说，她吸足了气，然后大喊道，“葛楚德在吗？葛楚德，你儿子来了！”喊声在大厅里回荡了几秒钟，苏西和威尔莫特两个人被震得直皱眉头。其他护理员都停下手头的工作，一个接一个交替呼喊。苏西听到呼喊声一直传到远处看不见的角落。传递完信息后，护理员们又都继续忙碌起来，仿佛什么也没发生。

“她马上就会让我们知道她在哪儿。”多萝西微笑着说，“我看你带了位姑娘回家？”她又看了一眼苏西：“她的鼻子不怎么样，但身材高挑，这我得承认。”

“什么？”威尔莫特的耳朵红得让苏西觉得它们也许会燃烧起来，“哦，不，姨妈，不是那样的，是……”

“我们一直在等着这一天，”多萝西对威尔莫特的尴尬视而不见，直接对苏西说，“他妈妈曾说这永远不会发生。我必须承认我也有过怀疑，尤其是在他加入邮政服务之后。我是说，一个年轻矮人将自己日夜关在分拣车厢里，就没有机会和别人约会了，是吧？但是你来了……”她往后退了退以便更好地打量苏西：“我得承认你跟我期待的不太一样，但我确定我会习惯的。”

“姨妈！”威尔莫特双手拧着帽子，咬着嘴唇，好像要将自己吃掉似的。

“我只是聊聊天，亲爱的。”多萝西说，然后又转向苏西，“他一直有点儿敏感，你得习惯这一点。”

苏西被威尔莫特的尴尬表情逗乐了，她大笑起来。“抱歉。”她说，“但我不是他的女朋友。”

“哦，”多萝西的脸色微微一变，“你确定？他是单身，而且他非常爱干净。”

“给她看看你的徽章。”威尔莫特从牙缝里挤出几个字。

苏西点点头，翻开睡袍的翻领。多萝西凑上去，眯起眼睛去看徽章，然后她瞪大眼睛，张大嘴巴，直接跳了起来。当双脚再次着地时，她紧盯着威尔莫特。

“这不是真的！”

“是真的。”威尔莫特抑制不住脸上漾起的微笑，“我终于有了一名员工。”

“哦，等你妈妈来了再说！”多萝西将他俩揽在一起紧紧抱住，“她会乐疯的！”

又一个呼喊声在房子的另一头回响起来，喊声不断重复，越来越近，护理员们一个接一个地传递，直到信息传到了大厅：“我在公共休息室。”

“瞧，她在那儿！”多萝西松开他们说，“我说过她会回答我们的。”

公共休息室是一个长条形房间，天花板很高，后面的墙上是一排高高的拱形窗户。苏西可以看到窗外是一个宽敞的阳台，再远处是一片虚空，整片城区都浸在这片虚空之中。休息室里散乱地放着扶手椅和沙发，上面零零散散坐着一些裹着格子呢毛毯和羊毛披肩的上了年纪的矮人。他们有的在一起轻声聊着天，有的在打瞌睡，有的只是坐在那儿眼神空洞地发呆。苏西注意到其中一个矮人是亮橘色的，鼻孔里插着两根胡萝卜。

“这是老邮递员们，”多萝西将他们推进门时威尔莫特在苏西耳边悄声说，“他们如今都退休了。没有他们不曾去过的地方，没有他们不曾派送过的邮件。他们是英雄。”

一名护理员主管轻手轻脚地从一位老矮人走向另一位老矮人，给他们盖好毯子，停下来轻抚他们的肩膀给予安慰，用手中的壶给他们的杯子里添水。她比多萝西更高更瘦，但家族的相似特征很明显。她先是威严地看了威尔莫特一眼，然后又看向苏西。

“你看看谁来了。”多萝西说着从背后轻轻推了威尔莫特一下。

“我刚听到了。”葛楚德微微皱着眉头说，“威尔莫特？你在非探视时间来这里做什么？”

“抱歉，妈妈，”威尔莫特小声说，“我知道您忙，但是我遇到了些麻烦，我想老邮递员们也许能帮上忙。”

伴着关节发出的咯吱咯吱的声响，有些矮人转过身来观望着二人交谈。随后发生了一件好玩儿的事：一些矮人高兴地认出了威尔莫特，这股情绪就像涟漪般一直扩散到休息室最远端，几秒钟之后，休息室里所有的矮人都在看着他们。不，不是看着他们，是看着威尔莫特。他们露出微笑，举起手打招呼，兴奋地嗡嗡交谈起来。

葛楚德斜眼一瞄，注意到了这一点：“可以等等吗？我刚刚将他们安顿好。”

“真不能等。”威尔莫特说着，紧张地在休息室里飞速扫视了一圈，回应着大家对他的关注，“我需要一个能从邮局保险库里提取出一条准入信息的人，”他咽了咽唾沫说，“苏西，我的这位新邮递员，要去象牙塔送件。”他看着妈妈的脸观察她的反应，不知道该不该微笑。

起初，葛楚德没有反应，只是又看了看苏西，从她已经脏了的拖鞋，到她像鸟窝一样乱糟糟的、发梢变黄的头发。打量完苏西，葛楚德就将凝视的目光转回威尔莫特身上。她先是弯起一条细细的眉毛，然后另一条眉毛也弯起来，绽放出一个微笑，一个大大的、灿烂真诚的微笑。

“哦，我的儿子，我就知道你做得到！”葛楚德放下水壶，快步跑过来，将威尔莫特抱在怀里，对着他的鼻子一阵猛亲，然后拉着他跳起舞来，威尔莫特的脚几乎都触不到地面，因为一直在飞速地转圈。他们俩大笑起来，休息室里爆发出掌声。“拥有邮递员团队的邮政局长！”她终于将他放下，用手扇着风说，“就像你爸爸一样，他会非常骄傲的。”她抬起手，擦去一滴眼泪。

“所以您会帮忙？”威尔莫特说。

“哦，亲爱的，我当然会。”

她一边扫视着老矮人们，一边抚平自己的围裙，抑制着笑容，但抑制不住声音里的喜悦：“女士们、先生们，奇境邮政服务需要你们的帮助。如果你们中有谁在邮局保险库里寄存了准入信息，请让邮政局长和他的新员工知晓。”

她的话音未落，苏西和威尔莫特就被包围了。老矮人们全都以惊人的敏捷度从椅子上一跃而起，向他们围过来，瘪嘴微笑着。他们纷纷伸出手来与他们握手，拍他们的后背，拨弄苏西的邮递员徽章。

“欢迎加入我们的行列！”

“没想到我有生之年还能再见到一次目的地是象牙塔的派件。”

“看到新人总是很好的。”

“你们想点餐吗？我要海绵布丁。”

当老矮人们推搡着进一步靠近时，苏西微笑着和尽可能多的人握手。让她意外的是，威尔莫特似乎暂时将象牙塔的事情抛到了一边，欣然接受众人的关注，像老朋友一样和老矮人们打着招呼。

“霍恩太太！见到您真高兴。您的腿怎么样了？”“利奇先生！牙齿还给您找麻烦吗？”“是的，是的，我非常兴奋，兰博先生。她已经成功派送两次了。”

如果他一直这样的话我们就哪儿也去不了了，苏西想。她正准备提醒威尔莫特，一只有力的手抓住她的手，将她从人群中拉了出来。苏西晕晕乎乎地发现自己正与葛楚德对视。

“你得体谅一下他们，”葛楚德说着松开苏西的手，“他们不经常有访客，而且，就咱俩私下说，我觉得威尔莫特平常见的人也不够多。”她用审视的目光注视着苏西：“不过，也许我低估他了。”

“我们算是偶然遇见的。”苏西说，“我只是在帮他点小忙。”

“哦，我很高兴有你帮忙。”葛楚德说，“奇境邮政服务就像是个大家庭，但已经衰落太长时间了。有你和我们在一起很好，苏西。”葛楚德重新露出睿智又让人安心的微笑，苏西发现对她回以微笑很容易。

人群的骚动突然停住了，她们俩转过身，看见老矮人们渐渐散开，露出站在中间的一个人。他的皮肤是铁锈般的深橘色，上面布满老年斑，鼻子像十字镐尖一样锋利。他举起一条精致的金链子，上面悬挂着一把小钥匙。

威尔莫特的眼睛亮了起来。“特雷里斯先生！您可以帮助我们吗？”

“是的。”这位上了年纪的矮人说，“我有一条——我有一条准入信息在保险库里。”

“棒极了！”葛楚德说，“邮政局长和他的员工时间相当紧迫，所以其余所有人，请和他们说再见……”她对着威尔莫特和苏西笑了一下：“正好我去弄辆巴士来。”

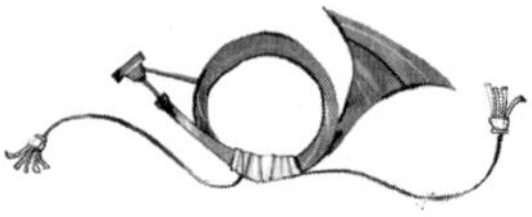

“巴士”伴随着齿轮咯吱咯吱的声音滑进大家的视野，那是一辆大型缆车。在苏西看来，它像是一节改造过的火车车厢，酒红色的油漆剥落了，露出下面的旧木头。当缆车升到跟休息室外面的阳台齐平的位置时，它仅剩的几扇窗户全都叮当作响。

苏西、威尔莫特和特雷里斯先生站在阳台上，胳膊交叉抱在一起，抵御冷风灌进衣服。在他们身后，多萝西和剩下的老邮递员都将脸贴在窗户上看着他们。

“你确定这车安全？”葛楚德从驾驶室对他们招手时苏西小声对威尔莫特说。

“哦，确定。”威尔莫特回头挥着手说，“洪克斯爷爷建造的，这是他最引以为傲的成就之一。”

“那是多久之前？”苏西问。

“这个嘛，我不确定。”威尔莫特说着伸手去开巴士的车门，结果把门把手拉了下来。“它只是需要多擦几遍。”他说，脸上的微笑看上去没有他想表现出的那样自信。

车门啪的一声打开，特雷里斯先生跳上车，车子随之咯吱一声沉下去一些。苏西在跨越阳台和缆车之间的窄缝时尽量不往缝隙下面看，以免想起之前见到的深不见底的峡谷，所以她只是看着脚下那坚固得让人放心的地板。

大桥下面，巨大的建筑物之间连接着像交织的翻花绳一样的电缆网，连接着巴士的电缆在网络的远端支线上。这些电缆似乎有一个复杂的连接系统，在一些较大的分岔路口，苏西甚至看到了像红绿灯一样的东西。为数不多的几辆缆车就像古老的过山车一样挂在电缆下面，以恒定的速度嘎吱嘎吱地行驶着。

苏西在威尔莫特旁边的座位坐下，祈祷巴士不会行驶得太快。

“都上车了吗？”葛楚德喊道。

“都上了，没错。”威尔莫特说。他关上身后的车门，苏西注意到他用一截细绳将门把手拴在了一根钉子上。

伴着又一阵冰冷的金属发出的刺耳声响，巴士沿着电缆走走停停。苏西看着疗养院渐渐滑出视线，老邮递员们仍聚在窗户前跟他们挥手道别。

“很高兴你见到了他们，”威尔莫特说，“他们是一群了不起的矮人，其中很多都是我爸爸和爷爷的朋友。”

“是的，他们非常友好。”苏西说，很高兴能转移一下注意力，不去想他们的旅途。

特雷里斯先生坐在对面的座位上对她瘪嘴微笑。“当邮递员是我人生中最伟大的冒险之旅，”他说，“我见到的那些地方！我遇到的那些人！你会爱上这份工作的，小姑娘。”

“嗯，谢谢您。”苏西说，尽量不去盯着老人头皮上用螺丝固定的反光钢板，那里映着自己歪歪扭扭的影子。

“瞧见这个了，嗯？”特雷里斯先生咧嘴笑着，用指关节在上面敲了敲，“这是我给乌佩斯塔公主派送生日贺卡时得到的。”

巴士嘎吱嘎吱晃动着驶过几个节点，窗户又是一阵叮当作响。苏西的胃里稍微翻腾了一下，当她看向窗外时，震惊地发现巴士现在翻转了过来，峡谷在他们身下，下城的建筑物再一次颠倒了过来。

“派送生日贺卡？”苏西说，“听上去没那么危险。”

“本来是不危险的，”特雷里斯先生说，“但是公主被她的叔叔——那个大公爵绑架了，被挟持到皇宫钟楼顶上。你知道皇室成员的德行。不管怎么说，我爬了好一阵。他看见我上来便慌张起来，拿剑劈向了我。”

“真可怕！”苏西大吃一惊，“您只是去送卡片，他为什么要伤害您？”

“哦，他没伤到我。那个傻瓜被自己的脚绊倒，掉下去摔死了。但是公主打开贺卡发现里面没有任何生日礼金，就使起性子来，将我推下了钟楼。”

苏西吃惊得说不出话来。

“幸运的是，大公爵垫在我下面。”

“真可怕。”她说。

“我没法儿埋怨她,她只有三岁,”特雷里斯先生咯咯笑着，“还有一次我在格鲁南达的沼泽地里被一只大蛤蜊弄断了腿。”他拽了拽裤腿，露出里面亮闪闪的钢板。

“我不想打断您，特雷里斯先生，”葛楚德说，“但是我们差不多到地方了。”

苏西向窗外一看，发现她说得没错。现在他们已接近大桥的拱弯处，大小不一的下城建筑在他们四周延伸开来。

几秒钟之后，巴士从一个开口处往上升。当他们顺着通道向上爬升时，钢梁和一块块陈旧的墙砖从窗外滑过。苏西瞥见了更多荒废的地方、闲置的机械和半隐蔽的通道，之后他们终于来到有阳光的地方。尽管光线暗淡浑浊，但与下城的昏暗比，这光亮无疑让人目眩。

巴士发出巨大的声响，停了下来，葛楚德拉紧手刹。“上城到了，”她喊道，“所有人下车！”

第18章

秘密保险库

威尔莫特带领小分队回到邮局。满脸不友善的接待员仍然在桌子后面，不屑地看着他们靠近。苏西也瞪着她，希望这个多事的小矮人不会再耽搁他们的时间。

“需要帮助吗？”接待员说，就仿佛她不知道答案一样。

威尔莫特献上最灿烂的微笑，并捅了捅特雷里斯先生。

“什么？”老矮人吓了一跳，“哦，对，你好！”他上前一步，一手拍在桌子上，接待员往后缩了一下：“我是伯特勒姆·特雷里斯，前邮递员，我有点儿东西放在保险库里了。”

接待员哼了一声：“你有钥匙吗？”

特雷里斯先生将手伸进衬衣，拉出一条长链，末端挂着把钥匙：“这个行吗？”

接待员先是看了看钥匙，然后看向特雷里斯先生，最后看向队伍里的其他人：“你们知道路吗？”

“清楚得很，谢谢你。”葛楚德昂起头，绕过桌子率先走了。看到接待员脸上明显的愠怒，苏西忍不住有点儿幸灾乐祸，然后起身追了上去。

“那个接待员一定是新来的。”和苏西并排小跑着时，威尔莫特咧嘴笑了笑，“不然的话，她会对妈妈更客气些。”

“为什么？”苏西问。

“因为我以前在这儿工作，”葛楚德说，“大家都认识我。”

“她是谦虚。”威尔莫特说，“她不仅仅是在这儿工作，而是掌管这里。”

“什么？”苏西说，“管理邮局？”

“管理这里的一切。”威尔莫特骄傲地微笑着说，“她是邮政大臣。在她大部分优秀的邮递员退休之后，她成立了疗养院来照顾他们。这里的人都称她为‘女王陛下’，不过当然只是在她背后这么说。”

“就好像我听不到一样。”葛楚德会心一笑。

他们来到两扇高大锃亮的铜门前。一个穿着邮政制服、上了年纪的矮人正弯腰坐在门前的凳子上，轻轻打着呼噜。

“那是谁？”苏西小声问。

“邮局安保队长，”威尔莫特悄声回答，“声名显赫，受人敬仰。”

特雷里斯先生走上前，踢开老矮人的凳子，老矮人仰面摔倒在地。“快醒醒，德里克，你个大傻瓜。”特雷里斯先生说。

“有人入侵！坏人！海盗！”邮局安保队长摇晃着站起来，

从腰间抽出一根小警棍，但看样子不是十分确定自己应该面朝哪个方向，“你们休想从我这里溜过去！”

“一群猛犸象都能从你旁边溜过去。”特雷里斯先生说，“现在让我们进去。”

德里克使劲儿眨眨眼睛，眼泪汪汪地看着特雷里斯先生：“是你吗，伯特勒姆？你来这里干什么？”

特雷里斯先生从脖子上摘下链子，举起钥匙。

德里克放下警棍：“你是说，你终于来取了？”

“是的。”特雷里斯先生说，“这位邮政局长有紧急公务。”

“哦，你怎么不早说呢？”德里克突然一副公事公办的样子。苏西原以为他会打开大铜门的锁，但他只推了一下，大门就轻松地打开了。“前阵子我们把钥匙弄丢了，”他领着他们进去时解释说，“但是已经太久没有人想从这里拿走任何东西了，我们觉得没有人会闯进来，况且还有我守卫。”

特雷里斯先生咯咯笑起来。“我看你更像是靠做梦挣钱。”他停下来看看保险库的四周，“他们重新装修了，我喜欢那些雕像。”

苏西四处打量。保险库很高，天花板半掩在阴影里。墙上是一排排方形小铁柜，两排柱子形成屋内的中心通道。柱子与柱子间立着看上去很古老的雕像，它们全部立正站着，高举着阔剑。这让苏西不禁想起黑岩塔的雕像，当德里克带着他们沿通道走到房间深处一个柜子前时，苏西尽量不去细看这些雕像。

“柜号 82517，如果没记错的话。”德里克说。

“听起来似乎没错。”特雷里斯先生说着将钥匙插进锁孔，钥匙转动时发出让人满意的咔嗒声。

苏西和其他人都探身看着他，他打开柜子，取出一个小小的玻璃球，大小和装着弗雷德里克的水晶球差不多。

“那是什么？”苏西问。

“神经球。”威尔莫特说，“它能存储记忆，并能让你把记忆分享给别人。”苏西凑近去看，看见神经球里布满微小的黄铜齿轮，正像老式手表的机芯一样慢慢地转动着。齿轮间传递着一股细微的噼啪作响的红色能量，看上去像一条亮闪闪的毛毛虫在中间钻进钻出。

“那是记忆吗？”苏西指着红色细线问。

“是的。”特雷里斯先生边说边迎着光举起玻璃球，“你们知道是什么记忆吗？”

“别告诉我们！”苏西喊道。特雷里斯先生大笑起来。

“很久很久以前，我独自一人站在疯狂山的山顶上，风在我耳边低语，提出用特别的东西换取我的理智。”他敲了敲玻璃球，“这里记录着它给我的东西。我不介意告诉你们，我那时被诱惑了，但现在它是你们的了，好好使用它。”他将玻璃球递给威尔莫特，威尔莫特恭敬地用双手接过。

“谢谢您！”他说，“我们会的。”

但他还没来得及将它装进口袋，一阵巨大的骚动就从外面的走廊传进来，他们转身看到一群人闹哄哄地拥进房间。

“敌人入侵！”德里克叫喊着，再次拔出警棍。

“别管我们。”威尔莫特的姨妈多萝西匆忙经过他身边，身后跟着一群老邮递员，推推搡搡地往前行进。

“他们没将这里保护好。”其中一人说。

“我听说他们还装了以太网和其他东西。”

“他们是在这里存放海绵布丁吗？”

“多萝西？”葛楚德抬起一条眉毛询问，“你在这里做什么？还有这些老邮递员怎么也来了？”

“抱歉。”她咧嘴笑着，一点儿也看不出歉意，“我没办法让他们待着别动，他们想看苏西舔女王的后背。”

苏西震惊得僵在原地。“他们想干吗？”她问。

老邮递员们，包括特雷里斯先生，都在偷偷地笑。但她听到威尔莫特倒吸了一口气。

“当然，”威尔莫特说，“我一直太忙了，完全忘了这回事。”

“忘了什么？”苏西问。她的问句听上去像是一种责备，她本意也是如此。

“那是一种传统，”威尔莫特说，“只有舔过之后你才算是真正的邮递员。”

“我们都舔过，是不是，伙计们？”特雷里斯先生喊道。

其他人欢呼着，挥舞着手杖。

“他们只是不想让你错过。”多萝西看着她姐姐说，葛楚德脸上的不赞同暂时消退了些。

“好吧，”葛楚德说，“但别占用太长时间。”

“我就知道你会同意的，”多萝西说，“所以我们才在来这儿的路上稍微绕了些路，去了趟邮资处，将它从盒子里拿了出来。”

多萝西转过身冲老邮递员们点点头，他们的吵嚷声戛然而止，有什么东西从人群后方传到前面来。那是个天鹅绒小垫子，上面放着一个金色的东西。

“威尔莫特，你来主持。”多萝西说着将垫子递给他，脸上带着骄傲的微笑。

威尔莫特自豪得涨红了脸，他将神经球塞进苏西手中，双手捧着垫子。“我从未想过会有机会做这件事，”他看着四周写满期待的脸，“谢谢大家。”

“别让她等啦，小伙子，”特雷里斯先生说，显然和其他人一样激动，“今天是她的大日子。”

所有眼睛都转向苏西，令她十分紧张，她不知道是怎么回事，但她不喜欢成为焦点。

“当然啦，抱歉。”威尔莫特清了清嗓子，对着人群说，“女士们、先生们，我，邮政局长威尔莫特·格伦特，很荣幸地向大家介绍我们奇境邮政家庭的最新成员——”他用胳膊肘轻轻戳了戳苏西的肋骨。

“什么？哦，是我，苏西·史密斯，一名邮递员。大家好。”

“苏西·史密斯，”威尔莫特缓慢而庄重地说，“你已宣誓维护奇境邮政特快专列的理念，履行职责，即使以生命、健康和理智为代价也在所不惜，且已证明可以肩负起此重任。”

苏西本想微笑，却感觉水晶球在她的口袋里更沉了。“听着，”她低声对威尔莫特说，“也许这不是个好主意。”

“嘘嘘嘘嘘嘘！”房间里的所有矮人都将手指放到嘴唇上让她安静。她吓了一跳，脸红得厉害，不再说什么。

“现在走上前，瞻仰女王陛下——博拉女王一世。”威尔莫特说。

苏西看向葛楚德，希望她能够出面拦一下，免得接下来出什么乱子，但葛楚德只是鼓励地对她点点头。苏西只好硬着头皮照指令做了。

威尔莫特将垫子递到她面前，她这才看出那金光闪闪的东西是什么。那是一枚邮票，看起来像是由真正的金箔制作而成，闪烁着美丽、迷人、温暖的光芒。但最与众不同的是它的形状。它的高度和普通邮票一样，却出奇地宽，有十五厘米左右，印着博拉女王的肖像。当然，她是一位矮人女王，鼻子比苏西见过的任何鼻子都大，一直伸到邮票的边缘。

“这是第一版女王金邮票，”威尔莫特说，“是有史以来发行的第一枚矮人邮票。按照入行传统，我现在邀请你舔它的背面。”他极为庄重地将邮票翻过来。

苏西终于知道大家说的是什么了，她感到如释重负，差点儿笑出了声。不出所料，她身后的人群中传来几声没憋住的咯咯笑声。

但苏西并没有轻松太长时间，因为威尔莫特期待地对她微笑着，她意识到房间里的人都在等着她行动。她的嘴唇开始发干。

“快舔啊，苏西。”威尔莫特小声说。

为什么不呢？她想。

在她之前有成百上千个矮人舔过它！她的大脑突然反应过来，上面可能爬满了细菌！

赶紧做完，然后你就可以离开这儿，她试着说服自己，你还有什么顾虑？

苏西不知道，但肯定有什么事情不对劲。庄重安静的房间里不安的嘀咕声越来越多，威尔莫特再次递上垫子，他看上去开始紧张了。

苏西想不出有什么拒绝的理由，她将神经球装进另一边口袋里，朝垫子弯身，想伸出舌头，却发现舌头粘在了上腭上。她活动了一下舌头，想让它湿润一些。威尔莫特、葛楚德和其他人都在看着她。

“你还好吗？”威尔莫特问。

这是个简单的问题，但正是她此刻所需要的。“不。”苏西喊道，这个字像枪声一样在房间里回响。她看着他的眼睛，说道：“对不起，我做不到。”

四面传来震惊的喘息声，威尔莫特却默不作声。不知怎的，这种感觉更糟。“为什么？”他静静地说，“你做得这么好。”

“不好。”苏西说，“我知道你认为我做得好，但是并不好，而且我不想继续向你撒谎了。”她将手伸进口袋，握住装有弗雷德里克的水晶球。

“你在干什么？”弗雷德里克在口袋里悄声说，她听到了，却没有理会他。

“我违背了誓言，威尔莫特。我跟你说过我会维护奇境邮政服务的价值观，我是真心实意的，真的是真心实意，但发生了一些事情，让我无法信守诺言。对不起。”

威尔莫特看上去惊愕不已：“你在说些什么？”

事已至此，和盘托出的时刻到了。苏西一直隐藏着的秘密在拼命往外挤，她感觉到胸口发紧。她将水晶球从口袋里拿出来，高高举起。

所有人都困惑地盯着看。

“一个水晶球？”威尔莫特说。

“这不是我的，”苏西说，“是暗影夫人的，是我偷的。”

静默被众人的惊呼声打破，威尔莫特睁大了眼睛。有那么一瞬间，苏西以为这是因为她的一番话，但紧接着她看到了映在他瞳孔里的景象，她立刻向前飞扑，护住威尔莫特，两个人一起摔倒在地。

咔嚓！他们刚刚站立的地方迸出一大堆花岗岩碎片。

一个雕像从它刚刚在地板上劈开的裂缝里拔出剑尖，苏西从威尔莫特身上滚下来，仰面躺着。她惊恐地抬头看着雕像扭曲的脸，后者将剑举过头顶，准备再一次发动攻击。

第19章

四面受敌

“快跑！”苏西大喊。

她一跃而起，拽起威尔莫特，但此时他们四面受敌，房间里的所有雕像都拔剑紧追在他们后面。苏西很后悔自己刚刚没有细看，尽管这些雕像之前一直掩藏着脸，但她曾在黑岩塔见过，本该早点认出它们的。

“什么情况？”威尔莫特问道，第二剑从距他头顶几厘米处呼啸而过，他害怕得发出一声尖叫。苏西躲闪着，感觉到石头剑刃擦过自己的发梢。攻击仍在继续，她迅速从一个雕像旁跑过，拽着威尔莫特和她一起躲在最近的一根柱子后面。

“我们得离开这里，”她说，“还有其他门吗？”

“有一个秘密出口。”是葛楚德的声音，他们扭头看到她躲在邻近的柱子后面，德里克和特雷里斯先生和她在一起，“在房间最里面，两个柜子之间。”

“让所有人都从那儿出去，”苏西命令道，“我会尽量引开雕像。”

雕像的石手绕过柱子来抓他们，逼得他们离开掩护。当苏西奔跑着穿越通道时，又有两个雕像冲她挥剑，但她刚好抢先一步，避开了攻击。她成功躲到对面的柱子后面，花岗岩碎片紧跟着飞过来。一秒钟之后，威尔莫特面色苍白、上气不接下气地来到她身边。

“你准备怎么将它们引开？”他喘着粗气问。

“我有它们想要的东西，”她说，“它们一定会追我。雕像们是很强壮，但身体似乎不太灵活。我想我能行，你帮助其他人安全出去。”

威尔莫特还没来得及争论，苏西已溜到通道中间，站在四个大雕像的正中央。她因害怕屏住了呼吸，之后才勉强开口喊道：“我在这儿！”她高举起装着弗雷德里克的水晶球，让所有雕像看到：“如果你们想要的是这个，那就来拿吧。”

“你会把我们都害死的！”弗雷德里克尖叫道。

但这招奏效了。四个雕像全都冲向水晶球，一时忘记了手中的剑，也忘了彼此。

苏西猛地趴到地上，从离她最近的一个雕像的两腿之间爬出了包围圈。雕像们撞在一起，发出如大炮开火般的声音。它们晕头转向，这刚好给了苏西时间站起来，她开始拼命沿着通道跑向正门，逃离雕像。

“所有人快出去！”苏西冲躲在其他柱子后面的老邮递员

们大喊，“跟上葛楚德，从后门离开！”

离她最近的雕像举起剑，正要砍下来时苏西脚下一滑，仰面摔倒在地。她无助地看着剑刃画出一个残忍的弧形朝头顶挥下来，甚至都没有时间闭上眼睛。

正因如此，她才看到特雷里斯先生的手杖从侧面打在雕像的胳膊上。手杖断成了几截，但足以使那挥动的胳膊偏移几厘米，剑击进了苏西脑袋旁边的大理石里，发出的声音震耳欲聋，像一股电流从她身体里穿过，让她尖叫起来。她滚向一旁，伸手摸了摸轰鸣的耳朵，耳朵还在。她被震得晕头转向，吃力地站起身。

“自命不凡的东西！”特雷里斯先生大声喊道，“过时的橱窗傻瓜！”他边说边挥舞着只剩下一小截的手杖。多萝西抓住他的两只胳膊，将他拽向房间深处，葛楚德已成功打开隐藏在那里的门。

苏西转身逃跑。特雷里斯先生转移了雕像的注意力，救了苏西一命，但敌人很快反应过来，现在六个雕像步履一致地朝她逼近。苏西和暗门之间已没有任何阻挡，她快速跑到了门口，恐慌感却没有减少。

“我可以办到的。”苏西自言自语道，“我已经拿到了神经球。如果我可以回到特快专列上，就可以到达象牙塔，将弗雷德里克变回原样来解决这件事。我可以解决任何问题。”

她冲出门，但迎面而来的不是走廊，而是令人窒息的黑暗，如夜一般黑，如霜一般冷，还有尖利的爪子狠狠抓向她。她反抗着，却无助地被带回保险库里。

伴随着一声巨响，雕像们停止追赶，立正站住。

影子将苏西放下来，化作一道墨汁般的巨浪猛灌入房间，在她四周涌动。

“你干了什么？”弗雷德里克哀号着说。苏西没有回应他，紧紧盯着此时正从翻滚的黑暗中显现出来的驼背身影。唯一令她欣慰的是，矮人们已经逃离了这里。

“你在这儿，小姑娘，”暗影夫人说着在她面前停了下来，“还没逃够吗？”

第20章

左右为难的交易

“你跑得真快。”暗影夫人说着将两手叠放在拐杖头上，“要是没有这段令人沮丧的追击，我也许会对你刮目相看。”

苏西环顾四周，寻找着出路，却发现自己被包围了。暗影夫人和她的影子堵住了正门，雕像们则一个挨着一个围成半圆形站在她身后。苏西有点儿惊讶地发现自己早先的恐慌正在渐渐消退。她担心暗影夫人的抓捕担心得太久了，以至于当这一切真的发生时她几乎有种解脱的感觉。这让她的大脑有了一点儿思考的空间。

“你怎么知道我们在这儿？”苏西问。然后她注意到一个小小的身影悄悄地从暗影夫人身后溜进房间，像是在尽力避免被人发现。“弗莱彻。”她叫道。

工程师吓得往后一缩。“完全不是我的主意。”他咕哝着，“我来这里只是要取回属于我的东西。”

“我们都是。”暗影夫人说着将一只手伸向苏西。

“不要！”弗雷德里克哭喊道，“不要让她把我带走！”

苏西将水晶球紧握在胸前。“你别想得到他！”

暗影夫人叹了口气：“我是个通情达理的人。把弗雷德里克还给我，也许可以说服我放过你。”

“我为什么要相信你？”

“这话从小偷的嘴里说出来就有点儿过分了，亲爱的，”暗影夫人勾了勾伸出来的手指，“快点，我的耐心是有限的。”

“快跑，苏西！”弗雷德里克说，“或者跟她对抗，不要光站在那里，做点什么！”

暗影夫人的脸上挤出一个阴森的笑容：“弗雷德里克，我突然想知道你跟这位年轻的小姐都说了些什么，竟能说服她像这样带着你逃跑。我敢打赌你没有实话实说。”

“我什么都跟她说了。”弗雷德里克抗议道。

暗影夫人转过脸带着怀疑的表情看着苏西，这令苏西十分不安。她知道弗雷德里克没有把一切都告诉她，但她不准备让暗影夫人知道这一点，免得对方得意。“他跟我说了什么不重要，”苏西说，同时坚定了决心，“我不会将他交给像你这样的人！”

“你比我担心的还要愚蠢，”暗影夫人说，“既然你这么没主见，又无处可逃，也许你会接受交换，用你的东西来换我的东西。”

“别听她的！”弗雷德里克说。

“我不会做任何交易。”苏西说。

“你先听听我的条件。”暗影夫人把手伸进上衣，从里面掏出一个用盖子密封住的空玻璃罐。

苏西怀疑地看了一眼：“那是什么？”

“我从你生命中取走的那三十分钟，”暗影夫人说着将罐子举起来迎着亮光，“用你的时间换弗雷德里克。哦，还有这个可怜的小东西的魔法棒，我知道它也在你手上。”她向弗莱彻示意了一下，后者看上去恨不能有个地缝钻进去。“我想这再公平不过了，你觉得呢？”她说。

“你一定认为我是傻瓜，”苏西说，“那只是个空罐子。”

暗影夫人对她怒目而视：“你以为时间看上去会是什么样？你是想让我用金属丝填满它吗？”

苏西不知道该如何回应，所以什么也没说。她仍然在想逃脱的办法。

“它珍贵无比，”暗影夫人接着说，“所有鲜活的生命都想多要一些。只要你将弗雷德里克还给我，它就是你的。”

“苏西……苏西，求你了，不要！”弗雷德里克听上去害怕极了，仿佛在发抖。苏西确定他在水晶球里面无法颤抖，但她的确感觉到了，莫非是她自己的手在颤抖？

苏西站在那儿，更加坚定地看着暗影夫人的眼睛。“我拒绝，”她说，“那只有三十分钟，不值得用一个人的生命去换。”

暗影夫人沉下脸：“你确定吗？我从你有限生命的末端剪去一段，你的生命会比原先短三十分钟。想一想如果可以把这些时间拿回来，你可以做些什么吧。”

“做不了什么。”苏西试图让自己听上去并不在意，但可怕的是，暗影夫人的话在她的脑海里激起了涟漪。用那些时间她可以做什么？

“那是你生命中最宝贵的三十分钟，”暗影夫人压低声音说，听上去有些急切，“能让你做最后的决定，跟朋友和家人告别，倾吐心底的爱，也能让你纠正曾经的错误。”

冷汗将苏西的睡衣贴在她的皮肤上。“我生命的终点。”她说，“你看到了吗？”

暗影夫人露出鲨鱼般的微笑：“你想知道你的生命将终于何时吗？”

这个问题像冰针一样刺向苏西，有几秒的时间，她分不清这种感觉是害怕还是兴奋。没有人知道自己的死亡时刻，心怀这样的信息活着将十分可怕，不是吗？

如果她可以知道，又会怎么样？她浑身起了鸡皮疙瘩，脑子因这种可能性活跃起来。她的生命是长还是短？死时会是何种境况，声名显赫，穷困潦倒，还是孤苦伶仃？如果她知道这些，就可以提前计划，在问题还未发生时就将它们全部解决。她可以解决任何问题。

但当她抬头看见暗影夫人在咧嘴奸笑时，这种感觉减弱下来。她已经尝试过解决问题，正因如此才陷入目前的境地。她的计划失败了，只剩下暗影夫人给她的选择。“不！”苏西毅然决然地说，“你说什么都没用，我是不会把弗雷德里克交给你的！”

暗影夫人死死地盯着她看了一会儿，然后叹息一声：“那样的话，我们只能不愉快地解决了。”

暗影夫人向前一步步逼近，苏西迅速后退。

“住手！”一个声音传来。

苏西吃惊得僵在原地，就连暗影夫人也停了下来，脸上带着不耐烦又困惑的表情。苏西朝声音的源头转身。“哦，不！”她倒吸一口气。

威尔莫特站在隐蔽的后门门口，松松垮垮的制服拖到脚踝处，帽子歪戴在头上。

“威尔莫特，不要……”苏西开口道，但他却投来一个愤怒的眼神，让她住嘴。他怒不可遏，是苏西之前从未见过的样子。

“暗影夫人，”威尔莫特说着大步穿过房间朝他们走来，雕像们自动分开让他通过，“我恳请您放了我的员工。”

“你是什么人？”暗影夫人说。

“我是奇境邮政服务的邮政局长威尔莫特·格伦特。”他走到苏西身旁停住了脚，“这名邮递员是我负责的，因此，我欠您一个道歉。”

暗影夫人抬起一边的眉毛：“我不在乎道歉，孩子，我只想要回自己的东西。”

“我理解。”威尔莫特没有理会她对自己年龄的轻慢，“尽管如此，还请允许我代表奇境邮政服务真心实意地表达歉意。

我们的邮递员偷了您的东西，我们会非常严肃地处理此类违背道德准则的行为。”

苏西站到威尔莫特和暗影夫人中间。“你在干什么？”她小声说。

威尔莫特镇定地将她推到一边，同时从嘴角挤出一句话：“相信我！”他拉正帽子，继续对暗影夫人说：“奇境邮政服务乐意将您的物品奉还，并就此事造成的不便给予补偿。但对邮递员苏西·史密斯的惩处必须由我们内部解决。”

暗影夫人还没来得及回应，一阵急匆匆的脚步声让所有人又都转过身去。葛楚德从隐蔽的后门口跑进来，雕像挡住了她的去路，她在大厅中间刹住了脚。

“威尔莫特！”她呼喊道，想从雕像之间冲出一条路，“威尔莫特，亲爱的，离开这儿！”

苏西咬着嘴唇，威尔莫特却转过了身。“别担心，妈妈，”他说，“我只是在尽自己的职责。”

暗影夫人哼了一声，将注意力转回到威尔莫特身上：“你想让我放过你的小宠物——在她干了这一切之后？”

“她不是我的宠物。”威尔莫特说，“不过，如果您想的话，您当然有权利提出正式投诉，我这里有所需的表格。”他将手伸进上衣，掏出一小张长方形的纸，递给了暗影夫人。

有那么一会儿，大厅里静悄悄的。随后暗影夫人轻声笑了起来，她笑声越来越大，肩膀也随之颤抖。苏西不由自主地退后一步，但威尔莫特立在原地，纹丝不动地拿着投诉表。

然后暗影夫人向他一指，影子往前冲去。

“不！”苏西向他扑过去，但为时已晚，影子将他整个吞没，威尔莫特的呼喊声越来越小，像是从非常遥远的地方传向苏西的耳朵。影子渐渐消散，只剩威尔莫特的帽子皱巴巴、孤零零地躺在石板上。

苏西震惊得僵在原地，她听到葛楚德的哭喊声。

“我已经受够了这些干扰，”暗影夫人俯身对着苏西，“如果你不把弗雷德里克交过来，我就自己动手了。”

苏西惊恐得脑子一片空白。她唯一能想到的就是：威尔莫特消失在了黑暗之中，全都是她的错。

“苏西，拜托！”弗雷德里克的声音穿透了苏西脑海里的迷雾。她看到暗影夫人几乎已经站在自己面前。她不能讨价还价，不能逃跑，她能做的只有反击。于是，她孤注一掷，将手伸进口袋，掏出最先碰到的东西，使劲儿向暗影夫人扔了过去。

那是弗莱彻的魔法棒。暗影夫人看到它飞过来，抬起一只手挡了一下。她抬起的是那只拿着玻璃罐的手。

魔法棒打在罐子上，罐子爆炸，迸出光亮。苏西闭上了眼睛。

下一刻，一切都停住了。

第21章

时间的差错

苏西将一只眼睁开一条缝，以为会有某种恐怖的景象在等着她。但是相反，眼前只有反常的静止画面，一片寂静。

苏西小心翼翼地睁开双眼，四处张望。暗影夫人站在她面前，伸出来的手离她只有几厘米远。但她没有移动，也没有说话。

苏西在闭上眼睛前看到的已经破碎的罐子还和之前一模一样——飞出的碎玻璃片停在半空中，在水晶灯的光线中一闪一闪。

苏西试探性地伸手摸了摸其中一片，它没有掉下去，不过当她指尖施加一点儿力时它的确动了，还割伤了她。苏西立即将手指缩回来放进嘴里吮吸，同时观察着房间里的其他地方。

一切都像被冻住了。魔法棒从破碎的罐子上弹开，此刻正悬在暗影夫人胳膊肘外侧的空中，弗莱彻正伸手去拿。在苏西身后，葛楚德依然伸手够向威尔莫特之前站立的地方，她的脸上全是悲伤和痛苦，泪水如同结实的玻璃珠一动不动地挂在脸颊上。苏西立刻转过脸,感到自己的泪水也开始往外涌。

“发生了什么？”弗雷德里克的声音出其不意地传来，苏西差点儿将他掉到地上。

“我不知道。”苏西抽泣着说，“一切都……停了下来。”

“除了我们俩？”弗雷德里克说，“你做了什么？施了什么咒语吗？”

“不，我……”她抽抽噎噎地说，声音因哭泣而变得沙哑，“我不知道我做了什么。”

“哦，不管是什么，奏效了，”弗雷德里克说，“这是咱们的机会，快逃吧！”

“不！威尔莫特怎么办？”

“他怎么办？你看到了，他消失了，一切都结束了。”

“不！”她跑向像静止的雷雨云一样堆积在暗影夫人身后的影子，像进入烟雾般轻而易举地走了进去。从影子里看去，房间很黑，水晶灯发出的光被染上一层微弱的紫色。她将空着的那只手在嘴边拢成喇叭状，大喊道:“威尔莫特！威尔莫特，你在这里吗？”

“他不会回答的。”弗雷德里克说。苏西差点儿就将他扔到房间的另一边了。这全是他的错……还有她的。

“威尔莫特？”苏西从保险库的一边跑到另一边，在黑暗中摸索着寻找生命的迹象。但当她磕磕绊绊地回到暗影夫人身前的亮光中时，她知道弗雷德里克说得没错，威尔莫特消失了。

“求求你了，苏西，”弗雷德里克哀求道，“我不知道这里发生了什么，但我们必须在一切恢复之前离开。奇境的命运都……”

“我知道！”苏西抹着眼泪说，“就再给我一分钟，行吗？”

弗雷德里克说得当然没错，而这一点才是最糟糕的。无论发生了什么，现在是他们逃跑的唯一机会，他们必须抓住。苏西眨眨刺痛的眼睛，向周围看去。“我们仍然需要魔法棒，”她说，“没有它，我们解不了你的咒。”

魔法棒不像刚刚的玻璃片那样容易挪动，但还是转动了一点儿。苏西身体后仰，用上全身的力气去拉，终于慢慢地将它从空中拽了下来。

“现在可以走了。”当她将魔法棒装回口袋时，弗雷德里克说。

“还不可以。”苏西说。她拍了拍另一只口袋，确定神经球安然无恙，然后来到威尔莫特之前站立的地方，捡起他掉下来的帽子。苏西将它理了理，掸掉上面的灰尘，将自己的帽子扔到一边，把威尔莫特的帽子戴在头上。帽子很紧，但刚好合适。“现在可以走了。”

“如果不是你跟他们说起我，这一切都不会发生。”弗雷德里克接着说，“你发过誓要为我保密的。”

“我也发过誓要尽最大努力做好一名邮递员。”苏西说着从两个雕像之间挤过，“我无法两者兼顾。此外，情况也发生了变化。我以为他们能够帮助我们。”

她在葛楚德面前停下，和她四目相对。葛楚德的眼里仍然有生机，但身体就像照片一样毫无反应。苏西将一只手放在她的肩膀上说：“对不起。”

苏西在秘密出口处停下，最后看了一眼房间，然后转身跑了起来。

苏西原以为邮局外面的市区会熙熙攘攘、喧闹鲜活，但外面也静悄悄的。老邮递员们被定在大楼后面的小巷里，逃跑的姿势各异，多萝西走在前面，拉着特雷里斯先生的手。苏西在多萝西面前挥挥手，喊她的名字，但知道不会有回应。她悲伤地转过身，匆忙绕过大楼，进入广场。

那里一片混乱。雕像堵住了所有街道，汽车、自行车和各种各样无法分类的车辆被困在这难以形容的乱局中，驾驶员被冻住时的姿态各式各样，或是在挥舞拳头，或是正准备从即将降临的灾难中逃离。

“她一定是把所有雕像都带来了，”苏西畏怯地说，“一整支军队。”

“好在他们也被冻住了。”弗雷德里克说，“你觉得这到底是怎么回事？到处都是这样。”

“一定是跟那个罐子有关。”苏西一边说，一边费力地穿过静止的车流，朝着广场的另一边走去，“或者是魔法棒？我都不知道该怎么使用它。”

“我想是你用它指到了什么，那时你在想着心里希望发生的事，”弗雷德里克说，“但我不明白那怎么会导致整个城市停摆。”

苏西担忧地咬着嘴唇：“我们可以呼叫什么人吗？”

“你是指什么？”

“我是说，有办法联系相关的管理者吗？联邦一定有总理、总统或别的什么人——可以派援兵来的人。”

“没有。”弗雷德里克说，他听上去不太自在，“至少没有官方任命的。有的东西我们共享，比如邮政服务和以太网，但每个奇境都是自治的。矮人有自己的长老会，钟表国有小型机器人首领，没有人知道荒野高地的藤条女人国是怎么运作的——因为打听过她们的人都再也没有出现过。每个地方都不一样。”

“听上去真混乱。”苏西说。

“那不是重点。”弗雷德里克说，“每个奇境都有自己的规则，没有人可以掌管一切。”

他们终于走出了雕像的封锁圈，进入主干道。苏西仔细地四处察看，回忆着之前她和威尔莫特来邮局时是从哪条小道过来的。

“我们要去哪儿？”弗雷德里克问。

“回特快专列，我们需要出城。”

“但是如果一切都被冻住了，我们要怎么将车开动呢？”

“我还不知道。”苏西说着感觉眼泪又要流出来了，“我什么也不知道，但我们不能待在这儿。”

她在一条街道的入口处停下，它看上去很像正确的那条，但他们刚刚路过的两条也有可能。而且，更糟糕的是，每条街都至少立着一个雕像在把守。尽管它们动不了，苏西还是没有足够的勇气去看它们坑坑洼洼的狰狞的脸。她低下头继续跑。“这是暗影夫人的计划吗，”她说，“用雕像入侵联邦？”

“不，这只是为了把我抓回去。”弗雷德里克说，“她真正的计划糟糕得多。试想一下，如果她总是知道你在干什么，而且无论你藏在哪里她都可以找到你，那会怎么样？她甚至都不再需要动用雕像。如果有人做了什么她不喜欢的事，她就轻轻松松地施个咒，就像她对我那样，那就再也不会有人敢不服从她了。”

“但是怎么可能？”苏西惊恐地说，“她怎么可能知道每个人在做什么？”

“那很复杂，”弗雷德里克说，“你就相信我的话吧。我们都不希望那样的事发生。”

这驱使着苏西继续前进。像这样在户外暴露无遗令她非常没有安全感，她迫切需要特快专列里的温暖。“我们试试这条路吧。”她说，祈祷好运降临。他们进入一条小道，尽管不是她之前走过的那条，但应该也不会把他们带到离货运场太远的地方。苏西在人群中穿来穿去，脑子飞快地运转着。

“我可以移动物品，”苏西说，“比如碎玻璃，还有魔法棒。如果足够用力，我就可以……解冻东西。”

“你觉得你可以解冻火车？”

“我不知道。解冻碎玻璃很简单，魔法棒难了一点儿，也许和体积有关。”

“那样的话，解冻火车是不可能的。”弗雷德里克说，“你也许连车组人员都解冻不了。”

“是的，真谢谢你这么说。”

一分钟之后他们到达一个小路口，苏西终于看到了一个她认识的店面。“是那边！”她喊道，更加确信地跑了过去。他们在下一条街上又经过了两个雕像，苏西尽量不去看它们。

“那我为什么没被冻住？”弗雷德里克问，“因为当时你正抓着我？”

“也许吧，”苏西说，“如果我可以通过接触将物体解冻，那么这就说得通了。”

弗雷德里克反复琢磨着这句话。“那么不要放开我。”他说。

“不会的。”苏西说，“我保证。”

在拐错了两个弯、兜兜转转绕了个圈之后，他们终于回到货运场。但苏西的高兴劲儿很快就消退了，因为她看到有一个雕像正把守在站台一端。它拔出了剑，被冻住时像是在扫视四处逃跑的人们的脸。

苏西的手下意识地放到弗莱彻的魔法棒上，尽管她不知道如果真有需要，她该如何使用它来保护自己。她仍然不知道魔法是如何起作用的，或者魔法可以做什么。倘若魔法棒出现故障怎么办？比如它打到了……

“罐子！”苏西停下脚步，她的脑海里迸出一个极为大胆的想法。

“罐子怎么了？”

“里面有时间，但那只是我的时间。”

“你的意思是？”

“暗影夫人说她从我生命的终点取走了时间，那时间只属于我。”

“所以呢？”

“所以，如果我现在使用的正是那段时间呢？因为罐子打破，它没有被放回它原本所在的地方，而是属于了此时此地的我。但它是只属于我的，所以全世界都不可以和我一起拥有它。”

“你是说，全世界都暂停，让你拿回了半个小时的生命？”弗雷德里克说。

“我想是的。我是说，也许吧。”苏西摇摇头试图清醒一点儿，“这样说得通吗？”

“我不知道。”弗雷德里克说，“我不是个研究时间的高手，我想等三十分钟到了我们就清楚了。”

苏西吓了一跳：“哦，不！我们还剩多长时间？”

“我不知道。没人制造像我这么小的人能戴的手表。”

“我们的时间不多了。”苏西更加用力地抓紧弗雷德里克，拔腿跑起来，拼命从堵在她和特快专列之间的冻住的矮人间挤过去，“也许只有几分钟！”

当周围的世界突然切回运转状态时，苏西才发现根本不剩什么时间。一个矮人工人在逃离货运场里的入侵者时狠狠撞了她一下，把她撞得飞了起来。她在瞬间做出反应，让自己背部朝下，落地时将装有弗雷德里克的水晶球紧紧地抱在胸前。

“当心！”那个矮人跃过苏西继续跑时大喊道。

四面八方都是惊恐万状的矮人，他们咚咚咚地跑上站台，险些将苏西踩在脚下。苏西挣扎着站起来，却正好与货运场里的雕像四目相对。片刻之间，周围矮人的惊恐传染给了苏西，她发现自己无法动弹，而雕像转过身缓缓向她走来。这时，弗雷德里克的提醒让她回过神来。

“快跑！”他尖叫道。

第22章

红色警报

带着不断加深的忧虑，诺玛阅读了矮人领地观测员刚刚递给她的匆忙写就的报告。

“这是刚刚发生的事？”她问。

年轻的观测员使劲儿点头，据名牌显示他叫司康吉：“那个人类女孩上一秒钟还在保险库里，下一秒钟就不见了。凭空消失了！”

诺玛叠起报告：“找到她，查查特快专列。”

司康吉点点头，冲回桌子前。与此同时，诺玛径直走向启明大人的办公室。当她大步走向门口推开大门时，莫娜中士明智地没有阻拦她。她没有理会“禁止进入”的标识，不管有没有会议，她都等不及了。

“大人。”她开口道，但眼前非同寻常的一幕让她沉默下来。

启明大人坐在一把皮质扶手椅上，镇定自若地看着一本书，在他脚边的地板上蹲着狂暴战士首领。那个曾经的巨人缩成一团，两只胳膊抱在一起，身体微微发颤——他正在抽泣。他看到诺玛时吓得跳了起来，冲她龇着参差不齐的牙齿，随后他的下唇开始颤抖，令诺玛吃惊的是，他的眼里蓄着泪珠。他一定是看到了诺玛吃惊的表情，因为他正试图遮住脸，并且毫不费力地将她推到一边，从门里挤了出去。观测员们看到他过来，全都躲到桌子底下，但他对他们视而不见，低着头匆忙大步跑向出口。

“这里发生了什么？”诺玛问。

“启迪活动，队长。”启明大人放下书，“狂暴战士首领来这里开阔眼界，这可是极具感染力的活动。”

如果这个答案是为了让人放心，那么它并没有起作用，诺玛想。直到刚刚她才知道狂暴战士居然会流泪，甚至会流泪到颤抖。但是现在没有时间操心这些，她将叠起的报告递给启明大人。

“暗影夫人在矮人城包围了弗雷德里克和那个女孩，大人。我将带领一支队伍去解救他们，我不接受您说‘不’。”

启明大人扫了一眼纸条，还没等她说完就从扶手椅里站了起来。“该死！我早该料到这一点的。”他将诺玛往门口赶，“把你的队伍集合起来，坐我的私人火车去，那是我们最快的火车。”

“谢谢您，大人。”

诺玛在匆忙召集队伍的过程中依然无法将刚才的那一幕

从记忆中抹去——狂暴战士首领在转身逃跑的前一秒眼里泛起了泪花。是的，逃跑，她确定他是在逃离什么东西。而狂暴战士从不逃跑，他们骨子里就不会那样做。上次狼港的财政大臣是怒气冲冲地离开的。那间办公室里发生了什么？

她将这个想法搁到一边，所有未解的问题都必须先放一放。终于到了战斗的时刻，联邦等着她去拯救。

第23章

弗莱彻的麻烦

玻璃声叮叮当当地响起。

罐子的碎片散落一地，立即被暗影夫人踩在脚下。她朝空气里猛抓一把，在她看来，那是不到一秒钟之前苏西所站的地方。弗莱彻一跃而起想接住魔法棒，却两手空空地落地。等他站稳脚跟，困惑地看向四周时，暗影夫人正背对着他用拐杖在碎玻璃间寻找。

他悄无声息地朝墙边走去，希望在有人注意到他之前小心翼翼地离开。雕像们似乎因为女孩的突然消失分了神，影子有何反应呢……哦，那可说不准。但弗莱彻要抓住机会。

“她是个幸运儿。”暗影夫人说着拔出扎进指尖的一块碎玻璃，抖下一滴深蓝色的血，“她拿回了她的时间，并且趁机带着我的宝贝逃跑了。要我说她可真是非常幸运，不是吗？”

弗莱彻尽可能安静地移动着，每次小心翼翼地抬起一只脚再平着放下。可他刚迈开两步，暗影夫人就头也没回地将手指握得咔咔响，然后径直指向了他。

“你想去哪里？”

弗莱彻吓了一跳，然后为自己的反应感到生气。“我要去找人来解决这个麻烦，”他挤出几个字，“我说的‘麻烦’就是你。”

“有意思。”暗影夫人语气平淡地说，“但我跟你还没完呢。”

“可我跟你已经完了，你这个老巫婆！”弗莱彻对她挥着拳头。他终于说出了自己的想法，愤怒奔涌而出，驱使着他继续说下去，那仿佛是种自由的感觉：“也许我不怎么喜欢那个小不点儿邮政局长，但我敬重他。他拼命工作，夜以继日，只是想追随他父亲的脚步。你不应该那样对待他。”

当弗莱彻长篇大论地抨击她时，暗影夫人看上去始终很有耐心，她只是点点头，然后说：“那个女孩去了哪儿？”

“我怎么知道？”弗莱彻吐了口唾沫，“她就那样消失了，还带着我的魔法棒。只要她在你抓不到的地方，我都祝她好运。”

“让我换个问法。”暗影夫人说，“她是乘坐你那辆可恶的火车来到这儿的，火车停在哪儿？”

弗莱彻抱起双臂：“无可奉告。”

暗影夫人从牙缝里吸了口气：“为什么人们总是敬酒不吃吃罚酒？”她将拐杖尖指向葛楚德，后者正跪在威尔莫特消失的地方，眼泪无声地从脸上滚落下来。在拐杖的作用下，葛楚德的身体僵住了，她飞上三米高空，悬在那里，缓缓地旋转，她的眼睛因害怕和愤怒而睁得大大的。“告诉我奇境邮政特快专列在哪儿，”暗影夫人说，“否则这位亲爱的护理员将会有极不愉快的体验。”

“你敢！”弗莱彻呼喊道，但他知道暗影夫人绝对做得出来，从她的脸上可以看出这一点。

“什么都别告诉她，弗莱彻！”葛楚德喊道，“她杀了威尔莫特！就算她把我杀了，我也不会帮她！”

“这完全有可能。”暗影夫人说，她将拐杖轻轻一点，让葛楚德快速翻了三个跟头，“现在请安静，我想听听你的朋友有什么话要对我说。”

她将冰冷的目光转到弗莱彻身上。弗莱彻咽了口唾沫，埋怨了自己一句。他知道自己已经输了。

第24章

运动定律

“嘿，下面那个！”一声呼喊传来。

苏西抬头看到了斯通克的脸和胡子，意识到经过一番拼命奔逃，她终于来到自己要去的地方。贝儿号耸立在她身边，冒着蒸汽准备启动。身后传来一阵骚动，她转过身，越过惊慌失措的矮人，看到有个雕像正登上站台朝他们追来。

“记得把我藏起来！”苏西慌里慌张地爬上梯子时弗雷德里克悄声说，“为了我好，也为了他们好。”

苏西没说什么，将弗雷德里克藏在口袋深处。她不准备让任何人因她的所作所为而遭罪。

“你们怎么耽搁了这么久？”苏西到达车外侧的舷梯时斯通克说，“邮政局长在哪儿？另外，有人能告诉我发生了什么事吗？真见鬼！”

“遭到袭击了。”苏西说，“咱们必须离开这儿。”

斯通克看到步步逼近的雕像，吃了一惊，他将苏西揽进驾驶室，使劲儿关上身后的门。乌瑟尔将头伸出侧窗，警觉地看着外面的骚乱。

“嗷呜！”

乌瑟尔退回到驾驶室中，但她的警告太晚了，雕像可怕的脸已经贴近车窗，挡住了光。它一拳砸下来，将窗户击碎，贝儿号吱吱嘎嘎地歪向一边。

苏西想飞身卧倒，以躲避飞来的碎玻璃，却无处可藏。雕像发出胜利的吼叫声，和号角一样响。它的嘴唇没有动，也没有喉咙或者肺来吸气，却持续发出让苏西濒临崩溃的吼叫声。这家伙发现了猎物，在呼唤队友。

有什么东西在苏西上方移动，离她的头很近，她以为是一只石手来抓自己，抬头看去却发现是乌瑟尔在伸手从炉膛里拽出一根燃烧着的香蕉。香蕉发出像煎培根一样的嘶嘶声，火焰贪婪地舔舐着她爪子上的毛。然后她一跃而起，飞向窗户，将香蕉径直戳向雕像的脸。

一阵蓝色的火花迸发出来，雕像倒了下去。片刻之后，它砸到站台上时发出的巨大哐当声传来，大家连忙跑到窗口去看。只见雕像躺在地上，头被蓝色的火焰包围。随着火焰发出的光越来越亮，雕像的尖叫声渐渐消失了。

“趴下！”斯通克吼道。苏西正要问为什么，雕像的头爆炸了。她扑倒在地，碎石块呼啸着飞向发动机外壳，又向周围弹开。

苏西眨了眨眼，想消除爆炸在她的视线里留下的一团紫色。她又跑到窗口，发现那个雕像已所剩不多，只有一双石腿躺在烧焦的炸坑旁。

“好可怕！”她惊叫道。

“好幸运才对。”斯通克说着跳到乌瑟尔身边，她仍躺在那里躲避爆炸，“跟所有这些该死的愚蠢的事情比起来。”

苏西来到他身边，跟他一起帮乌瑟尔靠着驾驶室的墙壁坐起来。熊发出一声低沉的咆哮，紧紧握着自己的手掌，她的手掌到手肘处的皮毛都被烧光了，留下严重的红色水疱。

“我这一生中也见过一些不负责任的行动，但这一次最不负责任，”斯通克说，“你可能会把自己炸上天。”

“嗷呜。”乌瑟尔说。

斯通克笑了笑：“是的，我得承认，非常棒。谢谢你。”

苏西用两只胳膊搂住乌瑟尔的脖子，乌瑟尔咕噜了一声，伸出没有受伤的那只熊掌，做出一个好似竖起大拇指的动作。

他们又听到一声尖叫，全都转过身去。声音从远处传来，但异常尖锐刺耳,听起来比实际距离近得多。又一声尖叫响起，接着又是一声，整座城市似乎都在这种尖叫中震颤起来。

“是其他雕像。”苏西说，“它们来了！”

“局长一上车我们就出发。”斯通克说，“他为什么没和你在一起？”

巨大的悲痛又向苏西袭来，压得她无法呼吸。她想说话，但声音卡在了喉咙里。她不得不再次强忍住泪水：“他走了。”

“走了？”斯通克说，“去了哪儿？”

苏西摘下威尔莫特破旧的帽子给他看。“是暗影夫人，”她声音沙哑地说，“威尔莫特想阻止她伤害我，碍了她的事，于是就……”她的声音越来越小，最后沉默了。

“暗影夫人？”斯通克的声音已经变成了低语，“这一切都是那个老巫婆搞的鬼？”

乌瑟尔巨大的身体里发出低沉的怒吼。

“是我的错，”苏西说，“我偷拿了本该派送给她的包裹。”

“那就发发善心还给她，”斯通克说，“趁其他人还没受到伤害。”

“我不能！”苏西喊道，“那本就不是她的，现在我必须将它送到象牙塔。”

斯通克在消化这番话时胡子抖动了一下。“你是说我们在处理盗窃来的货物？那罪过可就大了。”他和乌瑟尔交换了个眼神，“那它到底是什么？财宝？被诅咒的手工艺品？被禁的古书？”

“是个……秘密。”苏西被他俩犀利的眼神盯着，有点儿退缩，“对不起，但你们俩还是不知道为好。我告诉了威尔莫特，我以为他可以帮助我，但那却让他……”后面的话太过沉重，她不得不使足力气才说出来，“被害了……”说出来之后，这件事似乎更加板上钉钉了。苏西第一次希望自己没登上特快专列，而是待在家里，让弗莱彻抹除她的记忆，因为她一点儿也不想记得这个时刻。

“这个包裹属于象牙塔？”斯通克说。

“是的。”苏西说，“如果我们到达那里，暗影夫人就不会再追我们了。希望如此。”

斯通克看了她一会儿，掂量着她的话。最终，他用几乎察觉不到的点头表示接受。“那么我们最好行动起来了。”他一改平日里戏谑的样子，带着坚定的决心转向控制台，松开制动阀，将特快专列从侧线上倒出来。

苏西看着舷窗外掠过的矮人城轮廓。更多的雕像涌了过来。苏西看到它们爬过停在侧线上的货运车厢，沿着站台朝他们大步走来。她数了数，五个，不，六个，已经七个了。什么东西正在头顶上空盘旋——是暗影夫人的滴水兽！

“它们就快追到这里了！”她咬着嘴唇说。

“我们马上就好。”斯通克说，“让它们拼了命地追怎么样？为了威尔莫特。”

乌瑟尔咆哮着表示赞同，他们的决心让苏西多了一点儿勇气。

“为了威尔莫特！”她说，“就这么办！”

他们已经从侧线上倒出来，进入了主干道，斯通克将引擎挂到前进挡。

“传送隧道在哪儿？”苏西说。

“矮人城另一头，”斯通克说，“离这儿几分钟的路程。”

他们的速度在迅速提升，但带头的雕像们已翻过了最后几节停在货运侧线上的车厢，抄近路朝他们追来了。

"再快点！"苏西喘着粗气说。

最近的一个雕像与他们之间的距离越来越短。它将剑扔到一边，纵身跳向火车，伸手抓来，但失之交臂，在邻近的铁轨上摔了个大马趴。

苏西大笑着松了口气，但下一个雕像紧跟在它后面拼命奔跑着。特快专列仍然在加速，但还是不够快。雕像跃起，抓住了危险地带车厢。苏西将头伸到窗外，刚好看到它正双手交替着往车顶上爬。

"它上车了！"苏西喊道。

"真烦人！"斯通克双手在机器上飞舞着，"帮个忙，往炉膛里再加一些香蕉，我们需要减一些重量。"

"嗯。"乌瑟尔似乎很疼，但强撑着站起来。

"不是你。"斯通克说，没有回头看，"以你的状态什么也做不了。苏西，行动起来！"

但苏西太过入神，没有回应他，因为斯通克的话引发了她一连串的思考。"重量，"她自言自语道，"重量和速度！"然后，她猛地推开驾驶室的后门，飞身跃到煤水车上。

"嘿！"斯通克在她身后大喊，但她已经艰难地爬上了通向香蕉堆的梯子。路线仍然是她在黄晶峡时走的那条，但那时没有雕像杀手在等着她。

"怎么了？"弗雷德里克在她的口袋里喊道。

"我知道该怎么做了！"苏西说。能量从香蕉上传出，在她没有防护的手上噼噼啪啪冒着火花，苏西疼得龇牙咧嘴："我的作业！”

“作业！”弗雷德里克喊道，“在现在这种时候？”

“我是指牛顿运动定律，”苏西说，“我知道该怎么解决眼前的麻烦了。”

她翻过香蕉堆，迅速爬下梯子，来到煤水车后面的踏板上。一条粗铁链将踏板与危险地带车厢连在一起，由一根结实的金属销固定着。

“牛顿第二运动定律，”苏西说着双手抱住金属销的顶端，“对物体施加力会让它加速，此时的物体是火车。如果力保持不变，但质量减小，加速度就会增加。所以，如果可以把这个拔掉……”

她用尽全身力气，感觉火舌在往胳膊上蔓延。她身体往后仰，用力挺起背，直直地看着天空，却猛然看到了雕像那张吓人的脸，它正从危险地带车厢顶上俯视着她。

雕像向她扑过来，苏西吓得直往后退，后背撞到了煤水车后部。在那寒意逼近的恐怖瞬间，她意识到自己无处可逃。断裂的石头手指向她伸过来……

手指在她面前仅仅几厘米的地方抓了个空。苏西震惊地眨眨眼，然后低头看向连她自己都没有意识到的、仍然拿在手里的东西——金属销。

雕像失望地吼叫着，但为时已晚。贝儿号加速前进着，危险地带车厢却开始慢下来，两者之间的距离随后越拉越远。雕像朝煤水车最后一跃，摔到了铁轨上，距苏西仅有一米之遥。

一阵混合着害怕和放松的眩晕感涌上苏西的胸口。“你看到了吗？”她说着将弗雷德里克从口袋里掏出来，让他看远处越来越小的雕像、危险地带车厢和它后面的分拣车厢，“因为少了几节车厢，现在我们的质量变小了，这也就意味着我们有了更大的加速度。现在他们追不上我们了！”

又有几十个雕像冒了出来，但也追不上贝儿号无可比拟的速度，渐渐被抛在远远的后方。

“我得承认，这相当聪明。”弗雷德里克说。

“这是物理，”苏西说，“正是我所擅长的。”

“干得好，邮递员！”斯通克喊道，此时苏西已将弗雷德里克安全地装进口袋，再次进入驾驶室，“现在打起精神，马上就进传送隧道了。”

苏西跑到前面的窗口往外看，他们在快速接近城市边缘。悬在峡谷上的拱形大桥在这里到了尽头，插入坚实的土地。山丘在他们前方不足一千米的地方赫然而立，轨道爬上一面几百米高的陡峭的悬崖壁，壁上有一排隧道口。她顺着他们所在的轨道看向中间的一条大传送隧道。隧道上方的灯是绿色的，道路畅通，他们一定可以顺利通过。

但是随后驾驶室顶上发生了爆炸，着火的大块木头像雨点一样砸向他们。他们赶紧趴到地上，苏西透过手指缝往上看去，只见车顶冒着烟的洞口露出了暗影夫人那双可怕的眼睛。

暗影夫人高高地飞在火车上空，站在她的恶魔滴水兽的爪子上。滴水兽的翅膀像黑色风帆一样遮天蔽日。暗影夫人用她的拐杖指了指，那怪物便朝他们俯冲而来。

一道光闪现，苏西只来得及看清有什么东西闪电一般从拐杖尖迸出，驾驶室的后门和窗户就被炸开，蓝色的火光刹那间吞噬了她周围的一切。

“到底出了什么事？”她听到斯通克惊呼。

苏西眨了眨眼睛，向周围看了看。乌瑟尔除了手掌受伤，看起来没有大碍，斯通克仍然在控制台旁。但驾驶室后面的煤水车已经烧成了一个冒着蓝烟的火堆，里面满是噼啪作响的香蕉。

“她要将我们炸成碎片！”斯通克叫喊道。

滴水兽飞到距离驾驶室更近的地方，暗影夫人对他们喊话。“快停下！”她尖叫道，“如果弗雷德里克到达象牙塔，一切就全完了！他知道的事情太重要了！”

煤水车内部发生了爆炸，向空中迸出一个火球。滴水兽斜着转了个弯避开火球，暗影夫人又一次喊了起来。发动机隆隆作响，苏西没听清她说了什么，但听起来像是“它关系着奇境的命运”。暗影夫人举起拐杖，又放出一个光团，但打偏了。随后滴水兽逐渐飞离，她也消失不见了。

“真是灾难！”斯通克指着正前方的窗外喊道。苏西看过去，发现暗影夫人的光团根本就没有偏离目标，她瞄准的是传送隧道。就在前方仅仅几百米的地方，拱形石洞正在坍塌，传送隧道里的微光就像老电视机上的图像一样频繁闪烁。

斯通克用尽全身力气去拉动制动阀，但苏西拽住了他。

“我们必须过去。”她说。

“传送隧道在坍塌，你会害死我们的！”

“如果我们留在这里，暗影夫人会杀掉我们！”

他们瞪着对方，争抢着制动阀，谁也没能占据上风。随后一切陷入了不可挽回的境地，一阵石屑如下雨般叮叮当当地击中火车头外壳，世界变黑了，贝儿号钻入正在崩塌的石头洞口，带着斯通克、乌瑟尔和苏西一头扎进传送隧道中。

第25章

坏事传千里

“都准备好了吗？”诺玛检阅着她的队伍。她已在瞭望馆外面的作战堡垒中召集了十二名最得力的护卫，她们笔直地立正站着，盔甲擦得锃亮，等离子步枪已充好电。

“准备就绪，队长！”护卫们异口同声地说。

“我必须对你们实话实说，”诺玛说，“这是一场危险的行动，对手强大，敌众我寡，但我们的优势是出其不意，我们要利用好这一优势，速战速决，拿到水晶球就撤。明白了吗？”

“明白，队长！”

诺玛扬起一边嘴角，露出一丝满意的微笑。“绝对比当保姆强，对不对？”其他队员的脸上也露出微笑。经过了这么多阴谋诡计和变数之后，即将展开一场像模像样的战斗，这种感觉很好。“那为什么还站在这里？”她吼道，“行动吧！”

她转身正准备带领手下走出堡垒，却发现启明大人站在门口。“恐怕没有这个必要了，队长。”他说，“我们无须再担心水晶球会落入他手，事实上它不会落入任何人手中了。”

“大人？”诺玛感觉到自己压抑着的兴奋在转变为烦躁，从身后传来的窸窣的脚步声来看，护卫们也有同感，“为什么不需要？”

“因为它已经被摧毁，与奇境特快专列和车组人员同归于尽了。”启明大人无奈地耸耸肩，“很遗憾，我原本相当期待见到他们。”

诺玛的兴奋劲儿一落千丈，由烦躁变为沮丧。尽管她不喜欢弗雷德里克那个小坏蛋缺勤，但也不希望他死去。但启明大人似乎已经翻过了这一页。

“招聘替补的事没必要再推迟了，”他说，“我们不能让项目进度滞后。派人在西沼泽地比较好的学校里招揽新人吧。”

“但是，大人，”诺玛说，“暗影夫人怎么办？”

“她怎么办？”启明大人说，“她已经没有了筹码，她会回到黑岩塔生闷气。”想到这里，他咯咯笑起来：“现在，如果你们不介意的话，我希望大家都回到自己的岗位上。请吧！”

诺玛点头示意了一下，护卫们就排着队出去了，之前的热情所剩无几。诺玛跟在她们后面，试图忽略自己的失落感。她不仅被剥夺了一场与暗影夫人正大光明的战斗，还永远不会知道弗雷德里克逃离瞭望馆的真正原因了。

她原本还指望他能给出答案。

第26章

峰回路转

滴水兽将暗影夫人放到隧道口前，然后啪地一扇翅膀飞到空中。隧道口的最后一部分坍塌下来,暗影夫人无奈地看着。传送隧道里的黑暗中闪现出一道亮紫色光芒，一阵气流突然冲进传送隧道，像一个大型真空吸尘器一样吸走了遮天的灰尘。随后气流的嘶嘶声减弱，光芒消失了，只留下破碎的拱形隧道中光秃秃的岩壁。

暗影夫人久久地站在那里，直到雕像们砰砰踩地的声音传来，它们终于追上了她。雕像们不需要呼吸，也不会气喘吁吁，它们只是站在一旁，面朝暗影夫人放空的眼神所看的方向，等待新的指令。然而什么指令都没有，她似乎都没有注意到雕像的到来。

“你干了什么？”

沉思终于被一声怒喝打断，她转身看到一脸怒容的弗莱彻。与雕像不同，他从邮局一路跑来，上气不接下气，满脸通红，大汗淋漓。他双手撑在膝盖上，然后指着被毁坏的隧道口说："你杀了他们?!"

"是的，几乎可以肯定，"暗影夫人的声音里没有胜利的意味，"真是非常不幸。"

"不幸？是你弄塌传送隧道砸中他们，你要了他们的命！"

"我以为他们会停下，"她说，"但是看样子我判断错了。"

"你就是魔鬼！"弗莱彻说着双手插进口袋，转身背对着她，"我真后悔遇见你。你想怎样就怎样吧，反正我不会再帮你。"

"随你的便。"暗影夫人说。弗莱彻缩了一下，以为会有一股魔法击中他的背。但当他转过身时，发现暗影夫人仍然盯着隧道口，像是在期待些什么。

"邪恶的老巫婆。"弗莱彻一边快速溜走一边小声嘀咕，"如果世道公平，她就应该在里面和他们一起被砸。"他吸了吸鼻子："还有我，我真蠢。"他因震惊、气愤和悲伤而双手颤抖，但他竭力不让自己在暗影夫人的视野范围内表露出来。

弗莱彻小心翼翼地沿着铁路线朝城中心走，才走出一小段，就听到暗影夫人的声音。

"孩子们，我希望你们往象牙塔跑一趟，去看看我们火车上的朋友们是否逃脱了。我不指望有好消息，但去看看总比不知道要好一点儿。"她一拍手，雕像们就各自朝着不同的隧道口飞奔起来。弗莱彻看着它们跑走，心里既惊叹又厌恶。没有哪个活着的生命敢在没有交通工具确保安全的情况下踏进传送隧道，但他猜那些雕像是由更厉害的物质构成的。

“一点儿都不尊重逝者，”弗莱彻吐了口唾沫，“还有其他人。”

但是，看着雕像们消失在隧道里，弗莱彻心中隐隐升起一种感觉，不是希望——他还没笨到对不可能的事情抱有希望，但又有点儿像，应该说是罔顾现实的一点儿妄想吧。

斯通克、乌瑟尔和那个女孩怎么可能会在塌方中幸存，那是不可能的，然而……

然而，暗影夫人还有疑虑。这些疑虑足以让她派遣雕像大军去完成任务，以防任务没有结束。

可任务已经结束了，不可能没结束。

但如果有可能呢？

弗莱彻走到危险地带车厢和分拣车厢前，与贝儿号断开连接之后，它们就慢慢停在了主干道上，此刻仍在那里。奇境邮政特快专列就只剩下这些了。

弗莱彻将手放在危险地带车厢坑坑洼洼的铁皮外壳上，它仍然颤动着，一息尚存，这多亏了里面无数的机械，其中一些他还参与制造了。那是可以去到任何地方的机械，不论是到海洋深处还是最遥远的太空。

弗莱彻忽然知道自己该做什么了。

一道光像另一个太阳一样骤然点亮矮人城，暗影夫人从传送隧道那边转过身来。她用手遮着眼睛，避开刺眼的光和翻滚到空中遮天蔽日的尘土。

在余下的雕像身后稍远一些的铁轨上，危险地带车厢被一道火柱顶着升到空中。它一开始上升得比较缓慢，随后伴着震耳欲聋的轰隆声不断加速，直到变成一个斑点，渐渐消失在天空中。

“那个讨厌的家伙在干什么？”暗影夫人说，“这些矮人总是用最荒唐的方式将自己摔来摔去。”她的目光一直追随着车厢的轨迹，直到它从视线中彻底消失。然后她将目光转回传送隧道，继续等待着。

当车厢飞速穿过云层进入湛蓝的天空时，弗莱彻坐在危险地带车厢的控制面板前露出了微笑。他不确定这个老车厢能否成功脱离底盘，因为距离上一次飞行已经太久了，但所有设备都运转正常，就好像它们是昨天刚刚造好的一样。

“经久耐用。”弗莱彻亲切地抚摸着控制面板说，“当然，据说降落才是困难所在。”

他抻长脖子，对抗着将他钉在座位上的重力，从右舷窗往外看去。地面的弧度清晰可见，离开大气层后，蓝色天空渐渐变成黑色。重力开始减弱，弗莱彻的身体放松了一些，很快他就会完全失重了。幸好没吃早餐，他这样想着，同时确认自己系好了安全带。

他校准了几次航线，将危险地带车厢掉了个头。地平线上，月亮刚刚升起。

第27章

隧道追击

隧道口在苏西他们身后坍塌时发出炸雷般的声响。但与雷声不同的是，声音没有变弱消失，而是传入隧道，四散开来，不知怎的，感觉还是那么响。

有那么一会儿，当苏西的大脑试图寻找声源时，她失去了方向感，摇摇晃晃的。乌瑟尔扶住了她。

“嗷呜？”

“我没事。”苏西说，“你的胳膊怎么样？”

乌瑟尔耸耸肩，朝坍塌的隧道口弯起一只爪子。就在那时，黑暗中爆发出一道灰色的亮光，从火车正后方照来。

“发生了什么？”弗雷德里克从苏西的口袋里发出刺耳的尖叫声，“那是什么声音？谁来告诉我发生了什么！”

乌瑟尔怒吼着，毛都竖了起来。

“谁在说话？”斯通克喊道。

“假装你没听到吧。”苏西说着将手伸进口袋，压住弗雷德里克的声音，“告诉我，咱们的麻烦有多大。”

“传送隧道正在像牙膏管一样卷起来。”斯通克说，他紧紧地贴着控制台，就好像那是他的一部分，“咱们永远都过不去的！”

“咱们的速度不能超过塌方吗？”苏西一边大喊，一边来到斯通克身边，试图弄明白各种各样的仪表盘和读数。

“我们已经在全速前进了！”他喊道，“马力全开，锅炉压力已经到红色警戒线了，但还不够！”

苏西吞下本能的恐惧，现在她根本没有时间害怕。“如果我们再减些重量呢？”她自言自语道。

“什么？”斯通克大吼，“我听不见你说的。”

苏西没再多说什么，转身跑向已经被毁的后车门。“乌瑟尔，帮帮我！”她趴下来，把手伸出驾驶室，去够与仍在熊熊燃烧的煤水车连在一起的铁链。这个连着链子的金属销比煤水车后面那个更难拔下来，乌瑟尔伸出头用牙齿去咬，它才开始松动。她们一起拔着，费了很大力气，金属销终于被拔出。苏西将它扔到一边，乌瑟尔解开链子，然后她们使出全身力气推了煤水车一把。

煤水车从驾驶室分离出去，才落在他们后面几米远，就被塌方吞没了。苏西原以为会炸出一堆碎片，但眼前的景象让她看入了迷：煤水车平铺展开，变成了一个由矩形组成的整齐的图案。如同万花筒中映出的画面一般，这些形状成倍增加，再交叉合拢，越来越小，接着汇成一个实点，被亮光吞没，然后就直接……消失了。

盯着灰色的火光，苏西觉得有些恍惚，她发现自己没有真真切切地听到或看到塌方，却可以感受得到。那光并不是真正的光。如果她稍微转转头，用余光去看，就会看到它在闪进闪出。她无法理解，这种情况即使是爱因斯坦遇到了也会感到头疼，但它确实就在那里，而且越来越近。

“有帮助吗？”苏西回到斯通克身边喊道。斯通克紧紧咬着嘴唇，瞪着仪表盘。

“轻了一些，”他大声说，“也许给我们争取了几秒钟。”

“够吗？”

斯通克抿紧嘴，嘴唇几乎消失了。他紧紧地握着操纵杆，指关节都变白了。然后砰的一声，壁炉架旁边的一根管子裂开，喷着蒸汽。斯通克往后一缩。

“我们把她逼得太紧了，她撑不了太久，塌方快赶上来了。”像是在证实他的话一样，一只压力表的玻璃碎了，里面的指针掠过他们身旁，从驾驶室后部飞出，径直被塌方吞没。

“但我们不能慢下来。”苏西说。

“我知道。”

苏西看着风暴般的大火像吞食钢制意大利面一样吞没仅在他们身后几米处的铁轨，步步逼近。“咱们能行。”她说。

斯通克摇摇头，仿佛头重得让他无法承受：“从没有人能超过塌方的速度。”

“那是因为从没有人用贝儿号尝试过。”她说。

斯通克挤出一丝微笑，这点燃了苏西心中的火焰。她伸出一只手，放到斯通克的手上，然后将另一只手伸向乌瑟尔。乌瑟尔用一只大熊掌托住他俩的手，将它们紧紧地握在一起。

苏西没有那么大的勇气，真的没有，但假装勇敢让她惊讶地发现自己似乎真的很勇敢。

“如果我们会死，你会告诉我的，对吗？”弗雷德里克的话让苏西红了脸，斯通克和乌瑟尔都斜眼看着她。

“我已经尽量假装没有听到他在说话了，”斯通克说，“但他很难让人注意不到。”

一阵沉闷的金属声让他们全都转过身去，然后又立即缩回来紧靠着壁炉，现在塌方产生的灰砖碎屑已经压到了驾驶室后部。透过空洞洞的门口，他们看到拔出的金属销在无法触及的远处令人目眩地旋转着，然后化为乌有。几秒钟后半条链子也不见了，驾驶室的后墙开始拉伸变形。

“赶上来了！”斯通克说，“塌方一旦赶上车轮，咱们就完蛋了。”

后墙上的砖开始一块块掉下来，变成了二维线条，贝儿号正在被一点点地吞噬。

“所有人快去外面的舷梯！”斯通克命令道，“我们需要待在车头前面。”

苏西拉开门，乌瑟尔用一只胳膊揽起她和斯通克，沿着舷梯摇摇摆摆地大步走到锅炉前方。“恐怕也只能这样了。”

乌瑟尔在最靠边的地方将他俩放下时斯通克说。现在火车四周都已满是大大小小的碎石块，根本无处可逃。“我想说，能和你们俩一起工作是我的荣幸。”他理了理夹克，啪地敬了一个礼。

“什么?!”弗雷德里克尖叫道,“这样不对！你应该保护我，你答应过的！”

苏西几乎没有注意到他的抗议。实际上，此时的她几乎没有任何感觉，甚至没有恐惧感。不需要再有恐惧感了，最坏的事情正在发生，他们输了。“我没想到事情会变成这样，”她抽泣着说，“全都是我的错。真的很对不起，我以为自己在做正确的事。”她的眼泪开始涌出，乌瑟尔、斯通克和带着火光的传送隧道变成一片模糊而杂乱的画面：“我们离成功那么近！差一点儿就成功了！差一点儿就……”

“嗷！”

乌瑟尔又紧紧抓住苏西，苏西觉得斯通克将手伸到她眼前，拼命地指着什么。她转过头去看，但一切像是万花筒中的黑灰碎屑。然后突然之间，出现了亮闪闪的白色，一股风吹来，闻起来像铜器、尘土和家具抛光剂混合在一起的味道。

斯通克在苏西耳边放声大笑，她将手按在脸上擦掉眼泪，定睛再看时看到了另一个世界。

贝儿号疾驰在奶白色的天空下。几百条闪闪发光的银色长条在空中纵横交错，像一张巨大的蜘蛛网。当苏西看到其他火车在上面奔驰时，才意识到那些是轨道。它们没有任何支撑，如失重般悬浮在空中，每一条轨道的尽头都是一个隧道口，这些隧道口仿佛就嵌在天空里。

苏西将身体探过扶手，风吹动着她的头发，她真真切切地看到贝儿号轮子下面的轨道也同其他轨道一样悬浮在空中。这一点倒没那么值得惊奇，最令人吃惊的是，放眼望去，他们远远的下方也完全看不到地面，只有更广阔的天空。除了隧道口，在苏西目光所及的各个方向，都是一望无际、白茫茫、毫无辨识度的天空。

身后传来沉闷的爆炸声，这标志着他们那条传送隧道的最终消亡。塌方过后，拱形隧道里面什么也没剩下，只有一大片碎裂的白色岩石。

苏西看了又看，才发现包围他们的根本不是天空，她惊讶得目瞪口呆——他们处在一个巨大的白色石球内部，直径也许有一百千米，石球内部散发着柔和的光芒。他们刚从它的一面墙里穿过，朝中心驶去。

贝儿号的车轮发出胜利的尖叫声，苏西、斯通克、乌瑟尔和车轮一起尖叫，他们互相拥抱，让风带走他们因如释重负和欢呼雀跃流下的眼泪。

“咱们成功了！”斯通克拍着苏西的肩膀，兴奋地上蹦下跳，“简直不敢相信，但是咱们成功了，快看！”他指着前方，苏西眯起眼睛，向迎面而来的风中看去。

球体中央立着一根巨大的白色石柱，像苹果核一样从顶部贯穿到底部。

“象牙塔！”苏西说。

“那么现在我们不会死了？”弗雷德里克说，“说实话，你们这些人为什么不把最新情况及时告诉我？”

苏西没有理会他。“我们要怎么进去？”她问。

“通过中心站。”斯通克说，他用手指了指围绕着象牙塔中心的一圈气派的白色建筑。就像通向它的几十条轨道一样，中心站也悬浮在空中，而且看上去并不与塔体相连，苏西可以看到它们之间有很大的空隙。

“记住，象牙塔不会随随便便放任何人进去，”斯通克预料到了苏西的下一个问题，进而说道，“我们必须在中心站下车，向他们出示一条准入信息，然后象牙塔才会放下吊桥让我们通过。”

苏西顺着斯通克的手指寻找吊桥，没看见吊桥，却注意到了一件别的事情。“嗯……”她说，“越来越近了，车速非常快。”

“我的天哪！”斯通克愣住了，“我在想什么呢！我忘记减速了！”他从苏西和乌瑟尔身边挤过去，跑回驾驶室。苏西跟在他后面，所以当斯通克险些从引擎后面一头栽下去时，苏西一把抓住了他的衣领。

驾驶室的大部分都不见了，只剩下半米宽的地板。

“它经历了太多。”苏西说。与此同时，斯通克掸掉身上的灰尘，小心地移动到控制台后面剩下的一块地板上。他伸手够到制动阀，格外小心地向后拉：“我们必须慢慢减速，否则惯性会把这位老姑娘仅存的部分撕毁的。”

像在回应他似的，底盘上的金属发出咯吱咯吱的声音，制动阀开始像音叉一样震动，斯通克也随之一起震动。

“加油！”他咕哝着，更用力地拉制动阀，刹车片的咯吱声也变得更响。

然后制动阀咔嚓一声断了，脱离了地板。苏西不得不再一次抓住斯通克，防止他翻过边缘摔到轨道上。他举起断了的制动阀，惊恐地盯着。

“哦，天哪！”他说。

苏西看了看斯通克因惊恐而睁大的眼睛，然后看向那截断掉的制动阀。“现在我们怎么办？”她说。

“呜。”乌瑟尔将头伸进了驾驶室。

“恐怕她说得对。”斯通克说，“我们什么也做不了。列车失控了。”

第28章

一个大胆的主意

“也许咱们可以跳车。”斯通克说。

苏西看了一眼他们脚下疾驰而过、模糊不清的轨道。“以这样的速度？”她说，“我们会摔得粉身碎骨的。”她把手指插进头发，然后攥成拳头，希望自己的大脑能更快地运转，但它偏不为所动：“我想不出办法。”

“我也想不出，”斯通克回应道，“但至少我们会穿着靴子死去[①]。”

“我穿的不是靴子，”苏西回应道，“而且我决不穿着拖鞋死去。我们一定能做点什么。”

“没有办法了。”斯通克说，他现在更平静了，能看出他已经在为无法避免的结局做准备，而且想在最后一刻保持尊严，“我们会像一把大锤子似的撞向中心站。”

---

① 原文“go out with boots on”，有“以身殉职”的意思。

苏西从乌瑟尔身边挤过去，来到舷梯上，绝望地看着他们这趟旅途毁灭性的终点。

中心站向他们急速逼近，如同大张的嘴巴，上面覆着弧形玻璃顶，已经近得足以看清里面繁忙的站台。他们轨道的终点是重型缓冲器，缓冲器再往前是一个人员密集的大广场。在广场的另一头，透过中心站的玻璃后墙可以看到壮观的象牙塔。苏西想，若不是即将命丧于此，也许自己可以好好欣赏一番。

“我想问清楚。”弗雷德里克说，“我们又要没命了吗？”

“闭嘴！”苏西说。

“事已至此，就振作点吧。”斯通克说。当他们飞速冲进中心站时，斯通克拉响了汽笛，贝儿号发出长而尖厉的声响。

人们转身来看，接着便四散奔逃。

苏西跳回驾驶室，用胳膊紧紧抱住管道。一秒钟后，随着一声巨响，贝儿号撞上缓冲器，然后冲出了轨道，苏西双脚离开了地面。当贝儿号砰的一声撞回地面时，她瞥见人群四散逃去，贝儿号的速度丝毫没有减缓，她在广场上划出一道沟痕，火花和碎片四溅。乌瑟尔发出吼叫声，斯通克也在他们的车轮碾过点心铺子和检票口时尖叫起来。

苏西将管道抓得更牢，转开脸躲避飞迸的碎片，发现在她面前有一个写着“向上”的旋钮。苏西的脑子里突然出现一个孤注一掷的想法。“重力真的是可以协商的吗？”她大喊道。

“通常是！”斯通克大叫着回答，“但你为什么想……”

随后，伴着一阵猛烈撞击，火车头穿过中心站的玻璃后墙，飞到站点与象牙塔之间的空谷之上。当贝儿号的前进动量拼命挣脱重力的下拉时，一种恐怖的失重感袭来。苏西感到自己的双脚又离开了地面，但这一次没能再落下来，因为他们开始毁灭性地下坠，坠向数千米之下的球体底部。

苏西转动了旋钮。

有那么一会儿，苏西怀疑自己的计划失败了。但当她看向驾驶室外面时，发现他们虽然仍在坠落，却不是向下的。旋钮起了作用，苏西改变了重力对火车的拉力方向，他们在向侧面坠落，径直冲向象牙塔。

“抓紧了！”当巨大的白色石墙进入视野时，苏西大喊道。象牙塔非常庞大，也许比黑岩塔还大，而且当它越来越近时，苏西可以看到它的彩色玻璃窗闪闪发光，四周被映照得五彩斑斓。

“你疯了吗？”斯通克对着苏西的耳朵大叫。他正双手抱着她的胳膊，身体的其他部分悬浮着。乌瑟尔正用没有受伤的那只爪子抓着壁炉架，看起来也不太高兴。

“我知道我在干什么！”苏西喊道，祈祷这话是真的。

乌瑟尔嘟囔着指向前方。他们正直直地撞向其中一扇彩色玻璃窗。

“抓紧了！”斯通克吼道，然后将头躲到苏西的肩膀后面。乌瑟尔用她粗壮的胳膊抱住他俩，苏西将脸埋进大熊温暖的皮毛里。

玻璃碎了，四周传来刺耳的撞击声和沉闷的爆炸声，接着一切都陷入了黑暗。

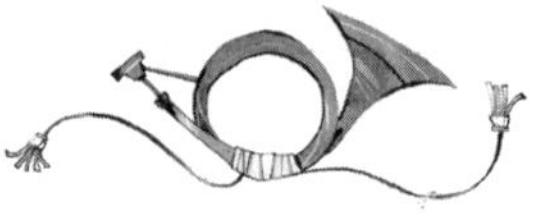

“咱们还活着？咱们成功了？”

弗雷德里克的声音透过翻滚的灰尘和烟雾传进苏西的耳朵。她坐起来，等待一切停止旋转。

贝儿号斜躺着，周围全是彩色玻璃碎片。驾驶室炉膛里的余烬忽明忽暗，逐渐冷却的金属锅炉咔嗒作响。不过，这个大火车头最终变得安安静静，一动不动了。

“我想是的。”苏西说，她的声音因肾上腺素的分泌而有些颤抖，“大家都还好吗？”

苏西身下有什么动了动，她发现自己正坐在一团乱糟糟的亮黄色皮毛和浓密的胡子上。她滚向一边，乌瑟尔和斯通克都坐了起来。

“嗷呜。”大熊一边说一边揉着脑袋。

“还好。”斯通克说，“我不太会选择以这种方式来这里，但看样子大家都安然无恙。我们的神秘客人怎么样？”他朝苏西口袋里鼓出来的一块点了点头。

“我很好，太多感谢的话我就不说了。”弗雷德里克说，“现在趁更糟糕的事情还没发生，咱们快走吧。”

“走？”斯通克抬起眉毛，抖出里面的灰尘，“去哪儿？”

“我们得找到图书馆，”苏西说，“去找一本书。”

“你们真走运，”斯通克说，“看看四周。”

灰尘都已经落定，苏西终于看清了他们闯入的地方。许多古旧的木书架像倾倒的多米诺骨牌一样东倒西歪，更多的书架沿墙壁排列着，从地板一直延伸到天花板。废墟中散落着一堆一堆的书，书页被撕破，还沾上了灰尘。

“哦，天哪。”苏西说。万一《有害符咒及其破解之法》在这堆废墟里怎么办？

斯通克爬起来检查控制台，所有东西都被毁掉了：控制台的玻璃裂了，壁炉架断了，车钟摔碎在地。他用脚指头捅了捅炉膛里的余烬，火星发出微弱的噼啪声，然后熄灭了。斯通克将额头贴在毁坏的管道上，颤颤巍巍地吸了口气。“我希望这是值得的。”他用颤抖的声音说。

苏西环顾着这一地狼藉，一点儿也不确定是否值得。图书馆被破坏得很严重，但贝儿号的损坏更加严重。她不确定这个老火车头能否再跑起来，想到这里，苏西的喉咙有些发紧。她想对斯通克和乌瑟尔说点什么来安慰他们，但她知道自己无话可说。

“别站在那儿大眼瞪小眼了！”弗雷德里克说，“我们需要去高级实操魔法区，护卫随时可能会来。”

“你去做该做的事吧，”斯通克说，声音听上去既沧桑又疲倦。“我们在这儿和……”他拍拍壁炉架，一片碎块掉到了他的手里，“……和损毁的火车头待在一起，我不能就这样将她扔在这里。另外，我想一旦管理人员来了，我们得做些解释。”

图书馆深处传来靴子跑步踏地的声音，听起来像是来了很多人。

“我本不希望这样的事情发生，”苏西一边后退一边说，“但这真的是为了最好的结局。”然而果真如此吗？脑海里朦朦胧胧的疑虑抓挠着苏西，但她选择不去理会。她不愿去想在这一切发生过后再发现自己是错误的意味着什么。“暗影夫人想夺取联邦的控制权。如果我能找到那本书，就可以利用它来揭露她的阴谋，然后阻止她。我知道这听起来很疯狂，但我回来之后会解释清楚，我保证。”她说。

斯通克点点头,乌瑟尔用一只胳膊抚慰般地搂着他。然后，随着靴子的声音越来越近，苏西转身跑开了。

第29章

真正的秘密

图书馆很大。苏西原以为贝儿号是撞进了主厅，但她很快意识到那只是间侧室。她跌跌撞撞地迈过倒下来的书架，绕过火车头那被砸瘪的锅炉，穿过装饰华丽的木质拱门，进到一个更大的房间。这个房间有几层楼高，有一个阔大的螺旋式楼梯。楼梯上有几个转弯平台，苏西在那里看到了无数排书架，上面全都挤满了书。

“我们从哪里开始？”她说着将弗雷德里克从口袋里面拿出来。

“三楼，”他说，“右手边的第二个房间，高级实操魔法区。”

苏西将鼻子紧紧贴着水晶球，瞪着他看：“你怎么会知道这些？”

弗雷德里克有些犹豫，不过只停顿了一秒钟：“我是天才，记得吗？现在快点！”

苏西还没来得及质疑，楼梯顶端就传来了很多双靴子跑步行进的声音，有更多人来了。

“是月亮护卫！”弗雷德里克低声说，“藏起来！”

房间中央立着一个高大的书架，苏西冲到后面，藏了起来。书架正对着楼梯底部，高度足以挡住上面转弯处的视线。苏西移开两本书，透过缝隙，清楚地看到护卫们装备着武器，咔嗒咔嗒地走下最后一段楼梯。

她皱起眉头。她们全是年轻女性，身穿盔甲和配套的银灰色连体裤，系着沉甸甸的执勤腰带，全都留着齐肩内扣短发，每个人的头发颜色不同。顶着翠绿色、鲜红色和霓虹蓝色头发的护卫小跑而过，每个人都手持粗重的银灰色等离子步枪，而且她们显然知道如何使用。

“快点，女士们！”她们的长官咆哮道，“封锁事故现场，看看有没有伤员。保持冷静，你们知道这件事的重要性。”

长官最后环顾了一下房间，然后小跑着跟上队伍，苏西见状把身子缩了回去。

“如果被她们发现会怎么样？”苏西悄声问。

“没什么好事。”弗雷德里克说，“所以拜托，趁她们的援兵赶来之前，咱们赶紧继续。”

这话让苏西立即行动起来。“三楼？”她说。

“右手边第二个房间，要快！”

苏西尽量悄无声息地上楼梯，她知道，如果有人来到他们上方的某个转弯平台，她将无处藏身。楼梯很长，这让苏西有时间思考另一个尚未解决的问题。“她们为什么叫月亮护卫？”她小声问。

“你觉得是为什么？”弗雷德里克反问道。

“哦，可能是跟月亮有关。”苏西一边说，一边尽可能留意着下面的房间，以防再有护卫过来，“但是我们不……哦！”

突然间一切都明朗了。从跳上奇境邮政特快专列开始，苏西看到的东西、去过的地方和所了解到的一切，有一样东西贯穿始终。

“咱们在月亮上，”苏西说，“不，是在月亮里，月亮是空心的。”

“当然是在月亮里，”弗雷德里克说，“不然还会在哪儿？”

明白过来之后，苏西不禁一笑：月亮出现在黑岩塔上方朦胧的天空中；葡萄美酒号上的水手们用月亮导航并将它印在朗姆酒瓶上；她在矮人城也见过月亮的图案被雕刻在邮局入口上方。三个不同的奇境，都有相同的月亮。

“但这是我们那儿的月亮，”苏西到达楼梯的第一个转弯平台时说，“我指的是真实的月亮，绕着地球转的那个。”

“所以呢？它绕着所有地方转。”

但这种事怎么可能呢？她被一个门牌上写着“月亮历史”的房间吸引，想要穿过拱门，躲进那里，但最终还是没有进去，而是继续往前走去。

“中心站……”她开始上另一段楼梯时自言自语道，“它不仅仅是个名称，对吗？月亮是联邦的中心。”

“是的，它是所有奇境的交会点，”弗雷德里克说，“就像车轮正中心的毂，同等地面向每一个奇境。说实话，这是最基础的地理知识。”

但苏西觉得仍有什么地方不对，有什么解释不通。“那为什么我可以从地球上看见它？”苏西说，“地球又不是联邦的一部分。”

“我怎么会知道？”弗雷德里克说,“在我们的好运用完前，你就快点吧。”

太迟了。从楼下传来更多脚步声,他们听到了长官的声音。

“封锁本层，援兵随后就到。”

苏西仓皇爬上余下的楼梯，来到下一个转弯处，庆幸自己的拖鞋没发出太大声响。她到了第三段也是最后一段楼梯的中间时，上面某个地方的门砰地打开了，更多沉重的靴子声在图书馆里回响。

“快点！”弗雷德里克低声说。

苏西将他紧紧抱在胸前，跑到楼梯顶端，然后迅速沿着平台冲进第二道拱门，门上写着“高级实操魔法区”，是这里没错。苏西躲进去时，匆匆瞥见第一拨援军咚咚咚踏上了上面的平台，人数众多。

苏西靠着拱门内侧的墙缩成一团，听着援兵从外面轰隆隆地一闪而过，她们离得那么近，苏西脚下的地板都在颤动。喧闹中，有人从平台上喊：“莫娜中士，下面的情况怎么样？”

“事故现场已封锁，”中士的回答从远处传来，“有两名车组人员，其中一个的胳膊受了伤，我们正在对她进行治疗。”

“他们俩有水晶球吗？”

苏西心头一紧。

“没有。”中士说，“他们声称对水晶球一无所知，但那个人类女孩不见了，我们已经开始了搜寻。”

“我们是来协助你们的。”平台上的人说，“启明大人要不惜一切代价拿到水晶球。”

苏西脖子后面的汗毛都竖了起来，心想：他们知道我们的所有情况！本已危险的藏身之所突然感觉更加容易暴露了。

“我们会依次搜寻每个楼层，”那人说着往楼下走去，声音越来越远，“从下往上。”

“你听到了吗？”弗雷德里克低声说，“你真得快点了。”

但是苏西没有动。相反，她紧紧攥着水晶球，球面在她的手掌间嘎吱作响。“他们知道咱们是谁。”她说。

“不可以晚一点儿再操心这个吗？”

“不可以。”苏西神情严肃地说，“你又在对我撒谎。”

“我没有，我保证！”

“你知道图书馆里的路，月亮护卫知道我们要来，启明大人在找你！你以前来过这里。”

苏西听到弗雷德里克咽了下唾沫，尽管他可能没有用来咽唾沫的喉咙。“也许吧。”他说。

苏西紧紧闭上眼睛，她愤怒得连看都不想看弗雷德里克一眼。“为了帮你，我冒了生命危险，还让其他人也冒了生命危险。威尔莫特为了救我们丢了性命，而你却仍然不告诉我真相。”她压下哽在喉咙里的怒火，“我要把你交出去！”

“你不会的！”

弗雷德里克的反驳正是苏西所需要的，她镇静地下定了决心，准备走回平台。她要这么做，确定无疑。

“你已经做了这么多，现在不能前功尽弃！”弗雷德里克小声说，声音因害怕而有些发紧，“你不知道自己在干什么！”

“那你就看着吧。”苏西可以听到下方护卫们来来往往的沉重脚步声，只需几秒钟她们中就会有人抬头看见她。

“我在这里工作，”弗雷德里克飞快地说，快得字和字都像要叠在一起了，“至少在逃跑之前是这样。好啦，现在你高兴了？”

苏西并不高兴，她将弗雷德里克拿到平视的高度。“告诉我为什么，”她说，“讲清楚。”

“我是密探。”弗雷德里克说，“这里有几百个像我这样的人，我们被称为观测员。”

“你真的以为我会相信这些？”苏西没好气地说，“图书馆为什么需要密探？”

苏西带着弗雷德里克退入拱门，又来到书架的掩护下，她沿着走道退着往里走，同时留心看着所经过的书：《空中飘浮的乐趣》《你要相信人可以飞》《胆小鬼才需要重力》……

“因为它已经不仅仅是一座图书馆了，启明大人改变了这里的一切。”

“那个象牙塔的看守人？”

“他对知识很痴迷，”弗雷德里克说，“求知若渴。塔里收藏的知识已经无法满足他，他想要更多，而且要更快得到。他想要无所不知。”

“真是荒谬。”苏西斥责道，“没有人可以无所不知，那是天方夜谭。”

“你还没见过他，”弗雷德里克说，“他跟你我不一样。一旦了解了一个事实，他就永远不会忘记。他们说他记得这座图书馆里的每一本书，可以一字不差地凭记忆复述出来。当他看完这些书时，便建立了瞭望馆。”

苏西皱着眉头：“他想研究天文学？”

“不，”弗雷德里克说，“他想研究联邦。那是个魔法瞭望馆，配备了像我一样的观测员，每个人都被分配去观测一个奇境，我们要将所见所闻全部记录下来。”

苏西停下来，从最近的书架上抽出一本名为《嗖嗖——高级去物质化》的书。她将它放回去，继续寻找：“那你负责观测的是哪里？”

“西沼泽地。”弗雷德里克嘟囔着说。

“那个你肯定不是他们王子的国家？”

“我出生在那里，”他咕哝道，“我讨厌那里。”

“我猜也是，”苏西说，“但你说你是在农场里长大的，那你究竟是怎么来到这里的呢？”

“有一天我收到了一封信，”弗雷德里克说，“启明大人亲手写的邀请信。他听说了我的聪明才智，希望我参加他的一项新研究项目，全是绝密的工作。他为我提供塔里的住宿和餐饮、图书馆使用权，以及在项目结束后继续深造的机会。那就像是一个美梦变成了现实。起初是这样。”

“随后发生了什么？”

“暗影夫人，”弗雷德里克的声音里又出现一丝恐惧，“我不知道她是怎么找到我的，但一天早上我透过侦察镜看过去，她正站在那儿盯着我，就像她知道我会去观测一样。”苏西感到一阵恐惧，替弗雷德里克打了个冷战，“她跟我说，她知道启明大人在采取什么大动作，如果我给她提供证据的话，她就会让我变得富有。我必须尽可能多地搜集有关瞭望馆的信息，比如我们在观测谁，怎么观测的，以及观测的原因，然后将信息全部放进她给我送来的神经球里。”

苏西惊恐地盯着他。“你答应了？”她说，“启明大人为你做了这么多！”

“事情没那么简单。”弗雷德里克回答，尽管声音里明显透着惭愧之情，“我以为如果自己衣锦还乡，父母看到我会很高兴，我们可以离开农场，在一个不会一直弥漫着牛粪味的地方买座像样的房子。我会找到自己愿意待的地方，拥有一个愿意接纳我的家庭。”

苏西仍然不确定自己是否该相信他，她有些希望这个故事是个谎言，因为它太过悲伤。如果这些是真的，她会为弗雷德里克感到难过。可苏西并不想这样，因为她仍然很生他的气。

苏西拐了个弯来到旁边的过道，从书架上抽取了一本《原子核转换咒语》。她快速翻了几页，发现这本书主要是讲如何将廉价金属变成金子的，他们无疑越来越接近目标了。

“你为什么不想待在这儿？”苏西说，“我还以为这是你梦寐以求的工作。”

“我来了之后发现这份工作真的真的很无聊。”弗雷德里克说，“启明大人让我观测了整整一年西沼泽地的议会大厦。上到总理和他的顾问，下到清洁女工，都在我的观测范围之内。我猜想其他观测员在研究真正有趣的东西，但他不允许我们相互讨论自己的发现，我在为暗影夫人搜集证据之前从来不知道他们在观测什么。我不得不问他们一些诱导性的问题，或偷听一些悄悄话。这花了我几个月的时间，但我终于能将信息拼凑起来了。”

“然后呢？你发现了什么？”

“我发现研究项目并不像启明大人所说的那样，我们本应该进行一些研究，比如研究庄稼轮作或动物迁徙，但实际上我们都在看差不多的内容，观察那些有影响力的人：整个联邦的君主、政客、将军和商人。”

“为什么观察他们？”

“你听说过这句话吗，‘知识就是力量’？”

苏西皱着眉头思索着这句话的含义，她开始有了相当糟糕的感觉。“暗中监视那么多有影响力的人，”她说，“如果启明大人了解这些人所知道的一切，他就会比他们中的任何人都更加强大。”

“正是如此，”弗雷德里克说，“也许除了暗影夫人，没有人能够对抗他。暗影夫人比他更坏，是联邦最危险的人物之一，如果她弄清楚瞭望馆的项目究竟有多重要，并且决定插手……没有人能免受其害。”

这个想法让苏西不寒而栗：“不，我们不能让那样的事情发生！”

“没错。”弗雷德里克说，“应该就是这里，检查一下书架。”

苏西停下来扫视书脊。“我没看到那本书，不过好像有本书不见了，你看，”她将弗雷德里克举起来，好让他看见书架上空出来的地方，“一定是有人把它拿走了。”

“会是谁？”他听上去有些慌乱。

“你觉得会是谁，弗雷德里克？”一个女人的声音说。一秒钟之后，有个人从阴影里走出来，出现在他们面前。

“哦，不！”弗雷德里克尖叫道，“不要是她！快跑，苏西！”

但是苏西没法儿跑，她看到等离子步枪径直指向自己，瞬间僵在了原地。

第30章

象牙塔看守人

苏西盯着指向自己的等离子步枪，能量正在枪膛里噼啪作响。持枪的人留着亮粉色齐肩短发，肩上戴着队长的徽章。她得意扬扬地冷笑时，苏西看到一颗闪闪发光的金牙。

“诺玛队长，”弗雷德里克害怕得声音都变了，“你在这儿干什么？”

“等你。”诺玛说，“启明大人有你们要找的那本书，他邀请你们到他的书房聊聊，也许是想谈一谈你为什么从我的眼皮底下溜走，把我原本完美的职业生涯捅出一个冒烟的窟窿。”

她一边盯着苏西，一边从腰带上取下一个小对讲机，对着它说：“莫娜中士？我已逮捕逃犯。通知大人，并将其他入侵者带到高级实操魔法区。”

“等一等！”苏西说，“你不知道你在做什么。”

“我很清楚我在做什么。”诺玛说着将对讲机重新别到腰带上，“这个弗雷德里克企图向暗影夫人出卖我们，如今他将付出代价，应该能判个几十年监禁。”

“不！”苏西和弗雷德里克异口同声地说。

莫娜中士的小分队排成两列轰隆隆地冲进房间，把斯通克和乌瑟尔夹在中间。乌瑟尔的胳膊上包扎着止血绷带。他们俩的胳膊都被铐在身前。

“你好，苏西，”斯通克说，被逼着前进令他上气不接下气，“恐怕情况不是特别乐观。”

“安静！”诺玛厉声说，没理会乌瑟尔回应的吼叫，“中士，我需要你留在这里，把守图书馆。其他人跟我来，我们不能让大人一直等着。”

一架吱嘎作响的古旧大电梯将他们从图书馆带到塔的顶层。他们出了电梯，进入一小段走廊，走廊尽头有一扇加固的大门，上面写着：瞭望馆，未经允许，不得入内。

“这里的规矩是，”诺玛在外面停下说，“你们不可以跟这扇门后的任何一个人说话，不可以触摸或者干扰你们看到的任何设备。我们的安保要求相当严格。”

“那为什么还允许我们进来？”苏西问。

“问得好，”诺玛说，“但是我不会揣测大人的意图，我只是奉命行事。”

大门打开，诺玛带领他们大步走了进去。

“哇哦！”苏西吸了口气，看着一排排桌子、精致的穹顶和位于房间中央基座上的大侦察镜，“这儿看起来真的像是一座瞭望馆。”

诺玛穿过房间，绕过大侦察镜的基座，走向启明大人的办公室，观测员们全都从桌旁转过身来看着这群人。诺玛敲了敲门，里面传来一声沉闷的“进来”，然后她将苏西、斯通克和乌瑟尔带了进去。其他护卫都守在门外。

“启明大人，”诺玛敬了一个礼说，“按照您的命令，我已将……”

“苏西·史密斯。”一个身材矮小、身着灰西装的老人说着从皮质扶手椅里起身，他没理会诺玛，而是抓住苏西的手握了握，他的皮肤像旧纸张一样冷冰冰、干巴巴的，“见到你本人真好。你这一天可真忙啊，亲爱的，可真是忙，但你最终还是来了。欢迎！”他松开苏西，继续道，“还有 J. F. 斯通克，奇境邮政特快专列的驾驶员。”他握了握斯通克戴着镣铐的手：“恭喜你跑赢了塌方，你的火车头是第一个做到的，除非我弄错了，不过我不会。”

“哦，”斯通克说，对这一切感到开心的同时又有些困惑，“非常感谢您。”

“也许现在你可以不用再为自己相当不堪的过往感到愧疚了。”启明大人微笑着松开斯通克的手，矮人惊讶地张大了嘴巴，身体往后一缩。

“您怎么知道……”斯通克声音低沉地说。但启明大人已经走到了乌瑟尔面前，一只手搭在她那只没有受伤的爪子上。

“当然，没有司炉员，发动机什么也不是，”他说，“你是你们族群和你老板的荣耀，乌瑟尔，况且你还是在伤心之时做到的这一切。”

乌瑟尔摆脱了老人的触碰，咆哮着露出獠牙。

“请不要认为我无礼，”启明大人转身背对着她说，“我已经从远处看到奇境邮政特快专列一路以来的努力，对你们全都了如指掌，也许还胜过你们对彼此的了解。”

他靠在办公桌旁：“当然，我花了这么多时间观测联邦，也许更应该关注在我眼皮底下发生的事情。是不是，弗雷德里克？”

诺玛将水晶球从苏西手中夺过，交给了启明大人，弗雷德里克紧张地低声尖叫起来。

“求您了，大人，”他哭喊道，“我会把信息还给您，您就放过我吧，做什么我都愿意！”

“我对此并不怀疑，”启明大人将弗雷德里克放到桌子上，“雇用道德上善变的人麻烦之处就在这里。他们可以是优秀的观测员，也可以是不可救药的叛徒。我真应该料到这一点。”他被自己的话逗得咯咯笑。

“那么这是真的？”苏西说，“你一直在窥探联邦？”

“是观测。”启明大人说，“你知道，作为象牙塔的看守人，我有责任搜集信息以改善奇境的面貌，还有比直接研究它们更好的方法吗？我知道得越多，能改进的地方就越多。我比其他人都知道得多，只有我一人可以看到全局。”他抬起拐杖，从他们身旁指向可以俯瞰瞭望馆的窗子，“那就是这一切的目的——搜集信息片段，然后在这里将它们拼凑起来，还原全貌。”他拍拍额头：“说到这里，队长，我想你也为我带来了一条新信息？”

诺玛已经在电梯里没收了弗莱彻的魔法棒和那条准入信息，现在将它们交了过去。启明大人用拇指和食指接过魔法棒。

“你们打算用这个把弗雷德里克变回原形？”他皱着鼻子说，“我的天哪，不，它和脱胎换骨咒根本不搭，就像是用锤子拉小提琴。”他夸张地颤抖了一下，将魔法棒往桌子上一扔，然后将注意力转到准入信息上。

“啊，是的。”他说，“特雷里斯先生在疯狂山的遭遇，十分有趣。”他将神经球贴到额头上，闭上眼睛。苏西看着玻璃球里面的齿轮开始更快地转动，红色能量形成的光带在齿轮间绕来绕去。神经球深处一道红光快速跳动着，启明大人面露微笑：“真的非常有趣，我明白特雷里斯先生当时为什么会接受条件了。”

齿轮慢下来，他睁开眼睛，随后将球丢进自己的衣服口袋：“好极了。档案里没有这条信息，我们总是欢迎新的信息，非常感谢。”

“我不想要什么感谢。”苏西说。

“当然，你们想要换取其他东西。”启明大人走到书桌后面的书架前，取下一本皮质封面的大部头。苏西不需要读金色凸起的书名就知道那是《有害符咒及其破解之法》。“作为象牙塔的看守人，我要承担的道德责任很少，但公平交换知识是其中之一，那是一种神圣的职责。”

“拜托了，苏西，”弗雷德里克提高嗓门儿说，“就按他说的做，我想要变回自己。”

“你可以在第七十六页找到你需要的，”启明大人说着将书递给苏西，“我还可以把自己的魔法棒借给你，算是帮个忙。”苏西的手指拂过书的封面，但某种直觉警告她不要翻开。

“赶紧吧，”启明大人催促道，“毕竟你确实向这个男孩许下了诺言。”

苏西感到一阵寒意：“我也被你观测了？”

“当然。你一直在保护弗雷德里克，当我再次找到他时便不敢让他离开我的视线范围，他知道得太多了。”

“你是指他知道你在这里真正做的是什么？”苏西说。

启明大人用冷冷的眼神盯着她：“他知道吗？”

“不，我不知道！别听她胡说！”

苏西对弗雷德里克怒目而视。现在他为什么又要撒谎？“他什么都跟我说了，你不是在观测奇境，而是在观测奇境的掌权者们。我想我知道为什么。”她说。

“她不知道！”弗雷德里克说，“真的，她不知道自己在说什么！”

“那么说说看。”启明大人对弗雷德里克的话充耳不闻。

“我想你这么做是为了获取控制权，”苏西说，“可以让掌权者们对你言听计从，因为你知道他们最宝贵的秘密——他们所有的计划和弱点。你甚至都不需要军队，因为你可以在这里就控制一切。掌权者会秘密地为你效力，甚至没有人会意识到这些。”

有那么一会儿，房间里静悄悄的。然后诺玛非常轻声地开了口：“大人，这是真的吗？”

“当然不是，队长。”启明大人挥了挥手表示否认，“你应该能听出来这是在胡说。”

然而，这话丝毫没有扫除诺玛脸上的困惑。她的眼神游移到窗户和窗外的桌子上：“是的，大人，不过也许我们需要更加开诚布公。我们同时观测五百个奇境，除了您，没有人真正知道我们在研究什么，还有您一直在开的这些会议，万一我们……”

她的话被对讲机里传出的一个惊慌失措的声音打断：“敌袭！我们受到攻击！重复，我们受到……”声音戛然而止，只剩木头的断裂声，随后断裂声又被一声低沉恐怖的吼叫淹没。苏西太熟悉这声音了，连胳膊上的汗毛都竖了起来。

“哦，不！”她低声说，“它们跟踪了我们。”

与此同时，诺玛从肩上取下枪。“看样子终于轮到我登场了，”她冷笑着说，“暗影夫人来了。”

第31章

智慧交锋

远处的爆炸晃动着象牙塔，从天花板上震下一阵灰尘，启明大人沉下了脸：“队长，我还以为你已经增派了两倍的外围巡逻。”

“是的，大人，随后您告诉我没有什么需要担心的。”

更多的破坏声从对讲机里噼噼啪啪地传出来，又一阵爆炸声将书从书架上震落。

“是我判断失误，这很罕见，”他说，“我以为一旦传送隧道坍塌，暗影夫人就不会继续追击。”

“大人，那您的命令是？”诺玛听上去有些不耐烦。

“当然是击退她。”启明大人说，“她明显是想控制瞭望馆，不能让她得逞。”

诺玛打量了他一眼，苏西差点儿以为她会拒绝执行命令。但是随后诺玛按了一下等离子步枪侧面的开关，枪内的能量发出嗡嗡声。“遵命。”她踢开办公室大门，率领待命的护卫们跑开，临走前匆匆回头瞥了苏西一眼，脸上的疑虑尚未完全退去，苏西感觉自己脸上也有同样的神情。有什么不对劲，不是秘密的掌权者和他的暗中侦察，不是可能即将杀死他们所有人的邪恶的雕像大军，而是其他什么，是与她已知的信息不吻合的东西。苏西脑子里发痒的感觉又来了。

启明大人用拐杖在空中快速画了一下,大门自行关上。“真让人劳神。”他说。

“为什么？”弗雷德里克说,“你认为月亮护卫赢不了吗？”

“我是说你们四个,”启明大人说，“你们知道得太多了，尽管年轻的弗雷德里克已经费了很大力气没向其他人透露实情。”他看向苏西,“当他告诉你有些事情太过危险不该知道时，你真的应该相信他的话。现在必须对此做个了结。”

“等一等！”斯通克到现在第一次直视这位老人，“你的意思是苏西说的是真的？你准备控制联邦的首领们？”

“不是准备,”启明大人说，“我已经控制了他们。”

“但那太可怕了！”

启明大人耸耸肩:“总得有人这么做。”

“不，不是的。”斯通克说，“即使需要有人这么做，为什么一定是你呢？”

“哦，这很简单。”启明大人说，“我知道得最多。”

苏西从他的语气里察觉不到任何恶意或讽刺，但他的话依然让人不安。斯通克看上去也很惊恐。

“你真的没有必要担心，”启明大人说，“让人们选择自己的领导者从理论上来说非常好，但人们总是做出错误的选择。让知道该做什么的人来管理会更好，你们觉得呢？况且我真的在做很多好事。”

“比如呢？”苏西问。

“进行改革，”启明大人说，“清除不该有的，建立更值得存在的事物。比如建立以太网。”

斯通克直直地瞪着他：“是你在背后操控以太网？”

“不算官方的，但的确如此，那是我最引以为傲的成就之一，信息可以在整个联邦内即时传送，而且全部由我过滤和管理。如果有什么信息我想让联邦的人知道，我可以立刻告诉他们；如果有我认为他们最好不要知道的信息，嗯……”他笑了笑，“我可以确保信息消失。这改变了一切。”

“但以太网让很多很优秀的矮人员工失业了。”斯通克的耳朵尖开始变红。

“是的，”启明大人换上一副故作庄重的表情，“恐怕矮人邮政网络是这一过程中不可避免的不幸牺牲品。你们曾经是变革者，但现在该让位于未来了。”他点点头，像是在肯定自己的结论：“矮人技术整体而言也是如此，你们不同意吗？矮人技术也许有趣，但效率很低，而且总是不稳定。永远没有两台机器是一样的！我们值得拥有更好的。”

“矮人技术能把工作做得很好，”斯通克气得面红耳赤，“而且我们付出了很多心血。”

“矮人长老们也是这样跟我说的，”启明大人说，“直到我威胁说让吸血蝙蝠王接管矮人城。他们已经用滴溜溜的夜视眼睛盯着第四大桥很多年了，显然在大桥下面栖息再好不过。”

“我才不要站在这里听你说这些话！”斯通克斑驳的灰色皮肤涨得通红。

“但你已经听到了，”启明大人说，“一年多前，我就已经开始将资金和资源从矮人城转向其他更有前途的项目。当不再剩下什么值得保留的东西时，我会让你们的长老将土地卖给能更好地利用它的人。我知道，这很令人伤心，但如果不将枯死的树枝砍去，就很难重塑联邦，是不是？”

斯通克现在已经狂怒不止：“矮人不是什么枯死的树枝！”

启明大人又耸耸肩：“我们不得不求同存异。当然，最大的讽刺在于这种力量只有在无人怀疑它的存在时才有效。所有的首领都会为了保守自己的秘密而为我保密，但如果任由奇境各地的人发现这一点，那么游戏就结束了。人们一旦知道自己被操控，事情就会更难办，这就是为什么我不能留下蛛丝马迹。”

启明大人的这番话让苏西从沉思中惊醒过来：“你准备对我们做什么？”

“我刚才在考虑施个遗忘咒，”他说，“但记忆和情感纠缠在一起，只要漏掉其中的一个小细节，一切就都会涌回来。”他思考时发出啧啧的声音：“不，恐怕我必须做个彻底的记忆清除。”

“一个什么？”苏西一边说一边往后退。

“那太恶毒了，”斯通克说，“更别提还不合法。”

“对我来说没有什么是不合法的。”启明大人说，“但无论如何，我很抱歉走到了这一步。你们都是好人，很可惜在记忆清除之后不会再有‘你们’了。诸位将不得不花几年时间学习说话、吃饭、穿衣之类的基本技能。但试着想想好的一面，”他对几人露出一个同情的微笑：“你们会重新开始自己的人生。”

“那么我呢？”弗雷德里克问。

“恐怕会有监狱等着你，”启明大人说，“至少你不会太占地方。”

又一阵爆炸震动了大楼，弗雷德里克水晶球里的小亮片直打转，启明大人不得不靠在桌子上以免摔倒。“那个可恶的女人，”他嘟囔着，“我要对付的麻烦已经够多了。”他挥动拐杖：“好了，谁想先来？”

启明大人转向苏西时，她感觉肾上腺素上涌，也许正是这个原因，苏西突然得以将谜团的最初几条信息拼凑了起来：暗影夫人的跟踪令启明大人很意外，但是为什么？如果她想控制瞭望馆，他难道不应该预料到会遭受攻击吗？而且为什么是现在？她本可以很久之前就进攻，但她没有。她在跟踪我们，她在跟踪弗雷德里克。

苏西没有得到她所需要的答案，不过感觉这像是正确的思路。

“等等！”她想拖延点时间，“我还没看你给我的咒语书。”

启明大人停住了手，明显不怎么高兴：“一定要现在做这个吗？”

“是的。”苏西说，“一旦你清除了我的记忆，我就没法儿施这个咒语了。”

启明大人看向弗雷德里克，然后又看向她，叹了口气：“好吧，但是要快。”

苏西匆忙走向书桌，拿起装着弗雷德里克的水晶球。咒语书躺在旁边，她的手从书上掠过，抓住了弗莱彻的魔法棒。

“我已经告诉过你，”启明大人说，“魔法棒跟那个咒语不搭，你会害死他的。”

“我知道。”她说。

弗雷德里克开始尖叫：“你要干什么？”

“相信我。”苏西低声说，然后转过身面对启明大人，“我改主意了，我不需要那个咒语了。”

“什么？”弗雷德里克说，“苏西，你保证过的！我不想下半辈子都被困在这个东西里！”

“我们约定好的，”启明大人干脆地说，“用咒语换准入信息，我已经兑现了诺言。”

“我有权利用我的准入信息换任意一条信息，”苏西说，“我还没有看那个咒语，所以我们现在可以要求其他东西。这是合规的，对吗？”

启明大人从鼻子里呼出长长的一口气：“严格来讲，是的，但你是在挑战我的耐心。”

“不会花很长时间，”苏西说，“你只要告诉我，暗影夫人真的想要控制联邦吗？”

“开什么玩笑？”弗雷德里克大喊道，“你要知道这个做什么？”

令苏西极为满意的是，启明大人脸上满是怒容，苏西觉得他的眉毛都要拧到一起了。

“那是机密。”他将嘴唇抿成一条细细的白线，挤出了几个字。

“所以你确实知道，”苏西说，“这也就意味着告诉我答案是你神圣的职责。她想要攻克联邦还是不想？”

苏西看到他的脸开始发皱，仿佛正试图将这些话锁在自己的嘴里。他憋得脸颊通红，然后又变白，汗也流了下来。无论他对苏西承诺了什么，对他来说都难以承受。启明大人就像一个快要爆裂的气球，他张开嘴巴，大呼了一口气，里面夹带着一个字。

“不！”

苏西笑了笑：“谢谢你，你给了我们很大的帮助，我对你的脑袋表示抱歉。”

启明大人由气愤变为困惑：“我的脑袋怎么了？”

“我的朋友乌瑟尔正准备打它。”

启明大人迅速转身，举起拐杖来防卫，但正如苏西所希望的，乌瑟尔的反应更快。她举起仍然铐在一起的两只大爪子，拢成弓形，从启明大人的脑袋一侧抓住他，将他拎起来甩了出去。他从空中飞过，撞到了书架上。

“快跑！”苏西大喊着朝门口跑去。启明大人的回答在她脑海里回响，她已经能够据此将其他一些答案拼凑起来，她希望它们是正确的。因为这一次，奇境的命运真的在他们手上了。

第32章

撒谎者、女巫和战场

苏西等人抢在启明大人之前赶到瞭望馆出口。启明大人蹒跚地走出办公室，对观测员们发号施令，其中一些观测员从座位上站了起来，但都因为太吃惊或太害怕而没有行动。在门关上之前苏西和启明大人对视了一秒钟，她很庆幸他们之间还隔着一段距离，因为他的表情严肃愤怒，让苏西打了个寒战。

“咱们去哪儿？”当她使劲儿按电梯按钮时弗雷德里克哀号着问。苏西听到电梯在梯井里哐哐当当上升的声音，希望速度够快。

“抱歉，”苏西说，“我们会找其他的办法把你变回来，我保证，但我必须弄清楚启明大人知道些什么。”

“你上次就保证过。”弗雷德里克咕哝着说。

“总比被清除记忆好，孩子，”斯通克说着不安地扭头朝瞭望馆的大门瞥了一眼，“至少你还勉勉强强是你。”

电梯来了，电梯门还没完全打开乌瑟尔就将他们全部推了进去，苏西飞快按下到图书馆那层的按钮。与此同时，在走廊的另一端，瞭望馆的大门猛然打开，启明大人举着蓄满魔法能量、嘶嘶作响的拐杖出现了。

“退后！”斯通克大喊。启明大人发出魔法攻击，击中了电梯，他们紧紧贴着电梯内壁。魔法光焰离苏西的鼻子只有几厘米远，留下一个缓缓燃烧的印迹，散发出湿垃圾箱的气味。

“我命令你们停下！”启明大人吼道。他们听到他沿着走廊跑过来的脚步声，但电梯门已经关上，电梯猛地一动，开始运行。苏西擦了擦额头上的汗珠。

“哦，我得说他的待客之道不怎样，”斯通克说，“像他那样的人物应该更有礼貌些。”

乌瑟尔低吼着表示赞同。

“你还没有告诉我，咱们要去哪儿，”弗雷德里克说，“还有，为什么你问他有关暗影夫人的事情？她跟这一切有什么关系？”

“是你告诉我的，”苏西说，“你跟我说过她企图征服奇境。”

“不，我跟你说的是有人企图征服奇境，是你自己假定那个人是暗影夫人，我只是没有纠正你。”

“那你为什么不纠正我？”苏西说。

“因为我知道启明大人也许在观察我们，”弗雷德里克说，“你对他的计划知道得越少，他就越没有理由伤害你。这个计划本来是可以成功的，如果你没有在他面前冒冒失失地和盘托出的话。”

“我怎么会知道这些？”苏西因为尴尬和生气而脸颊绯红，她从没想过弗雷德里克是在努力保护她，“不管怎样，我还是没有完全弄清楚你是怎么被关进水晶球的。”

“还有你为什么会出现在特快专列上。”斯通克说，“派送的包裹是什么东西原本跟我关系不大，可你太不同寻常了。”

“那不是我的错，”弗雷德里克说，“暗影夫人送给我一个神经球，用来存储我为她搜集到的有关瞭望馆项目的信息。我本应该将神经球装满再寄回给她，但当我发现这里真正发生的事情时，我就不敢那么做了。如果瞭望馆是用来控制奇境的工具,那她永远不应该知道这一点。如果她取得了控制权，她会是一个比启明大人更糟糕的统治者。”

“那么你又做了什么？”苏西说。

“我告诉过你，”弗雷德里克说，“我逃跑了。我不能留在这里，也不能去找暗影夫人，所以我决定自己解决。你记得启明大人说的吧？如果人们知道自己被操控，事情就会更难办。我想如果我可以告诉整个联邦正在发生的事情，人们就会一起反抗，将启明大人赶下台。然后我会成为英雄，我的父母将欢迎我回家，他们会说‘你们知道吗，我们的儿子拯救了联邦’！我只需要找一个可以藏身的安全之所，弄明白如何打开神经球。所以一天晚上，我从垃圾运送槽溜出来，偷偷藏在一列通往我家的火车上。”

“你为什么需要打开神经球？”苏西说，“你已经在使用它了。”

“暗影夫人在上面施了封锁咒，”他说，“我可以将东西放进去，但没办法把它们取出来。不管怎样，没有正确的咒语就打不开。我本该料到她采取了防范措施。”

“比如？”

“比如施咒，”弗雷德里克悲伤地说，“当我无法打开神经球时，我试着用锤子将它砸开，接下来我所知道的就是我到了球里面，正在往外看。”

苏西恍然大悟，看着他说：“你是说这就是那个神经球？”

“差不多算是吧。它把我困在了里面，并做了伪装。暗影夫人开的小玩笑。”

“但这仍然解释不了你为什么会出现在我们的火车上。”斯通克说。

苏西感觉到弗雷德里克正在为一些难以说出口的话鼓起勇气。“我的父母，”他最终低声说，“他们把我装进盒子里寄给了暗影夫人。我请求他们不要这么做，但暗影夫人将原本答应给我的奖金许给了他们。我想他们也想变得富有。”

苏西不知道该说什么。她仍然不确定自己是否喜欢弗雷德里克，不过她无疑为他感到一丝悲哀。毕竟，他为了让神经球不落入暗影夫人之手一直在努力做正确的事情，尽管实际上全都是为了取悦他的父母。也许这在某种程度上是自私的，可随后苏西想起了自己的父母。他们从未让她感觉自己没有价值或者不受欢迎，肯定也永远不会试图卖掉她。弗雷德里克没有那么幸运，苏西发誓，如果她能成功回家的话，她再也不会做任何惹父母生气的事情，也许她能做到。

附近的一声闷响摇晃着梯井里的电梯，他们听到像是闪电一样的嗞嗞声和噼啪声，一股烟味不知从哪里飘了过来。

“坚持住，”苏西说，“要到了。”

电梯颠簸着停下，打开门，他们走了出来，进入交战区。

月亮护卫沿着图书馆中央阅览室最近的一侧站成一排，等离子步枪朝着冲过来的雕像方阵发射出一股股炽热的能量。

雕像被能量击中，熔化成沸腾的岩浆，空气中弥漫着难闻的尘雾。每隔几秒钟就有一个雕像倒下，摔成碎片，另一个雕像又会走上前填补空缺。它们的阵线不可抵挡地往前推进着，沉重的脚步声此起彼伏。

“谁还有爆炸瓶？现在用上！”诺玛吼道。她在护卫队列的正中央，将一个雕像的脑袋炸烂时露出了闪光的金牙。

几个装着亮绿色液体的小玻璃瓶在空中画出弧形，击中雕像后炸开，燃起熊熊大火，苏西他们连忙躲开。六个雕像被炸成碎片，其余的则被爆炸的冲击波击倒在地。

护卫们隐蔽起来时，四周安静下来，有那么一会儿，苏西轰鸣的耳朵里唯一能够听到的就是弹片从她后面的墙上嗖嗖弹开的声音。

“祝我好运！”苏西低语道。其他人还没来得及阻拦，她就从诺玛身边冲出，进入了对峙双方之间战痕累累的无人区。

“住手！”苏西大喊。

“救命啊！”弗雷德里克尖叫道，“她疯了！”

没有人理她。幸存的雕像已经爬了起来，战线又一次收拢。苏西听到护卫们的等离子步枪在她后面嗡然作响，积蓄起最后一搏的能量。

“预备！”诺玛吼道，“瞄准！”

她没能再下其他命令。在她下令开火前，有什么黑色的东西从雕像的脚之间冲过，像黑色触手一样迅速掠过地面，连续抓住三名护卫。她们尖叫着摔倒在地，淹没在黑暗之中不见了。苏西一下想起了威尔莫特的最后时刻。

“退后！”诺玛大喊。

“苏西！离开那里！”斯通克喊道。

乌瑟尔咆哮着。

苏西紧闭双眼，成败在此一举。

“暗影夫人！”她放声大呼。

弗雷德里克呜咽起来。

“哦？”一个再熟悉不过的声音说，“我正等着呢。”

苏西睁开眼睛。

暗影夫人站在那儿，双手叠放在拐杖上。苏西的恐惧感消失了，取而代之的是更加难以遏制的炽烈的仇恨——这就是那个杀害威尔莫特的女人。苏西想要对她尖叫，用弗莱彻的魔法棒打她，但她不能这样做，她只是咬紧牙关，更加坚定地站在碎石废墟间。“我来这儿把你的神经球还给你。”她说。

暗影夫人用饶有兴趣的眼神警惕地打量着水晶球：“就这么简单？”

“不。”苏西说，“你将弗雷德里克变回来之后，得让他、我、乌瑟尔和斯通克毫发无损地离开。答应我这个，弗雷德里克搜集的证据就全归你。”

“也许我不再想要它了。”暗影夫人说，“毕竟我已经夺取了象牙塔。”

“不，你还没有。”诺玛咆哮道。暗影夫人同情地看了她一眼。

“如果你想要的只是象牙塔，那么在很久之前你就会向这里进军。”苏西说，“但你没有，那就意味着你来这里是为了神经球。”

暗影夫人抬起一边的眉毛，然后举起拐杖，用尖端指着苏西的额头：“你费了那么大力气不让我得到他，是什么让你改变主意了？”

“我得知了真相。”苏西说，“启明大人在控制联邦。我原以为你也想这么做，但他说那不是你到这儿的原因。”

“你为什么相信他的话？”

“因为他不想告诉我，我想那意味着你在试图阻止他。”

暗影夫人的嘴角露出一丝满意的微笑，但拐杖没有放下来：“我当然是来阻止他的，你这个愚蠢的姑娘。你以为我一直想将弗雷德里克拿回来是为了享受他的陪伴吗？”

苏西听到护卫们在她身后呈扇形散开、就位，她背上的皮肤开始起鸡皮疙瘩。如果她们开火，她就会被困在交战双方之间。如果她们击中她，她很有可能灰飞烟灭。“你需要他搜集来的证据，”苏西说，“但是为什么？这些证据怎么能帮上你？”

“因为这不是袭击。”是启明大人的声音，他从护卫中间穿过，进入阅览室，在苏西身旁停了下来，所有人都转过身去看，“而是逮捕。她想把我关起来，但没有证据她无法这么做。是不是，赛琳娜？”

苏西吓了一跳，她没想过暗影夫人还有真正的名字，也没料到有人敢当着她的面直呼其名，但暗影夫人看上去十分平静。

“你做得太过分了，艾贝克。”暗影夫人说，“母亲总是警告我你会这样。作为黑岩塔的看守人，我有义务介入此事。”

“有义务？”启明大人嘲笑道，“你早就想闯入这里了。你一向如此，从我们还是孩子时便是这样。无论我做什么，你都要做得更好或者将我做的毁掉。好吧，今天该做个了结了。”

“等等！”苏西震惊地在他俩之间来回看，“你们俩……是姐弟？”

“双胞胎，”暗影夫人说，“异卵的。”

“谢天谢地。”启明大人说，“难以想象和你长着一样的脸会是什么样。”暗影夫人对他回以嘲讽的微笑。

“但是你们俩的姓不一样。”苏西说。

“是头衔不一样，”暗影夫人说，“头衔随塔而定，职责也是。”她最后一句是对着启明大人说的。

“我的职责是改善奇境，”启明大人说，“那也正是我现在做的事。”

“他的意思是他在观测别人，”苏西说，“秘密窥探各个奇境的首领，以便让他们按照他的意愿行事。”

暗影夫人点点头：“跟我预想的差不多。艾贝克，你真的以为你将侦察镜对着我的时候我没注意到吗？我补牙的填料都震动了。”

启明大人皱了皱眉：“毫无疑问，那是因为牙医技艺不精。”

“恕我直言，”暗影夫人说，“即使相距甚远，那种强度的魔法也很难不被专业人士察觉。而且我留意到无论我到哪里它都存在，从一个奇境到另一个奇境。那也是为什么我可以联系上年轻的弗雷德里克，他过于频繁地将注意力转向他父母的农场，在一千米之外我就能闻到残留的魔法。我需要做的只是站在院子里，等待他发现我。”她向弗雷德里克投去让人不寒而栗的一瞥：“如果不是他自作主张，我早已阻止了这些胡作非为。”

“对不起！”弗雷德里克低声呜咽道，“我以为你准备自已控制瞭望馆。求求你放过我吧，我不会再食言了，我保证！”这让诺玛嘲笑地哼了一声。

“你的承诺一文不值。”暗影夫人说，她将愤怒的目光从弗雷德里克身上移到苏西身上，“至于你……”

苏西戒备起来——她可以透过老妇人淡紫色的眼睛看到对方心里在想什么。

“我也许会接受你的提议，”暗影夫人说，“但有一个条件。”

“什么？”苏西说。

“我会放你的朋友们走，”她说，“代价是你代替弗雷德里克待在水晶球里。”

苏西听到其他人的喘息声和乌瑟尔的咆哮声，但似乎都十分遥远。这个大胆恐怖的想法像铃声一样在她的脑海里回响着，把其他一切都淹没了。

“在我的壁炉架上待几年也许对你有好处，”暗影夫人继续说，“也可能是在烘衣柜上，如果我厌烦你的话。这能教会你尊重长者和强者。”

在整个对峙过程中苏西一直压制着的愤怒变作一个小小的声音，穿过她脑海中的喧嚣。她有很多话要说，虽然知道口不择言是个非常糟糕的主意，但她已经不在乎了。暗影夫人还能对她做什么？

“强者？”她感到血液涌上脸颊，“你凭什么认为你比其他人强？”

“首先，我不是贼。”暗影夫人说。

“对，”苏西说，“你是魔鬼。”

暗影夫人没有说话，但她的影子做出了反应，它变深、扭曲，将其他影子吸引过来，地面上变成黑压压一片。启明大人平举着拐杖指向暗影夫人，雕像们见状举起阔剑轰然向前迈了一步。护卫们也蓄势待发，但苏西毫不退缩。

“我不在乎你来这里是不是为了做正确的事情，我看到的是你不想让人尊重你，你只是想让人害怕你。你恐吓、威胁他们，摧毁所到之处的一切。你对威尔莫特做了那样的事情，不值得我的尊重，我永远不会尊重你。”

暗影夫人紧皱着眉头：“威尔……什么？”

“邮政局长，”苏西说，“在矮人城。你根本不记得他？”

对话停顿了几秒钟，显然她不记得。“你是说那个拿着投诉表的烦人的小家伙？”

“他是我的朋友。”苏西说，“而你杀了他。”

“我可没做那样的事。”

“你做了。”苏西说，愤怒的泪水刺痛她的眼睛，“我亲眼所见。”

“是吗？”暗影夫人举起空着的手打了个响指，所有人都吓得一缩，以为是某种魔法，紧接着他们听到远处传来惊慌的呼喊声。大家四处张望，试图找到声音的来源，但一无所获。声音很快变大变近，地上的影子晃动着、起伏着，然后吐出一个很大的东西。那东西乱动着飞入空中，继而又砸到地上，落在苏西脚旁，苏西低头看到了威尔莫特震惊的脸。

“你们好！”他揉着脑袋说，“有人可以告诉我发生了什么事吗？”

“威尔莫特！”苏西一下子跪下来，两手抱住他，匆忙间差点儿将水晶球掉到地上。

“我看到你把我的帽子保管得很好。”威尔莫特说。

“我还以为你死了！”苏西大声说，“出了什么事？”

“我只是将他丢进了随身带着的备用口袋维度里，”暗影夫人说，“这可比办那些文书手续快。说实话，我不觉得这有什么可大惊小怪的。”

“局长！”斯通克跑上前，后面紧跟着乌瑟尔。他本想拍拍威尔莫特的肩膀，但双手仍然被铐在一起，更像是做了一个笨拙的空手道劈掌，差点儿将年轻的矮人击倒在地。“真没想到还能再见到你！”斯通克说。

乌瑟尔的手铐之间有足够的空间，她用粗壮的胳膊环抱住车组成员，用苏西经历过的最名副其实的熊抱将他们挤在一起。

“真让人愉悦。”暗影夫人说，“现在快点做选择，姑娘。你已经把我这一天浪费得够多的了。”她和启明大人控制着各自的魔法，拐杖之间的空气嘶嘶作响。

“苏西？”威尔莫特困惑地看着她，“她在说什么？”

苏西对他露出自己最勇敢的微笑，然后从乌瑟尔的怀抱中退了出来。“对不起。”乌瑟尔试图再一次抱住她，但苏西后退到她够不到的地方，“这是唯一能让暗影夫人放过你们所有人的办法。”

启明大人清了清嗓子：“我也许有另一个解决办法。”

“什么办法？”苏西气冲冲地说，丝毫没有期待他真的愿意帮忙。

“实际上非常简单。”他说，“护卫们，朝她开枪，朝他们所有人开枪。”

苏西浑身发凉，乌瑟尔将其他人更紧地揽住，想保护他们不受伤害。但护卫们只是挪了挪脚步，看向诺玛。

“大人，”诺玛说，“我们的职责是保护您和这座塔免遭伤害，而不是成为您的私人杀手，更不是帮助您勒索联邦。无意冒犯，但我想您是时候收回命令，到别处发号施令了。”她将等离子步枪瞄准启明大人，其他护卫也照做了。

“想发动叛乱，队长？”启明大人对她微微苦笑了一下，“你会因此受到驱逐。”

“试试看吧，老人家。”诺玛对他露出微笑，金色的牙齿闪着光。

“别这么输不起，艾贝克，”暗影夫人说，“结束了，认命吧。”她将一只手伸向苏西，苏西退缩了。恐惧感沉甸甸地压在她的胸口上，当她想到自己正要放弃的一切时，那感觉便越来越沉重，要放弃的不仅仅是她的自由，还有她的尊严、身体和未来。想起爸爸妈妈时她差点儿哭出声来，他们会一直在想她出了什么事……

弗雷德里克从仍被苏西托在手中的水晶球里开口说道：

“对不起，苏西，我本不想让这些事情发生。”

“我也不想。”苏西用颤抖的声音回答。

她深吸一口气，从上到下理顺睡袍，拨开眼前的一缕头发，将水晶球交给了暗影夫人。

第33章

信守承诺

苏西原以为那老妇人会得意扬扬，但暗影夫人的回应只是一声咕哝。

“那么就这样了？”启明大人说，“你觉得我只能投降了？”

“是的，”暗影夫人说，“就等走完程序了。”她双眼盯着弟弟，将拐杖正对着他，同时将水晶球举到嘴边，耳语一番，然后将球扔向空中，仿佛只是要丢掉它。

苏西惶恐地向前跑去，她伸出双手，想在水晶球砸到地上破碎之前接住它。但她太慢了，水晶球落到了她够不着的地方。苏西紧闭双眼。

玻璃破碎的声音始终没有传来。苏西重新睁开双眼，没看到水晶球的踪迹，相反，一个面色苍白的男孩正站在球落下的地方。他有着灰褐色的头发，面容清瘦，穿着和其他观测员一样的朴素的灰制服，手里捧着一个神经球。

“弗雷德里克？”苏西问道，“是你吗？”

男孩惊讶地低头看着自己的身体，然后微笑着抬起头。“是的！”他说，是弗雷德里克的声音，“成功了！我变回来了！”

“承诺兑现了一个，”暗影夫人说，“该兑现另一个了。”

看到暗影夫人朝自己招手示意，苏西的心头猛然一痛，但她不想让这位老妇人看到自己的畏惧。尽管如此，走向女巫时她还是呼吸加快，耳朵里还听到了越来越响的嗖嗖声。

直到她发现暗影夫人正向自己身后看去，才意识到对方也听到了那声音。启明大人、弗雷德里克、月亮护卫、乌瑟尔和矮人们全都看向一面墙上的巨大的彩色玻璃窗。那声音来自窗外。玻璃的另一边，一个深色的阴影正变得越来越大。

“什么?!”苏西刚开口，窗户便向里爆开，深色的阴影后面拖着火焰，伴着刺耳的金属声从房间中掠过，留下着火的书刊和毁坏的书架，人群四散开来。那个东西飞速经过时，苏西连忙后退，感到一阵热浪扑面而来。她依稀看到暗影夫人正站在那个东西的路径正中，举起双手挡在面前。但随后苏西摔倒在地，那东西撞到对面的墙上，强大的冲击力使所有人全部倒下。

苏西站起来，吐出嘴里的灰尘。房间里全是烟，她周围的一切都变成了形状模糊、持续变化的旋涡。“弗雷德里克？”她喊道，“威尔莫特？大家都还好吗？”

回应她的是众人被呛得咳嗽的声音。

“我没事。”弗雷德里克从她左边某个地方喊道。

“我们也没事。”是威尔莫特的声音。

“嗷呜！”乌瑟尔肯定地回答。

“天哪！”斯通克从一片烟尘中蹒跚地朝苏西走来，制服因沾满灰尘而变白了，“你看到是什么了吗？”

“没有，”苏西说，“我光顾着逃命了。”

斯通克抓住她的肩膀，拉她站起来，让她转过去面对那个正冒烟的物体。它和公交车一样大小，斜躺着，周围是冒着烟的书。“你看见了吗？”斯通克说，“是危险地带车厢。”

油漆烧黑了，车厢鼓了起来，车轮不见了，前端像一架变了形的金属六角手风琴，不过苏西吃惊地意识到这确实是危险地带车厢。就在他们注视着车厢时，它侧面的舷窗弹开了，一个穿着银色太空服的人踉踉跄跄地走出来，苏西曾经看见那件衣服挂在车厢里面的架子上。那人摸索着走出车厢残骸，抬起头盔上的反光面罩，说：“这下糟了。”

“真是万万没想到，”斯通克惊呼道，“弗莱彻！”

工程师吃惊地转过身，仍然有点儿站不稳当：“他们说的是真的，斯通克，降落才是真正的困难所在。”

烟尘开始消散，现场的破坏程度展露出来。诺玛和护卫们已经拿起灭火器，正在对付危险地带车厢后面燃起的小火苗。与此同时，乌瑟尔、威尔莫特和弗雷德里克小心翼翼地跨过残骸，和苏西、斯通克会合。看到启明大人时，苏西才意识到一切都不大对劲。

他站在废墟中间，西装被烧焦了，头发也乱了，脸上却带着胜利的神情。暗影夫人躺在他脚边的地上,抬头怒视着他，额头上抵着他的拐杖。他另一只手正高举过头顶，手上拿着神经球。

“不要再往前一步，”雕像准备向他进攻时他警告说，“除非你们想让我把她变成墙纸糨糊那类玩意儿。”暗影夫人试图用胳膊肘撑在地上站起来，但启明大人更用力地往下压，迫使她趴在地上。雕像们放下了阔剑。

“没用的，艾贝克，有这么多人看到了你的所作所为，”暗影夫人说，“你已经没有支持者了，而我有更多的雕像正在赶来的路上。”

启明大人放声大笑。“我可以控制联邦的所有军队，”他说，“天哪，刚好在今天，我和狂暴战士首领做了个交易，只要我一声令下，他就会集合他的子民为我的事业而战。”

“狂暴战士不服从指挥，”暗影夫人说，“他们不会听命于任何人。”

“他们现在服从了，”启明大人傲慢地说，“他们会让你的雕像们化为尘土，而我将宣布你为罪犯，你的余生都将在放逐中度过。”

“联邦的人民永远不会容忍你这样做！”暗影夫人说。

“他们会的。”启明大人咧嘴笑着，“也许你和你的塔还继承了一些令人怀念的正义感，但你那些没礼貌的行为很可怕。只要人们认为你是魔鬼，他们就不会想念你。”

暗影夫人看上去很痛苦，她的影子在身下翻来滚去，缩小模糊，边缘极不清晰。苏西怀疑它替暗影夫人承受了危险地带车厢带来的巨大冲击力。

“咱们要怎么做？”弗雷德里克低声说。

“我不知道。”苏西说。她头晕目眩，仿佛仍然在贝儿号上一样。一切都不受控制，而且似乎正在驶向毁灭。她讨厌如此无助的感觉。

她深感挫败，双手垂到身体两侧，一只手碰到了口袋里的一个沉甸甸的东西，是弗莱彻的魔法棒。她掏出魔法棒，不知道该如何是好，但又不能就这样干站在那里，一定能做点什么……

“没有了你，就没有人敢跟我作对了，”启明大人接着说，“再也没有必要谨小慎微，我将统治全世界。天哪，我可以在几周之内让矮人城脱离苦海，而不是几年。”

“你敢！”斯通克说。

“我就是敢！”启明大人说，“唯有我可以构想出更加伟大的未来，也唯有我有能力去实现它。”

苏西盯着手中的魔法棒，感觉要被自己给气哭了。她带着魔法棒这么长时间，原以为它是解救弗雷德里克的关键，可她仍然不知道该如何使用它。它还不如一根普通金属棒。

“其实比钝器好不了多少……”弗雷德里克的话挤走了其他记忆重新出现在苏西的脑海里。

“就像是用锤子拉小提琴……”

“当我无法打开神经球时，我试着用锤子将它砸开……”

锤子。

魔法棒在苏西手中颤动，仿佛在回应她的想法，然后突然之间，不知为什么魔法棒发生了变化，它不再是一截难用的金属棒，而是成了一个工具，一个有用武之地的工具。

苏西快速行动起来，用魔法棒指向启明大人手中的神经球，感受着魔法棒真正的意图——它想打碎东西，更确切点说，是想砸出个大窟窿。

苏西遂了它的心意——它颤动起来，一股无形的魔法悄无声息地从棒尖跳向神经球。来吧，苏西想，把它砸开！

没有玻璃破碎的声音，一瞬间的心灵相通让苏西确定魔法棒完成了它的使命，它用尽魔力打中了神经球。

伴着沉闷的砰的一声，神经球掉到了一秒钟之前还站着启明大人的那块地毯上。苏西小心翼翼地走上前，低头看着它。神经球多出一个俗丽的陶瓷底座，里面已经不再是变幻不定的能量和齿轮装置，一阵闪烁的霓虹灯光落在一只熟悉的小青蛙身上，小青蛙抬头对苏西眨着眼睛，发出启明大人的声音：

“发生了什么？为什么一切都那么大？”

小青蛙又眨眨眼，继而明白过来，暴怒地说：“不！是你干的？我命令你立刻把我从这里放出去！”

苏西捡起水晶球，使劲儿摇了摇。“我不这么认为，”她说，“我觉得你罪有应得。”

“这话说得太对了。”暗影夫人费力地喘着气，终于又站了起来，“把他递过来。”苏西再乐意不过地照做了，暗影夫人看着球里面变成青蛙的弟弟，疲倦地笑了几声：“以后无论发生什么，艾贝克，我会永远记住你现在的样子。”

“哦，闭嘴！”他说，“赶紧把我关起来，那样我就不用再看着你了。”

“愿意效劳，”暗影夫人说，“但我要先确保最后一个诺言也兑现。你知道，这个水晶球够容纳两个人。”

老妇人转向苏西。苏西浑身发冷，但还没等她反应过来，就发现乌瑟尔环抱住了她，把她往后拖去。

“我们不会让你这么做的，夫人。”斯通克站到苏西和暗影夫人之间说，“那样做不对。”

苏西将一只手放在他的肩膀上。“没关系。”她说，尽管她也不太确定，“我必须这么做，我答应过。”如果再多等一会儿，她不知道自己还有没有勇气经历这些。

斯通克看上去很震惊，然后又变得很悲伤。他耷拉着胡子，不过还是走到了一边，对乌瑟尔点点头。乌瑟尔犹豫了一会儿，然后松开了苏西。女孩走上前，与暗影夫人四目相对。

“我准备好了。”她违心地说。

暗影夫人嘟囔道：“我不确定你是否会信守承诺。”

她轻蔑的语气点燃了苏西的最后一丝怒火，尽管现在她已经疲惫得不想再反击：“做个了结吧。”

暗影夫人仔细打量着她，像是在找什么。“很好，”她说，“为偷了我的东西道歉，我们就扯平。”

苏西以为自己听错了：“抱歉，你说什么？”

“我就凑合着把它当成道歉吧。”暗影夫人将装着启明大人的水晶球放进口袋。

“什么？”

“我想确定在关键时刻你真的值得信任，”暗影夫人说，“现在我确定了。”

苏西惊讶得张大了嘴巴，感到如释重负又气愤不已。“你竟敢耍我！”她说，“我以为我的下半生都要在一个水晶球里度过！”

“你精神可嘉，”暗影夫人说，“难不成你还想要什么奖励？贴纸或者棒棒糖什么的？”

苏西正要回答，威尔莫特抓住了她的胳膊。

“这已经是万幸了，”他说，“我们全都安然无恙，就这样算了吧，好吗？”

“不，不能就这样算了，”诺玛插话说，“得有人把这一片狼藉收拾干净，那个人可不是我。”她指了指一排排被毁坏的书架和冒着烟的危险地带车厢残骸。

“为什么不是你呢？”暗影夫人说，“象牙塔需要新的看守人，一个了解情况的、值得信任的人。”

“我是护卫，不是学者。”诺玛说，“我不想干这份工作。”

“所以你才再合适不过，”暗影夫人说，“你不会那么容易受到诱惑，滥用特权。不过也许你宁愿把这一重任交给其他人？”她微微抬起眉毛，诺玛的脸上闪过一丝激动。

“不！”她最终吼道，“如果非得有人将这里搞得一团糟，我宁愿那个人是我，但我只负责到合适的继任者来之前，明白吗？我也许能够处理联邦首领们的后账，但我不知道怎么管理图书馆。”

“是的，你不知道，”暗影夫人说，“但他没准儿知道。”她转向弗雷德里克，他吓得一缩。

“绝不可能。”诺玛说，“我对这个小滑头的信任程度还不及我把他扔出去的远度，尽管我想把他扔出去很远很远，最好是从塔顶扔下去。”

“当然是你说了算，”暗影夫人说，“但他的头脑相当敏捷，也许一份辛苦的工作足以让他不再惹麻烦。”

从诺玛看弗雷德里克的眼神来看，她对此深表怀疑。弗雷德里克则一个字也不敢说，不过苏西看到他的眼睛里闪着渴望的光芒。

“我想你熟悉书架的情况。”诺玛说。

“我熟悉！”弗雷德里克跳上前说，“我会为你将这里的一切都照看得好好的，上架、研究、存取档案……凡是你能想到的！”

诺玛又看了看被毁坏的书架，显然是在衡量将它们恢复原状的工作量：“如果你有一丁点儿让我不痛快，我会让你后悔一辈子。听明白了吗？”

弗雷德里克半是害怕半是兴奋地点了点头：“那么你同意了？”

“对，一时也想不出别人，”诺玛说，“不要让我为这个决定后悔。”

“好极了！”暗影夫人说，“我会留下几个我的人来帮忙清理。”她用拐杖敲了敲地板，十个雕像笨拙地向前移动，“按照继任者的吩咐去做，”她说，“当然，在合理的范围内。”

十个雕像一齐转身面对诺玛，诺玛皱起了眉。

“看来我还得慢慢习惯。”她说完转向雕像下达命令，“你们要帮助我的新图书管理员把这里收拾整齐，明白吗？”

雕像们鞠了一躬，暗影夫人不禁露出微笑。

“你们只要放错一本书，”诺玛继续说，“我就会把你们炸成碎石。”

雕像们再次鞠躬。

“我可以建议你顺便拆掉瞭望馆吗？”暗影夫人说，“我会将弗雷德里克搜集到的信息向公众公开，让各地的首领知道他们不必再害怕象牙塔，他们会希望这样的事情不再发生，打碎侦察镜也许能避免他们在你的门前聚集。”

“反正我从来都不喜欢那个地方，”诺玛说，“莫娜中士，咱们要重新装修了。拿炸药来。”

“观测员们怎么办？”莫娜中士和她的小分队慢跑着离开时，弗雷德里克问，“现在他们都要失业了。”

“他们会找到更好的工作。”诺玛说。

“让他们做助理馆员怎么样？”弗雷德里克边想边说，“他们帮得上我的忙。”

“你是图书馆馆长，”诺玛说，“你说了算。”

“图书馆馆长！”弗雷德里克满脸笑容地说，“真想知道我的父母对此怎么看。”

他匆忙走过碎石堆，边走边和诺玛聊着。

“现在这里没我的事了，”暗影夫人说，“那么失陪了，我要去将我弟弟放到安全的地方。”

“希望不是在你的壁炉架上。”启明大人在她的口袋里说。

“我在考虑牢房，”暗影夫人说，“已经考虑很长时间了。”

启明大人发出厌恶的声音。

暗影夫人拉紧肩上的披巾，用拐杖搅动着空气。

一阵不知从何而来的冷风围绕着她流动起来。“等等！”苏西说，“我忘了问一件事情。”

“快点。”暗影夫人继续施展着魔法。

“月亮，”苏西说，“如果地球不是联邦的一部分，为什么我可以在地球上看见月亮呢？”

“我不知道。”暗影夫人说，“艾贝克，你知道吗？”她将水晶球从口袋里拿了出来。

“我当然知道。”艾贝克说，“学过的东西我都记得，但我没有理由什么都告诉她。”暗影夫人快速使劲儿地摇他，但他始终固执地一言不发。

“他也许会生几年闷气，”暗影夫人说着又将水晶球丢进口袋，“现在你们是图书馆馆长的朋友了，问问他吧。”风猛地将暗影夫人和她的话一齐卷起，她和其余的雕像一起忽隐忽现。在她完全消失前，苏西听到她的临别赠言在风中拖得很长很长。

“别惹麻烦。”

第34章

终点

分配完月亮护卫的职责后，诺玛陪着苏西、乌瑟尔和矮人们回到中心站。她大声命令工作人员，让他们开动火车送几人回家。

苏西和其他人一起坐在三明治店铺的露台上，店铺已被毁坏，掉在贝儿号划开的深沟里。现在，苏西有充足的时间向大家讲述自己在黑岩塔第一次遇到弗雷德里克之后发生的一切。

道出自己撒了多少谎、隐藏了多少真相时，苏西尴尬得面颊滚烫。但其他人似乎听得太入神，一点儿也没生气。当她终于讲完，斯通克拍着膝盖说:“了不起！我怀疑老邮递员们的故事都不及这一半的精彩。嗯，局长？”

直到此时，他们才意识到威尔莫特不见了，他在苏西讲故事时溜走了。

苏西在广场上找到了他。他踢着一个纸杯，低头沉思着。

“嗨。”苏西和他步调一致地走着。威尔莫特没有抬头，苏西自觉羞愧，心里像有东西在抓挠着。他们又走了一段路，她才终于鼓足勇气再次开口：“我真的非常抱歉，威尔莫特，如果我没有食言，这一切就不会发生，你不会被影子吞下去，特快专列会完好无损……”她用僵硬的手指从睡袍上摘下徽章，递给了他：“我不是个好邮递员。”

威尔莫特接过徽章，大拇指拂过徽章凸起的表面。“也许你不是，”他说，“但那不是你的错，是我的错。”

苏西吃惊地看着他：“什么？”

“我太急于拥有一名邮递员，我给了你徽章和包裹，就将你推出门让你自己想办法。我那样做是不负责任的，对不起。”

这想法太荒唐了，苏西差点儿大笑起来：“我是自愿的，记得吗？”

“我知道。”威尔莫特说，“但是作为邮政局长，我本应该拒绝你的提议，自己派送那个包裹。我有点儿胆小。”

苏西吃了一惊，意识到威尔莫特更生他自己的气。她伸出胳膊搂住威尔莫特的肩膀，从侧面抱住他：“你在邮局保险库为我挺身而出，那是我见过的最勇敢的行为。”

威尔莫特涨红了脸：“不，我只是最终做了自己该做的事。”

“而且做得很棒！”苏西说，“你是这一行里最棒的局长。”

“谢谢你。”威尔莫特嘴唇发颤，露出一个羞涩的微笑，“稍加练习的话，你也很可能会成为一名非常棒的邮递员。毕竟，大多数人从来不会有机会见到象牙塔的内部，而且你帮忙赶跑了象牙塔的看守人。我认为，那是非常了不起的成就。”

现在轮到苏西脸红了：“我只是很高兴我们都安然无恙。”

“我也是。”

他们咧嘴笑着，随后车站的广播里传出诺玛的声音。“开往矮人城的列车五分钟后从三号站台发车。”她吼道，“我希望所有的捣蛋鬼都上车，离开我的月亮！”

他们抵达矮人城时，像英雄一样受到欢迎。似乎城里所有的矮人，无论老少，都集合起来迎接他们所乘的列车。奇境邮政特快专列的全体人员下到站台上。

人潮向前涌动，接着和他们擦身而过。

“怎么回事？”苏西说。只见每一个人手里都拿着东西：油罐、锤子、钻头、废旧金属片、铜制大门环……他们看上去就像在来车站的路上抢劫了废品站。

随后苏西看出来他们要去哪里，难过地叹了口气。

暗影夫人的六个雕像沿着火车后面的铁轨走来，一起扛着个庞然大物，那是贝儿号的残骸。雕像们把它放下时，人群蜂拥而上，随即传来一阵叮叮咣咣的声音。

“他们在干什么？”苏西在刺耳的捶打和焊接声中喊道。

“做矮人一直做的事。”斯通克说着挺起胸膛，“利用他们拥有的东西造出点什么来。”

“他们真的可以修好她吗？”苏西问。

“毫无疑问，”斯通克说，“……当然，她不会和原来一模一样了。分拣车厢还在，她需要一个新的煤水车和新的危险地带车厢。她会是一列新车，不过她的心还和原来一样。矮人城的每个矮人都在她的身上留下了一些东西。”斯通克的双眼闪着光：“我非常期待看到她重生的那一天。”

苏西看着眼前正在进行的工作，感觉疲惫的精神稍微振奋了些。

就在这时，又一阵喧闹声从站台远端传来。是老邮递员们，由葛楚德和多萝西带领着，像浪潮一样朝车组成员涌来。葛楚德经过时冷冷地看了苏西一眼，然后一把抓住威尔莫特，将他紧紧地抱在怀里。

“哦，我的孩子，我以为再也见不到你了！”她啜泣着。多萝西紧紧抱着他们两个人，放声痛哭。老邮递员们从四面八方挤过来，拍肩膀，递手帕，祝贺威尔莫特奇迹般地复活，关于这一点他们显然已达成了共识。

特雷里斯先生蹦蹦跳跳地来到苏西跟前，戳了戳她的胸口。“怎么样？”他说，“我的准入信息派上用场了吗？”

苏西大笑着拥抱他：“它帮我得到了最需要的信息。”

“很好。”特雷里斯先生眨眨眼睛，“你已经去到了我不曾到过的地方，而且还会见识到更多，我敢打赌。”

“谢谢。”苏西说。

苏西还没来得及展望未来会去的地方，一只手就搭在了她的肩膀上。她转身发现面前站着的是弗莱彻。

“该走了，姑娘，”弗莱彻说，“时间不等人。”

“已经到时间了？”她说。

当然到时间了。危险和兴奋的旅程差不多将回家的事赶出了苏西的脑海，但是现在她意识到爸爸妈妈可能担心极了，甚至可能有警察在等她。

乌瑟尔俯身紧紧地将苏西和斯通克抱住，威尔莫特终于挣脱了葛楚德的拥抱，挤到他们身边。

“谢谢你。”苏西说，她最后一次将脸埋进大熊温暖的皮毛里，“谢谢你们所有人，谢谢这一切。我觉得你们是奇境中最棒的火车车组。”

“谢谢你这么说，”斯通克说，“有你在车上真是一段非凡的经历。”

“我很抱歉带来这么多麻烦。”

“胡说。”斯通克说，“我们很快就会再回到轨道上，我说得对吧，局长？”

“确实如此。”威尔莫特说，“我也终于有机会改造分拣车厢索引系统了。”

乌瑟尔喉咙中发出一个声音，听上去像极了笑声，然后终于将他们松开。

苏西最后看了看她的朋友们。现在，她经历了这不可思议的一切，那自己以后的生活会变成什么样？她试着想象自己还像以前一样每天去上学、做家庭作业、看电视……却有些想象不出来。

“好啦，”她转向弗莱彻时强忍住要流出来的眼泪，“咱们走吧。”

火车出现在苏西家的门厅里，伴着汽笛声缓缓停住。房间仍然大得出奇，苏西警觉地发现日光透过窗户洒了进来。

“现在几点？”她从车厢里爬下来。

弗莱彻跟着她跳下车厢，看了看怀表。“五点半。”他说。

苏西大吃一惊，差点儿跌坐在地。“我消失了一整天！”她说，“爸爸妈妈会疯掉的！”

“他们看上去并不担心。”弗莱彻用大拇指示意仍然半开着门的客厅。苏西看过去时又感到一阵眩晕，但弗莱彻说得没错，爸爸妈妈还在她离开时他们所在的位置，四肢舒展地躺在沙发上，不疾不徐地打着鼾。“咒语不会凭空消失，”弗莱彻说，“它需要解除。就像城堡里的那位公主，沉睡了一百年，直到有位王子让她醒来，可怜的小伙子，他不可能受得了她早晨的口气。”他又四处看了看，咂着嘴说：“我可以在五分钟之内把这一切搞定，然后再去解除咒语。听上去不错吧？”

“我想是的。”苏西说，“今天是星期六，他们没有耽误工作或者其他什么事，我就告诉他们我过了个睡袍日。可那之后会发生什么？你依然要清除我的记忆吗？”

弗莱彻眯起眼睛看着苏西：“依我看，比我工资高得多的人都没操心这个，所以我也没必要这么做。”

苏西张开双臂一把抱住弗莱彻，他惊得尖叫起来。“谢谢你，弗莱彻，”她的眼泪落到弗莱彻耳朵里的硬毛上，“我一丝一毫都不想忘记经历的一切。”

“放开我吧，”弗莱彻嘟囔着，不过没有将苏西推开，“不过，没有魔法棒，我几乎什么也干不了，是吧？”

“哦，是的，当然，”苏西放开他，把手伸进口袋，“给你。”

她将魔法棒递过去时，老矮人的脸上容光焕发。“这才像话。”他用手指从魔法棒的一头摸到另一头，轻轻旋转了一下。

“抱歉我拿走了它。”苏西说。

“至少你用上了。现在站到一边去，我要开工了。”

整个过程花了不到两分钟的时间。弗莱彻最后敲了一下厨房的门，将魔法棒放回到工具腰带上，然后朝等着他的火车走了过去。

“大功告成。”弗莱彻愉快地说，“火车一离开，这房间就会啪地变回原样，隧道口也会关闭。你准备好让我叫醒那两位了吗？”

苏西点点头。弗莱彻从口袋里拿出一个小袋子，拇指和食指伸进去捏了一点儿像沙子一样的东西。他将它放到嘴唇边，吹向客厅的方向，它好像在空气中溶解了。“应该能行。”弗莱彻将袋子放回口袋，向火车司机发了个信号，然后跑向等着他的车厢，匆忙上了车。

“保重，弗莱彻！”苏西在他后面喊道，“替我向其他人问好。如果你以后还需要抄近路的话……”

弗莱彻回应了什么，但被引擎的呼啸声淹没。苏西只看到他挥了挥手，火车就驶入了隧道口。随后，刹那间，火车和隧道口都不见了，厨房门又变成一扇普通的门，门厅又回到了以前的样子。一切都结束了。

苏西闭上眼睛，感受着家的舒适自在。她真的非常高兴能够回来，安稳地待在一个她熟悉的地方，这感觉里也带着些许忧伤，她第一次意识到自己并不想结束这场冒险之旅。

她的父母醒了过来，脑袋昏昏沉沉，然后有些惊慌地发现一整天几乎快过去了。

“我们一定是太累了，”妈妈揉着惺忪的睡眼说，“抱歉，亲爱的，你应该叫醒我们的。”

“我一直在忙，”苏西伸出胳膊揽住爸爸妈妈，将他们抱得紧紧的，让他俩吃了一惊，“不过我真想你们。”

“没事的，苏西，”爸爸说着也抱住她，然后他想了想，问道，“你染了头发吗？”

第二天过得很慢，接下来的一周也是。苏西吃早餐、上学、做作业、刷牙、上床睡觉……做所有她觉得应该做的小事，日复一日。就连她头发上的金色都渐渐褪了，但她一点儿也没留意到。

她发现自己每天晚上花很长时间看月亮，想知道……

然后，一个星期天的早晨，苏西正躺在床上，寻思着自己要怎样才能填满又一个空虚的日子，这时她听到爸爸从楼下喊她。

“苏西？有一个给你的包裹。”

他的声音不知为何听上去有些困惑，随后苏西想起来邮递员星期天不派送。

她走下楼，发现爸爸手里拿着一个棕色包裹。“我认不出这个邮票，”他说，“一定是从国外寄来的。”他将包裹递给苏西。

包裹上没有写地址，只在前面用粗大的手写字写着苏西的名字，邮票……印在蓝色纸上，而不是像苏西上次看到的印在金箔上，但无疑是博拉女王一世的肖像。

苏西倒吸一口气。“谢谢您，爸爸！”她转身跑上楼，扑到床上，撕开包裹。一包衣服掉了出来，是一套矮人邮政制服，红色的衣服上缀着金色锦缎。她拿起衣服在镜子前比画，大小正合适，而且看起来是全新的。一枚邮递员徽章别在翻领上，被擦得锃亮。

她回到包裹边，发现一张便笺，第一行写着：来自奇境邮政服务办公室。往下是和信封上一样的粗大手写字，写的是：熟能生巧。盼望见到你。

下面是个简单的签名：

威尔莫特

☆ 致谢 ☆

就像没有车组人员火车就无法运行一样，如果没有那么多人的帮助和支持，本书也无法成形。

首先，感谢克莱尔·费尔斯，感谢你多年来耐心阅读我尚未出版的手稿，总能提出真知灼见并给予我鼓励。没有你的友谊、热情和咖啡，这个故事可能永远躺在我的电脑中。

感谢杰玛·库珀——一名作者能够找到的最棒的经纪人。你不仅帮助我将残缺不全的初稿变成完整的故事，还创造了小奇迹,为它找到了最好的归宿。你的支持给了我极大的慰藉。

感谢我出色的编辑们：尤斯伯恩出版社的丽贝卡·希尔和贝基·沃克，费维尔与朋友出版社的安娜·蓬、霍利·韦斯特，以及这两家出版社的优秀团队。你们让我、苏西和车组人员感觉如此受欢迎，谢谢大家。我从一开始就知道我们找到了对的人，你们的激情和洞见让这趟冒险成为难忘的旅程。我对你们感激不尽。

感谢我的英国版插画师弗拉维娅·索伦蒂诺和美国版插画

师马修·夏拉克，你们用颇为不同但同样美好的方式让故事栩栩如生，我真觉得自己被宠坏了。

感谢这些年来所有支持和鼓励我阅读和写作的人。这样的人有很多很多，尤其要提到的是纽波特图书馆的乔伊斯女士，她总知道我会喜欢哪些书（而且当我错过了《神秘博士》最后一集的播放时，她还将自己用家庭录像机录下来的视频借给我）；感谢帕特里克·琼斯和劳埃德·罗布森，感谢他们相信几个少年可以征服世界；感谢蒂姆·雷柏和嘉里·格林伍德，他们没有笑话我写的第一本小说，反而带我到一家小酒馆，告诉我继续努力；感谢奥雷利昂·莱恩、迦勒·伍德布里奇、大卫·威廉姆森和基兰·马瑟斯，感谢他们始终如一的友情和反馈；感谢劳拉·吉拉德，她知道窍门在哪里（并给我指引）；感谢卡迪夫大学的咖啡之家和特里维西克图书馆的员工们，本书的大部分内容是在这两个地方写就；感谢库珀智囊团，尤其要感谢保罗·甘布勒。

感谢我的家人，母亲、父亲、克里斯和奶奶，你们总是令我有好书在手，并鼓励我阅读。如果我没有首先爱上那些书，我将永远不会想写下这个故事。

感谢奥雷利安和泰奥，谢谢你们让我比能想象到的更加忙碌、幸福和自豪。请继续保持。

最后，感谢安娜，你总是用比我值得拥有的多得多的耐心来对待我，没有你的爱、建议和支持，这一切皆无可能。谢谢你，我爱你。

图书在版编目（CIP）数据

通往奇境的列车 /（英）P.G. 贝尔（P. G. Bell）著；（意）弗拉维娅 · 索伦蒂诺（Flavia Sorrentino）绘；王良秀，刘皖竹译. -- 天津：新蕾出版社，2024.2（2025.6 重印）
书名原文：THE TRAIN TO IMPOSSIBLE PLACES
ISBN 978-7-5307-7649-0

Ⅰ. ①通… Ⅱ. ①P… ②弗… ③王… ④刘… Ⅲ. ①儿童小说－幻想小说－英国－现代 Ⅳ. ①I561.84

中国国家版本馆 CIP 数据核字（2023）第 206681 号

书　　名：通往奇境的列车 TONGWANG QIJING DE LIECHE
著　　者：[英] P.G. 贝尔
绘　　者：[意] 弗拉维娅 · 索伦蒂诺
译　　者：王良秀　刘皖竹
责任编辑：张　杨
特约编辑：李　爽
美术编辑：李照祥
内文制作：王春雪
责任印制：史广宜
出版发行：天津出版传媒集团
新蕾出版社
http://www.newbuds.com.cn
地　　址：天津市和平区西康路 35 号（300051）
出 版 人：马玉秀
电　　话：（022）23332422
传　　真：（022）23332422
经　　销：全国新华书店
印　　刷：河北鹏润印刷有限公司
开　　本：850mm × 1168mm　1/32
字　　数：199 千
印　　张：10
版　　次：2024 年 2 月第 1 版　2025 年 6 月第 3 次印刷
书　　号：978-7-5307-7649-0
定　　价：45.00 元

津图登字：02—2023—210